刘昭 /著

映瞳

刘昭 /著

映瞳

中国轻工业出版社

图书在版编目（CIP）数据

映瞳/刘昭著.—北京：中国轻工业出版社，2022.2
（2022.5重印）
ISBN 978-7-5184-3631-6

Ⅰ.①映… Ⅱ.①刘… Ⅲ.①长篇小说-中国-当代 Ⅳ.①I247.5

中国版本图书馆CIP数据核字（2021）第168835号

* 本书故事纯属虚构 *

保留所有权利。非经中国轻工业出版社"万千心理"书面授权，任何人不得以任何方式（包括但不限于电子、机械、手工或其他尚未被发明或应用的技术手段）复印、拍照、扫描、录音、朗读、存储、发表本书中任何部分或本书全部内容，以及其他附带的所有资料（包括但不限于光盘、音频、视频等）。中国轻工业出版社"万千心理"未授权任何机构提供源自本书内容的电子文件阅览、收听或下载服务。如有此类非法行为，查实必究。

总 策 划：石 铁
策划编辑：戴 婕　　责任终审：张乃柬　　责任校对：万 众
责任编辑：林思语　　责任监印：刘志颖

出版发行：中国轻工业出版社（北京东长安街6号，邮编：100740）
印　　刷：三河市鑫金马印装有限公司
经　　销：各地新华书店
版　　次：2022年5月第1版第2次印刷
开　　本：710×1000　1/16　印张：40.25
字　　数：500千字
书　　号：ISBN 978-7-5184-3631-6　　定价：128.00元

读者热线：010-65181109，65262933
发行电话：010-85119832　传真：010-85113293
网　　址：http://www.chlip.com.cn　http://www.wqedu.com
电子信箱：1012305542@qq.com
如发现图书残缺请拨打读者热线联系调换
210781Y2X101ZBW

赞　　誉

地道的心理咨询，到底是怎样的？

作为专业人士，在看国内一些关于心理咨询的作品——特别是影视作品时，总觉得它们不太地道，还常见两类硬伤：逻辑不对，情感不对。这背后有不少原因，其中之一就是其作者往往不是专业的心理咨询师。

刘昭的《映瞳》我有幸看过，故事性很强，更重要的是，作为临床经验丰富的心理咨询师，他故事中的心理咨询，以及其中涉及的心理学内容，都非常地道，不存在那两类硬伤。

这也是专业咨询师从事创作的好处，他们太懂得人性，太懂得每个人都是传奇。

——**武志红**　作家、心理咨询师

还在十多年前，头一次接触《扪心问诊》，感叹终于有一个靠谱的心理咨询影视作品了。此后，我常用这部美剧来进行心理咨询的教学工作，也常想什么时候中国能有靠谱的心理咨询职场作品呢？此后若干以心理咨询为名之作纷纷问世，惨不忍睹。刘昭是我半个学生，标准的清华理工男转行心理咨询行业，文武兼备。他以工科学府的严谨靠谱，结合近十年的临床实践，创作了这部直追《扪心问诊》的本土作品——《映瞳》。它的问世实在令人期待。

——**徐凯文**　临床心理学博士，精神科医师，"大儒心理"创始人

这部小说把文学叙事与心理治疗的理念和技术巧妙地结合在一起，揭示了当代生活中那些隐秘的疯狂与无奈，体现了深入而广阔的思考。这部小说也展示了作者在心理咨询与治疗方面扎实的受训基础和丰富的工作经验，临床心理学同行

读这本书将会感到开卷有益、大受启发。作者的语言风趣幽默,刻画的人物性格鲜明独特,在情节线索和谋篇布局上也独具匠心。我相信这部作品会得到行业内外读者的广泛关注。

——**訾非** 中国心理学会注册督导师

《映瞳》不能不让人想到欧文·亚隆。不仅因为作者刘昭和亚隆一样,都是经验丰富的心理咨询师,都有深厚的存在主义哲学功底,都擅长讲故事;而且因为在他们的作品里,都流露出同样一种"认清生活的真相后依然热爱生活"的气质,即他们洞察人性,凝视深渊,却永远对人性保有一份温暖的敬意和信仰。这从他们对待笔下人物的方式也可见一斑:无论善恶、爱憎,都是活生生的人,都有可怜之处,但也都有救赎之道。这部小说不仅讲述了一个好故事,也可以当作心理咨询的辅助教材。

——**赵昱鲲** 清华大学社会科学学院积极心理学研究中心副主任

刘昭这本书我看得很慢——本以为快速就能翻完,没想到每一章都看了很久——最主要的原因是,每一个段落都让人不想跳过,而且会停下来琢磨,反复看其中的对话,体会人物的内心情感。书中有大量看似"别扭",其实无比常见的情节和情结;在每一个活得辛苦沉沦的人心里,都有着我们熟悉的情感需求,和真实的人性发展。所有这些段落看下来,让我对人的成长多了几分敬畏——也许每个人,内心都有太多生病的部分,而我们平时没有被看见,我们都需要这样的"看见"。愿这本书能帮助更多心理需要帮助的人。

——**郝景芳** 作家,"童行书院"创始人

作为一名经验丰富的心理咨询师,刘昭创作的这部关于咨询师的长篇小说,处处见心血、字字见功夫。阅读的过程中你恨不得拿起笔,对其中随处可见的金句反复圈点。宛若智者点着永不会被吹灭的明灯,引领读者勇往直前。诚挚推荐。

——**苏小懒** 作家,编剧

推 荐 序

我认识刘昭的时候，正刚刚开始创业做"简单心理"。

他不太归属于典型的心理咨询师画像。他是工科背景，创过业——我彼时正在努力适应创业所带给我的各种喧嚣和吵闹，生活和工作里遇见的人和事物。大多数人如浮萍过客，一闪而过。我并不喜欢这种熙熙攘攘，如生活在浮躁泡泡之中。

七年前刘昭和我说他想要写一部中国的《扪心问诊》[①]。那时候我还在北京中关村的一个小办公室的二楼，他和他太太坐在我旁边的沙发上。那时已经有很多人和我说想要拍一部中国的《扪心问诊》。我听到的各种想法里，掺杂着不同的目的，商业的、带着个人理想的、冲动无知的痴话——说这话的很多人中，甚至连《扪心问诊》都没有看过。

刘昭是其中唯一一个在做临床咨询的工作者。在之后的很多年里面，大浪淘沙，他也是唯一一个在坚持做这件事的人。

在我自己的工作中，将专业的心理咨询，其中内在的哲学，以及从哲学之中、临床之上透见的集体历史、家族历史和个人历史呈现在媒体上，以期帮助他人——这常是个不可为之的任务。人不免要被狭隘的专业视角所局限，又常需为媒介的属性而退让。这些年中我和刘昭偶尔见面，聊起这个项目的进展，虽然进展缓慢，又因为对于影视媒体行业的陌生，经常如黑夜中蹚河，面对未知的、看起来无穷尽的困难。

但刘昭常让我觉得有无限的信心。他知道自己在做什么，知道这个项目之中对于他最重要之事，在此之外他面对外在利益都愿意退让妥协，在重要之事上他无所畏惧。他珍视临床的经验，珍视从专业视角中窥见的创伤，他了解一个族群的创

[①] 一部以心理治疗为剧情的切入点的热播美剧。

伤如何从个体生活中渗透和表达，也知道这些创伤需要经历如何的看见和诠释，需要多少努力才能够被安抚和疗愈。

所以对于他写出的这些故事，我并不预期会像迪士尼或好莱坞故事那样惊人和刺激；但我们生活在同一片土地之上，同样热爱这一群人和这些我们家族共同经历的历史，我相信如果你仔细地去看、去听和去感受，你一定能从每个故事之中的人身上看到自己或家人的影子，见到那些藏在我们家庭之中、皮肤之下的那些秘密。它们从他人之口被讲述、被命名、被理解；在故事之中，故事的主人带我们去消解。

即便你从未了解过什么是心理咨询，甚至也不曾认可心理咨询这种工作形式，我也推荐你读读这些人的故事——哪怕是故事中的心理咨询师，他也经历着个人的冲突、成长，在工作中不得不面对自己的局限和无能。在心理咨询室中发生的，是心理咨询师和来访者的过往，也是历史长河中人类共同缔造和创造的文化，它们落脚在每一个个人身上，从日常生活的每一个选择，内在的每一个冲突、渴望和禁忌、不能中，渗透出来。

它们是关于你我的历史，关于你我正在构建的生活。这些故事帮助我们理解自己、家族和所谓的"命运"。当那些隐秘的故事被讲述、被理解和被修复，我们就有能力去决定和选择我们的未来。

我不止期待这部小说，更期待这些故事被拍摄和演绎。祝福故事里的人们，也祝福看故事的我们自己。

简里里
"简单心理"创始人兼首席执行官

序

2014年冬的一天，我和两位影视圈的朋友在小店撸串。店内炉火烧得很旺，不断融开窗外偶被寒风卷来的雪片，刷出一片鸦青色的天空，让人禁不住想抬起手指，在那区隔冷暖的玻璃上写写画画，描些痕迹。

其时我还是个刚转行心理咨询不久的新手，酒过三巡，便将话题引到了这一行业。两位友人恰也有些心事，话题遂由行业及人生，由人生及众生，最后又回到彼此的行业。一位朋友就着酒精笑骂国产剧中的心理咨询师多不专业，此中误导，不知让多少人失却了求助机会，平添长年烦恼，酿出诸多悲剧。许因喉头酒热，许感窗外风寒，我当时一拍大腿，便承诺我先写个剧本出来，专业地展现出本土文化背景下心理咨询的完整过程，后续交由他们运作，一道为改变这令人不满的现状做些微小的努力。

未料这随口一诺，竟占去了我之后七年的几乎全部业余时间，几经波折后，又先于影视版有了这本拙作。

回想动笔之初，我曾狂妄豪言，滴水藏海，一叶知秋，我要通过咨询室内青萍秋毫，将近几十年来社会的变迁、家族的枯荣、家庭的起落与个体的悲欢贯穿描绘，勾画出一幅由微至宏、再由宏入微的图景画卷；至初稿完成，通读一遍，当初希望十去七八，但我仍盼着能让那些愿意顺着人物心路边读边想的读者，能以此替去半年专业咨询之效；至七稿改完，最后通读，我为当初的自恋傲慢深感惭愧，只盼可以通过这一作品粗浅展示还算专业的心理咨询可能是什么样子，顺道记录我蠡测历史、井观世界、管窥人心时看到的少许断面，于时间长河畔留下一幅粗浅的记录写生。

如果你仍愿意，就随我一道，看看这张小画吧。

需要说明的是，本书虽已在尽量还原真实心理咨询的样貌，但考虑到可读性不宜过低，所以仍进行了高度浓缩，真实的心理咨询通常会比书中慢上太多，书中人物六次走完的心路历程，在现实中走上一两年也不为过。同时，心理咨询流派众多，各有所长，文中不可能一一展现，再加上笔者水平有限，本书内容在专业场合呈现时只可作为批判参考使用。

感谢我深爱的太太余婧在我写作打磨本书这七年中给予的无私支持，你替我承担了许多本应由我承担的责任，辛苦了！

感谢我的高中语文老师刘明老师，在并不宽松的应试环境下呵护了我心中自由写作的种子，让它在二十年后破土发芽。

感谢"万千心理"策划编辑戴婕老师和责任编辑林思语老师的全力支持与信任，感谢高小菁老师提出的宝贵建议，感谢封面设计鲜雁老师、蒲步老师，感谢刘翰轩导演、吴倩老师在作品人设时期的指点与讨论，感谢本书涉及的有独特隐私经历的来访者的授权，感谢陈敏、雷泽惠、黄红杏、李欣、祝铭奇、苗雨欣等朋友们的鼎力协助。

感谢我的导师訾非老师一直以来的帮助与培养，感谢武志红老师、徐凯文老师在推动这部小说出版及影视化的过程中给予的信任与支持，感谢简里里百忙之中为本书作序，感谢赵昱鲲老师、郝景芳、苏小懒的认可与推荐，感谢将与我一道走过这段心路的你。

最后，感谢母亲为我做的文学启蒙，父亲带我见证了历史。

刘昭
2021年秋于北京

目　录

第一章 …………………………………… 001

第二章 …………………………………… 027

第三章 …………………………………… 053

第四章 …………………………………… 075

第五章 …………………………………… 105

第六章 …………………………………… 131

第七章 …………………………………… 155

第八章 …………………………………… 179

第九章 …………………………………… 209

第十章 …………………………………… 233

第十一章 ………………………………… 255

第十二章 ………………………………… 275

第十三章 ………………………………… 307

第十四章 ………………………………… 335

第十五章 ………………………………… 359

第十六章 ………………………………… 387

第十七章 ………………………………… 421

第十八章 ………………………………… 445

第十九章 ………………………………… 471

第二十章 ………………………………… 493

第二十一章 ………………………………527

第二十二章 ……………………………… 551

第二十三章 ……………………………… 575

第二十四章 ……………………………… 603

附录 ……………………………………… 631

第一章

芳华碎雨陷浊污

从崖上坠落那刻，姜愈完全没有反应过来。

刚才体力耗竭前的最后一荡，明明已抓牢那棵枯树，怎么随着一声脆响，自己就失重落下了呢？

铁锈色的天穹飞速倒退，被狰狞的闪电顿挫着刻开，发出闷闷的雷声，直鼓震得耳膜嗡嗡作响。夏日的热风似熔炉呼啸，烫得耳根生疼。不断窜进鼻腔的海腥味愈发浓烈，口中的苦则早已结成黑色的血渣，掺着盐粒挂在唇边。

下落的角度微微倾斜，一抹墨蓝挤进余光。那是崖下贪婪的汪洋，层层雪浪蜂拥跃起，争先恐后地将躯体狠狠砸碎在礁上。黑色的岩石湿漉漉的，上面突兀地斜倚着半辆自行车，车轮兀自转动，嘲讽地卖弄着刚才冲出山路时的速度。

坠落的几秒内，姜愈的眼前并未回放一生。盘旋不去的，反而只有一个念头——我其实有机会脱险的！

他其实早就想到，若是甩掉身上那重重的背包，凭自己剩余的体力和身手，绝对有机会攀回崖上。

可他没有。

那是个一米高的藏蓝色背包，从他挂在枯树上那刻起，背包带便似根粗糙的锯条，层层磨碎他残存的体力与意志，终于让逃生的机会连同额上的汗、虎口的血一起，点点滴滴坠了下去。

落水一刻，黑暗骤然而至，海水的冰寒冷却了他滚烫的皮肤与头骨，大脑内过热宕机的齿轮再次转起，榨出血液中残存的氧气，思考起那终极问题。

舍弃，抑或沉沦。

姜愈知道，幸运女神很少连续眷顾一个人两次。如此狂风呼啸，高崖千仞，明岩暗礁嵯峨遍布，此刻他没被摔成一摊模糊的血肉，已算得上奇迹中的奇迹，若还想带着那背包游回海岸，则无异痴人说梦。

可素来果敢的他，此刻却着了魔般，迟迟下不了决心。

第一口海水呛了进来，苦咸若药，鼻腔变得辛辣，肺部灼得更疼，海面上透下的光亮逐渐模糊，手脚本能地扑腾，却只划过一阵阵阻力颇大的虚空。

昏迷前的最后一眼，他恍惚看到一个人影向自己游来。

是幻觉吗？不知道，不过已经无所谓了。

包围他的，是漫长的黑暗。

"醒醒，姜愈……醒醒……"熟悉的声音，模糊而真切。

左手恢复了一丝知觉。无名指根部被勒得愈发肿胀，无数细小的划痕被海水杀得刺痛，纵贯掌心的伤口似已不再流血，相邻的皮肤却依然麻木，只在伤口周围泛着微微的痒，想来已被泡得溃烂。

手指似可微抬，姜愈赶忙吃力地探了探，指尖传来粗糙湿凉的触感，他松了口气，聚起全身力气，在黑暗中轻轻勾住了背包带。

双腿、身躯、头颈依旧麻木，似泡入一汪体温热度的原始海洋，全然感受不到冷暖、疼痛，甚至重量，唯一的例外，是唇部不时涌来的潮热，与温软柔滑的触感。

躁动而新鲜的气流有力地涌进喉咙，还带着一丝难以描述的醉人味道。随着被压入的氧气扩散至全身，僵直的身体渐渐恢复了知觉，胸腹部不时的压感愈发清晰。突然有一瞬间，他感到肺部火辣辣的剧痛。

一阵剧烈的咳嗽后，他呛出几口海水，挣扎着睁开双眼。

日光灼目，白茫茫的，尚有些模糊的画面中，一双焦急的眼睛正殷殷望向他。

那眼眸极是深邃，像白色的盐湖中浸润了一面黑曜石打磨的镜。湖中是万千扭动腰肢的阳光，镜下至深至黯处，还有一星孤独的火焰于湖底明灭跳动，煞是动人。

剧烈的咳嗽打断了姜愈短暂的出神，又呕出几大口水后，他终于恢复了些许力气，勉强坐起，这才有暇细看眼前之人。

她二十多岁，有着南方女子温婉若水的柔顺底子，又被岁月雕出一番干练磊落、热气腾腾的气质。见姜愈醒来，她一下子卸了重负，既是欣喜，又有些委屈，嘴角衔笑，眼中含泪，仿若天真孩童失而复得了最心爱的娃娃。

"郝……郝最？你怎么……"

郝最柔软濡湿的唇，封住了后面的问题。

姜愈睁大眼睛，一时不知所措。

意识早已彻底清醒，体力也恢复了许多，推开郝最并非难事，可他的身体却一动不动，僵成了石像。

脸上是发丝撩拨的触感，隐约可闻的是秀发与肌肤的幽润香气，后颈不时撩过一阵触电般的酥麻，是她微热的手指正熟练地探索，舌上被缠绕交织的感觉逐渐扩散到全身，进而整个身体都似慢慢化掉，与对方融在一起。

阳光和煦，海风微咸，整个世界都变得温暖而弥散。

刚刚回归的理智渐行渐远，挣扎纠结了几秒后，眼皮终于失去支撑。

勾着背包带的手指，慢慢松开了。

敲门声响，梦境飞速坍塌。姜愈一个激灵，睁开酸涩的双眼，心脏狂跳不止。

"稍等。"他狠狠拍了拍额头，调整呼吸，试图让自己平复下来。

可他随即便懊恼地发现，自己的心，实在太乱了。

作为一名资深心理咨询师，居然在见来访者前睡着，还做了这样一个梦，他当然知道其下有着怎样的暗潮涌动，云谲雷奔。

看了看表，晚上8时59分，还差一分钟开始。

如果不去释梦分析、觉察成长，单是强压疲惫，打包心情，调回工作状态，于他而言倒也够了。

悠长的深呼吸后，他撑着双膝，起身走向门口。刚走两步，又折返回来，收拾好四处散落的巧克力包装纸，这才快步走到仪容镜前，抻开灰衬衫上的细褶，揉去脸上的疲惫，竖起右手食指，在双眼间左右晃动，做了个快速的自我催眠。

"三、二、一。"

大门打开，郝最正站在门外，嫣然一笑。

她今天的样子，让姜愈足足愣了半秒。

其实高端定制的衣裙并不少见，黑底点红的穿搭更是寻常，即便是妩媚动人的相貌、健美性感的身材也绝非她独有，若只有这些元素，本不会那么引人注目。

但偏偏郝最又天然带着一股热度：她的呼吸是热的，眼神是热的，整个人的气质都是热的，这热度剧烈催化了化学反应，让姜愈的脑海中刹那飘过数个别样美感的意象。

跳跃在琴弦上的黑色火焰，扎根在伤口中的血色蔷薇，奔跑于风雪中的玛丝洛娃,起舞于月光下的奥杰莉娅①……

诸多意象一闪而过,姜愈心底却又暗暗苦笑。

他自然能觉察到,他太理想化她了。

郝最没有那么完美,比如她的脖颈会习惯性地向前微倾,肩膀有一丝内扣,细细观察还有极不明显的含胸,饶是长年累月地健身塑形,却依然难以彻底抹去痕迹——这是许多家教极严的女性常见的肢体形态语言,仿佛随时准备昭告世人:我很乖,没有攻击性,求摸头。

过度理想化的背后,一定埋着重要的线索。

只是此刻姜愈并没有时间看清自己的心思,一声"好久不见"后,郝最便已微笑着侧身进了房间,留下身后淡淡的海洋香。

计时沙漏中,流沙慢慢落下。

在这咨询室内,姜愈摆了许多造型各异的钟表,确保在任何位置不用转头都可以看到时间。但即便如此,咨询开始时,他依然习惯倒转那定制的50分钟沙漏。

秒针是轮转的,落沙是不返的,相比之下,后者更刻画了时间的流逝。

沙漏底部,已积了薄薄一层细沙。

"很棒的三个月。"郝最笑意满满地开了场,露出洁白的小虎牙。

"嗯哼。"姜愈还以微笑。

"先祝贺我。"

"哦?"

"就先祝贺我一下嘛!"郝最略带撒娇,语气甜而不腻,像个向爸爸要冰激凌的小女孩。

"虽然不知道什么事,但看起来你真的很高兴。那,恭喜。"姜愈略一思忖,不做过多纠缠。

"143个亿,我们7个人的团队搞定的。"

"嗯哼。"

---

① 玛丝洛娃·喀秋莎:托尔斯泰《复活》的女主角,曾被流放西伯利亚,原著中并无她在风雪中奔跑的段落。奥杰莉娅:柴可夫斯基《天鹅湖》中的黑天鹅。

"这回干得相当漂亮,你知道,下个月要脱欧公投,英国人害怕汇率接着跌,还有后面的经济下滑,所以火急火燎地签了协议,我们比预期少花了两成预算。完事儿后我就有了个难、得、的假期!

"去倒杯水!"

未等姜愈同意,郝最已自行起身。

姜愈轻微眯起双眼——这是他有所发现时的痼癖动作——在心理咨询室里,每个细微的举止动作都有丰富的含义,比如突然起身离开,经常发生在某些想要逃离的话题之前,而频繁的喝水,则是人类用来缓解焦虑的惯常行为之一。

郝最径直走到饮水台边,继续兴奋地如数家珍:

"我先去了趟威斯敏斯特大教堂,各种名人墓碑,牛顿、达尔文、狄更斯、莎士比亚……走在那里会让你觉得哇哦,好像和人类文明史连在一起了!

"还有那个著名的无名墓碑,上面写着'我年轻时想改变世界,后来想改变国家、改变家庭,结果都失败了,老了才明白只有改变自己,然后这个世界都可以跟着变好',你们搞心理学的一定特别认同吧?"

姜愈轻轻一笑,并不接话。

郝最端着水杯缓步走回,并不着急坐下。她轻倚着沙发,一手懒懒搭在靠背上,无意间显露出玲珑的曲线。

"我还凌晨5点爬起来,去格林尼治天文台看日出,你知道,那是地球上的第一缕阳光。"

姜愈依旧只是微笑,全无回应的意思。

"看过很多日出,从没那么兴奋过!你能看到黑暗的天际线一点点变成金色,阳光照在本初子午线上,当时我心底有个特别强烈的冲动,好想大声冲山下喊一声'早安!地球!',不过周围的人都很安静,就没好意思,只是默念了几遍。再之后——"郝最说得兴起,挨着沙发缓缓坐下,"我还专门跑了趟爱尔兰,早就想看看莫赫悬崖了!那是欧洲最高的悬崖,美极了,《哈利·波特》就在那儿拍过!路上还遇到一个英国小鲜肉,好帅啊!我们一起去了莫赫,可惜那天下了大雨,当时还想着——"

郝最脸上闪过一抹灰暗,随即又换回浅浅的笑意。她捋捋垂肩的秀发,优雅地抿了口水,在杯上留下一痕淡淡的唇印,仿佛方才什么都未发生。

姜愈心中默默做了个标记。

"哎呀不记得了,总之玩得很开心!"

愈发明快的语气,让方才的卡顿看似只是短暂的失忆。

"对了,我还看了原汁原味的《歌剧魅影》,非!常!震!撼!很早就喜欢这部戏,特别喜欢魅影这个角色,看到他最后成全了克里斯汀,自己一个人消失在黑暗里,当时我,当时……"

哽咽倏然而起,又在下一秒被咽了回去。

"当时眼泪真的控制不住。不好意思,现在想起来还很激动……"

郝最终于停下,等姜愈反馈。

姜愈却依旧保持着沉默,一动不动,像尊生满苔藓的古旧图腾。

郝最有点慌乱,她四下打量,搜寻措辞,努力维持着场上欢乐的氛围。

"总之,真的是场非常棒的旅行,最后结束在机场的免税店……英镑贬得这么厉害,那些 Burberry[①]的包包都在拼命向我招手呢,到处都是'来买我''来买我'的呼喊。我买了包包、大衣,还买了几款香水。喏,今天用的就是那时买的,好闻吗?"

郝最忽而妩媚一笑,香肩微倾,侧首要姜愈识香。

姜愈依旧没动。

郝最有些按捺不住,故作轻松地补了句"就是这样",便一脸期待地望向姜愈,仿佛在说"我交了满分答卷,快表扬我"。

姜愈仍一言不发,只是直视着郝最。

"你……没有什么要说的吗?"郝最依然说得轻巧,却已略显僵硬。

姜愈终于缓缓开口了,语气虽不冷淡,也全未响应郝最的热烈。

"三个月前,最后一次咨询的时候你告诉我,你正走在人生最低谷:职场上表面风光、顺风顺水,但你心底却有种莫名的冲动,强烈地想要离开;你投入巨大的业余剧社,内忧外患,随时可能解散;而在感情方面,则陷在一段三角关系里,你完全不享受这个过程却又无法挣脱,不知道何去何从。

"所以你主动申请了海外项目的机会,说想一个人静静、想想,然后暂停了我们这里的工作。

"现在你回来了,来到这里,告诉我一切都好,所有的事情都那么欢乐……

[①] 博柏利,英国奢侈服饰品牌。

"那，这样的气氛下面，我们是否在一起回避着什么呢？"

郝最的表情由晴转阴，黯然不语。

咨询室中，一时只余下沙落之声。

"没变，没变……什么都没变！"郝最轻轻抓着头发，周身似爬满黑色的吸血蔓藤，吸尽了方才的活力，"不知道为什么，我会……会把生活过成这样！"

"很失控的感觉？"

"你说我到底是怎么了？我是真的不明白，我都干了些什么呀！要换我闺蜜遇到一样的事，我绝对会劝她！道理说起来都可明白了，可轮到自己……"

"就像我们之前谈到的，我们每个人心里都会涌动着某些力量，强大，神秘，经常不为我们所觉察。如果我们意识不到它们，就会被它们推着去做那些我们自己都无法理解的事儿。"

"是的我知道。我只是……"郝最再度欲言又止，"算了，还是先说说发生了什么吧……"

"好。"姜愈眯了眯眼，选择先行跟随。

"在国外这段时间，魏光常给我发微信，普通的问候，旅游攻略，互道晚安，体贴又温柔。有次他还帮我写了个程序，5分钟搞定了几百个要改的表格，那天本来我都打算通宵了……"

郝最苦涩地笑笑，幸福而无奈。

"所以，和他的互动给你什么感受？"

"他人很好啊！真的很好。各方面看都是个非常好的男朋友，非常好的结婚对象：又高又帅，八块腹肌，500强技术首席，家世也好，最重要的是对我真的很好。追他的女孩子特别多，可我知道他真心喜欢我，甚至有些仰望我……唉，说到这里我好羞愧啊……我的家人、介绍人还有闺蜜都劝我早点和他定下来，而且说实话我也很喜欢他，可……"

稍作等待后，姜愈抬手示意，邀郝最继续。

郝最鼓了好大的勇气，才犹豫着说完后半句："可我就是觉得不能和他在一起，我得待在狄青身边。"

"那会让你感觉安心一些？"

"是的我……"意外的回答脱口而出，郝最微微一怔，随即便自嘲地笑笑，否定了刚冒出的想法,"姜愈你老实告诉我,你会不会觉得我很……轻贱?"

"似乎你心里有个声音,在批判、指责自己?"

"不是吗?魏光那么好,可狄青……"郝最不经意地抬起水杯,望着灯光在杯壁上投下的灰色波纹出神,"狄青什么情况你也知道……"

姜愈点点头,算是回应。

狄青的种种不堪,斑斑劣迹,他早已烂熟于胸,每每想起,都只觉鼻前飘过一阵异味,似腐败发酵的精液,沤烂生霉的脏袜。

"你说我到底怎么了,怎么会这么迷恋一个人,跟毒瘾似的,而且还是这么个要啥没啥的人……"郝最低头揉了揉自己的掌心,上面掌纹纷乱,没有一条能顺畅地一线到底。

"在那段关系里,你始终是输出……甚至是被剥削的一方。"

"可能吧,我不知道……"郝最不经意地扬了扬嘴角,带着几分隐蔽的得意。

"你告诉过我,狄青在各个方面都没法滋养你,确说是在榨取你。"

"可能只是我不愿意面对和承认吧……"郝最揉了揉太阳穴,"半年前他偶然知道我要把收入的七成交给我妈,就大发雷霆,指责我对他不是全心全意的,亏他一直觉得我是把大头给了他……他说我骗他,辜负了他的信任,说我不要脸,还把我在他情人里的排位降到最末……我当时就委屈地哭了,我说狄青我真的很爱你,我已经尽全力了,他就冷笑着说我顶嘴,还举起巴掌说要打我……"

"你当时一定怕极了……"

"是吧,可又怎么样呢?他越是这样,我越是离不开他……"郝最的语气平得像块切肉的案板,"我这种人,是不是活该不幸?……"

姜愈眉头轻皱,刚要回答,却见郝最迟来的眼泪忽而涌上,又被本能地压回,便将到口的话咽了下去。

"姜愈,如果像你说的,有什么力量推着我的话,求你告诉我它是什么?我该怎么办才好?"

姜愈有些犹豫。

"我该怎么办"是无数来访者都会问的问题,有时甚至是他们唯一想问的问题,但,这又偏偏是咨询师不该回答,也不能回答的问题。

把自己人生的选择权交出去,本身就是问题所在。

在姜愈看来，授之以鱼、回答"我该怎么办"是最简单爽快、受人感谢，但也十足愚蠢而失职的做法——它既重复了来访者已有的问题，剥夺了他们成长的机会，同时又满足了咨询师自己的自恋。

那份"我能如上帝般掌控他人人生、把他人人生变好"的自恋并不罕见，只是有些人修行心性、自省克制，有些人则被其蛊惑左右，成了武断傲慢的各类导师、偏执控制的虎爸狼妈。

其中道理，姜愈自然心知肚明，可面对郝最那无助而期待的目光，他却仍难免心旌摇曳。

"恨透了！我真恨透了自己这样子！"见姜愈面露难色，郝最愈发不安，"无论是和狄青还是魏光在一起我都特别羞愧，可又停不下来！真的停不下来……"

姜愈心中的天平，微微一偏。

"刚才我问你，和魏光相处时你有什么感受，你告诉我他是好人，是高富帅，对你好，深受身边人认可，但你还是没回答我，他给你什么感受？感受。"

郝最揉搓着拳头，呼吸有些急促了："我不知道，我没什么感受。应该……挺好的吧？"

"我看到你说这些的时候有些紧张……"姜愈抬手示意，安抚了一下郝最的焦灼，"我在想，会不会存在这样一种可能，表面上你很享受和魏光的相处，也认可这个对象，但在内心深处，魏光这个存在，作为你的交往对象，就已经让你有压力了？"

"我、我压力确实大，"郝最答得有些结巴，"但那和魏光没关系，他已经足够足够好了，我的压力还是来自狄青，毕竟那段关系见不得光，总得提心吊胆的，不知道一觉醒来会发生什么……还得在我妈那儿把账做圆，她需要看我每笔花销去哪儿了……总之说回来，我和魏光还好啦，真的，他挺好的……"

"我相信，那我换个问法，你刚才问我你是不是活该不幸福，那，你觉得自己——"姜愈直视着郝最，一字一顿，"值得拥有幸福吗？"

"什么意思？"郝最一愣。

"无论是幸福、成功、伴侣、金钱、职位，还是别的什么东西，如果我们自己没有打心底认定自己值得拥有它，那我们一定得不到。因为每当它们靠近的时候，我们都会不自觉地把它们推开。"

"推开？"

"对，因为我们焦虑，我们不确定——我真的足够好了、好到配得上它了吗？它可以属于我吗？千万别搞错了啊，我可不想拿那些不该是我的东西……我想也许对你而言——"

"——我不知道、不知道！"

郝最很少打断别人。这本能的反应，让她自己也颇为诧异。

跳脱出的信号，远比平铺直叙的阐释讨论更为珍贵。

姜愈住了口，鼓励地看向郝最。郝最羞赧地笑笑，双手合十撑在额下，闭上了眼睛。姜愈见她双眼跳动，知她正在回忆思索，理着心底的纷乱，便将目光停靠在她的侧颜，安静地等待着。

"好混乱啊……"郝最抬起头，揉揉脸，眼中写满困惑，"好像你说得对，和魏光在一起时我总是担心自己哪里做得不够好，或者我自己就不够好……和狄青在一起就不会，但好像有什么东西藏在更下面，我怎么也想不下去……"

"那是哪怕去看一眼都会让你恐惧的存在。"

"是的，我真的不敢去看……"

"如果你没准备好，我们可以先不去看它。"

郝最稍稍松了口气："其实刚才说的也不准确，和狄青在一起的时候，我也会有那种害怕……"

"比如什么时候？"

"他说'你不爱我'的时候。"

"'你不爱我。'"

"对，每次他那么说我都特别怕……啊天啊，想起他那个表情我就……"郝最的身子僵得有些微微发抖，"那种特别可怕的冷笑，他那么笑的时候，我就会觉得好像自己赤裸着站在他面前，有种想要跪下求他的冲动……"

"然后呢？"

"我会申辩，或者哀求，他永远都会否定，我就会更恐慌，会问他我做什么才能证明我对你的爱？他会冷笑着摇摇头说，如果你真的爱我，你会知道怎么向我证明的，这还需要我多说吗？"

"你要想办法，证明你的虔诚。"

"对，对！就是那种感觉！然后我就……就……"

"就要用尽一切力气去……证明爱。"

"是的,证明爱,这对我太重要了……"郝最已带了哭腔,"所以只要他这么说,我就会绞尽脑汁,做出一切我能想到做到的,去讨他欢心,求他原谅。什么时候他点头了我才能松口气,像被赦免了一样,他要是一直不点头,我就得一直一直……有时候,我都觉得我自己太……"

她有些说不下去了。

"我懂,那……你想证明的爱是什么样子的?"

"我其实描述不出来……"郝最被问得有些憷,"恒久忍耐?也不完全是……是种很特别的感觉。"

"那种感觉像什么?"

郝最仰起头,盯向天花板上的虚空。

"两年前,我业余在做的那个剧社有场演出,我改编的,《快乐王子》。"

"王尔德。"

"对,王尔德的童话,你记得情节对吗?"郝最看向姜愈,眼中似还闪着光。

"快乐王子把自己所有能分的都分给了穷人,先是身上的金叶子,最后是自己的眼睛。"

"对!那就是我想证明的爱。小时候那个童话总把我看哭,那次我就把它改成了现代社会里的故事,主人公仍然是快乐王子一样的人,然后……"

骤然涌起的情绪打断了郝最的叙述,她红着眼睛,兀自缓了好一会儿。

"从排练到演出,我还是看一次哭一次……我觉得我离快乐王子还很远,我应该捐出所有财产和器官……你刚才问我心里的爱是什么,是痛苦、是忍耐、是牺牲——对,牺牲,是把对方摆在自己前面,越痛苦、越牺牲说明爱得越深。而且似乎……似乎……"

郝最的双眉拧了起来,似被一团雾气笼住思绪,本来不难描述的意思到了嘴边,一时竟不知该如何表述。

典型的创伤反应。

姜愈心里默默叹了口气,替她补上后半句:"而且似乎要再三证明,然后不被相信,即便不被相信依然反复证明,这才是爱。"

"不只是这样……"沉默许久后,郝最轻声喏嚅道,"还要剥离……"

"剥离。"姜愈并不意外。

"对,剥离!要彻底剥离所有外在的东西,钱、房子、学历、工作、相貌、家室、能力,甚至品德、作风、性能力、对我好不好……"

"所以只有面对狄青这样,这些方面都很……都不出色的人,你才能剥离这些世俗看来值得追求的东西,证明你的爱是纯粹的,无条件的,绝无所图。"

郝最长舒了口气,抽了张纸巾遮住双眸。

姜愈看着她眼角的悲伤、眉梢的欣喜、呼吸的慌乱,一时也有些眼睛发酸。他沉默了一会儿,收拾好心情,试探着说道:"在亲密关系里,我们经常会不经意地反复给出我们自己最想要的东西,'给了他,就好像我也能得到吧……'"

"不是这样的!我不求他任何回报,我也不需要无条件……"郝最的面部有些扭曲,慌乱辩解到一半,便哽住了,"对不起我也不知道为什么……"

她捂住嘴,努力仰了仰头。

倒灌回鼻腔的泪水,格外苦涩。

"好像此刻你头脑里想的、告诉我的,和你正体验到的,有些不一样。"姜愈轻轻将手按在胸膛上。

"抱歉别看我,让我静一会儿……"郝最慌乱地抽了几张纸巾,蘸蘸眼睛,"姜愈我求你了,不要看我好吗……"

姜愈点点头,望向窗外。天边正是乌云滚滚,奔涌压来。暗夜之中,巨大的树冠被狂风吹得一片乱舞,若跳跃的黑墨。

郝最的胸口剧烈起伏了几番,又僵僵绷住,终于再次将哭泣憋了回去。

"好了我没事了,抱歉我也不知道怎么了,刚才突然就……"

她轻抚着胸口,似已云淡风轻。

姜愈的目光,却还停在窗外。

——要下雨了。

"我看到,刚才在这里涌动着很多非常真挚的情感,然后某一刻,你心里的一个部分跳出来,又把它们都摁回去了。"

"我不想给你添麻烦,"郝最故作随意地笑笑,"而且哭天抹泪的也太难看了。"

"但我看到,你被吓到了……"

"我……我确实会害怕,怕伤害别人,怕我要求太多了……"

"你怕辜负对方，那会让你极度愧疚。"

"是的我害怕辜负任何人！"郝最的语速快了，也更隔离了，"可能我不敢和魏光真正开始也是因为好像辜负了狄青吧……其实哪怕在这里，一想到都做这么久咨询了，我却还是把生活搞得一团乱，我都害怕你觉得我辜负了你……"

"郝最，我想说的是——"

"——我们还是说狄青好不好？我现在还不想……不敢去……"

姜愈看看郝最已在微微发抖的朱唇，心底默然一叹，撤回了备好的方案——虽然那条路会更快更直，不过，"我是为你好"不正是世上诸多伤害的来源吗？

至少此刻，他还拎得清。

"在你的体验中，狄青非常爱你？"姜愈退回些许，先从现实层面松土。

"当然！毫无疑问！他非常爱我！"郝最将杯中残水一饮而尽。

"那，哪些时候你会感到被爱呢？"

"有很多啊！让我想想……很多时候都会的……他确实很爱我……比如每天起床，我收到的第一条消息一定是他，睡前也会道晚安。我跟我妈吵架了，他会第一时间安慰我。对了还有一次，有一件我一直舍不得买的衣服他给我买了……"

"哦？他掏的钱？"

"对啊，他掏的，所以我觉得超开心的……"郝最话甫出口，忽而想起什么，不禁哑然苦笑，"好吧，他之前意外摇到号了，就和我要钱买车，说这样见我会比较方便，可能我给他买车的钱比实际用的要多些吧，可……他才初中毕业，一个月就挣两三千的，是真没钱啊，认识我之前一直租地下室，可……可我觉得这是应该的啊！相爱的人不就该不计较这些、互相扶持吗……"

"那，他是怎样扶持你的呢？"

"他很照顾我的！比如别的女孩儿约他，他就主动下了好几本电子书给我，《内训》《女诫》什么的，说我想他的时候就读读书，就当他在陪我，还能多学些传统文化，别老看美剧。他还说，相爱的人就是要让对方成为更好的自己，我当时可感动了……

"再比如，他表舅妈的闺蜜的老公开公司遇到个法律问题，又不愿意出律师费，我就托关系找朋友帮忙，欠了好大人情给他解决了，他就说可以额外安排一个周末陪我，那天他本来和前妻说好要接女儿来北京玩的，都为我取消了……后来是我过意不去，说不用了你还是陪你女儿吧，小家伙儿都念叨半年了。他还夸我懂事儿，说我也是他女儿。那一刻我真觉得太甜了，那种被宠溺的感觉，让我做什么都可以……

"还有一次，他不小心让我怀孕了，是真不小心，而且流产的钱他也出了一半儿，虽然最后他也没陪我去吧……可另一次他陪过我的，那次是他不注意卫生搞得我俩都……"

郝最再也说不下去了。

这些记忆事后谈起，任谁都能看出问题。可当时，怎么就觉得那么美好呢……

她只觉脊髓一阵发虚，似被抽干了所有劲儿。

"好吧，这么说起来，我自己都觉得有点儿……"

"是啊，在和狄青的关系里，你会把自己放在一个很卑微、很受虐的位置，去仰望对方，讨好对方，好像他在世俗意义上越'差'，你就越踏实、安心。而像魏光这种'优秀'、尊重你、平视甚至仰视你的人，反而会让你焦虑……"

郝最的脸色阴晴不定，沉思了许久。

"你不说我没还觉得……好扭曲啊！为什么这样？"

"我感觉你内部有两个部分，都非常强烈，但又彼此割裂、对立着：一个部分要求你让所有人满意，像快乐王子一样把最纯粹的爱献给他人，哪怕自我牺牲，哪怕忍受各种痛苦，甚至在被误解的时候，也要一如既往地把自己能奉献的都奉献出来，像个圣人一样，但另一部分——"

"——不！不是！我不是圣人！"郝最慌乱地打断道，"我是罪人……"

"罪人？"

"对，罪人。"郝最的声音有些发颤，"我觉着我哪哪儿都不好，全身上下都是缺点，所以才不得不拼尽全力去满足他们，这才能暂时稍稍安心一点儿……"

"你不认为原本的、真实的你是可爱的。"

郝最眼中又泛起了泪光："有时候我会给自己灌鸡汤，'每个圣人都有过去，每个罪人都有未来'，可完全没用，我还是……"

"而这正是我想说的第二部分，那个罪人的部分。它让你必须如履薄冰，不断掏干自己才能勉强待在及格线上，允许自己存在下去，否则一不留神就会万劫不复。而当圣人的要求和罪人的身份结合起来时，你就被摁在一个极其绝望的状态里，别人也永远可以用对你的不满来控制你。"

郝最轻轻咬起手指。

"闺蜜们都说我是渣男磁铁，从小到大的男朋友都一个样……想到我干过的那些不道德的事儿我真想死，心里会一遍遍对自己说，你太不知耻了啊！"郝最恨恨地挠了挠手背，留下几道暗红，"我经常觉得是我太软弱了，所以才会这样。可知道也没用啊！我还是强大不起来，还是离不开狄青……"

"我看到你本来已经受伤了，却还在猛烈地自我攻击。"姜愈的声音像冬日老祖母熬好的大米粥般，暖暖的，软软的，稠稠的，"好像你已经习惯了，如果不如意，就去批判自己、指责自己，进一步逼迫自己、压榨自己，我想……也许你从小到大，在类似的时刻，也一直没有被尝试去理解过、支持过，所以……"

郝最的感动倏忽涌起，姜愈敏锐地住了口，可转瞬那份动容又被她强撤了下去。

"那……你会劝我离开狄青和魏光在一起吗？"

"你真的希望我替你做这个决定吗？"

"我管不了那么多了姜愈，就简单告诉我该怎么做好吗？"郝最的目光中满是恳求，"我知道你们有些要求、设置，咨询师不能直接给建议什么的，可我……我只有你可以问了，求求你直接告诉我该怎么办好不好？我会照着去做的……"

"你很希望有人可以撑住你，让你不需要一个人去面对这种……'主动离开'的艰难。"

"是的！那种感觉想想都太可怕了……"

"你能描述它吗？"

"有点难……"郝最擦擦额上薄薄的光泽，不经意握起了拳，"他会说是我伤害了他，我就会觉得极度羞愧，好像我再做任何事都弥补不了……之后我会特别希望他愿意惩罚我，特别希望……"

"那让你如释重负？"

"对……有时候我真恨不得把自己切碎了烧成灰，可一想到那样还是赎不完我的罪，就会觉得特别生无可恋……"

郝最颤颤讲完，伸手去够杯子，这才发现杯子已经空了。她将残留杯底的水膜饮尽，努力将情绪平复下来。

姜愈稍作等待，问出关键的问题："这种感觉，你熟悉吗？"

郝最先是一愣，随即低下了头。

她的表情愈发阴沉，原本散发在周身的火热气质迄乎消失了，取而代之的是一片巨大的黑沼旋涡，越是挣扎，越是沉陷。

那片段的回忆画面，模糊场景，轻若扎在心尖的纫针，重若难以直视的骄阳。

半晌，她疲惫地蹬掉高跟鞋，蜷在沙发上，轻轻点了点头。

"熟悉，当然熟悉了……"郝最望着窗外摇得更猛的团团黢黑，声音缥缈得像轻吹即散的灰烬，"我有没有和你说过，我第一次想自杀是4岁？"

"没有。"姜愈毫不意外。

"其实很没由头的，当时我父母、老师、同学对我都很好，可我就是……"

郝最捏了捏手中的空杯子，一滴水珠缓缓从杯壁滑入杯底，她歪着头，任秀发垂下，挡在二人的视线之间。

"我幼儿园旁边有条河，具体为什么不记得了，总之某一天起，我每天都会刻意走到河边，幻想自己不小心掉下去，或者看到有孩子落水，我去救他们，然后再也上不来……"

"之后呢？"姜愈的声音轻柔中带着着意的呵护，仿若在吟唱摇篮曲，"在幻想中，如果你死在那条河里，之后会发生什么？"

幻想与恐惧的尽头，往往是某个压抑的愿望。

"之后？我妈可能会很难过，会哭，不知道会不会怪我，会不会也跳下去……还是会……"郝最的双唇绷成一条线，将后面的话死死封了回去。

"我想那时候你真的很绝望，很害怕，但……或许也有一种解脱感。"

"不！不是那样的！"郝最的语气有些急切，"我那时候过得很幸福，所有人都对我很好……"

"那你为什么想自杀？或是……为他人牺牲而死？"

"我有病吧，"郝最凄然一笑，双眼却依然迷蒙在那段岁月之中，"确实我从小就和别的孩子不一样，也可能是我太——"

闪电划破天际，咨询室中瞬间一片漆黑。

郝最惊恐的喊叫声，完全被雷声盖了过去。

"没事儿的放心……"姜愈赶忙安慰道，"实在抱歉，今年第三次了，这楼的供电有问题……"

他掏出手机，打开电筒，又看了看时间："照之前的经验看，得等电工明天处理了。看来我们今天没法——"

"——我！……"郝最怯生生地打断姜愈，她抱着自己，抚摩着大臂，像个吓坏了的孩子，"抱歉对不起，我以前明明不怕黑的……"

屋内有些闷热，姜愈也有些焦躁了。

他并不怕黑，也不担心后续的处理，但那黑暗中投来的目光，空气中弥散的香气，却让他感到一丝隐隐升起的危险。

最大的风险，往往源自合谋。

最好的避险，则是不给自己犯错的机会。

——若是岳老师知道了，大概也会用"君子不立于危墙之下"来劝我吧……

——唉……我怎么会忽然想起他啊……

姜愈苦笑之余，思虑再三，打算中断咨询。可窗外的大雨，却浇入他内心那名为"纠结"的海绵，阻住了到口的话语。

更何况郝最仍楚楚可怜地缩在一边，像只瑟瑟发抖的小鸟。

姜愈吭哧半天，终于把心一横，趁郝最看不清他的慌乱，换了个公事公办的语气交涉："如果你需要，可以在这儿再坐一会儿，不过可能我们没法儿继续工作了。你看这样可不可以，今天剩下的时间我下次双倍补给——"

"——我真的很怕……"郝最强压着哭腔，"我不敢现在一个人回去，我不知道走出这扇门会发生什么；我能不能开车回家，回家会发生什么，我真的怕……而且你告诉过我的，我们要严格遵守设置，准时开始准时结束……"

姜愈一时语塞。

"有蜡烛之类的东西吗？或者我们就这样做……也可以吧？"郝最怯怯的声音带着一丝期待，让人不忍拒绝。

"这不是——"姜愈的左手微微抬离腿面，似要争辩些什么，可僵了片刻后，又轻轻放下了。

烛光跳动，将暖色的光芒洒遍整间咨询室，驱散了场上的惊惧与失控。

随之而来的，是姜愈的后悔。

直觉像把小钢锤，将他的太阳穴当成警铃，直敲得他嗡嗡头疼。

"我还是有些怕黑，我能……我如果想坐得离你近一些你会不高兴吗？"郝最小心翼翼地试探着，依稀那个撒娇的小女儿。

"不会，"姜愈苦笑着应道，"不过这个沙发有些——"
话音未落，郝最已将身旁的靠垫放在姜愈脚边，之后便直接跪坐在上面。

姜愈想要起身离开，可僵直的四肢已先于理智的规劝将他挡了回来。
烛光昏惑，膝边是郝最恭顺的秀发，和隐隐的热度。
他将头微微扭开，压住胸口的起伏，不自觉地抚摩着左手无名指上的戒指。
不知何时起，每周见郝最这天，他都会戴上婚戒。
郝最却似完全没发现姜愈的异样，只是心满意足地自言自语着"这姿势不太舒服"，原地调成普通坐姿，举手投足间流淌出不着痕迹的挑逗。
"那个，我想……也许……"姜愈胡乱拼凑着措辞，想找个临阵脱逃的借口。
"——嘘！"郝最脉脉一笑，截断他笨拙的摸索。
窗外电闪雷鸣，嘈嘈急雨；屋内烛光剪影，盈盈暗香。
郝最放松下来，眼波流转中带着一丝羞赧，却格外大胆地望向姜愈。
姜愈则第一次长久地回避了她的目光。

不知坐了多久——也许只有几十秒，但对姜愈却漫长似一个世纪一般——许是颇感失望，许是已然尽兴，郝最撤回那侵略勾人的眼神，整整衣衫，幽幽哀怨道："我以为你是知道的。"
"你指的是？"姜愈松了口气，擦了擦额头。
"你还记不记得我提到过，我家在海边的一个小县城。"郝最有些落寞，摆弄起了发梢，"打我记事起，只要有不顺心的时候，我妈就会一个人去海边，一宿一宿地去，我们就得一宿一宿地找。我还记得我爸第一次出轨，我妈刚知道那天，也下着这么大的雨……当时他们吵得好厉害啊，记忆里那些画面都是静止的，倒在地上的电视机，碎在墙上的碗，一切都像定格了似的。那天晚上爸爸带着我去海边，去找妈妈，我们都不知道去哪儿找，晚上的大海好可怕，漆黑一片，雨好大啊，我……"郝最捂着嘴，忍得格外辛苦，"不好意思，有点激动，这都第几次说了，还是这样……"
"所以刚才，我让你离开这里，是不是又让你体验到了那种要被独自一人抛进漆黑的世界里，那种恐惧、绝望？非常抱歉……"
"没事儿的，是我的问题。"郝最勉强笑笑，映着柔和的烛光，露出浅浅的梨涡，

"不过刚才你真的没想起来吗?印象里你很敏锐的。"

"抱歉……呃……刚才确实……"

"还是按照你们的理论,你只是故意没有想起来?"郝最的嗔怪中,多了一丝"我揪住你小尾巴了"的暗暗得意。

"我为什么要这样?"姜愈不自觉地将手指横在嘴边——这是个常见的肢体语言:我可得少说两句。

郝最耸了耸肩:"也许你想赶我走?"

姜愈不动声色,心底却已是翻江倒海,承认也不是,不承认也不是,只好硬着头皮技术性地回应道:"你觉得我想赶你走?"

郝最调皮地模仿起姜愈的语气:"嗯哼,关于这点你有什么感受?"说罢她又轻轻一笑,将淡淡的哀伤也轻掩起来。

姜愈忽而有些冲动:他想站起来,离开那张沙发,甚至拉上郝最出门走走。

可他终究什么也没做,什么也没说,只是略为尴尬地笑笑,从当下逃开了。

郝最似乎注意到了这些,又似乎什么也没看到。她望向天花板,努力咽回再次盈满的泪水,可那辛苦忍住不哭的表情,却更让人心疼。

姜愈沉默了。

他决定多给郝最一些时间,也给自己一些时间。

"没什么,放心吧,我的问题,也没什么大事儿,只是刚才又突然想到,美好的东西都不该属于我……我们不用做这种游戏了。"

这是郝最给这段哀伤的结束。

姜愈张了张口,想说些什么,却仍卡在了半途。

待他打好腹稿,做好准备时,郝最已彻底将那份哀伤关回心底,换回熟练的微笑,回到那欢乐而有些隔离的状态里。

稍纵即逝的"治疗关键点",就这样被错过了。

这是异常珍贵的机会,有时一场咨询只出现数秒,有时数年咨询只出现一次。

"你不愿意我留下来是因为你知道我喜欢你,对吗?"郝最像只逗弄猎物的小花豹般,用爪尖挑开姜愈懊丧的外壳,"而你这样经验丰富的咨询师,却需要用逃开来处理,也许是因为你也恰好喜欢我,是这样吗?"

"郝最,我们在这里是——"

"——好啦,"郝最故作轻松地摆了摆手,将欢脱的气氛扇得到处都是,"我知道你有一大堆职业伦理要遵守,还会找出一大堆理论说这是移情或是别的什么。'来访者把过去对他人的情感转移到咨询师身上'——这我都知道,可是,如果说这种感情是所谓的移情,又有什么不是移情呢?我对狄青不是吗?我对魏光不是吗?你对你太太不是吗?"

姜愈吞了口口水,整个人几乎缩进了沙发。

"其实这是移情又如何呢?"郝最向前挪了挪身,双眸若跳动着火光般明亮坦荡,"该飞蛾扑火的还是会飞蛾扑火,会逃之夭夭的仍然会逃之夭夭。你看,我又不会真的推倒你,因为……"

郝最沉默了片刻,几十秒间,似已想了好几个完整的故事。

姜愈趁她不注意时,狠掐了自己几下,勉强稳住内心的晃动。

因为什么?——这话他并没说出口,只是用眼神问道。

"因为我不想伤害你……"郝最的声音低沉了许多,方才轻松的氛围已荡然无存,"你知道的。你的家庭,你的事业……我不想那样。"

"谢谢,不过好像你也在告诉我,你需要一个人承担我们两个人不被这段关系伤害的责任?"

"我不会受伤的。"

"真的吗?"

姜愈稍等了一下郝最的犹豫,又严肃地补充道:"事实上,我看到在关系里,你会习惯于把自己放在实际上更容易受伤的位置上。"

郝最将头扭向一边,不再直视姜愈:"我看过一个讲心理治疗的美剧,有几集也讲了心理医生和女病人的故事,那个女病人爱上了她的心理医生,那个心理医生也有家庭,再之后我都没敢看完,也不敢想他们最后会怎样……"

"你期待他们怎样?"

"不知道……也许两人会冲破重重阻碍?然后突然有一天,女病人发现自己怀上了心理医生的孩子,为了不打扰他,就一个人离开了那座城市,默默将孩子养大?也许吧,我不知道……"郝最又换回轻松调侃的语气,"你眉头不要皱得那么紧啦,我知道你不会和我上床的……"

姜愈深吸一口气,调动起全部的心力,让之后的问句显得尽量平稳:"如果我们上床,你可以得到什么?"

郝最愣住了,她没料到姜愈会问得如此直接而稳当。

那语气就像在问,如果你在面包上加点奶油,会怎样。

"或许是爱情吧,不过也可能是……"又停顿几秒后,郝最双手一摊。

"我想,或许你期待的是那种可以让我们融为一体的亲密感,这样,我就可以更真切地体会到那些你正体会着、面对着,但又说不出来的痛苦了。"

短暂的震惊被感动覆盖,再被羞赧吞没,最终化作疑虑。

郝最望向姜愈,双眸中涌起两汪清泓,荡漾流动,似在邀他下水嬉戏。

"那……你喜欢我吗?"她轻咬着指甲,像个情窦初开的少女。

"在我眼中你很有魅力,很有吸引力,"姜愈的喉结微微鼓动,语气却平坦如常,"但我想,也许你在向我要的,不只是男女之间的喜欢、爱,还有种在你心底埋了太久的期待,期待我可以成为你的亲人,像理想的爸爸那样牵着女儿的手,给你引领、支持,像理想的妈妈那样,可以随时抱着你、温暖你、包容你。"

郝最将头埋入双膝之间,肩膀轻颤,声若细蚊:"你会不会觉得我很随便?"

"我感到的是你很……孤独。"

时光若无声涓流,静静淌过姜愈的脚腕、郝最的身畔,捎走无言的对白。

郝最的神色已不再随烛光明暗变幻,姜愈的焦灼却随时间推移再度积蓄。

人焦虑时,就容易话多。

"我看到了两个郝最,一个美丽、性感、优秀、成熟;另一个则一直是个年幼的孩子,战战兢兢,小心翼翼,时刻需要照顾妈妈的情绪,确保她不会垮掉、不会消失在海边,也确保自己不被抛弃,有'资格'存在于世……"

"我忽然想起,有一次狄青给我写了首诗,好长好长,我可感动了……"郝最的声音有些单薄,似已透支了太多情感,"'我是一个任性的孩子,我想涂去一切不幸,我想在大地上,画满窗子,让所有习惯黑暗的眼睛,都习惯光明'……我说不上原因,但每次我听到这段就特别想哭……能写出这样美的文字的人,对他的伴侣,是不会差的吧……"

姜愈皱了皱眉,没在这诗句的由来上多做停留[①]。

[①] 郝最念的诗句源自顾城《我是一个任性的孩子》。

"有时候大地代表母亲,窗户代表眼睛,好像这句诗也在共鸣着这个部分:妈妈在生活里无处不在,付出很多,也要求很多。但她又从没真正看到过你,看到你的需求,喜怒哀乐,看到你心里一直住着的那个孩子……"

"可能过了太久,那个孩子也已经习惯不被看到了吧……"郝最眼中汩汩涌满了泪水。

姜愈也觉得鼻子有些发酸:"就好像她住在荒岛上一样,茫茫大海,偶尔有船只路过,也只是上岛劫掠一番。可即便如此,她还是努力地装扮着这座岛,不时点燃火焰,摆出贡品,期待有路过的船能够停下——也许下一艘船上会有人愿意走下来陪陪她,安抚她,说一声孩子你一定很不容易吧,委屈你了……"

大颗的热泪簌簌滚落,郝最已然泣不成声。

姜愈怅然叹了口气,添上最后一段蛇足:

"你拼命建立关系、挽留关系,可每一段关系离去时,都只留下一道深深的伤口,几乎没有人可以真正看到那个弱小的、求救的孩子。

"面对狄青也好,魏光也好,包括我,你都会早早把伤害你的权力交给对方,露出自己最柔软、最容易受伤的部分。而这一切,好像都在告诉我们,这么多年来,你内心的那个一直抱膝蜷缩在角落里的小女孩,有多孤独。"

郝最连抽了几张纸巾,小心蘸去泪水。

她凝望着姜愈,细细看了好久,像要把此刻这身影牢牢雕刻在心中一般。

"去莫赫悬崖那天,也下了好大的雨。很多人下了大巴拍个到此一游照就回去了,包括那个小鲜肉。但我没有,我一个人跑到悬崖上,迎着风雨站了好久,有种'这就是世界尽头'的感觉,特别真切……

"当时的风速据说是每小时100公里,我对这个没有概念,就觉得整个人都要被卷起来了。在那里你可以看到风的样子,海水逆天而上,水雾拍打在脸上,很疼,站久了嘴里又涩又咸。可除了风以外,你又什么都看不见,看不见大西洋,看不见艾伦群岛,甚至看不见稍远一点的峭壁上那些黑色的岩石,整个世界都是一片白雾……

"然后我四处走了走,总算看到一个围栏,上面写着危险不要跨越,我想都没想就跨过去了。站在悬崖的边缘,狂风呼啸,还有海浪拍碎在峭壁上的声音,我闭上眼睛,心想,也许从这里跳下去,就……就解脱了!"

姜愈目不转睛地看着郝最，似在用目光的温度，融掉她周身渐凝的薄霜。

郝最则倦怠地摇了摇头，不再掩饰那彻骨的无望："当时我想，除了我妈，这个世界上是不会有谁在意，我到底有没有跳下去的……"

"我在意。"姜愈格外坚定，第一时间答道。

这不是脱口而出的安慰，而是此时此地的体验，深思熟虑的回应。

郝最微微一愣，一时不敢直视姜愈的眼睛，却又忍不住想要去看。

有一瞬间，她恍惚觉得，忽明忽暗的烛光中，似能看到姜愈瞳中自己的倒影。

这让她感觉非常复杂。

好像有什么东西断开了、破碎了，又有别的东西接上了、建立了。

她错开目光，又望向姜愈，反复多次，终于看着姜愈停了下来。

"是的，郝最，我在意。"姜愈仍然直视着郝最，温和而确定，"以及我想，也许，我并不是个例，嗯哼？"

郝最不置可否，眼中却充满了与方才不同的晶莹。

"我记得我说过好几次，我希望在临死前毁掉我所有生存过的痕迹，否则那会让我无比羞愧。"郝最舒了舒腿，语气也平和许多。

"我记得。"

"其实如果临死前可以把所有东西打包交给你保管，不毁掉也可以。"

姜愈欲言又止，没做多余的回应。

郝最也不多问，只是抿嘴一笑："我们是不是时间快到了？"

"嗯事实上我们还差……"姜愈点开手机，"不到一分钟，不过也许下次我们可以继续这个话题。"

姜愈说话的当口，郝最已起身将靠垫放回原处，摸索着抚平沙发和靠垫上的褶皱，蹬上高跟鞋，收拾好一切东西，将水杯拿回池边准备清洗。

"不用，我来吧。你需不需要伞？"姜愈长舒口气，似又有些隐隐的怅然。

"不用，我车停地库了，车上有伞。"

门已打开，姜愈端着蜡烛站在郝最身后，送她离开。

郝最却忽然重新将门关上，转身看向姜愈，本就会说话的眼眸有些迷离，在飘摇的烛光中更生动了几分。

"能……能抱抱我吗？就是……支持一下……"

她的语气又轻又怯，似已耗干了积攒多时的勇气。

姜愈沉默地逃开她那满是期待的目光，又一次抚摩起无名指上的戒指。

郝最知趣地点点头，强作没有受伤的样子。她整整红丝巾，转身开门离去。

"郝最！"

郝最驻足回望，又是欣喜，又是期待。

姜愈意识到自己的失态，临时改了口："下周见。"

"下周见。"郝最只失望了半秒，随即便若有所悟，心满意足地离开了。

直到她离开视线几秒后，姜愈才悻悻关上门。

他已没心思去内观自省、总结觉察了。麻木地搓了搓脸，他走到镜前，只见镜中人脸上写满落寞，平日靠近来访者的右脸似还比左脸年长几岁。

最后两块黑巧克力被一股脑丢进嘴里，姜愈倦倦地掏出手机，用尽仅存的心神操作了几下，之后便将手机连同自己一起甩进沙发。

屋里响起贝多芬的《暴风雨》第三乐章，波利尼版。这是他最喜欢的版本，比吉利尔斯更流淌，比肯普夫[①]更丰富。他闭上眼睛，跟着流淌的旋律，看到摇摇欲坠的天顶，不稳定的世界；看到波光粼粼的湖面下交错涌动的暗流，看到狂风暴雨的海面上飘摇独立的小舟；看到有形之物皆尽消散于无形，而无形则进而化为有形；看到汹涌着压抑、冰封着沸腾的炽烈情感正迎面喷薄而来，而自己，则仿佛再一次挂在悬崖之畔，迎着猎猎的热风兀自摇曳。

[①] 毛里奇奥·波利尼（Maurizio Pollini），伊米尔·吉利尔斯（Emil Gilels）和威廉·肯普夫（Wilhelm Kempff）都是知名钢琴家。

第二章

椿萱为薪焚荆璞

咨询室内，一片狼藉，若暴风袭来，似猛兽过境。

平日被悉心呵护的鹤望兰，此刻已奄奄一息，蔫蔫地躺在花盆的碎片与配方土间，花瓣像撕碎的裙摆般散落着。垃圾桶被踢翻了，用过的纸巾洒了一地，白惨惨的，好像眼泪的裹尸布。定制的沙漏被摔成碎片，尖锐倔强的玻璃碴下，是无力稀软散了一滩的流沙。几块没啃净的西瓜皮，被胡乱扔在茶几上，淡红黏稠的汁水抹得到处都是。

姜愈是个略有些洁癖的人——用他的话说，"在少数场合下释放完美主义张力有助于提高整体的心理舒适与健康"，因此，若是朋友胆敢把他的领地弄成这样，他一定会毫不犹豫，换上刻刀般的目光和话语，压迫对方复原一切——哪怕是从小玩到大的朋友老宋也不例外。

而此时的他，却一言不发，纹丝不动，只是端坐在咨询师的座位上，扫视着全场，一如伏击猎物的猛兽，吝啬着每一分体力。

咨询，已开始许久了。

姜愈目光所及，长条沙发距他近侧是一妇人，远侧瘫躺着一个十六七岁的少年，正浑然忘我地刷着手机，两人之间隔着一个巨大的书包。

那少年虽称不上英俊，也算五官端正，尤其令人印象深刻的是他那颇为有力的额头，舒展而微微凸出的眉骨像只骄傲展翅的小海鹰。但细细看来，他的双眸涣散消沉，发质干枯，眼圈发黑，整个人不仅颓废萎靡，还有些营养不良，与他那富家子弟的背景颇不相称。

咨询室内的狼藉，便出自这少年之手。

姜愈非常确信，少年的余光注意到了自己的无声问询：有几次，在他注视的一刻，少年会轻轻吞一下口水，绷一绷嘴角，颈上动脉的跳动会变得略为明显一点，整个身体也会极轻地向沙发里缩一下。

但少年始终不曾抬头，也不曾说话，只是一直刷着手机，刻意地做出满不在乎的样子。

咨询室里，一片死寂。

这场面姜愈虽颇熟悉，也并不享受，只是凭着专业训练与过往经验，耐心实践着此刻最好的策略——继续等待，等待对面的二人先有所呈现。

尴尬的等待，让妇人愈发焦灼不安了。

那妇人年过不惑，一身略显宽松的粗布麻衣，乍看颇有几分淡然世外的格调。她未佩多余的首饰装扮，只戴了一只满是细小划痕的羊脂手镯。那手镯温润细腻，白如截肪，且还是圆口精工，因那雕法太过废料，市面已属少见，许是早年收入，许是老货家传。与那超脱之感微微脱节的，是她写满了生活心情的神色样貌：她眼角与颧骨处的肌群明显下耷，嘴角却始终保持着僵硬的上扬，显出一种极不和谐的在意与刻意；她的眼睛很亮很透，静静看来还颇有灵性，但每当周遭有些风吹草动，或与人对视时，那双大眼睛便会瞬间流露出难掩的不安，甚至还有一抹惊恐若隐若现。

姜愈对这眼神颇为熟悉。

有这眼神的人通常没有安定安全的早年，没有常在身畔的慈母，可以在孩子焦虑时摸摸头，给个温暖有力的抱抱，说声"没事儿，有我呢，慢慢来"。

这些孩子心中，从来不曾有机会住进一个温柔的安抚者。所以长大后无论是未被秒回的信息，不确定的爱情，疏离或失控的亲子关系，还是当下这种漫长的沉默，都会令他们迅速焦虑爆表。

"要不我们先开始吧，小姜老师。"焦灼的女中音果然率先打破沉默，"他爸总是……或者这里要不先收拾一下？龙龙他就是这样，在家里也会，他还小，要不我一会儿——"

"——不用，我收拾就好。"姜愈微笑着抬手示意，稍加思忖后，又友善地问那少年："你叫王成龙，对吗？"

这是预约邮件里提到的信息，确认无误。

问这答案确定的问题，一是为了建立关系，二也正好可以探探，那少年的嘴，究竟闭得多紧。

王成龙仍是完全不予理会。

妇人更尴尬了。

姜愈的语气一如既往的平缓:"我看到从进门到现在,你用行为向我表达了很多东西,但又拒绝用语言表达。好像你心里一方面希望我能了解它们,一方面又有些担忧、有些不安。"

王成龙的手指停顿了一下,整个人凝住半秒,随即又快速恢复原样,头也不抬,继续刷着手机,仿佛一切与他无关。

妇人苍白的脸色,隐约有些涨红了。

姜愈不以为意,继续试探道:"那,刚才你妈妈提到了爸爸,我也很希望知道你是怎么想的,是再等等爸爸一起开始吗?还是你觉得我们可以先开始,等他来了同步一下信息?"

王成龙依然沉浸在游戏世界里,只是提到"爸爸"二字时,他的肩膀一度有些紧绷,还向远处缩了缩身子。

妇人起身走向饮水台。

"看来你还不太愿意说什么,那——"

"——小姜老师要不我来说吧……"妇人再难耐受这氛围,方一落座便接过话题,"其实龙龙他——"

"——稍等。"姜愈做了个安抚的手势,又转向王成龙:"我想告诉你的是,在这里,你想说什么就说什么,不想说就不说,想对我说真话就说真话,想说假话就说假话,怎样都可以,充分的自由。我看到你还不太想说,那,我和你妈妈先聊聊,中间任何时候你想插话就插话,如果你想——"

话未说完,王成龙已面无表情地起身走向姜愈的书桌,抄起桌上的空调遥控器,接连调低了几度。

姜愈嘴角微微一抿:"看来你有些热,嗯哼?"

王成龙躺回沙发,眼皮都不抬,径直躲回手机里。

这次的沉默,只持续了几秒。

"还是我来吧……"浓烈的焦躁已从妇人的呼吸中溢了出来,"OK,从哪里开始呢……自我介绍一下吧,我姓庞,可以叫我 Vivian[①]庞。"

"等一下,既然我的来访者是王成龙,那我们还是尊重他的意见,看是否要立

[①] 中文译名为薇薇安。

刻开始。"

Vivian 庞先是一愣，随即宠溺地望向儿子："龙龙，妈妈先跟小姜老师介绍下情况，你没意见的对不对？"

王成龙不置可否。

Vivian 庞的语气格外温柔："妈妈很尊重你，你要想说什么就随时告诉妈妈，妈妈先和小姜老师说说背景，好吗？"不等王成龙回应，她便重新看向姜愈，"不瞒你说，我们算同行呢。我做育儿的，《婴儿的神色，人生的底色》《好妈妈成就孩子一生》都是我写的，卖得很好。他爸爸是做买卖的……该死，轮到我们娘俩的事他永远迟到。"

说到"做买卖"时，Vivian 庞的表情像粘了手狗屎一般。

姜愈眯着眼睛看看 Vivian 庞，又看看王成龙，手指轻轻原地敲了敲，随后示意她继续。

"我希望你可以救救龙龙，"Vivian 庞当即急切地恳求道，"他爸爸非常粗暴地对待他，他现在有很严重的心理创伤！"

"你说的'心理创伤'指的是？"

"龙龙一直是个好孩子，从小就特别聪明，虽然调皮爱打架，但他的生命能量特别饱满，也能活出攻击性来。他成绩虽然一般，但那是因为中国的应试教育发挥不出他的特长，其实我知道，他只要想学就能学好的！都是他爸爸，把他弄成现在这个样子！"

Vivian 庞几欲泪下，爱子之心溢于言表。

姜愈将纸巾盒推到她面前。

他目睹过诸多哭泣，陪伴过无数泪水，却极少做这动作——别急着哭，擦干眼泪说后面的——可此刻他着实不愿多做停留，因为余光中他敏锐地看到，Vivian 庞快要哭出的时候，王成龙正投来厌恶的一瞥。

Vivian 庞接过纸巾盒，优雅地蘸了蘸眼睛："龙龙几年前开始打游戏，孩子嘛，都爱玩，其实一点问题也没有。给他充分的爱与自由，让他感觉到自己是被看到的，他就可以获得内在的完整，一切自然就会好起来。可他爸爸非说他重度网瘾，还趁我出差把他……"

她终于难以自已，哭得梨花带雨，格外伤心。

王成龙依然阴着脸，木木地刷着手机。

"我在家孩子好好的,我出个差他爸居然把他送到戒网学校了!那种把人当牲口一样训练的地狱啊……所以来这里一是处理他爸造的孽,也希望你从专家的身份说说他爸,我说他从来不听!"

"我想——"

"——我都反复说多少次了!最好的教育就是不要教育孩子任何是非对错,只要大人给他足够的情感回应,他的生命就可以流动起来,可那个偏执狂……"

趁Vivian庞擦拭眼泪,姜愈总算插上话:"我想我们还是聚焦在孩子身上,现在孩子有什么表现是你们认为有问题的吗?"

"纠正一下,是他爸觉得有问题!我觉得他很好,这就是生命本来的样子,就应该让他这样舒展!问题都在他爸那,是他不希望孩子好起来!你知道吗姜老师,上个暑假他甚至要去给孩子割包皮,切掉孩子男性的完整感和尊严,他其实就是不希望孩子长成个真正的男人,那样他就不能逗他的权——"

剧烈而鲁莽的敲门声,打断了Vivian庞极富感染力的诉说,也截断了王成龙一闪而过的仇视。

"来得可真准时。"Vivian庞讥讽一笑。

姜愈向二人点头示意,起身开门。

一个一身名牌的男人,正傲然立于门前。

野蛮而成功,这是姜愈对他的第一印象。

男人50多岁,双眼有些浮肿,像两个钢螺栓拧在铁锈色的脸上。那两枚螺栓并非无神,反而透着一股狠劲儿,似在险恶丛林无数厮杀中活下来的独狼,凶戾顽强,带着几分生存狂身上特有的冷漠。

他并未急着进屋子,而是上下打量了一下姜愈。由于他的站姿微微后仰,几乎用下巴对人,因此虽较姜愈矮些,却似在俯视姜愈一般。

审视过后,他总算伸出右手,接见下属。

那是只粗糙的大手,刻满旧伤,伤口早已愈合多年,但那些雕琢腐刻的岁月艰辛,任多少年养尊处优的生活,也洗刷不掉。

姜愈伸手相握,随即便感到男人手上加劲,似要把他拉过来一般。他随即也用上劲儿,不卑不亢地迎向对面那傲慢的目光。

对视几秒后,那男人终于缓缓开口:"王耀宗。"

"还真是一门心思耀祖光宗。"Vivian 庞轻蔑地挤对道。

王耀宗充耳不闻。

"姜愈。"姜愈对等地自报家门,邀王耀宗进屋。

王耀宗慢步踱进咨询室,四下打量,颇有几分嫌弃。待看到一地狼藉时,他那本就蜡黄泛黑的脸立时涨成了块酱豆腐。他几步走到王成龙跟前,二话不说扇了他一记耳光。

"到处撒野!不嫌丢人!"王耀宗脸上未见怒容,指着王成龙的手却在轻微颤抖。

王成龙倔强的双眸中闪过一丝仇恨,又迅速黯淡下来。他抹抹脸,重新把头撇到一边,脸颊有些不自觉地上扯。

那是长期家暴受害者身上常见的僵硬笑意。

"干什么你!"Vivian 庞反应过来,勃然大怒,起身推搡王耀宗。

"王先生,这里禁止暴力。如果再有这样的行为,请离开。"姜愈赶忙挡在二人之间,迎着王耀宗充满侵略性的目光,寸步不让。

紧绷的空气中,几乎能擦出火花。

数秒后,王耀宗轻轻哼了一声。

姜愈向 Vivian 庞使了个眼色,Vivian 庞不情不愿地重新坐下,王耀宗瞟了眼妻儿的位置和中间的书包,皱了皱眉:"所以,没我的位置吗?"

"你可以坐在任意你愿意坐的地方。"姜愈站回自己的沙发一侧。

出乎意料,这句习惯性的回应,在王成龙那边发酵了。

他抬眼看看姜愈,原本颓废无神、重重遮掩的目光中多了些许不安中的认可,戒备中的试探。

姜愈的余光捕捉到了这微弱的信号,转头看向王成龙,希望有更多的目光交流。但王成龙像只受惊的小兽,试探地伸伸爪子,便立刻缩回,他重新看向手机,回到蔫蔫的状态。

姜愈并不介意。

他知道,只要保持关注、细心寻找,机会有的是——若是父母们可以多些耐心与敏锐,心理咨询师会失业过半。

王耀宗脸色一沉，斜眼打量着姜愈，露出"有点意思"的神色，随后便搬了张椅子，坐到几人中央，占据了会议主席的位置。

姜愈默默记下现场的画面：想要更靠近孩子的母亲，挡在孩子与咨询师间的母亲，用书包挡开母亲的孩子，不愿和外人建立联系的孩子，虽矛盾重重但仍存在的母子联盟，加上与妻儿皆颇疏离、被排除在外却仍想占中控场的父亲。

真是家庭关系的完美呈现。

王耀宗整整袖口，姜愈知道，他要行使权力收拾人了。

"我刚开完股东会，一会儿还要去市里谈项目，我们提高效率，你们刚说到哪了？"领导的语气极不耐烦。

Vivian 庞赌气别过脸去。

姜愈见她与王成龙都没有说话的意思，便主动说道："我们也刚刚开始，我在试图了解你们的孩子面对着怎样的困难和局面，以及希望我怎么帮到他。"

"事实并不复杂，"王耀宗大手一挥，"这孩子之前重度网瘾，天天打游戏，逃学，我花钱带他去——"

"——对，钱。"Vivian 庞阴阳怪气地讥讽道。

王耀宗瞥了她一眼，满是见怪不怪的嫌恶。

"我不是来和你吵架的，况且——我给他花钱有错吗？"

"是你让司机带他去的。"Vivian 庞话里带刺。

王耀宗一副"懒得理你"的表情，重新转向姜愈："我带他去医院看过，没用，试过好多方法，什么厌恶疗法、森田疗法、行为认识疗法——"

"——认、知、行、为！"Vivian 庞轻蔑地白了他一眼。

王耀宗不耐烦地摆摆手，不再理她，身子也向姜愈转了几度："后来我还专门送去戒网中心，封闭式管理，不听话就电，总算有了点效果。可这小子太缺自制力！刚回来还好，很快又恢复原样了，比之前玩得还凶。不让在家里玩就去网吧，有一次玩三天三夜饭都不吃！最后居然给饿晕了？！"王耀宗越说越气，手指凌空虚点，"我王耀宗怎么也算个有头有脸的人物了，**我**的儿子，居然在外边给**饿**晕了？！最后还让网吧老板报了警？我他×……"

姜愈听着王耀宗继续抱怨，不时分出心神去观察王成龙：说到"戒网中心"时，他曾短暂地一僵，脚跟却不和谐地抖动——那是想逃跑而不能逃跑的恐惧；他一度放下手机，将拳头压在嘴边——那是必须要闭嘴的愤怒；而听到"电击"二字时，他更是轻微地抖了一下，缩起了脖子——那是更深一层的惊恐。

姜愈将这一切牢牢记了下来。

他要从场上那纷杂繁乱的叙述中剥丝抽茧出一条主线，一条属于王成龙的主线。

"他饿晕是什么时候的事？"

"上个月。"

"所以……"姜愈故意停顿了一下，"他三天没回家，你们两个人都不知情？"

"都不知道她怎么带的孩子！"王耀宗恼羞成怒。

"**我**怎么带的孩子？！什么叫**我**怎么带的孩子？！这是谁的孩子？！你一年到头有几天回家住？自己摸着良心数数！"Vivian 庞瞬间也被点燃了，直吼得歇斯底里，"我今年这是第二次出差，没错吧？我之前推掉多少讲课了要不要我给你算算？王耀宗我告诉你，你没权力束缚我儿子！更别想把我捆在家里！我也有自己的事业！"

"对！多少年赖在家里啥都不干，晃悠到三十多了，刚一怀孕就跑去高考，真有事业心！"王耀宗冷笑一声。

"那还不是因为你出尔反尔！要不是……"Vivian 庞气到发抖，她看了眼窝在一边的王成龙，连做了好几次深呼吸，费了好大力气才撤回了上膛的炮弹，只是用仇视的目光继续扎向王耀宗，"你少在这冷嘲热讽！女人要事业成功怎么了？要让生命自由绽放怎么了？不就是不被你奴役压迫了你不舒坦吗？！而且你这天天不着家的有什么资格指责我不带孩子？那礼拜约好的该你带他你认不认？！"

"他都这么大了！自己在家吃几顿饭有什么做不到的？钱都留给他了，我这么大的时候还得自己找饭吃呢！"王耀宗克制地训了几句，又转向姜愈，语气虽平和了些，可虚点的手指似长了几米，几乎要戳到姜愈的鼻子上，"姜愈，我知道你是专家，但你可能不了解情况，事实上这小崽子的问题，都是她惯的！"

王耀宗指指 Vivian 庞，像在指一个堵了的马桶。

王成龙全程面无表情，似已麻木。

"大海航行靠舵手，万物生长靠太阳……"

手机铃声打断了场上的剑拔弩张。

王耀宗掏出他的高档翻盖机瞥了一眼，皱皱眉挂掉了。

"我接着说。问题很简单，他妈从小不让管，结果呢，孩子不爱学习，原来凭点小聪明还能跟上，现在学的难了，小聪明不顶用了，就受不了挫折，逃避！打游戏！看动漫！有困难怎么了？迎难而上啊！这年代有什么克服不了的困难？都是意志不够！再有，上次从网瘾学校回来好了一阵儿的，之后要是照我说的，玩一次打一次，问题早解决了。可是呢？我管孩子，她惯孩子，孩子能好吗？"

"打打打你就知道打，你看打出什么结果了？"Vivian庞的不屑中多了几分怨毒，"我看你才是那个成瘾的！以吸食孩子的痛苦为乐成瘾！打断孩子的腿再骂他跑不快很有乐趣是不是！"

"你放——"

"——小姜老师，你不知道龙龙原来有多开朗，可……"Vivian庞又一次哽咽了，"可现在他越来越退缩，生命里留下了好多坑洞，你看他的眼神，涣散，悲伤，绝望，完全没有情感的流动！这就是被打的结果！"

"那是打得不够。"

"还不够？再打要打死了都！"

"打死？远着呢！你们女人就是喜欢瞎咋呼，我当年挨的打可比这重多了，我爹那可是吊起来用鞭子抽！"王耀宗流露出一丝不容置疑的自豪，"现在怎么样？我、成、功、了！实话说，我很感谢老爷子！没有他当年，哪儿有我现在！"

说到"感谢"二字，王耀宗无意识地撇了撇嘴，还不经意咬了咬下唇，磨了磨牙。

姜愈心里不禁暗笑：这可真是咬牙切齿啊！

王耀宗的侃侃而谈还在继续。

"当年的锻炼给了我什么？杀伐果断，不会有点儿小情绪就叽叽歪歪，乱了阵脚，也不会像他这么厌包，芝麻大点儿困难就逃！男孩子，就得磨炼摔打，学会再苦再疼也能做到该干什么就干什么。我就是靠这些，才有今天。"说到激动处，王耀宗解开领口的扣子，猛烈换了几口气，"这孩子就是欠锤，就该狠下心严格要求。他现在不理解没关系，以后他会受益，会成功，这就够了！棍棒底下出孝子，老祖宗留下的东西是有道理的！"

"你学点新东西好不好？"Vivian庞再也忍不住了，"孩子在真实世界里的能量被阻断了才会去网络世界里找爱！顽固的坏习惯背后都是匮乏爱的呐喊！"她转向姜愈，多了几分懊恼与心疼，"小姜老师，不说别的，你也知道，孩子视力不好是因为不愿看到家族的真相，龙龙他这几年视力急剧下降……"

"那是他通宵打游戏盯屏幕！还能量！还真相！一天到晚都不知道在瞎作索些什么！哪来这么些歪理邪说？！"

"抱歉我打断一下，我们今天不是来解决二位之间的争执，嗯哼？"姜愈看了看表，决定控制一下场上的节奏。

王耀宗不屑地"哼"了一声："我就是讲事实。"

Vivian 庞则扭过头去，嘴里嘟囔了几句难以听清的抱怨。

姜愈不在这细节上纠缠，他直视着二人，温和的目光中多了些许压迫："那，我还是需要收集一些信息，看怎样能更好地帮到王成龙。所以——"

"大海航行靠舵手，万物生长靠太阳……"

Vivian 庞倒吸口气，一脸厌恶。

"我开会呢，一小时之后打过来！"王耀宗挂断电话，低声骂了句"废物"，整了整领带与威严。

"刚才，庞女士、王先生你们都提到王成龙以前还好，那么——"姜愈把谈话掰回正轨，"请问他是什么时候开始上网有些多的？"

"大概5年前吧。"Vivian 庞答得不大自在。

"那时你们的家庭里，发生了什么？"

王成龙手上略一停顿，悄悄看了看姜愈。

Vivian 庞摇摇头，用下巴指了指王耀宗："你让他说。"

"我当然要说，有什么不能说的！我们那年开始闹离婚，就这么简单。"王耀宗的"开始"二字，说得极快极弱。

"**开始**闹离婚？"姜愈追问。

"对，名义上我们还是夫妻。"

"二位有很多牵绊和矛盾。"

"以前是，"王耀宗略不耐烦，"现在除了怎么教育孩子，已经没什么矛盾了，各过各的，对谁都好。"

"没矛盾？"Vivian 庞忽然愤愤地打断，"你怎么不说我们为什么闹离婚？"

王耀宗摆了摆手："我不想争这些，而且也没什么好藏着掖着的，我这样成功的男人，多几个女人不很正常吗？谁有心情天天回家瞅着你这恶妇！"

王成龙依旧毫无反应。Vivian 庞则已气得发抖，几乎要起身撕人。

王耀宗却似颇有些快感，还冷笑："何况你后来也扯平了啊！"

"王耀宗！"Vivian 庞一拍沙发站了起来，直指王耀宗破口喊道。

王成龙极为轻微地晃了一下。

"我们还是回到孩子身上，好吗？"姜愈抬手截住 Vivian 庞，"那，平时你们二位谁和孩子相处更多些？"

"基本都是我，"Vivian 庞气鼓鼓地坐下，缓了半天才平复脸上的狰狞，"龙龙小时候他老出差，在他看来养个孩子可容易了，这次回来会爬了，下次回来会走了，再下次回来可以上小学了。后来他出差少了也没见他管家里。"

王耀宗刚要申辩，便被 Vivian 庞抢了下来。

"当年的事我不想提太多，一句话，心甘情愿，无怨无悔，我没对不起任何人，任何人也休想道德绑架我。"

王耀宗的手机又响了，这回他非但没有挂断，反而捧着手机起身走到远处，还换了个极为谦恭的声音。

Vivian 庞厌恶地瞟了丈夫一眼，抹抹眼角，哽咽着说道："这个世界上龙龙是我最珍爱的人，我不像有些家长，觉得给孩子买东西就是爱，我认同一句话，最大的爱就是愿意为他付出时间。"她哀怨地看着王成龙，面色凄然，"可这几年孩子大了，心事也不和妈说了。我知道他心里难受，但……"

远处传来王耀宗的声音："啊林秘书，什么吩咐？……好嘞好嘞，好您放心……张市长的意见是？……好好好，三天，保证完成任务……好的好的，再见。"

Vivian 庞止了啜泣，王耀宗皱眉走回，王成龙依旧无动于衷。

"我了解了"姜愈略加思考，向 Vivian 庞点点头，又转向王耀宗："那，王先生，你和孩子都有怎样的互动？"

王耀宗低头发起信息，毫不介意妻子偶尔扎来的目光。待工作完毕，他收起手机，抬起头半是谈心半是教导道："小姜你也是男人，相信你也知道，爹和娘，在培养教育孩子这个问题上，分工是不同的。她们女人就觉得照顾孩子吃好喝好就够了，男人不一样。作为父亲，我第一任务是什么？是做给他看，看看强大成功的男人是什么样子,让他有榜样可以学,想往前走能有条件走。你说说,是像我这种少陪他两天,但可以给他个好条件、当个好榜样的爹好,还是那种一天到晚陪着孩子,到头来孩子想学啥没钱学、长大跟老子一样窝囊的爹好?"

姜愈"嗯哼"了一声,不予评论。

王耀宗继续他的指点:"我还是那句话,男人,是千锤百炼出来的,不是养尊处优出来的。老话说得好,玉不作(zuō)不成器——"

"——玉不琢!"Vivian庞鄙夷地纠正。

王耀宗挥了挥手,将妻子的不屑挡了回去。他将椅子向姜愈挪近少许,语气中多了几分推心置腹:"现在这年代太平了,安逸了,以前摔打出来的品质现代人都忘了,电视上净是些小白脸,娘娘腔,这样下去行吗?不行!没有大老爷们儿了,没有能扛得住的人了,这个民族就废了!这个国家就毁了!……咱们不说大的,我说要从小锻炼他独立自主,她不听!现在好了,都养成这窝里横的尿样儿了!"

王成龙轻轻一颤。

"对,负责,言传身教啊!"Vivian庞话里带刺。

"我当然要言传身教!而且我言传身教得很好!"王耀宗的脸上泛起赭黑,"我可以让他上最好的学校,找最好的家教,这就是我为家庭负的责任。他呢?都做不到为自己的生活负责!"

"你知不知道,训练孩子从小独立不依赖父母,孩子注定会一辈子卡在无助不安中,总在寻找依恋满足,没有能量去自我实现!"Vivian庞又是轻蔑鄙视,又是扼腕叹息,"龙龙逃到网络里,就是因为在真实世界没被'看到'!而且你表面上为他好,实际是潜意识里把坏的部分都投射给他了,让他来当那个坏人,你自己道貌岸然地装好人!"

"你这都什么歪理邪说?我和你说不清楚!"王耀宗声音更大了,"我知道的就是,这是个弱肉强食的社会,想生存下去,第一步,就得学会为自己的所作所为承担后果。"

"弱肉强食,弱者该死,你知不知道什么叫反社会型人格?就是你这种!对弱者没有基本的共情!"

"别跟我整这些乌七八糟的东西!"王耀宗狠狠瞪了妻子一眼,"社会是责任构成的,是担当构成的!他把生活费拿去打网游了,可以啊,但相应的,他就得馒头咸菜过了,这才叫担当。不说别的,就给钱这事,吵多少次了?你这么祸害孩子我还没找你算账呢！不嫌丢人！打游戏要多少钱给多少钱，还说什么，'对孩子最好的爱就是让他满足''孩子满足了就会发展自己的力量'？你问问姜愈，就这么随便一个月几十万拿去打游戏，孩子能好得了？"

"现在好了啊！他连馒头咸菜都没吃，饿晕了！你是不是更满意了！"

"你什么意思？！"

"我什么意思？我什么意思不是很明白吗？孩子的问题都是家长的问题！我觉得该看心理医生的不是龙龙，是你！小姜老师都说了，孩子出问题是用症状拯救家庭！要不是你找那个小狐狸精鬼混，龙龙至于这样吗？"

"我鬼混？！你以为我起早贪黑都在干吗？！"王耀宗终于大发雷霆，"我今年57岁了，照样每周工作至少80小时！往前推20年，我一周120小时起，**我**鬼混？！几千号人都得靠**我**养活！天天跟打仗似的！然后呢？回到家，锅冷灶冷，你除了牢骚瞧不起，还有什么！我在外边找个女人怎么了？我还就是要找个伺候我舒服的！我这样身份的人，哪个不是三妻四妾？比比看我就找了一个，很专一了！我鬼混？你是没见过什么叫鬼混！"

"怎么没见过！你爹那个死样子我见一面就忘不了！"

"你再说一遍试试！"王耀宗青筋暴起，狠狠一拍大腿，震得本就浮肿的眼泡几乎要爆炸。

"我说怎么了！还不让人说话了？！"Vivian 庞迎着他的厉声威吓毫不示弱，"王耀宗我告诉你，家里不是你的公司，我们不是你的员工，你别想控制我，也别想控制龙龙，我还就要说，要不是因为——"

"——我要和他谈谈。"王成龙突然开口了。

他没有抬头，只是用手指了指姜愈，截断了 Vivian 庞。

王耀宗和 Vivian 庞都愣了一下。

Vivian 庞瞬间温柔起来，仿佛刚才的争吵从未发生："好啊龙龙，你有什么委屈就都说出来吧，小姜老师会帮到你的。"

"单独谈。"

王成龙的回应让 Vivian 庞短暂地错愕了，她看看王耀宗，恍然大悟一般，起身向姜愈致意道："小姜老师，那拜托你了。"

姜愈点点头，又给了王耀宗一个示意。

王耀宗看看表，哼了一声，起身随妻离场。刚出门两步，他又折返而回，拦住正在关门的姜愈，掏出个鼓鼓囊囊的牛皮纸包，冷冷递给他。

　　姜愈看了一眼，并未接下。

　　牛皮纸包又往前递了几寸，王耀宗的脸色明显有些不悦了。

　　"他前两个咨询师都很有经验，名气也大，应该是你的师长了。可他去了没几次就不肯再去了，应该是嫌他们年纪大，有戒心，他妈也坚持换，好，那就换，所以才找的你。别的不说，我要求质量更好，速度更快。"

　　姜愈正色道："王先生，我非常希望能帮到王成龙，也会尽我的努力去做。但如果你希望找一个可以用钱来确保质量或是加快速度的咨询师，我建议直接去找下一位。我的咨询设置和价格之前发给过你们，不预付不赊交，一次一结，先咨询后付款，每周一次，准时开始准时结束，原则上不临时增加或取消。我们的设置是我们工作的一部分，请谅解。"

　　"你是没把握接吗？"王耀宗抖抖纸包，略为挑衅地问道。

　　"不，是我**选择**不接。"姜愈格外严肃，"以及，我看到你在向我释放一个善意，但这个善意背后包含很多**要求**，并且当我拒绝时，还可能有各种贬损、冲突袭来，我猜这也是王成龙正面对的困境之一。"

　　王耀宗不怒反笑，他意味深长地看了看姜愈，收回纸包，取了张名片，单手递给姜愈。

　　姜愈本能地双手去接，但随即心有闪念，临时改成了单手。

　　"我要去市里开会，一会儿就不进来了，等你结果。"王耀宗布置完任务，又看了看瘫在沙发上的儿子。

　　虽然那注视只持续了几秒，但他的神色却明显涨落了一番：先是颇为蔑视，继而渐渐柔和，化作些许的疲惫无力、萧索落寞，最后又随着轻轻一叹，恢复了大老板的派头。

　　王耀宗转身离去，电梯间里又传来了二人的争吵声。

　　王成龙依然保持着刚才的姿势。

　　"所以，想谈点什么？"姜愈微笑着问。

　　"没什么想谈的，我只是觉得他们太吵了，把他们支开。"王成龙眼皮都没抬。

　　"不错的策略。"姜愈说得真诚。

王成龙回到手机世界，不再流露任何交谈的意愿。

场上再次归于宁静，只有空调的风，吹着地上植物的残叶，轻轻摇曳。

姜愈知道，此刻标准的做法就是等待：安全、稳妥、省力、有效。

他甚至可以预见后面的剧本：只要足够耐心，对面的人一定会先打开话题，而后面的交流，虽未必一马平川，也必可坎坷前行。

但这一次，眼前这少年身上的某种东西打动了他，让他想要做点什么，加快进程。

而做，就可能出错。

什么也不做的人，是永远不会错的——正如死人不会犯错一样——所以在他的概念里，什么也不做的人，无异于死人。

那不是他想要的。

思绪至此，姜愈嘴唇翕动，似轻声对自己说了句什么，之后便用和王成龙近乎一样的姿势，放松瘫软地躺在沙发上，掏出手机假意开刷，边刷边将呼吸和王成龙调到同频。

"你这么演不累吗？" 5分钟后，王成龙冷不丁冒了一句，头也不抬。

"是有点儿。"姜愈微笑着端正坐好，将手机扣在一边。

跟随与模仿，是最容易建立关系的策略。

王成龙也跟着姜愈坐直了少许，他双手枕在脑后，两腿大大咧咧地伸开，慵懒地打了个哈欠："闲着也是闲着，有啥想说的？我对捉迷藏不感兴趣。"

"没有，在这里如果你不想互动，我们就不互动，怎样都可以。"

"你和其他人也这么干的？拖够时间了就可以拿钱走人？"王成龙有些意外地讪笑道。

姜愈并不作答。

"不过我也不介意，你想从王耀宗那儿骗多少钱都无所谓，反正爹妈挣钱——"他故意拖了个长音，更加松垮地斜躺在沙发上，显出一种混不吝的不屑一顾，"不就是给孩子花的吗？"

少年琥珀色的眼眸不再黯淡，反而多了些许狡黠，像只初成年、到处惹事的小野兽，肆意而兴奋地挑衅着：来啊，像他们一样反驳我啊！

姜愈的语气却更温和了："这个部分你愿意多说一些吗？"

王成龙一愣，多了几分狐疑："切！你嘴上不说，心里肯定瞧不上我这说法，都鄙视一百遍了吧？"

"你默认我会瞧不上你、鄙视你？还是你其实希望我——"

"——拉倒吧！我根本不在意你怎么看，而且话说回来，他们的钱不也是骗来的吗……"

"哦？听起来你并不认同——"

"——我不想谈他们！"

这是王成龙第一次向姜愈大喊。

姜愈没有回应。

"在家已经够烦的了，这里就别再提了成不！"王成龙将歉意藏得很深。

"好的，那，愿不愿意谈谈你自己？"

"就不能聊点儿轻松的话题吗？"

"比如？"

"不知道。"王成龙晃起双腿，似戒心略减，"你不是专家吗？应该很在行吧？我是说拖时间。"

"你希望由我控场？"

"那得看你的水平。"

"也许你可以给我讲讲你喜欢的游戏？或者呢……动漫？Cosplay①？我知道二次元世界是很有爱的。"

王成龙盯着姜愈的眼睛看了好半天，连呼吸都屏住了几秒。

"你……确定？"

"当然，确定，"姜愈刻意重重点了点头，及时，坚定，毫不犹豫，"不过大前提是你愿意。"

"我以为你该跟我讲道理了呢！"

"我想我并没有权力那么做。"

"什么意思？"

"我没经历过你经历的事情，也没在你待的环境里待过，甚至不怎么了解你，

---

① 英文costume play的简略写法，即扮装，也称为角色扮演，指利用服装、小饰品、道具以及化妆来扮演动漫、游戏及影视作品中的角色。

如果这样还对你说教，那也太站着说话不腰疼了。"

王成龙在姜愈诚恳的目光中确认了半天，才闪躲着莞尔奚落道："你们学心理学的都这么有自知之明吗？"

"似乎你还有些不太放心。"

"我没什么不放心的，你还能吃了我？"

"我确实不能。"

王成龙舒了口气，从颈后抽回双手，收了收岔开的腿脚，整个人都显得被调动了起来，像个准备热身上场的运动员。

"你平时玩网游吗？"

"呃……不玩。"

"那你可失去了很多人生乐趣啊！"王成龙来了兴致，"想想看，几亿几亿的资金砸进去，无数聪明人没日没夜地加班，就是为了让你觉得好玩，让你想接着玩、不停玩，这样做出来的东西简直是世界上最伟大的享受了。"

"听起来很有道理，那，你最爱玩什么游戏？"

"一个MMORPG①，MMORPG你懂吧？"王成龙眉飞色舞，如数家珍，"简单说就是你扮演一个角色，有自己特定的职业，比如有人是战士，有人是法师，然后在游戏设定的世界里……闯荡江湖？差不多这意思。你可以一个人做任务，拿装备，也可以组队刷BOSS②，和别的玩家对战，还可以组织家族帮会，包括指挥阵营和阵营之间的战争，等等吧，自由度非常高。"

"听起来像是另一种人生。"姜愈似听得饶有兴趣，"你会选什么样的角色？"

"说了你也不知道，对了，你喜欢你现在的职业吗？心理咨询师。"

姜愈一愣："我有些好奇你为什么会问这个。"

王成龙兴致更浓了："如果你喜欢的话，那你该去玩奶，奶你懂吗？就是奶妈的意思，专门负责给队友加血、打buff③——就是加正面状态或者驱散负面状态的，这不就是你现在干的事情吗？"

---

① 英文Massive（或Massively）Multiplayer Online Role-Playing Game的缩写，中文比较常见的译法是"大型多人在线角色扮演游戏"，是网络游戏的一种。

② BOSS有老板、头目的意思。在游戏中指敌方的首领。

③ buff有增益的意思。在游戏中，指增益系的各种魔法，通常指给某一角色增加一种可以增强自身能力的魔法或效果。

"很有道理呢！也许我会试试……"姜愈报以鼓励的目光,"那你呢？你的职业有什么特点？"

"我玩刺客。"

"刺客？"

"对,刺客。"王成龙颇为得意,"刺客嘛……你可以理解为独行侠,往往有隐身技能,神出鬼没,在野外被高级刺客缠上你就可以删号了,保证杀得你出不了城。"

"所以你更希望独来独往而不是——"

"——我妈净说什么我在游戏里找温暖,"王成龙讥笑着打断道,"别逗了,她那个自以为是的蠢女人,自己缺温暖就总觉得别人在找温暖。是,我在游戏里有不少朋友,不过那不重要,重要的是那是我喜欢的世界,就算我一个人逛地图看风景也很舒服。"

"你很享受那个自由自在的状态。"

"是啊！——咳话说,要来玩玩吗？你一定会喜欢的！玩的话我把下载地址和我们服务器都发给你,来我们服报我的名字保证没人敢动你。"王成龙跃跃欲试,似现场就想找台电脑带姜愈练号。

"你希望我来吗？"姜愈笑着反问道,"好像你很愿意作为那个世界里的一个强者来保护我,我想会不会——"

"——唉别分析那么多,你爱来就来,不爱来就不来,我无所谓,你来了我也没空带你。"王成龙忽然多了几分警觉,迅速冷却下来,"好了,说了挺多我的事了,聊聊你呗？"

"我？"姜愈微一皱眉,意识到自己刚犯了个错误。

油门踩过了。

王成龙"嗯"了一声,没给他太多考虑时间。

姜愈只好技术性地回应道:"我有点好奇为什么你对——"

"——你们学心理的能知道别人想什么吗？"

"绝大部分时候,我不知道。"姜愈苦笑道。

"你还挺诚实,什么时候你会知道呢？"

"事实上有时我会猜,不过也经常猜错。"

王成龙兴致的小火苗又亮了少许:"那你猜我现在在想什么？"

"我猜你在——"

"——其实你猜不中也正常。"王成龙打断得颇为迅速。

姜愈面上不露声色,心底却略松了口气。

他知道,自己猜对了。

"你希望我猜中吗?"

"说不好,无所谓吧。"王成龙依旧一副无所谓的态度。

"OK①,我猜你在测试我,测试我能不能听懂你在说什么,以及,愿不愿意听你说话,愿不愿意和你一起面对。"

"想多了!面对什么?你想不想来玩个奶?"王成龙哈哈一笑,满是掩饰。

"面对愤怒,"姜愈示意了下桌面与地上的一片狼藉,"面对你心底那股强烈到想掀桌、想把那些有秩序的东西都掀翻的愤怒,与力量。"

王成龙眨眨眼,将姜愈上下打量了几番。

姜愈稍等片刻,缓缓继续道:"也许你心里也有些乱,有太多彼此冲突的部分共存着。比如可能有一个部分非常不安,任何人靠近都会让你觉得被入侵,他不希望我猜到你的心思;但另一个部分则很有力量,可以充分地'控场',就像你能拿到空调遥控器控制温度一样,你也可以控制谁在这里、我们谈什么不谈什么,等等。"

"你到底想说什么?"王成龙戒备更重,但也乍现了微小的希冀。

"我想尝试去理解你。此刻我看到的是,一方面你很渴望那种独行侠的自由,没有任何人可以管束你,你可以隐身地生活,独来独往随心所欲;但另一方面,好像你又在追求着某些不同的东西,比如被我猜到,或者我可以通过测试,就好像'捉迷藏'的时候,你藏得非常用心,可又希望有人能够费尽千辛万苦,最终找到你。"

王成龙歪着脑袋,时而看看姜愈,时而看看别处。

短暂的沉默中,少了几分紧张对峙,多了些许无言交流。

"你和他们不太一样。"王成龙将身姿摆正,做了个并不明显的深呼吸,"王耀宗刚才说我欠锤,你知道是什么意思吗?"

"欠捶打?锤炼?欠揍?还是——?"

"我以前也这么以为!结果有次王耀宗喝高了跟家里吹牛逼,说他在农村那会儿的事,我才知道的。农村里骟牛,有一种骟法叫锤骟,就是当着牛的面,把蛋蛋

---

① 中文有"好的""对的""行""可以"等肯定之意,因语境不同而不同。

抻开，然后用锤子使劲地——砰！砰！"王成龙狠狠一锤，"脾气再烈的牛，从此都服服帖帖的，只知道吃草干活——所以你看，这就是王耀宗：一边嫌儿子不够爷们，一边为了让儿子听话恨不得阉了算完！"

"你非常愤怒，非常想要抗争。"

"他就是一变！态！"王成龙咬牙切齿地控诉，"对内法西斯，对外伪君子！我看书上说，咱们传统文化里有什么阉割文化，连武侠小说里那些高手都经常是太监——你也这么认为吗？"

姜愈颇感无奈："我们不谈论那么宏观的东西，回到你身上，我看到你那个想为自己做主的部分一直被重重打压，施展不开对此你很——"

"——和你说个事儿吧！"王成龙忽然打岔道。

"嗯哼，你说。"姜愈知道，之前的努力总算有了结果，重点要来了。

王成龙又做了个深呼吸，巩固了半天决心，这才缓缓开口，语调看似平稳，细听却有轻微颤抖："这事儿我从没和人提过……三年级的时候，有一次——"

突然响起的敲门声，像根粗粗的鱼刺般卡住了他的喉咙。

姜愈纹丝不动，充耳不闻。可王成龙的注意完全被吸引过去了。

"你不去开门吗？"他不自觉地往回撤了撤身子。

"我面对的是你。"姜愈答得极为坚定。

王成龙第一次睁大了眼睛，姜愈也第一次看到，那双黯淡的眼睛，其实可以很有神采。

王成龙鼓了鼓勇气，真情流露："我其实……"

敲门声再次响起，比刚才更重，更急。

王成龙眼中刚刚升起的光彩又黯了下去，他重新蔫蔫地躺回沙发，撇撇嘴示意姜愈去开门。

"你确定？"姜愈还有些不甘心。

"嗯……去吧去吧，以后再说……"王成龙已彻底泄了气。

姜愈看了看表，无奈地起身走向门口。

Vivian 庞眼波流转，期待满满地望向姜愈："我看时间快到了，想着不知道你有什么要反馈给我们的，或者需要我们家长配合的。"

她边说边向王成龙那边张望。

王成龙全不睬她。

"龙龙？" Vivian 庞的呼唤热乎乎的。

王成龙依然无动于衷。

Vivian 庞怏怏地转向姜愈："小姜老师，需要我们做些什么？"

"目前我没什么给二位的建议，"姜愈无意节外生枝，淡淡答道，"如果非要说的话……别急着敲孩子的门，还有，也许可以带他看一下眼科医生。"

Vivian 庞有些错愕，正要说些什么，却被王成龙一声"姜愈"截住了。

姜愈转身看去，王成龙仍然保持着原来的姿势，几乎要钻进手机里。

"下周还是这个时间？"他没头没脑地问道。

"是的。"姜愈微笑答。

王成龙拽起那巨大的书包，起身低着头从姜愈和 Vivian 庞间穿了过去。

姜愈这才发现，他的衣服背后印着一个动漫图案，似乎是一个徽标，图案犹如展开的双翼。

Vivian 庞顾不上和姜愈多叙，赶忙向儿子追去。

关上门后，姜愈才忽然感到潮水般的疲惫。

这场咨询太耗神了。

他颓然在手机上按了几下，咨询室里响起了斯卡拉蒂①的《F 小调奏鸣曲 K466（L118）》。吉列尔斯②的演奏安静、清澈而孤独，闭眼倾听，眼前除却捧起一汪时光，照映自己晃动的倒影外，再也难做他想。

在琴声中，姜愈想起，他也有过如王成龙这般年纪的岁月，也曾是个倔强的少年；也曾试图在和家人对峙的叛逆中证明自己，用头破血流也绝不回头的骄傲掩盖内里的脆弱迷茫；也曾在夜深人静的昏黄灯下，就着冬风，泪流满面，读着《牛虻》。

他轻轻叹了口气，往嘴里塞了块巧克力，这才拖着沉重的身躯，起身找出新的花盆，将地上散落的鹤望兰的残躯重新栽好。

---

① 多梅尼科·斯卡拉蒂（Domenico Scarlatti），意大利作曲家、演奏家。
② 埃米尔·吉列尔斯（Emil Grigoryevich Gilels），苏联钢琴家。

是夜凌晨，万籁俱寂。

鼻腔传来痒痒的感觉，有毛茸茸的东西扫过。

"老婆别闹……我好累，别闹了……"姜愈困倦至极，迷糊着嘟囔了半天，才发觉异样。他摸索着翻出手机，吃力地睁开双眼，醒了醒神，恍惚想起自己回家后应是直冲卧室，衣服都没脱便一头栽在床上，睡了个人事不省。

已近凌晨3点了。

他摸了摸身边，凌乱的被子下空空如也，没有任何热度。倒是头畔有坨热乎乎的生物，刚用毛茸茸的大尾巴将他唤醒。

那是只双色布偶猫，八字脸，海豹色，大围脖，一双自带眼线的大眼睛像矢车菊蓝宝石般美艳深邃。

布偶猫是种大型家猫，温驯亲人，外貌俊美高贵，素有"猫中颜王"之称。姜愈家这只更是伶俐讨喜，格外懂事，每次姜愈回家都叼好拖鞋等在门口，待姜愈换上鞋，便躺倒在地，亮出软软的肚皮，等待抚摸亲热。

可今天，格外懂事的猫咪居然半夜叫醒了他。

"莎乐美你怎么了，不舒服吗？"

莎乐美摇摇头，蹭蹭姜愈。

"那你怎么了？"姜愈忽然一个激灵，"哎呀！是不是苏润忘了喂你了？"

莎乐美委屈地"喵呜"了一声，摇了摇尾巴。

姜愈揉揉惺忪干涩酸疼的眼睛，疲倦地下了床。

路过小书房时，屋内微弱的声响吸引了他的注意。稍许犹豫后，他轻轻推开一线房门，只见屋内忽明忽暗，闪个不停的屏幕直晃得他双眼愈发酸疼了。

苏润正聚精会神打着游戏，全未意识到身后的目光，耳机里还不时传来游戏音效与其他玩家的声音，热闹到有些嘈杂。

姜愈望着妻子的背影，在门口站了好一会儿，面无表情地关上了门。

猫饭做好了。

上等的牛肉、鸡肝、龙利鱼、鹌鹑蛋文火煮熟，细细剁好，再配上益生菌、猫用赖氨酸、猫草锭、啤酒酵母片、维生素片，浇上美毛用的手熬三文鱼油，满满一碗。

姜愈擦擦额上的细汗，舒了口气，试好温度，端上莎乐美的餐桌。

尽管颇为饥饿，莎乐美还是先在他腿边蹭了蹭，这才俯下头去，大快朵颐，举爪投足间，优雅而亲热。
　　看她吃得狼吞虎咽，姜愈默默推开身边的窗户。
　　今天的夜风，有些凉啊……

　　姜愈一直不是个爱说话的人。
　　作为心理咨询师，他能说话的机会本也不多。
　　坐在那张沙发上，太多话要忍住。
　　话多的心理咨询师终会换了行业，正如武侠小说中，话多的人往往成了死人。
　　姜愈甚至曾和来访者沉默100分钟，相对无言。
　　这份定力与宁静，既靠练习，也靠天赋。
　　据说他两岁多时便开始变得郁郁寡欢，极少言语。家人一度怀疑他自闭，跑了好几家专科医院都不放心，后来还是个算命先生，说这孩子巨门坐命化忌见煞，少逞口舌之利方可趋利避害、逢凶化吉，这才让一家子知识分子消停下来，想来颇为讽刺。
　　一路走来，他也早已习惯了一天到晚说不了几句话的生活。
　　其实他很小就知道，自己不说话，只是因为没几个可以说的人罢了。
　　直到苏润的出现。
　　那几年他说的话，比余下的年份加起来还多。
　　可惜，好景不长。

　　难以忍耐的烦闷袭来。这陌生的感受让姜愈有些害怕——他一直以为"找人聊聊"只是给生活锦上添花，未想此刻这需求竟爆发成了极为原始、难以遏制的生理冲动。
　　更令他烦乱的是，翻遍心底的名单后，他发现当下无人可找。
　　一瞬间他甚至想到了郝最，赶忙使劲甩甩头，将这危险的念头强摁下去。
　　莎乐美被他一吓，停了口中的咀嚼，眼中写满困惑。
　　姜愈苦笑着坐到她身边的地板上，抚摩着她如绸似缎的毛，半是倾诉、半是自语："别怕莎乐美，我很好，我们也很好……每对夫妻，都会遇到这种时候……"
　　莎乐美摇摇尾巴，放下心来，重新美滋滋地舔起猫饭。

姜愈的话匣子却并未就此关上。

"最开始的愤怒、争吵、想要改变对方，然后失望，再各自选择自己擅长的方法来处理那些关系内的张力，游戏、赌博、酒精、婚外情、婚外性、工作、孩子、家务、宗教……都是人类避难的地方，只是有的看起来稍微道德些罢了，仅此而已。人类啊，可比你们活得虚伪多咯……"他自嘲地叹了口气，起身翻出洁牙小饼干喂给莎乐美，"其实要我说，都省省吧，尽是些表面文章，冷战热吵疏远客套……别管面上如何，真撕开了，谁家下面没点模糊的血肉，长不好的伤口？咱家——算好的了，是吧？"

莎乐美乖巧地喵了两声，算是回答。

接连响起的短信声，打断了这短暂的闲聊。

三条短信，内容完全一样。

"您已通过亲密付为苏润付款988元，消费地点：东海阁网游商城。"

恒温柜中，几大包巧克力间，一瓶马瑟兰葡萄酒被抽了出来。

姜愈其实不喜欢喝酒。他深深知道，酒后做的事能有多疼。

火辣辣的，让人难以过喉。

所以他只是买，绝少喝。即便是买，也是这两年才有的事。

纷至沓来的几条相同的短信，彻底赶跑了他的犹豫。

暴殄天物地猛灌了大半杯后，他又破罐破摔地将酒杯倒满了。

可酒到唇边，一丝清明升起，他还是克制住了自己。

直到短信声再一次接连响起。

卧室里温馨的暖光被调成了冷白。白惨惨的灯光，让杯中柔和殷红的酒色荡开了一抹扎眼的猩红，透过杯身看去，仿佛整个房间都在燃烧。

姜愈忽而轻轻笑了。

他隔空抬腕，向书房方向敬了一杯。

一片血色，泼在了苏润纯白的被子上。

第三章

蒹葭蒼蒼恨霜早

赤足寸寸前挪，脚趾几已悬空。

泪水若层层剥落的角膜，带着残存的视相，无声地摔碎在天台边缘，或坠入一片虚空。

天台上的女人，已在猎猎夜风中独自站了好久。

愈发黯淡的双眸中，黑暗渐渐笼罩了一切。远近繁华，明灭灯火，都纷纷褪了光泽，失了颜色。只有天边的乌云，缓缓占据更多视野，包裹融合着整个世界。

手机中无人接听的忙音，已反复传唤多次。

她终于放弃了。

手机滑落，屏幕破碎。

颤抖的双膝微微一屈。

刺耳的高频音，划破时空。

姜愈正端坐于咨询师的位置上，目光安宁平和，带着几分禅意，好像已和环境融为一体，将这咨询室变作一个温暖安全的子宫，在这里，心扉可舒畅敞露，伤口会自发愈合。

通常只有水平最高的咨询师，在最好的状态下，才能营造出这样的"场"来。

然而，这只是强撑的假象。

他的双眼其实有些失焦，思绪仍被困在方才的画面中，耳畔则一直回响着那弱似蚊鸣、却难以忍受的高频音。

"姜、姜老师……我说完了，对，就是这样。"

怯怯的声音让姜愈惊出一头冷汗。他这才意识到，自己居然走神了。更让他惊恐的是，尽管此刻已察觉到了异样，可他还是被困在那天台上，看着夜风中哭泣的女人，耳畔回响着无休无尽的啸叫声……

明明醒着，却被梦魇夺去了自身的控制权，无疑是世间最可怕的体验之一。

现场无暇细究，他只得应急处理。稳稳心神后，他试着微微动了下手指，确认沿臂的神经还在工作,便装作调换姿势,悄悄在小臂内侧狠狠一掐。

淤青印下,画面与高频音随之消解,注意力终于回到对面的来访者身上。

那是位十分普通的女青年,人堆里极难找出的一类。

她相貌平平,不惊艳,不难看,低眉顺眼,典型的邻家女孩,若是稍加梳妆,想来也是清秀可人。可她此刻却一身磨损肥大的老款衣裤,肉色的短袜挂丝露洞,干枯的头发蓬乱地松散着,看来已许久缺少打理。

这整体的穿搭装扮,似是生怕自己好看了。

而且若只看外表,她多半属于疲于奔命、日夜为生存挣扎的劳苦阶层。可姜愈的咨询费虽不高昂,也并不便宜。温饱线上的群体,通常不会找他。

"这就是那会儿发生的事儿……"女青年拘谨地坐在最远侧,说到情绪涌起时,缺乏起伏的表述中还会略微泛起些许乡音,"我当时真差点儿就跳下去了,就差一点儿,后来我自个儿下来了,一人儿在天台上哭了好久,可还是……"

她有些不自在,军训般的坐姿微微晃了晃。

"我记得当时我搁楼顶站着,风挺大的,我看看脚下面儿,看看远远近近的夜景,心里头就好像有个声音朝我说话……她说景晓慧,一步就好,只要一步就好,只要往前迈一步,啥啥都和你再没关系了,你再也不用……"

高频音再次隐约传来,姜愈忙又掐了掐那块淤青,醒了醒神。

"这确实是——"

"——您不会把我当神经病看吧?"

"当然,不会,我看到的是你正——"

"——所以您会救我的对吗?"

景晓慧低下头,克制无声的眼泪直直滴在紧紧并拢的双膝上。

她掏出一包纸巾,可急切之下,撕了半天包装贴也没撕开。

姜愈见状,将茶几上的纸巾盒向她推了推。

景晓慧慌忙哽咽着拒绝了:"不用不用,我自己带了。"

她终于掏出纸巾,推起四四方方的黑框眼镜,静静蘸去眼泪。

姜愈眯了眯眼。

一个连咨询室里的纸巾都拒绝的人,想来也很难借助他人的力量支撑自己。

过于不麻烦他人的人，往往看似乖巧懂事，内里则抑郁无助。

使用他人的能力与意愿并非后天习得，而是婴儿自呱呱落地、"使用"母亲让自己存活开始，便具有的求"生"的本能。

而眼前的景晓慧身上，这种本能似乎消失了。

——这，大约也是她会抑郁寻死的原因之一吧。

"我是不是没救了……"景晓慧越是擦拭强忍，泪水越若洪水决堤。

"我看到你正承受着巨大的痛苦，非常害怕，非常无助，也非常无力。"姜愈的口吻像碗雪天的温水，荡着恰到好处的温度，"而另一方面，你仍然来到这里，仍然告诉我这些，仍然愿意尝试去面对那些让你害怕的东西，仍然在努力让情况发生些改变——在我看来，这非常勇敢。"

景晓慧的哭泣缓和了些，她撇了撇嘴，似不太认可姜愈的认可。

"所以，你愿意和我一起来看看到底发生了什么吗？"

"看就有用吗？能让我好起来吗？"景晓慧毫无信心地嘟囔道。

"我不确定，但这是一个重要的基础，有了它我们才有可能——"

"——您都不确定……"景晓慧丧气地抱怨，"我就是没救了对不对？"

"我确实没有魔法棒，挥一挥就能让你好起来，但——"姜愈微微倾身，向景晓慧靠近了少许，"我愿意和你一起蹚过这段满是荆棘的路，好吗？"

景晓慧半信半疑地在姜愈脸上寻了几遍，终于轻轻"嗯"了一声，算是应允。

"那，我们先一起来看一下现实层面发生了什么？"

"行，听您的……"

"你上天台是我们上次见面到今天之间发生的事儿，对吗？"

"对，周一晚上。"

"这期间发生了什么特别的吗？"

"没有……对，没有。"景晓慧有些闪躲。

姜愈略一皱眉："愿意稍微具体地讲讲吗？你的工作、生活、人际……等等吧，平时如何，这周如何？"

"没啥好讲的吧……"景晓慧木木地答道，"工作，和刚来您这儿那会儿没啥差别，还在那家小国企混着。"

"还是行政？"

"对，天天那些杂货事儿：写写没人看的材料，帮同事跑手续、订票、打印、收发快递，偶尔搞搞宣传，节假日想着发点儿水果，就这些破事儿，没啥变化……"

"嗯哼，工作状态也没变？"

"比刚工作那会儿还能规律点儿吧，朝九晚五，能接送孩子。"景晓慧答得皱巴巴的，像块被挤干了水的海绵，"别的就没啥了，天天过的都一样，今天和昨天，今年和去年，都没啥太大差别……"

景晓慧讨好地向姜愈笑笑——那笑容完全由肌肉的抖动完成，僵硬而不带任何情感，像个不开心的三流演员在努力表演。

姜愈还以微笑，示意她继续。

"回到家也还那样儿，把饭做了，吃了，收拾利索了，然后给兰兰读绘本，陪着玩儿，哄睡，就很晚了，再把衣服洗了，地拖了，就该睡了，要睡不着就躺床上刷会儿手机……就这样，没啥特别的。"

"没啥特别的。"姜愈暗暗标记：此刻景晓慧的语气机械而抽离，像块冻柴的肉干儿，徒有其表，却毫无滋味。

"对，就像我刚说的，不光这周，这几年都这样儿。普普通通的中国家庭，该吃吃该喝喝，但也没啥胃口；算不上失眠，但睡没睡好像也没啥区别；从早到晚好像干了好多事儿，又好像啥都没干，但说是没干啥吧，又累得不行……"

"一种很疲惫，有些麻木、耗竭的状态。"

"可能吧，"景晓慧面无表情，"这些年早习惯了。"

"夫妻生活正常吗？"

"他那996①加班儿加的，话都说不了两句，那档子事儿……"景晓慧苦笑着摇了摇头，"上个月两次，之前也差不多，算正常吗？我没概念。他前些年还热情，现在估计也和我一样，没啥想法了。老夫老妻，就那么回事儿吧，要不是——"

忽然的卡顿，让她改了口："其实我一直很感谢您的姜老师，自从——"

"——抱歉打断一下，能不能把刚才那句话说完？'要不是'什么？"

景晓慧不经意地握住食指，焦躁地揉搓了半天。

"要不是他想要老二，可能连现在的频率也没有吧……"

---

① 指"996工作制"即工作时间从早上9点到晚上9点，一周工作6天。它代表着中国互联网企业曾经盛行的加班文化，是违法的。

"你想要老二吗?"

"他家五代单传,兰兰又是个姑娘。虽然他对兰兰挺好,至少面儿上不重男轻女,但二胎政策下来后,看得出他其实特高兴。而且我公公婆婆嘴上不说,搁细节上也藏不住……"景晓慧的语速快了不少,"去年他实在没忍住就拐弯抹角地和我提了,我担心兰兰不接受,没想到她还挺高兴的,说以后她就是小猪佩奇,家里要有乔治弟弟了……"

"你老公,公公婆婆,兰兰,他们都想要,你呢?你想要吗?"

"我已经答应了。"

"你想吗?"

"我……"景晓慧犹豫了好一会儿,"我蛮纠结的,有时候我觉着,我们这代独生子女从小到大都好孤单啊,看着兰兰有时候一个人儿坐那儿乖乖地看小画书,我也觉得挺难受的。但……唉我说不好,反正我们已经不避孕了,每个月算着排卵的日子来,每次都跟完成任务似的,老没意思了……"

"等等,你已经不避孕了?"姜愈的双眉挤在了一起,"你在吃抗抑郁药啊!你去找精神科大夫确认过对胎儿有没有——"

"——我已经停了,对,停药了。"景晓慧十分漠然。

"停了?!什么时候?!"姜愈只觉得胃部一阵抽动,只想狠狠痛骂对方一顿——对常年抑郁服药的人而言,未经医嘱擅自停药调药,可能会带来灾难性的后果,这可是自己多次嘱咐过她的啊!

"去年下半年开始减的,"景晓慧依旧不以为意,"今年年初彻底停了……"

"是按医生建议来的?还是你自行——"

"我自己停。这点我特别感谢您:您看我大二就开始抑郁,大三就被从楼顶上拽下来强制住院,之后药就几乎没断过,每次试着停药都很快复发出状况,为了生兰兰又差点儿跳了。唯独这次,来您这儿也就一年多吧?有您的帮助在,我停了药也没出事儿……"

景晓慧的感激是真诚的。

那份真诚,让姜愈冷汗涔涔。

这是把她自己,连同他一起,架在刀刃上了啊!

姜愈理了理思绪,无论如何,得先让她回到精神科再说。

"我有些意外这件事你当时没跟我说,"他说得字斟句酌,"也许——"

"——求求您！"景晓慧带着哭腔喊道，旋即耳根有些发红，"对不起我太激动了……可、可别劝我再吃药了好吗？我……"

"我无权判断你是否有必要吃药，但我确实认为你有必要找医生去——"

"——别劝我了行吗姜老师？我知道您一定能让我不吃药也没事儿的对吗？"景晓慧苦苦哀求。

姜愈少有地摆出一副严肃的面孔，口吻亦是不容置疑："如果我们嗓子发炎，发烧烧到40度，那一定要先吃退烧药，把温度降下来再说别的。现在，对你来说，抗抑郁药就是那个退烧药，没有精神科的协作，我没法很好地帮到你。"

"我不去精神科！我再也不去了……"景晓慧瞪大眼睛，几乎要哭出来了。

"好像此刻精神科在扮演一个很恐怖的角色，"姜愈的语气柔和了几分，"那，如果你去看精神科、重新服药，对你来说意味着什么？"

景晓慧双手抱住大臂，瑟瑟发抖，轻轻摇摇头，说不出话来。

在给自己的拥抱中，她仍感到一阵生理性的寒意。

她看到咨询室一角，一只毛茸茸的大熊身上盖着条天鹅绒毯子，厚厚的，软软的，暖暖的。

"需要毯子吗？"换作其他来访者，姜愈大概率不会主动询问，但景晓慧太难提出需求，因此注意到她那渴望的目光后，他便决定稍微推她一把。

景晓慧轻轻"嗯"了一声。

"在这里你怎么舒服怎么来——那，你希望自己去拿，还是我拿给你？"姜愈并不起身，只是温和地询问。

自杀，看似是最为失控的行为，但对有些人而言，则是他们对生命最后的掌控点。因此，面对有自杀风险的来访者，在每个细节上让他们找回自主感、可控感，有时反而会起到意想不到的支撑效果。

"我好像没劲儿了……能不能请您……"

姜愈起身拿来毯子，递给景晓慧。她怯生生地接过，将自己裹住，又换了几个姿势，却似怎么都不大得劲。

"你自己舒服的状态就可以。"姜愈半是安抚，半是鼓励。

景晓慧极轻地道了声谢，扭捏地脱下鞋，蜷上沙发，脖子以下几乎都缩进了毯子，像只受惊的流浪小奶猫。

漫长的沉默，若缓慢生长的藤蔓，悄悄爬满了咨询室。

沙漏仍在漏着沙，光影斑驳的绿萝叶片在空调吹来的凉风下轻微摇曳，证明时间没有凝固，景晓慧和姜愈却若两尊雕像，相顾无言，只是静静坐着。

情况特殊，姜愈稍等了一会儿，便主动打破了沉默："我知道有很多情绪呈现在这里、值得我们去关注，但我确实认为，当前你非常有必要去一下精神科，评估你是否需要重新服药。当然，我也很愿意和你一起来看看，是哪些东西卡住了你，让你没法——"

"——我已经怀孕了。"

"什么时候的事儿？……"姜愈脸色一变。

"已经晚了很久了，之前一直非常准的，而且算日子那些天正好有过……"

"具体应该什么时候来？"

"上上周，结果到现在也没有……"

姜愈倒吸一口凉气："试纸测过吗？"

景晓慧忍不住又哭了："我怕……"

"你怕怀上还是没怀上？"

"不知道……我不知道……"景晓慧缩进毯子里，不再回答。

沉默若厚厚的铅板，死死盖在场上。

姜愈心有些乱。

还要不要强推景晓慧去找精神科医生？

坚持，是正确、安全的做法，学术上、临床操作上、法律上都挑不出毛病。

妥协则完全相反：自己涉嫌违规操作，游走在法律边缘，一旦景晓慧真的自杀，她的家人若是起诉，自己很可能无法全身而退。而且即便法官放过他、行业协会放过他、所有人都放过他，他——能放过自己吗？

站在他的角度，绝对应该坚持。

可站在景晓慧的角度呢……

"完蛋了！我这辈子完蛋了姜老师！我不能去精神科，但凡我跟他们说我又上天台了他们一定会逼着我吃药可……是，他们总能整出些研究说吃那玩意儿没事儿，可万一呢？万一呢！那可是给精神病吃的药，哪怕一丁点儿进去了，让我生出个有毛病的孩子咋整？我不能跟他们提我上天台了，我爸还上着支架，我妈也……"

"总之，我没法儿和他们说，而且我知道，他们其实都觉得我……"景晓慧布满血丝的眼中又盈满了泪水，"您是我唯一能说这事儿的人了，求求您拉我一把，有时候我真的……真的想死，可我也真的不想伤害他们……"

姜愈不自觉地向景晓慧侧了侧身，不知僵了多久的双肩也明显分了高低，像个失衡的天平。

"我回去再考虑下……不过你确定怀没怀孕后要第一时间和我讨论，OK？"

"好的好的！谢谢您！我听您的！"

"谢谢。"姜愈沉吟稍许，脸色温和了许多，"无论你去不去精神科，我会和你一起面对接下来的困难，可能这会是你29年来最为——"

"——30了，上周的生日。"

"上周？"姜愈藏起本能的警觉，"刚才我问你上周有什么特殊的事情，你没提到？"

"哪儿有心情啊！"景晓慧颇不以为然，"也没咋大过，所以才没提的……"

"过程、感受怎么样？"

"还挺好吧，"景晓慧僵僵咧了咧嘴角，用手背蹭去眼角的情绪，"蓬蓬和阿朱——您还记得吧？我那俩闺蜜，蓬蓬就是给人感觉蓬蓬软软的那个……"

"我记得，你说过蓬蓬人特好，一家子都笑眯眯的，结婚十年了两口子出门还手牵手到处撒狗粮。阿朱是那个29岁的清华副教授，千人计划，你很佩服她。"

"您记性可真好！总之，她们给我买了生日礼物，提前一天约我出去小聚了一下，生日那天我老公也请假没加班，按点儿回来给我煮了长寿面，兰兰还给我跳了支舞，特别可爱……"景晓慧的脸色愈发寒凉，"但我一点儿也不开心，就感觉和周围的氛围都是隔开的。他们又点蜡烛又唱歌的，可热闹了，但我就是什么也感觉不到，只能机械地跟那儿切蛋糕……"

"像是隔着一层毛玻璃。"

"对！那种感觉太强烈了：他们都特别好，只有我不好……"

"我想标记一下这个点：你的生日，那种格格不入的感觉，也许我们以后还会提到它。不过现在我们先'倒一下带'，还是先搞清楚，到底还有哪些因素让你走上天台，以及当时又是哪些力量让你走了下来，它们都非常重要。"

姜愈有些焦躁，废话的数量连同呼吸的速度一齐增加了许多。

景晓慧张了张口，话到嘴边，却再次哽住了。她擦去泪水，欲言又止了多次，终于下了决心。

"对不起！"万语千言，化作一句呐喊。

"嗯？"

"对不起！我刚才撒谎了……我不是一个人在天台，也不是自己下来的，是兰兰……"

景晓慧的思绪飘回了那晚，赤足站在石台上微凉的触感、春夜皮肤上些许的潮湿、望向深渊时本能的眩晕……都渐渐清晰，恍若眼前。

那时，本应若隐若现的蛊惑之音，竟若黄钟大吕，压过耳畔的猎猎风声。

——再往前一步吧！只要再一步，就什么烦恼都没有了！你还等什么呢？……

膝盖微微弯曲，积蓄着最后的力气，她准备一跃跳下。

稚嫩的童声，在身后响起。

"妈妈……"

兰兰正穿着睡衣拖鞋，姗姗走来。她并不害怕，只是困惑不解，一脸天真。

"妈妈在做什么？兰兰一起好不好？……"

春雷炸响，坚冰崩裂。

被迷雾中幽森的黑所吸引的她，终于清明一现，回过神来。

她不敢回头再看，从天台上哆哆嗦嗦地下来，全身瘫软，几欲跪倒，蹲在地上号啕大哭，几乎要将声带撕裂。

"兰兰别过来！别过来……"

兰兰有些惶恐，却未停下脚步，反而快步冲上前去，用稚嫩的小手拭去妈妈的眼泪，自己也急得要哭了。

"妈妈不哭，兰兰听话，妈妈不哭……"

稚嫩的嗓音，仿若夜色中微弱的烛光。

后面兰兰又说了好多，她都没听进去。

抱着女儿那小小的身子时，一切话语，都已多余。

屋顶的情节，在景晓慧眼前一闪而过，却又恍若经年。

"回到"咨询室时，她与刚才不大一样了。

无情的夜风、空旷的楼顶、钢筋水泥的森林、怀中女儿的温度……交织映在她的双眸之中。

姜愈看在眼里，虽未细问，也大致猜到了过程。

"我想……那一幕换作任何父母都会后怕、自责，而且你可能还怀着——"

"——我不是个好妈妈！"景晓慧捂住脸，再次哭到几乎失声，"兰兰从出生到现在，我一直在努力当个好妈妈，可……可我一直只能做个尽量尽职的妈妈，**我感觉不到**我爱她！甚至我……"

这一次，姜愈没有为这卡顿留出充足的时间。

"甚至你——？"

"可能我压根儿就不爱她吧……"景晓慧整个人像碎开了一样，"有时候我带她在小区里玩，看到别的妈妈带着孩子，她们看孩子的眼神就让你能感到她们的**爱**！可我就是怎么努力也做不到啊，我一直欠兰兰的……"

"你非常希望能体验到那种和孩子的联系感，可却始终——"

"——我现在连个尽责的妈妈都不是了！"

姜愈有些烦躁。

景晓慧呆呆地望向窗外，已许久了。

与那种充满张力的沉默不同，这次她似乎完全离场了。

像个看手机的母亲，人在，心不在。

他不断提醒自己，再等等，不要急。可不知为什么——确切说，他在很久后才想明白为什么——在这场咨询里，他的耐心逐渐稀薄了许多。

小腹中像有条烦躁的小蛇拱来拱去，直扰得他坐立不安。他到底还是没有忍住，轻咳一声打断静默。

景晓慧一个激灵，回过神来，双眼却仍有些失焦。

"我果然不配当妈妈，太失职了！她才这么大点儿就要给我擦眼泪，带我下天台……我这种干啥啥不行的废物，根本没资格把孩子带到这世界来啊……"

"你在剧烈地自我攻击。"

"这就是事实啊！有时候我甚至想……"

她又一次停住了。

"嗯哼？"姜愈平日的节制被焦虑吞噬了许多。

"我不敢说……"景晓慧惶恐地嗫嚅道。

"我知道有些抑郁的母亲会被自己的一个想法吓到：这么痛苦、毫无意义的生活，不如把孩子一起从这个世界带走吧……你会有这种——"

"——别说了！求您别说了……"景晓慧像个最怕蟑螂的小女孩被扔进了蟑螂窝般，"打她出生起我就对她有种说不清道不明的愧疚，但我能怎么办啊？我努力地学育儿，努力做个合格的妈妈，可现在，我连最基本的都……"

汹涌的泪水，将她再次冲到崩溃的边缘。

——又超速了……

姜愈终于意识到自己的状态不对。

"孩子，自责，愧疚，无联系的，坏妈妈……我们又碰到了一些非常重要的点，我们同样标记一下，也许往后走一走还会回来。"姜愈让自己隔离了少许，也降了降场上的情感温度，"那，上周还有什么特殊的事情吗？过生日这种都算。"

景晓慧为何在"这个时点"上了天台，依然是当下最重要的问题。

已有的信息，还远远不够。

"这种都算的话……还见了些老同学吧，对。"

"哦？同学聚会吗？还是——"

"——没什么，和那没关系。"景晓慧有些夸张地摇了摇头。

"或许，但你介意说说吗？"

"——真的没关系！"景晓慧别过头去，闪开姜愈的目光。

姜愈忽然体验到内部一阵明显的晃动。心跳变快了，变强了，撞得肋骨都有了震感。眼前不断涌出隐约的飞蝇，耳畔再次响起高频音，仿若指甲划过黑板。而当狂跳的心脏把血液超载地泵向全身时，四肢百骸反而一阵冰凉。

姜愈知道这些体验源自何方。

那些镜像神经元引发的身心共鸣，无论是在亲密关系中，还是咨访关系里，都是最好的了解对方感受的切入口。

"我感到了一丝死……"姜愈忽而想起了什么，硬生生将后半句咽了回去。

"丝""死"音近，景晓慧仍浸在之前的情绪里，完全未受扰动。

姜愈改口道："你有同学得重病或者类似的事吗？"

这次景晓慧有点被吓到了。

"还是不谈了吧……我觉得跟那个没关系。"

"……好吧,以你舒服的方式进行,不用勉强,以后任何时候想谈了,我随时在——以及,这里也许还有些很重要的东西,我们也标记一下。"

景晓慧一脸淡漠,毫无反应。

气氛一度有些尴尬。姜愈迅速捋了捋思路,眼下最关键的任务,仍是阻止景晓慧再次出现自杀尝试。

"我们还是回到天台上那个时点。你能不能试着描述一下,站在天台上的那一刻,你心里那些最痛苦的体验、感受、想法……都有什么?"

"我想不起来……"景晓慧烦乱地挠着头,像是头皮被山药磨过似的,"就是特别绝望,觉得我真是个累赘……"

"累赘?"姜愈的手指原地敲了几下,"你一直这么看自己?"

"这就是事实。"景晓慧自暴自弃地扯着头发,"我这种废物,除了害身边所有人都没法儿好好过日子外,就浑浑噩噩地浪费时间,这不是累赘是什么?"

"一种很强烈的无价值感,无意义感。"

"我这种人就不配活着!"

"这种感觉你最早什么时候开——"

"瞎捯饬这些有用吗?!"景晓慧绝望到有些失控了,"我生下来就这样!一辈子就这样……"

姜愈温和地看着她,耐心等待着。

景晓慧用掌根撑着眉心,倦倦地闭上眼睛。

她将从小到大的经历细细盘点,摸索体味了许久,仍觉得味同嚼蜡。

普普通通的家庭,普普通通的成长,普普通通的学校,普普通通的经历。读书还算努力,成绩不好不坏,大学马马虎虎,毕了业不敢找工作,就读了硕,家里托托关系,总算进了体制内,做一份"女孩子最适合的工作"。再之后被催着相亲结婚生育,"到啥年龄就要做这年龄该做的事儿",从没想过什么白马王子,依着家人的意思见了舅舅老战友的孩子,并不反感,也就不咸不淡地谈几个月恋爱,算是走个过场,之后顺理成章地领证结婚,有了兰兰,生活主题变成哄睡喂奶屎尿屁,辅食绘本妈妈群,还有数不清的育儿课、早教班,一直到现在……

"以前的事儿我都跟您说过了，"景晓慧缓缓开口，疏离而淡漠，却又带着隐隐的怨气，"我刚想了半天，实在没有啥可补充的了……"

"我换个问法，当你回头看这小半生时，你的**感受如何**？"

"感受？"景晓慧近乎荒诞地笑笑，"哪儿那么多闲情雅致去感受啊……其实我的生活在外人眼里挺好的，他们觉得我也算贤妻良母吧，老公脾气好，也老实，公婆也不事儿，没啥好挑的。可很多时候，我把一天的家务都弄利索了，就忽然会有种恍惚的感觉：我这是在哪儿？我到底在做啥呢？这躯体就是我吗？我到底是谁？那个叫景晓慧的是个什么人？我咋一点儿印象都没有？……"

"一种抽离感，脱节感，像是生活的局外人，表面上一切都挺不错的，可就是……"

"有些东西说了矫情不说憋屈吧，可……"景晓慧双眉拧在一起，眉间的皮肤像核桃皮般皱了起来，"中国千千万万的家庭不都这样吗？……"

"面对那种没有色彩的生活，虽然你'说'没什么感受，但我会隐约感到，好像你有些……委屈。"

委屈。
是的，就是那种感觉，委屈。
这个词让景晓慧全身一紧，双眉却舒展开了。

"有时候，晚上我在床上蜷着，就特希望老公可以过来安慰安慰我，哪怕胡噜胡噜我后背都行。可……"

"你希望被支持，被安抚。"

景晓慧的眼圈又有些红了："男人都粗心，发现不了我不高兴也正常。但我要说我心情不好，他又会说是我想太多了，别想那么多就啥事儿都没有了。"

"你的感受如何？"

"我觉得他说得对，每个人不都该为自己的情绪负责吗？"

姜愈没有回答。刚刚谈到蜷在床上的情景时，景晓慧身上一度有了些许鲜活感，可现在一道闸门落下，那感觉又被隔开了。

景晓慧被他看得有些发毛，忙不迭地补充道："人难道不该好好工作，好好照顾家庭和孩子，好好管理自己的情绪吗？这都再应该不过了呀……"

"这让我想起你告诉过我，你从小就是个'乖孩子'。"

"对啊，院儿里出了名的，从来不让他们操心。大冬天的都会搬个小板凳站上去洗碗，手都冻裂也还特别主动地洗，邻居来我家都夸我懂事儿……"

"你那时候手一定很疼。"

景晓慧抠了抠虎口上的瘢痕，将倏忽涌起的情绪摁了下去。

"其实那时候，我唯一惦记的是热水器，很长一段时间我都特别羡慕那些家里面装了热水器的小伙伴，我一直猜他们洗碗的时候手不会裂呢……"她干涩地咧了咧嘴，似想笑一下，"但我也没跟爸妈提过，直到好多年后，家里终于装了，我当时可满足了，甚至觉得有点儿不真实：怎么这么好的生活就突然降临到我头上了呢？"

"所以对你来说，不提需求是一个……优秀的品质？"

"不是吗？"景晓慧微微一愣，"不给别人添麻烦，不是该被倡导的吗？"

"你家人也这样吗？以不提需求为荣。"

"是……吧？"景晓慧犹豫着回忆了一下，"我初中那会儿我爸就想买个照相机，但一直克制着没买。后来手机能拍照了，他还说幸亏之前没买。"

"好像上一代人会说，这是'会过日子'的表现。"姜愈比画了个引号。

"对！我妈就这么说！"景晓慧忽然笑了，"她自己也这样，能省则省，衬衣衬裤好几层补丁，小病小伤能不去医院就不去医院，大冬天的洗衣服也一定要手洗，说洗衣机废水……"

"这给你——"

"——其实我挺理解他们的，那代人勤俭节约是最重要的美德了啊！"

"是的，他们从极端匮乏的年代走过来，现在哪怕物质丰富了，内心那种匮乏'感'也还在，这非常可以理解。不过我还是想澄清一下，对你而言，有需求，有欲望，有'想要'，是可耻的吗？"

"说不好，他们说我从小就是个特别好带的孩子，从来不会像别的孩子那样要这要那的，所以我也不知道我要是要了会不会觉得可耻……"

"做一个'特别好带的孩子'，你的**体验**怎么样？"姜愈悄悄拐回重点。

"他们都挺忙的，但还是很关心我，我从小到大也基本都是他们带的，对，我妈带我也很细心……"景晓慧轻扶着脑袋，似有些轻微的头疼。

"好像我的问题被滑开了。"

"您问啥来着？哦体验，体验很好啊，对。"

"OK……"姜愈看看她耷拉下的脸颊,并不直接戳破,"你会不会有时候觉得有点被……嫌弃的感觉?就好像自己是个额外的、多出来的累赘。"

"不会的,他们都很爱我!"景晓慧不自觉地点了点头。

姜愈一言不发,只是端详着她。

"是真的,他们只是不会表达,我知道的……"景晓慧辩白得颇为急切,"我爸到我半岁了都不敢抱我,可能就是觉得我太小太软了吧……可只要他在家,我的尿布就都是他洗的,他是个认真负责的好爸爸。我婚礼的时候他也哭得特别厉害,可……可那会儿他也没抱抱我,好像我从小到大他都没抱过我,我妈也是……他们都不抱我……"

沉默许久后,景晓慧抹抹眼睛,将用过的纸巾叠成标准的方块,小心放进纸篓,又换回了有些隔离、麻木的面孔。

"其实我好不了对吗?"

"什么叫'好'?在你的定义里。"

"该干啥干啥啊!别一天到晚这么要死要活地瞎折腾。"

"该学习学习,该工作工作,该结婚结婚,该生孩子生孩子,该做家务做家务……"姜愈掰着指头数了起来,"一个人'该'怎样,我们今天谈过无数回了,但从开始到现在,我一次都没听你提到过——你'想'做什么。"

"该做的,想做的,能有多大区别啊……"景晓慧紧了紧毯子,"生活不就这样儿吗?一个待办事宜接一个待办事宜……您不是吗?"

"好像所有事儿都有个最正确的走向,你唯一要做的就是找到它们,然后照着做。"

"是这样的……"景晓慧从毯子下抽出双手,不停搓来搓去,"其实我这人也没啥想法,有个声音告诉我该做什么挺好的,你让我想也想不明白。"

"可能它们是没法被'想'明白的,"姜愈将拳头放在胸口,"什么让你虽然能干却干得勉强,什么让你热血沸腾、心潮澎湃,这些都不是思考来的,而是体验、感受到的啊……"

"可我没有感受啊!"

"而当你的生活被'我应该'填满的时候,你就和自己失联了——也许它们是鸡和蛋的关系——而如果你没办法把'现在很累很累在做的事'和心底的那个'我想要'联系起来,那生活就是会变得特别没意思、没盼头,让人想放弃啊……"

"您说得有点抽象,我不太明白……"

"那我换个说法,如果你可以把那些'该做的'都抛掉,然后——"

"——那我就会啥都不做了!"景晓慧委屈地打断道,"就我抑郁最重的时候那德行!感觉一点儿也不好!"

"一种'我一点儿用都没有''我什么都做不成'的低价值感、低效能感。"

"是啊!您要是啥都不干您会放心吗?会活不下去的啊!"景晓慧松了口气,眼泪又开始打转了。

"我同意你说的,充实的生活对我们都很重要。不过我还是想邀请你设想一下,如果我有魔法棒,挥一挥,之后你即便完全不做那些'该做的'事,也不会有任何恶劣的后果,你的生存不会有问题,家人不会因此受伤,你的——"

"——那我天天躺床上赖着,啥都不管!"景晓慧半个身子探出毯子,"可哪儿找那么好的地方啊!桃花源吗?"

姜愈若有所思,手指在原地轻轻点了几下。

"您笑什么?是在笑话我对吗?这么不切实际地……"

"你还会背《桃花源记》吗?"姜愈并不在景晓慧的投射上过多停留[①]。

"嗯……"

"我刚在想,那个武陵人找到桃花源的过程,其实是回归子宫的过程。"

景晓慧微微一愣,低头沉吟。

"……缘溪行,忘路之远近。忽逢桃花林,夹岸数百步,中无杂树,芳草鲜美,落英缤纷……林尽水源,便得一山,山有小口……从口入。初极狭,才通人。复行数十步,豁然开朗……"她背得断断续续,毫无起伏,"所以这是陶渊明写的小黄文?可这和我有什么关系?"

"可能这是人类集体潜意识[②]中的一种期待:可以卸下'大人'肩头的责任、'应该',可以做个自在的孩子,甚至回到母体、做回婴儿,并且依然会被爱、被保护、

[①] 投射:姜愈没笑而景晓慧认为他笑了,并且认为是在笑话她,这是典型的投射,即景晓慧心里的一个部分在笑话自己。

[②] 集体潜意识:卡尔·荣格提出的概念,指进化过程中,集体经验心灵底层的精神沉积物,处于人类精神的最低层,为人类所普遍拥有。

被温暖、依然可以……"

景晓慧汨汨涌出的泪水，将他后面的话冲散了。

景晓慧哭得越来越凶，姜愈反而舒了口气。
不曾哭出的泪水多了，会化作抑郁，癌症，自杀……
能痛快地哭出来，终归是好的。
可那哭泣，却在几秒后再次戛然而止了。
景晓慧的面部肌肉重新僵作石板，仿佛刚才的动情从未发生。
"您说的也太远了，我还理解不了这些……"
她将自己严实地裹好，空洞的双眸呆呆地看向前方的虚点，再次离场了。

该怎么把她拉回来呢？
这念头似一根银质的钩针，在姜愈心中那本已绷紧的钢弦上轻轻一钩，便震出一串声响涟漪。
把她拉回来、改变她，她那样是不好的、这样是好的，她在不停地防御、要设法突破她的防御……这些傲慢与偏见，不正是她日常面对的世界吗？那个缺少接纳，鲜有理解，所有人都不曾走近她的内心、看看那里都有些什么，只想照着份高高在上的标准去改造她的世界。

思绪及此，姜愈心静了少许。他放下那些"下面我该怎么做"之类的问题，只是将呼吸调到和她同频，望着纯白天花板，让自己逐渐放空下来。

先心无旁骛地体验一下，此刻，彼此，那些稍纵即逝的感受吧……
静默许久后，姜愈忽然没上没下地蹦出个字来："空。"
"什么？"景晓慧机械地问道。
"我尝试去代入、体会你的内心世界，然后就感到了一种特别空的感觉。某个重要的东西缺掉了，整个人都好像悬在空中，伸手去够，什么也碰不到，什么也没有，就是一片无限的空间，白茫茫的……"

景晓慧双眼一眨不眨，若两片浑浊的鱼鳞，全无任何神采。只有两行清泪，顺着脸颊静静滑下。她并不擦拭，只是将依然涣散的目光转向计时沙漏。

沙粒落下，发出极微弱的窸窣声。大段留白过后，她叹了口气，轻轻击碎了那无声交流的空间。

"您那盆绿萝的水都快干了啊？我给加点儿吧还是……"

不等姜愈回应，她已掀开毯子，穿鞋起身，径直将花架上一盆水培绿萝小心捧到水池边，调好水量，一边加水一边打理叶片。

"好像刚才谈的某些东西碰到了你，之后你就从那个话题，还有你的座位上跑开了，"姜愈纹丝不动，背对着景晓慧说道，"以及，你说这盆绿萝快干了，就像在说，'为我浇水的人太少了''我得到的水太少了'……"

"您真厉害，啥事儿都能引申那么老远。"景晓慧哑然一笑。

常人听来，这话多少带刺，可在姜愈耳中，她只是在说：疼！别急着碰。

"那，当你看到那盆绿萝时，你的感受如何？"

"挺正常的吧，"景晓慧安顿好绿萝，重新落座，又蜷了起来，"您有这么多工作要忙，这里的植物又这么多，偶尔少浇一盆太正常了。"

"好像一方面你有些心疼那盆被忽略在角落的绿萝，一方面又在替我辩护，就像——"

"——姜老师，您说，为什么别人都能做到的，就我做不到啊……"景晓慧有些生硬地岔开话题，"我知道是我差劲、矫情、不扛事儿，可我……唉！抑郁怎么这么讨厌啊！"

她的呼吸有些紊乱，吸气愈深，呼气愈浅，仿佛要把全屋子的氧气都存进肺里似的。

姜愈双手的拇指不停绕起了圈——他有些犹豫，一个重要而敏感的话题此刻正可以碰触。若处理得当，景晓慧能往前走一大截，但……会不会有点早呢？

"我好点儿了，您继续说吧……"景晓慧的声音松弛而黯淡，像层营养不良的皮肤。

姜愈看看她灰暗的眼神，刚想稳妥起见，收拢话题，却忽然瞥见她衣襟上的一片深色，想来是刚才打理绿萝时溅上的水渍。他忽而莫名有些触动：若轻触那层干瘪的皮肤，分明能感到下面隐隐跳动的脉搏啊！

"说回抑郁这里，我想问个问题……"

"您说……"

"是的，这场旷日已久的抑郁让你失去了很多，非常痛苦，你迫切地想要回到原来的生活里，这些感受都非常真实。但与此同时，会不会这场抑郁也在不经意间给你带来了某些益处？"

景晓慧脸色骤变:"您是说——"

"——不不不,我不是暗示你是为了什么好处而'故意'抑郁的,"姜愈赶忙澄清,再字斟句酌地继续走着钢丝:"我是说,会不会存在一种可能性是,某些你以为不是刚需的东西其实是刚需,而在你不抑郁的时候你很难得到它们,甚至很难去要、去争取。再或者,如果我们不把抑郁当成一个'问题',而是——"

"——它就是个问题!是个大问题!!没有好处!!!我恨不得下一秒就好起来!!!!"景晓慧还是爆了。

这突如其来的爆发前所未有的剧烈而失控,把她自己都吓到了。

"对、对不起……"景晓慧对身上发生了什么全无头绪,懵懵地稳定下来后,便忙不迭道起了歉,"我也不知道怎么了……还、还是您先说吧。"

"也许我们碰到了某个很疼的地方,"姜愈的遣词更加谨慎,"我刚才想说的是,如果我们把抑郁当成一个呈现,一个信号,那,它在告诉我们什么呢?"

"您是在怀疑是我不想好起来吗?"

"并没有。但,再一次,你说的'好'指的是回到所谓的正轨,对吗?"

"嗯……"

"所以会不会……'可以'从所谓的正轨上出来一下,恰恰是抑郁带给你的……某些意义?"

景晓慧轻咬着嘴唇,不置可否。

"在生活中,你将自己的需求压到最低,去满足他们的期待,让他们省心,撑起那个'该做的'样子。你做得很好,但体验很差。然后抑郁来了,打乱了一切。是的它让你痛苦,让你想立刻甩掉、立刻'好起来',但与此同时,它也是极其难得的机会,让你有可能去'要',去要他人关注**你**的情绪、**你**的痛苦、**你**的需求,同时也让**你自己**有机会去看看,那种由'我应该'——确切说,'他们觉得我应该',甚至'我觉得他们觉得我应该'——构成的生活状态,是不是你真正想要的。"

景晓慧听得入神,边听边撤下毯子,四方叠好,放在一边。

"虽然我还不知道这次崩塌的导火索到底是什么,但无论是这场抑郁,还是这次天台,好像都在提醒着你,你可能**需要**换一种不同的心态去面对生活,面对关系,以及往大了说——面对**自己**的人生。"

将将风干的泪痕,再次湿润了。

"我们还有时间吧？"短暂沉默后，景晓慧长吁口气，恢复了往常的样子。

"还有几分钟，一会儿结束前留一分钟，我需要更新下你家人和闺蜜的联系方式——放心，不到万不得已我不会用的。"

景晓慧勉强点点头："那我接着说了哈，我还特怕一不小心超时了呢……"

姜愈还以微笑，不作多言。

景晓慧轻摁着脑袋，微蹙眉头，似又有些头疼："也说不好为啥，就是刚您说那一大段儿话的时候，我想起个很早的画面来，就忽然很想说说。"

"哦？怎样的画面？"

"三四岁的时候，有一段儿我是奶奶带的……"

"放在老人家里？"

"对，大概几个月吧，也还好，他们隔三岔五就会来看我一下。"

"嗯哼，继续。"

"其实回忆还挺好啦，奶奶要去邻居家打麻将，所以大部分时候就让我坐在小板凳儿上等她。我也特别乖，不哭不闹，就是安静地坐那儿等着，一等等大半天，她中间会回来看我几次，每次都会夸我懂事……"

姜愈的表情有些严肃，景晓慧则仍沉浸在讲述当中，像个老者正追忆儿时童话，再将它们娓娓道来。

"有一天中午，奶奶没去牌局，就**陪我一起**坐在院子里。那天阳光从葡萄叶的间隙中洒下来，斑斑点点的，还有小风吹过，奶奶摇着蒲扇，教我唱儿歌，那个画面现在回想起来都特别美好……

"我们从中午唱到天黑，我嗓子都哑了，可心情特别好，觉着自己可幸福了……"

突如其来的哽咽，替下她木然的笑意。一时间，她神色悲凉，若掉队冻僵的小天鹅，失神的眼眸中还映着族群迁徙的背影、父母飞远的方向。

"对不起姜老师，我也不知道这又咋了，我记着那会儿挺美好的啊……"景晓慧的眼泪越抹越多，"没别的事儿，真没有，我就只唱了一下午的歌啊，挺好的一天啊真的……"

"愿意说说任何能想起来的细节吗？帮我们还原一下那个场景。比如那时候你穿着什么样的衣服，唱了什么歌，奶奶她有没有——"

"——早忘了啊，可能就比如……"景晓慧卡住了，错乱的记忆突然闯入，若山火般迅速燎尽了她血液中的氧气，直让她一阵眩晕、恍惚，"好吧我忽然想起来了，哦天呐，为什么啊……为什么我一开始觉得是奶奶陪了我一下午呢……其实她就教了我一小会儿就去打麻将了，那天下午我……我就一个人坐那儿……"

　　"那个小小的你，一直'一个人'坐在那儿。"

　　"整个儿一下午……还有那之后的好多个上午，下午，晚上，我都一个人坐在那儿，反反复复地唱同一首歌……"景晓慧落寞地望着咨询室里处处可见的绿植，轻轻唱道："没有花香，没有树高，我是一棵无人知道的小草……"

　　嗓音清亮婉转，如泣如诉。

　　"我觉得……我就是一棵小草。"

　　姜愈看着景晓慧肩膀轻颤，周身流淌出涓涓的哀伤，一时感慨。他揉揉酸胀的双眼，望向窗外，看到绿叶摇曳，阳光耀眼，恍惚间只觉灵魂飞出了那间小小的咨询室，望向了远方繁忙的城市，再穿梭于时间之中，看到清晨黄昏的轮回往复，匆匆行人的相遇分开。

　　在这光怪陆离、繁华拥挤的世界里，那独坐院内、一遍遍唱着《小草》的孩子，可曾有人在意过吗？

第四章

晨星寥寥伤日暮

蝉鸣不绝,若众生之烦恼;阳光炽烈,如诀别般灼目。

这初夏反常的炎热,将姜愈闷成了锅里的活鱼。他已在毒辣的太阳下踯躅徘徊了太久,手机上的信息删改多次,却仍是一片空白。

伸手掏兜,只抓出一把糖纸。不知不觉间,最后一块巧克力也吃完了。

口中没了苦味,心里便泛上许多。他擦了擦汗,沮丧地关掉微信,转写邮件。可又写写删删了半天,除了收件人外,还是一个字都没剩下。他愈发烦躁,索性点开通讯录,翻出"岳无峰"的号码,一闭眼拨了出去。

挂断,发生在下一秒。

他真的恼了,为自己这不同以往的优柔寡断。把心一横,他最后做了次努力,从牙缝里挤出一段语音留言:"呃……好久不见,什么时候有空?"方一发出,他又破罐破摔般补了一句:"天大地大的,想来想去,有些话也就您一个人能说说……"

似怕自己反悔,他说完便将手机往兜里一揣,大步走向不远处的小别墅。

别墅的大门用料考究,做工精良,牙白的色泽如珠似羽,直透着一股鲜活若生的灵动——如果它没被那一大道黑墨拦腰横泼的话。

墨迹已被风化得有些粗糙,还有不少划痕蒙尘,看得出颇有年月,黑黢黢的墨将门的胴体拦腰咬断,如撕裂的旧伤,似咧嘴的凶兽。

姜愈的手指轻颤着接近那道陈年的黑色,须臾之间,无数追忆纷至沓来。

战栗的世界,灰暗的天空,滚烫的眼角,发疼的呼吸,倒地呕吐的墨瓶,踉跄奔离的背影,还有身后那声若隐若现的轻叹……点滴感受凝成一根根细长尖锐的冰锥,扎在心口,将热血丝丝凝冷,再悄然消散。

他本打算一鼓作气径直敲门的,可手指将将触及那道黑墨,却又灼伤般缩了回去。他忙乱地撤回信息,擦擦冷汗,转身便走。

刚走两步,他忽觉一阵眩晕,当下便停了脚步。

耳畔的蝉鸣化作熟悉的高频音,心底似有条蠢蠢欲动的黑蟒被那墨迹共鸣,躁动地撞击起封印它的符咒。姜愈只觉心脏狂跳，内里一阵翻江倒海，双腿则阵阵发酥，好像被晒裂的砖块，既无法迈步离去，也不能转身直面那道狰狞。

他自然也不会注意到，身后二层窗内投来的目光。

蒸腾的热气还在扭曲眼前的景物，姜愈被晒得一度有些打晃，正不知所措之际，肩头却忽被轻轻一拍，一个激灵后，意识迅速重新接管了脱节的肢体，他猛地转身，整个人瞬间醒过神来。

一个二十多岁的女子正站在身后，笑吟吟地看着自己，苍白的双颊上还隐约有抹极淡似无的红晕，仿若松软积雪上反射的绯色晨曦。

"……寥若！岳寥若？！"姜愈愣了足足两秒，才惊喜地相认。

他确实有些意外。

上次见岳寥若还是三四年前，那时她虽已本科毕业，却仍似个怯怯的初中少女，孤冷回避，淡漠寡言，在人群中待得稍久，便紧张得像只被抛入闹市的小雪狐般，恨不能立刻藏起，再择机逃回雪国。

而眼前的她身姿挺拔，英气飒爽，再搭上凌厉的短发，中性的着装，还有那些微的混血痕迹，颇似俊朗洒脱的异族美少年。她苍色的眼眸通透如初，还多了几分别样的底蕴，一如冬夜未眠的贝加尔湖，远看冻住了天色，近观收藏着星光。

"进来说吧！"岳寥若见姜愈兀自发愣，不禁莞尔一笑，牵他进屋。

姜愈只觉手腕微微一凉，方一迟疑，见岳寥若表情自然如常，毫无忸怩，只觉自己想得太多，脸上一红，赶忙快步跟上。

屋内似有小提琴声，婉转情深，还带着几分千帆过尽的欲说还休。

"岳……岳老师身体还好吗？"

"你生活中在面临分离主题吗？这个问候代表着对丧失重要客体的焦虑。"

"天哪你学啥不好要学这行……"姜愈苦笑一声，不再追问。

他自然知道，岳寥若为什么也学了临床心理学。

岳寥若倩然一笑，默契地保持着沉默。

二楼主卧门口，琴声更响，岳寥若轻敲屋门，见没有回应，也不多等，径直推门而入。姜愈快步跟上，见一位老人正独立窗前，腰板直挺得好像传说中西北大漠的胡杨一般，正投入地演奏着小提琴，全未注意到他们二人。

那自然是岳无峰。

姜愈看着那熟稔的背影，只觉鼻梁一阵酸楚，赶忙揉揉眼睛，移开目光，静静地打量四周，将回忆的碎片一一拾起。

墙上那幅大大的"仁"字，比上次见时又泛黄了些许；旁边的老挂钟规律地发出咔咔声，似在炫耀自己服膺卅载、仍可裁剪时光；室内厚实质朴的老家具并无太大变化，一如久历风雨的老水手，多条伤疤少条痕迹早已无甚分别，只有老书桌上盖住绿绒布的玻璃板多了条裂缝，还颇为明显；书桌上曾经的书堆不见了，空荡荡的，只留了个白搪瓷缸，孤零零地看着场，缸沿还比从前多了个豁口，像新崩了颗牙。

姜愈蹑手蹑脚地走近墙边的老书柜，隔着透明的玻璃板，张望里面的陈列。曾经陪伴过他的老书还在，只是覆上了绒绒的一层薄尘，书前的相框倒被擦得干净，那些家人影照虽又褪色了少许，但相较几年前倒也差异不大。那顶被血染黑了半边的旧军帽，仍与诸多相片一同坚守着岗位，作为记录者的一员。

姜愈心下感慨，刚想再凑近看看，岳无峰已拉完了最后一个音符。

"爷爷，你看谁来了！"

"岳老师，好久没见了……"姜愈半鞠一躬。

岳无峰缓缓转身，望向姜愈，嘴唇翕动，慈爱的目光中流露出一丝感伤。

姜愈几欲流泪，一秒间仿若踏过数年时光。

岳无峰还是老样子，一点没变——是的他的皱纹更密了，老年斑变多了，花白的头发全白了，他的肌肉消失了，皮肤松垮了，甚至那绝对睿智的双眸也多了几分黄浊。可是姜愈却无比笃定地感到，眼前之人还是那个他熟悉的岳无峰，那个只要站在对面，便会不由得让人感到安定、放松、踏实、有着落的岳无峰。

"岳老师，我……"姜愈红着脸支吾了半天，使劲吞了口口水，这才咽下哽在喉头的千言万语，"我其实也没什么要紧事儿，只是好久没见，想您了……"

拙劣的解释，也是最好的表达。

岳无峰仍直直地看着姜愈，一言不发。

岳寥若时而看看岳无峰，时而看看姜愈，竟似有些忐忑。

姜愈先有些绷不住了："我本来刚给您发了条微信想约个时间的，没想到门口碰上寥若了，没、没打扰您休息吧？"

岳无峰依旧目光平和，闭口不言。

"您……是不是今天不方便？要不……我改天再约？"姜愈被岳无峰的沉默戳得有些发毛，继续磕巴着画蛇添足，"岳老师我真就只想来看看，没别的……"

岳无峰依然没有接话，只是静静地看着姜愈，慈爱，关切，感伤。

姜愈向岳寥若使了个求救的眼色，未料岳寥若竟也视若无睹。无奈之下，他打算客套几句先行告辞，可刚斟酌好措辞，岳无峰却忽然开口了。

"我认识你，但我实在记不起你了……孩子，你叫什么名字？"

岳寥若脸上晃过一丝预料命中的失落。

姜愈错愕地望着岳无峰，惊诧得完全说不出话来。

"下楼说吧。"岳寥若轻声提议，打破了难耐的沉默。

岳无峰依然面露迷惘，双眉轻蹙，似仍在努力挖掘着被厚厚掩埋的记忆。

三人鱼贯而下，姜愈望着岳无峰瘦削的背影、依然矫健利落的腿脚，更觉悲从中来。

"姜愈，姜愈……"岳无峰一脸迷茫，困惑地念叨个不停，"你从克拉玛依过来的？不对啊……你不是已经……"

"爷爷你搞错啦！那个希望工程的小孩儿姓蒋，是个小姑娘，这是姜——愈，姜，雪燃阿姨的孩子。"

"哦对对对，姜愈，姜愈……我想起来了！"岳无峰恍然大悟，浑浊的双眸中一下多了几分光彩，"你妈妈还好吗？"

姜愈脚步微微一滞，眼圈有些泛红。

"爷爷，雪燃阿姨六年前就走……就出国了。"

"哦……"岳无峰停住脚步，眯着双眼，思索了好一会儿，似乎想起了什么，又似乎什么也没想起，只是默默摇了摇头。

行至一楼，姜愈四下张望，见这曾经的咨询室无甚变化，稍稍松了口气。

哪怕形式上的稳定，有时也能安抚人心。

岳无峰择了张长条沙发缓缓坐下，嘴唇轻颤，似在打什么腹稿。姜愈心事重重地转了一圈，这才坐到岳无峰对面。岳寥若则踏着落地窗洒下的一地阳光，走向屋角的小吧台。

"姜愈啊,你也是学这行的,怎么还这么意外呐?"岳无峰微笑着念叨起来,"老年痴呆嘛,没啥可回避的,典型得像教科书……从忘词开始,然后是记不起最近的事情,再之后,偶尔一觉醒来,整个人都在一团雾里。开始啊,雾很薄,很短,很快就出太阳了,但越往后,雾越浓,越长,整个人就被困在里面,怎么也走不出来啦……现在啊,我这样的时间越来越多,忘的事也越来越多,甚至有时候都不知道今夕何夕,自己是谁,身在何处,这清醒的时间,不到一半喽……"

"岳老师您……您怎么完全没跟我……"

"寥若也是去年年底才知道的……"岳无峰呵呵一笑。

"爷爷真是又小瞧我又能演戏,一个博士学位而已,拿不拿都无所谓的虚名,有啥可瞒的?"岳寥若端着瓷白色的托盘紧挨岳无峰坐下,将一小壶淡青色的上好龙井捧给岳无峰,一杯英国红茶递给姜愈,自己则留了一杯黑咖啡。

姜愈看着岳寥若娴熟自然地操持招待,忽而一阵唏嘘:哪怕是一杯茶水,这种被照顾的感觉,多少年没有了啊……

他没让这感伤持续太久,向岳寥若感激地笑笑,便又转向岳无峰:"岳老师,那个……之前是我……抱歉我一直没有——"

"——有得忙是好事啊!"岳无峰体贴地截住话头。

姜愈的耳朵窘成了两块三文鱼刺身:"不是,岳老师,我是真的……"

"没关系,没关系……"岳无峰笑眯眯地摆了摆手,"来,孩子,说说吧,这三年,你过得怎么样?"

"挺好的,"姜愈忙不迭地答道,"生活很好,工作也好,都很好,嗯,都很好……哎呀真是,您不说我都没意识到,都三年了……"

"大忙人……"岳寥若冷不丁挤对道。

姜愈不好意思地挠了挠头,没敢接话,继续向岳无峰汇报道:"之前浮躁,也是心里有些没打开的结,事业上折腾了不少事儿。这两年心静了不少,把那些不是自己真想做的事儿或卖或送交给朋友了,塌下心来专心做临床……"

"恭喜,"岳寥若搅了搅冒着热气的咖啡,三分认真,七分调侃,"'从目的的奴役中被解救出来'了,之后就好好'在自由的土地上自由劳作'吧!"

姜愈微微一愣,随即哑然失笑:"还记得呢?这都多少年了……"

岳寥若刚说的前半句来自尼采,后半句源自歌德,都是二人无猜之年共读过的佳作,此时提及,光景浮现,直惹得他心头一热。

岳寥若却似不以为意，依旧轻描淡写，却又话里有话地说道："我不像某人那么健忘，连喜帖都会漏发，也不知是什么动力。"

"寥若你、你当时不是刚出去没多久嘛……"姜愈一脸赔笑。

岳寥若白了他一眼："回不回来是我的事，让不让我知道是你的事，还是说，这是你潜意识里在——"

"——我的错我的错。"姜愈双手合十，高举过额，心里却对岳寥若这久违的犀利倍感亲切。

"好了，不贫了，说说吧，来找爷爷是遇到什么难题了？"

"没有没有，误会了寥若，我真就是想岳老师了，想来看看……"

"姜愈，"岳无峰忽然开口了，"我老啦，病啦，犯起糊涂来，那是真糊涂，不过，我也还有那么一点儿清醒的时候，这时候，我的眼睛，还好使……"

"岳老师，我……好吧我承认，我本来是有些心事想和您聊聊的，不过也都是些说不说都成的，"姜愈见瞒不过，只好嘴硬着扛下去，"而且我也不是当年那个状态了，您就放心吧，我搞得定。"

"那就好……"岳无峰力不从心地叹了口气，"如果真是那样，那很好……"

"岳老师，我……"姜愈一时竟有些哽咽，"您为我做过那么多，我一直很感谢，真的，我也很……很抱歉这些年没和您联系，其实我……"

"好像是吧……这里好像是发生过好多事，但我不记得了啦……"岳无峰软软地靠在沙发上，用力回忆了好久，"不过没关系，孩子，**现在**你有什么事，依然可以来这里……"

"岳老师我……我懂，谢谢您……"姜愈瞅着地面，抿着嘴摇了摇头。

"防御。"岳寥若啜了口咖啡，丝毫不理会姜愈的白眼。

场上沉默许久，姜愈的红茶已率先被喝了个底掉。

"这样吧，姜愈啊……"岳无峰忽然沉声说道，"你来帮**我**做件事，好不好？"

未等姜愈表态，岳寥若先不以为意地笑了："道不同，何必呢。"

姜愈却充耳未闻，脑袋点得如同捣蒜："没问题！岳老师您放心好了！甭管什么事儿，您尽管吩咐，我一定全力以赴！"

岳无峰双眼轻阖，仿佛睡过去一样，只有快速跳动的眼皮显示着他的大脑正高速运转，许是在最后核查某个检验过多次的想法思路，生怕还有纰漏。

哪怕年轻五岁，这恐怕也花不了他半秒时间。

岳寥若看看姜愈一脸虔诚的期待，又看看爷爷不时皱起的眉心，无奈吁了口气，起身为三人续杯。

岳无峰缓缓睁开眼睛："以后，继续来这里吧……"

"您是说……"

"继续来这里，松散的设置，半督导的讨论。"

"这？！这本身没问题，但……"姜愈于心不忍，咽下后半句话。

"爷爷还是一如既往的操心命啊……"岳寥若稳稳端回托盘，将饮品分好。

姜愈仍是一脸困惑，不明就里。

"你变钝了啊……"岳寥若吹了吹热气腾腾的咖啡，随意地跷起腿，挂着拖鞋的脚丫直指姜愈，"爷爷看我这游手好闲的早不顺眼了，想借你的手掰掰我，顺便让我帮你一把——我说得对吗？老狐狸爷爷。"

岳寥若说笑间用肘顶了顶岳无峰。岳无峰微微一笑，算是默认。

"我……我还是没明白。"姜愈依旧颇为茫然，"寥若这样怎么了？不挺好吗？"

"爷爷你看，姜愈哥也说我挺好的，就别操心啦！"

"你啊……"岳无峰爱怜地点了下宝贝孙女儿的额头。

姜愈用余光瞥了眼岳寥若的左手，再次确认了那枚他上楼时便悄悄观察过的戒指确实戴在她中指上。那戒指戒托很细，虽布满极细的划痕，却依然光泽鲜亮、纯净流动，应是铂金打造[①]，戒指主石是一圈七彩渐变的刚玉宝石[②]，均是火彩出众、颜色纯正、纯净无瑕的极品，一看便价值不菲，绝非随意戴着玩的饰物。

姜愈稍加思忖，心中有数："寥若学业上有什么麻烦吗？还是经济上——"

"——你还真是健忘呢，"岳寥若抢下话头，语气寡淡得像天边若隐若现的云絮，"不早都解决了吗……"

"哦对！想起来了。"姜愈赶忙修正，似在刻意自证，"超高的杠杆，当时把你爸——"

[①] 银色戒指的常见材质是钢、银、18K白色金（75%黄金+25%银、镍、钯、铜等）、白金（铂金），其中钢颜色发黯，银划痕处会发乌，18K白色金划痕处会发黄。

[②] 刚玉宝石，红宝石（Ruby）和蓝宝石（Sapphire）的统称，其中蓝宝石并非只有蓝色，而是包括除红宝石外各种颜色的刚玉宝石，颜色极为丰富。高档的刚玉宝石具有其他材质完全无法比拟的色泽与反火，是最高档的制作七彩戒指的主石。

"——岳平安,别搞错。"岳寥若剑眉一挑,声音骤然冷硬若北极冻土。

"抱歉抱歉……我就是想说,你那段还挺传奇的。"

"投机取巧而已,只是成年了就不想再用他一分钱罢了……"岳寥若全无情感起伏,像在念无聊的课本,"而且现在想想,当时说是想挣笔快钱把他给的都还回去,但潜意识里其实也有个部分想赔光拉倒的,只不过运气好,歪打误着赌赢了而已……倒也挺好,一口气把麻烦事儿做完了,乐得清闲。这世界太热闹了,我嫌乱,也没兴趣参与,就想一个人静静。"

"羡慕啊!"姜愈长长伸了个懒腰,"我倒也想清静清静,可牵绊太多了……"

"人神好清而心忧之,人心好静而欲牵之,欲既不生,即是真静。"

听岳寥若提及这《清静经》里的句子,姜愈忽然想起数年前的一个雪夜,同样是三人围坐,一壶浊酒,岳无峰喝得开心,少有地高谈起儒家思想;岳寥若不胜酒力,偶尔插话,皆是神往道家;三人谈古论今,酣畅淋漓,犹历历在目。

再看眼前的岳无峰,垂垂暮老,不复昔日。

姜愈不禁喉头一热:"还是您说吧岳老师,到底希望我做什么?"

"姜愈啊,你真看不出问题吗?"岳无峰呷了口茶,半是询问,半是慨叹,"采菊东篱,不撄世累,这心态,不该是她这个年纪的啊……面上说,她这回是因为我才办的休学,但我知道,她就是毕业了,也不肯真的走出去和……"

岳无峰忽然皱着眉停住了,刚刚组织好的措辞如同掉入了浊绿的湖水:明明掬起的水是清澈的,可沉下去不到一拃的物什就怎么也看不到、捞不出了。

"爷爷是不是想说,我就是想退缩回自己的小房间里,不和**人类**接触?"

"……是啊,你这孩子,受了那么多专业训练,有那么好的实习经历,可还没入世看看,就急着出世,这是在回避人类啊……"岳无峰惆怅地转向姜愈,"所以姜愈,我希望你能继续过来,来和寥若做做专业讨论,设置松散些,不局限于督导或者自我体验[①],谈什么都可以。不要有压力,就是来……来生活——你也是,多久没把自己当个'人'好好去生活了? 都写在脸上呢……"

"我、我觉得还好吧?"姜愈双手交互摩挲,似在安抚被勾起的焦虑。

"总之啊,我希望你能过来。让寥若拾掇你,你也带带她。不用抱太强的目的,

[①] 督导指心理咨询师针对怎样帮到来访者与同行进行专业讨论,自我体验指心理咨询师自己去做心理咨询,面对自己的问题与成长。

就是多给彼此双眼睛，去看看，感受感受。我要是能清醒着，也在一边儿听着，没准儿还能说几句有用的话……"

岳无峰长舒口气，一下子松垮了许多，显是耗了不少力气。

"爷爷啊，你为啥就不能承认我这么过也挺好的呢？"岳寥若撇撇嘴抗议道，"而且我也不是不喜欢人类，我只是单纯对和活人打交道没什么兴趣罢了。在家读读那些智者先贤留下的瑰宝，我兴趣可大着咧！"

"我也觉得……好像寥若这个状态还不错……"姜愈犹豫着说完，见岳无峰仍闭目养神，不置可否，生怕他误会，忙多此一举地解释道："岳老师，我特愿意给您做事儿，但这事我真觉得……意义有限啊。我可以找我的督导，寥若呢，一来她自己也不愿意，二来她这资质干啥不比当个心理咨询师合适？所以——"

"——等等，为什么？"岳寥若眉梢一扬，"为什么你觉得我不适合干这行？"

"这点岳老师最清楚，"姜愈一脸理所当然，"我相信你在国外受到了非常专业的训练，也充分相信你的水平，但在国内——"

轻微的鼾声打断了姜愈，他循声望去，见岳无峰不知何时已然沉沉入睡，安详宁静。岳寥若看看身边酣睡的爷爷，哑然一笑："正常，别在意，我们继续。"

"好吧……"姜愈无奈地挠了挠头，"哎我说寥若，这岳老师不会没犯病的时候也……也……"

"老糊涂了？"

"你你你可千万别和岳老师说哈！"姜愈紧张得像逃学被抓的学生，"但确实这……哪儿有这么设置的啊？都踩了好几条伦理要求红线了……"

"最近爷爷确实常犯糊涂，有时候一犯犯一天，有时候就一过性的十来分钟，我刚回来那会儿没这样。"岳寥若双手一摊，"至于这设置嘛，当然更是……"

"总之不能这么干，也没法儿这么干！"姜愈看了看表，双脚一撤，两手撑膝，做了个离席的架势，"得，今儿也说差不多了，我就先告辞了，岳老师也不知道什么时候醒，醒了你替我解释下吧！反正你也不愿意，咱就别整那些有的没的的奇葩设置了。我会常来看看的，咱们微信上随时——"

"——别急。"岳寥若倾身向前，苍色的双眸直勾勾地盯着姜愈，目光锐利得好像玄冰打磨的刀片，"你真不打算把那些藏着掖着的事说了？"

"没、没有……"姜愈慌乱地闪开岳寥若的注视，"寥若你啥时候开始相面了？我还那个样，别多想。"

"别装了,这才几年不见,你身上怎么这么强的暮气?"

"暮气?我这是成熟!你当谁都跟你似的冻龄啊!"

"一次,"岳寥若全不理会姜愈的插科打诨,只是伸出一根手指,"最后一次机会,那些想说又说不出口的事,再不说,我可不问了。"

姜愈低头在杯中搅起了绛红色的旋涡,不敢久视那双似会令人雪盲的眼眸。

"OK,我送你。"岳寥若放下咖啡,轻盈起身。

"苏润状况不好。"

岳寥若重新坐下,撩了撩深栗色的短发,脸上笼了层秋意。

"我知道所有的专业知识,我知道该怎么做,但我仍然压力很大,非常大……"姜愈的指尖狠狠耙过头皮,动作迟缓得像穿了件铅衣,"雅安地震哪年来着?哦对,前年,这转眼都三年了,苏润还没走出她的抑郁……"

"替代性创伤?怎么会这么久?"岳寥若有些难以置信。

"我经常告诉自己,陪着她就好,不要强行拉她,创伤后的抑郁就是需要一段时间,可是……可我真的好累啊……"姜愈瘫靠在沙发上,双眼紧闭,手掌似要将脸皮揉搓下来似的,"地震的时候,我们刚结婚半年,我跟她说不要去,你不要去,可她非要去……唉!她就是这种滥好人!"

"等一下,你确定只是因为这个吗?"岳寥若仍一脸狐疑,"以你们的专业程度,只是替代性创伤不至于这么久啊……"

"受刺激了啊!"姜愈掌缝间溢满了嫌恶之色,"你可能不知道,国内这行鱼龙混杂,有一心助人的,也有吃人血馒头的。"

"即便是那样,听起来也有点——"

"——苏润报名的时候,是满腔热情想要帮助灾民的。也确实,他们干得很好,很有成效。在芦山县一所小学,最开始校长还将信将疑,想婉拒的,结果一节课的时间,他们就和孩子们完全打成一片了,下课的时候孩子们一个个儿'老师来我们这儿吧',都把一个男同行的衣服扯坏了!"姜愈声情并茂,如若亲历,显是颇为苏润自豪,"他们只用了几天时间,就帮到了很多人,一些丧失亲人的灾民开始接受现实,更多的人擦干眼泪微笑着恢复生产、开始重建家园。我听到那些案例的时候都感慨,真的太赞了!"

岳寥若静静观望,按下"你有没有注意到自己突然话多了"这句提醒。

"可去那儿的同行可不都是为了帮灾民啊!"姜愈似未注意到自己的异样,喝了口茶继续说道,"苏润看不过,每次打电话都跟我念叨那些事儿,比如有个团队一下车就一轮轮地发问卷、做量表,再就是几场干巴巴的程序化访谈,毫无用处,就差把'我要采数据、我要发论文'写脑门儿上了!"

岳寥若将咖啡放在一边,专心去听,少有地严肃起来。

"这还算好的呢!那些带着记者团的就更……"姜愈的厌恶溢于言表,"一个老太太失去了所有亲人,稍微学过点创伤处理原则的都知道,这时候该先做稳定化啊!偏不。为了拍出效果,他们就跟记者面前一个劲儿地撕老太太伤口,打着旗号说什么情绪宣泄,上午一拨儿下午一拨儿,老太太好不容易平静点儿他们就又开始'阿姨您的孩子去世了您一定很难过,您哭吧哭出来就好了'!两天下来,老太太心脏受不了真躺医院了。"

"嗯这确实——"

"——还有个小女孩儿,"姜愈愈发激动,完全不容岳寥若插话,"她妈妈在地震中去世了,有个同行就跑去跟她说,你要和妈妈告别了有什么想说的可以写在纸上,小女孩哭着说我不想和她告别,结果那位同行愣是逼着她写了满满一页,然后拿上那张纸头也不回就走了,多大的二次创伤啊!"姜愈冷哼一声,几乎要隔空啐口痰在那人脸上,"采数据、发文章、做报告、出名、牟利……这就是他们在想、在做的全部事情!"

他终于停了下来。

岳寥若眼中又多了几分担忧:如果仅是行业乱象、苏润的病根,就算关心易乱,以姜愈的修行程度,也不至于躁到这个程度。

"这样说的话,我也就理解为什么你会反对我做这行了,谢谢。"岳寥若试探得字斟句酌,"但你有没有发现,谈起这个话题的时候——"

"——这还不是最可恨的呢!"姜愈涨红了脸,再次截断了她,"你是不知道,有些同行为了一己私欲,都能不顾别人死活!"

岳寥若无奈地咽下问询,听姜愈继续抱怨。

"另一个小女孩儿,非常惨,全家只活下她一个。然后大领导去视察,搂着她说要做好她的心理帮扶支持工作啊,电视台直播。这可好,谁能治好这个孩子那可是响应领导号召的大功一件了!结果某位名头很高的'专家',根本没受过相关训练，直接跑去给那孩子做 EMDR[①]，还当着一大群人的面儿！没有任何防护措施，'安全岛'[②]都没做，直接就让她去面对家人惨死的那一幕！"

姜愈说得义愤填膺，几要拍案而起。

岳寥若虽担忧姜愈，也忍不住想听他继续说下去。

她自然知道，那是个多么可怖的场景。

EMDR，快速眼动治疗，是种很"锋利"的心理创伤干预技术，只能由正规、整受训并且临床应变经验极为丰富的治疗师完成，操作流程也非常严格，因为治疗中被治疗者随时可能重新暴露在最为创伤的体验下，稍有不慎就可能"手术刀划开了缝不上"，造成极度恶劣的二次创伤——而在人群前治疗这样一个重度创伤的孩子，则不只是道德沦丧、突破伦理，而是游走在法律约束外的犯罪了。

"小女孩当时哭到声嘶力竭，'我不要想了！我不要想了！'那狗屁专家就在那儿说'你接着想！接着想！他们都死在你面前了！'……"姜愈伸出食指在眼前左右晃动，模仿那专家所谓的 EMDR，"后来小女孩都快崩溃了，那位还在说'他们都死了！他们都死了！''你不要回避，你看啊！看啊！'……最后……"

姜愈沉默了一会儿，像个被刺猬滚过的软柿子般，软塌塌地蔫了下来。

"那孩子哭到抽搐，最后一下子彻底崩了，像根线啪的一下断了，就再接不上了，就只是两眼空洞，毫无感情地反复说'我什么都想不起来了'，那专家看到后特别开心，得意扬扬地告诉媒体'我已经成功去除了她的创伤记忆！'"

场上短暂静默，只余下岳无峰轻轻的鼾声，平稳安详，似已远离世间悲苦。

"后来苏润又见过那孩子一次，已经完全自我封闭、没法儿和人建立情感联系了，真不知道还有没有救，能不能拉回来，就算能吧，也不知道会有多疼！"

"这是杀人啊……"

"所以寥若，就这现状，别说你自己没这想法，就算有，我也不建议你干这行！"姜愈稳了稳情绪，抽离了几分，"多的不说了，说回苏润，总之就那次闹的，灾害现场的二次创伤，加上行业黑暗的那些个刺激……"

"……你呢？"

[①] Eye Movement Desensitization and Reprocessing 的简写，中文为快速眼动治疗。

[②] 安全岛：进行创伤处理时的必要步骤，先让被治疗者构架一个"绝对安全"的领域，在治疗过程中一旦出现不可承受的创伤暴露可以及时返回这个领域，以免造成二次伤害。

"我？我还好，就是太累了……"姜愈随手拽过一条圆柱形抱枕，紧紧抱在胸前，挤出一丝笑来，"以后要不干这行了，我没准就成立个'关爱抑郁症伴侣协会'去，帮帮这群没人注意的弱势群体……太消耗了，每天一进家门就得面对一个负能量无底洞，甭管扔过去多少阳光的、明快的、温暖的东西，通通被那黑洞吸个一干二净……"

姜愈举杯饮尽茶水，将泡透的茶包扔进垃圾桶。

岳寥若看看皱巴巴的茶包，看看紧抱那根"软柱子"的姜愈，脸上霜意更浓，轻轻叹了口气，为他泡了杯新茶。

姜愈手指在桌上轻扣几下："不瞒你说，我现在从早到晚就没下过班，在咨询室给来访者当容器，听各种抱怨、不满，回家了继续，强打精神面对苏润。有时候我趁咨询间隙打个盹儿，醒来都会恍惚：我这是在家还是在咨询室呢？哦对，能休息，那是在咨询室……这日子要再熬几年，我就快成干尸了！"

"这是你今天来找爷爷的原因……之一，对吗？"

姜愈苦涩地咧了咧嘴，并不作答。

"我不是你的咨询师，就不多共情你了。我只是告诉你我看到的，你在非常强烈地自我否定，意识层面，和潜意识层面。"

"没有没有，这还不至于……"姜愈心不在焉地拿起咖啡壶，倒向眼前本就装满红茶的马克杯。

咖啡冲入红茶，混成了中药般的黑色，蒸腾着白气溢了出来。

姜愈狼狈至极，也顾不上岳寥若审视的目光，赶忙抽了沓纸巾，收拾好现场，又示意岳寥若不必换杯——反正杯中之物都是苦味交融；他对口味也并不挑剔。

"你是在劝我别做这行，还是在劝你自己？"岳寥若虽未点破这意外的插曲，语气中却多了几分冷峻，"这是对行业，其他方面，就不用我挑明了吧？"

"我……"姜愈的声音垮垮的，像块被晒软的橡胶，"好吧，谈不上否认，不过……可能确实，有些以前坚定的东西动摇了，一些清晰的东西又模糊了……"

"你没有放弃，但支撑得很辛苦，快到极限了。"

姜愈端起马克杯，猛喝了一大口，随即便被烫得彻底放弃了掩饰。

"我记得还没结婚那会儿，有一次我和苏润去看电影。男女主角走散了，费了好大劲儿都没能团圆。她当时哭得特别伤心，对我说，如果我们走散了，我一定会尽力去找你，你也一定要尽力找我、把我找回来啊……"姜愈别过脸，仰起头，将盈眶的泪水咽了下去,"所以我一直没放弃,三年了,我每天都在告诉自己,会好起来的,不要急,陪着她就好。可一天天过去,我真的有些害怕,怕以前那个她再也回不来了……"

姜愈越说越失意,似个垂垂老矣、落第终身的困顿书生。

"以前,她每天都打扮得漂漂亮亮的,满怀热情去助人,给他们做音乐治疗①。晚上回家,我们有聊不完的话题,从专业分享、新读的书、有趣的见闻,到彼此的体验、感受、梦境、思考、成长,我说什么她都能懂,她说什么我也明白。我要是累了倦了,她还会弹琴给我听,或是给我做她最拿手的土豆牛肉——她会放两次土豆,第一拨完全熬化,熬成浓浓的汤,最后做出的味道可香了……"

倏如其来的哽咽,打断了他的追忆。

岳寥若轻抚着胸前的十字架吊坠,并未多言。

姜愈颤颤憋住哭腔,望着眼前的马克杯出神:"我试了一切办法,陪伴,支持,接纳,换环境,找专业帮助,连医院都去了,没用,都没用,那些方法一个都没用……我真不知道我还能做什么……"

杯中,被搅起了浓黑的旋涡。

"这人呐,总得有些什么东西撑着自个儿……"岳无峰忽然喃喃说道。

岳寥若见怪不怪,无动于衷。姜愈则略吃一惊,跳脱出方才的情绪。

岳无峰半眯着眼睛,似睡非睡,继续含混地呢喃道:

"意义,使命,天命……随你怎么叫吧,至于那东西是什么,只能自己找。

"很多人啊,找到得太晚,这辈子刚开始做点儿真正想做的事儿,就头发也白了,身子、脑子也都不好使了,然后呢?再慨叹岁月蹉跎,青春不复,这辈子就这么过了。说不焦虑,也只是自欺欺人的无奈罢了……

"可这能早点儿找到的啊,也未见得幸运。因为太早确定了,就会太早专注;太早专注,就容易执着;执着了,就会把人生的重量全压在上面,就会越来越依赖那几根柱子……但人生啊,长着呢,一旦发生点儿什么,那些个柱子开始晃,开始裂,开始倒,那整个人呐,可就要塌咯!

---

① 音乐治疗:一个独特的心理咨询、心理治疗、身心治疗流派,在治疗过程中会大量借助音乐的力量。

"不说远的,就说你爸我,当年眼瞅着那些撑了自己十几二十年的柱子一根根断掉、碎掉,那种绝望啊,真是漫无边际,能把你全吞下去……要不是你娘撑着,我还真就见不到你了!只是这就苦了她了,太苦了她了……"

姜愈和岳寥若越听越不对,听到后面,不禁面面相觑。

"爷爷,您又做梦啦……"岳寥若格外轻柔地唤道。

岳无峰却若全未听见,仍恍惚着梦呓:"平安啊,这么多年,我和你娘每天都在想你,不知道你有没有活下来,活得好不好……我们生了你,却没法养你,陪你,扶持你,看你长大,到最后,你娘都没能……所以你过得苦,受委屈,恨我,不认我,这我都理解。你说你想走自己的路,爸爸也没资格说三道四。只是爸这辈子啊,经验不多,教训倒是一大堆。爸知道说这些你听不进去,但看你把路走得那么偏,事儿做得那么绝,爸这心里,还真是揪着啊……还有,听爸一句,别再动不动就打媳妇啦,打那么狠,还当着小寥若的面儿,爸学这行的,多少知道点儿道道儿……你这么下去啊……这么下去啊……"

老人在迷迷糊糊的自言自语中,又睡去了。

"你还好吗?"沉默许久后,两人竟同时开口。

岳寥若凄然一笑:"你觉得呢?"

"不好啊,当然不好了……"姜愈红着眼圈,将抱枕抱得更紧,"看着岳老师就这一步步慢慢离开,我都难过得要死,你的压力一定比我更大……"

岳寥若别过脸去,望向窗外,洒落的阳光在她眼角折射出流动的晶莹,若有冰片不断消融。

"可到最后,爷爷念念不忘的,还是岳平安啊……"

"养儿一百岁,长忧九十九,"姜愈习惯性地掏了掏兜,这才想起兜里已没了可以像从前那样哄她开心的糖果,"辛苦你了,一个人撑了这么久……"

岳寥若的眼泪转了几圈,又渐渐薄了下去。

姜愈静静陪着她,没再多话。

他知道,依着她的性子,也许他是除医生外她唯一会谈论爷爷病情的人了。

再怎样坚强淡然,独自面对世上最重要的——某种意义上说甚至是唯一的——亲人缓慢离去,她那26岁的肩膀,仍然是会被磨伤的啊……

"谢谢,我没事了。"岳寥若清清嗓子,声音缥缈得仿若远方花落,旧日雪融,

"死生终始,将为昼夜。衰败,死亡,本来就是生命的一部分,对吧……"

"说是这么说啊,可看着岳老师变成这样……"姜愈虚遮眼眉,用感慨掩去了激动,"他可是岳无峰啊,业界的'三峰'之首岳无峰啊!当年那个眼睛毒得像X光、能把人看透到骨子里的人,如今却……却变得不再是他……"

"他还是他……"岳寥若本就缺乏血色的脸庞愈发煞白,"每个人,每一刻,都在变,都既是原来的自己,又都不是……爷爷是这样,苏润姐也是这样。这个过程,没有发生不发生,只有否认不否认……"

"明白,我明白,谢谢……"姜愈将剩下的大半杯黑汤灌入口中,含着品了半天,这才咽下那别样的苦涩,换回日常的社交状态,"好了寥若,差不多我该走了,有什么需要的随时和我说,咱们保持联系,改日好好聚聚……"

他放下抱枕,拍拍大腿,起身告辞。

"等一下。"岳寥若看了看表,抬手拦下他,"爷爷说的事,我接了。"

"啥?什么你就接了?!"

"你还是周一休息没变吧?那就每周一来,具体时间晚些确认,松散设置,半督导的专业讨论。"岳寥若一副公事公办的态度,全然不容置疑。

"不用不用,我知道你想帮我,谢谢。但没事儿的,我刚才也就吐吐槽,回去还是该干啥干啥,搞得定。再说我也不想勉强你,更不想掰你,就别折腾了……"

"我没觉得勉强,你也不必掰我。虽然有点麻烦,不过我也不想……"岳寥若轻捻着胸前的吊坠,将已到嘴边的话咽了回去,"总之,你来就是了。"

"可为什么啊?我还是不理解,你明明不愿意——"

"——我有我的理由!"岳寥若罕见地有些着急,脸上竟还多了几分血色,"这是我的选择,已经决定了。"

姜愈一脸狐疑:事出反常必有妖,这弯儿拐得也太生硬了。

岳寥若闪开姜愈质询的目光,若无其事地摊了摊手:"别想太多。反者道之动,我这找点事做,也是为了能清静得更久些……"

"算了吧还是,强扭的瓜不甜,我也没太有这个需——"

"——我再说三个**你**非来不可的理由。"岳寥若狡黠一笑,似胜券在握,"第一,你心底里也知道,只靠自己,哪怕有那些所谓的支持系统,最近遇到的事儿也未必能趟过去。所以才会来找爷爷,对吗?"

"这回是你想多了,我只是有点儿累,想找岳老师倒倒家里的苦水罢了……"

"苏润姐抑郁三年了,你却在这个时间点来找爷爷,说明你生活里发生了其他事情。而你刚说你现在在专心做咨询,所以最大的可能就是,你某个或某几个个案的主题,和你的生活、你的主题撞上了,你被扰动得厉害。再加上,你选择来找爷爷,而不是你能找到的任何一位督导,或者之前那几位自我体验师,说明你知道他们会给你怎样的答复,而那些答复你并不想听。所以——"

岳寥若撑着茶几,探近姜愈,直勾勾地盯着他对视了好久。姜愈被看得发毛,几乎屏着呼吸陷进沙发,待岳寥若撤回原位,他额上已起了一层薄汗。

"实话实说,你是遇到和苏润姐一样严重抑郁的了,还是让你动心又对你有色情移情①的了?"

士别三载,刮目相看,轮到姜愈重新打量岳寥若了。

岳寥若昂首迎着他的目光,笃定坦然,还带着些许骄傲。

几秒后,姜愈软软地泄了气:"你先继续,还有两个理由是什么?"

"第二个理由,你和爷爷之间发生了什么我不知道,但一定有某个重要的话题没谈完就闹掰了,而且是巨大的冲突,我说得对吗?"

"为、为什么这么说?"

"这么多年没联系,再约爷爷的时候犹犹豫豫,见了面还不承认自己有事。如果不是我说的情况——你给我个解释?"

姜愈深吸一口气,默然不语。

"爷爷这状态,你要有什么缺憾,趁现在还有机会补上,有什么想说的他还能听懂。要是你一直不说,等爷爷真彻底不清醒了,你——一、定、后、悔。"

姜愈又沉思了片刻,再开口时,声音柔顺到近乎驯服:"第三个理由?"

"因为,我是岳寥若。"

"哈啊??"

岳寥若伸出三根葱白的手指:"足够了解你,你足够信任,足够专业,这三个条

---

① 色情移情:精神分析术语,指来访者由于过去的经历、情感、对咨询师的幻想、内在心理结构等诸多原因而将咨询师作为亲密关系及性关系的幻想对象,或希望和咨询师发生亲密关系、性关系的现象。处理好了是疗愈的开始,处理不好是创伤的再现。

件加起来,除了爷爷,苏润姐,我,还有第四个人吗?"

——有啊!是……

第一个念头闯进来后,姜愈的表情一下子冻住了。

"抱歉抱歉!我不该提的……"岳寥若当即反应过来。

"没事,不怪你,都走这么多年了……"姜愈惨然一笑,"给我几分钟,让我想想……"

几番天人交战过后,他终于叹了口气,艰难地开了口:"再来杯茶。"

景晓慧的背景信息已被交代了七七八八,姜愈扇了扇刚签完的保密协议,努力从她稀薄的存在感中扒拉着素材,最后勾了一遍轮廓:"总之,就这么个来访者,整个人又僵又硬,像在空心石雕里长大似的。原生家庭成长经历都很普通,父母双职工,从早忙到晚,对孩子谈不上好也谈不上差,生活有照顾,情感很忽略。孩子长大了也是普通人,放人堆里完全挑不出的那种,要是给我们的生活写部小说,只有最蹩脚的作者才会给她分配角色,哪怕是个小配角儿……"

"所以在你看来,她为什么会突然自杀?"

"信息还不全,我觉得她隐瞒了些东西……"

"像你一样?"

"喂……"

打讨论案例开始,岳寥若便一本正经,像个冷淡而严格的修女,所以这七分认真三分俏皮的冷不丁一戳,姜愈一时还真不知该如何作答。

"好啦不为难你了,想说了再说。"岳寥若嫣然一笑,"说来访者,有触发点吗?"

"三个:第一,她刚过30岁生日;第二,她擅自停药半年了;第三……也是最让我头疼的是,她可能怀孕了。"

"擅自停药?你和她说她有必要去看精神科了吗?"

"她这个情况比较特殊——"

"——等一下,你说没说?"

"我和她谈了她面对现在的困——"

"——等一下,她必须去看精神科遵医嘱服药,否则你们得停止,这点你和她说了,还是没说?"

"……没有。"

"你在阻抗什么？"

"这怎么能叫阻抗呢！"姜愈有些急了，"她现在——"

"——你应该非常清楚，你已经踩在法律的灰色地带了。"岳寥若声若冰寒，却是关心满满。

"那又怎么样？！法律是为了善行，不是教条！"姜愈用愈发强硬的态度做着自己都不信服的争辩，"再说了，说到底，法律也只是界定一些行为可能伴随的广义额外成本罢了，我愿意为她担这个可能的成本，有什么不可以？"

"你担得起成本，却负不起责任，让她去医院是必须的，这没得商量。"

"可她很可能怀孕了啊！那是条命啊！正确和善良之间我选善良！"姜愈脸涨得通红，一副慷慨就义的样子。

"这无关善良，如果她自杀了，孩子更活不下来。"

"我知道！我知道……"姜愈底气不足，声音反而更大，"但抗抑郁药对早期胎儿到底有没有影响、有多大影响这毕竟还有争议，谁敢拍着胸脯说绝对没事儿？"

"风险极低的药物数不胜数，如果她已经有自杀行为了，吃药对她利远大于弊，半片左洛复就可能让她的状况明显改善，给胎儿增加的风险几乎可以忽——"

"——谁说的？！那群连正态分布函数都背不过的药厂利益代言人，只会像搭积木一样用点基础统计工具算个相关性还大言不惭地说自己科学——"

"——情绪上头不是反智和阴谋论的理由。"岳寥若说得极其冷静，"抛开药物研究的讨论，无论生理心理，她都没做好准备带这个孩子来世上。如果为了孩子就连药都不肯吃，那认真考虑终止妊娠这个选项吧，何必带出来一起遭罪？"

"不可能的！"姜愈激动得几乎嚷了出来，"我怎么可能劝她把孩子流掉！这根本不是我该干的事儿！"

"但劝她去找精神科大夫是你该干的事。"岳寥若寸步不让，"说得更精确些，她去找精神科大夫必须是你们继续工作的前提。"

"我知道！道理我都知道！可……寥若你做得出来吗？来访者苦苦哀求，希望你能拉住她，既保住她又保住孩子，这时候你让我把她推开？为了我的职业风险？我不！如果我明明可以拉住她而我没——"

"——你怎么知道"岳寥若几乎一字一顿，"她已经尝试自杀了，还是在咨询期间，从已有证据看你拉不住她。"

"我……"姜愈哑口无言，沉默许久，渐渐蔫成一盆半死不活的绿萝。

岳寥若见他如此沮丧懊恼，于心不忍，态度也和缓了少许："她在把精神科投射成一个全坏的迫害性客体，把你投射成全能全好的客体，而你认同了这个投射，开始扮演一个全能的存在，或者说，一个理想母亲。你明白我的意思？"

"明——白，"姜愈没好气地背起了课本，"我越扮演无所不能的母亲，她越会退行①到那个毫无力量的婴儿。我需要做的是向她呈现这个部分，破灭对我的理想化，让她完成抚养环境不理想的哀悼，然后发展自己的力量，对不对？"

"而你在做的，是认同她的投射，满足你自己的自恋和对理想父母的幻想，就像你在苏润姐那里做的一样。"

姜愈只觉脸像被打过一般，火辣辣的生疼，那团火沿着喉咙，下到胸口，他连喝了几大口茶，都未浇下那燎起的燥热。

他索性起身，绕着沙发兜起圈子，时而双手相按，将指关节压得嘎嘎作响，时而将拳头拦在唇前，似在阻拦已到嘴边的万语千言。

岳寥若心里标记了一下那并不寻常的攻击性，面上则不动声色，依旧品着她最爱的特级蓝山。

许是压下的情绪化作了身体的不适，再开口时，姜愈的声音硬了不少，还多了几分对抗的味道："寥若我知道你很专业，我在做了两千小时个案之前也和你一样，特别强调设置，边界。但我做得越多，越发现那些清规戒律只是形式上的东西，我们最终是为了**帮到**对面的人，才坐在那张沙发上的。"

"而设置，恰好是为了更好地帮到对面的人。"岳寥若迎着姜愈的攻击，未退半步，"如果她为了保孩子把自己搞垮了，就算孩子活下来，也没有了妈妈的照料；相应的，如果没有设置，你垮了，那她就少了你的支撑。"

"有时候是这样，但并不总是。我给你举最近的例子：上周我新接了个高中生男孩，号称来治网瘾。他在家里边界总被入侵，所以我各种建立关系的努力都会让他非常警觉，这要按传统规范做，建立关系就至少得十来次，就他父母那焦虑劲儿，早脱落了。是，遵照那些清规戒律来，我能挣到钱，不求有功但求无过，评价也不会差，但我最终没法帮到他啊！这不是我要的。所以我当时灵光一闪，就陪着

---

① 退行：指心理咨询/治疗中来访者退回到幼年状态的现象，通常严重的退行状态是危与机并存的重要时刻。

他刷手机，果然，没多久他就主动来和我建立关系了！"

姜愈侃侃而谈，岳寥若却不为所动，一副看透风云的神色。

姜愈见状，更有些恼了，激动地向假想敌开炮："我知道，搁教科书里得批评这是见诸行动①，但实际上呢？效果非常好，快速就切开了口子。所以我说，这行是典型的实践出真知，不能刻舟求剑，被书本上的权威束缚死了……"

"人类还真是喜欢给自己犯的错误起名经验啊②。"岳寥若慢悠悠地发了句感慨，"另外我看到你在绕开那个抑郁来访者的话题，这才是焦虑下的'见诸行动'。另外，你需要和我争个高下吗？或者，和我背后那些权威。"

"好啦！权威阻抗，俄狄浦斯情结，你不就想说这些吗？"姜愈气呼呼地坐下，将满杯茶水一饮而尽，赌气地别过脸去，"要不我们还是等岳老师醒了一起讨论吧，这针尖对麦芒的……"

"你是希望借我的眼睛帮你看到盲区，还是只需要我单纯地认同你？"

"都不需要！"

"那你要什么？"

"我要你能……你能……"姜愈涨红了脸，却终究没冉说出一个字来。

"你啊，学了这么久心理分析，看了那么多人间心事，手上也有了把最锋利的刀子，有没有想过剖开自己看看发生了什么啊？"岳无峰忽然和蔼地开了口。

"岳老师您……"姜愈话未出口，便被岳寥若一个"嘘"的手势拦下了。

岳无峰仍阖着双眼，仰头后靠，只是脖颈些微向岳寥若转了几度。

"想分析那些来访者，我们能找出一堆词儿来，抑郁、假自体、客体使用困难、缺乏镜映自体客体、存在性虚空……它们都对，可如果只有这些，你对那些人的理解，就总是欠了一块，缺了一环。而缺的这个部分，一直扰动着你，但也吸引着你。你不愿意看它，不敢看它，但又无比地想要看它。其实你知道，如果总是绕着走，你就既搞不懂自己，也走不近他们……"

"所以，这个部分是——？"岳寥若故意压着嗓子问道。

---

① 见诸行动：此语境下指咨询师缺乏对特定投射的反思、觉察、言语化，进而无法耐受自己的焦虑，用行动而非语言来推进咨询进程。这不利于来访者的成长。

② 王尔德原句：经验是每个人给自己所犯的错误起的名字。

"求生啊！在最绝望的黑暗里依然存在的求生啊……"岳无峰悠悠答道，语速慢得像负重的骆驼，"很多时候，他们伤害自己是为了找到自己、救赎自己，他们破坏关系是害怕深入关系、依赖关系，他们摧毁生活是想要重建生活、把握生活，甚至有时候，就连最极致的求死，背后都可能是最极致的求爱……是，他们的行为拧巴，副作用大到没边儿，那和他们的早年经历、关系模式、人际体验有关，和他们家庭烙上的恐惧、创伤有关，甚至和一个时代笼罩的无力、绝望有关，但那些伤害自己、破坏关系、摧毁生活的人不可爱吗？他们同样可爱，甚至非常可爱，那些反常的行为背后，是他们在用自己的方法求生的动力啊……"

"这固然是很有力量、很可贵的部分，但如果我们因此就放弃了该坚守的界限，那就是我们自己的全能自恋了。"岳寥若反驳得轻柔而坚定，"有时候我们焦虑地想要给他们太多额外的东西，其实就是在防御自己不是上帝、能做的有限罢了，而这经常也是在和他们的防御共鸣，不是吗？"

"是，当然是……"岳无峰会心一笑，"可雪燃啊，看看你说的、做的，不也很拧巴吗？仔细想想吧，如果一味躲在设置后面，会不会也是种防御呢……"

姜愈与岳寥若相觑无言，各有心事。

岳无峰却依旧闭着双眼，自顾自继续说："有的人不理解这些，是因为迟钝、僵化；有的人是因为自恋、傲慢；还有的人啊，是迷信权威，幻想和权威融合。但你不一样，你是害怕，害怕去理解那些你其实早就知晓通明，但就是不愿意承认直面的部分。包括你自己，也是类似，说离开说了那么久，可到了这最后关头，却又用无意识的行为拦住了自己……"

岳无峰声音断续，渐渐化作含混呓语。

"岳……岳老师，您指的是什么事儿？"姜愈只觉嗓子发干，心跳得厉害。

回应他的，只有阵阵鼾声。

"继续说案例？"岳寥若饮尽咖啡，率先戳破了场上那层沉默的薄冰。

姜愈抽了几张纸巾，小心拭去茶几上洒溅的茶渍，也将心头升起的谜团、溢出的情绪暂且打包，收了起来。

"我想说的基本上岳老师都说了，那个抑郁来访者的生命里依然有团小小的火苗，虽然极为微弱，但也极为顽强，那火苗让她期待能够……能够**参**与自己的生命，这种参与感特别动人，特别可贵。"

"求,生。"

"对,我希望能支持到她这个部分,哪怕违反某些条条框框,甚至……"

"所以你来这里,真正想找的是'确认'。是你内部这份'我冒险也要帮她'的责任感与恻隐心可以被看到,被承认,被确认,对吗?"

姜愈的眼眶都有些潮了。

"好吧,对不起,刚才没共情到这个部分,受委屈啦。"

姜愈抽抽鼻子,有些夸张地做了个抹眼泪的动作,趁机真的蹭了蹭眼角。

强硬的阻抗、倔强的防御,也一并被他蹭了下来。

"其实你说得对,我其实……也有点慌。"

"是啊,说到底只是份工作,干吗非把自己献祭出去啊?"

"献祭?"

"是啊,世人不都是自愿走上祭坛的吗①?"岳寥若的语气又凉又辣,像浸过芥末,"你为了那来访者做的事,像不像把自己当成祭品架在火上烤?"

"别这么踩我嘛,"姜愈的调侃中带了几分认真,"那家伙还说呢,任何关于生活的理论同生活本身相比都微不足道,我也没说你阻抗生活不是?"

"行吧,喜欢贫嘴的话随意,真想扎进那团黑里,别人也拦不住你。"

"谢谢。"姜愈知道岳寥若一片苦心,倒也说得颇为真诚,"说句心里话,我是觉着这个乱哄哄的世界里有太多人蛊惑你、煽动你要快点往上长了,可就像尼采说的,'越是向往高处的阳光,根就越要伸向黑暗的地底',如果咱们干这行的都不陪着他们把根扎向深处的黑暗,那谁来做呢?"

"'对人类的爱会要了你的命'哟!"岳寥若同样用尼采挡了回去,"你把光给了别人,留给自己的可就只有影子了。这条路走下去,你会遇到那些来访者自己都回避了的黑暗、苦楚、狰狞、孤独,而你还得陪他们继续往下走。这一路下来,你的消耗可太大了啊……"

"是吧……"姜愈抚了抚怀中的抱枕,像个退伍老兵擦拭曾经的佩剑,"所以你也知道,家对我有多重要,郝润对我有多重要,虽然她——"

"——等一下,郝润是谁?"岳寥若眼光一亮。

"郝润?没这个人,我说苏润。"姜愈慌乱中抄起空杯子送到嘴边,大为尴尬,

---

① 王尔德原句:世人是自愿走向祭坛的。

"苏润对我来说太重要了,如果她好了,这些状况对我来说都不是事儿……"

"你刚才说的是郝润。"

"好啦我说错了!我是说苏润!"姜愈大声抗议道,"我们还是谈个案吧!其实还有个点我想和你——"

"——郝润是谁?"

"不要抓着这个细节不放!只是普通的口误!没有这个人!"

"你受过严格的心理动力学训练①,你说那是口误,好意思吗?"岳寥若刻意添了几分挤对调笑的语气,松了松场上紧绷的气氛。

姜愈的脸拉成了苦瓜,嘴巴绷成了一条线。

和专业人玩真是可怕,想否认都找不到不会越描越黑的借口。

"好吧,确、确实没有郝润这个人,但我有个来访者,姓郝……"姜愈磕巴着说话的当口,手都搓红了。

岳寥若意味深长地"哦"了一声。

"呃……确实,那个,她对我有些色情移情,嗯。然后她生活中也、也是用性建立各种关系的,不过我知道她要的不是……呃,对,不是,她要的不是性,也不只是成年人的爱,而是那种母婴融合感,所以……我知道该怎么处理的。"

"这才是你今天来真正的原因?"岳寥若腿脚轻抖,暴露着内里的兴奋。

"不是!不是!!"姜愈先发制人地控诉道,"晕了!我们这里到底在做什么?居委会吗?还是电视调解秀?"

岳寥若表情虽仍淡然,可拼命忍下的狡黠笑意却已依稀可见。

"好好好……"姜愈受不了对面传来的促狭气息,举手投降,"你非要说的话,是,我不回避,她作为一个女人从内到外都很有魅力,对我还热情。所以如果你非要问我,郝最她对我到底有没有——"

"——郝最……"岳寥若揶揄的笑意再也掩藏不住,似腹黑的狐妖酒后微醺,露出九条雪白的大尾巴来。

"Shit②!……"姜愈懊恼地揪了把头发,"好吧好吧,不藏藏掖掖了,对,我承认,

---

① 弗洛伊德认为所有口误都来自内心真实想法的不经意流露,心理动力学中很强调口误的意义。

② 英文中的感叹词,中文表示气恼。

郝最她对我是有吸引力的,包括性吸引力。但我知道这下面有什么,无论伦理上还是专业上,我也都处理得好,真不用在这儿讨论。"

岳寥若收起八卦戏作的表情,正色问:"你有没有想过放弃苏润姐?"

"没有没有!绝对没有!"姜愈否认得异常坚定,"这就想多了!谁这辈子遇不上低谷逆境啊,我不会放弃她的!哪怕她一直这么抑郁下去,我也不会!"

"我问的不是行为上你会不会抛弃她,而是你心底的想法。如你所说,陪伴这样一个抑郁的伴侣实在太累了,而外边的世界很美,充满着生机诱惑。所以,有没有这样的时刻,你会想出去转转,觉得她是个包袱,要不就放手算了……"

"我没……"姜愈话到嘴边,便卡住了。

他想起了那个梦境。

高耸的悬崖,腥咸的海风,耗竭的力气,疼痛的身躯,之后是折断的枯枝,失控的坠落,倒退的峭壁,冰冷的海底,还有郝最温热的嘴唇,肌肤的香气……

还有那个背包。

那重重的背包,曾让他失控坠崖、无力攀上,最终几乎葬身海底。他一次次为它放弃了生还的机会,从未放手,因为他相信自己,总能活下去。

可这梦境告诉他,他做不到,真的做不到。

藏蓝色的背包,抑郁的苏润,如此简单的解读,他却一直回避,不愿面对。

而此刻更让他惶然的,则是他依稀记得,梦境的最后……

他不敢再想,也不愿再想,轻描淡写地问了句"你到底想说什么?"声音又空又软,像被白醋泡了几宿的蛋壳。

"论心论迹,不用我多说了。"岳寥若见他面色颓然,也便温和了少许,"我只希望你能面对这个部分,不否认,不逃避。"

姜愈默默望向窗外,看着晃动的树梢,一时有些出神。

"郝最和你像吗?"岳寥若忽然没上没下地问。

"为什么这么问?!"

"你什么时候入的行?"

"我……"姜愈恍然一凛,"好问题啊,你是在问'为什么是**她**'……"

岳寥若嘴角一扬,默契地给他的自省留出空间。

"我第一个个案是……20岁接的,对,本科毕业那年。做到现在,色情移情也不是第一次见了，哪怕考虑到漂亮、优秀，甚至有趣的灵魂、丰富的生活等因素，也都遇到过。但……我得承认，郝最给我的扰动真是前所未有……

"我问自己为什么，答案总是很模糊。我们的成长环境并不像，她是那种吞噬型母亲和逃离型父亲的组合，她妈像个老蜘蛛似的快把她吸干了，性对她来说反而成了最后的自留地。问题我爸妈不这样啊……"

姜愈的自我分析停了下来，他模糊地感觉前方似乎有些什么，但重重迷雾，阵阵暗涌，让他每每接近触及，又两手空空，连片海市蜃楼都捕捉不到。

远方的钟声隐约传来，打断了他的思绪。

那钟声古朴悠远，肃穆中带着几分苍凉，虔诚中似有几分忏悔。

姜愈甚至觉得那回荡声响的远不止暮钟，而是敲钟人在诉说前尘，叩问灵魂。

在城市中生活久了，被这钟声一震，似当头一喝，恍若隔世。

"这是——？"

"附近山上寺院的钟声，日落而鸣，你没听过吗？"

姜愈摇摇头："我还真没这个点儿来过这里……"

"以及，你要从刚才的话题滑开吗？"

"不，继续吧。"

岳寥若看看岳无峰，又看看姜愈："看到爷爷这样，你有什么感受？"

"唉？为什么问这个？我很心疼岳老师，也很无力。如果有什么办法，我真希望可以做点什么……"姜愈说着说着，忽然眼前一亮，"等等，你是说——？"

"只是我的直觉：郝最是那种生机勃勃的火焰，燃烧着自己的生命，给妈妈注入'生'的气息。是这个部分共鸣了你，无论在这里，还是在——"

"——我知道了，爱与死的硬币……"拥吻郝最、放开背包的画面再次闯来，姜愈一阵沮丧，近乎恳求道："这个点以后再谈吧，好吗？"

"好的，以你为准。"岳寥若并不勉强，"我只想说，想要放松，想被照顾，想被'注入'生的气息，这都是再正常不过的人之常情。特别是那些一直为别人取暖照明的小火苗，在黑暗里孤独地烧得久了，总会希望能遇到另一团火的。"

姜愈长长呼了口气，望着岳寥若，鼻子竟有些发酸。

还有人在这里，还有人懂他。

"郝最给我的，有些是苏润曾经给我的，有些是她没给过但我隐隐期待的，或者说……是我给她的。但我意识层面又非常坚定，无论基于道德还是责任，还是超我，还是旧日的情感，还是我的自恋，总之我不想放弃她，非常确定，所以……也许我潜意识里希望这两个女人是一体的吧——如果我的伴侣是'郝润'，那就天下太平了……"

"这个承认在我看来非常勇敢。"岳寥若的认可，一直贵若春雨。

"谢谢……对了，你会摸黑和来访者做咨询吗？"

"你和郝最？感受如何？"这问题倒让岳寥若颇为意外。

"我不确定……不确定自己做得对不对。就上周下大雨那天晚上，停电，我本来想下次把时间补给她的，但那个场景激活了她的一个创伤体验，我最后犹豫了一下还是点着蜡烛做完了后半场。我其实不太确定这么做有没有问题。"

"为什么会'有'问题呢？"

"因为那个场景可能有点……有点儿暧昧。"

"如果不是郝最，换成其他来访者，比如刚提到那个抑郁闹自杀的，或是那个网瘾的，你还会问这个问题吗？"

姜愈抿着嘴沉默了好久，点了点头。

"所以，是那个画面直接导致你来了这里？"岳寥若一副"总算揭晓"的表情，"外边是滂沱大雨，屋内是黑暗中的烛光，夏日夜晚，听起来可不只是'有点'暧昧。而且……"

岳寥若似忽然想到了什么，白若海棠的双颊上淡淡点了一抹红晕。

"而、而且什么？"姜愈惴惴不安，像个做错了题的学生。

岳寥若迟疑了一下，见姜愈真没反应过来，只好无奈地追问："为什么你的咨询室里会有蜡烛？"

"因为经常停电啊，我这手机一开照明就滚烫，为发烧而生的。"姜愈故作轻松地晃了晃手机。

"郝最来你这做咨询前你准备过蜡烛吗？"

"我当然准……好吧，没有。"姜愈挠了挠脸颊，那是血流增速带来的痕痒，"可那也不说明什么啊！你知道的，我一个人执业，也没助理，扫帚秃了我都能拖半年换，蜡烛这种小物件儿总忘了买也很正常啊！"

"为什么不是应急灯？"

"那是因为……因为……"姜愈张口结舌了半天，终于还是无言以对。

"和应急灯比，蜡烛既是浪漫暧昧的，又……"岳寥若脸上本就极淡若无的红晕化得更开了,"又可以有别的用途。也许在你潜意识里,'这一刻总算来了'。"

"真怕了你了,"姜愈翻了个白眼,"要不这个案例先到这儿,我回去好好想想,其实我还是更想说说那个抑郁的来访——"

"——作为对郝最话题的逃避?我还是建议你先谈完郝最。"

姜愈刚要否认,却忽然发觉,不知何时,远处回荡的钟声已经停了。

那是标准的暮钟,紧敲十八下,慢敲十八下,不紧不慢再敲十八下,如此反复两遍,共一百零八下。

佛说世人于过去、未来、现在三世间共有一百零八种烦恼,称为百八结业。

姜愈不禁想到,自己每天面对的烦恼,又有多少呢?

他望向岳无峰,见他正沉沉地陷在沙发中,全身放松到不用一分力气,嘴唇微微张合,鼾声轻作,像个无忧无虑熟睡的婴儿。

姜愈不由得心中一热:"继续。"

第五章

寒泉熬茧蝶化蛊

疲惫的深夜会唤起亲近的冲动，额外的付出会伴有隐蔽的期待，多余的行动会掩盖内心的焦灼，所以姜愈通常不会在晚上 10 点后接个案，不会接受临时改时间的请求，更不会在等待来访者时做无关的事。

可是此刻，时钟指向晚上 10 点 10 分，他却仍在咨询室里踱来踱去。

谢林[①]的德奥式演奏将门德尔松[②]《E 小调小提琴协奏曲》第一乐章中的款款深情发扬到极致，婉转动荡的旋律仿若滴血的足尖起舞于花瓣与荆棘铺就的天平上，踩出一串串映着紫红色晨曦的海上浮泡，绚烂华彩而又摇摇欲坠。

这是姜愈最爱的音乐之一。

可此刻的他，却在那扣人心弦的旋律中有几分心不在焉。

屋内的钟表已被他一一校了数次，绿植被浇了太多次水，滴滴答答淋湿了刚刚扫过的地板，仪容镜被擦得锃亮，偶尔闪过他疲惫的身影。他边走边不自觉地取下婚戒，复又戴上，直磨得无名指微微发红。

门，终于被敲响了。

姜愈长舒了口气，停了音乐，抻了抻本就颇为平顺的灰衬衫，这才走去开门。

眼前之人，他几乎没认出来。

浓妆之下，一双迷离涣散的醉眼仿佛要滴出水来，充满了邀请，荡漾着欲望。

郝最妩媚一笑，双臂顺势环住姜愈的脖子，左膝有意无意间撩到了他的腿侧。

"安慰安慰我好不好？"她精致的睫毛下闪烁着无辜的诱惑，似要将自己毫无防备地全然交出。

权力的托付，本就是世间最烈的春药。

[①] 亨里克·谢林（Henryk Szeryng），墨西哥籍波兰小提琴家。

[②] 雅科布·路德维希·费利克斯·门德尔松·巴托尔迪（Jakob Ludwig Felix Mendelssohn Bartholdy），德国作曲家。

姜愈吞了口口水，双手刚本能地举到半空，便觉肩膀微微一沉，郝最已将头部的重量托付了过来。

"别批评我迟到了，我真的好累……"她带着几分哽咽，身子松软得像只任人把玩的小猫，"只有你了……只有你，肯定不会离开我，对吗？"

姜愈双手仍僵硬地举着，大气都不敢喘，像个猫爬架般矗在原地。

二人落座。姜愈悄悄擦擦额头，双手紧扣，神情严峻，紧紧挤靠在沙发背上。郝最却格外放松，与刚才的梨花带雨判若两人，笑着叹了声"好累啊……脚好酸"，便不等姜愈答复，直接踢掉高跟鞋蜷上沙发，按了按被高档丝袜包住的双脚，借着酒意近乎轻薄地问道："能帮我按按吗？真的很酸疼……"

姜愈板起脸道："好像你在看我会不会过——"

"——我好困啊，先让我睡会儿好不好？"

未等姜愈接话，郝最已闭眼躺倒，长长呼了口气，整个人都松弛下来。

姜愈却更紧张了。

郝最此刻头朝姜愈侧卧，本就性感大胆的衣衫略懈，微微敞开。姜愈原本正专注地看着她，忙尴尬地别过头去，也顾不上是否显得刻意。

慌乱之余，他有些沮丧、挫败：凭自己这专业素养，怎么还是失了从容？

郝最却早已沉沉睡去，身体随着呼吸轻轻起伏，越来越慢，越来越稳。

看得出她在这里非常安全，全然放松。

姜愈有些想叫醒她，可手刚犹豫着探出两寸，便又缩了回来。

他忽然觉得，也许该给咨询室换盏白些、亮些的灯了。

姜愈有些烦躁了。

倒不是因为无聊的等待，也不只因空气中弥散着郝最那独特的幽香，最让他慌乱失错的，反而是看着眼前安睡若孩童般的郝最时，自己心底涌起的那股久违的安定：若能一直停在这一刻，该多好啊……

觉察到这点时，那份安定便坍塌粉碎、消散成烟，化作自责与焦虑。

好在并未过去太久，郝最便揉揉惺忪的睡眼，掩着嘴打了个长长的哈欠。

"抱歉，就是刚才忽然困了……"她慵懒地蹭蹭修长的双腿，依然倦倦地卧在沙发上，"你是不是要说，如果不睡着的话，我们会不会谈什么让我不舒服的话题？

阻抗什么的。不过没有，真没有，我就是好困……"

姜愈并不掩饰自己的哑然失笑——一起工作久了，咨询师会更容易预测来访者的举动，来访者同样会对咨询师了如指掌。

不过此刻，似乎还有些额外的东西。

他闭上双眼，用心体会了一会儿刚才发生的一切。

"你希望……可以有这样一个人，看着你入睡，再看着你醒来吗？"

"特别是你……"郝最寂寥地别过脸去，有些吃力地撑起身子，连费了半沓纸巾，才将打转的泪水尽数蘸去，护好眼上的浓妆，"你生我气吗？"

"为什么？"

"我……骗你了啊。"郝最歉然一笑，低眉垂首，目光中闪烁着自责、羞涩与一丝喜悦，"对不起啦，我跟你说临时加班得取消了的时候，没想到你肯破例为我改时间，还改得这么晚……结果我还迟到了。"

"所以……好像有些糟糕的体验正困扰着你，让你需要去买醉。而另一方面，你内心的一部分又不希望把它们带到这里。"

"或许吧，也许我只是说不出口……你还会信任我吗？"郝最貌似不经意地交换了一下上下搭叠的双腿，"抱歉我……我确实骗了你。"

"我不认为你真想骗我，这谎言太明显了，见面第一秒就会被戳破，并且你也毫不掩饰，就好像专门来告诉我你正——"

"——你一定对我特别失望。"郝最的语气不容置疑。

"发生了什么让你对自己非常失望的事儿吗？"

"我……可能真的无可救药了吧！"郝最无辜的指关节，被咬得失了血色，"我又在狄青面前跪着自扇耳光，哭着求他别离开我了……你会放弃我吗？"

"我会有些心疼。"姜愈答得平静而坦诚。

郝最一愣，眼眸深处浸润的酒精似燃起了微弱的火苗。

"我想那一刻你一定非常恐惧。"姜愈身子虽还有些僵硬，语气却已回暖了许多，"也许你可以和我说说，发生了什么？"

"发生了什么？还能发生什么……"郝最自嘲地笑笑，"之前我发项目奖，挺开心的，就发了条朋友圈，没想到狄青刚赌输了钱，看到后就说我只想着自己完全不考虑他的感受，搞得我特别内疚……后来我把项目奖都给了他，还从英国给他带了好多礼物，他都没原谅我，依旧指责我不爱他，有意伤害他，所以我就搜肠刮肚地想，到底该怎么做才能向他证明我爱他……"

"嗯哼。"

"正巧前不久魏光约我吃饭，我就想，也许我能……"郝最又向角落蜷缩了些许，"说起来挺对不起魏光的，但我那一刻真的想，也许我可以通过魏光向狄青证明，我对他是绝对的爱……"

"绝对的爱。"

"对，不会被任何诱惑动摇的爱，哪怕对自己再残酷也绝不回头，我觉得也许证明了这点狄青就可能会被感动，会原谅我……所以我下定决心，要彻底拒绝魏光，之后再把和他的一切原原本本地告诉狄青。"

姜愈双眉紧锁，不发一言。

"我见魏光前给狄青打了个电话，问他，是不是我向你证明了我对你的爱是毫不动摇的，你就会原谅我，他说'你先做吧'，就挂了电话。然后我就去见了魏光，告诉他……"哽咽涌起，将她的叙述生生斩成几截，"我告诉他，你是个好男人，但我们真的不合适。当时我们都哭了，哭得特别伤心，但我觉得我做了这辈子最伟大的事儿，可……可第二天狄青见到我，第一句就是冷笑着说，'你和别的男人上床了，我知道。'"

郝最手指微颤，慌乱抽了几张纸巾，小心蘸干了再次盈眶的泪水。

"我被他惊到了，哭着跟他说我没有！你相信我……然后他直接打了我一巴掌，冷笑着说你别装了，我早就知道了！"

"他使用了暴力。"

"耳光……也算暴力吗？我不知道。总之我当时怕极了，但还是对他说，狄青你相信我，这么多年了，我不图名分不图利益，你相信我好不好……"郝最颤巍巍地躲开姜愈的目光，像个做错事的孩子，"姜愈，如果是你，一定会相信我的，对吗？"

"当然，我相信你。"姜愈的语气中听不出任何额外的信息。

郝最松了口气，双眸中的火苗却愈发飘摇了："可他不相信我，他说我太让他失望了，他要永远离开我，我吓坏了，就跪下求他，说你让我做什么都可以，能不能不要走……"

"你非常恐惧，当知道他可能离开你的那一刻。"

"我没法原谅自己，"郝最的头垂得更低了，"如果他因为我而痛苦，如果我真的伤害了他，那我绝不能原谅自己……"

"他始终不相信你的证明，于是支撑你的某些东西崩溃了，这让你非常伤心，非常羞耻，也非常绝望。"

"是啊，崩溃了，我真的……对不起姜愈，要不今天就到这儿吧，我……"

郝最有些发抖，她捂着嘴，强忍着眼泪，已欲起身离去。

"到底发生了什么？"姜愈依然平稳的目光轻轻将她牵在原地。

"我……我大概不配做你的来访者……"郝最反射性地咧了咧嘴，似哭似笑，"你居然真的相信我……对不起，我不想笑。对不起。狄青没说错，我就是……我就是个贱——"

"——郝最，"姜愈正色打断道："不管发生了什么，我不希望你侮辱自己。"

"可事实是……"郝最声若细蚊，羞赧已极，"我确实……和魏光上床了。"

姜愈"哦"了一声，不自觉地将食指横在唇前，挡住开口的冲动，也拦下内部翻滚已久的焦躁。

郝最低着头，不时用余光侦查一圈姜愈的脸色，看有没有被他嫌弃指责。

反复确认后，她才稍稍踏实了几分。

"狄青最开始是诈我，可我最后还是坦白了，他就用那种'果然你就是这种人'的表情看着我，我都……我真的太厌恶这样的自己了！"

"极度羞愧自责、无地自容的感觉，而且非常失控。"

"我知道魏光才是好伴侣，我该选他，可……可我还是没法离开狄青！"郝最衣裙上的光影微微颤动，"我知道不离开狄青就该好好和他过，可我还是和魏光上了床！甚至……甚至那天去之前我就隐约觉得会发生些什么，可我还是穿着最漂亮的衣服去了，还点了很多酒，还……还有我明知道我说谎就可能失去狄青，可还是说了……姜愈你说，我怎么把生活搞成这样了？"

她抬起小臂，遮住双眼，似不愿再看眼前的真实。

"就**好像**，狄青才是那个真正懂你的人，他才能看清你的本质，"姜愈慢慢分析道，"他说你和魏光发生关系，说对了，于是好像他**所有**的怀疑，**所有**的指责、羞辱，就都变得无可置疑了，甚至也许当他这么指责你、羞辱你的时候，反而会让你有一点安心。"

"是啊……对了！"郝最微微向下的嘴角淡淡漂着一抹哀伤，语气中却多了几分不协调的欢脱，"好像狄青就是会给我那种安心的感觉，特别是……"

意外的卡顿。

"特别是？"姜愈截住郝最的回避。

"没什么。"郝最咬着嘴唇摇了摇头。

"你刚才闯进脑海的想法是——？"

沉默良久后，郝最放下了遮住双眼的手臂。

"除了你之外，他是唯一肯听我抱怨我妈，还会说我说得对的人了。就这么点儿事儿，就能让我这么……等一下！"她忽然脸色一变，"你刚才怎么完全不惊讶？你刚说了信任我我就……所以你刚才就已经断定我在撒谎了对不对？你说相信我只是为了……为了治疗我，而不是真的相信我！"

她拢了拢裙角，委屈地蜷了起来。

"郝最我相信你，并且依然相信你，无论是刚才，还是现在，还是以后。"姜愈坦诚地说道，似乎丝毫未被扰动，"坦率说，我并没有去猜你和魏光有没有在一起，但我想如果你这样做，一定有某种原因，我们可以试着一起去理解它。而且我说过，在这里，你的心理现实更重要，嗯哼？"

郝最不置可否，抬头望向姜愈，目光中多了几分怀疑和失望。他的回应中好像隔着些什么，少了些什么，还藏起了什么。敏锐如她，太容易嗅到其中那丝淡淡的拒绝了。

"姜愈，你……握住我的手好不好？"她怯怯地伸出手来，瑟瑟发抖。

姜愈的手微微一抬，又落回原地。他喉头一紧，将自然真挚的表述咽下，改作教科书般的标准回复："如果我此刻握住你的手，你会有什么感——"

"——姜愈！！"郝最再不顾忌掩饰，任凭翻滚的情绪化作黑色的泪水，顺着脸庞奔涌而下，"求你了！别这样好吗？！能不能不要总用那张专业脸对我！我真的只有这里可以说了！为什么连你也要躲着我？躲在你那套专业回答后面……"

郝最双手捂着口鼻，越说越伤心，似已无法自制。

姜愈闪开了她那苦苦期待的目光。

"我感到此刻你很愤怒，而且——"

"——对不起，用一下洗手间。"

郝最愤然起身，鞋都没穿，刚走两步，又快步折回，从手包里掏出个小包，随即头也不回地冲进洗手间，留下身后的姜愈瘫坐在沙发上，懊恼地揉搓起眉心。

精致的浓妆化作赭褐色的流水，消失在黑黢黢的下水孔中。水龙头开到最大，聒噪个不停，盖住了剧烈的喘息声。

郝最双手撑着洗手台，厌恶地看着镜中的自己，镜中亦投来厌恶的目光。

她与镜中人对峙了许久，互相嫌弃、指责了许久，之后从随身小包中熟练地掏出一副刀片。

看着簌簌发抖的锋利刀刃，指甲处的新旧伤疤，她的表情既痛苦又兴奋，仿佛戒毒很久的瘾君子又一次见到毒品。

鲜血的红色，无异世间最为动人的红色之一，只有火焰之红，玫瑰之红，方可与之相提并论。

姜愈的目光，死死锁在那抹红色上。

郝最的指甲沿线添了几条新伤，虽然不深，但依然有鲜血不断渗出，丝丝蔓开。她异常平静地赏玩着自己手上的猩红，轻佻地吮吸了一下，忽而笑了。

"那天晚上，魏光安排了烛光晚餐——"

"——郝最！你——"

"——他告诉我，他喜欢我，想和我在一起——"

"——抱歉我要打断一下，我们这里发生的事情很重要，我希望——"

"——那晚我们都喝多了，之后……其实是我主动的，他动作很生涩，看起来并没有什么经验，但真的很体贴，而且……"郝最嫣然一笑，用舌尖舔去伤口上刚刚凝成的豆大血珠，"超棒的，我们——"

"——郝最，似乎此时此刻，你正用行动告诉我的是——"

"——结束的时候，都快三点了，他搂着我，我忽然就……哭起来了。"郝最有些出神，似回到了那个夜晚，双眸像被烈酒泡过似的，荡漾着热辣辣的迷醉与深情，"我对他说，你要永远记住这一夜，也要永远忘了这一夜……他并没懂我的意思，就是摸着我的头发，贴上去闻，然后用他的大手抚摸我的全身，好舒服啊……"

郝最的手有意无意地撩过自己的肌肤，偏了偏头，露出最易受伤的雪白脖颈①，"第二天我起得特别早，看着他熟睡的脸，特别的安宁，我又忍不住哭了。我动摇了好久，想给他留张字条，但最后什么都没写，我就逃了……"

短暂的沉默，似两列相向缓行的列车死死挤在一起，纹丝不动的僵持下，是不时冒出的热浪烟尘，电光火花。

"我说完啦，"郝最故作轻松地打破沉默，顺势将方才诡异邪魅的神色散去七分，"别担心，一会儿就能止住，我没划太深。"

姜愈的严肃不减分毫："郝最，你还记得我们曾有过一个约定是——"

"——记得，我会尽最大努力不伤害自己的，但刚才人家确实忍不住了嘛……"郝最几分故作娇嗔，几分撩拨试探，"所以，你会惩罚我吗？"

"郝最！"

郝最被姜愈的语气一震，残存的寥寥醉意霎时云散烟消。

"我们有必要谈谈，刚刚在这里发生了什么。"姜愈的口气缓和了一些。

"抱歉，是不是……我是不是吓到你了？真的抱歉我……"

"我看到刚才你好像进入了另一个状态，"姜愈谨慎地验证着他危险的推测，"以前有过这种情况吗？"

"……好像有过的，具体真记不清了……"郝最双眉轻蹙，扶着额头向姜愈歉然一笑，"可能酒劲儿上来了吧，想得我有点儿头疼……"

"OK……"姜愈犹豫片刻，压下了冒进的念头。

尊重，本就包括尊重对方还没准备好，还不想碰触。

他闭上眼，给了自己几秒时间，将散落四处、包满污泥的珍珠一一串起。

"我看到的是：你在求救，从今天改时间、迟到开始，就一直在验证、求救。

"你问我会不会因为你骗我而失望，会不会因为你和魏光上床而惊讶，会不会被你的血吓到。也许你心里一部分恰恰希望我失望，我惊讶，我被吓到，同时也希望我能向你证明——"

"——不是这样的，我、我非常信任你，我也不想你失望什么的。我……"郝最磕巴着否认的同时，嘴角还添了几丝笑意，双脚也愉悦地轻颤起来。

"是的，我相信你信任我，我相信你意识层面并不想这样，但你也很想让我了

---

① 暴露脖颈在不同情境下含义不同，但大多有"将弱点露出"的意味。

解你的感受、挣扎、恐惧，并且确定哪怕如此，我仍然会接纳你、包容你，让你可以安心入睡，安心醒来，没有伤害，不会离开，对吗？"

郝最歪着脑袋想了一会儿，不好意思地点了点头。

"而对你来说非常困难的是，你说不出来啊！"姜愈的眉宇间多了几分戚然，"在这里你说不出，在生活里你同样说不出。你的情感、需求、恐惧……通通没办法直接用语言让我知道，让他人知道，甚至有时候你自己都不知道。"

"然后呢……"郝最不经意间抱住自己。

"然后全世界都听不见你，看不见你，你被逼到极限，崩溃，却仍得不到想要的东西，于是更加绝望——而你唯一会的，让别人懂你的方式，就是让对方体验到你的那些体验。但在你的生活里，这个过程却让你一次次遍体鳞伤。"

郝最沉默了许久，手指轻轻捋着头发，将万千烦恼丝丝拨开，根根捋顺。

"你说得对。谢谢……谢谢有你在，谢谢你能告诉我这些……"她抬起左手，静静打量了片刻，"跟你说过吗？第一条伤口是什么时候。"

"没有。"

郝最将手背伸向姜愈，舒开手掌，修长颀秀的五根手指上，沿着指甲线，全都嶙峋密布着深深浅浅的伤疤，伤口叠着伤口，疤痕掩过疤痕，似被风沙侵袭皲裂的树皮。

姜愈掩着真切的心疼，面色凝重地点了点头。

"二年级，小学二年级那年，有次考试，我考了第一，卷面满分，附加题也全对，我做作业的时候哼起了歌儿……我妈听到后狠批了我一顿，说我太没出息了，这么点儿小成绩就沾沾自喜，虽然我现在拿了第一，但不证明以后也是第一，放在全市、全省还是第一……"

"你当时一定很委屈。"

郝最淡淡一笑，似事不关己："更早可能会吧，那会儿已经不了。我妈接着说她为我放弃了多少机会，吃了多少苦，我居然还觉得委屈，太不应该了！"

"所以……妈妈会让你觉得她情绪不好完全是你的错，她训你的时候你也'不该'哭，是这样吗？"

"一直是啊，我哭的时候她都会训我的。如果事情和她无关，就说'你错了还有脸哭''不是你的错你有啥好哭的'；如果和她有关，就说刚才那些，她付出那么多我怎么还好意思哭之类的……"郝最边说边咬起了手背。

"在妈妈那里表达负面情绪是不可以的,好像那是对她的全盘否定?"

"当然了,那是要被雷劈的啊……"郝最惨然一笑,"就比如那一次,开始我还和她争辩,结果她气得哭了,特别失望地跟我说她小时候有多难,我爸有多靠不住,现在连我也……最后我羞愧到无地自容,大哭着向她认错……"

"那种体验糟透了,自己的感受彻底被扭曲否定了。"

"我感觉不到……"郝最怯怯地点了点头,"第二天她还给我看厕所里的血水,说那是我把她气的……我当时真信了,晚上哭了半宿,还不敢出声……"

姜愈没有答话,默默处理一会儿对郝最妈妈涌起的愤怒,让自己回到专业中立的位置上来。

"当时我非常羞愧,难受了一礼拜都没法让这事儿过去,从那会儿起,我一紧张就会啃指甲,经常啃出血来,可过了没多久,啃指甲好像也没用了……

"有天下午,我在削铅笔,很偶然的,我忽然就特别想切自己一下看看,纯粹就是好奇,但我又怕伤口被妈妈发现,就切的这里……

"我现在还记得,第一次切下去时那种特别的宁静。就那么静静看着血线从白色的皮肤下蔓延到表面,慢慢渗出来,静静地流淌,所有烦恼都不存在了……

"血沾到手指肚上会有些黏,但还是会顺着手指的弧度流下来,能流一小摊,没有铁锈味,还挺香的。当时正好身边有纸,我就把血印在上面,能印出不同的图案来,特别好玩儿。我不停地印,血止住了就再挤挤,最后整张纸都印满了,我看着它有种前所未有的放松,特别放松。可惜没等我换张纸继续,我妈就下班回来了,吓得我赶快冲进厕所把纸冲掉。等处理完才发现这方法真方便,只要轻轻一吮,就能藏得很好,即便被发现,也可以说是拔肉刺不小心弄的……

"之后我就上瘾了,瘾还越来越大,到后来只有血流出来的那一秒,我才有可能稍稍放松下来……"

郝最又吮了吮手指上残留的血液,妖娆一笑。

姜愈沉重地叹了口气:"那种无助、绝望、想要惩罚自己、想要赎罪的'张力',随着疼痛、流血,才能稍微减轻一点儿。而且对你而言,也许只有通过那种疼,那些血,才能感觉到自己还……"

"活着。"两人几乎异口同声。

郝最感激地笑笑,仿佛在说,谢谢你懂我。

姜愈只觉肩膀有些发酸，像扛了千斤重物赶路，已太久没有休息。

想必这也是共振的体验吧——自己听着都不免紧张，郝最从小泡在那样的生活里，其间辛苦可见一斑。

"对于一个孩子来说，这么一路走来，真的非常困难。"他说得发自肺腑。

郝最却噘了噘嘴，淡淡说道："当你这么说的时候，我知道你是真诚的，但我感觉不到。我还是觉得你在安慰我，还是会自责，会觉得是我不够好……"

"哪怕在这里，某些通路也是被关上的……而且当妈妈的人生过得很艰难时，你好像没理由过一个舒坦些的人生似的，仿佛那是种背叛。"

"不是的！我妈妈这辈子真的太不容易了……"郝最的辩解无力而倔强。

姜愈温和地望着她，一言不发。

只有小鸟自己在蛋壳上啄出的裂缝，才能让它大胆地破壳而出。

郝最反思片刻，眼神渐渐有些空洞，似被心底一片未曾探索过的幽暗溶洞吸引了："我外公在江上讨生活，每天起早贪黑挣点儿辛苦钱。我妈两岁那年，也是暴风雨的一天，我外婆劝他别出去了，外公不听，说能挣点儿是点儿，结果就再也没回来，活不见人死不见尸。我外婆疯了一样天天去江边找，后来也……那时候家里孩子多，我妈最小又是女孩儿，送都送不出去，又实在活不下去，最后一个舅舅心一软领养了她，但其他孩子就……"

郝最长长一叹，似回荡了三代百年的哀伤。

"非常不幸的早年经历，这也让我们更好地理解了为什么你妈妈在和爸爸吵架时就会一宿一宿地去海边。"姜愈悄悄补刀。

"或许吧，"郝最一点就透，"不过，她也算幸运了……"

"幸运？"

"我妈属猴的，我外婆要再晚半年去世，舅舅估计就不敢领养她了。"郝最顿了一下，见姜愈并无疑惑，心有默契，也便不多解释，"就算这样，到舅舅家没多久，吃的也不够了，他们粮食吃完了吃树叶野菜，树叶野菜吃完了吃观音土。一天我妈无意间听到舅妈和舅舅商量要不要和邻居换孩子，把她吓坏了，很长时间不敢一个人睡觉，遇上邻居就哆嗦，后来都不敢看他家的锅……"

姜愈心下喟然，陪伴、直面、处理这些经年创伤的遗痕溃疮虽是心理咨询师的日常，但每每遇到，依然让他又是无奈，又是唏嘘。

"说到这儿，我想起你告诉过我，妈妈和你两个人的时候都顿顿做七八道菜，你要外出她会给你带严重过量的食物,你不吃完还会挨训,这让你压力特别大。"

"所以我格外心疼她啊!她给我的都是她自己最想要的,她是世界上最好的妈妈!不止我这么说,我的朋友同学、她的同事、我们的亲戚,所有人都说,郝最啊,你有这样的妈妈太享福了,你可得好好孝顺她啊……"

"你呢?你的感受如何?"

"我不知道……我感觉……她是个好人……"

"她是个好人给你什么**感受**?"

"她让着所有人,帮所有人,对所有人都好。

"我上大学的时候,她来看我,不光把我们寝室收拾得干干净净,还给每个舍友都带了礼物,天天帮她们打开水,临走还给她们买好了一个学期的零食,最后我们寝室所有人都说郝最你有你妈太幸福了啊!

"前段时间她来看我,我说妈妈你来就好什么都别带,她还是带了三大箱特产,结果火车上遇到两个老乡,说来北京看孩子太匆忙空手来的,她二话不说送了他们整整一箱。我说妈你不用这样,她就教育我说'谁出门在外都不容易,能帮就要帮啊',可她自己平时省吃俭用的,连洗碗水都要留着冲厕所……

"她就是这样一个好人,大好人……"

"我注意到当我问你妈妈的'好'给你什么'感受'的时候,你会绕开这个问题,谈论别人对她的评价、你对她的看法……但唯独,没有谈你的感受。"

郝最的虎口紧紧压在锁骨之间:"形容不出,我真的形容不出……"

"我感觉你好像要窒息了。"

"对!"郝最的声音大得连她自己都吓了一跳,"就是这个感觉!可……"

"也许在和她的相处中,这样辛苦、付出,这么'好'的妈妈反而会显出你的'坏'来,并且当你体验到糟糕的感受时,这么'好'的妈妈又让你无法怪罪,或是刚有怪罪、怨恨的念头就会有罪疚的部分冒出来压住它们——"

"——可那真的是我不够好啊……"

"我猜你妈妈不能接受'你好我也好,但我们不同',她只能在'你好我坏'和'我好你坏'间二选一,对吗?"

"……好像是这样的,不过这有什么关系呢?"

"如果是这样,你妈妈是不能接受你'好'起来的——她需要让自己一直待在那个制高点,成为那个完全正确、强大、'好'的存在,而如果你不扮演那个错的、无能的、'坏'的存在,她恐怕更受不了。"

"不是这样的,妈妈她一直希望我好,是我做不到……"

"你妈妈也会说爸爸不好,对吗?"

"当然了,我妈总说我爸又懒又脏,不顾家,没追求,等等吧……"

"那么,你设想一下,如果有一个比她更勤勉、更爱干净、更顾家、对生活的要求比她还高的男士,你妈妈会愿意和他走到一起吗?"

郝最思索了一会儿,有些泄气了:"好像不会,可这也说服不了我,我还是觉得如果我做得够好了,就能让她满意,归根结底还是我的问题……"

"那么,你做到什么程度她会说你好呢?"

"我……"郝最一时语塞。

她不是没想到答案,而是想到的答案无一不是荒谬绝伦,非凡人可及。

"这个世界上所有人都知道血是红的,我也'知道'血是红的,可我'看到'的血,它就是黑的啊……"她看看手指上干巴巴的血块,眼角又有些湿润了。

"是的,也许在长期的相处中,在需求的冲突中,你的认知告诉你妈妈很爱你,对你很好,周围的人告诉你你很幸福,你该知足了。但你真实的感受却非常糟糕,这个巨大的裂痕撕扯着你,而且对一个还处理不了'每个人都有黑有白有灰''妈妈爱我也会伤害我'这些复杂信息的孩子来说,如果妈妈这么好,而我的体验又这么糟,那这个矛盾的解释就只能是我太差了……"

郝最怔怔地摇了摇头,似乎在抗拒姜愈的解释。

"……也许吧,可……可我能怎么办呢?我成不了她那么好的人,做不到她希望我成为的样子,可我也不能不在乎她满不满意啊!她太容易受伤了……"

"在你心里,'不满足她'真的会伤害她。"

"她会死的!真的!"郝最大口地做着深呼吸,像条离水濒死的鱼,"就像你说的,我……我真的压力很大,很憋得慌,想到这些就喘不过气来,总觉得要把胸口剖开了才能呼吸。"

"我看到你很害怕,害怕伤害她、失去她,可这个过程真的让你——"

"——活着真没意思!"

姜愈陪着郝最的颓然失意待了好一会儿,待她自行爬出那铁灰色的泥潭,才慢悠悠地提点道:"你有没有想过,她的希望本身就有问题,是不可能完成的。"

"这倒没有,她就是要求比较高,所以我才总觉得也许再努力一把就能……"

"她希望你像'别人家的孩子'那么听话那么乖,对吗?"

"我**就是**别人家的孩子了,"郝最凄然一笑,"不过可能在她心里没有最乖只有更乖吧。她确实常跟我说,你看你表妹,她妈让她辞职就辞职,让她和男朋友分手就分手,让她和哪个男孩在一起就在一起,多懂事啊。那时候我就觉得好像……我没办法让她满意。"

"嗯哼,你会自责,那——她希望你不让她操心吗?"

"当然了! 她隔三岔五就会又羡慕又失望地跟我说,谁家女儿毕业才几年就买了大房子,她妈可享福了,都是她自己做的完全不用爸妈操心……"

"所以,听起来,她既希望你听话、不要有主见、依赖她,又希望你不让她操心、独立、不依赖她,这些希望——"

姜愈做了个手势,邀郝最自行判断。

"……好像确实是矛盾的啊!"郝最先有些难以置信,随即似有所悟。

"所以一直以来,你往这边走走,那边的苛责就开始压迫你;往那边走走,这边的批评又开始控制你。类似的矛盾多了,你就'总是'让她失望,总会自责。"

"这种感觉从小就伴着我了,'我怎么都不行、怎么都不对',而且……要不是你提醒,到现在我都觉得她的要求是正常的,天经地义,达不到就是我有问题。"

"好累啊……"姜愈也揉了揉酸疼的肩膀。

郝最的脸色有些灰暗:"她对我这样,对我爸这样,对自己也这样,所以我一直觉得这个世界就该是这样的……可笑吧? 可我真的就……"

"并不可笑,相反,我会感到……有些悲伤。"

"是吗? 我感觉不到。"郝最轻轻抠了抠手上的伤口,"说起我爸,我还记得有段时间他天天特早回家,我很开心,我妈就一直抱怨他不上进。后来他工作忙,回来晚了,我妈又嫌他不顾家,怀疑他在外边有女人,天天吵,月月吵,半夜把他推醒接着吵。再后来我爸真在外边有女人了,我妈又一天到晚拽着我说,女儿啊,你爸是个负心汉,你可要争气啊,妈这辈子全靠你了……"

"在三条腿不一样长的茶几上,水就会流向最短的那条腿,"姜愈倾身抬了抬茶几,苦涩地叹了口气,"这个茶几就像家庭,情绪就像水,妈妈总在强调她对你的付出,但没人看到你为这个家庭承担下的情绪、默默吞下的委屈。"

"也不全是……"郝最别过头去,望了望窗外的树影婆娑,一时有些出神,"那时候我觉得爸爸是我共同作爱的同盟——"

"什么？"姜愈眼睛一眯。

"共同作案，口误啦，口误。"郝最夸张地笑笑，尴尬地摆了摆手，"如果我妈让我太痛苦了，我就去找我爸求安慰，我觉得他应该懂我。可后来我发现，他也只是利用我吸引我妈的火力，让他可以少挨训，可以出去和别的女人……说到底，他也自私，也只爱他自己，并不愿意真的为我付出。可我还是更喜欢他，毕竟小时候他是唯一能听我抱怨我妈的人了，至少背着妈妈的时候可以……"

"听起来，这跟你和狄青的互动模式——"

"——我懂，"郝最抽回目光，第一时间截住姜愈，"我也知道我就是在重复，可……知道了有什么用呢？"

姜愈没有回答。

"对了，健康的家庭里，是不是应该夫妻关系第一？"

"嗯哼，你们家呢？"

"显然啊，我和我妈是最近的，这是她要求的，其次是我和我爸。"

"所以……不止你和妈妈的关系会超越他们的夫妻关系，你和爸爸的关系也比他俩的关系亲密得多。"

"对，所以我经常觉得……我妈特别不乐意见我和我爸关系好，她会吃醋。"

"她会嫉妒你。"

"不是不是，她嫉妒我爸。"

"明白了，她希望和你绝对的亲密无间。"

"对！她一直不肯和我分床睡，直到我上大学住校，她还说等我结了婚她来看我也要一起睡，让我老公睡沙发。而且我都这么大了，她只要在家还是坚持给我洗澡，说我洗不干净。那时候我就觉得……有些恶心。"郝最少有地露出了嫌恶的表情。

"感觉身体被侵犯了一样。"

"你也觉得是吗？我一直特别自责，觉得自己有这感觉太不应该了……"郝最不自在地挪了挪身，仿佛周身爬满了肥大的肉虫，"用她的话说，她一把屎一把尿把我养这么大，啥没见过啊……我又觉得对啊，是我矫情了……"

"听起来尽管你已经成人了，妈妈却还把你当成婴儿，不肯剪断那条脐带。脐带越来越紧地绕在脖子上，你都快窒息了。"

"我不知道……有时候我也觉得她离我太近了，可我一说出来，周围的人又都说，多羡慕你啊，你妈那么疼你。这种时候我又觉得是我太作了……我妈还常说，我说你是因为爱你，只有妈妈才这么说你呢，别人谁会说啊，那些没有妈妈的人，想被说还没人说呢，可我……"

郝最戛然而止，突然涌起的念头梗在胸腔，让她又诧异又恍然，七分苦涩，三分心疼，缓了好久，才重新开口。

"我想到你刚才说的……都是类似的：她没有妈妈，她想要个无微不至的妈妈，她想一直当个小孩子、小宝宝，所以她一定要塞给我这些……"

"这个部分让你很……悲伤？"

"我非常难过，又非常自责……"郝最抹了抹眼角，又开始啃起指甲，"我突然想起幼儿园的时候，一次看新闻说一个男人出轨，他的情人把他的妻子毁容了。当时我特别害怕，害怕爸爸出轨，害怕妈妈被毁容，还怕某一天她突然被小三杀死，一想到这些我就会和她特别亲热……"

姜愈心下一凛，手心微微有些发潮。郝最谈到这段经历，意味着那个她一直回避的话题将被碰触了。他小心地做了几轮推演，确定问题不大，才用鼓励的口吻问道："话题好像有一个跳跃，你觉得自己为什么会突然想起这个场景？"

"不知道，也许因为刚提到'没有妈妈就没人说我了'吧……"郝最似也觉得这里"有些什么"，可又缥缈无形，稍纵即逝。

"OK，下面这个问题你不着急回答我，不妨给自己些时间，问问内心深处，有没有存在一个部分，你想要杀……想要她死。"

最后一秒的改口，是因他已看到郝最强烈的错愕、回避和反弹。

"好像酒劲又有点上来，我躺一下……"郝最倦倦地侧卧下来，"要不我们换个轻松点的话题好不好？我有点累了。"

"当然，随意，"姜愈小心控制着场上的温度，"只是我刚想到，我们的行为下面是认知、感受，再往下是爱恨、恐惧，刚才那一刻，好像每个层面都在抗拒，都想把你从这个话题拉开。"

"这个真没有，我就是累了，你要想继续讨论我们就继续，没关系……"郝最的语气中添了几分若隐若现的烦躁，"你为什么会那么问？"

"妈妈成功地让你坚信，如果你不满足她，她会失去生命的意义、支柱，她可能会——"

"——她**真的**会去死的，真的！"郝最有些恼火。

"而在这样的关系里，这样的环境下，你压抑了太多的愤怒，甚至也许——"

"——所以你想说我想杀死她？"郝最腾地一下坐了起来，双眸直直地盯着姜愈，乌黑的瞳中似正燃着黑焰，"没有，真的没有……"

"当然，我相信你**意识层面**希望她好好的，毫无疑问。"姜愈刻意放慢语速，缓和着场上的张力，"但我们的内心是复杂的，每个人都或多或少有些自己无法承认、无法面对，甚至彼此冲突的东西。而也许恰恰是有这个部分存在，妈妈对你的要挟才会如此有效，因为——"

"——因为我如果想彻底否认这个部分，就需要极力压抑对她的不满，哪怕有一丁点儿不满都不行，是这个意思吗？"郝最少有地和姜愈辩论起来，"姜愈我知道你们有一些理论，但我的情况可能不是这——"

"——当你对她产生不满的时候，你会有什么**感受**？"

郝最愣住了，与姜愈相处了这么久，被他如此打断的次数屈指可数。

"极度的内疚、羞耻吧……非常难以面对。"

"还有吗？"

"我……"郝最又抠破了伤口，望着渗出的鲜血有些发怔。

"也许这也是你离不开狄青的原因之一，"姜愈抬手示意郝最手上的鲜红，"和他在一起时，这些伤口才可以**被承认**，你的愤怒、**恨意**、攻击性才可以短暂地放风。而回到日常的生活、人际里时，你只能无视这些血、这些疼，只能压抑、积攒你的恨意、攻击性，直到压不住了转而伤害自己……"

"好了姜愈，我知道了……我知道了。"郝最心神不宁地应付道。

"我感到你非常不安，好像哪怕在这里谈论这些，都是大逆不道的。"

"是的，好像……"郝最四下张望，缩起脖子，"我也不知道该怎么形容，脑子已经转不过来了，要不我们还是聊点轻松的话题吧！"

"好像有双眼睛无时无刻不在监视着你，看你会不会有一丢丢的不完美、不道德。"姜愈并不打算放过这个机会，"那种举手投足都被监视、审视、评判着的感觉让你特别不安、特别羞耻，也让你——"

"——没人看我的，"郝最更加紧张，声音都有些颤抖了，"你说这些的时候，我全身都是硬的，无地自容，真的无地自容。"

"也许这就是那种弥散在你生命里的羞耻感,而且它的源头并不在外,而在你的心里。"姜愈左手抚胸,言辞恳切,"它有两个来源:其一,住在你心里的妈妈一直在挑你的错儿,指责你的不完美伤害了她;其二,也许你心里确实有一个被压抑的部分想要伤害她。这两个部分叠加在一起,就让你无比羞耻、自责,进而在关系里不断惩罚自己,不断赎罪。"

郝最像尊石像般静默了许久,再开口时,声音薄得像张包奶糖的米纸。

"……我记得小时候她常说,责人先责己,永远都要先从自己身上找原因,别动不动就找理由,那都是在回避自己的错误……"

"你上次也提到,威斯敏斯特的无名墓碑,改变世界要从改变自己做起。"

"是啊,所以我才觉得这是对的啊!东西方都这么说,难道不该是这样吗?"

"确实我们真正能把握的只有自己,但似乎对你而言,这句话的翻译是:你要为所有人负责,甚至要为各种随机因素、不可抗力负责。"

"我不明白……"

"你妈妈会不会用类似的句式:'你**惹**我生气了。'"

"经常的啊,这有什么问题吗?"

"这句话我也翻译一下:她生不生气你是要负责的。"

"难道不是吗?如果不是我的那些表现……"

"如果你以后有了女儿,你觉得你高不高兴、生不生气是她要负责还是——"

"——我自己负责……"直觉答案中的双标让郝最哑口无言。

"在和妈妈的互动中,好像有个信念特别坚定地植入了你心里:我要为周围**所有人**的痛苦负责,要改变、牺牲自己,把所有人——特别是妈妈——拉出苦海,像快乐王子一样。如果做不到,或是更糟糕的情况下,他们**声称**你伤害了他们,你就会强烈地自我攻击,并且在关系里很……受虐地满足对方。"

"不是的!我说不清,但她付出那么多,有要求有期待再正常不过了,可我……"

"可你慢慢发现,无论你怎么做,怎么改变自己、压榨自己,还是达不到她的期待,没法让她真正开心起来。但即便如此,你依然——"

"——够了!不要说了!不是这样的!"

郝最的喊声把自己都吓到了,她从没这样对姜愈吼过。

确切地说,她从没对任何人吼过。

"对不起、实在对不起……"她呆呆地嗫嚅道，"我可能今天喝酒了就不该来的……是我不好，你……你继续吧！"

姜愈宽容的微笑，像只厚重的大手摸了摸郝最的头。

"但即便如此，你仍然从未放弃，那是……你深深、深深地爱着她的部分，也是她从来没有承认的部分。我说完了。"

郝最的泪水若破冰而出的温泉，化开冻僵的躯体，带回了真实的痛觉。她连抽了一大摞纸巾，将脸深深埋入，留下颤抖的肩膀，述说着内心奔涌的波澜。

"她不承认的……她从来不承认我爱她！"

滚烫的泉水润软了叙述，蒸腾了呐喊。

"她不止一次说，我从来就没让她开心过……其实我特别希望她能说一句'女儿啊妈妈知道你很爱我'，或是'女儿你已经很努力啦'，那样我死都瞑目了！可从来没有！从来、从来都没有……她只会说'妈妈是为了你才没离婚的''你看别人家的女儿'……"

"爱的部分不被承认，恨的部分不被允许，太委屈，太难了啊……"

"是吗？我还以为谁家都是这样呢……"爆发过后，郝最渐渐找回惯常的克制，"我有没有和你讲过，有一类梦我经常做，梦里我妈有时候是我的领导上司，有时候是断案的法官，有时候是审稿编辑，有时候是拿着秒表的裁判……梦的内容大同小异，永远是我各种坚持、各种努力但无论怎样都没法让她满意。"

"听起来这也是你生活的缩影、亲密关系的隐喻。"

"可能吧，但……最近一个梦不太一样了。"

"哦？"姜愈眼前一亮，"什么时候的梦？"

"就上次咨询完吧，好像就那天。"

姜愈心中暗喜，也不点破，只是示意郝最继续。

"梦里我妈是个语文老师——她本来也是，但梦里她长着一双铁剪刀做的手。我在哭着改作文，作文是用红字写的，钢笔没水了我就要扎到血管里去吸。我拼命地改，拼命地写，她却板着脸，怎么都不满意。最后我实在改不下去，哭了起来，她就恶狠狠地骂我，说我一点儿也不努力、不用心，写的那些破烂玩意儿没人爱看，说她批评我都是为我好，等等吧。她边骂边剪我写的那厚厚一摞稿纸，把里面稍微有点阴暗的、抱怨的、消极的、不道德的……通通一刀、一刀、一刀地剪碎，最后只留下最正确、最正统、最积极、最讨喜的东西……"

"而那些你特别真实的体验、感受、想法，你真实的生命、鲜血，也就通通被剪成碎片，被根本性地否认了——不只是它们不好，而是它们就不该存在，甚至就不存在——而我想，所有被否认的东西，都不甘心就此消失，对吗？"

"对、对的吧，但……"郝最磨了磨小虎牙，压住泛起的恐惧，"梦的最后，地上的碎纸片变成一个个带血的小士兵，拿着长矛利剑蜂拥而上冲向妈妈，妈妈开始还可以抵抗，最后就被他们一刀一剑地给……我一下就吓醒了，醒来后眼前都是妈妈满身是血看向我的眼神，太可怕了！太可怕了……"

"梦里这个平日难以面对的部分，把你吓到了。"

郝最吮着手指，默默点点头。

"但同时我也看到，这部分还蛮有力量的，"姜愈看了看表，提振了一下场上的氛围，"哪怕被剪成碎片，它们依然非常强大，一种原始的、鲜活的，富有攻击性的，反秩序的，甚至在一些人眼里，'黑暗'的强大。"

"黑暗吗？"郝最似被触动了，"我经常会觉得，好像我就该属于黑暗呢……"

"嗯哼，就像你看到的血和他们不一样。"

"对！他们都生活在白天，行走在户外，他们都告诉我，来吧，你该来的，这个阳光下的世界才是美好的、秩序的、光明的，感觉不到没关系，多生活一段时间就好了。于是我拼命努力，强迫自己到这个世界里来……"

"但阳光会灼伤你的皮肤，空气干燥得让你没法呼吸，而且日光太刺眼了，你睁不开眼睛，就只能流着眼泪磕绊着摸索，尽量不让自己做错……"

"所以我根本看不清这个世界的样子啊！"郝最的哭腔中几多悲愤，几多张皇，"我太慌了啊！我只能去用手摸，但手上的皮肤也烫伤了，一碰就疼，所以我根本没法感觉到这个世界有什么美好，甚至根本没法触碰这个世界！可这感觉和他们所有人说的都不一样，那怎么解释呢？只能是我错了啊！所以我只有不断告诉自己，你不好，都怪你不好……"

"小人鱼忍着足尖刀割般的剧痛，告诉自己要优雅地笑，要完美地跳，因为她希望王子看到她高速旋转的舞步，那是她的救命恩人，她希望他开心。"

"可看着这欢乐的世界、热闹的舞会，我却一点儿也不快乐。那么多人夸我，说我好，可我觉得我就是个冒牌货。我身上那些据说光鲜亮丽的东西，都是装的，都是假的，都是我在任务列表上画的钩，判决书上赎的罪。那些喝彩最多让我稍微舒一口气,后面的任务还多着呢……"郝最重捶着胸口,若击鼓鸣冤,"所以我早就知道,我是这个世界里的异类,他们都觉得阳光美好,我却只想回到黑暗。"

"只有黑夜降临的时候,你才可以稍微喘口气,养养伤。但白天很快就会再度降临,你只好把伤口裹好,再次回到那个灼热的世界里去。"

"可我慢慢察觉到,我是可以把伤口裹好藏好,但……"

"随着时间推移,你心里那种'不值得'的感觉会越来越强。"

"对!不值得,就是那种感觉,就像……就像……"郝最努力搜寻着记忆,某个特别精确的描述已到嘴边,可就是难以提取。

"就像——?"姜愈语气温和。

"想起来了!"郝最一拍脑袋,"我们那个业余剧社,和你说过的,我客串过一个角色,那是我第一次上台,所以特别努力,拼命练了好久,最后效果也非常好,看着观众热烈鼓掌,我真的……"她激动地擦擦眼角,笑中竟有几分青涩的羞赧,"可演出总要谢幕,观众终会离场。等所有人都走了,我站在空荡荡的舞台上,看着冷冷清清的观众席,一个人待了好久,这才感觉到脚很疼,喉咙干涩得像要烧起来,疲惫一波波地涌上来,身体又轻又沉,好像在热水里游了几公里。"

"一种恍惚感,不真实感。"

"对,那一刻我也不知道是不是值得,是不是我想要的,只有一种极致的疲惫,极致的麻木,好像灵魂被抽干了一样。"

"所以无论你做得多好,都没法和这个世界建立**真正的**交流,没法从他人那里获取能量,最终你只能一个人回到黑暗里,那里**只有你一个人**。"

"是啊,所以……你说得对,狄青身上黑暗的气息太浓了,以至让我产生了错觉,以为找到了同类。那种感觉让我无比迷恋、无比兴奋,因为那意味着我不是一个人活在这个世界上了。但随着时间的推移,我发现了越来越多的证据,他根本不是我的同类,他只是单纯地作恶罢了……"

"但你仍然舍不得、不甘心,所以才会……"

"拼命地讨好他啊!语言不够就用物质,物质不够就用身体,用尊严,用我的生命、我的一切,去讨好他,让他留在我身边,让我摆脱那种……"

"孤独。"二人异口同声。

漫长的沉默过后,郝最长长舒了口气,坐直身子,蹬上歪在地上的高跟鞋。

"说到底，我太害怕没人爱我了啊……"

"是啊，以及……这个部分你妈妈也有，所以她才需要你是个小婴儿，永远待在那个弱小、差劲的位置上——因为那意味着你需要她、离不开她啊……"

"我没这么想过"，郝最一时又有些震惊"不过你这么说的话……"

"作为一个两岁就失去父母的孩子，她太害怕分离了，怕到了极点，所以才会死死地抓住你，并且让你也认同那种母女共生的——"

"——我们……还是说现实的好不好？给我个引导好吗？就算为我好……"

"什、什么引导？"姜愈暗觉不妙。

"你能不能告诉我，我现在该不该照狄青的要求去见他……"

姜愈只觉大脑嗡的一声，像粒爆米花般膨胀了数倍。

回避到最后一分钟才被提起的话题，永远让人焦虑。

"他说今晚要好好惩罚我，让我现在就去，但魏光现在也在等我，他……我有预感，如果今天我不去找他，可能我们就真要结束了。他是个那么单纯的人，我实在不忍心伤害他，而且如果他离开了我，我就只能回到狄青那里了。但……但我又不敢拒绝狄青，我真的怕……所以你帮我拿主意好不好？"

姜愈看着郝最眼中的期待与依赖，纠结了好久，还是勉强咽下已到嘴边的建议："好像一方面，妈妈那个——"

"——我知道，姜愈，我都知道，我抗拒那种关系，但在别的关系里我又会诱使对方指导我、控制我。在这里是，和狄青是，在我各种职场人际里也是，这些我都知道。但求你了，就这一次，拉我出来，好不好？"

"在你心里，我是那个有力量拉你出来的，而你自己并没有力量去——"

"——姜——愈！"郝最泪眼中漾满委屈嗔怨。

姜愈看看郝最，看看漏完的沙，看看目光可及的所有钟表，擦了擦额上的汗。

已经超时了。

郝最这类来访者，在生活里任何人都可以随意突破她的边界，因此作为咨询师，更要守好边界，包括不给出具体的倾向性建议，严守咨询时间，等等——教科书上的指导像个巨型鼓风机，将他内部焦虑的火苗吹成燎原之势。

"我想也许，当你和这段伤害性的关系拉开一点距离的时候，你的消耗会大幅降低，会有更多心力、机会去选择你的生活状态。当然，如何选择仍然是——"

"——所以你希望我离开他吗？"郝最眼中闪着光芒，口吻明显热切许多。

"我们时间到了,下次讨论吧。"姜愈避开郝最追问的目光,只觉一阵焦虑,随即画蛇添足,"也许问题不在于该不该离开,而在于……在于怎样才能。"

话甫出口,他便更后悔了。

明明应该更节制些,保持沉默的,怎么就耐受不住了呢?

他轻轻抚摩起无名指上的戒指。

郝最却露出满意的微笑——她已拿到了想要的答案。

"OK,下周见,谢谢你愿意给我改时间。"

将郝最送到门口时,姜愈终于松了口气。

郝最却忽然转过身来,从手包里掏出一个精致的礼品盒,双手递给他。

"对了,生日快乐。"

姜愈刚刚关机的大脑瞬间短路,闪出一片电火花。

他并非第一次遇到这种情况——突破边界的礼物、门把手的话题①——那些专业解释、实践处理,他早烂熟于胸。

可他没遇到过的,是自己的欣喜与慌乱。

天人交战后,专业要求还是占了上风:"谢谢,但这份礼物……我们下次讨论一下再……"

话音未落,郝最眼中已盈满泪水。

委屈、失望、黯然……都不足以形容那一刻她的神情。

那是孩子的痛。

姜愈低下头,分外煎熬,却又无动于衷。

无论初衷如何,拒绝一份真挚的情感,都让他本能地自责歉疚。

反而是郝最未让那尴尬持续太久,她迅速发挥特长,一个深呼吸后,已将涌起的情绪、泪水连同礼物一起收了回去,眼波流转间,只余下淡淡的失望与哀伤。

"……能……抱抱我吗?"她的问句中,已听不出一丝期待。

谁能拒绝一个无欲厌世、刚刚获救的人要杯水的请求呢?

---

① 门把手话题:指来访者在咨询已经结束、二人已经起身后开启的新话题(因常在一个人握着门把手的时候提出而得名)。精神分析理论认为,门把手话题是来访者"其实"想谈,又没办法在咨询时间内开口,也不准备给咨询师留足够时间回应的重要话题,往往伴有某种阻抗、焦虑。

姜愈迟疑一下，僵硬地做完了抱她的动作，又不自觉地退后半步。

"谢谢，我该走了。"郝最努力挤出一丝笑容，显得自己从未受伤。

她转身开门，这才发现门还锁着，情急之下，又半天没能拧开。

姜愈看在眼里，动了动嘴角，抬了抬小指，似想要上前帮忙，可身体和舌头却一齐失了功能。

郝最冲出去后，姜愈已在原地呆立许久，腿都有些酸了。

他叹了口气，疲惫地关上门，关上灯，解开衬衫扣子，松了松腰带，像个垂暮老者般吃力地坐上飘窗，怔怔望向窗外。

他忽然感到一阵莫名的口渴，还强烈地想要根烟。

他从不抽烟；在心理咨询师的世界里，"莫名"也并不存在。

他自嘲地笑笑，想起弗洛伊德的一段逸事：有人曾嘲讽弗洛伊德说，按你的理论，各种行为源于性驱力，那你每天含着雪茄，是不是一直在吮吸阴茎呢？弗洛伊德严肃地答道，雪茄就是雪茄。

后世的精神分析师却不肯放过祖师爷，依然乐此不疲地拿他开涮，反复分析改良这个段子。甚至有人认为，弗洛伊德的雪茄还真是阴茎，象征力量、父权、权威此类，抽雪茄代表对权威感、力量感、可控感等超乎寻常的追求与追求之下的焦虑——而弗洛伊德的生平，看起来也能印证这个假说。

姜愈机械地分析了一会儿自己内在的动力，忽然一个激灵，回过神来，想起自己这毫无意义的加班，不禁哑然苦笑。

还真是操心命啊！

他抿了抿干涩起皮的嘴唇，推开窗户。热风吹散了屋内残留的幽香，些微的酒气，稍稍缓解了他头皮上的蒸腾。他掏出手机，点开李云迪的肖邦《降 b 小调夜曲 Op. 9 No. 1》，想要放松一会儿。可刚闭上眼睛，郝最那被辜负的委屈眼神便再次萦绕过来。他只觉小腹中一阵躁动，就连肖邦那温柔若水、安静动人的夜曲，也像被夜风烘得有些烫了。

今年的夏天，真的好热啊……

第六章

图图铸窖洒酿寿

"太堕落了！太堕落了！……"

椎心泣血的感慨声，出自一个中年男人。他穿着白大褂，缓缓踱着方步，偶尔斜睨一眼旁边跪着的王成龙。

王成龙其实很想反抗挣脱，可刚刚透支的心肺功能此刻还未恢复，后脑、手腕和肩胛被两个粗壮的少年死死钳住、压得生疼，浑身的瘀伤更刺得他无法发力。

他能做的只有暗暗冷笑，神游别处了。

余光扫了圈周围，一如既往，灰扑扑的。

水泥墙是灰的，封着窗户的铁栏杆是灰的，掉漆的铁床架子是灰的，生锈的氧气瓶是灰的，简陋的电击器是灰的，周围那些同龄人的"囚服"是灰的，就连他们千篇一律的脸色、全无神采的眼神似乎也都是灰的。

只有墙上挂满的锦旗红艳艳的，还挺好看。

王成龙更想笑了，可笑意刚到嗓子眼，就被霉味浓重的空气化作一阵咳嗽，还带着些许腥甜。

白大褂没被这咳嗽声打断，依然沉醉在自己的感慨训诫与众人整齐划一的附和声中。他的脸上浮现出一抹复杂的笑意，乍看是恨铁不成钢的拳拳真心，细看又混合着某种异样的期待与兴奋。

他知道即将发生的事。

"好了各位盟友①，大家来告诉他，杨主任最恨什么？"

"口是心非！言而无信！耍小聪明！执迷不悟！"

口号齐刷刷的，在诊室冷硬的墙壁上撞来撞去。

"那，对于这样的盟友，他该不该被好好治疗？"

"好好治疗！重新做人！不辜负杨主任的教导！不辜负家长的期望！……"

---

① 某些"戒网中心"中，"盟友"指所有戒网中心接受治疗的青少年，后文"走偏"指走上邪路染上网瘾等行为，"精品"指"改造成功"的"盟友"。

这一次，王成龙真笑出了声。

下一秒，他便被一个耳光扇得眼冒金星，鼻血也滴滴答答掉了下来。

"你们过去，把他衣服扒了！"

困兽之斗并未持续太久，王成龙很快便被扒得只剩一条内裤。

他涨红了脸，眼珠恨不得要瞪裂眼眶，整个人发抖着说不出话来。

"这会儿知道羞耻了啊？之前让家长操碎了心的时候怎么不知道呢？"杨主任踢开王成龙那身编号24601的囚服，在白大褂上蹭了蹭有些发红的手掌。

"治疗有效！巩固成果！再接再厉！"主动喊出的口号格外洪亮。

"杨远虑！你这浑蛋！你等着！！"王成龙的嗓子已经嘶哑了。

"你觉得我会怕你吗？"杨远虑微微一笑，"网上那么多批评，我也没怕过，为什么？因为这是为你们好，总有一天你们会感谢我的！"

他使了个眼色，几个少年立刻娴熟地分工合作，将王成龙押向铁床、再死死绑好，将电极固定在他的太阳穴上。

"王哥，好好治疗，别辜负你爸妈和杨主任的一片真心！他们真是全心全意为你好啊！"一个少年边熟练地捆缚王成龙，边朗声劝道，"你看我，之前不懂事，各种走偏，还不是杨主任把我从深渊里拉回来的？我现在真是发自肺腑地感谢杨主任，感谢电击治疗！王哥你也知道，原本我除了打游戏啥都不会，一天到晚惹爸妈生气！多亏了杨主任的治疗，还有他蕴含哲理的教导，我明白了好多做人的道理，不但不沉迷游戏了，还能集中精力看书了呢！不瞒你说，我现在啊，一天不听杨主任训，都会吃不下饭，睡不着觉。以后啊，我就希望跟这儿一直治下去，杨主任让我做啥我做啥！你让我走我都不走，听不到杨主任教诲，万一哪天不小心又走偏了，该怎么办呢……"

"滚！闭嘴！你个渣滓！叛徒！"王成龙数次打断，可那少年只是兀自表白，似完全听不见王成龙的怒吼，他空洞的眼睛偶尔观察一下杨远虑的表情，见他正赞许点头，便如获恩典，继续滔滔不绝讲了下去。

王成龙不屑在他身上浪费力气，转头死死瞪向杨远虑，声嘶力竭地吼道，"恶魔！姓杨的你个恶魔！我早晚杀了你！"

气势汹汹的喊叫声下，本能的恐惧已再难掩藏。

杨远虑的眼角微微眯了起来，他舔舔嘴唇，笑意中的兴奋更增了几分："哦哟，要杀人,这是反社会人格啊!果然是严重走偏,病得太重了,确实需要好好治疗啊!"他走到了床前,关切地俯视着仍在徒劳抵抗的王成龙,"放心吧,杨主任一定会治好你的,用不了多久,你就会像那几个精品盟友一样……"

王成龙其实很想显得更坚强一些,可身体却早已不听使唤地紧绷起来,心脏、肌肉、呼吸、汗腺……全都先于意志表达着对恐惧的记忆。

杨远虑最后确认了一下电击器,像在抚摸情人赤裸的胴体般温柔,他愉悦地缓缓旋转按钮,将电流加到接近最大值的40毫安,"嗒"的一声,摁下按钮。

王成龙猛地惊醒,一下子坐了起来,颤抖的手指不受控地抓紧床单,冷汗淋淋,喘息粗重,整个人都似虚脱了一般。

可噩梦虽醒,恐惧却未消散。

白惨惨的月光是熟悉的,家具摆设是熟悉的,整个卧室都是熟悉的,可那异样悚然的感觉却扰乱了他检验现实的能力,让他不敢确认此地究竟是哪里。

眼前闯入的场景,叠加在现实的空间上。

画面最初只是一座暗夜中的长桥,那是他某次从戒网学校逃出,于黑暗中迷了路,被恐惧驱使着落荒而逃时途经的地方。在那之后,这场景便不时闯入梦魇,再被反复加工,叠加了太多似真似幻的色彩。

此刻,他仿佛又回到那座桥上。

桥极长,两侧皆看不到尽头,全黑的远方似还回响着阵阵可怖的吼叫。

桥极窄,仅能勉强落座,两侧没有护栏,下方是万丈深渊。

夜风狂啸,长桥一阵剧烈摇摆。

王成龙明明坐在床上,却仍吓得面若死灰、瑟瑟发抖,完全不敢动弹。

第二天来咨询时,他的眼圈明显发黑,琥珀色的眼睛仍如上次一般黯淡。

但他仍旧昂着脑袋,一副肆无忌惮的架势,有一搭没一搭地啃着西瓜,还颇有兴致地四处转悠,看到感兴趣的书便随手翻看,全不顾汁水弄得到处都是。

至于门口正发生的冲突,他更是连一丝多余的关注都懒得奉上。

Vivian 庞三番五次想要进屋,都被姜愈拦了下来。

"小姜老师,我这是为龙龙好,有很多信息非常重要,但他可能——"

"——抱歉,"姜愈语气温和,但态度坚决,"从我的专业角度考虑,让您进来并不会对我们的工作产生正面影响,也不会帮到他,还请您——"

"——你们要说什么不能让我听的吗?"见姜愈毫无退让之意,Vivian 庞脸色一沉,又将目光投向屋内,期待儿子能为她撑腰。

王成龙正津津有味地翻着书,全未看见那殷殷期待的目光。

Vivian 庞连连顿足,分外委屈地向姜愈自证清白:"龙龙在学校和一个女孩子交往得多了些,我觉得这是特别美好的感情,但他爸爸知道后狠揍了他一顿,我拦都拦不住,后来他跑出去一晚上没回家,还——"

"——庞女士,"姜愈比了个暂停的手势,提高了音量,"这些信息如果王成龙想谈,他会告诉我,如果他不想谈,我们有必要尊重他。"

Vivian 庞径直向屋内走去,可姜愈动作更快,拦死了去路。恨恼之下,她又一次满怀期待地望向屋内,却见王成龙刚搬了姜愈电脑桌前的椅子,站在上面扒拉起书架上层的书,依旧没有理会她的意思。

她怏怏地抚摸着自己那刚刚染过的发梢,红着眼圈叹了口气,不再言语。

姜愈见状,心下也多了几分恻隐:"这样吧,我和王成龙先谈着,任何时候他确实需要您进来的话,我一定第一时间——"

屋内传来重重一响,是王成龙随意将书丢到桌上。他跳下椅子,做个投篮动作,将瓜皮远远一扔。瓜皮堪堪擦到垃圾桶沿,汁水四溅,残余的瓜瓤震碎掉落,在地毯上划出一片脏乎乎的领地。王成龙耸耸肩,随手抽了叠打印用纸,一边折纸飞机,一边走回沙发,路上还有意无意瞟了门口二人一眼。

Vivian 庞敏锐地捕捉到儿子的目光,立时来了精神,她唤了两声"龙龙",见王成龙依旧毫不理会,便再一次向屋内闯去。

她还是被姜愈拦下了。

她嗔怨地瞪了姜愈一眼,踮起脚向屋内喊道:"龙龙,你也希望妈进来对不对?你和那个女孩子的事情不是我跟你爸说的,你误会妈妈了,妈一直很尊重你的边界,如果你不希望妈进来,妈绝不会——"

"——那就别进来了!"王成龙头也不抬,不耐烦地甩来一句。

Vivian 庞似受了莫大的委屈,幽怨地看着儿子,依旧定在原地。

王成龙不为所动,专心致志地叠好纸飞机,冲着机头哈了口气,一扔老远。他满意地将剩下的纸张随意一丢,像个面坨般跌进沙发,瘫成了个扁扁的"大"字,脸朝天花板放空了没两秒,又挣扎着把手机摸了出来。

"庞女士，"姜愈看了看表，轻咳一声，准备下最后的逐客令，"我知道您很希望能帮到王成龙，但这里——"

"——好了好了，躲在规矩后面压人……"Vivian 庞白了姜愈一眼，又哀怨地望了望屋内，抚着胸口顺了顺气，这才慢吞吞地转身离去，路上还委屈地嘟囔着"妈不像那些父母，妈一直很尊重你的……"

姜愈锁上门，走回屋内，顺手将计时沙漏一翻，撞出一声沉沉的闷响。

"如果我不说话，你打算继续陪我刷手机？"挑衅的语气下，似乎并无恶意。

"如果那会让你感觉放松些的话，可以啊。"姜愈还以微笑。

"……算了，其实也没啥好玩的。"王成龙依旧斜瘫在沙发上，双臂交叉抱在胸前，"从哪里开始？"

"你决定，也许从上次结束时你没谈的那——"

"——我已经忘了。"

"那，你也可以换个新话题，任意你想谈的。"

"OK，那比如……"王成龙眼珠一转，"你结婚了吗？"

"哦？为什么你会关心我有没——"

"——我猜你结婚了，你有孩子吗？"

"你好像在问我能不能理解你的——"

"——Come on, just say YES or NO.① 绕什么圈子啊！"王成龙似有些恼，"你不是希望我相信你吗？那为什么不先说说你自己呢？还是说你只想套出我家那些破事儿，再盼着我求你怜悯安慰？"

"为什么？"姜愈倒是不以为忤，"你假设我希望你用家里的遭遇来求怜悯安慰，为什么这么假设？"

"你就不能**先**直接回答我的问题吗？"

"我结婚了，没有孩子，以及好像你——"

"——你和你太太关系怎么样？"

"你想象呢？"

"并不好，对吗？我的直觉。"

---

① 中文意思是"拜托，告诉我有没有就好"。

"具体呢？你想象我们会怎——"

"——可能不像那俩一样一开口就吵吧，不过应该也不怎么说话，对不对？"

"好像你不太相信夫妻可以幸福相处？我想也许——"

"——你们性生活怎么样？"

姜愈没再回答。

"怎么？这就生气啦？"王成龙狡黠一笑，颇为得意。

"我确实不打算回答你刚才的问题，那，这让你有什么感受？"

"我这就走，"王成龙坐直身子，"如果你不准备坦诚相见的话。"

"我准备坦诚地面对你王成龙，但，我也有我的边界。"姜愈深吸口气，努力将心底的不快抹平，"我看到，你似乎在展示你之前人生里反复出现的模式：要么你的边界被彻底侵入无力反抗，要么你不想破裂的关系彻底破裂。你从没见过一种互动，既可以——"

"——我真的要走了。"王成龙背上书包，起身向门口走去。

"这是你的自由，不过——你介意再听我说一句吗？"

王成龙停住脚步，没有转身。

"你过去的生活中，只有两种状态。第一种是你爸爸给你的，绝对的禁止，完全的限制与控制，没有任何自由，这个状态让你愤怒，让你迫切地想要挣脱。"

"是又怎样？"王成龙转过身，双臂再次交叉防卫在胸前。

"第二种状态是你妈妈给你的，这个状态里你貌似有绝对的自由，想做什么做什么，但没有任何边界。就像悬浮在无限空间里，没有锚，没法定位，没有安全的界限，也找不到借力的跳板，甚至你确定不了自己在不在移动、在往哪个方向移动。这个状态里你同样非常焦虑，好比在一座没有护栏的桥上开车一样——"

"——自由的焦虑，这是你想说的吗？"

这回答倒完全出乎姜愈的预料。

他重新打量眼前的少年，由衷感慨道："你读了不少书啊……"

"惊讶吗？"王成龙不屑地哼了一声，吊儿郎当地走了回来："你是不是觉得我就该是个不学无术的渣渣？"

"你会预设我瞧不起你？"姜愈淡淡一笑，气氛缓和了不少。

"谁知道呢！"王成龙把书包甩回沙发，从地上捡了张打印纸，一屁股倒在沙发上，又折起了纸飞机。

"你很爱看书？"姜愈故作随意地试探道。

"现在不看了，没劲。而且看多看少也就这么地，还不是得跟你们这群人这儿浪费时间。"

"看起来有很多事儿让你困惑，你也希望能够搞明白它们。"

"少来啦，我清楚得很！"王成龙懒洋洋地打了个哈欠，"我自己也好，身边人也好，折腾来折腾去，其实就那么点儿事儿！"

"哦？说说看？"

王成龙狐疑地瞅了姜愈两眼，撇了撇嘴："闲着也是闲着，那从哪说起呢……呶，最简单的，你是不是对关系啥的感兴趣？那我来告诉你吧，不用那么费事儿，也没那么复杂，人与人之间关系的本质，就四个字：互相利用。"

"嗯……"姜愈细品了几秒，"你为什么这么认为？"

"本来就是啊！比如在这儿，你利用跟我说话，让王耀宗他俩产生能如愿以偿的错觉，以此换取他们的钱。我利用和你聊天的机会让他们可以消停消停。"

"你和他们之间也是这样的关系吗？"

"是啊！当然。王耀宗利用我延续他那23条染色体，特别是祖传了几百年的那条Y，顺便满足他的权威欲。我利用他得到必要的钱。我妈利用我满足她的圣母心，哦对，还有她那23条。我利用她制衡王耀宗，让我能少点儿麻烦。"王成龙的口吻颇为隔离，却掩不住翻腾的怨念与不屑。

"在我听来，好像你说的是……你对他们很失望，也对你们的关系失望，太失望了以至于你需要告诉自己，你不需要和他们的关系，只要互相利用就好。"

"想多咯！"王成龙白了姜愈一眼，"单纯是客观真理而已。"

"你是什么时候悟出……或者从哪里得到这条真理的？"

"小学毕业？大概那会儿吧，我自己琢磨出来的。"

"也就是……你父母实质离婚的第二年？"

"都说了你想太多啦！"王成龙明显地向后缩了缩，"明眼人都看得出来的东西，什么时候想到都正常吧？"

"OK……不过我还是好奇，你是怎么想出来的？有什么依据吗？"

"我就是啊！"王成龙不忿地摆了摆手，"你还记不记得，上次我妈有些话没说出口？"

"'要不是你出尔反尔'。"

"对,"王成龙略感意外,"他们结婚的时候约好不要孩子的,后来王耀宗反悔了,你知道为什么吗?"

"你爷爷的去世?"

王成龙一下子愣住了,他盯着姜愈,足足看了半分钟。

再开口时,他的语气软了不少:"所以呢?你觉得这个证据还不够吗?"

"听起来还蛮有说服力的,"姜愈似想哪说哪,颇为随意,"你和那个女孩也是这样吗?就你妈妈刚才提到的,你们之间也是利用和被利用的关系吗?"

王成龙又是一愣,随即便有些刻意地讪笑道:"所以你也是个出尔反尔的家伙!亏我还以为你真和刚说的那样,我不提你不会提呢。"

"所以你对我也有些失望的——"

"——阿斯翠亚,Astraia。"

"阿斯翠亚?这是——?"

"二次元里的人物名啦,借用下做个代号,别那么在意。"王成龙脸色微红。

姜愈做了个邀请的手势,眼中满是鼓励。

"就、就我们班一女孩儿,"王成龙竟有些害羞,"瘦瘦的,皮肤有点黄,笑起来挺好看的,有道浅浅的酒窝,但有种很……我不知道怎么形容,很清澈的气质,还挺少见的。她家条件不好,她也没啥好看的衣服,永远是那身蓝白校服,可就那么身儿校服,穿她身上,就总显得特别……特别……"王成龙懊恼地挠了挠头,似在郁闷自己的词汇贫乏,"我形容不好,总之就是与众不同,素雅,不俗气。哦对了,她的眼睛特别有神,真的,特别特别有神……"

"我相信她身上有某种非常纯粹、非常动人的东西。"姜愈略加思忖,在脑海里画了张像,"以及,阿斯翠亚,Αστραία,这个是……希腊神话里的女神?"

"对,你还挺有研究……"

"这里用的哪个意象?纯洁吗?还是正义?还是星辰?"

"星辰。"王成龙腼腆地笑笑,脸上多了几分光彩,"有天下午放学,我俩留下来扫除,回去路上,不知哪儿飞来一大群白鸽,有片羽毛正好飘下来,落在她肩上,那天的夕阳特别美,一瞬间就像……就像她也属于天空一样,正好那时候,天边有几颗星星也亮起来了,再加上……总之,我当时脑子一热,就那么叫了……"

看着王成龙的脸越来越红,小动作越来越多,姜愈心底不觉莞尔。

这孩子其实挺可爱的。

王成龙察觉到了姜愈的笑意，羞赧地抓了抓脸，嘟囔着自嘲道："有点儿中二是吧？她当时也这么说，还抗议了好几次，后来我一直这么叫，她也就默认了。"

　　"非常美的一幕啊！……不过，她属于天空的话，你觉得，你属于哪里呢？"姜愈不忘见缝插针。

　　王成龙没有理他，自顾自地继续介绍："她是单亲家庭，跟妈妈生活。她妈没什么文化，一个人供她，每天凌晨起来备货卖早点，从早到晚打好几份零工，累到直不起腰来，根本没空管她。她很要强，也很不合群，也没朋友。"

　　"'也'没朋友。"

　　"你够了！"王成龙佯作恼怒。

　　"听起来她也很孤独，那，你们很有共鸣？"

　　"我知道你想问什么，我们就是朋友，没别的。"

　　姜愈心中飘过一片淡淡的云雾，他迟疑了一下，没有立刻回应。

　　未料这片刻的迟疑已让王成龙升起几分焦躁与警觉："怎么？你不信？"

　　姜愈不禁哑然——这孩子也太敏感了。

　　"你为什么认为我会不信？"姜愈近乎和蔼地问道。

　　"好吧！不管你信不信，反正没别的！俗气！"王成龙赌气般哼了一声，"我就是喜欢和她放学后去顶楼吹夜风看星星，打发无聊罢了，仅此而已。唯一一次我们约着出去玩儿，是有天天儿特别好，我家那俩不在家，就心血来潮约她去郊野公园放风筝，真费老劲了，还帮她干了不少活儿……"

　　王成龙望向窗外的天空，脸上荡漾着些许孩子般的幸福光彩，和他之前的样子判若两人。

　　"听起来还挺特别的，你是怎么喜欢上放风筝的？"姜愈故意问得漫不经心——对这个年代的年轻人而言，这爱好确是颇为罕见。

　　"那是——"王成龙欲言又止，轻咳两声，生硬地转了话题，"先不说风筝，还是说她。"

　　"好啊。"姜愈暗自标记。

　　"那天我们玩得挺开心的，但始终没说什么话。晚上我俩收了风筝，躺在草地上看星星，天南地北聊些有的没的，感兴趣的事儿，苦恼的事儿，各种扯淡……"

　　"家家有本难念的经。"

　　"你知道她有多傻？她想学天文！"王成龙轻蔑地"切"了一声，眉宇间却隐然几分向往钦羡。

那动人的夜色犹历历在目。当时他送她回家，从繁华的都市穿过破落的小巷，来到他之前从未涉足的世界。一路上，他听她谈到《北京折叠》，谈到生活的拥挤狭厌，她说若不想未来战火纷飞，或将多数人的生存空间如此折叠压缩，那人类就必须要有第二个大航海时代，去广阔的宇宙中开拓别的星球。若能参与这伟大的事业，甚至亲去千亿星辰间流浪探索，那于她而言，将是何等浪漫壮丽的旅程，幸福完满的人生。

他还记得，说那些话时，她眼中闪烁的星光似非倒映。

这让他心头百味杂陈。

"饭都吃不饱呢，还想上天！"他苦笑着挤对了一句，冲散了那回忆带给他的复杂心绪。

姜愈这才意识到，王成龙今天穿了件《银河英雄传说》①主题的圆领衫，上面那句"我的征途是星辰大海"于银河苍茫的背景下格外妥帖。

年轻真好。

姜愈并未打算在此处深究停留，微笑着说了句"那晚的月色一定很美"，便意味深长地看着王成龙，不再赘言。

王成龙羞涩之余，还露出了几分开心：不只姜愈的话让他舒坦，而且看得出，姜愈在靠近他喜爱的文化背景，虽然梗用得笨拙，但心意却是实打实的体贴。

这久违的用心，让他有些感动。

"那天的风很舒服，扬着她的头发，我……我就在一边看着她侧脸的轮廓。"

"她谈论理想时你有什么感受？"

"都说了她家可没那闲钱让她读什么天文！她是学霸，也特别孝敬她妈，知道她妈辛苦，也纠结着要不就去读个经管财会之类的，早点儿挣钱贴补家用。"

"所以，你会觉得——？"

"她早晚会被现实教育的。她唯一的出路就是学财经或计算机之类的，不会有机会碰天文的。"王成龙嘴上说着丧气话，双眸深处却闪烁着难以抑制的期待，"她还是太清高，认不清，我说可以给她钱她也不要，真是……话说回来，别管有钱没钱，理想这玩意儿都是奢侈又多余的东西。"

---

① 日本小说家田中芳树的太空科幻小说。

"听起来很悲观。"姜愈刻意放慢语速,"愿意说说你眼里的现实吗?"

"悲观?我以为你会说成熟呢!"王成龙没好气地抗议道,"现实就是,每个人的路都是被定死的:每个原子的运动都有迹可循,你的每一个决定不过是大脑中一个个确定的生化反应,所以说到底,人不过是命运的玩物罢了。"

"你希望自己是命运的玩物吗?"

"希望?你不会也和那个小姑娘一样幼稚到愚蠢吧!"

"我确实对你怎么得到的这个结论感兴趣。"

王成龙没有接话,只是打量着姜愈,似在读他的目光中到底有几分认真。

姜愈迎着他的对视,平和而坦然,温和而坚定。

几秒后,王成龙有些慌乱地移开了眼,似怕反被姜愈看穿什么似的。

姜愈见状,微微一笑:"愿意说说吗?我相信你说话不会毫无依据。"

沉默与叹息后,王成龙似下了极大的决心。他直起身板,跷起二郎腿,双臂大大咧咧地展在沙发背上,昂首摆出一副三流电视剧中的大佬姿态。

"三十年前,王耀宗吃错了药,或是看人眼红,也可能真像我妈说的是提亲被拒,总之一夜之间,他就突然浪子回头,发誓要出人头地,混出个名堂,不再做无赖混混了——当然,可能他也不想再过那种骗来骗去、打打杀杀的日子了吧。"

"之后呢,他倒是能吃苦,摸爬滚打忍气吞声,像条狗一样摇着尾巴去跪舔权贵的臭脚,可是呢?折腾了好几年,一直是小打小闹,一事无成,什么都没变。"

王成龙面露鄙夷,仿若亲见,那嫌弃满满的神色与Vivian庞颇有几分相似。

"命中注定,大势来了。改革开放没几年,他就一路完成了血淋淋的原始积累——但问题是,那又怎样呢?他卖了良心,扔了尊严,毁了家庭,垮了身体,钻过法律的空子,还被丢进过大狱,连我爷爷最后一面儿都没见到。可到头来,他是不用跪舔村长了,但他得跪舔市长,他是不用抡着棍棒砍刀了,但他还是得从早杀到晚,不见血,却更凶残。他以前会说,总防着这个防着那个,睡不着觉所以心情不好,现在呢?他更是谁都不能多信,成天窝着火,一碰就炸。表面看他是混出来了,可我知道,他现在比我刚记事那会儿状态都差,差得远!"

"所以你说,他这忙了大半辈子,算是'跳出自己的命运'了吗?当然不算!"

姜愈默默点头,算作回应。

王成龙冷冷一笑,抬手凌空虚点,添了几分王耀宗的做派。

"再说我妈。

"她嫁给王耀宗没多久就各种抱怨,瞧不起他,但又怎样呢?她离得开他吗?离不开啊!她妈那关首先就通不过,她的钱包也不允许,更何况那会儿家里就需要个镇场子的保护她娘俩,需要能扛能打的大老爷们儿。谁来啊?只能是他王耀宗对不对?谁让我姥爷三十多就自己作死了呢?

"是,他王耀宗年纪大,没文化,但论打架他一打三必赢,一打十不输;论挣钱,他脑子活,胆儿也肥,那会儿就能顶十几个老实干活儿的。农村那个小环境,没那么多道理,谁家男丁多,够强够横,谁就能欺负人,反过来就得被欺负。我姥姥那种在家摆大小姐架子、在外尿得很的寡妇还能咋办?再加上我妈那会儿刚职高毕业,没现在这些嚣张的底气,更不敢拧着她妈。所以她也得忍,只能忍——你说,她那叫有得选吗?"

王成龙越说越快,几乎不给姜愈任何接话的机会。

"这俩货一个希望我子承父业,出人头地;一个打着各种高大上的名号,又是爱又是自由的,满足她自己幻想中的亲子关系。他们能如愿吗?也不能啊!他们就是生了我这么个东西!对不对?"

刚折好的纸飞机,被缓缓撕成碎片。

"还有我自己。我一直烦那俩管我,我就想一个人待着,想干啥就干啥,不想干就不干。我可以吗?也不行啊!就生他俩名下了!就这命!过两年我会被安排去英国的学校,念个最容易毕业的专业,回来被安排进大国企里混着。他们也不指望我挣钱,而且他们收租的零头都比我累死累活挣得多,那我还干啥啊?就当头养尊处优的猪呗,打打游戏泡泡妞,不知道多少人羡慕呢!可我要想不这么走行吗?绝对不行!这根本不是希不希望的问题,是——"

"——你希望吗?"姜愈直视着王成龙的眼睛,一字一顿,"你希望吗?自己来选择自己的路,自己的生活,自己的人生。"

四目相对,王成龙的癫狂在沉默中渐渐冷却,眼底反而燃起一抹明亮,只是没有持续多久,便又黯淡了下去。

"我也没什么可希望的。"他的语气干薄而油腻,像片用过的餐巾纸。

"你有。"

"别扯了,你能比我还知道?!"

"我知道。"

"你知道？"王成龙放肆地笑了，像在看个闹市裸奔的行为艺术家，"那你告诉我！我什么时候有过希望？我怎么都不知道！"

"就在这里，就在刚才，几十秒前。"

王成龙低垂着眉眼，怔怔看着沙漏中的流沙，已发呆了许久。

"谁都有过幼稚的时候，不是吗？"未等姜愈接话，他便起身走到窗边，推开窗户，看着窗外的成荫绿树，欣欣向荣，一时竟有些不适。

他已很久没好好看过树，看过天，看过飞翔的鸟儿了。

纸飞机的碎片，忽然被他扬手扔下，又被风吹起，似一群细小的白鸽。

姜愈看着他微微晃动的背影，一时也颇为感慨。

少年的肩膀已不再纤弱，颇有几分力量，只是他的身姿过于僵硬，动作纯凭本能，肌肉缺乏训练，所以既无法挣脱枷锁展翅翱翔，也不甘随波逐流匍匐泥泞，最终只能用自己的方式别别扭扭地对抗着这个世界。

但他到底是野蛮地生长起来了。

"我们有没有可能先不去评判，只是了解？"姜愈清清嗓子，选了个好走的方向曲线推进。

"那能有什么用？"王成龙冷笑着重新落座，"算啦，说说也没什么丢人的，谁没犯过二呢？——从哪里开始？"

"也许你可以告诉我，'如果'你像阿斯翠亚一样'幼稚'，并且你可以选择，你会做些什么？"

王成龙像看怪物般看了看姜愈，见他确是一脸认真，便咬着嘴唇犹豫了半天。

"我很小的时候就特别喜欢海，没原因，就是喜欢。游泳、冲浪，哪怕只是坐在沙滩上，听着涛声，看着浪一层层打过来，退下去，再打过来，再退下去，我都会感到特别宁静，特别安心。有一次我看纪录片讲海洋科考，就跑去跟我……跟王耀宗说……"王成龙眼中那将将荡起的光彩消失了，似有神往的语气也重新冷却成了玩世不恭，"切！那会儿还真是傻得出奇，明知道会挨揍挨骂的……"

"我想那个孩子非常愤怒，也非常委屈，他的梦想被践踏、鄙视，被彻底否认了，他想定义自己人生的愿望也被——"

"——你准备拍《感动中国》还是《我是歌手》？现在卖惨都已经被玩成渣了，

省省吧！"王成龙夸张地笑了。

姜愈冷静地等他笑完，看着他郑重地说道："我并不觉得这有什么好笑。"

"我觉得很好笑，你不觉得吗？"王成龙的眼睛竟有些发红，"小孩子都不会这么说了吧？也太幼稚了！"

"我并不觉得幼稚，相反，我会觉得那很闪耀，像海上的灯塔一样。"

王成龙不屑地哼了一声，没有接话。

"以及，好像海洋科考和流浪苍穹的感觉也很类似，都有种孤独而自由地探索广袤天地的美感与浪漫。"

"也一样的不切实际。"

"我不知道，"姜愈微笑着摊了摊手，"我没尝试过，所以我不知道它是不是真的不切实际。"

王成龙听得姜愈的弦外之音，默默不语。

"另外我还有个联想，你对海面下不为人知的东西感兴趣，也许也是——"

"——好啦弗洛伊德先生！我和你聊这些不是让你分析我的。"

"我只是想试图理解你，理解你那些被藏在海面下的情感、愿望，还有那些堵住它们的力量……"姜愈说得非常缓慢，仿佛在触摸海底的文物，"可能那股力量强大得让人绝望，仿佛不可战胜，有时候我们就把它叫作'命运'，但也许我们可以试着——"

"——你会解梦吗？"王成龙突然打断。

"好像刚才的话题让你有些——"

"——你会解梦吗？"

"……好吧，说说看？"姜愈见王成龙面露恳切，也便随他转了方向，"梦的解释并不唯一，但都是我们理解自己的入口，有时——"

"——你看丧尸片吗？"

"看得不多，也许你可以和我讲讲。"

"我特别爱看！我梦里也经常出现丧尸围城的场景。有时候是我一个人逃亡；有时候我会分裂成两个人，一个是身着黑色铠甲战无不胜的武士，一个是病弱的少年，然后武士就会带着少年跑。我确信，这个梦就是我的命运。"

"你怎么理解这个危险的世界？还有需要不断逃亡让自己活下去的命运。"

王成龙做了个深呼吸，像个穿好铠甲、准备冲出基地面对丧尸的武士。

"就像我说的,一切早就定死了!你来自哪里你可以选吗?不能。去哪里可以选吗?同样不能!你遇上什么人或什么怪物,你可以选吗?你的同伴会不会变成丧尸,你可以选吗?你不想活在这个浑蛋的世界,你可以选吗?不!不能!通通不能!你唯一可以信任的就是自己,和——"他直起身子,撑起孤胆英雄的气场,比了个射击的手势:"'——嘭',你手中的枪。"

"好像你描述的也是你心中周围的世界:你生在什么家庭、要走哪条路、遇上怎样的关系……都不是你能决定的,你也不知道眼前是敌是友,只能——"

"——全是敌人,这样简单很多。"王成龙靠回软软的沙发,懒洋洋地摆了摆手,"梦里通常我都要不停地逃亡,一个人跑。有时候我知道,在丧尸的腹地有个庞大的邪恶组织在生产丧尸,我需要去歼灭它们,把世界净化成原来的样子;有时候我会去找一座圣城,那是人类最后的净土,但通常怎么也找不到;还有一次,我梦到自己最后找到了艘飞船,才知道我不是地球人,飞船是接我回母星的……怎么样,《周公解梦》《梦的解析》里有靠谱的解释吗?"

"并没有,但听起来那个世界非常不安全,为了活下去你只能凭借自己的力量不停地逃,周围全是异类,没有情感,你陷入绝境,也没有别的选择,只能继续跑,也许前方有个安全的环境……"

"也许吧,"王成龙干巴巴地笑笑,"也可能没有。"

"对你来说,那个'爱与正义'的二次元世界算是个小小的避风港吗?"

王成龙单侧嘴角微微一扬:"你说这话的语气真让人恶心!跟我妈似的。"

"这会让你有什么感——"

"——假设你说对了,那我反倒想问问你,听了这些梦,你有什么感受?"王成龙腰背一挺,下巴微微指向姜愈,转守为攻。

有戏!

很多时候,进攻只是为了建立联系,遗憾的是,太多人在亲密关系、亲子关系里会错过这种信号。

姜愈闭上眼睛,体会梳理了一下,斟酌着说道:

"刚才你在描述的时候我脑海中就会浮现出另一个画面:一个孩子,穿着华贵的衣服,但非常瘦弱,他头发乱乱的,眼神很倔强,握着把小刀,对着围过来的坏人们大喊着'来啊!我不怕你们!来啊!'这画面让我感觉很……悲壮。"

"别瞧不起人了!"王成龙的气势泄了大半,"我真要拿武器,也得是L115A3。"

"L115A3？那是什么？"

"我最喜欢的狙击步枪，世界上最远狙击纪录保持者，2475米，"王成龙单眼瞄准，做了个托枪射击的姿势，"咚——"

"哦对，你上次说过，你是刺客，需要远程攻击。"

"记性不错。"

"你喜欢枪械？"

"是个男人就喜欢啊！硬汉风格，啧啧！"王成龙颇为骄傲地比画了几下组装枪械的动作，"你是不是不喜欢？干你们这行的多少有些娘炮。"

姜愈并不恼怒，只是不假思索地做了个面对攻击的表率，正色说："王成龙我很愿意，也非常希望可以帮到你，但请你——"

"——OK，OK，当我没说。"王成龙边说边摩挲着还没有胡须的下巴。

"谢谢。不过你好像也在让我知道，你生活里充斥着怎样的鄙视、冒犯。"

"别这么玻璃心！唉对了，我一直很好奇，你们做心理咨询的是不是都希望把来访者整成豌豆公主？"王成龙摆了个姿势，清清嗓子起了个范儿："你有什么感受？""哦，我感觉很受伤，"他双手掩面，捏着嗓子故作娇弱无力，"二十层被子下面的豌豆弄疼我了！""很好，"他眨眼便恢复了一脸造作的正直，嗓音也换成了和蔼的老神父，"你和你的感受建立了联系……"

演出结束，王成龙一本正经地看着姜愈，流露着小小的期待。

姜愈忍俊说道："你让我有了个联想：你爸爸提倡丛林法则式的教育，他自己的经历听起来也像个弱肉强食的僵尸世界里生存下来的硬汉，是豌豆公主的反面，有点像……《绿野仙踪》里的铁皮人？"

"你举的童话还真够娘的！所以呢？"

"无论上次你妈妈给我的信息还是你在这里的呈现，都在告诉我你对这个部分非常反抗、排斥。但刚才谈到枪械、硬汉风格、豌豆公主，你对他们的好恶好像又是在说，你——其实有些认同爸爸的那个部分。"

"认同那个男人？别瞧不起人了！我说过，我和他只是互相利用的关系。"

"是的，我看到你内心的一部分非常瞧不起他，但是同——"

"——你是要劝我和他和好吗？做梦！"王成龙像只被踩了尾巴的猫般炸了毛，"那种男人就不配有后代！他也不需要我这个人，他需要的就是个可以给他挣面子的儿子可我不是，我也不想是！说到底，他根本没赢得过我的尊敬！"

"你其实**希望**他能赢得你的尊重，但他让你失望了，无论态度还是做法。"

"我没对他失望！我也从不希望什么！我不需要爸爸！！"

"你不需要他？"

"对！反正他从小到大没管过，我不也这么过来了？"王成龙磨着发痒的牙根，"这两年他不知道抽什么风，突然开始管我了，各种指手画脚，简直有病！"

"所以你心里埋了不少怨恨，还有那种想要关注、想要支持……然后被拒绝的挫败，和愤怒。"

"甭说那么斯文，就是有病！就是个偏执狂！自恋狂！"王成龙的青筋都随着喷溅的唾沫凸了出来，"我小时候病了，他该加班加班，该出差出差，理都不理，说这是不做温室娇花，培养独立能力；我在外边摔伤了，他说这点儿小伤算什么，给我忍着，哭哭哭，一点儿男人味儿都没有；我在学校被一群高年级的欺负了，他跟我说让我打回去，他儿子不能是尿包，说这是摔打狼性精神！这都什么啊，都是他在用折磨我来自嗨！"

"你没有得到你期待的支持。"

"当然！……不、不是！我根本就没期待他什么支持！"王成龙慌乱地掩饰道，"反正最后我妈会来收场，包括教训那几个高年级的学生。"

"妈妈会在你需要的时候——"

"——好不到哪儿去！"王成龙突然高高一挥手，像在挡开扑过来的母亲，"她啊，间歇犯病！想管我了，来我这儿满足下她的圣母心，什么'疗愈内心的小孩儿'，其实就是她的需要！等她心情不好了，就跑去'追求自己生活的自由'，嚷嚷着'不被绑架'来逃避责任，和王耀宗打着'我都是为这个家'的旗号去花天酒地没啥本质区别！"

"好像你被当成了一个物件儿，这个感觉并不好。"

"其实习惯了也就没什么了，"王成龙清了清频繁变调而有些沙哑的嗓子，"他俩那德行我早无所谓了，现在对我来说就跟洗脸刷牙似的，没啥大不了的。对了，包括离婚也就那么回事，你也别总抓着不放，好像对我能有多大影响似的。"

"那你怎么理解他们的婚姻状况呢？包括出轨。"

"王耀宗找小狐狸精没啥好说的啊，"王成龙扁了扁嘴，用满不在乎掩住鄙夷，"再常见不过的情节，用你们的话说，'老男人通过和年轻女孩的肉体交配来缓解死亡焦虑，年轻女孩则通过和老男人上床来释放对父亲的憎恨与渴望。'"

姜愈哑然苦笑:"你从哪儿听来的?"

"之前的咨询师咯,王耀宗从来都是只选贵的,不选对的。"

"OK,用他们的话是那样,那,用你的话呢?"

"用我的话说,他是个叛徒……不过我词典里本来也没有忠诚这个词。"

"你觉得他背叛了你们?"

"我说过那不关我的事!而且那种人谁不是三妻四妾的?我只是觉得他裤子提得太不干净了!玩玩儿算了,还真像模像样地谈恋爱,今天做个菜明天爬个山的玩小清新?这重返青春也返得太尬了吧!"王成龙又放出一番秽语,脸上的挑衅、鄙夷、怜悯、厌恶混在一起,一时难以分辨。

"好像你一方面不希望爸爸出轨,觉得那是种背叛,并且他和那个女性——"

"——那'些'!"

"OK,他和那些女性在一起会让你愤怒,但另一方面你也可以理解他。"

"确实不都怪他,碰上那么个老婆,换我也出轨……"王成龙倦倦地摇了摇头,跷起二郎腿,重新换上那副无所谓的表情,"话说回来,不是一家人不进一家门,他俩本质都一样,都在争上游。争上游懂不?不只要站在上游,而且站上了还是得争!一个用钱用派头,一个用'个人成长'用逼格,其实就是俩骨子里自卑的货,不压对方一头过不下去那种——这就是贱我跟你说。"

姜愈看着王成龙那强撑的无谓,无意间碰了碰装着巧克力的裤兜。

"那,对妈妈,你的感受是?"

"你也见了,挺烦的,'我攻击你是我活出了攻击性''你攻击我那是你内心恶毒的投射',一天到晚玩双标做人设骗钱,忽悠得自己都信了,也够可怜的!"

"所以听起来你对妈妈的情感也很冲突?有厌烦的部分,也有心疼的部分。"

"没啥可心疼的!一路货色,口号喊得比谁都好听,做的那些破事儿就只顾自己舒服,完全不管会不会伤到别人——包括我。"

"挺委屈的。"

"不是吗?他们做什么都对,我想做点儿舒坦些的事儿,都不碍着别人,他们就一个个鸡飞狗跳的!"王成龙恨恨抱怨道,"我算看透了,我就是家里的替罪羊!那俩逼着蛋飞的笨鸟从不想着去填自己人生的窟窿,都盯着我找补!"

"愿意具体说说吗?"姜愈敏感地嗅到了某些重要的东西。

"没什么好说的!……"王成龙口是心非地沉默了片刻,眨个不停的双眼昭示着他正回忆整理着大量的素材,"其实他俩根本就不搭,就不该硬扭在一起!我劝过我妈不止一次,早点一拍两散,清清爽爽过后面的日子多好,她不听!问原因又欲言又止的,真不争气!"

"听起来似乎家族里有很多秘密和伤痕?"

"怎么?"王成龙半是防卫半是期待,"你想听八卦?"

"我确实希望有机会可以了解你身上、你家族里发生了什么,会让你——"

"——算了吧!不想污染你。"

"你想要保护我?"

"自作多情!我只是嫌麻烦罢了。再说你也未必有接得住它们的器量。"

"那,和那些……流脓的黑暗待在一起,你的感受又是怎样的?"

"至少还没变成丧尸。"王成龙故作轻松地耸了耸肩,嘴唇却抿成了一条线。

"我相信。但我有种感觉是,你好像被囚禁了。"

"囚禁……什么意思?"王成龙有些茫然。

"你告诉我,你看不起爸爸,不需要他。但当你谈到他奋斗三十年却仍然要忍辱求全时,你愿意承认他的不易,甚至会为他鸣不平。也许这是你内部那个试图和他建立某种联系的部分——"

"——我才没有——"

"——先让我说完,好吗?"姜愈少有地打断王成龙。

王成龙看看姜愈的眼睛,轻轻点了点头。

"谢谢,"姜愈说得真诚,"你告诉我你'很烦'妈妈,觉得她活在自我陶醉里,对你也是忽冷忽热满足她的需求。但谈到她的人生时,你不但能理解她,还非常努力地想要帮到她,比如你会劝她离婚去追求更好的生活。"

"我就那么一说而已,别太认真。"

"你告诉我你根本不在意他们的婚姻状况,但——"

"——我真的不在意!"

"那我来猜一下好了,你所谓的'网瘾'也反复了很多次吧?那么你不妨想想,是不是每次他们要分开的时候,你就开始用症状把他们拽到一起?"

王成龙颇不服气地看着姜愈,却没有反驳。

"还有,你会读很多相关的书籍文章,在这里你想都不用想就可以非常深刻地谈论对他们行为心态的理解和思考。在我看来,你内部消耗着大量的资源在试图帮他们打开那个死结，虽然你反复说你不在乎，和你无关。"

"我、我只是凑巧想到了罢了！"王成龙梗起脖子，像只不肯认输的小公鸡。

"包括在这里，你告诉我你在利用我，但另一方面，当我说我愿意和你去探索你和你的家族埋藏的隐秘、伤痕或黑暗时，你又担心会污染我，想要保护我。"

"你到底想说什么？"

"我想说我在你身上看到了太多的矛盾，它们纠缠冲突在一起，产生了非常大的张力。无论是父母间的裂痕、他们和你的对立等，你心里觉得不该这样，这世界本该是甚至曾经是美好的啊！是某个邪恶黑暗的根源毁了它们，你心底的一部分想要找到这个根源——也许是他们的经历或家族的创伤等——然后把这个丧尸世界修复为原来的世界。但一次次失败受伤后，你感到非常无力，开始动摇、怀疑。羸弱的孩子仍然想要亲近那些美好的存在，想要被呵护、被陪伴成长，可他从未如愿，屡次受伤后只好躲了起来。换黑武士登场，理性、冷酷、绝情、封闭，远离所有关系，外表看起来无比强大、无比安全。武士不停地砍杀丧尸，孩子则依旧躲在角落，一边孤独地看着丧尸越砍越多，一边默默回想着那些从未实现，甚至从未被承认的愿望……"

沉默若初夏的晚风，短暂而温和。王成龙一动不动，绷紧了全身肌肉。

姜愈稍待片刻，见王成龙内部的架打得差不多了，又主动开口："我看到的是，这些矛盾、冲突、分裂，纠缠在一起，极大地内耗，把你困住了。"

王成龙假笑两声，底气有些弱了："别开玩笑了，我会被它们困住？"

"你会被自己困住。"姜愈认真地直视着他，"其实这就是你身上最大的矛盾：你告诉我你的命运是定死的，你早放弃了。但你又无时无刻不在渴望着自由，想挣脱那些限制、束缚，像你们的梦想那样，去星辰大海中自由地——"

王成龙放肆的大笑声打断了他。

他夸张地捧着肚子，脸涨得通红，笑出了眼泪，直到被剧烈的咳嗽打断，才断断续续地开口："抱歉我实在忍不住了，你真的是咨询师吗？我觉得你该改行当个作家，写些不入流的狗血小说去，这脑洞开得也太烂俗了，我真服了！"

他说着说着，又忍不住大笑起来。

止不住的哭，停不下的笑，在咨询室里都并不少见。

笑未必是开心，也可以是防御，尤其对那些不被允许哭的孩子而言。

姜愈安静地看着他，耐心等他笑完。

王成龙脸上的笑由放荡转为僵硬，又一点点消失，他起身去饮水台倒了满满一杯水，落座时，空荡荡的玻璃杯与桌面重重一碰，发出一声脆响。

"不得不说，你编的故事我还挺喜欢的，不过然后呢？如果是这样又如何？"

"那我们就可以一起看看，怎样从那座牢笼里出来，如果你愿意的话。"

"就算这样，那也是我一个人的事儿。你没什么可做的，也帮不到我。"

"也许是，但也许我们也可以一起捋一下，没准儿就能发现一些——"

"——不可能的，"王成龙嗤笑一声，重新陷进沙发，"事实就是事实。王耀宗**就是**那么个自恋的控制狂，要所有人都按他的意思走。我妈妈**就是**那么个双标圣母，活在幻想里的巨婴。他俩的关系**就是**糟成那样，冷战热吵鄙视对方。在这么个环境里，我要想舒服点，最好就是在网上泡着，或是以后谈个恋爱啥的——还是说你希望我改玩点儿重口味的？比如吸个毒啥的？"

"听起来你在说的是，他们不改变你就没法改变。你之前告诉我你的字典里没有忠诚这个词，但这里你似乎对他们非常忠诚。"

"挖苦我！我先记下来了。"王成龙拙劣地岔开姜愈见血的一针。

"这是我的真实感受。"姜愈追着王成龙闪躲的目光，"确实这个局面很困难，很多力量纠缠在一起，很难凭你一己之力就能扭转。但另一方面，你的思考、坚持、对自由的追求，又让我看到你身上有着非常珍贵的**资源**。有他们在，虽然我们还是没法改变定格的历史，不能控制他人的所想所为，但对我们自己的人生，面对外界的态度，我们依然有着选择的自由，我确定。"

"我为什么要相信你……"王成龙的手指烦躁地在大腿上轮番敲击。

"你不需要相信我，是否相信你有选择的自由仍然是你的选择与自由。也许你也可以思考一下，去选择，去拿回这份自由，有什么不好。"

"你想诱导我说我在逃避选择附带的责任吗？"

"我并没——"

"——那你这些大道理就只是些站着说话不腰疼的说辞罢了！"王成龙的双手怪异地扭在一起，像坨炸坏了的麻花，"自由意志？人有多大胆地有多大产？那会饿死人的！老人与海，拼尽全力，殊死搏斗？老人最后什么也没有，海明威也自杀了！省省吧！你不是我，根本不知道我面临些什么，我就是无路可走，没什么可以改变的！"

"是的我不是你,所以我确实无法百分之百地理解你正面临着怎样的困难,我也无法替你过你的人生。但我想邀请你看一看,看看是不是你自己正参与封死所有可能的道路,然后告诉我你已无路可走。"

沉默似细小而活跃的蚯蚓,松动了王成龙心底那片坚硬板结的土地。

"在我看来也许你在害怕,害怕亲手做出的选择让自己失去什么。"

"失去什么?"王成龙的不屑与抗拒中添了几分狐疑,"我本来也没珍视过什么,你以为丧尸世界里的逃亡者还会害怕失去?"

"害怕失去可能性。"姜愈语带询问,眼神却格外确定,"我们每个人的人生都有无数岔路口,无限可能性。每做一个选择,就会定格一刻的人生,让某个可能性变为现实,同时抹掉其他分岔后面那无数的可能性。如果所有的可能性同时存在,我们可以用幻想来获得解脱。但一旦你做出选择,就意味着某些选项后面庞大的幻想空间就此崩坏,也许这是你不愿意面对的——而遗憾的是,你不去选择也只是选项之一,当你选择不去选择时,你同样会失去,而且是被动地、被别人、被生活左右着失去,而不能主动地去——"

"——既然总会失去,是不是自己选的又有什么分别呢?"

"刚才等待的时候,你把椅子放在那儿,然后站上去取书。"姜愈抬手示意,"那把椅子放在那儿,你就失去了走到那个位置的自由;但同时,你也获得了拿到高处那本书的自由,对吗?"

"你到底想说什么?"王成龙又微微退缩几寸。

"如果你很想看那本书,那就是你选择的意义。"姜愈说得语重心长,"用'不被限制的自由',换取'实现愿望的自由',或者说,'自我实现的自由'。"

"你什么时候改行做禅师?"王成龙干笑两声,跷起二郎腿,枕着双手望向天花板上茫茫的白色,"我其实搞不明白,你为什么要在我这儿费这么大力气。"

"也许因为你不只是被爸妈逼着来这里,而是会主动向我求助的吧。"

"向你求助?什么时候?我怎么不知道!"

"在你折那架纸飞机的时候。"

窗外知了长鸣,斑驳的阳光洒进屋内,影影绰绰,绿植叶尖的露水随着空调的微风轻轻滴下,流动不息的沙漏已近漏完,昭示着时间流逝,光阴不复。

屋中二人一动不动,若两尊墓中的泥像,似千年对峙的大山。

"其实我们划水把时间划过去，你这里不会有任何损失：我打两盘游戏开开心心地给他们个交代，你爱干点啥干点啥轻轻松松地挣钱，有什么不好？"王成龙的语气中多了几分感激，也添了几分哀怨。

"这是我自己主动选择的。"姜愈答得毫不犹豫，"我愿意选择那条也许困难一些，但更有可能帮到你的路，并且去承担相应的责任、付出与后果。这是'我'的意志，也恰恰是这一系列选择定义了'我'。就是这么简单。"

王成龙有些意外，他再次将姜愈上下打量几遍，犹豫了好一会儿，这才露出一个干净的笑容，如释重负地朝姜愈靠了靠，少有地换上凝重的语气："和你说件我从没跟任何人说过的事情吧，之前在戒网学校，有一次我……"

姜愈听他缓缓道来那段刻骨的境遇，只觉阵阵发冷。原本阳光明媚的咨询室，似变成那昏暗的半地下室，墙上还挂着血红刺眼的锦旗。恍惚间，他仿佛正置身于幽暗萧瑟的废都，一身褴褛，狂奔不停。鸦青色的乌云裹着闪电，自天际低鸣而来，赤着的双脚已被砾石划得鲜血淋漓，喉头隐约涌起淡淡的甜腥，可他却不敢有丝毫松懈，只能跑，跑，再跑。

因为身后，是森严的牢狱；眼前，是遍布的丧尸。

第七章

药过三分摧病体

一碗华丽的荔浦芋头扣肉，一盘鲜美的沙蟹汁豆角，再配上新蒸的糯米饭、久煲的红菇汤，香气扑鼻，引人垂涎。

在烹饪方面，姜愈自小便得了爷爷的真传，虽只有假期的短暂修行，但天赋使然，进展神速。他还记得爷爷曾经酒后吹牛，说自己当年就是靠这闻名百里的手艺，不但让奶奶死心塌地非他不嫁，还当上了拥军模范，后来又因此结识了命中贵人，连带解决了父亲之后的入伍问题。

这话里几分真假姜愈懒得查验，不过他当年能俘获苏润的芳心，这手与苏润旗鼓相当的上好厨艺也是功不可没。所以当他小心端着托盘，站在苏润的书房门外时，心中既忐忑，也多了几分期冀。

屋内隐约传来的啜泣声，还是让他胃部一阵紧揪。

那呜咽声犹如锈色的云层，压矮了天空，又降下连绵的酸雨，点点滴滴浇灭了热忱，锈蚀了意志。门外的氛围渐若浓胶稠漆，置身稍久，便会被蒙住双目，阻住手脚。这氛围不似疼痛，可以痛而生快，不似愤怒，可以再衰三竭，不似悲伤，可以日久渐淡；它不是阳性的呈现，而是阴性的抵消，抵消掉所有热忱、希望、向往、鲜活，把沾上它的人永远留在那潭稠黑黏滞中。

姜愈拨开周身的黏滞，顶着销蚀的酸雨，强打精神，敲了敲门。

如其所料，没有回应。

那就再敲。

一切如旧。

饭菜冒着热气，窗外的蝉鸣不绝于耳，姜愈却只觉暗暗发冷。紧闭的屋门似隔绝了屋内的一切，除了时隐时现的哭泣，再无任何回应。

"老婆？吃点饭不？都是你最爱吃的，今天发挥得超级好，要不要尝尝？"

温柔到近乎讨好的问询，石沉大海。

"老婆啊，你都快两天没吃东西了，我知道你很难受，可饭还是要吃的，好吗？开门了，待会儿凉了不好吃了。"

冷硬的屋门，依旧拒绝着他。

"老婆你没事吧？说句话好不好？"姜愈伸手开门，却发现门已从内反锁。

他长长叹了口气，眼前的热菜都似被吹凉了几分。

再开口时，他的语气干巴巴的，像方便面调料包中脱了水的蔬菜。

"那些车轱辘话就不说了，都干这行儿的……其实我现在也挺怕的，我怕你说我在催你好起来，说我在指责你、不接纳你，更怕你身体先扛不住……其实我可以接受的，你不出门，不工作，这些都没问题。你不弹琴了，昼夜颠倒了，我们好久没说说话了，没亲热了，这些我多少会失望，但也能接受，也尊重，可……可现在你连饭也不吃了，我是真的担心你啊老婆，真的很担心……"

姜愈长长叹了口气，忽然觉得腿部发痒，低头看去，莎乐美正用毛茸茸的身子蹭来，似在安慰主人。

他苦涩地冲莎乐美笑笑，这才意识到屋内已静了许久，连抽泣声也听不到了。

他觉得有些不对劲，忙把耳朵贴在门上，可除了自己的血流声外，只有一片白噪声。他有些慌了，小心翼翼地叩了叩门："老婆？人没事儿的话答应一声？"

一片死寂中，他彻底乱了阵脚，把门把手扭得嘎吱作响，还用力拍了拍门："老婆？你没事儿吧？开门啊！"

"嗵"的一声巨响，屋内似有重物狠狠砸到门上，完全盖过了拍门声。

姜愈猛一哆嗦，红菇汤染红了睡衣，又淋淋漓漓滴了一地，连莎乐美都被汤汁溅湿了尾巴，"嗷"的悲鸣一声窜走了。

姜愈看看眼前的门，脚下的汤，木然呆立了好久，双手端好的托盘边缘，还偶有红色的液滴落下。

"您千万别误会……"

景晓慧轻声打破持续已久的沉默，让姜愈一个激灵回过神来。

这场咨询做得格外艰难，从景晓慧低头落座那刻，他便觉得咨询室里像灌满了熬热的胶水，让人一秒也不想待下去。在过去这一小段时间里，他一直调动着所有的专业储备，努力让状态保持在均线以上，没想到还是走神了。

昨晚那难忘的生日让他失眠了半宿，早上醒来便觉心慌气躁，不在状态。

他无暇自责，整理思绪，继续听景晓慧絮叨。

"……对，就跟我刚才说的那样，上次回去我想了老久您说的那些，对我帮助特大，现在我想通了，再不会去自杀了，这点儿您可以放心了！"

"发生了什么？你还是没有查怀没怀孕。"姜愈依旧十分警觉。

"这么长时间都没来，我觉着不用查了。"景晓慧本就坐在最远侧，被这么一问，几乎要翻过扶手从沙发上掉出去了，"而且我现在不想自杀了，查不查您都不用担心了啊！真的。"

"但我建议……不，我需要你在下次见我之前去做检查，确认自己是否怀孕而且如果已经怀了那你早该去孕检了啊"姜愈抚了抚左手无名指上的戒痕，"我知道你很抗拒，但无论如何，我需要**确认**你怀孕与否，再来看是否有必要找精——"

"——说句掏心窝子的话，姜老师我真特别感谢您。"景晓慧忙不迭地打断道，"搁把我以前那咨询师，早把我推精神科医生那儿了，我根本熬不过来……"

姜愈更加确认了危险。用感谢防御愤怒，用称赞防御失望，用表面的积极向上防御内在的抑郁沉沦……这种被称为"反向形成"的行为过程，在咨询室内外都并不少见。

"必要时我也会像那些咨询师一样寻求精神科医生合作的。"姜愈向景晓慧倾了倾身子，少有地散发出不容商榷的气场，"我需要你承诺，下次见面前，去做孕检可以吗？"

景晓慧不安地别过脸去，轻轻搓了搓衣角："行，我答应您。"

"谢谢。"姜愈靠回沙发。

"其实这次来我还有个事儿想说，"景晓慧依旧低头扭怩着，"挺不好意思的，但……您上次不是鼓励我直接说需求吗？所以……"

"嗯哼，这确实是个成长，我看到了。"

"哦……那就好，"景晓慧稍微松了口气，言辞间却依然小心翼翼，"上周我去附近一个画室转了转，虽然没动笔吧，不过感觉还挺好的。"

"我记得你以前就喜欢画画，只是很多年没摸了。"

"对……慢慢儿来吧，我还努力让生活工作也正常点儿，虽然也不怎么样吧，但多少好了点儿，您知道，我最难那会儿自己去洗个澡都做不到……"

"嗯哼。"

"我还去听了个育儿讲座，那位导师很有名，也是心理学专家，但她不叫心理咨询师，叫心灵导师啥的，对。她那儿工作室特大，比您这儿大老多了，装修得特别华丽。课上她还给我们分析了一下我们这些家长的问题，讲得特别好。她和您风格不大一样,您可能更多的就是陪伴吧,她特别犀利,一针见血就把我的问题都给指出来了。"

姜愈眯起双眼。

景晓慧神经质地笑笑,腼腆地继续说:"她很多分析都特别到位,醍醐灌顶那种,一下就让我知道好多咱们这儿不太会说的东西。比如兰兰半夜总醒是因为感受到了我前世的创伤,我心神不宁就会惊扰到她。她还现场找志愿者做催眠,我特别幸运被选中了,她就帮我找回了前世的记忆,还帮我排列了一下家庭。之后好多事儿我就都想通了,比如我切过阑尾,我老公切过扁桃体,是我们的创伤相遇了我们才会在一起……"

景晓慧轻轻拖了拖皱巴巴的裤腿,声音更飘了。

"我跟她说我在做心理咨询,她告诉我心理咨询做的还是比较低端初级的东西,更往上走是灵性的解放,是每个生命内在宇宙的觉醒,我也不是很懂,但我觉得她说得很有道理……"

姜愈当然知道场上发生了什么——内在情绪的投射,早期关系的再现——但知道这些,也不过是把钢针变成软刺,戳在心上,仍是阵阵不悦。

他有些隔离了。

"听起来……那节课让你有了些不一样的感受。"

"那个导师说我的问题会严重影响兰兰……"景晓慧的双眼垂得更低了,"她建议我在她那里治疗一下,三个月,每周两次,保证能好,治不好退钱,我还挺心动的。而且原价89998,她觉得我挺不容易的,给了个限时8折优惠,就这一次机会,错过太可惜了……"

姜愈保持着沉默。

景晓慧抬起头,尴尬地赔笑道:"还有,您也知道的,去年房价涨得特别凶,学区政策又总变,我们就干脆一咬牙把能借的钱借了个遍,打算把五环外小三居换套西城的学区房。可您看……我们也都是工薪阶层,您这收费虽然在同行里不算高,可一次也得600,而且我记得您也说过没法儿承诺多久一定能好……"

"我确实承诺不了。"

"但是我还挺信任您的,也不想离开这儿。但确实两边儿都去的话经济压力太大了,所以我想跟您商量一下——"景晓慧鼓足勇气问道,"您这儿的价格还能再降点儿吗?"

"了解了，那，如果我同意，你感受如何？"姜愈驾轻就熟地问道。

"和我想的一致，我一直就觉着您是那种通情达理、很善良的咨询师，不像那种只想着赚钱的商人，您是个会真正为来访者考虑的好人。"

"听起来这都是一些'判断'，你的感受呢？感受。"

"感受？"景晓慧微微一怔，"感受……我不知道，应该是高兴吧？"

"也许这本身就是个重要信息——那，如果我拒绝呢？你又感受如何？"

"我不知道……"景晓慧飞快地移开目光，"我总觉着您不会的……"

"为什么？"

"不知道，我就是这么觉着……"

"如果我拒绝，你的感受怎样？如果。"

"我会觉着……"景晓慧眉间隐隐拧出个"川"字，"我还是觉着不会，您这么好的人……"

"如果。"

"如果……好吧，那可能是我提的要求试过分了，对，您拒绝我也是很正常的，可以理解，对……"景晓慧假假地笑笑，更显言不由衷。

姜愈过了一遍腹稿，直视着景晓慧说道："事实上，我确实打算拒绝你——那，你的**感受**如何？"

"是我提了过分的要求……"景晓慧蔫蔫地低下头，嗓子都有些哑了。

"我看到你有些委屈。"

"没有没有，您拒绝我是很正常的，是我不对。"景晓慧眼圈有些泛红。

"在我看来，好像……"

姜愈刚说了几个字，见景晓慧已局促到像要逃离似的，便咽下了已到嘴边的话语。景晓慧抹抹眼角，吸吸鼻子，兀自平复了好一会儿，这才委屈巴巴地偷瞄了眼姜愈，十足受气包的表情。

"您说吧，我可以了……"

"好像你在通过我们的互动，向我呈现了一些之前有些说不出口的东西。"

"我不明白……"景晓慧一脸茫然。

"在刚才的过程中，我感觉我在同时被贬损和绑架，你会告诉我另一个'心灵导师'的工作室更大更豪华，他更犀利深刻，更先进有效。还有，学区房、心灵导师，这些费用都远高于这里，你会因为它们的出现而'砍价'，好像也是在说，相比之下这里工作的价值要低得多。同时似乎只有我减价了，我才能是一个为来访者着想的好咨询师、一个善解人意不沾铜臭的好人。"

姜愈说得并不快，甚至堪称平缓，可景晓慧数次慌乱地想要反驳，也没找到辩解的方向。待姜愈话落，她才忐忑地嗫嚅道："不是这样的……我没有想贬低您的意思，真没有……"

"我相信，我并不是在指责你。而是我想，也许你也在让我看到，你曾经身边的世界，以及心里的世界是怎样的。"

景晓慧眼中一片白茫茫的空旷，姜愈投去的小石子没有溅起任何涟漪，没有发出哪怕一声回响。

姜愈只好清清嗓子，掰开揉碎解释起来：

"首先，那个世界充满了比较和贬损，并且让你无法反驳。就好比刚才你提到那个更厉害的'心灵导师'、费用，一方面我**真的会体验**到一种被贬损的感觉，但另一方面好像我又很难开口去表达它——'人家只是在说别人好又没说你不好，而且说的都是事实，你觉得被贬损是你自己太小气！'——类似这种声音会自动响起。但那种被贬低的**感受**，又真实存在着。

"其次，我会被那个'好人''好咨询师'的样子诱惑，毕竟我们**其实**都不差那百十块钱，打个折，便宜个几十块，好像我就可以喜滋滋地觉得自己是个特别好的咨询师，也不用担心你的指责、失望或离开——但过后呢？也许当我疲劳、缺钱，或和你工作到某个难点的时候，我就会不平衡，会自责，会纠结我**其实**不想当这个好人——可这部分我同样说不出口。

"那，这种被贬损又说不出，为了当个好人又很憋屈，然后整个人都会被外部评价或是想象中的外部评价绑架的感觉——你，熟悉吗？"

大段发言后，姜愈才意识到自己的话有点多。

他不自觉地将手指放在了唇前——这是个"嘘"的动作——想趁景晓慧沉默的档口好好处理一下自己这典型的焦虑反应。可没过几秒，景晓慧便结束了短暂的沉思，似问似答道："那您会不会特讨厌我。"

"我想你在告诉我的是，你经常怀疑、担忧、害怕自己被他人讨厌。"姜愈无奈地从专业库里翻出了个标准回应。

"是吧……我特别容易怀疑自己是不是啥地方得罪着别人了，单位里要有人跟我打招呼的时候没看我,我都会纠结一整天,是不是我有些地方没做好……"

"这也许是因为你心底的一部分也一直在厌恶着自己。"姜愈像口老旧的高压锅般,未知觉间便泄出少许烫人的蒸汽。

"……您说得对,我……"景晓慧难过地向后仰去,双手交叠,捂住眼睛,"我是个邪恶的人。"

"邪恶。"

"对,我是个坏人……"景晓慧的胸口剧烈起伏,又沉默了许久,"我有两个最好的闺蜜,我跟您说过对吧?"

"蓬蓬和阿朱,发生了什么?"

"您记性真好……没发生什么,她们都特别好。"景晓慧仍然紧盖着眼睛,像要藏起一个小小的自己,"是我不好……就我不好,特别不好。"

姜愈面无表情,轻握的拳眼挡在嘴前,身体还微微有些后撤。

"阿朱刚中了篇 Science,蓬蓬说那就借这机会大家聚聚,庆祝一下,阿朱也说好啊好啊……其实她俩都特忙,以前这类事儿也不会聚的,她们就是知道我最近抑郁又重了,想找个理由约我出来散心的。可我……可我心里压根儿高兴不起来,甚至还……还特别生阿朱的气,你看她多厉害啊,都一个班里出来的,人家混得那么好,那么优秀,我就啥都不是……"

说到最后,景晓慧已是声若细蚊。

"你想毁了她吗。"姜愈的问句生硬得像句陈述。

"您能理解吗,姜老师……我是不是变态啊?!"景晓慧的嘴角几乎要咧到耳根,"朋友都忙到脚打后脑勺儿了还惦记着抽时间陪我,我却有那么一瞬间特别希望她狠狠跌个跟头,你懂吗?懂吗……"

姜愈刚要接话,景晓慧忽然撤下双手,声嘶力竭地喊了起来:"什么人啊我!"

"我看到你很内疚,为每个人都可能有的妒忌而内疚。"

"昨天我们一块儿去吃饭逛街,蓬蓬挑了我最爱吃的徽菜,她连我爱吃啥口味都记着……"景晓慧沉浸在自己的世界里,似完全没听见姜愈说了什么,"蓬蓬刚怀了二胎,孕反得厉害,可还是大着肚子亲手给我做了蛋糕……"

"当她们这么做的时候,你一方面会感动,但另一方面又会在**比较**中升起恨意,然后再为这份恨意自责。"

"所以我是不是特别邪恶?特别坏?"

"你希望我评判你吗?"

"她们都是那么好的人,对我也特好,可我就是克制不住,真的克制不住,总有那种念头突然闯进来,太可怕了……"景晓慧抓挠起她蓬乱干枯的头发,仍在自说自话,"我会想阿朱接下的课题太难了,她可能会做不下去,蓬蓬人太单纯了,她老公会不会出轨,或者……"

景晓慧紧咬着下唇,脸色白得像被漂过一样。

姜愈犹豫片刻,还是捅破了窗户纸:"或者比如蓬蓬肚子里的孩子——"

"——别说啦!"景晓慧腾地坐直身子,豆大的泪珠簌簌抖落。

咨询室陷入了短暂的寂静。

"您是不是觉得我没救了?"景晓慧侧过身去,几乎背朝着姜愈,整个人像坨被泪水淋得软塌塌的面,"这样一个不知好歹的人,这么的……"

"好像你在确认,我知道这些后会不会批判你、攻击你或放弃你。"

"我不知道……"景晓慧的肩膀微微颤抖,"所以您会吗?"

"不,当然不……"姜愈说话时不经意地闭上了眼睛。

景晓慧毫无反应,朝向姜愈的依然只是发青的耳根,欠缺打理的头发。

"所以,即便我的回答是'不',你也并不确信?"

"我觉着您就是在安慰我,说这些只是您的职业需要罢了……"景晓慧低声嘟囔道,"我这么说会让您更……会让您有啥感觉呢?"

"疲惫,不想再动,想保持距离。"姜愈没有说出这句第一直觉的答案——这话此刻帮不到她,就算是真的,说出来也只是满足自己的需求罢了,更何况他真正想保持距离的,也未必就是眼前这无助之人。

他翻了翻经验储备,耐着那些仍在拉他后撤的感觉,勉强找了个尚可接受的回应。

"事实上当你坦率告诉我这些的时候,我反而会感觉挺踏实的,还有些欣慰。

"我看到你说这些的时候都战战兢兢的,真的很怕被攻击、指责,但嫉妒也好、惶恐也罢,都是人之常情;同时我看到,即便你那么怕,却还是尝试着信任,尝试着表达,这非常不容易。

"其实我们人与人之间的信任本来就不是说有就有的,也不是靠身份、地位,甚至血缘就能天然存在的。信任是在一次次互动、一次次微小的试探中确认的,你在用你的方法划出感觉安全的距离，然后一点点接近，我觉得这很好。"

"如果在现实中遇到我这样的人，您是不是避之唯恐不及？"

姜愈心头"咯噔"一下，喉部诚实地做出了吞咽反应："你希望如此吗？"

"我不知道……"景晓慧轻轻晃着身子，像束摇曳的芦苇。

"好像虽然现实中你身边有很多人一直陪着你、支持你，但你仍然很不安，很不确信，不确信这个状况能持续多久，他们会不会在心底嫌弃你，会不会一直接纳你，会不会只是表面的接纳或有一天厌烦了离你而去。"

"你们都会的，我知道，你们**每个人**都会的……"景晓慧总算转过身，之后便一直呆呆看着前方，除了不时快速眨眨眼外，似被定住了一般。

"好像你想到了些什么？"不知不觉间，姜愈的耐心也泄漏了不少，"或许你刚才谈到的感觉，不只在咨询室内，也在你生活里。"

景晓慧甩了甩脑袋，少许头屑像她那倒不完的烦恼般洒了下来。

"前天晚上，我老公少见地早回来了一次，可他一回家就拉个脸，饭都不吃就又开始写代码，兰兰找他玩儿他也特不耐烦，直接就把孩子推给我了。我当时就火儿了，我说孩子想跟爸爸玩儿说了不止一次两次了，你有多大事儿不能停一会儿陪陪她？结果他也火儿了，跟我吼，那会儿我就觉得他其实打心眼儿里……"

景晓慧一时语塞，似在搜肠刮肚找个精准的词汇。

"嫌弃。"姜愈省去了景晓慧自己的思考。

"对！就是嫌弃！"景晓慧眼角又有些湿了，"我早知道他心里边儿瞧不起我，从谈恋爱开始就知道……是，我比不过他那些个女同学女同事们，只不过我更听话更顺从，哪怕是生了孩子带孩子，他也觉得别人家孩子妈比我更好。"

"这是他直接说的，还是你感觉的？"

"他从不直接说，什么都不直接说……"景晓慧双手绞在一起，指甲几乎嵌进皮肤里，"可他话里话外就那个意思！我一直都感觉得到，他面儿上跟我和颜悦色的，其实打心底早对我各种不满、各种嫌弃了……虚伪！"

姜愈只觉左胸被扎了一刀，正汩汩失血，刀锋上还嗡嗡回响着景晓慧的心声。

——一切都只是伪装，你的每字每句，听起来都那么温暖贴心，外人看来那么模范，可你真实的想法呢？藏起来了！

——你以为我不知道？其实我都知道！

——滚！

模糊的画面在他眼前冲撞而过：封闭的屋门，空旷的屋顶，还有那哭个不停的背影，似永远安慰不好，永远不会转身微笑。

他悄悄掐了自己一下。

"所以那一刻你非常愤怒，也……有些委屈。"

愤怒二字喷射而出，委屈半句却拖沓滞涩。

"我觉得特别荒凉，就好像被核弹炸过的地，什么都长不出了……"景晓慧并未注意姜愈语气中的细节起伏，"我都已经把我能干的都干了不去麻烦他了，他还那么吼我，我真觉着这日子没法儿过了……"

"他吼了些什么？"

"他特别歇斯底里，脸都狰狞了，特别可怕，就像要剐了你的肉似的……"

"你被他吓到了。"姜愈移开目光。

"对，他不该是最包容我、保护我的人吗？可他却……"

"你觉得被背叛了。"

"……算不上吧，他可能就没在乎过我。"景晓慧将眼眶中打转的泪水轻轻拭去，"也能理解，换我是他，有这么个啥啥都不成的老婆，我也会嫌弃的……"

"我看到你一方面特别委屈，另一方面仍在尽力替他辩护，找自己的不是。"

无声的哭泣悄然而至，之后便若江南阴雨，连绵不绝。

姜愈有些想逃。

那沉郁的哭声像亿万不断啃啮的蚂蚁爬入他肌体骨骼的每一处罅隙，让他坐立不安，恨不得立马起身找把斧子，劈了这张该死的沙发，之后逃离此地。

——这该死的反移情[①]，是有多强烈啊……

手背上传来尖锐的痛感，这次他没有收劲儿，几道红印上，破损的表皮歪七扭八地支棱着，好像乱葬岗中的墓碑，碑下还渗出了点点鲜血。

疼痛，有时是人类的盟友。

他忽然想起了郝最，想起她那累累伤痕的纤长手指，活力洋溢的温暖笑靥。

[①] 反移情：心理咨询过程中由来访者激起的咨询师内部（常伴随无意识冲突、态度、动机）的情绪反应，一般和至少一方某些未处理好的情结有关。

一晃而过的念头让他心里又一阵苦笑：我是多想从**眼前这个人**身边跑开啊！

雨下了太久，仍未放晴，姜愈却已有些耐不住了。

"我们可以继续讨论了吗？"他抽了个并不高明的时机，轻咳两声打破沉默，"刚才谈到老公吼你给你特别大的情绪压力。"

景晓慧并不看他，只是顺从地点了点头。

"那，我还是想澄清一下，那一刻他具体吼了些什么？"

"那时候他这么一吼，我一下子就觉得再也没希望了，连他都放弃我了，我这么孤苦伶仃地……去哪儿待啊？"

"很凄凉的感觉，天大地大，没有容身之处。"姜愈跟随得颇为勉强。

"是不是我要求太高了啊？她们都说我老公已经够好的了，连我妈都说男的都不觉得女的辛苦，觉得啥都是该着的……"

"你呢？你感觉怎么样？"

"我不犯病那会儿也觉得是，起码他不会说抑郁就是太矫情太闲了吧，"湿气再度弥漫了景晓慧的眼眶，"可我就是受不了他没事儿就跟我这儿叨叨你得转移下注意力，得去跑跑步，得去多跟朋友聚一聚……听着就烦！我寻思着我都爬不起来了你还让我跑步？！是，你是没直接说嫌弃我，可你就是那个意思！"

姜愈轻轻摁住又有些隐隐刺痛的左胸。

"你不就喜欢那些健康阳光活泼的女孩子吗？那你跟她们结婚去啊！"景晓慧使劲揉了揉眼睛，本想抹去泪痕，反而揉上了一把葱花，"总说什么'两口子要沟通'，什么'你有需要要说出来'，可你准备听了吗？没有啊！我说了我就是动不了，你呢？'你去努力试试就会好的！'说到底，你不就是瞧不起我、嫌我不努力吗？还装好人不承认！虚伪！"

"你觉得他不是真的接纳你，接纳你**可以**是任何一个样子。"

"我有时候特别恨我自己，也恨他，他这种态度让我更难受，更觉得自己就是坨垃圾。"景晓慧发颤的声音好似小提琴初学者的揉弦，"所有人都只是希望我快点儿好起来，他们根本不在乎我，只想我'好起来'……"

那有些刺耳的揉弦声让姜愈更烦躁了，本应以来访者为中心的立场不知不觉间也有了不小的漂移："如果你和你老公互换一下位置，你会希望他快点好起来吗？还是——"

"——所以你也觉着他才是有理的那个对吗？"

"我看到你对他的着急很不满，也看到你心里的失望和愤怒，但……"姜愈的共情急吼吼的，似想把这段快进过去一般，"我也看到，好像碰触一下**现实**世界中的**真实**状况对你来说**也**很可怕，哪怕告诉我当时发生了什么都很困难。"

"你是说还是我在逃避是吗？"

"我确实注意到，你老公到底吼了什么，这个问题总是会被绕开。"

"说了也没用，何必呢……"景晓慧冷哼了一声，游离的目光飘向一个虚点，"他就跟那儿反复地喊，你包容我一下行不行！就一次！就像我包容你一样！人都有情绪不好的时候！你能不能体谅我一下！能不能包容我一下！就这些。"

咨询室里最艰难的时刻之一，便是相比来访者，咨询师和来访者抱怨的那个不在场的人产生了更多共鸣。

当你心底与一个人对立时，对方一定能察觉到；当一个人察觉到你与她对立时，她便会防御、封闭；当一个人防御、封闭时，你便永远帮不到她。

这简单的规律，困扰了万千恋人、亲子，也曾让无数专业人员折戟沉沙。

姜愈虽有他的觉察节制，也终究是个凡人。有限的时间、躁动的状态与这特定的话题叠加在一起，他为那素未谋面的男人鸣不平的味道还是泄露了出来。

"所以，那一刻他希望的是你可以给他多一些支持理解、体谅包容，而这会被你解读为他厌恶你、嫌弃你、想要抛弃你、离开你。这个解读给你，也给你的家庭带来了蛮大的压力，是这样吗？"

"我知道是我作，是我矫情，是我的错，我都知道，可我也没办法不这么想啊……"景晓慧左右摇摆着躯干，像风中一株孤零零的狗尾巴草，"有时候我也觉得他娶我太遭罪了，要是我再优秀点，不说像他同事的老婆那么大支持吧，至少不是这么个拖累，那他也不至于天天那么累了……我都搞不明白，你说他都这么不认可我了，干吗不换个人呢？互相折磨有意思吗……"

"很失控、自责，也很……灰心、难过。"姜愈像在正确地背诵操作手册。

景晓慧将头深埋在双膝之间，紧紧捂住脸。

"我知道家里开销大，我又挣不了几千块钱，他也是拼了命在扛这个家。为了给兰兰的学区房攒首付，他996回家还熬夜做兼职，头发都快掉没了，一个月挣好几万每顿只舍得吃十来块钱的，两件儿一样的格子衫穿好几年不带换的……他是不容易,上面扛四个老人,下面是兰兰,还得扛我。就我这德行,治病误工啥的还是小头儿,关键他不敢歇啊……谁都不是超人,他压力大我知道。"

"那,你有没有向他表达过你的感——"

"——但我觉得他就特别不理解我,他口口声声说包容我,可我知道他其实根本不觉着我难受,就是觉得我太矫情……"

"会不会他眼中的你更符合你的实际,而你把自己看扁了?"姜愈被激得有些头疼,显失水准的拙劣回应一句句冒了出来。

好在景晓慧情绪上头,仍在自顾自地继续诉苦,对他这失误置若罔闻:"有一次我特别难受,边哭边问他我到底做错啥了,老天为啥要这么惩罚我。他说你什么也没做错,老天也没惩罚你,只要积极面对,好日子在前面儿等着你呢……"

"你当时感受如何?"

"我觉着他就是不愿意理解我……"

"是他不愿意理解你,还是他无法理解你?"

"有差别吗?"景晓慧委屈地嗔怨道,"姜老师您也是男人,是不是您也觉得他做得够好的了?"

姜愈下巴微微一沉,好在景晓慧并未察觉。

"我想,你体验到的那些痛苦,那些不被理解、支持、接纳的感受,都是真实的。但也许——我是说也许,也许他在尽他所能去支持你、理解你,也是真实存在的,这两个部分可能并不矛盾。"

"可能是吧……"景晓慧的口气一下子冷了下来,"确实像您说的,还是我的问题……包括在这儿也是,您都为我做了这么多了,我却……唉!其实想想也没啥区别,好或者不好,就那么回事吧……"

一度打开少许的门,又渐渐关上了。

"我看到你仍然有很多愤怒,很多不满,但刚才有那么一刻,你又会特别自然地把那些愤怒、不满都收回去。我想会不会你生活里也是这样,无论是感谢还是愤怒,各种感受与你都没法顺畅地,甚至没法真实地传递给——"

"——可好多事儿他是真不合格啊!那不是我感受错了,是他真没做!"景晓慧几乎喊了起来,"前天的不说,他之前也偶尔下班儿早过,可回家就往沙发上一瘫搁那儿刷手机,让我干啥他干啥,还不情不愿的,糊弄了算完,拨一拨转一转,多一分都不干，眼里一点儿活都没有。我跟他吵吵，他就不吭气儿，逼急了就说他也累了，或者说句'我错了'算完——可我也很累啊！我还要陪孩子……"

"这种时候总会让你觉得很不公平。"

"而且他那个样儿就更让我觉得自个儿特别差劲儿，是我带不好孩子……"景晓慧的嘴角几乎耷拉到了地上，"兰兰生下来后，我真是咬着牙喂到自然离乳，亲密育儿每晚陪睡，白天都打晃儿，那会儿真把自己榨干了。可她跟别的孩子比起来，还是那么怯怯的啊……育儿专家不都说吗，头三年决定孩子一生，母婴关系决定一切，孩子眼睛里没光彩都是被妈妈害的……"

"你认同吗？"姜愈不自觉地摁了摁双手的关节，发出卡啦卡啦的响声。

"我不就是例子吗？"景晓慧惨然一笑，"这么个抑郁的妈妈，当然给不了孩子安全感啊……每次想到这儿我就特别自责，想死的心真一次比一次揪得紧。而且我上班儿后实在没法儿带她，只好把我爸妈又接来了，忙里忙外的，可他们这把年纪不是该去游山玩水享清福的吗……"

"你有些过意不去，有些愧疚？"

"是啊！为什么别人家都能做到，到我这儿就这么难啊？"景晓慧忍着没哭，脸上却平添了许多扭曲的纹路，"他们到底怎么做到的，又能让老人舒舒服服地过退休生活，又能给孩子一个好好的童年……"

"好像在你的想象中，别人的——"

"——我已经尽力了啊，没病那会儿只要我搁家我一定把能干的活儿都干利索了，一直干到彻底干不动为止！可还是什么都没变啊……什么都没变！"

"围绕着孩子，又生出了好多要求、期待、评价、比较、疲惫、焦虑、挫败……"姜愈滴水不漏地堆砌着回应，双手却缩了起来。

"有时候我瞅着兰兰那小脸儿，看着她笑得甜甜的，也会觉得好可爱啊，真是个小天使……可她不听话，或者哭个没完的时候，我就特别烦，觉得她就是上天派下来狠劲儿折磨我的。特别是她一哭哭半宿那会儿，我就觉着我怎么这么倒霉啊，有了这么个孩子，要不就都死了拉倒得了，甭受罪了，也甭拖累人了，一了百了，反正他们也都巴不得呢，这样最好……我这种废物，就不该活着……"

景晓慧那股丧气劲儿姜愈并不陌生，可此刻她的抱怨不断加码时，他却忽觉一阵无名火直蹿脑门，瞬间烫开数道关卡，将一句暴力分析①放出囚牢："你心里有没有一个部分，想要杀死你的孩子？"

"没有！你咋能这么想！"景晓慧脸色大变。

"我看到你很激动。"姜愈暗知要糟，赶忙找补，可出口却更是火上浇油。

景晓慧双眸中的火焰越烧越盛，可到了某个极点，却又盛极而竭，转瞬便只剩下一摊灰烬。她怔怔忡忡地沉默了好久，蔫蔫地摇了摇头："我没这么想过，刚才激动只是被您的问题吓到了……"

姜愈也被自己吓到了。

照他平时那小心谨慎步步为营的磨叽劲儿，一年后也未必会把这句嘟噜出来。

难道是潜意识里要和那个"犀利的心灵导师"竞争？

但好像，不只是这样啊……

景晓慧像根崩断的皮筋般萎在原地，久久无言。

"我会那么问是因为，有时候我们并不接受自己'妈妈'这个身份，还有附带而来、摆脱不了、无穷无尽的责任、负担。当然，我们很爱孩子，希望她好，但也许同时存在的是，我们会有个部分觉得，如果没有她，如果能抹去她的存在，该有多好……"

景晓慧木木地摇了摇头，依旧什么也没说。

姜愈用指甲尖狠狠抓了抓发痒刺痛的头皮，像要把脑壳剖开，从已然过热的大脑中将那堵成一团的问题都挖出来看看：这失误刨开的大坑怎么填，景晓慧的状态如何处理，还有更棘手的，自己这异常的状态……

"我这么抑郁下去，是不是对兰兰特别不好？"

景晓慧没头没尾的问题，中断了姜愈的思绪。

"你很担忧你对孩子的影响？"若是平时，姜愈会毫不犹豫地这样回应——这类问题本就不是在要答案，而是在表达情绪。

可这一次，未等他说出那简单的标准回应，朦胧的画面便再次闪回着闯入他的

---

① 暴力分析：精神分析师无视来访者的状态与可接受程度，在极不适合的场合下贸然分析对方的心理，其内在动机往往不是为了促进对方的成长，而是满足自己的某些防御性、创伤性或自恋性的需要。

眼前。画中那憔悴的面容虽然模糊，可黯然垂下的泪滴却若泛滥的洪水，不断冲击着他心底的基座。他调起所有专业储备，却也只似添了三五个防汛沙袋，几次冲击后，基座的支柱便开始龟裂了。

"是的。"

被抽了这记耳光后，景晓慧又开始哭了。

这一次，姜愈没给那泪水充分的陪伴。

"对孩子不好的，与其说是抑郁的母亲，不如说是失功能的母亲。"受损的基座下，一处隐秘的泉眼汩汩涌出了细小的黑泉，沿着心灵的罅隙，将他出口的话语都染了颜色，"每个孩子的成长都需要心理意义上的奶水，那就是母亲关注的目光、温柔的回应、及时的确认，这个过程中，妈妈的'看到'像镜子一样，让孩子可以反复确立自我，确认自己是好的，是被关注、被爱的，确认'我就是可以这样存在'，而一个失功能的母亲……"

更加剧烈的哭声，又一次打断了姜愈。涓涓黑泉的侵染之下，他愈发烦躁，甚至有些厌恶，之前的自省节制渐渐被抛到脑后。

"一个失功能的母亲，留给孩子的就总是张冰块脸，她的眼睛只会看向手机、杂务，或冷漠地发呆，总之不会温柔地看他、回应他。时间久了，孩子就渐渐确认自己是不被关注、不被爱、被忽略的那个。之后他们有的回避妈妈，有的讨好妈妈，有的搞破坏求关注，有的成年了还在不断找别人当妈妈去要关注、要评价……无论哪种，他们心底都缺了一块，非常不安：是不是我不好才被妈妈厌恶、嫌弃？这种感觉写进了他们的生命底层，伴他们长大，再被他们用来锚定、探索、筛选、塑造外部的世界，并且——"

"——姜老师，我……我们能不能不谈这——"

"——我先说完，好吗？"姜愈似没注意到景晓慧正捂着胸口、呼吸粗重，仍侃侃而谈他那些"正确"的道理分析，"这些孩子没确认过自己的样子，甚至没确认过自己的存在。无论外部给他们多少短暂的好评、关心，也安抚不了他们，他们仍然惶恐不安，自我怀疑也怀疑这个世界，仍然会不停地比较、要评价、要确认，仍然没法安然自在地——"

"——那你说我该怎么办啊？！怎么办啊！！"景晓慧已有些崩溃了。

"该怎么办？"姜愈正襟危坐，仍似局外人般理智而疏离，"当我们问'我该怎么办'的时候，其实是在问，'我该怎么办才能达到某某目标'，那——你的目标是什么？"

"我不知道……"景晓慧目光涣散，一片茫然，"我不……我……"

"试着说出来，如果你连谈论你的愿望都做不到，那它自然没法被——"

"——说不出啊！！"景晓慧捂着耳朵缩成一团，像只重伤在身、侥幸逃回洞中的小兽，望着洞外寻觅的天敌瑟瑟发抖，却又不敢哭泣，"对不起……我还是说不出，是我太没用了……对不起……"

姜愈却仍无安慰之意，甚至还移开了一直注视着她的目光。

他随即发现，只剩3分钟了。

姜愈内部的时钟通常很准，这让他能够沉浸当下的同时控制节奏，时间充裕时和来访者一起往深里走走，快结束时该敛敛该收收，不再开启重大议题。

但今天，那钟停了。

更加失控的，是他那"不该说的别说"的刹车系统仍在哑火罢工。

他看了看仍在啜泣的景晓慧，"嗯哼？"了一声，作为催促。

"姜老师，我们下次再谈好不好……"景晓慧蜷在沙发一角，近乎哀求。

"当然，你有权选择逃避。"

"可我真不知道该怎么做啊！"景晓慧抖得更厉害了，"你这一说我都……我……你说那些妈妈们怎么就都能做到啊？"

"有的人比较幸运吧，比如早年可以得到很多的爱。"姜愈的语气像把刚从冰柜里抽出的钢制审判锤，"但即便没那么幸运，你依然可以选择。"

"咋选啊？没得选啊！都已经这样儿了……"

姜愈轻咳几声，再次将"正确的暴虐"掩在表面的关切之下：

"是的，你选不了你的出身，选不了你最熟悉的相处模式，选不了你的成长环境，那些成长中糟糕的体验也并非因为你做错了什么。它们在你心底发酵，也许在一个无人问津的角落里充满了恨意，恨自己、恨他人、恨这个世界，恨不得毁灭一切，包括那些友善的、可以深刻联系的存在——这也是人之常情，毕竟，它们挑战了你最底层的经验与假设：我的存在本身，就没有，也不该有人在意。"

景晓慧"停下！我不想听"的反复哀鸣没有打断姜愈的"演说"。即便他意识到了自己的不对劲，可那不听使唤的舌头却仍似把锋利的手术刀，不断划开景晓慧的病灶。

"这些东西为何而来，不怪你，但它们是否离去，是你可以负责的。你**已经**是个成年人了，你可以选，是继续被过去的枷锁绑架，还是试着一点点挣脱；是用真实的人际互动、情感体验去填充那个空洞，改写那些模式，还是否认、回避现实，继续沉浸在你的想象里——那里过去是痛苦、现在是痛苦、未来也还会继续痛苦；还有，是让女儿再次体验到你当年体验过的痛苦，让她成为你忠诚的'病友'，还是给她不一样的童年、不一样的成长体验，你可以选，可以——"

"——够了！"景晓慧终于战栗着大吼了出来，"求求您！……"

撕心裂肺的爆发耗去了她残存的所有力气，她红肿的双眸中已再无任何光泽，只是喃喃地重复着"别说了……别说了……我做不到……我做不到……"

咨询室内，明明回响着阵阵哭声，却若一片寂静。

景晓慧一吼之下，姜愈终于闪过一线清明，正视了自己的失态。

他用尽最后的节制，狠狠管住了不听话的嘴巴，可心中的焦灼却又将沙发变作煎牛排用的铁板。局促难耐之下，他不自觉地向沙发沿挪了挪身，似随时准备离席走人一般。

景晓慧空洞的哭泣，仍若南方梅雨，延绵不绝，看不出何时才会停歇。

已经超时了，距下个来访者的到来还有不到一刻钟。

保密是心理咨询的头等红线，包括对"谁来过这里"的保密。若是让两个来访者遇上，且不说对场内动力的扰动，单就设置而言，也算场不小的咨询事故了。

更何况……

超时已近10分钟了，梅雨仍在继续，景晓慧依然没有离场的意思。

姜愈只觉周身像被涂满了煎牛排的酱汁，又黏又痒，愈发坐立难安。

"我们今天时间已经到了，我看到你还有很多情感没来得及充分地表达，那，也许下次我们可以再回到这个议题上，一起看一看是什么困住了你，嗯哼？"

"可以再等我一会儿吗？"景晓慧泪眼婆娑，一动不动。

姜愈其实很想答应，弥补一下刚才的失态，也多少给景晓慧一个安慰。

可他没时间了。

左右为难后，他从大脑的犄角旮旯里翻出一条理论：咨询师要耐受住可能让对方失望愤怒、让自己自恋破碎的焦虑，做出主动选择并承担后果的榜样，进而引发讨论促进成长。勉强说服自己后，他硬着心肠决绝地说道："很遗憾，我们时间到了，也许你也在再现着你生活中边界被突破的情景，我们可以下次再谈。"

景晓慧僵硬地待在原地，面无表情，完全没有要走的意思。如果说之前她像个怕被妈妈抛弃的婴孩，总想紧紧抓住些什么，那此刻的她就如一株攀树生长的蔓藤，毫无情感，只是本能地用细小的吸盘牢牢吸在最近的地方。

"我很怕……"她的声音破碎而空洞，像在刮一只蝉蜕，"我应付不来……好像有条口子被冷不丁撕开了……我们能加一节吗？我会付费的。"

"很遗憾，这是不可以的。"

"是因为后面还有别的来访者吗？"

"确实有，但我不想回避的是，即便没有，我也会**选择**停在这里。"

"这样啊……果然是……"

"并不是因为你不好，具体的原因我们可以下次讨论，但今天的时间已经到了，我们停在这里。"姜愈勉强起身，走到门口，打开了门。

姜愈深深体验到，何谓度秒如年。

又是几分钟过去，景晓慧仍静默在原地，泪流不止。

站在她一侧的时间，正一分一秒地流逝，下一个来访者随时可能到达。

"门已经打开了。"姜愈终于还是按捺不住，打破沉默，再次逐客。

景晓慧含泪望向姜愈，模糊的人影竟依稀有几分熟悉。

久远的记忆纷至沓来，却又朦胧弥散。撕去了硬痂，方知那陈年的旧疮从未痊愈，看似无恙的薄薄表皮下全是鲜血淋漓的溃脓疱疹，惨不忍睹。

"门已经开了。"缥缈的声音又一次传来，催她上路。

可，路在哪儿呵……

景晓慧颤巍巍地站起，魂不守舍地挪动着双脚，只觉眼前一片惨淡的迷雾，没有方向，亦无尽头，茫茫雾中还依稀传来了一声"我们下周见"，语气中的关切稀薄若珠峰上的氧气，如释重负倒是颇为明显，似恨不得赶紧关门。

下周见？下一秒的光阴若仍在手里，于她都已是奢侈。

"谢谢您……"她机械地笑笑，拖着灌了铅的双腿，缓步走出房间。

那些久远的记忆，却如万千阴魂，在她耳边恻恻低语，充满了蛊惑。

——都到这里了,你还决定不了吗?

——没人在意你的,他们都懒得看你。

——你的努力,你的存在,你的一切,都毫无意义。

——受够了吧?……

她落魄回首,本想再看一眼曾给予她陪伴与安定的房间,可映入眼帘的,却是一扇徐徐关上的大门,只剩她一人,独自伫立在阴影中。

关上门后,姜愈疲惫至极,几乎是助跑、前扑、跌回沙发的。

"所幸"下个来访者似乎迟到了,他抓紧时间,争分夺秒想让身心放松片刻,稍加歇息,可随即他便发现,无论闭目养神、揉搓穴道,甚至自我催眠,胸中的烦闷、脑中的嘈杂都有增无减,就连躯干也一直僵直着无法放松。

他索性打开音乐,选了首鲁宾斯坦①演奏的贝多芬的《悲怆》第二乐章。

在那舒缓、柔和而治愈的旋律中,他的心脏跳得更急了。

他连选了几首曲子,却都不如意,干脆焦躁地随机切了一首,便把手机扔到一边,闭上眼睛,长长舒了口气。

这回的音乐反而刚好。

拉赫玛尼诺夫②第二钢琴协奏曲第一乐章,郎朗版。

这是姜愈最喜欢的版本,郎朗的演绎超越了阿什肯纳齐的返璞归真,超越了基辛的华丽大气,甚至可比肩里赫特③的孤高厚重。特别是前奏最低音的声声逼近,那简直不是震颤的琴弦,不是敲响的钟声,而是死神的脚步。

不曾在黑暗中前行过的人,听不懂那迫近的深渊。

这首著名的"拉二",是拉氏刚走出多年重度抑郁后的沥血之作,在姜愈听来,这是老拉以灵魂为弦、生命作键,讲述他如何从黑狱深渊下顽强攀爬、劈出一条生路的叙事歌。而前奏部分,则自然是对那段抑郁岁月的铭刻:浓黑的四周看不到

---

① 安东·鲁宾斯坦(Anton Rubinstein),俄罗斯犹太裔音乐家。作曲家、钢琴家。

② 谢尔盖·瓦西里耶维奇·拉赫玛尼诺夫(Sergei Vassilievitch Rachmaninoff),俄罗斯古典音乐作曲家、钢琴家、指挥家,20世纪最伟大的钢琴家之一。

③ 郎朗,弗拉基米尔·阿什肯纳齐(Vladimir Ashkenazy),叶甫格尼·基辛(Evgeny lgorevich Kissin),斯维亚托斯拉夫·特奥菲洛维奇·里赫特(Sviatoslav Teofilovich Richter)都是钢琴演奏家。

方向，孤独的行者无人相伴，只能咬紧颤抖的牙齿、迈开剧痛的双脚，踩过砾石荆棘，顶住凄风厉雨，于失望、无望、绝望中一路跋涉，跋涉，再跋涉。

此刻的景晓慧，亦在狭长幽深的楼道中跋涉。

她也不知为何要沿着那白惨惨的防火通道向上走，再向上走，只是缓慢地迈着脚步，重复着上台阶的动作，像她那早已习惯的人生一样。

习惯，并不意味着放弃——这一次，她似乎还真期待着某些"不一样"。

掌握不了生，还掌握不了死吗？

有时，踏在死神的脚印上，才能叩问出生命的方向。

她没想这么多，只是被心底一股莫名的力量推着，一步步向上走去。

哪里不对，就是有哪里不对。

老拉的协奏曲已走到颇为有力的段落，可姜愈却越来越惶恐，一时间只觉全身的血液都被替换成了粗糙的毛线，在血管里抽来抽去，撩得他每根神经都又刺又痒，只想切开胸膛看个明白。

少了一环。

对！少了一环。

他一直用"她的议题就是一直没法为生活做出**自己的**选择，所以在这里一定要把选择权还给她"说服自己，试图相信方才的所作所为虽有瑕疵，却并无大错——老拉的协奏曲，也是这么从至暗中一点点走出，变奏，转向坚定有力的啊！

可此刻他非常清楚，自己遗漏了什么，甚或有意无意忽略了什么重要的东西。

头部的刺痛再度袭来，耳畔的高频音越来越强。

防火通道白惨惨的，不见阳光，墙角爬满霉斑，景晓慧却未闻到任何味道。

不仅如此，方才奔涌的情绪也渐渐淡去不见，满当当的心里只余下一片空白。

彻底麻木的状态，熟悉又陌生。

哭到刺痛的双眼，指尖划过冷硬粗糙的墙壁，双脚撑着沉重的身体，踏过一级又一级的台阶……这些感觉，都没有了。

那起落多年的心湖，此刻亦板结成一块平平的石灰地面。

自己没变，周遭没变，却好像都已不复存在。

无所谓……

她忽而咧嘴笑笑，冒出个荒诞的想法：此刻在这甬道中艰难前行的自己，是不是很像一个胎儿，正穿过母亲的阴道，不知死活地爬向外边的世界？

可若真是这样，又为何如此阴冷，如此晦暗，如此无望……

姜愈几乎和下一位来访者撞了个满怀。

"您……是要去追刚才那个姐姐吗？"那来访者掐着辫子，怯怯问道，"我……她好像哭了……"

姜愈心头一沉：眼前这来访者本就因成长中的姐妹竞争、父母偏心而满腹委屈，还有过不少自伤行为，此刻若是为了另一个来访者弃她而去，这创伤复现的场景还指不定会给她带来多糟的体验，甚至捅出更大的篓子。

何况他其实也拿不准景晓慧会不会出事，驱动他的只有预感和直觉而已。

但纠结了一秒后，他还是说了句"实在抱歉，稍等一下"，便一路小跑追了上去，几乎不敢回头。

身后的泪水悄无声息，耳畔的尖鸣愈发强烈。

艳阳高照，热风吹拂，景晓慧却只觉得寒凉彻骨。

再灿烂的阳光，也无法将她的世界照亮了。

更何况，照亮了又如何呢？眼前的一切，她已不想再去看清。

可即便如此，从高高的天台向下看去，她仍是一片眩晕，明明只差最后一步，就可以与这所有的痛苦分道扬镳，可这最后一步，她却怎么也迈不出了。

最后的求生本能，暂时冻结了她的双腿。她双手抱紧自己，弯下腰大口换着气，用从未有过的凄厉声音，发出了毫无意义的哀鸣。

电梯逐层停靠，姜愈心急如焚。

耳畔的鸣响，心底的不安，让他必须去楼顶确认。

可心中另一个"理性"的声音也不时冒起，反复劝诫：你只是太累了、过度敏感，其实什么事都不会发生，下周见面好好讨论就好。作为专业人员，你现在该做的是把心收收，然后专心做好下一个来访者，别被焦虑牵着走……

他自然知道，此刻无论斩钉截铁、立刻回头，抑或冲出电梯、奔跑而上，都比杵在这蜗速上升的电梯里强。

可他还是没有行动。

所有拖延,皆是不愿面对。

几片阴云,掩住了投在景晓慧身上的阳光。她正茕茕独立于高楼边缘,望着楼下繁华忙碌的都市,捧着手机,颤抖着拨了几个电话。

这是她最后的努力,最后的希望,最后扔出的一枚硬币。

"您所拨叫的号码暂时无人接听,请稍后再拨……"

她哆嗦着挂断,换号再拨,依然没有接通。

老公,阿朱,蓬蓬,爸妈……以及犹豫再三后,她还是拨给了姜愈。

无人接听,仍是无人接听。

恐惧压偏了天平,帮姜愈冲破了自我的囚锢。

他狂奔在楼道中,边跑边默默念出了声:"不要出事!不要出事!不要……"

——不要再来一次!

空空的天台,遗落的手机,绝望的女人,还有楼下的淋漓鲜血,冰冷尸身……

闯入的画面让他头疼欲裂,耳鸣更响,眼前的世界也渐失真实,仿若隔了层毛玻璃般——真是教科书般的创伤反应。

他终于冲到天台门口,使劲晃起那扇紧闭的铁门。铁门咣咣作响,却依然死锁,将他挡在天台之外。他气喘吁吁地踮起脚尖,透过一线窄窗向外看去。

乌云蔽日,高楼林立,天台上遗留着一部手机,唯独不见景晓慧的身影。

第八章

棋憾半招无悔路

姜愈极少去夜店酒吧。

他天生内向，纵然有能力在觥筹交错的场合推杯换盏，依然会消耗过大，因此社交于他而言，向来是能省则省之事。再加上酒精会降低心理防御，吵闹喧嚣的音乐和闪烁迷幻的灯光会强行刺激右脑，和左脑产生交互抑制，让杏仁核过度放电，兴奋中枢过度充血，打破内啡肽、5-羟色胺等内分泌的平衡，获取一时的过量快感——长此以往，人会慢慢废掉。

然而此刻，他却正和一个中年男人在酒吧对坐小酌，身躯放松，神色自在。

那是家20世纪80年代怀旧主题酒吧，四壁刻满了岁月的划痕。台上的鸭舌帽沙哑着嗓子，卖力地嘶吼。幻彩的灯光涂抹在他鬓角的白发上，较那歌声更为传情。

"不再回忆，回忆什么过去，现在不是从前的我……"

"老弟啊，咱从小长到大的，老哥不会害你，听老哥一句，过来一起搞事儿吧。"对面那男人将巨硕的身躯向姜愈倾了倾，捋着发直的舌头劝道。

"老宋，人各有志，我挺喜欢现在的工作，短期内也没打算改变生活状态。"姜愈脸色微红，酒后话略多了些。

"**没**让你放弃啊！你这么好个咨询师，谁要劝你不干了我跟谁急！"老宋一拍大腿，说得格外真切，"我就说啊，你愿意继续去一个个帮人你就去帮，但别把精力都整上面，累贼死，也没几个钱。凭你这水准，**武**亏了，来老哥这儿，不用你多忙，就当写写书，足够！包装一下，一本儿让你挣套首付，玩儿似的！"

"嘿老宋，我说这么多年不见，你这讲笑话的水平可越来越高啊！"姜愈笑着捻起一颗花生米，在老宋眼前晃了晃，"别逗我啦！我可没那本事！"

"别不信呐！"老宋抹了抹胡子拉碴的嘴角，脸颊上依稀淡淡的油光，"你知道现在什么时代？知识付费！知识付费听过没？就把过去50几块钱还没人买的书，拆成50来节，分一年推。再建几个微信群，雇几个助理，顶你的名儿答答疑，你知道这多少钱起？599那是折后，还几万人抢。这年头儿人买书买课根本不是为了看为了听，是为了'我在成长'的**幻觉**，是吧？还有，'不学要阶级下滑'，**焦虑**，还有那个，'我和大咖近距离'，**逼格**，对不对？"

"你这啥时候改做传销了？"姜愈见老宋说得唾沫乱飞，也是一阵哭笑不得，"好歹当年也一理想主义文艺青年，一天到晚念叨着产业报国啥的，意气风发挥斥方遒，这是咋了啊？怎么就摇身一变成个油腻大叔了？"

老宋挥了挥手，一副不堪回首的表情，却又挡不住地狂倒起苦水：

"理想主义？那叫天真！看看我那几年，啧啧，真不惜说！

"做软件开发那会儿，还记得不，跟你说过的，天天泡面熬夜，辛辛苦苦干了一年，连借带凑几百万砸进去，好不容易把产品做出来。结果刚上市热卖，就被那家什么720公司高薪挖人，研发部门连人带资料，从代码到数据库，整个儿端走，抄个底儿掉，臭不要脸，还上市公司呢！

"后来兄弟我改做管理咨询，这回不被抄了吧？拖款，拖到你想死！那会儿为了回款我真是一天到晚当孙子！伺候那群拿鸡毛当令箭的蛀虫，供他们吃喝嫖赌，还给买过 Top 3① 的博士，跪舔到家了！结果呢？账上几千万的应收账款，愣是发不出几十万的工资来。老哥我一怒之下不伺候了，关张算逑！

"再后来，做安全设备，都喝出酒精肝了，最后呢？肥头大耳的煤老板一句，'我死个人多少钱，你这设备多少钱'，怼我个半死。结果也寸了，我们刚走几天就……唉，算了不提了，想起来就闹心！

"所以搁现在，我算看透了，什么都不可靠，就钱可靠！

"以前，你也知道，兄弟我从来不为自己的事儿求人。现在，让我赚钱，怎么着都行，别说让我跪着求你了，让我给你当孙子，当猴儿，都行！放开了，也就轻松了。我现在啊，什么赚钱就做什么，蹭热点呗。风口上做个PPT，猪都能上天……"

老宋虽然慷慨激昂，可说到最后，已是一脸厌恶。

生活不易，世事艰难。姜愈看在眼里，也不揭穿，只是半认真半调侃道："什么赚钱做什么，就怕到你这哦，钱就不再是钱咯！忙了半天，成你给钱打工了！"

"钱**从来**都不是钱啊！钱是资源，是权力，关键时候……"话赶话地说得正兴起时，老宋却忽然定格了一秒，随即便用拳头抹抹鼻子，不咸不淡地说了句"还他

---

① 中文意思是"排名前三"。

是亲人的命啊……"

姜愈默然举杯,陪这疲惫的中年男人对饮浊贤。台上的老歌手已换了曲子,正唱到"我该如何存在"。

老宋几口酒下肚,又换回那股商人劲儿:"不多说啦,你呀,好好想想,想好了告儿我,要快哈。古人曰过的,人生几何,对'韭'当割。这茬儿韭菜也就割几拨儿,赶上了也就赶上了,赶不上就等下个风口儿了。"

"知道了,谢啦。"姜愈知道老宋是聪明人,也不多做解释,"话说你今天找我来,不会就为拉我入伙吧?"

"哪儿能啊!当我什么人了!"老宋掩饰得格外生硬,与那老油条的做派判若两人,"我这大江南北的一漂好几年,想兄弟你了见一面,哪儿那么多目的!喝酒喝酒!"

姜愈微微一笑,又和他碰了一杯,可这次老宋的酒却不小心洒了小半。

他涨红脸,憋了半天,终还是凑近姜愈,贱兮兮地试探:"那个,听说,寥若,回国了?见她了吗?咋样啊?"

"你为什么不直接去问她?"姜愈白了老宋一眼,心觉好笑,暗搓搓骂了个"屄"字。

"嗨!人姑娘见我也不开心啊!"老宋竟忽而有些忸怩,苦笑着饮尽杯中欢伯,"我这,也有自知之明。人家是小龙女儿,是天上的星星,我这就一头跟泥潭里打滚儿的猪,哪儿配得上啊!……还是你和苏润好哦,神仙眷侣……"

姜愈没有接话,默默干掉杯中残酒,重新倒上半杯,晃着酒杯看得出神。

猩红色的液面上下摇晃,折射着点点灯光。那鸭舌帽依然卖命地唱着,时不时用期待混着羞惭、麻木掩着倔强的余光瞥一眼台下,见近处几桌客人陆续离开,小费却未如期而至,焦急之下,唱得更加卖力,连后颈都隐隐渗出了汗。

"是谁出的题这么的难,到处全都是正确答案。"

偶尔撕裂的声线,让姜愈听着都觉得嗓子作痛。

可那已不年轻的歌手,依旧一首接着一首,竭力唱着。

次日,姜愈下床时便觉脚步虚浮,犹若失重,跟着岳寥若走在坑坑洼洼的渣土路上时,感觉更是明显。

眼前的城中村破败不堪,残砖碎瓦,崎路颓垣,处处展示着匮乏的痛楚,生存的艰难。可不远处的垃圾场畔,正传来琅琅书声,若照入地窖的一缕阳光。

"江头未是风波恶,别有人间行路难。"岳无峰健朗的声音传来。

"江头未是风波恶,别有……别有……别有人间行路难?"一个稚嫩的童声,怯怯地跟着岳无峰念道。

那小孩五六岁光景,衣衫破烂,赤着双脚,神色呆呆的,十分茫然,大约方才只是单纯地机械背诵,全无理解领会。

岳无峰却不以为意,仍满含欣慰地鼓励道:"很好啊孩子,你看,只要用心肯学,这不是学得很好吗?"

赤脚小孩似懂非懂,见岳无峰面色和蔼,满是笑意,便重重点了点头。

"好孩子,我们再来复习一下之前记不住的!"不等赤脚小孩回答,岳无峰便摸摸胡子,朗声念道,"浩荡离愁白日斜,吟鞭东指即天涯。落红不是无情物,化作春泥更护花。来,到你啦!"

赤脚小孩一时跟不上,呆呆愣在原地。岳无峰不急不恼,说了声"没关系,我们再一起过几遍",便又从头教起。

姜愈见岳无峰乐在其中,不禁百味杂陈:"岳老师现在是清醒还是……?"

"很难讲,一半一半吧,"岳寍若整整手中的纸袋,又看了看表,"第一次应该是犯病迷路了转到这儿的,具体我也不清楚,那会儿我还没回国呢。"

"这样啊……"姜愈四下细细打量,"想想还挺让人后怕的……"

"是啊,我要没亲眼瞧见也不信,这高档小区两街之隔居然是这个样子……"

"那……那孩子是——?"姜愈向赤脚小孩努了努嘴。

"他家人叫他小呆,智力有点问题。说是城里娃,也算半个留守儿童,爹不亲娘不爱的,一天到晚在附近疯跑,捡垃圾吃。"岳寍若似心有戚戚,颇为不忍,"最初怎么回事很难复原了,我回来的时候爷爷就已经经常跑到这里上杆子教他了,琴棋书画,诗词歌赋,数理化足篮排,打麻雀掏鸟窝,啥都教,也不管他学得会学不会,有时是犯了病来,有时清醒着来,真不知道到底发生了啥……"

姜愈望向岳无峰,见老人正发自内心地笑着,不禁又为他开心,又是一阵唏嘘感慨。他翻遍了自己的记忆,也极少见岳老师如此笑过——不加遮拦、格外放松,犹如孩子般纯粹。

小呆还在磕磕巴巴地背那几句诗,直憋得脸都红了,仍无法一气顺下。岳无峰笑着鼓励了几句，正打算从头教起时，一声洪亮的怒喝声从远处带着回响急袭而来，打破了那惬意的氛围。

"小呆！小呆——？！死哪儿去了！回来干活！再不出来打断你的腿……"

小呆被那狮吼功打了个正着，直吓得瑟瑟发抖，赶忙匆匆话别："岳爷爷，我得走了，要不婶婶又得——"

岳无峰和蔼地笑着挥了挥手："去吧！去吧！……"

"小呆，等一下。"岳寥若三步并作两步奔上前去，蹲下将一直拎着的纸袋塞给小呆，里面是身崭新的童装，还有一副围棋，"拿好，收起来。记住，这是给你的，知道吗？给，你，的。别再别人说要就给他了哦！"

"嗯！我的！"小呆似懂非懂，点了点头，却并不接过，反而推还给岳寥若，"小呆不要，婶婶说我偷，打我。"

说罢，他喊了声"谢谢阿姨谢谢爷爷"，便转身向村里跑去。刚跑两步，他又转过身，脚下却不停歇，边退着跑边喊道："爷爷！刚才那首诗好听，我笨，记不住，下次再教我吧！"

岳无峰笑得格外开怀："好好好，好孩子，你很用心，下次再教，下次……"

见到姜愈那刻，岳无峰皱起眉头，茫然苦思，回忆了好久，却始终距离"想起"差了一线。

姜愈见状，忙压着感伤解围道："岳老师，我是姜愈啊，您还记得吗？"

"哦对对对，姜愈，姜愈……"岳无峰恍然道，"姜愈，这几年没见，你现在怎么样啊？来找我有什么事？"

姜愈强作笑颜："我……我很好，岳老师，其实是您上周——"

"——专门打电话叫姜愈跟来的啊！"岳寥若突然截断道，"不记得了吗？今天您还和澄观老和尚有约要给他送东西呢，现在出发已经要晚了！走啦走啦！"

姜愈扶了扶几乎掉下的下巴，想起过往的经历，只觉心尖一颤，恍惚间好像看到岳寥若的热裤后伸出了小恶魔的尾巴。

怎么回事？——他不断给岳寥若使眼色，想要个解释。

岳寥若却视而不见，推着岳无峰向不远处的越野皮卡走去。

"这样啊……姜愈……澄观……好像是有点印象……"岳无峰还有些迷茫，低声喃喃自语着。

"走啦走啦!"岳寥若手上加力,直接将岳无峰托上爱车,瞅空给姜愈使了个眼色:别废话,快跟上。

姜愈懵懵地用口型问岳寥若:到底怎么回事?

今天满腹心事早早跑来督导,却因岳无峰的发病被迫辗转跟到这贫民窟,正旺的心火被冷水一浇,本就已让他呲呲冒烟了。

岳寥若给岳无峰关上车门,低声快语,匆匆向姜愈解释道:"老人家犯糊涂,把俩约给约一块儿了,我们就边走边督导讨论吧,不耽误。爷爷最近心重了不少,让他知道自己犯了这种错,没准又该自责了。"

"这……"姜愈无奈至极,连苦笑都笑不出来了,只好投降般怏怏跟上,嘴里还在嘟囔着"好吧好吧,这还真是够'松散'的设置啊……"

"靠!"姜愈猝不及防地向前一探,被安全带将将勒住,"寥若你这车开得可真够猛的啊!和你平时风格咋差那么多……"

姜愈整整安全带,向后看去——岳无峰双目轻合,嘴唇微张,似睡似醒地靠在座椅上,完全没受岳寥若急刹的影响,许是早已习惯。

见岳无峰无碍,姜愈扭过头,揶揄着问道:"子人格吗?"

"别打岔,"岳寥若的音调依旧平平,"接着说,你那个抑郁的来访者在咨询室楼上尝试自杀——"

"——她没尝试!我上去的时候她坐地上呢!"

确实,那天姜愈奔上天台时,景晓慧正坐在地上,抱着双膝,位于姜愈的视角盲区,他在门口时没有看到,虚惊一场。

"这还不是尝试?"

"……就算是吧,"姜愈见岳寥若的嗔怪中颇有几分担忧,心软之下便稍退了些许,"我们不玩文字游戏了,按你说的,她可能确实站到了楼顶边缘——"

"——所以这更是非常确切的——"

"——但这回她是靠自己的力量走下来的!我上去的时候,她正坐在地上,刚还在打我的电话,我觉得这是她非常重要的进步!以前几次她都是靠别人的力量拉住不跳的,这次是她自己!对,是她自己下来的!我觉得——"

"——你很急切。"岳寥若锋利地切入,语气却依然淡淡的,"用专业眼光观察一下你自己内部吧,那个焦躁不安、急于辩解的下面,都发生了什么?"

姜愈气鼓鼓地把头扭到一边。

红灯转绿，岳寥若一脚低挡油门，姜愈只觉身不由己，被重重压在了椅子上。

"你还坚持不要求她必须服药？"行至路口，岳寥若旧事重提。

"她可能怀孕了啊！我上次说了。"姜愈搪塞道。

"所以……又一周过去了，依然是'可能'。"

"我知道我知道！这里是有问题，有动力在。"姜愈双手叉在胸前，阻挡着预测中的进攻质疑，"她始终没去确认这件事，或者说她**需要**这个孩子'**可能**'存在在那里。我知道这里有因病获益，也有她的模式复现——讨好周围人，回避现实——这些我当然知道！但你有没有想过，也许这恰恰是她潜意识里在推自己一把，从那个已经非常漫长的服药期里走出来。如果是这样，这是难能可贵的力量啊！错过了不知道什么时候会再出现了！"

"那你的动力呢？在咨询师的楼上往下跳，是对咨询师巨大的攻击，以你的经验不可能意识不到，但……"岳寥若见前面一辆重卡慢悠悠地挡着道，当即降挡轰油，并线超车，"但你对它视而不见，**你**的潜意识世界里——又发生了什么？"

"没发生什么！我只是单纯地想帮到她罢了！"姜愈紧了紧领子，护着脖子不被戳到，"而且理论上说，抑郁是巨大的自我攻击，一个惯常自我攻击的来访者开始攻击咨询师难道不是重大的进展吗？这时候能接下她的攻击，让她意识到对外部的攻击不真的会造成毁灭性后果，这恰恰是成长的契机啊！"

"考卷上的满分回答，教科书一样标准。但你偷换概念了，她并没有当面、言语化地攻击你，而是见诸行动上了天台，并且她上天台本身既是对你的攻击，也是巨大的自我攻击。"

"Whatever①！！这是我们可以工作的地方！我看到的是——"

"——关注一下你没看到的！"岳寥若说话的工夫又从死角超了辆车，两车险险擦过，几乎蹭上。

"我没看到什么？！"

"看到你自己的防御。"

"防御什么？"

---

① 中文意思为"无论如何"。

"防御你在被她投射认同，被她内心的某个部分附体，重复她生命里的——"岳寥若猛然打轮，一提手刹，车子漂移着又甩开了一辆速度不慢的前车，直惊出姜愈一头冷汗，下意识拉住扶手才勉强稳住，只觉胃里一阵翻江倒海。

"是我错了！"岳无峰突然开口，竟带了哭腔。

岳寥若赶忙降速。她无法回头，只能不停唤道："爷爷醒醒，是梦……"

"对不起！乃璋兄，我真的错了……"岳无峰双眉紧锁，仍含混地念个不停，像被梦魇压住了似的，"四个月前，汪主任走的时候我不承认——那是我不敢承认。到这两个月，我才开始怕了——你知道的，我不怕冲突，不怕斗争，甚至不怕死亡，我最怕的就是一腔热血，铸成大错……现在连你也走了，我真是……"

"岳老师，醒醒，您做噩梦了……"姜愈不忍看岳无峰如此煎熬，解开安全带，探身摇了摇他。

岳无峰被这刻意一摇，似从噩梦中跳出了些许。他呼吸粗重，额上铺着一层细密的汗水，嘴里喃喃念着"太急了""理由""防御"诸多无意义的词组，又迷迷糊糊地睡了过去。

姜愈与岳寥若各有心事，在平稳的行驶中沉默了许久。

"对不起，我刚才也太急了，"岳寥若率先开口，"可能我也被附身了吧，那个'我特别想帮到你，特别急着让你走出来'的部分——好在这里没有天台。"

"还好还好，没拽疼，君子镜于人，我也趁机感受下对面的体验嘛……"姜愈默契地跳过身后的黑潭，降下车窗，猛吸了几口新鲜灼热的空气，"其实你还挺接纳我的，也没非拉我出去，而且开车会让大脑交互抑制嘛，共情少很正常。"

"说到这，你有没有想过，好像你对自己的共情也少了点？"

"什么意思？"

"你的感受。你看到那个来访者在天台上的时候，以及，刚才在这里，我们对话的时候，你内心的感受如何？"

"欣慰！我觉得很欣慰啊！这是一个重要的——"

姜愈忽然卡住了，他看到后视镜上映着的那张脸，此刻极是扭曲，像个内里生了虫，外边却硬挺着的烂核桃。

他长长吁了口气，轻啃着指背，语气跟着身体软了下来。

"我其实……挺慌的。"

车内的氛围仿若灌满了乳胶。

"有时候我会觉得,那个来访者好像在一个巨大的旋涡里,旋涡深处有股力量在牵着我,让我觉得不只是她需要我拉住她,我也需要去拉住她……"姜愈叹了口气,摇上车窗,将空调开到最大,给自己降了降温,"就好像我们住在同一个梦里,她马上就要醒来,但这种'醒'让她极度恐惧——毕竟从出生开始她就一直睡着,对她来说梦里的世界才是安全的,外边则有太多未知,太过恐怖——但长期的睡眠又严重损耗了她的身体,让她的梦境世界再也无法支撑下去了。梦在破碎、坍塌,她的世界和她自身也在崩解、消散。背景、空间、感觉、每一寸皮肤……都在一片片地剥落、粉碎,然后被吹散。这一刻我要做的,是去靠近她,握住她的手,陪她一起醒来,让她不至于彻底崩溃,但……但我靠近她的时候,我自己的皮肤也开始龟裂,我的呼吸也开始疼痛,我的存在也开始动荡飘摇……"

"够深的,你们之间的情感共鸣。"

"谁让我们干这行呢……"姜愈苦涩地塞了块巧克力入口,"以心疗心,免不了的……"

再遇红灯时,岳寥若刹得格外轻柔。等候时分,她有些出神,直到后车喇叭狂响,才一个激灵,意识到绿灯已亮了几秒,赶忙挂挡起步,敛起眉宇间的伤逝。

"在想什么?"姜愈心细如发,关切问道。

"……我实习那会儿有个师弟,和你很像。"岳寥若嘴角微微一垂,声音又凉又苦,像刚浸过了无糖冰茶,"他是我们中对来访者最尽心的一个,每天都在思考治疗策略,找督导讨论,学更多理论知识。还有,从某个时候起,他也不再见自己的咨询师了。"

"后来呢?职业耗竭,心理倦怠,然后迷茫困惑、退缩厌倦,早早体验中年危机,彻底不干,或者再干不了了,是吗?"姜愈枕着车窗,半开玩笑地藏起忡忡心事,"我知道很多咨询师就这么个结局,我不会的,放心吧,我有数。"

"他死了,自杀。"

"……抱歉。"姜愈望着窗外飞逝的景色,些微有些耳鸣,"他在用'我能让别人好起来'强撑着自己,可在这背后,应该是他自己阻抗过重的创伤吧?"

"我不是说你一定会像他一样,但你也该找时间和自己待待,问问自己到底在做什么了。"岳寥若淡淡叮嘱道,"有时候表面的动力十足并非出自热爱,而是情结,很努力、很拼的过程也不是在奋斗、成长,而是在逃离、防御。"

"谢谢,我懂你说的。"姜愈将目光从窗外收回,整个人却愈发缩向座位,"我热爱我的工作,也不想停下来,但我确信这不是阻抗。"

岳寥若用余光瞟了眼姜愈的苦瓜脸——那绝非说起热爱向往之事时的神情——不置可否地"哦"了一声,忍下戳破的冲动,只是轻蹙双眉,两汪苍色的湖面少有地荡漾开了一涟忧愁。

姜愈见状,胸口一暖——他在岳寥若脸上看到了一抹熟悉而久违的神色,那是种又爱怜又恨铁不成钢,再为了对方的感受而隐忍不言的节制与关怀。

"谢谢……真的,寥若,谢谢。"

"不用客气,悠着点就好。"

"放心吧,其实也没那么糟。"姜愈的口气和软了许多,"我在这儿谈的肯定都是那些最困难的个案,其他大部分我还是走得挺稳定的,偶尔还有创新,也都挺成功的,抽空整理下都能发表了。包括上次提的那个网瘾少年,我和他一起刷手机建立咨询关系那个,还记得吗?我们取得了非常好的进展——"

姜愈颇为温情的辩解被一阵天旋地转打断了。

山野停车场砂石满布,岳寥若急停猛打,漂移入位,卷起一片沙尘,给后面这段温柔的旅程画上了圆满的句号。

姜愈从眩晕中回过神时,刚要抗议,却听岳寥若不容分辩地命令道:"下车。"

姜愈这才意识到,不知不觉间,三人已进了山。

放眼望去,山巅不高,顶峰虽无云雾缭绕,却颇有几分脱俗之感;漫山叠翠葱葱,溪水淙淙,林间偶有山雀鸣叫,更显幽静;山间一条土路,路面不宽,罕有行人,显示着此处还未被充分开发。

姜愈起初还担忧这土路坎坷、陡峭难攀,未料岳无峰一觉醒来,已是神采飞扬,一路上如履平地,健步如飞,还不时四下赏观,偶尔伸手拂过路边的一叶一花,似对这山林久别重逢,又不知何时再见,便更要趁此良辰好好体会一番。

望着他那瘦削的身影,姜愈想起少年时随那背影纵览群峰的曾经种种,不禁喉头一哽。他鼓了鼓勇气,刚组织好语言,岳无峰却先唤了声"姜愈"。

"岳老师。"姜愈忙不迭地跟上。

"你，已，经，是个好咨询师了。"

岳无峰背着手，头也不回，没前没后地撂下这么一句后，便吐纳着山林间的新鲜空气，兴致盎然地继续向前踱去了。

"岳老师、岳老师？"

岳无峰没有停下。

"寥若，你说岳老师什么意思？"姜愈快走两步，主动接过岳寥若拎着的旧布包，和她并排跟在岳无峰身后。

"你觉得是什么？"岳寥若刻意拖慢脚步。

"鼓……鼓励我？"

"你自己信吗？"岳寥若没好气地白了姜愈一眼。

"好吧，我也觉得不是……"姜愈有些沮丧地挠了挠头，"也许你说得对，我有点儿用力过猛了……"

"相当的。"岳寥若一脸无奈。

"可我真的——"

"——你希望从你的来访者那儿得到什么？"

"我……"姜愈卡住了。

岳寥若口气和缓了些："你明白我在问什么。"

姜愈自然知道：行为背后，总有驱力，哪怕是公益助人，亦是如此。那驱力可以是求生、金钱、权力这类易见之物，也可能是满足自恋、弥补童年、自我毁灭等隐秘之事。如果一个人对另一个人付出良多又过于坚信自己毫无需求，通常只是那**其实**存在的需求未被觉察罢了。

对普通人而言，少几分觉察无伤大雅；但对专业人员而言，这可就要命了。

"我对来访者还是有需求的，"姜愈半是防御，半是自欺，"至少我需要他们的咨询费。"

"只有咨询费？"

这次若是答"是"，姜愈自己都觉得着实说不过去。

他思量再三，试探得小心翼翼："你……最近和老宋有联系吗？"

"没有，怎么了？"

"没什么，他好像还对你念念不忘呢，这都多少年了……"

"有好几年我的门都关着没锁,他不敲怪谁。"岳寥若面若静水,波澜不惊,"而且他那种回避型依恋,只会对远方的美好感兴趣,真要近了,朱砂痣白月光也就成了蚊子血白饭粒了。"

"回避型依恋,不是和你挺配的嘛!"姜愈半开玩笑地挤对了一句。

"你转移话题了。"岳寥若浅浅一笑。

"好吧……你说得对,"姜愈怏怏追忆道,"老宋找我做课,钱比做咨询多多了,我没接……所以确实,我可能是想从那些来访者身上得到某些钱以外的东西,而我自己还没意识到……"

"它可能把你拽进泥潭。"

"或许吧,也许我……"姜愈忽然一怔,停了脚步,低头沉思。

岳寥若前行几步,见姜愈没有跟上,亦驻足回望。

姜愈却有些不敢抬头了。

不用看也知道,岳寥若此刻的目光,一定不似平日清冷,而是多了些许暖意。

可就是那分暖意,让他十足不愿面对。

他双眉紧锁,脸色灰暗,天人交战了许久。

"也许……我是不想再后悔吧……"

"'再'?"

姜愈并不否认,却也没有回答,只是默默向前走去。

一路无言,行近山顶。不远处有一座寺院,坐落葱郁凝翠之间。

景色好时,心情也会舒畅。

这里视野极佳,姜愈四下远眺,这才发现此处距岳无峰家并不远,只是之前的盘山道绕了几圈,否则以岳寥若的车速早该到达。

之前听到的暮钟,想来便是眼前这寺庙的功课了。

思量之时,三人已行近庙前。庙门内敛肃穆,质朴古拙,挂一木匾,斑驳蚀刻,已颇有年月,上书"无净寺"三个大字。来往香客不多,多是面色慈和、神态虔诚,宁静前来,安定离去,不似许多知名庙宇那般香火鼎盛、商贾云集。

岳寥若故地重游,心情愉悦,主动给姜愈做起导游:"这里本来是座很破很小的庙,两年前突然得了一大笔匿名捐赠,才得以翻修扩建的。那笔钱有好多传闻,一个比一个邪乎,连说是菩萨半夜送来的都有。不过传得最多的,是个家财万贯又痛苦万分的港商，睡女星、赌博、吸毒……找刺激怎么都找不够，最后看破红尘，也不知为什么跑到这种荒村野庙里捐了全部家当还出了家，但一直只一个人在后山面壁，从没人见过。"

"如果是真的，我打赌是超早期就有创伤、早期资源极度匮乏那种环境长起来的，内部的人格结构碎成一地渣渣，一生都在饥渴找爱又不会找，遇到了也会毁掉，所以总是绝望，内部的死本能①又强得不得了，总在自我攻击自我毁灭的那类。"姜愈职业病起，顺手给那传说中的港商画了幅像。

"谁知道呢，没准还有家族甚至时代的创伤吧……"

"还真有可能，而且那个年代……唉，寥若，你看这儿还有抢生意的。"姜愈话说一半，目光忽被路过的几间厢房吸引了过去。

那厢房红墙青瓦，平凡朴实，与周遭房屋的唯一区别，便是墙上多了块乌木牌，上面正楷描金，工工整整写着"无净寺心理咨询中心"几个大字，红漆木门上还颇为考究地挂上了"第一咨询室""第二咨询室"等门牌。

姜愈看着有趣，便疾步奔到门前，四下打量。

"从历史上看，我们才是抢生意的。"岳寥若莞尔一笑。

"也是哦……"姜愈兴致不减，"我们在做的事，搁以前有神父干的，禅师干的，大夫干的，政委干的，居委会大妈干的，还有跳大神叫魂的干的，真是……"

"也有前人从没干过，需要自己趟出路的——前提是你愿意冒险沾一脚泥，甚至摔在那儿。唉，你——"岳寥若一个没注意，姜愈已另辟蹊径，从一条并无道路的草丛上一跃而过，追上了岳无峰。

"这么活蹦乱跳的，我还真是白担心啊……"岳寥若轻抚着胸前的吊坠，快步跟了上去。

后院的待客堂朴素雅致，禅意氤氲。姜愈随着二岳，由值守的小沙弥一齐接引至此，便见一黄袍老僧正端坐房中，嘴唇翕动，手上还数着佛珠。

乍看之下，他便觉那老僧颇有几分卓尔不群：与一般高僧的慈眉善目、谦和从

---

① 死本能：弗洛伊德受到战争刺激，于生命晚期提出的概念，他认为人的内部除了求生的本能（生本能）外还有一股求死的力量，被命名为"死本能"。按弗洛伊德的说法，攻击、伤害、毁灭等都是出于死本能的驱使（无论指向自己还是他人）。

容不同,那老僧慈悲柔和的眼神下藏着一抹反复打磨也削除不去的孤高,似一把沉海经年、圆润光滑的玉刀。

"澄观师兄,好久不见。"岳无峰上前一步,合十行礼。

"阿弥陀佛,岳师弟。"

"姜愈,寥若,来见过澄观大师。"

姜愈忙恭敬地行礼道:"澄观大师,我叫姜愈,岳老师的学生。"

"澄观老和尚,你肚子又大啦!"岳寥若毫不见外,亲热地凑上前去。

"寥若!"岳无峰少有地板起脸呵斥道。

"无妨,无妨,"澄观倒不以为意,呵呵一笑,"观此皮囊,皆是虚妄,寥若小友,好久不见。"

岳寥若得了澄观的支持,愈发起了童心,向澄观郑重行过礼后,便向岳无峰得意笑道:"爷爷你看,澄观大师都说无妨了,胖即是瘦,瘦即是胖。"

"心有胖瘦,亦是着相。"姜愈见岳寥若如此自在随意,也放松下来。

"姜愈小施主,亦颇具慧根呐!"澄观开怀一笑,大袖一挥,"三位施主,这边请。"

山间小路清幽,荫荫绿意,啾啾鸟鸣。

姜愈随岳寥若跟在二老身后,行走间用力做着深呼吸,似要把心肺中的郁结浊气彻底换遍。他走得兴起,自顾自悄声发起了感慨。

"这里还真清静,城里太纷乱了。"

"难得,"岳寥若稍一愣神,随即敛了追思,"我还以为你喜欢热闹呢。"

"我很内向的好不好。"

"哦。"岳寥若哂笑一声,似有所指。

姜愈略一脸红:"有时候我觉得高科技多的地方信息都太多了,好像脑袋里自带 Wi-Fi 似的,永远有信息流炸过来,不像这里,原生态生活,不被沾染……"

"今天是何雅兴,专程前来啊?"澄观正低声问岳无峰,"下棋的话,手机上不就好了嘛……"

"不忙,不忙,"岳无峰慢悠悠地摆了摆手,"一会儿再说,一会儿再说……"

见姜愈被现场打脸,岳寥若递来个幸灾乐祸的眼色。

峰回路转，姜愈一时看呆了。

一棵参天的合欢树正恣意绽放出一片火云，纵情绚烂，艳绝四方，于古寺苍山间独立，若一抹殷红点在素雅质朴的水墨画上，立时让天地间都多了颜色。

姜愈心下感慨，放眼全山，不是翠柏苍松，便是酸枣梨桃，而合欢树却真真仅此一棵，桀骜孤立。很难想象当年它是因了怎样的机缘，才会被种在此处，从此扎根成长，又在这百年光阴之间，孤独见证了怎样的风云变幻，世事沧桑。

合欢树下，是一石质古亭，亭中一石台，台面一残局，想来便是岳无峰与澄观此行的目的地了。

"姜愈、寥若，来，看看这盘棋，你们感觉怎么样？"岳无峰接过澄观递来的记谱，摊在一旁。

姜愈赶忙上前，和岳寥若一同参研琢磨，心算推演。

他本自负棋力不弱，从前与岳无峰对弈时，亦对岳无峰的棋力颇有了解。可未料观那棋谱，十余手后，便觉气血翻涌，冷汗涔涔。

那黑白博弈最初还似武林高手的近身缠斗，刀光剑影，难分难解；未料行至中盘，棋风却忽而大变，表面看去岁月静好，若耄耋老友喝着闲茶叙些往事，可出口的每个字却又都烙着冒烟的伤口、渗着发烫的红浆，落子失子间，似有万千沉睡的魂灵从地下被唤起，挥着不甘的白骨，披着执念的黑胄，在血色的夕阳下纵横厮杀，同类戕伐；最终在残局时分，那一个个累累伤痕的枯骨残魂或化作无法推翻的雕像，倔强地矗立在棋盘一隅，或在大浪冲沙中碎成灰白的齑粉，沉寂盘外，复归虚无，不再被任何人记起。

姜愈移开目光，不得不稍作调息，才稳住轻微的眩晕，恭敬地向二老行礼，由衷赞叹道："这盘棋真下得匪夷所思，已远超常人之境。"

"同感，"岳寥若亦脸色煞白，震撼颇多，"两方棋路都与经典不同，甚至有时似是杀伐，又不是杀伐，无论'道''术'，都颠覆了太多常理认知。"

"试着说说你们的理解？"岳无峰抚须一笑，"别升那么高，也不抠那么细，大体谈谈感觉就好，特别是不足、弱点。"

姜愈端详思索了许久，直至又有些眼冒金星，才小心分析道："勉强说来，我以为双方都下得十分谨慎墨守，虽棋路异于常理，然而仍显得略为……冲和恬淡有余，杀伐果断不足，以致都曾瞻前顾后，错失良机，少了那么一分酣畅淋漓、行云流水，甚或奋不顾身的快意恩仇。"

岳寥若听姜愈如此分析，却剑眉一轩："我看到的恰好相反，双方都十分激进冒险，偏师驰突，大开大合，均是宁输数子，不失一先，步步紧逼，不依不饶，最终争锋有余而厚重不足，若是任何一方能韬光养晦，稳扎稳打，反而会有更多机会制于无形，不战屈人。"

"同一盘棋，你们看到的，截然相反呐！"岳无峰意味深长地说道。

"岳老师，我……明白您说的意思，"姜愈与岳寥若换了个眼色，绷起脸颊，似方有领悟，又生懊恼，"我们都在用自己最擅……不，用自己最执着的方法来理解，理解这盘棋，理解他人，理解这个世界……"

"阿弥陀佛，"澄观忽而合十笑道，"一灯能除千年暗，姜愈小施主一点就透，假以时日，菩提不远啊。"

"多谢大师！"姜愈赶忙还礼，却欲言又止。

那盘中落子，连同方才对答，让他只觉一阵强风直吹入心底一处隐秘的角落，发烫的气浪模糊了空间，多年未转的风车缓缓转动，发出吱呀吱呀的声响，抖落了层层浮土，带动着高耸入天的巨大齿轮，缓缓更改着他内心世界的基石支柱。这感觉让他既新鲜，又有些害怕，一时便拧在了原地。

"小施主若有何疑问，但说无妨。"澄观善察人心，主动解了姜愈的纠结。

姜愈心下感动，忙向澄观微鞠一躬："晚辈确实心有困惑，想冒昧请大师指点一二。"

"不必客气，请讲。"

"我和岳老师从前一样，也是心理咨询师。我们平时帮到他人的基础，常是溯本逐源，剥丝抽茧，求个明白。在这过程中，我们免不了以心读心，去感受他人的喜怒哀乐，离合悲欢，可长此以往，我……"姜愈犹豫许久，终归一声长叹，"我也不知道我想问什么了，但我就是隐约觉得，似乎哪里不对……"

"人相我相，多了思量，"澄观双目微微一眯，"姜愈小施主，请随我来。"

澄观引姜愈行至亭旁，抬手指向丛间一簇斑斓野花："姜愈小施主，你见此花，会如何观研？"

姜愈缓步上前，附身端详，见那野花虽开得绚烂，却又掩隐于蔓叶之间，前后遮挡，换了几个角度，还是看不真切。情急之下，他不自觉地凑上前去，伸手欲撷一朵细观。

岳寥若旁观者清，微笑着提点道："这花若摘下，还是**这朵花**吗？"

姜愈一惊，清明一闪，刚触及花枝的手又缩了回来，脸上好一阵阴晴不定："若这么说，我们平日做的，尽是掐下花来，观察诊断，可……难不成我们一直所学，都是……"

"佛陀八万四千法，何须自苦数恒沙。"澄观朗声说道，"此花，就在**此**。"

衣角被岳寥若轻轻一拖时，姜愈才如梦初醒，意识到自己已在花丛前愣了太久。他有些脸红，见岳寥若正眉眼示意，忙将旧布包留在石凳上，知趣地向二老作谢话别，同她一道离开了石亭。

二人行至山间，见林荫澄净，路人寥寥，确是漫步散心、凝神内观的好地方。

"不打算接着刚才的了？"岳寥若轻声提点，打破了静谧。

"我还在想那局棋和那朵花呢！"姜愈长长伸了个懒腰，掩起内心的抵触，"算啦，还是下完一盘再下一盘吧，我再说说那个网瘾少年的案子，上次他——"

"——'我不想**再**后悔'，这才是刚才没下完的那盘。"

姜愈微微一顿，脸色又黯淡下去。

"……寥若，说实话，你觉得我做得怎么样？"

"你做好准备相信我说的实话了吗？"

"我……"姜愈面色茫然，像个站在街心的路痴，"我不知道你要说什么。"

"那，在你看来，怎样就算个好咨询师？"岳寥若正色问道。

"守伦理，有边界，有觉察，状态稳定，其次是敏锐、共情、深刻等等。"

"这些当然重要，你做得也都不错，但在我看来，最重要的一点是，你真心想要帮到你的来访者们，你**真的**爱他们，这点极其可贵。"

阳光从树荫间洒落，映着岳寥若的双眸格外清澈。

"我还以为……在你眼里我做得很差劲呢。"姜愈带着几分孩子式的委屈。

"这是你的投射，包括你会用力过猛地证明自己，也是同一个根源。"

"用力过猛吗？我还真是洗不干净了呢……"姜愈苦涩地笑笑，似仍有些不服，"上次你批评我过度卷入，这周我还刻意留意了一下自己的表现。"

"你看到了什么？"

"郝晨，还记得吧？"

"记得，那个色情移情的来访者。"

第八章

"我不喜欢这个描述,不管怎样,这周她逼迫我帮她做个生活里的决定,我当时的确很受诱……很想给她建议,因为那明显可以帮她避免后续不小的伤害,但我还是坚定地把选择权还给了她……基本上是吧,虽然还是想拉她一把,但……"姜愈挠挠头皮,颇没底气地冲着岳寥若身上的假想敌辩解道,"好吧,你可以说我是个不倒翁,我承认我摇摆了,但我还是坐在那个座位上没有越界……"

"为什么不帮她做这个决定呢?反向形成?"

姜愈一怔之下,手上失了分寸,差点抓破脑袋。

岳寥若无奈地叹了口气:"对那个抑郁的来访者,你心底有一部分是排斥她的,然后你会不自觉地用'付出更多'来防御这种排斥;而对郝最的请求,你其实是期待的,这时候你就改用所谓的专业设置来防御了。"

其实岳寥若提到"反向形成"时,姜愈便已知她猜得全中,可被赤裸裸地戳穿心事,依旧多少有些恼火。他清清嗓子,故作受伤地抗议道:"所以我怎么做都是错的咯?那你可不可以告诉我,怎样才是对的?才是好的?!……"

"问你的初心。"岳寥若不为所动。

姜愈用眼神扔回一个大大的问号,摆出一副"我什么都不知道"的无辜表情。

岳寥若见他如此冥顽抗拒,已近乎耍赖撒娇,又是好气又是好笑。她凑上前去,轻轻戳了戳姜愈的左胸:"问问你自己,你在做的,究竟是以怎么帮到对方为出发点,还是以怎么满足自己的某个需求为出发点?"

"我的需求?什么需求?"

"'我不想**再**后悔',你刚刚绕开的地方。"

瀑布飞流直下,溅起玉珠万千,姜愈望着那玄泉碧水,已出神了许久。

"你那个……那个去世的师弟,是个怎样的人?"再开口时,他的声音干瘪得像冬风扫过的枯叶。

岳寥若看看溪中时聚时碎的倒影,犹豫了片刻:"底层破碎得一塌糊涂,但外面那层壳子又被打理得很好,表现出来的就是又敏感,又善良,和他相处……本应是很愉快的。"

"本应?"

"对,本应。但我那时……"岳寥若转身寻了处空旷高地,眺向远处的重山叠峦,"他被招进来前,我是我导师手下最有天资、最刻苦,也最被欣赏的学生。"

"哦?你嫉妒他?!"姜愈兴致倏起,几步跨到岳寥若身旁,故意前后上下将她仔细打量了一番,"不至于吧!印象里你一点儿也不像是会争——"

"——我那时对我导师有移情。"岳寥若仿佛在叙述半世纪前的琐事。

姜愈心思一转,神色中已添了几分郑重的歉意:"理想父亲?"

"对,理想父亲。"岳寥若苍色的眼眸上微微蒙起薄雾,"你也知道,岳平安对我来说曾是个怎样的存在,我花了很多年,和咨询师反复谈了不知多少次,才慢慢从恐惧、仇恨的阴影里走出来。但父亲这个位置,对我来说一直是个空缺。"

"你啊……"姜愈见岳寥若克制到几乎撤回了所有情绪波动,忽而有些心疼。

"如果说我心底没幻想过一个好爸爸是什么样子的,那是骗人的,"岳寥若的伤感淡若清风,"爷爷给了我很多本该由父亲给我的爱,也给了我很多母爱,但……终究,还是觉得缺了一块。"

姜愈点点头,万语千言一齐涌上,却终究什么也没说。

"我导师有两个可爱的女儿,一个上初中,一个上高中,太太是个华人,做得一手好川菜。有时候他会请我们这群学生去家里吃饭,看着他的两个女儿和他亲热、嬉笑、打闹,我心底又羡慕又嫉妒……"岳寥若的眼角有些闪亮,"那时候留学在外,看着飞机飞过去都想家,也没什么人可以倾诉,包括对咨询师我都不太愿意谈这事。我能做的就只有拼命努力,再反复告诉自己,没关系的,她们是他生理上的女儿,我是他学术上的女儿①。"

姜愈一直神色凝重,听到这里却会心一笑。

"很长时间我都是这么自我安慰的,直到小师弟的到来。所以他自杀后,我有段时间非常自责……"岳寥若声若薄如蝉翼的冰片,让人不敢去接去碰,生怕太近会化,太重会碎,"后来走出来了,毕竟学这个的,大概也清楚怎么回事。"

"弗洛伊德式的经典案例啊。"

---

① 安娜·弗洛伊德和梅兰妮·克莱因是西格蒙德·弗洛伊德最为得意的两个女弟子,前者也是他的小女儿。在老弗洛伊德去世后,安娜与克莱因因学术观点不同分道扬镳,并导致了老弗洛伊德创立的精神分析学会的分裂。有轶文称,老弗洛伊德在世时,克莱因就和安娜不和,她曾对安娜说:你是他生理上的女儿,而我是他学术上的女儿。从精神分析的角度讲,克莱因与安娜的敌对绝不只是学术上的分歧(实际上二人与老弗洛伊德的观点皆有较大差异),而是以"女儿"的身份在争夺老弗洛伊德代表的"来自父亲的爱"。

"对，心底某个黑暗的角落里有一部分想要抹杀小师弟，所以他真死了的时候，在幻想层面，仿佛是我做的。"岳寥若少有地眉眼低垂。

"和我说这些，你是想说什么？"姜愈的声音竟也有些沙哑。

岳寥若默默转身，悄悄抹了抹眼角，走回不远处的溪畔，留下了一句似有似无的轻叹："你知道的。"

"这我知道，"澄观轻落一子，给岳无峰造了两个断点，"可你今天来，恐怕还另有深意吧！"

岳无峰呵呵一笑："咱们下了这么多年棋，这盘棋啊，怕是下不完咯……"

"哦？你这是……？"澄观脸色一沉，眉间沾染了几星凡尘。

"我自己的身体，自己最清楚，气血衰竭，油尽灯枯，就不去孟子关①前溜达啦！前两天我趁着清醒，签完了最后一份该签的文件，把这皮囊里还能用的器件儿都捐了，剩下的就是再会会你们这群老朋友，把能了的心事了一了了……"

"阿弥陀佛，来为众生来，去为众——"

"——少给我戴高帽啦！"岳无峰笑着摆摆手，飞补一子，棋型顿时舒展了许多，"我啊，且不愿意死咧！厌离娑婆，求生极乐？算了吧！我还想向天再借五百年呢！不过这肉体凡胎，哪个不是六斤来，六斤去②？两眼儿一闭，气化清风肉化泥，要还能敛吧敛吧，再发挥点余热，不挺好嘛！"

"法身等虚空，未曾有生灭，处处化众生，犹如水中月。"澄观肃然念道，又复了那高僧风范。

"行啦行啦，这里就咱俩，就别端着啦……"岳无峰笑意不减，说话的工夫从兜里掏出一张皱巴巴的纸条，眯着眼瞅了半天，"趁我还能记着，让我看看啊……哦对，今天来这儿，我有两件事儿，而且要找的，也不只是你澄观师兄。"

岳无峰边说边将方才岳寥若留下的旧布包往澄观跟前一放，随即双肩一松，似卸下了千钧重担："程望楼，对不起，有件事儿，我一直没对你提过……"

---

① 孟子关：旧时人们将特定的年龄称为"寿关"，指的是过这个年龄比其他年龄要凶险一些，最常见的两关为七十三岁的"孔子关"（孔子七十三岁去世）和八十四岁的"孟子关"（孟子八十四岁去世），民间有"七十三八十四，阎王请你商量事"等迷信说法。

② 六斤来，六斤去：人出生时大约六斤，骨灰也大约六斤。1斤合500克。

"她叫白小白,也算我和苏润共同的师姐,"潺潺流水畔,姜愈与岳寥若并肩盘坐,"平时她是那种特别热心开朗的知心大姐,实际内部一摊散黄……"

"可怜人啊。"岳寥若心中已暗暗描了轮廓。

"更糟的是,她一直有些假性利他,明明自己就抑郁,还经常在抑郁症患者论坛上开导别人,甚至把手机号公开出去说谁想自杀了可以打给她……"

"自救和作死兼有,生本能死本能都太强烈的人……"

"是的,而且她确实温暖过,甚至拯救过一些人,但……"姜愈拊膺长叹,颇为唏嘘,"不扯远了,说回来,这一路走来,她也帮过我们不少,和我,和苏润都很要好,我俩也是她难得愿意说说心里话的人……至少生前如此。"

岳寥若没有接话,只是随着姜愈的视线,看了看远处的日暮薄烟。

"小白早年经历很糟,很小就开始抑郁,后来也长期服药,还挺像你那个师弟的。但不一样的是,小白一直不肯寻求心理方面的专业帮助……"

"她不是学这个的吗?客体使用方面的创伤①?"

"对,非常严重,试过几个靠谱的咨询师都快速脱落了。她学心理咨询也主要为了自救,以学代治,想喝牛奶养奶牛,效果自然不好……"

姜愈沉默稍许,起身走到崖边。

"我上次说,苏润抑郁是因为去地震的二次创伤,你说不至于,还记得吗?"

"记得。"

"你的直觉是对的。"

"我知道。"

"我知道你知道,以及……谢谢!"姜愈依然背对着岳寥若,却说得格外真诚,"刚才谈师弟那段回忆一定不好受,我知道你是为了我才谈的。"

"嗯,这我也知道你知道。"

晚风习习,一朵镶着金边的绯云遮住了夕阳,天色一时间暗了下来。

"刚从雅安回来那会儿,苏润一直是创伤后的轻度抑郁态。也赶巧了,小白那

---

① 客体使用,即健康恰当地获取他人帮助和支持的能力。精神分析理论认为这个能力最初是由婴儿使用母亲的乳房开始发展的。如果早期的发展受挫(或遭遇创伤),成年后这方面的能力便可能受损,表现为疯狂吮吸式地向他人索取,或走向另一极端完全不使用他人,甚至面对他人主动提供的帮助也会焦虑。极少数人身上两种状态皆有,随不同对象、时期、环境而转换甚至跳变。

段时间正恶化得厉害,吃药都压不住,也死活不肯住院,就天天找苏润倒苦水。可想而知,苏润每次接完电话,都会一宿一宿地难受……"

"你没拦着她?"

"拦不住啊……"姜愈苦笑着走回溪畔,"更糟的是,没过几天她就发现自己怀孕了,太寸了!你知道,不少性格里带些受虐讨好的女性妇科都不太好,她也一样,巧囊腺肌症乱七八糟一大堆,按大夫的说法,这要能自然受孕真跟中彩差不多,所以完全没想到会在这么个时间点上……"

姜愈咀嚼了一会儿心底泛起的苦味,打了个手势,招呼岳寥若缘溪散心。

"小白很喜欢孩子,但一直没谈过恋爱,想过做试管,也因为一直服着大剂量抗抑郁药没敢冒险。所以我们犹豫了一下,还是怕刺激她,就没跟她说。但这样一来,她找苏润倒苦水的次数越来越多,苏润的状况也越来越差……"

"我大概理解你当时的纠结了,还有——"

"为这个我还专门跑来找岳老师讨论过该怎么办,"姜愈再次薅起了头发,"直到苏润孕检发现有些先兆流产,我才下了决心,悄悄和小白说了。出乎预料,她听到后很为苏润高兴,道了半天歉,并且之后好几周都没再折腾苏润……"

峰回路转,一个不大的山间湖泊赫然眼前。姜愈走上前去,看着水中倒影,不由得一阵厌恶,俯身撩起水花,打散了那张他不愿看见的脸。

"可是好景不长,估计她硬挺到极限,终于再也忍不住了吧……总之某次她试探着找了苏润后,就一溃千里,经常拉着她一聊聊半宿了……"

"听起来还挺有动力意义的。"

"我也想过这点。"姜愈十分用力地甩了甩手,似要将某些看不见的东西连同湖水一道甩净,"那么强烈的死本能,大概率有婴儿期创伤,再加上客体使用困难,意味着很可能有母爱剥夺、原始的嫉妒、撕咬乳房[①]这类主题,所以尽管意识层面在努力克制,但强烈的移情,还有潜意识里的恨意,都让她不自觉地攻击苏润和她肚子里的孩子,这是个创伤再现的过程……"

"这时候正确的做法是促进她寻求专业帮助,你知道的。"

[①] 原始的嫉妒:常见于婴幼儿的嫉妒(如发展受挫会延续至成年),包含一种"我要(极其凶残地彻底)毁灭你否则我就会被毁灭"的感觉。

撕咬乳房:梅兰妮·克莱因提出的精神分析概念,可近似理解为婴儿对"坏妈妈"的破坏欲与攻击性。

"可她不去啊！多少年了都不去啊！"

"那我们也只能佛度有缘人，承认自己的无能为力了。但看起来你没有——"

"——还有另一条路的！是有的！"姜愈大声争辩道，"她不是不去吗？苏润不是不崩盘就不拒绝吗？那好，我来啊！我来帮小白！不也是条路吗？！"

"一个在治疗框架下碰也绝非一两百小时能搞定的超级大坑，你突破了伦理红线，带着双重关系去做……"岳寥若神色冷峻，像个命案现场的侦探。

"没你想的那么疯狂，我当时也很犹豫。"姜愈不自觉望向左上方的天空，"冒出这个想法后，我辗转纠结了一宿，第二天又跑去找岳老师讨论，想得到点支持，可岳老师上来就说，这个风险太大了啊……"

"我有些理解你和那个抑郁的来访者间发生了什么了……"

姜愈摇了摇头，似不愿节外生枝："从岳老师那儿出来，我纠结了一下午，后来还是决定要遵从自己的想法。晚上我主动给小白打了个电话，想告诉她我的打算，但她没接。再后来……"

他忽然卡住了。耳鸣声声，伴着闯入的画面，直戳得他眼前一黑。

那些画面也充斥着黑色：绝望的背影是黑的，摔碎在地上的眼泪是黑的，碎在天台上的手机屏幕是黑的，胎儿的B超底色也是黑的……

只有地上的暗红，扎眼的白布，狰狞地刺入视野。

他连塞了两块巧克力入口，像在吞服药丸。

"……再后来，我知道了她的死讯，就是那天晚上。并且……她在楼顶上打过两个电话，我和苏润，都是刚拨出就自己挂断的。"

"这让你极度自责？"

"你知道这意味着什么吗寥若？"姜愈随手捡起一块扁平的石头，直捏得手指发红，"那个帮过我的朋友哪怕站在天台上也在用最后的自制力尽量不麻烦我，可我却一直嫌弃她，想躲开她这个麻烦……"

他手上用力，狠狠一甩，石片在湖面上绽出一串涟漪。

"我都能想象，小白她绝望地站在楼顶，吹着夜风，流着眼泪，哆嗦着挂断通话的样子……"他红有眼睛，似哭非哭，脸上的血管微微红肿，仿若爬满岩浆，"如果我不去管什么行业伦理，也没去找岳老师讨论，而是自己决定了就去做了，小白就不会死！苏润不会被一夜击垮！我们的孩子也不会……"

"……我看到你非常后悔，也非常愤怒。但好像你心里有个部分，需要妖魔化那些正常的顾虑、过程、边界……似乎让它们背锅的话,你就不必再经历某些痛苦了。在我看来,你正在一步步成为——"

"——别扯那些没用的!你知不知道,就差一点儿!就差那么一点儿啊!"姜愈的五官都扭曲了几分,"什么心理咨询!全是些病人捣饬出来的邪教!学了连普通朋友都不如了!还伦理设置?就是胆小怕事的明哲保身精致利己!"

"我感觉你好像被什么心魔附体控制了似的,完全不像平时的你。"岳寥若少有的忧心忡忡,"姜愈,你愿意先暂停一下吗?"

姜愈却仍陷在那愈发癫狂的情绪里,反复抱怨着相似的内容。

岳寥若又是怜悯,又是痛惜,静静在一旁陪着。未料姜愈发泄了一会儿,情绪反而愈演愈烈。她无奈地叹了口气,抬手指指远处的天边:"看那儿。"

姜愈赤着脖子,喘着粗气,顺她所指,半信半疑地扭头看去。

下一秒,他便被一脚踢入湖中。

岳寥若轻盈一闪,躲开了四溅的水花。

"你干什么!!"姜愈方一钻出水面,便咆哮起来。

岳寥若冰凌般通透的声音中,多了几许不容反驳的压迫:"冷静冷静吧,你陷在 PS① 位里了。"

PS 位,即偏执分裂位,是客体关系理论中最重要的一个概念。人在 PS 位,会给那些难以直面的现实加一层美化滤镜,偏执、强硬地抱着那些"只要……就……""只有……才……"的说法不放,哪怕这只是他们的一厢情愿。PS 位保护了个体免被真实打得粉碎,但也阻碍了人们直面真实,面对已然发生的丧失。

"陷在 PS 位里",是对咨询师最为见血的批评。

姜愈瞪着通红的双眼:"我才没——"

"——你真的救得了她吗?"岳寥若在湖水之余,又加了桶冰。

"我当然!当然——当然……"

愤怒着否认的外壳上,终于崩开一道裂痕。

"好好想想吧!"

"这么前后想想,就通畅多了啊……"

---

① paranoid-schizoid 的缩写。

澄观蓦然一叹，又将手中厚厚一沓稿子跳着翻了几页。

那自是旧布包中的物什，纸已泛黄变脆，上面的字迹也有些洇开，其中还夹了张相片，上面是两个男青年的合影，其中一人孤傲不群，俨然年轻时的澄观。

"这句'抱歉'，我早就该说的，拖太久了啊……"岳无峰的嘴角微微有些颤动，"佛家说，忏者终身不为，悔者知于前非恶业。但我这都'不为'了快三十年了，还是觉得不够，这扎在心尖儿的刺儿要是不拔出来，总归不踏实哟……"

澄观将稿子放下，竟大大方方擦了擦眼角。

"岳兄，程望楼虽偏激冲动，却并不糊涂。你这良苦用心，纵然当时不懂，等这气消了、心静了，还能一直不懂吗？何况没几个月，你说的那些不也都……"

一子落下，极为凌厉，岳无峰的一条小龙愣是被生生摁下脑袋。

"所以你当时是知道的啊……"轮到岳无峰意外了，"那还出什么家？"

"心血尽焚，心灰意懒。"澄观轻描淡写，一带而过，"不过如今澄观身在佛门，清心修行，深感此路实为善缘啊……"

说话间，正有一小沙弥匆匆路过。澄观叫住小沙弥，将那摞稿纸小心包好，递了过去："去交给你慧通师弟，作些引火擦桌的杂用吧。"

"真要如此？"岳无峰微微一怔，"这个时代已比当年好了太多，你若是仍想出版，大可让寥若代劳。"

澄观从容一笑，云淡风轻："方才这子我若是早落十步，此局便已下完了。"

"你说得对……人无前后眼，生活没有假设。"姜愈抹了把脸，恢复冷静。

他已浑身湿透，整个人松垮垮的，仿佛负重跑完铁人三项，刚卸下全身负载。

水面的涟漪渐渐荡开，扩散，交织，又渐渐消失在层层浪间。风吹水皱，湖面此刻已被落霞染得满是鎏金。远方鸣啼阵阵，应是倦鸟归林。

姜愈望着荡漾的金波，心事似也被湖水化开少许。

"小白去世后，我又来找过岳老师一次，结果就是……"

"你三年没再和爷爷联系，爷爷的门上多了那道黑印子。对吗？"

"喝多了嘛，而且……"

"还真是你泼的啊！"岳寥若一猜命中，当下忍俊不禁，"多大了你还随地大小便①？难怪爷爷一直那么执拗，都渗进去了还不让擦，我就说嘛……"

姜愈羞赧地顺了顺湿发，心底一处隐蔽的泉眼又霎时涌起了一汪伤感。

童年的记忆碎片纷纷飘落，若片片飞雪，明明吹满了天幕，却又难以捧在掌中，仔细端详。

那四五岁大的孩子在咨询室中乱泼乱涂的样子还依稀在目，可彼时岳老师具体怎样一点点走近他孤独的内心、化开他心中的块垒郁结，却已全然记不得了。

唯一确定的，就是从那时起，孩子的心底便埋下了一个温暖的信念。

在这里，怎样都可以。

怎样都可以……

风吹云聚，二人身上披着的昤昤光影已变幻再三。

"你还会怨恨爷爷吗？"

"当然不了！"姜愈声音大得把他自己先吓了一跳，"我那时候就知道自己迁怒岳老师了，毕竟最终选择权在我，而我……"

"我觉得你还是没明白。"

"我明白的……"姜愈的声音烂糊糊的，像团泡水的卫生纸，"你想说我其实不可能永远拉住小白，甚至……"

"小白也好，苏润姐也好，你们的孩子也好，包括——"短暂的犹豫后，岳寥若又将嘴边的话咽了回去，"总之，我们不是神仙。"

"这我当然知道……"姜愈本就通红潮湿的双眼却又一次盈满泪水，"我甚至能觉察到我在强迫性重复，所以才会和那个抑郁的来访者一起合谋出那场危机来，可我……我还是……"

这次他探着身子，直直盯着湖中倒影，再不移开视线。

几滴晶莹的眼泪落在水中，荡起一片碎金，之后便快速隐于浪间。

岳寥若默默握住姜愈的手，陪伴着那酿了太久的悔恨与心伤。

姜愈哭得格外安静，仿若一尊淌下露水的雕像。

湖水起起落落，呈现着本应存在的样子。

---

① 姜愈的退行行为在精神分析的角度近乎儿童在故意随地小便、往大人身上抹鼻涕口水等，其内在动力为"我的一切，包括我的（身体和心理）排泄物你都可以接纳"。

眼泪流尽,姜愈擦擦脸颊,换上平日的温和沉稳:"我好些了,谢谢。"

"往事不可追,惜取眼前人。"岳寥若拍拍姜愈的肩膀,独自走回崖边,望向山下那华灯初上的红尘世界,"过去的事,能'算了'的,就'算了'吧……"

"这说来容易,做起来难哦……"岳无峰落子封住澄观思量再三才下出的一手杀招,"想想看,我这辈子啊,有太多事起于善念,最后却是……"

澄观抬手结了个施无畏印,未有多言。

"能像你我方才一般,将这往事翻篇儿的机会,实在太少了啊……"岳无峰怅然一叹,"可能这最后的清明不在,也是我这一生的业报吧……"

"百千法门,同归方寸,河沙妙德,总在心源,既然怀了那慈悲喜舍四无量心,余下的因果,也便不必太过执着了。"

岳无峰不置可否,目光定格在亭边那棵茂盛的合欢树上。

天色渐暗,合欢叶已有收起之意,宛若扇扇守候的家门。

"合欢赠人,消怨和好。"澄观点到即止。

岳无峰刚要开口,却忽然哽住了。他足足僵了半分钟,这才舒了口浊气,蹭了蹭眼角:"见笑啦。"

"若是需要我代劳,尽管说。"澄观似意有所指。

"算啦,花开满树红,花落万枝空,梦幻泡影,如电如露,不过是一场无常大梦,各人自有缘法……"

澄观心中了然,也便不再追问。

山巅正传来暮鼓暮钟之声,先鼓后钟,皆是紧十八下,慢十八下,不紧不慢再十八下,往复两次,无尽悠扬,无尽苍凉。

"好啦,说说这第二件事吧,我这……"

"时间也差不多了,该回去了……"姜愈起身,留下一摊水印。

岳寥若嘴上应承,身子却没动。她凝视着钟声传来的方向,只觉那钟声近听竟如此荡气回肠,冥冥间共振了她心底的些许心事,可又难以说清道明。

姜愈却并未留意她的心思。他往回走了两步,忽然想起了什么,大惊之下,赶忙从兜中摸出个扁平小盒,小心拆开层叠包裹的塑料袋,抹抹吹吹,确定盒子没有进水,这才松了口气,转身向岳寥若递去,脸上竟挂了一丝忸怩。

"防丢手环,我想……岳老师可能用得到。"

岳寥若接过拆开,见手环上刻了个"岳"字,旁边一行"请帮我联系家人",还有电话地址,确是做得颇为用心。她沉思了几秒,忽然清扬一笑,直视着姜愈,瞳中还映着他身后那抹落日余晖:"放心吧,有我们在,你也不会走丢的。"

姜愈一愣,随即反应过来,也不免哑然失笑——专业选手就这点"讨厌",那些潜意识中自己都没发觉的小心思,都会一不小心被看个底儿掉。

不过,这样也好。

而且他还意外发现,寥若那么说的时候,自己竟格外心安,一如那仍在稳稳回响的钟声给人的感觉一般。

他看着岳寥若被夕阳映红的脸庞,不由得心头一荡,只觉几年来从未有过如此刻般的轻松美好。他上前一步,刚想说些什么,天色却忽然一亮,原是那之前遮住夕阳的云已被吹开,太阳在落山前最后一刻,竟重新耀眼了瞬间。

那刹那的光影如此迷人,仿佛本已注定到来的黑夜,都片刻被金红色的光浪驱散了一般。世间万物,此时都被染上"生"的色泽,每一粒尘,每一片叶,都绚烂着那跨越了五百光秒、与太阳共振的璀璨。

须弥芥子,刹那永恒,想来便是如此时刻。

两人被那动人心魄的光辉所吸引,并排而立,不约而同地望向了天边。

岳无峰凝望残阳,已出神许久,那瞬间的光辉亦让他浑浊的眼眸微微一亮。

最后一声钟声响起,最后一弯残阳消失,他终于回过头来,落下一子,将一片渐溃之棋起死回生。

"阿弥陀佛,妙哉,妙哉。"澄观见这一妙手已臻化境,不禁由衷赞叹道。

岳无峰看了看仍在思索的澄观,望了望山下渐渐暗下的繁华世界,又看了看那仍未分胜负的棋局。

"就下到这儿吧。"

第九章

血泪成歌离殇哭

偌大的会场座无虚席,连过道都挤满了人。初出茅庐的学生,白发苍苍的老专家,全国各地的专业工作者,背着长枪短炮的媒体人……所有人都聚精会神,完全被台上的演讲吸引了。

精心制作的背景墙下,西装笔挺的演讲者正意气风发,侃侃而谈,题目是《三年前后的雅安——重大自然灾害发生时的心理干预成果》,屏幕上正展示着一张脏兮兮的信纸,上面写满了童稚的字迹。

"各位请看,这是我们在当地收到的一份特别的礼物。"演讲者动情地介绍道,"这个小女孩儿的妈妈在地震中去世了,我们找到她,给她做了很多的心理帮扶、重建工作。临走我问她:你还有什么想对妈妈说的吗?她就写下了这些,特别坚强地擦干眼泪对我说:叔叔谢谢你,你说得对,妈妈也会希望我开始新生活的,这封信就作为我和妈妈的告别,请你们带走吧……"

演讲者哽咽了,观众席上更是闪烁着无数感动的泪花。

仅一场演讲,便让太多人牢牢记住了演讲者的姓名,还有他们团队的情怀、理想与实力。业内人等忙不迭地上前合影留名、洽谈合作,不少慈善组织、政府基金的负责人更是当下便做好联络,准备积极对接之后的项目。

在这豪华礼堂的后门不远,一栋老旧教学楼的门前贴着张A4纸,上面用马克笔写了"分会场"三个字。教室中,姜愈正为台下的十几个听众做分享。

"最后我们来总结一下:亲人意外离世、婴幼儿意外夭折、胎儿被迫流产以及其他一些特殊的创伤事件后,一些儿童会被家族在意识或潜意识层面赋予一个特殊职能,即替代离世者活下去,这样的孩子被称为'替代儿童',Replacement Child。替代儿童通常会承受额外的幸存者罪感,这种巨大的压力要远超一般意义上父母把自己的人生压在孩子身上时孩子的压力,并且通常在潜意识层面,不易被觉察,且常伴有对自身存在合理性的质疑,因此与长期的抑郁、焦虑、自我攻击等症状均有联系。在临床实践中,如果来访者属于替代儿童,那么我们要格外注意到他的症状与家族创伤之间的关系,这样才可以更好地帮到他们。"

讲座结束，台下响起了稀疏而有力的掌声。

"谢谢大家，"姜愈擦擦额头，松了口气，"那，各位有什么问题要问吗？"

"感谢姜老师的精彩演讲。"一个年轻学生率先高高举手，抢下机会，"据说很多心理学家的研究方向都与自己或者重要亲人的经历有关。您在代际创伤、替代儿童这些相对小众的领域一直走在国内前沿，我想请问您为什么会选择它们作为您的主要研究方向？谢谢！"

这问题像条被扔进沸水的活鱼，直溅起台下的一片议论。

"你的觉察蛮准的，以后不要搞精神分析去了哟，会比较穷。"姜愈半开玩笑地鼓励了一下提问的学生，惹来一阵笑声，顺带藏起了他些微的伤感与轻度的头疼，"其实是因为我妈她生……她以前也是做这方面研究的，我接触得比较早，也挺有兴趣的吧。至于她为什么研究这个，是因为她的导师也研究这个。那，如果你感兴趣的话，可以自己分析解读一下，这算什么动力……"

急促的敲门声打断了姜愈的思绪，却并未打断他的头疼。

他从奔逸的追忆中挣脱出来，抄起桌上的玻璃杯，几口吞下一满杯水——还不小心洒在了灰衬衫上——这才压下了胸腔中那股流窜躁动的情绪。

大门打开的一刻，郝最那标志性的红丝巾在他眼前一掠而过，留下淡淡的海洋香气。她念叨着"实在抱歉又迟到了"，匆匆落座，目光却一直粘在手机上。

"抱歉我还有几条信息要回，稍等……"郝最的双手在手机上飞速点个不停，"最近特别忙，我负责的一个大项目马上开标，甲方是老客户，之前都是找围标公司划水走过场的。但这回他们换新负责人了，是个极品，特别难搞……"

说话的工夫，她手上仍是一刻不停。

"而且屋漏偏逢连夜雨，事情都赶一起了。我参加的那个业余剧社，年度大戏差几周开演，人和钱一起掉链子，本来还指着能搏一把起死回生呢……"

姜愈没有回应，看了下表——郝最迟到了大约10分钟。

"今天这个点还堵车了，也真奇怪了……"郝最依旧目不转睛，头也不抬，"平常我是加完班从国贸过来，今天在三里屯那边和甲方谈完我先回了趟家，结果从西边开过来就堵上了……"

姜愈关切地看着她，继续安静地等待着。

郝最终于意识到场上的气氛有些异样，她停手歉意地向姜愈笑笑，小心试探道:"要不我们先开始?我边处理边说,没关系,都是些琐碎,不占脑子的。"

"我倾向于你先处理完我们再专心开始,或者如果有些工作并不需要——"

"——OK,我一会儿再做。"郝最将手机倒扣在一边,将垂下的长发撩到耳后,露出脖颈的曲线,"我今天确实有不少事情想谈——"

"——抱歉我还是需要先了解清楚,你今天为什么想到要回家?"姜愈未在郝最这肢体语言上多做停留。

"没什么更多的原因,"郝最轻轻一吐舌头,像个犯错的孩子,"就是突然想运动了,加了节泰拳私教课,又赶上堵车才迟到的。"

"私教课出来是几点?"

"8点40。"

"从那里到这里不堵车要多久?"

"大概半小时吧。"

"所以和堵车无关,甚至你还比正常时间快了一些。并且你在安排私教课的时候就已经知道会迟到了,那——"

"——我没有不想来!"郝最心有默契,窘得有些脸红,"平时我每周也都至少三次私教的。而且这几天发生了不少事情,我很想来和你说说的。上周——"

"——等一下,我们还有个未完成的议题悬在这里。"姜愈罕见地打断。

"什……什么议题?"郝最双眉一颦。

姜愈稳稳心神,拇指轻抚手背,安顿着层层泛起的焦虑。

"上次结束的时候,最后一分钟,你拿出了给我的礼物,我提出说我们这次讨论一下,当时你很受伤,也许也有些生气。而我在想,这和你临时增加的泰拳课、你的迟到会不会有某种联系。"

"我真的只是想运动一下,别想太多啦!"

"但你从来没有过这种安排。"

"……好吧我错了,我再也不这么安排了,"郝最的求饶略带撒娇,随即便迅速敛了笑意,"这周确实有两件事让我心神不宁的,特别需要你能帮帮我。我们能不能先不要在这个细节上浪费时间,还是来讨论一下——"

"——我不认为这是浪费时间,我想——"

"——可那真的没什么大不了的!而且这周的那两——"

"——郝最。"姜愈鲜有地展现出几分威严,之后又换上温和的语气,"你想说的所有东西**都**很重要。而上次结束时,在这里发生的事,在我看来并不是'没什么大不了的',它同样重要,所以……我们有没有可能先来——"

"——好吧,碎掉了!"郝最轻飘飘地抛出一句。

"碎掉?"姜愈已然预感不妙,"你指的是?"

"上次我送你的礼物,"郝最说得若无其事,"是本日记,我知道你的设置,私下里不会和我来往互动,所以我把我每天想对你说的话记下来,然后……"低声的呜咽,吞没了她的述说。

姜愈早知郝最对自己的情意与移情,亦知她的乖巧隐忍,更知自己上次的拒绝会让她受伤,可如今的局面却着实始料未及。

咨询室内像泛起了薄雾,白茫茫、湿漉漉的,静得出奇。

没过多久,郝最便又调好了心情。她轻咳两声,找回了嗓音,仿佛方才的情绪从未来过。

"然后我把它丢碎纸机里了。"

"为什么?"姜愈双眉紧皱。

"这东西没地方放啊!"郝最自嘲地勾了勾嘴角,"狄青从来都想翻哪就翻哪;我妈每次来都要把全家摆设按她的想法收拾个遍;公司里人多手杂的,万一丢了还给你惹麻烦;随身带还得各种防备,背了一年太不方便了……反正你也不要,那就碎掉好咯——这事讨论完了吧?我们可以继续说这周我生活里的事了吗?"

姜愈做了个"稍等"的手势:"所以,当我说'我们下次讨论'的时候,你觉得我是在拒绝你,对吗?"

"你本来就是在拒绝我啊!"郝最胸口起伏,怫然有情绪涌起,可一秒后,她又用客套的笑容本能地堆起防洪沙包,"不过也很正常,可以理解。"

"那,你的**感受**如何?在整个过程中。"

"没什么感受啊!本来就该这样的嘛!"

"但我看到你此刻并不平静。"

郝最有些绷不住了。她的面颊在哭,眉眼在哭,嘴角在哭——可她却没有哭,只是怔怔地望着姜愈,双眸像两汪黢黑的中药,透着难言的苦味。

"你为什么要这样……"她的声音有气无力,绵长哀怨,已与刚才判若两人,"我明明已经很努力……我经常会想给你打电话,发信息,甚至来找你,我太多时候不知道该怎么办了，我很需要你，可……我已经尽力不打扰你了啊……"

"所以……当我没有接受那份礼物的时候，你会觉得特别委屈。"姜愈只觉嗓子滞涩得厉害，好像错加了糨糊的齿轮。

郝最摇了摇头，眼神中是从未有过的失望，仿佛自己已然溺水，眼前这无比信任的人却只愿冷静地待在岸上，做个旁观看客。

她蘸去几已夺眶的眼泪，语气生疏了许多："其实上次从这里走后，我就想，这次要和你说我想结束咨询……"

"所以那一刻你其实非常愤怒，都不想再来了。"

"不……我没有对你愤怒。"郝最倦倦地抿了抿发干的嘴唇，"我只是觉得很累。以前我以为，在这里我是被无条件接纳的，是被爱……是被关爱的，但上次……怎么说呢？也不能说是假的，算是虚的吧……一个美丽的泡泡，我买来哄自己玩的……你永远走不进我的生活，也不愿意走进……"

"我感到你特别失望，"姜愈面色毫无起伏，像个隔着幕帘、拿着探针的科研工作者，"我知道，我们之间的关系、联系对你非常重要，所以当我没接受那份礼物的时候，你会感觉被辜负了，就好像那份你珍视的联系也被我切——"

"——这不怨你，是我过分了，我本来就不该期待……"

"听起来很熟悉：当你受伤时，你会自然而然地照顾他人、维护他人，然后把你的攻击性指向内部，指向自己——你不会指责我拒绝你，而会照顾我的情绪、感受，说那不怪我，而你又**真的**非常难受，于是你只好怪你自己——无论妈妈、狄青、其他人际，还有你的职场，我猜都有过千千万万类似的时刻。"

"我没有！"郝最瑟瑟蜷起来，像只从暴雨中逃入陌生房间的猫，"是我太贪心了，明知道不该再继续的，可还是忍不住想再来这里坐坐……我真的……"

"对这里的关系你既有愤怒又有留恋，愤怒的部分让你想要切断关系，而留恋的部分又割舍不下。"

"你对我是非常特殊的存在……非常特殊……"

郝最扶着额头，颓然不语，仿若陷入一片灰暗的混沌。

"那，你愿意听听我看到了什么，以及我的感受吗？"

"当然，"郝最失神的双眸并没有跳起太多的火焰，"当然……"

姜愈深吸口气，只觉一把细长柔软的小镊子正从喉管探入，隔着诸多组织浅浅揪住了心肌。

"上次结束,你在已经站起来的时候给了我那份礼物,在我看来,好像一方面你想要向我传递那份善意真情,但另一方面,你并不打算给**我们**一个机会来讨论一下我们之间发生了什么。"

"你想太多了,"郝最淡漠地应道,"我就单纯是想送你份礼物而已。"

"上次当我说我们下次讨论的时候,我看到你很受伤,当时我心里会涌起一种愧疚感:'人家好心好意送你礼物,你却这么不近人情、伤害对方,太差劲了!'"

"不!不是的!不是你的错……"郝最慌乱地争辩道,"你这么说我更愧疚了:是我打破了设置让你为难,还哭哭啼啼地让你难受,我简直太……"

"你会为此自责。"姜愈见郝最正揪着发根,焦虑中混了恻隐,语速也不由得快了,"而刚才你告诉我你希望结束咨询的那一刻,我感到的不只是焦虑,还有种超现实的恐惧:天啊,我犯了天大的错误,你要抛弃我,永远地离开了!"

"不是的!我不想你感觉不好!"郝最语带哭腔,手上都加了力,"真的!相信我!如果你感受不好,我更觉得是我……是我……"

"我当然相信。"姜愈说得诚恳,"我回想了一下,这种体验对我来说并不常见,所以也许是在某些感受的共振下,你生活里的某个'场'被再现了,嗯哼?"

郝最愣住了,她不停眨着眼,似触及了什么模糊的东西,却又难以看清。

"我看到你在自责,但事实上这个再现很重要,它可以帮我更好地理解你。以及,也许你心里也有个部分想看看我会怎样面对,对吗?"

郝最望着姜愈安抚的目光,思索了一会儿,双肩一沉,松开了头发。

"我……有些乱,我说不清。"

"你妈妈会'塞给你'她的善意与爱,无论是一桌桌的菜、给你洗澡、和你一起睡,还有你提过的,当年费尽力气把你安排进你完全不想去的大国企,等等等等,她都不管你是否接受、是否需要,甚至不给你机会和她商量就硬塞给——"

"——要这样说我真的不能接受!"郝最眼中的余烬瞬间复燃,"我很早就下定决心,我一定不能活成她那样的人,而且我一直在——"

"——很多人都不希望活成父母的样子,但父母的模式很多时候又是我们最熟悉,甚至唯一熟悉的参照、模板、'榜样'。"

"不是的,我……"郝最几番欲言又止,双眉间挤出了细密的混乱。

"如果你拒绝她强塞给你的善意,她就会让你知道她有多受伤,你会非常愧疚,就像刚才那一刻,我也会觉得'仿佛'你受伤是因为我做错了似的。"

"不是这样的……我说了，是我太贪心了。"郝最用力摁压着太阳穴，手指红一段白一段，像要从脑中挤出些什么似的。

"我相信你并没有在责怪我，或是想让我难受，不过这和我那一刻'感到'了某种愧疚感并不矛盾。"姜愈说得温和而郑重，"这更让我意识到，当类似场景发生在你生活里的时候，也许在这种愧疚的驱动下，你就要放弃你的边界、需求来满足对方了。就像我刚才体验到的，在那种愧疚的尽头，是恐惧：你要抛弃我了，而且是因为我的错。无论是深夜在海滩上找妈妈的时候，还是跪求狄青原谅的时候，那种强烈的恐惧都在。只要利用这种恐惧，别人就可以轻松地控制你。"

郝最的指关节上，不经意间已印出了几个深深的牙印。

姜愈见状，轻轻叹了口气："你妈妈成长的环境非常不安全，也许**对她而言**，想面对那些糟糕的体验活下去，唯一能做的就是一次次放弃自己的边界，费尽心思讨好求生，用'是我不够好才会被这么对待'来合理化痛苦、增加对现实的可控感，等等。遗憾的是，在和你的相处中，她仍然会带着那最熟悉的恐惧，用最习惯的模式，去尽可能多地增加可控感，而这个过程中——"

"——所以你的意思是……在她想要更多的可控感时，她不停突破我的边界，这也让我……"

郝最顿住了。过往种种，历历在目，像一筷未动，却被放置到有些发酵的佳肴，漾上了隐约的酸味，下咽反胃，倒掉不舍。

"嗯哼？"姜愈轻推一把。

郝最顺了顺喉部，还是咽下了那股酸味："你是说……她在无意识地让我体验到她体验过的那种状态，而这里我也在让你体验？可我不想这样啊！"

"你会吗？"

"会……会什么？"

"既守住边界又不破坏关系，既表达需求又尊重边界、不控制对方，这都不是与生俱来的能力，而是在一次次的体验、互动中学来的。可你之前并没有近距离长时间去观察、体验、学习、练习的机会，甚至连摸索都不可以，对吗？"

郝最静默了。她的双眼眨个不停，还时而左瞥右顾，像是正在翻看一本藏在图书馆深处的大书。飞扑的尘螨呛得她有些过敏，可她仍忍着那刺痒不适，静静翻了许久，直至若有所悟，才轻轻点了点头，重新看向姜愈。

姜愈歉然道："那份礼物我也感到非常遗憾，诚实地说，我真的很期待可以见到它，在我看来那是非常美好动人的存在。"

"是……吗？"郝最向前倾了倾身，双眼亮亮的，闪烁着期待与怀疑，若童话中初见魔法的孩童。

"是的，事实上如果我知道是**这样**一份礼物，我会很感激，也会很感动地收下，这是非常珍贵的人与人的联系。"

郝最的双眸又蒙上了一层润湿的晨雾。昏黄的灯光润开了她侧脸的线条，将白天界限分明的干练与要强晕出一抹楚楚动人的脆弱。

姜愈心头微微一荡，轻咳一声，一板一眼地画蛇添足："但如果那是份昂贵的礼物，我确实不能收。所以我们才需要一个空间来讨论它是份怎样的礼物，传递了什么信息，接受会带来什么感受，拒绝又会有什么联想，等等，但……"

姜愈双手一摊，也拦住了自己已出口太多的废话。

郝最的瞳孔有些失焦："我的生活里、关系里从来都没有这个空间，没有这个过程，只有'我给你，你接着'或者'我给你，你不接，我很受伤，你很愧疚'……"

"这体验太糟了。"

"习惯了吧……"郝最苦涩地笑笑，"其实这感觉也挺久了，妈妈把她所有的爱、人生意义、自我价值都压在我身上，我是很心疼她，可也真的好累啊……"

"你是她这些需求的**唯一**来源。"

"快窒息了……"郝最眼帘轻垂，轻压着胸口，似在对抗某种真实的痛觉。

"但你会坚持，会竭力坚持去满足她，因为……"姜愈一时动容，嗓子有些发哑，"你心里有着对她真挚的爱。"

"可她从没看到过我的努力……从来没有！"郝最凄然一笑，嘴角却不由得向下，双眸也瞬间又蓄满了两汪清泓，"她永远都在说，你看某某家的女儿多让妈妈享福，你看某某家住在外滩上那么漂亮的大别墅里，妈这辈子都住不上了……可我真的已经尽全力了啊！真的尽全力了啊……"

她的呼吸有些短促，似有些缺氧，不得不缓了一小会儿。

"她生气了会说，你别以为我不知道你在想什么，你就是嫌弃我、想我早点死了好……那时候我就委屈极了，我说妈妈，我怎么做你才能相信我爱你，相信我已经尽全力对你好了啊？你直接明白告诉我好不好，如果我死了能让你相信那我现在就去死！然后她会哭着说女儿你别威胁我啊，你要死了妈也不活了……"

她再也说不下去了，只是伸出双臂环抱住自己，眼泪止不住地簌簌落下，像个躲在角落里的孩子。

一路走来，没人真的去看看她，没人去看看真的她。

姜愈忽然有种冲动，很想上前抱抱这个孤零零的孩子。

这与情欲无关。

不过他终究只是静静地看着她，陪着她，什么也没做。

拉住他的并非职业规范、伦理要求，而是看到郝最周身被那团黏稠的黑暗包裹，和那心底被压了太久的哀伤共处时，他实在不忍打扰。

一念闪过，让他心头一凛：此刻我想拥抱的，究竟是谁呢……

郝最静静哭了好一会儿，终于慢慢地平静下来。

"我好点儿了……你说，我该怎么办呢？"

"你有没有想过，也许这样对她也不好？"

"为什么？"郝最诧异地睁大眼睛。

"妈妈内部充满了焦虑、恐慌：我这辈子，如果没有女儿爱就没人爱了；如果女儿不需要我、能离开我了，我就毫无价值了；甚至如果女儿长不成我期待的样子，我这辈子都白活了，也没必要活着了——所以她拼命要抓住你，对吗？"

"谁让她是我妈呢？我不能眼睁睁看着她伤心难过啊……"

"如果这个状态再持续10年、20年，她的焦虑、恐慌会变大还是变小？"

"我、我不知道。"郝最轻扶着额头，几乎遮住了那双明明可以看懂的眼眸。

"你妈妈……整60了，对吧？"姜愈的身子略微后撤了少许，"那，按80岁平均寿命算，她还有20年可以去做些自己想做的事儿，可以去实现自己新的人生价值，也可以去发展更多高质量的亲密关系，这些可能性都还在。但如果她始终待在和你的共生关系里，她既没有动力也没有机会去实现这些。10年后，15年后，死亡临近，她回首此生，也许会有更多说不出的恐慌、焦虑、遗憾、不甘、愤怒……"

"所以你是说我这样是害了她吗？！"郝最的声音都发颤了，"我明明——"

"——我并不这么认为。我真正想说的是，目前你们母女的相处模式是你们最熟悉的，所以一直沿用。但可能正是这个模式，困住了你们**两个人**——当然也许也包括你爸爸……"

郝最的表情消失了：她的双眉松松的，嘴角平平的，目光散散的，整个人都像被抽空了似的，就连她惯常散出的灼热气场，也悄然褪成了无色。

"你这么说我很难过，我曾经觉得如果我把自己的人生献祭出去，也许……会让她打心底开心起来的……"

漫长的沉默，若潮水渐退，将突兀的黑岩裸露了出来。

"说起来，我一直隐隐约约地觉得，妈妈的心底好像缺了块什么似的……"郝最捏了捏太阳穴，少许揉开了眼角紧绷的肌肉，"就像有个空空的洞，特别的大，看不见底，我拼命地填，却怎么也填不满，怎么也填不满……而且那个洞还在不断扩大，越扩大，她越痛苦，对我也越……但我也不能不管她啊！"

"就好像她在泥潭里越陷越深，你明知道去拉她自己也可能陷下去，但也不能袖手旁观。"

"是的，就是这样！她毕竟生我养我，毕竟是我妈啊！"

"但有没有一种可能是，她在那个泥潭里恐慌地挣扎了快六十年，却根本没意识到，那个她3岁时陷下去会死的泥潭，其实她早就能够到底了？"姜愈的声线下埋了一层极淡的急切。

"可她仍然在拼命呼救，抓着我不放啊……"郝最的双腿拧麻花般绞在了一起，"我是被她的恐惧感染了吗？就这么用尽全力拉着她，生怕她陷进去……"

"好像她不只是把你当小孩看，也成功地让你坚信，她也是个孩子。"

"她真的是啊！"郝最烦乱地捋了捋头发，"带她实在太累了！"

"那么——小孩怎样才能长大呢？"

"给她一个去……"郝最眼中闪过了稍纵即逝的流星，"我刚才本来想说，我都没想过她还可以长大，好像有扇门被打开了一条缝，我还挺高兴的，但……但一瞬间它又被关上了，我不知道为什么。"

那句"给她一个可以去尝试独立的环境"，她终究没有说出口。

姜愈遗憾之余，也终于意识到自己操之过急了。

内部警铃上的小锤，似乎一直徒劳地打在了棉花上，没有发出任何声响。

他暗暗标记好自己的异常，做了个深呼吸，给那略为躁动的状态洒了几瓢凉水，告诫自己这揪心的话题本就是个血管盘节、组织粘连的肿块，贸然扯出必是血肉撕裂，只能慢慢来过。

"……也许你还没准备好，去看那门后有些什么吧。"

其实此刻，他也并不确定，没准备好的究竟是谁。

郝最心不在焉地点了点头，仍沉浸在自己的思索中。

"那……我可以谈谈最近的事了吗？"沉默许久后，郝最看了看表，小心问道，"反正妈妈这边的事也不是三两天能解决的。"

"好啊，以及也许，这些事儿和我们刚才的话题也有某种关系。"

"我没这么想过，不过你这么一说好像某些感受还真有些相通的地方……"郝最边想边说，有些艰涩，"上周……周三凌晨，有个困扰我很多年的噩梦又回来了，我三四点被吓醒的，再没睡着，之后一整天都心神不宁的。"

"周三凌晨……是我们咨询当晚。"

"你觉得有关系？"

"不知道，经验看很有可能。先谈谈梦吧！"

"好……"郝最轻咬着嘴唇，拼了好一会儿梦魇碎片，"这个梦我做过很多次，情节差不多，都是我在不停流浪，有时候在杳无人烟的荒漠，有时候在漫天风雪的冰川，有时候在荆棘丛生的荒原，总之一直这么一个人漂泊着……"

"没路过城镇？或是有人的地方？"

"没有，都是那种荒芜的地方。流浪的尽头是一片漆黑的海，海滩上有一棵参天大树……对不起，我喝杯水再继续。"

郝最猛然起身，步履匆匆，接满水后猛喝了几口，又重新续上，这才端杯走回，款款落座。她擦擦高档职业装上的水渍，盯着杯中水面发了会儿愣，直到波纹渐消，才终于勉强地开了口："我看到树下有无数婴儿，眼睛都还流着血……"

"他们在哭？"

"在笑，笑得很空洞，像是嘴角被什么力量扯到了极限似的。"郝最有些发抖，不停地喝着水，"那些婴儿长得很像人参娃娃，我壮着胆走近去看，然后……那棵大树忽然就伸出好些触须，一下子插进娃娃的身体里，之后……之后就开始吸食，像吸饮料一样，直到把娃娃们都吸成一张张干瘪的皮……那棵树没有五官，但我总觉得它吸得很满足……抱歉我说不下去了！"

郝最喝干最后一滴水，大口换着气，像个溺水的人正偶尔探出湖面。

姜愈的表情愈发凝重："那些人参娃娃一样的果实被吸干了，那树呢？树有什么变化吗？"

"树上会结满新的人参娃娃，血红色的。有的在阴飒飒地笑；有的在哭，眼泪串珠一样地往下掉；有的完全没有五官，眼眶那里开了两个血洞；有的直接就掉到了地上——可能刚才的娃娃就这么来的吧；还有的娃娃在……在喝着别的娃娃的血，吃着她们的肉，大口地咀嚼，嘴角还挂着没干的血液……"郝最捂着——近乎是掐着——自己的胸口，大口喘着粗气，一时再难开口。

"要水吗还？"姜愈见她生理上已无法继续，决定降降场上的情感浓度。

郝最面若金纸，轻轻点点头，勉强挤出一句"谢谢"。

姜愈起身续上半杯温水，轻轻放回她面前。

郝最颤巍巍地双手捧起杯子，缓缓平静下来。

"梦的最后，漆黑的潮水涌上来，把整个世界都吞没了，只剩下伸手不见五指的一片黑，还能听到海潮声和风声，是那种阴风，像低音大合唱似的，好像在唱一首特别绝望的悲歌……"

"一个充满了绝望、恐惧的梦，而且埋藏着非常浓黑的悲伤感。"

"是呵……每次我做这个梦，醒来都会难受一整天。本来上大学后已经很多年没梦到了，但不知道为什么这几年又会偶尔梦到，还有上周……"郝最长长吁了口气，无助地转向姜愈，"你怎么看？"

姜愈揉了揉太阳穴，驱散了耳畔再次响起、好在并不严重的高频音。

"怎么了？为什么……不说话？"郝最见他迟迟不开口，有些焦急。

"我确实……有些犹豫。"

"犹豫什么？"

"你之前在这里谈过一些梦，也自己解读过一些。从你展示过的能力看，你完全可以自己解读这个非常直白的梦，但你没有，你仍然把它带到这儿来——"

"——是我让你失望了吗？"郝最怯怯问道，像只受了惊的小猫。

"不，没有……"姜愈格外谨慎着措辞，"在我看来，这背后的情感太让人疼痛、窒息了，以至于你好像刻意封闭了自己解读它的能力。所以我会犹豫，就像刚才一样，我不确定你是否已经做好了面对它的准备。"

"你说吧，早晚的事。如果真那么直白，至少在你面前知道，总比回家了再反应过来好。"

"……好吧。树可以象征很多东西，比如人的一生、组织的成长，当然，也可以象征一个家庭或一个家族。围绕着这棵树，一些……一些娃娃被杀死了，另一些娃娃活了下来，死了的娃娃被吸食或吃下，变成了活娃娃的养分……"

郝最的脸色若热钢淬火，瞬间弥散出灼人的蒸腾，又骤然冷了下去。

姜愈有些心疼。

那是流脓的伤口被再次挖开，未愈的血肉被撕裂翻出啊……

郝最阴着脸，像尊用灰烬堆成的人偶塑像。

"……我长大的地方，重男轻女特别严重。从小我妈就说，你爸喜欢男孩，你生下来他看第一眼就**已经**不高兴了，你还敢不好好争气？"郝最放下杯子，声音虚弱得像个病婴，"我爸他嘴上不承认，但从小到大，只要家里有好东西，他都会先给我堂弟送去，连我们一起照相，他都抱着堂弟站在中间，让我站一边。说起堂弟，他经常说，那是郝家的根……"

"非常屈辱、无助而绝望的体验：你们生了我但不喜欢我，不喜欢还是因为性别——这既不是我做错了什么，也无法改变，并且还和'我'连在一起。"姜愈把手掌放在胸前，说得格外恳切。

"没太感觉到，也许习惯了吧……"郝最语气寡淡，神色萧索。

"听到你这么说的时候，我觉得非常哀伤。"

郝最忽然笑了。她捕捉到了姜愈的黯然，以及那份由内而外的愤慨与怜惜。

在他的眼中，她确认了自己身上的伤口，还有那个世界的荒谬。这份确认让她安定了下来。方才那近乎黑白默片的氛围，也平添了几许声色，少许生机。

"……记得五岁那年，我妈又意外怀孕了。"她方一开口，便又卡住了。

脱口而出的"又"字，让她心里咯噔一下。

她对那些听来的陈年旧事自是无甚感觉，但此时提及，她忽而想起从前曾在姜愈微博上看过的一句分析，"反复的意外怀孕流产是对子宫的攻击，代表着潜意识里对女性身份的攻击"，这话当时就戳得她眼泪横流，至今记忆犹新。只是长久以来，她从未从这个角度想过母亲，此时脱口说出，一下串起了许多东西。

"那时候我爸还是个小大夫，我妈已经在现在待的那所高中了，两个体制内，如果老二生下来，不找人的话铁定都要丢工作……如果是你，你会怎么办？"

她仿佛在说：这是无解的，对吗？

"你在尝试去理解他们的难处，让自己好受一些。"

"……我记得有一天我摸着我妈的肚子问，是个妹妹还是个弟弟，她什么都不说，就在那一直叹气。"郝最的语气仿若在说别家故事，手却不自觉地轻轻挠起了沙发，"后来我才知道，他们的打算是，如果是个男孩，就无论如何留下来，工作再托关系想办法，丢了也认了；如果是个女孩，就流掉。"

"他们的态度让你有什么感受？"

"他们商量的时候以为我睡了，所以我听到后搞不懂什么意思也不敢问他们，只是一直觉得有事悬在那，等长大搞明白的时候，已经完全没感觉了。"

"也许，它一直悬着，本身就是一个答案。"

"可能吧……那会儿Ｂ超管得没现在严，他们去查了，可那个孩子紧紧蜷着腿，怎么也看不清，吵了几宿后，他们还是决定赌一把。再后面的事我记不清了，只记得妈妈请了个长假，离家好久，后来再见到她就在一个村里的小医院了。当时我爸的脸色特别难看，我妈回家后也一直在哭……我又问她是个弟弟还是妹妹，她不回答，我说是不是妹妹，她说你怎么这么不知道体谅大人。我看她特别难受，也不知道发生了什么，也不知道该怎么安慰她，我脑子进水了，就唱了首歌给她听，想让她开心些。结果她训我，说你个白眼狼，大人都难受成这样了你还唱歌，是不是高兴不会有人争宠了……"郝最没有哭，可周身散出的气场却似让咨询室内的草木都呜咽了起来，"后来我又问了一次那个弟弟或妹妹去哪了，我妈狠狠训了我，不准我再提这事，从那以后我就再没问过她……"

"你会幻想吗？关于那个……那个妹妹的事儿。"

"小时候会幻想各种场景的相遇，比如某一天我偶遇了一个和我长得特别像的女孩，一见如故，特别投缘，什么都聊得来……"

"然后呢？"

"然后……我有很多话就不用总一个人憋着了。不过长大后我就不再想了。"

"你在害怕？"

郝最勾着五指，痛苦地犁过头皮。

"我不知道她是死是活，如果活着不知道送去了哪里……那个年代，在我们那里如果是个超生的女婴，什么都可能发生，被送人是最好的结局，还有被……

"井里、江里、田里、砖头下面，甚至床下面，无数的……

"我不知道她在哪里，怎么样了。如果她还活着，凭我妈的性格，不该这么多年没联系的。可反过来说，再怎么样她也不至于会……对，不会的，她不会的，可我……我不知道，我真的不知道……"

郝最伸手去够杯子，慌乱之下，却不慎打翻。杯子滚了滚，堪堪停在茶几边缘，残水在茶几上铺开一小滩，继而淌了下来。

滴答，滴答，滴答。

两人默契地都没有动。

姜愈深吸口气，审慎地问道："你意识到这些的那个时期……"

"你说得对，那个梦，就是那时候开始做的……"郝最痛苦地闭上眼睛，重重抚摩着大臂，似格外寒冷，"每次梦醒，都感觉被沉在那片黑色的海底，特别冰冷，特别绝望……"

姜愈感受着她周身散出的气息，只觉自己也正伫立于黑色的潮水之畔，望着那棵吸血老树，耳边凄风呜咽，血泪成歌。

郝最的臂上，肉眼可见地起了一层鸡皮疙瘩。

"姜愈你说……这世界上有鬼吗？"

"你感觉仿佛妹妹的鬼魂来到了这里？"姜愈恰也正感到一阵恶寒袭来。

无论真相如何，从郝最的**心理世界**去看，那个孩子**就是**被杀死了。

郝最惧意更深："我不知道……我只是觉得说不通啊……这事发生的时候我还那么小，什么都不知道……怎么会有这种……"

"如果她真的离世了，如果真的有鬼魂，如果她的鬼魂真的到了这里，她会做什么、说什么？不要思考，说你心里最先冒出的答案。"

"她会……"预料之外的念头刺透了郝最心底厚厚的包裹，一阵悲怆之下，她失声啜泣了起来，"她会摸着我的脸，告诉我，姐姐，你好好活下去，我没有机会了，就请你替我把我那一份也活出来吧，好不好……"

"好好活下去……"

"对……好好活下去……"

她已泣不成声。

"那……你有什么想对她说的吗？"姜愈待郝最哭了一会儿，低声追问道。

"我想说，对不起！"郝最刚刚势弱的泪水再次汹涌地夺眶而出，她捂住脸，低下头，连背都深深地弓了下去，似若背棺，"如果没有我，也许你可以活下来，可以活在这个家里……如果我是个男孩，也许他们为了儿女双全也会留下你……对不起，我该和你换一下的……如果是你的话，不会总惹妈妈不高兴，不会把人生过得这么糟，不会成为这么差的人……我们换过来好不好？！……"

郝最哭到崩溃，连眼线彻底花了都毫不在意。

冤案虽可昭雪，可那白白服了二十余年刑的孩子，又该如何安慰……

新换的纸巾，已被用完了整整一包。

郝最直哭到耗干力气，这才擦净眼泪，连带拭去了精致的妆容。

"我好些了……其实想起来非常荒谬，可我……可……"

"那种体验是非常真实的，嗯哼？"姜愈努力体会揣摩着那纵深之处细腻的幽暗，"道理你都懂，你不需要为那个孩子的生死负责，那时候你也只是个孩子，那是大人的选择。但也许对当年的你而言，那种不安的、无助的、惶恐的**感受**却非常真实地存在着，然后转变成了隐隐的自责、深深的负罪，埋藏了这么多年，就**仿佛**你需要背着她活下去一样。"

"我不知道它还要伴随我多久，"郝最的声音空洞而干枯，"我好像……没办法让它离开。"

"也许你心里的一部分也不希望它离开。"

郝最一脸茫然，像正面对一张没印考题的试卷。

"首先，那是你和那个不知生死、不知去向的亲人的一个联系，对吗？"

郝最体会了一会儿，双眼再次盈满热泪。

"其次，也许这个部分也给你带来了一些益处：你取得过很多成就，走过很多地方，看过很多风景。这当然和你妈妈苛刻的要求有关，和你内在的追求有关，但会不会也和那个'要把双份的人生过出来'有关呢？"

郝最细加思索，黑若永夜的双瞳中闪烁了几点星光。

"我真心喜欢四处走走，喜欢看这个生机勃勃的世界……"她说得缓慢而真切，仿若雨后生发的嫩芽，"我会特别认真地去看春天的野花、夏天的大海、秋天的落叶、冬天的飘雪，你要问我这苦日子里最美好的时刻，都是在行走间路过的：翡翠岛的凯里之环、乌尤尼的天空之镜、大西北三千年不老的胡杨木、大堡礁外蔚蓝壮阔的太平洋……每次看到那些美景，我都会觉得看到了地球本身，看到了生命本身。好像我心底一直有个使命，要我多去看看，再多去看看……我一直觉得这只是天性使然，但……也许真的，我也想替她多去看看吧！"

"这很好啊！你满怀热情地走遍四方，去路过、观看、体会这个世界的美好，这是非常宝贵的体验。"

"所以其实我不背着这份愧疚，同样可以去环游世界看不同的风景对吗？

可……好像光是想想我就、就有种生理性的抗拒，为什么呢？"

"或许有她在，你也可以少一分孤单吧……"姜愈的叹息颇为沧桑，"这一路走来，看向你的目光太少了——我是说，真正的你——这让你心里的世界一片荒凉，无边无垠无人烟。也许相比有鬼，连鬼都没有的孤独，才更可怕吧……"

泪痕浅浅地印在郝最脸上，仿若初愈的旧伤。

终于，又找到了一块拼图……

她闭上眼睛，任万千思绪化作早春的漫天飞絮。

从小到大，她一直竭尽全力，紧紧抓住眼前的一切，从不敢稍有懈怠，更毋论片刻停歇。她的人生充满考核，无时无刻不在自我证明——向妈妈、向爱人、向世界，也许也包括那从未谋面的妹妹……

"我其实可以不再背着她了，对吗？"郝最似问似答道，"我确实不想再……"

"你是想要告别，还是想要相处？"

郝最又愣住了。

姜愈的提问点燃了那片飞絮，她心中霎时跃起了远古祭祀的篝火，火焰的热量蒸腾而上，整片天穹都扭动跳跃起来，犹若化作焰灵的亡者。

"其实这么多年，冥冥之中，很多艰难的时刻，她都托过我的脚啊……"

短暂的痛哭后，郝最擦干眼泪，释然了许多。

"她……如果确实已经走了，这么多年过去，也该想安息安息，想轮回轮回了，不用总来照顾我的……"

看着她的坚定与毅然，姜愈的眼圈也有些湿润了："那就去告别吧！可以参照习俗或是宗教中的仪式，也可以就用你觉得妥当的做法，以你为准。"

"我会想想的。当然首先还是先要去问问实情，我爸妈不说的话我会去查。如果她真的走了，我会给她写封信，烧给她，而且我刚才突然有了个想法是……"

她的眼中闪过一丝兴奋的光焰，可随即又自行盖了个盖子。

"不太可行，算了。"

"也许你可以谈一谈。"

姜愈满是鼓励的目光让郝最一阵温暖，她忽然冒出了一个念头：我到底是真觉得不可行，还是在逃避妈妈的反对指责呢？

这闪念若一颗种子，趁着清明雨后，悄悄落入土壤。

"让我再想想好吗？我保证我深思熟虑后会告诉你的。"

"……好吧，但——"

"——我知道你可能会说我不愿意借助外部力量，但这次例外吧，给我这个机会，这对我非常重要，好吗？"郝最说得格外恳切。

透过那盖子的缝隙，姜愈看到了从未有过的明亮。

"当然，我相信你。"

"谢谢。"

"那——"姜愈纠结稍许，还是再进了一步，"回到刚才的话题。你说你上大学后这个梦就很少做了，但这几年又开始了，你怎么理解？"

郝最努力向内寻着答案，却总似隔着什么："可能离家对我来说是个解脱，让我可以离那个圈子远些，但这几年……唉！我也不知道为什么，压力太大了？"

姜愈认真打量了一下郝最，见她一脸迷茫，确似毫无所知，不由得抿了抿嘴，压着心疼与无奈问道："你之前说过，你曾经为狄青流过一个孩子。你重新开始做这个梦发生在那之前还是之后？之后的话隔得远吗？"

郝最沉默了。

她不自觉地绞着手指，犹若绞着翻覆的肝肠。刚才的兴奋褪得干干净净，黑色的潮水又一次席卷而来。她保持着那僵硬的坐姿，很久没动一下。直到分针转了几格，她的眼中才又填上了内容。

"其实我当时并没有难过的感觉。"她的脸色像烧得发白的炭灰，已毫无生机，"手术都是我自己签的字，他也没陪我，就说这事常见得很，小手术而已，而且大家都有责任。看我有些不高兴，他才象征性地出了一半手术费，选了个小诊所，最便宜的那种，都没上无痛。我想着别人都能忍耐，我有什么理由浪费钱呢，所以也觉得 OK……手术当天下午我就去上班了，还刻意加班加得比平常更晚，因为我不敢让任何人看出有什么不对的地方。"

姜愈轻咬着嘴唇，几度欲言又止。

熟悉的头疼再次袭来，他下意识地抚摩着婚戒，本是微凉的金属此刻却让他觉得愈发灸热，似已在慢慢灼痛手指，可那触摸却停不下来。

"我发现得有些晚，已经有反应了。最开始是莫名其妙有些晕车，我还以为是自己加班太累了。知道是怀孕后，变化就更多了，比如体重明明没变，裤子却很难扣上。等我去医院检查，已经可以看到他的心跳了，嘭嗒嘭嗒，一动一动的。那一刻我特别心疼，就是那种……血脉相连的感觉。"

姜愈的嘴唇被他绷得有些发青，直觉亮起了红灯，警告他务必要牢牢守住这最后的关隘，莫要那已到嘴边的话语奔逸而出。

郝最目光飘摇，仍沉浸在那遥远的回忆卷起的旋涡中。

"我当时非常纠结。我没办法要这个孩子，甚至没办法跟任何人提他的存在。但我又舍不得他，我还想过我可以把他生下来，好好抚养，哪怕一个人带他……可狄青坚决要打掉，还骂我说你为了缠着我连这种手段都使得出来……还说这个孩子不是他的……我真的不知道该怎么做……"

"要独自面对这一切，你真的太难了。"姜愈勉强着自己，说得尽量平静。

郝最的脸上飘满了悲凉的云絮，双眸中明明充满泪水，却又似退却了全部光泽，像两块磨砂的黑塑料般，空荡荡的一片。

"有时候我会幻想，一个小精子战胜了其他上亿精子钻进卵子，那个小灵魂幸福地扬着肉嘟嘟的小脸，一脸骄傲地喊着'妈妈妈妈，我赢啦，我赢啦，我马上要和你见面啦'满怀期待地扑向我，然后被我杀掉，再被捣碎成一摊血肉碎块，我……"

她再也说不下去了。

"郝最，"姜愈郑重地看着她，"他还没有成为一个孩子，以及他也并不是'被你'杀掉的，是狄青他——"

"——可我……"郝最闪开了姜愈的对视。

"你会非常自责，当然，这里面有一部分可能因为你也确实在抗拒母亲这个身份——毕竟你已经要被你妈妈这个大婴儿吸干了——这部分我们以后讨论，但无论如何，这个丧失并不是你的……"

熟悉的高频音突然袭来，似一根纤细的钢钎刺入耳膜，探入脑髓，反复搅动。姜愈只觉脑壳里又疼又痒，眼前直浮起片片紫氲，忙使劲咬了咬唇下的黏膜，直到淡淡的腥甜味泛起，才驱散了那难耐的啸音。

他刚想续上方才的话题，却忽然发觉膀胱憋得要炸了。

这突然被意识到的感觉，显然不只是因为他咨询前忘记如厕还牛饮一杯。

他强忍尿意、定了定心神，半是歉意、半是掩饰地拐开话题。

"那个生命中的丧失，同样不曾有过一次正式的告别，对吗？"

"告别？"郝最机械地摇了摇头，"这种事每天都在千千万万人身上发生，为什么还要告别？"

"也许因为，没有告别的失去，经常很难放下、很难过去吧……"

郝最一时沉默了。

"我看到，好像有一部分，并不想告别？"

"我经常会想，说到底，狄青他坚持不戴套也是我答应的啊！还是我太不小心了。而且其实我也可以生下那个孩子的，我可以一个人带大他！说到底还是我不够强大、不够坚定。还有……"

"我想，很多时候，我们愤怒、羞耻、自责、指责……好像都是为了能给自己一个又一个的'假如'。"

"所以……都是幻象是吗？"郝最问得极是寡淡。

"是啊，面对巨大的丧失与哀伤，人类总会希望有一个'假如'，在那后面，就是万事大吉幸福圆满了，可……"

"我懂的，姜愈，我知道，可是……先让我静静吧，好吗？"郝最无力地低下了头，任一瀑青丝垂在她与姜愈之间。

沙漏已然落尽，姜愈被这超时与膀胱折磨得坐立不安。

"我好些了。"郝最终于长长吐了口气，一甩秀发，昂首正视着姜愈，"你说得对，生活没有假如，那些事就是已经发生、定格的了，再悲伤难过，再不甘心，也得承认这点。至于后面的，走走看吧……"

"好啊，妹妹也好，这个孩子也好，如果你想在这里完成告别，我随时在。"

"我会想想的，事实上我已经有些想法了，以后讨论吧。"郝最恢复了职场女性的干练果敢，语气中还添了几分跃跃欲试，"是不是时间快到了？"

"……是的，不过最后我想再说说那个梦。"姜愈明知此刻不该再开新话题，不过心底的焦虑还是让他话多了起来，"在那个梦里你一直在孤独地流浪，穿过那个杳无人烟的世界。一切都是荒芜的，晦暗的，缺少情感的。而也许这也是因为你一直在**追寻**着那棵吸血的树，那片黑色的海，还有流着血泪的娃娃，宛若悲歌的涛声。但其实你有得选，你不必非得——"

"——我懂你在说什么，"郝最像是利落地接下了单位领导的任务一般，还了姜愈一个明媚灿烂的微笑，"信息量略大，我需要一些时间。"

"好，那我们下周见。"姜愈总算刹住了车。

"下周见。"郝最收好随身物什，起身离去，动作格外轻快。

本已踏出大门的高跟鞋，忽而迈了回来。

郝最灵活地转了个身，扬起的发梢险些扫过姜愈的鼻尖。

"其实有件事我们刚才没说。"她无辜地眨了眨眼，顺手带上了门。

"也许我们可以下次讨论。"姜愈后撤半步，心中暗叫不妙。

郝最却不理他，自顾自说了下去："上次结尾的时候发生了两件事。一件是礼物，你念念不忘，哪怕我想谈别的你也硬拉着我说。还有一件是我问你希不希望我离开狄青，你上次也说这次谈，但好像你完全不记得了。"

"呃，啊……是，那个，是的，我们谈到过这个点。"

"通常咨询师是不给意见的对吗？但你会建议我离开狄青。"郝最俏皮地往前凑了凑。

姜愈紧张得身子有些后仰，双脚却似被原地钉死，一时连重心都有些不稳了。

"我们下次讨论吧。"表面平静的回复已用尽了他的全力。

"不用讨论了，我就是想告诉你，我很开心！"

姜愈的喉结一鼓一平，全然不知所措。

"如果遇到其他问题，就算我怎么追问，你也不会给我明确的建议，但这次不同……"郝最故意拖长尾音，像放下了钓饵。

姜愈忽而有些怀疑，自己的大脑是不是长在了那张沙发上。

"是、是的，我给了你明确的意见，是因为我确实认为和狄青继续相处会持续给你带来很多新的困扰……等等，不对，我没有明确建议你离开他，是你——"

郝最猛地向前一凑，两人的唇间只剩下了不到两枚心脏的距离，这动作成功将姜愈后面的话全都堵了回去。

"——你吃醋了。对吗？"她的语气颇为自得，像只得胜的小花豹。

"好像我们又、又被拉到了一个没有足够的时间空间、不得不仓促地讨论的境地。"姜愈拙劣地顾左右而言他。

郝最十分认同地点了点头，就在姜愈以为可以顺利过关时，她突然一个壁咚，将他更加牢固地捕获在原地。

"就告诉我是或不是，好不好啊？"撩拨的耳语声在姜愈耳边响起。

姜愈完全僵住了，连额上渗出汗珠都顾不得擦去。

鼻腔中充满隐约混了郝最体香的香水味，脸颊被发梢若有若无地撩到，耳畔还能感到她那热乎乎的呼吸，痒痒的，酥酥的。他下意识地屏住呼吸，很快就憋得满脸通红。

郝最被他这个反应逗得嫣然一笑,随即退回了最初的位置,饶有兴致地看着姜愈手足无措的闪躲,瞳中一汪春水,三分玩味。

半分钟后,姜愈终于回过神来,闪身去拉房门,不料紧张之下,他竟将那不知开过多少遍的门锁扭错了方向,又加了道反锁。

郝最见状,几乎笑出了声——这是多不愿意她走啊!

姜愈擦擦额上的汗,忙乱地操持了半天,总算如愿打开了门。他不敢懈怠,更不敢看郝最的眼睛,把头撇向一边,语速极快地说了声"下周见"。

郝最观赏完他这一整套动作,笑意几乎满溢出来。

"下周见——哦不对,我下周要请一次假,有个特别重要的会。"

"所以又是门把手议题?"姜愈苦笑道。

郝最也笑了。她什么也没说,又好像什么都说了。

"好吧,我们下下周见,见面讨论。"姜愈无奈地投降了。

"知道啦!拜拜!"郝最得意地挑了挑眉,近乎欢快地走了。

冲进洗手间时,姜愈的膀胱早已到了极限,可站在马桶前,他却完全没法尿出来。

血液充满了他的海绵体,好像蹲久了马桶、双腿发麻、刚刚起身却被迫迈步疾走一般,阵阵难以控制的感官冲击直冲脑门,让他几欲发抖。

他连做了好几次深呼吸,可越是努力,那令人烦乱的肿胀刺痛越是只增不减。

焦躁慌乱之下,他使出了吃奶的力气,脸都几乎涨成了赭石色。

第十章

宿怨作俵碎玉壺

姜愈推了推长期伏案时才会戴上的眼镜，专注地继续写着案例记录。阳光穿透明净的窗户斜斜洒落，在他的侧脸上润了一层毛茸茸的细密光晕，极少的毛屑尘埃于辉光中缓缓飘浮，衬得此刻格外静谧平和。

　　将将写完某节最后一句，字迹已有些发淡。姜愈熟练地打好墨水，见墨水瓶也正好见底，便从抽屉中新换了一瓶出来。

　　十几个用空了的墨水瓶整整齐齐地摆在抽屉里，收藏着过往时光。

　　姜愈伸了个懒腰，正要提笔，手机铃声忽然响起，轻轻敲碎了屋内的宁静。

　　见号码陌生，姜愈左眉微微一挑，未予理会。可《扪心问诊》的片头曲却坚持不懈，响个不停。待那号码第二次拨来时，他便犹豫着接通了。

　　"你好哪位？"

　　"姜老师你好，我是简单心理的工作人员，您是我们平台的注册咨询师。"

　　"哦你好，有什么事吗？"姜愈放下笔，起身接了壶水。

　　"根据我这里看到的数据，您是我们这里最早注册的一批咨询师，近两年通过我们完成了三千多小时的个案，来访者的评价一直非常好。"

　　"你们的服务也一直很好。"姜愈给一盆有些打蔫的绿萝浇足了水。

　　"谢谢。"对方的语气颇为职业，"但昨天我们收到了一封来访者投诉，说您在咨询期间曾把来访者晒在一边玩手机，还有其他一些不尊重、不专业的做法，给来访者带来了很大伤害，比如您曾暗示来访者痛苦是他活该、都怪他自己把路走死了，还有……"

　　姜愈手上一僵，一小股水流忽地冲下，压弯了鸭脚木的叶片。

　　"来访者公开了他的投诉信，还转发到很多大平台上，包括微博、知乎等，阅读量转发量都很高。很多网友对您是否遵守职业伦理提出了质疑，相应地，也有很多对我们平台，包括对行业的质疑。"

　　无辜的鸭脚木已被浇了个透，满溢的水从盆底涌出，淅淅沥沥淌了一地。

　　电话那头，工作人员依旧彬彬有礼："考虑到网上吵得很凶，对您和我们的影响都比较大,如果处理不及时,也会影响我们平台的信誉,所以我们需要进行一下调查,希望您能够如实告知,积极配合我们……"

忘了被倒置的沙漏直愣愣地矗在原地,像个刚被革职,仍未离岗的哨兵。

姜愈的灰衬衫比平时多解了颗扣子,眼镜岔着双腿歪在一侧的茶几上,那支已有些裂痕的钢笔还被他紧紧攥着,笔尖朝外,像把反握的匕首。

王成龙依然捧着瓣西瓜盘坐在沙发上,瓜瓤流下的汁液滴滴答答地渗入了姜愈一直爱护有加的沙发垫子。

姜愈调动起全部心力,勉强维持住还算专业的状态,直视着王成龙挑衅的目光,一言不发。

少年终究是少年,对视仅半分钟便抠着瓜皮开了口:"你没啥要说的吗?"

"嗯哼,我确实——"

"——你在故作镇定。"迫切地打断后,王成龙端出一副意味深长的笑来。

姜愈的扑克脸上仍是泰然自若,波澜不惊,不安分的右手却正反复将钢笔笔帽拔出少许,再缓缓摁回,偶尔控制不好速度,还会发出闷闷的嘎达声,似在拔刀收刀、出鞘入鞘一般。

王成龙略抬下巴,半眯着眼寻衅道:"你看微博了吗?"

"好像你希望——"

"——现在**你**感觉如何?"

姜愈的嘴唇绷成了一道缝过的刀口。他深吸口气,暂压下熊熊火气:"坦率说我有些困惑,我看过你公开的投诉信了,看起来你对我有很多不满、很多愤怒,但你没办法直接在这里向我表达,而是——"

"——嘿!你这是标准化的回答吧!"王成龙第三次打断他。

姜愈沉默了。

他面上仍勉强保持着镇定,只是耳根有些微红,似已将全部血液都集中在了脑部。与之相对的,是他身上的小动作愈发失了自制,变得更多了。

钢笔的笔尖,正直愣愣地戳向王成龙。

"苦不苦啊?就这么坐这儿。"王成龙调笑着挖苦道,"我知道,按你们的要求你只能这么说,不过你心里一定想把我撕了吧?!"

"你希望激怒我吗?"姜愈的语气里听不出任何情感。

"没有啊,我没那么闲。"王成龙事不关己地摊了摊手,又放下了一条腿。

姜愈瞥了一眼王成龙的肢体语言,知他放松了些许,想来应是敌意略降,可对这工作成果他一点好心情都没有,还不自觉地将眼镜推远了些——潜意识的一角里,他已有些不想再看那么清了。

"如果成功激怒了我,你会——"

"——仙女座之叹息。"

"什么?"姜愈一愣。

"你不知道?"王成龙比姜愈还要意外。

"我不知道。"

王成龙来了兴致,向前一凑:"你真不知道?"

"真不知道。"

王成龙轻蔑而失望地笑了。

他直起身子双手投篮,将西瓜皮向垃圾桶扔去。

这回,他投中了。

王成龙将擦手的纸巾随手一扔,重新靠回沙发,一脸鄙夷嫌弃:"果然呐!天下夫妻差不多,亏我还以为会有点儿差别!"

"怎样的差别?又——怎样的差不多?"

"苏润的网名,游戏 ID[①],连这都不知道,看来你俩这关系也不咋的啊!"

"你在人肉……"话说一半,又被姜愈咽下,"似乎你对我的生活——"

"——我不感兴趣!就是随便搜搜看看,而且好多信息买起来也很方便哦!"王成龙偏着脑袋,下巴直指姜愈,"找你谈那么些私事,总得先建立信任啊!多了解下你,也是为我们的工作好,你说是吧?"

姜愈的腮部微微抽动,面部的肌肉组织掩住了霍霍磨牙声。

"哦对了,我还去她的区买了个账号看看,啧啧,还真出乎意料的精彩呢!"

可怜的钢笔被掰出了细微的弧度,旧裂痕若撕开的疮口,还渗着点滴黑液。

"你老婆可不是普通玩家,每赛季顶级的橙装都收全了,既肝且氪啊——"王成龙兴致更盛,放下双腿,"哦我忘了,你不关心这些,听不懂。简单说,没少熬夜,

---

[①] identity document 的缩写,即身份标识号。

没少花钱。怎么样？别告诉我这你也不知道？"

姜愈整个人都好像胀大了一圈——即便他已尽力克制，身体却仍忠于本能地做出了反应：心肺功能开始调动，肾上腺素开始分泌，腹部轻轻收缩，下巴悄悄内敛，就连四肢躯干的肌肉，也微微调向了备战姿态。

"看来你还真不知道啊！"王成龙愈发嘚瑟起来，"那你更不知道你老婆是他们帮会的副帮主，帮会成员还都叫她帮主夫人吧？对了，你晚上都几点回去啊？指不定你在这儿听人倒苦水的时候，他们都奔现了呢！"

姜愈又是一愣。

"对了，你肯定也不知道奔现的意思，就是网上的两个人现实中聚聚，开个宾馆啥的，再之后做什么——"王成龙猥琐地挤了挤眼，"我们管这个啊，叫千里送，就是千里送炮的意思！"

一声似有似无的闷响，钢笔的握位到底是崩开了一段。

姜愈微微一惊，掩着烦乱扯了张纸巾，擦去泄出的墨水，将钢笔包好，放在一边，又将方才被推远的眼镜重新拿回手中，用力擦拭。

王成龙看在眼里，笑得更放肆了："唉我说，坐这儿你真不心虚吗？还是你跟你那个重度网瘾的老婆也能装这么一本正经？"

姜愈捏着镜片的手指交错一滑，差点把镜片掰出镜框。

"打败我你可以得到什么？让你这么着迷。"

"想多啦，我可没想打败你。"

"但我看到你充满了愤怒，而且——"

"——我一点儿也不生气，真的。"王成龙扬扬自得，阴阳怪气，"我只是很好奇，你坐在那个位子上骗钱不心虚吗？连自家老婆都搞不定，还跟王耀宗和我妈那儿信誓旦旦装神弄——"

"——我从没说过要帮他们给你戒掉所谓的网瘾，对吗？"

"哦哟，还真生气了？"王成龙刻意摆出了夸张的惊叹。

姜愈没有立刻回应，专业训练与过往经验将他勉强拉回了自己的节奏，寥寥沉淀了心中的浑浊。

沉默中没了漏沙的声音，总觉得缺了点什么。

"然后如何？"

"什么然后？"王成龙微微一怔。

"不断地越界，不断地挑衅，你在尽最大努力激怒我，所以我认为你真的非常希望我生气，那，然后呢？你设想中，如果我生气了，这里将发生什么？"

王成龙有些夸张地笑了："就说你想多了嘛！我不是你，没那么多设想，也没想让你生气，真的。我就是有一说一，你看我说的哪句不是大实话？"他单侧的眉毛挑了挑，目光中更多了几分招惹，"反倒是你，'无条件积极接纳'，你们的基本要求啊，对吧，你这么厉害的咨询师，不会连这么点儿事儿都做不到吧？"

"我确实做不到。"姜愈将眼镜放回茶几，展平皱巴巴的废纸团，连同怒气一齐层层折起，"受过再多训练，保持再多觉察，我也还是个凡人，总有极限。如果无论我怎么接纳你，你还是会向前越界，再发起更猛烈的攻击，这样下去，总会有某个时刻我会绷不住，会反击你，会放弃去理解你、帮助你，甚至还可能会控制你来处理我自己的失控感。而这，也许恰恰是你在反复确认又不想确认的：这个世界**果然**是不友善的，他人**果然**想控制你，**果然**没人愿意理解你，更没人能帮到你。"

"少自以为是了！"王成龙似被将熄未凉的烟头烫着了一般，"这些本来就是现实！实实在在的现实！现实是不需要确认的！"

"是现实，但只是现实的一个切片。"姜愈目光'柔软'得仿若冬夜的车胎，"你这么恨这个环境，这个'现实'，这么愤怒，循环往复地抱怨、挣扎、受挫，直到绝望。可你有没有想过，也许你恰恰参与构建了这个环境、这个现实。"

"放屁！"王成龙的唾沫星子喷薄而出，"这关我屁事！"

姜愈将已被折到极限的纸团戳进拳眼，嘴角隐隐一抹胜券在握的笑意："好像我们这里至少得有一个人生气，如果不是我的话，你自己就要炸了。"

"没有！我才不会为你这种人生气！"王成龙紧紧掐住沙发垫，气鼓鼓地否认道，"你说那些完全没有逻辑！还**我**参与构建？！"

"看来我们这里得讲一点知识……"姜愈未等王成龙表态，便开始了宣讲，"这个世界上有两种现实，客观现实，和心理现实。通常情况下先有前者，后有后者，比如这里先有一个沙漏，然后我心里认定这里有一个沙漏。"

"你怎么不来我们学校当政治老师？成天啰唆些自己都不信的——"

"——也许你可以先听我说完。"姜愈强硬地用宣灌知识防御住了情感互动，"但有时会发生相反的情况，先有心理现实，而后围绕心理现实构造客观现实。"

"不就是人有多大胆地有多大产吗？"王成龙鄙夷地撇了撇嘴，"绕这么大圈子灌伪科学鸡汤，影响力法则早被玩儿烂了！"

"在客观世界这种转换通常行不通,但关系里它处处可见。"姜愈开始大段背诵,缓慢调整着状态,"举个例子,一个女孩安全感很低,觉得男朋友要抛弃她,她怎么做呢?她会去验证,今天半夜喊你给我送夜宵,明天要你推掉面试陪我逛街,隔三岔五验证一次。终于有一天男孩受不了了说我们分手吧,女孩长舒一口气:我**早就知道**你会离开我!我**果然**没看错你个始乱终弃的渣男!"

"……你到底想说什么?"王成龙双手抱在胸前,警觉地观察着姜愈,方才的调笑表情已悄然无存。

"我想邀请你看看你周围的一切,那些让你痛苦的、愤懑的、抗拒的,那些你认为伤害着你的一切,会不会有一部分,是你像那个女孩一样构造出来的?"

"所以怪我咯?"王成龙几欲起身,"看来你是没被骂够!绕这么一大圈儿就是想告诉我,我被他们横挑鼻子竖挑眼的都是我自找的呗!王耀宗打我是因为我心里认定他要打我?是我欠揍?我还真没冤枉你啊!"

"我并没有说'怪你',但我想邀请你看的是,也许你和他们**共谋**了这个局面。反过来说,面对这个局面你并非什么都做不了,你是有可能——"

"——够了!"王成龙恨恨地掏出手机,"我要把你刚才说的好好写写!'我的咨询师逼我承认我爸打我是我活该',你猜大家会怎么说?"

"不要威胁我,"姜愈的声音硬得像块花岗岩,"否则我没法和你——"

"——我录音了!一直录着!想剪辑很方便!"王成龙耀武扬威地挥着手机,嘴角扬着一抹残忍的笑意,手却有些发抖。

姜愈出奇地平静。

悲伤只瞬间冒了个泡泡,便被潮水般的疲惫与厌倦吞了个无影无踪。

他没有流露更多的情绪,只是无意识地展开了拳中那张柔软的纸巾,轻轻捏住,缓缓撕开,堪堪停在边缘,再换位重来,直至将它无声地撕成了梳子。

隔离一部分情绪而顺畅地流淌另一部分,这本就是非人的要求。再开口时,姜愈没了过往的温暖亲和,也褪了方才的冷硬坚定,只余下公事公办的淡漠,拒人千里之外:"按我们约定的设置,这里不可以录音,并且,如果你继续在公开场合谈论我们这里的互动,我也无法工作下去。"

"凭什么?!"王成龙梗着脖子,像只红了眼的小斗鸡,"凭什么这里能做什么不能做什么你说了算?我是顾客我是消费者!"

"但你不是上帝。"姜愈的声音毫无生机,仿若干冰上冒的白气。

"你也不是!"

"你觉得被我控制了对吗?"

"对!凭什么你说了算!!"王成龙几近咆哮。

"事实上这并不是我说了算的,我们可以讨论。"姜愈不为所动,像个 AI① 般回复着标准答案,"关于录音,以及在论坛上的帖子,我都愿意和你交流我的看法、感受和需求,也愿意听一下你为什么要这么做。"

"我想做就做,不需要征得你的同意!"

姜愈将心底残存的关怀扫扫拢拢,勉强敛起一小堆耐心与觉察。

"我想我并没有**权力**去**要求**你一定这样或那样,一定要做什么或是不能做什么。坦率说,我很想帮到你,也很希望可以和你工作下去。可当你录音或者可能发帖的时候,我会感到不安。考虑到你之前的行为,这种情况下,我就只能给你那些不求有功但求无过的反馈。可这样一来,就真是在浪费我们彼此的时间了。"

"你如果不做错事难道还怕别人说吗?"

"我猜这句话对你来说很熟悉,感受并不好。"

"你——!"

王成龙死盯着姜愈的双眼,像个淡水已尽的船长最后一次望向远方的迷雾。

他想找到些什么。

不是敌意,也不是关怀;不是拒绝,也不是接纳;不是误会,也不是理解。

是某种他自己也没法描述清楚的朦胧感觉。

他甚至都不确定,如果某一刻他找到了,自己能否意识得到。

紧盯之下,他的眼睛有些酸涩了,对面那双普普通通的眼眸,也变得模糊了些许,若蒙痕的黑镜。

他感到了一丢丢的安定。短暂的僵持后,他移开目光,操作了几下手机,朝姜愈晃了晃屏幕,刻意地笑了:"呐,删了。"

"谢谢。"姜愈将撕烂的纸巾团起,扔进纸篓。

"可以继续了吗?"王成龙问得不咸不淡。

---

① Artificial Intelligence 的缩写,即人工智能。

"当然可以，我还是想邀请你再看一看刚刚发生在这里的事，看看这个过程中你在构建着什么？"

"别卖关子，说你的看法。"王成龙收起手机，大大咧咧地展开双臂。

"我看到你在呈现、构造出你心中那个人与人之间毫无信任的丧尸世界。"

"瞎说吧你就，"王成龙讪笑道，"我傻啊？那么干我能得到啥？"

"理解，"姜愈答得不假思索，"来自同类的理解，好像如果我体验过那种没人可以信任、随时会被背叛的感觉，就能更好地理解你的不安和绝望了。"

"背叛？"王成龙不屑的笑意僵在脸上，"少往自己脸上贴金了！我不是告诉过你吗？我的词典里就没有'忠诚'这俩字。"

"看来我们回到了一个老话题上，"姜愈将沙发后撤了半厘米，留给两人更大的空间，"愿意多说说吗？反复出现的话题通常格外重要。"

"没什么好说的，"王成龙又换上玩世不恭的神色，"忠诚这东西，说白了就是我需要你又买不起你所以要忽悠你，对不对？被忽悠成的都是傻×。"

"所以你希望人和人之间不要有这种'忽悠'？"

"当然！"

"那样就确实变成你之前说的，人和人只有利用的关系了。"

"那不是挺好，有利益就在一起，没利益就分开，清清爽爽，总比被那些虚头巴脑的东西绑着强啊！"

"你被什么绑住了吗？"姜愈冷不丁横刺一刀。

"你觉得呢？"王成龙白了姜愈一眼，"我不想谈这些。"

"OK，随你——那，你希望你爸爸妈妈如果没有利益了，就分开吗？"

"爱离不离，不关我的事儿！离了挺好，都说为了我，其实一个比一个自私。"

"我看到你内部有一个部分很生他们气，也看不上他们的所作所为，但好像也有一部分还挺放不下他们的。"

"你到底想说什么？"王成龙本能地也向后撤了撤。

"如果世界上没有信任，没有忠诚，没有那些所谓'把人绑住'的东西，他们倒没准儿更容易解脱了，也许……这是你给他们开的药方？"姜愈这次几乎没给王成龙留下插话的空当，"另外，你对'信任''忠诚'这些主题本身也很矛盾，甚至是撕裂，一方面——"

"——哎我去，你可真会开玩笑，我可没那闲工夫管他俩。"

"我并不是说你在'管'他们,而是说,也许这是你内部的一个体系,用来解释'为什么发生了这些''为什么我和他们都这么难受',这个体系可以帮你度过那些艰难的时刻,让痛苦更容易承受些,但也带来了不少额外的问题。"

"什么问题?"王成龙的眉头皱了起来。

"比如——"

"——算了我不想听,不管是什么,说到底你还是想说那都是我自找的呗?"

"似乎我刚说的让你有些烦乱?"

"才没有!你讲的都是些歪理邪说,就是把一切都推到我头上来!"

"好像我掉到了一个怎么说、怎么做都没法自证清白的局面里了,"姜愈一侧嘴角微微扬起,犹若场上较劲的天平,"我猜这也是那个体系,或那个体系要面对的外部环境中隐蔽的一环。"

"别把自己说得那么小白兔,这世界上压根儿就没那么清白的活人!"

"哦?愿意多说些吗?"姜愈眯起双眼,"清白的人会——"

"——我说呢!"王成龙一拍大腿,似恍然大悟,"你刚才一个劲儿体系长体系短地带节奏我就觉得不对劲,原来跟这儿等着我呢!"

"我没明白,你指什么?"

"家里犄角旮旯里那些陈芝麻烂谷子的事儿呗,你绕了半天是不是就想问这些?"王成龙向后靠靠,又警惕又失望。

姜愈不禁哑然:"我确实在你身上看到了一种和你不太匹配的撕裂感,不过刚才我并没有——"

"——让你大大方方承认咋就这么费劲呢?!"王成龙短促地一擤粗气,活像匹打着响鼻的小野马,"别装了,我妈也好,其他那些个咨询师也好,你也好,一说到家里那些落了几十年灰的八卦,一个个儿都眼睛放贼光,都一样一样的!"

姜愈将错就错,没有辩驳。

王成龙见状,脸上的不屑更重了:"其实你要真想八卦那该找我妈聊,她可有倾诉欲了,能和你聊三天三夜不带腻的,都不用接话,给她备壶上好的白茶,最好是大师开过光那种,然后等着数钱就成,不比跟我这苦哈哈地磨蹭好?"

"看起来你真快听烦了。"

"早烦透了!!"王成龙戒备稍减,"我妈一说起那些什么'代际创伤'啥的跟打了鸡血似的,天天给我把那些破事儿翻来覆去地说个没完没了……"

"但你其实一点儿感觉都没有?"

"哎,你这不还是想八卦么?还不承认。"

"如果你**真的**一点儿感觉都没有,那也许它们并没那么重要。"

王成龙短暂地沉默了。

"其实关起门来说,真要说一点儿没有也不是……只不过听多了就腻歪了。"

"那,第一次听的时候你**感受**怎么样?不用告诉我具体情节。"

"也没什么感觉,就是有些感慨吧……"王成龙膝盖颠个不停,已然有些兴奋,"情节都很俗套。爷爷那边儿净是些逃荒被兄弟抢粮食捅刀子之类的破事儿。姥姥那边就是百花变毒草,从小琴棋书画的大小姐被迫去当生育工具,嫁个大她十岁的泥腿子改成分,等等吧。这些事儿都太远了,搁今天都没法儿想象,所以我也记不下来些什么,你这天天听的估计更早就听烦了。"

"我更关心的是你的'感慨',什么样的感慨?"

"对了还有王耀宗,你说你一个混混办什么厂啊,辛苦那么多年,最后让手下马仔坑了,厂子归别人了不说还背锅做了几年牢,你说他蠢不蠢?"

"王成龙。"

王成龙稍稍一滞。

"什么样的感慨?"

"没什么……"王成龙目光闪躲,"我说过,这个世界就是一群人决定另一群人的人生,定死另一群人的命运,你没得选,这很正常。至于那些情怀、理想、个人选择之类的东西,最终都是高尚者的墓志铭,挡车轮的螳螂臂,仅此而已。"

"非常让人绝望窒息的体系。"

"但它是正确的。"

"也许,"姜愈一脸拧巴,"我相信在'一些情况下'它确实是正确的。但在另一些时候,我看到的是你只是'认为'它正常、'认为'它正确,甚至是在不停劝说自己'它很正常、很正确'罢了——你不真的认可它。"

"扯淡,照你的说法我也可以说,你只是在劝说自己否认这点,其实你认可它,对不对?"王成龙见姜愈真被戳得暗暗着恼,愈发张狂得意,"你和你太太,你是不是忠诚的那个?你面对无数虐你的来访者,你是不是有情怀有坚持的那个?最后呢?苦逼的是你,遭罪的是你,拿着墓志铭的是你,我说的有错吗?"

"但这也恰恰说明我在选择对吗?"

"作死的选择也叫选择？"王成龙不以为然，轻蔑一笑。

"当然！你有没有发现你那套看似天衣无缝的理论，恰恰就在这里出现了裂痕！"内外夹击下，姜愈大声地说教起来，"选择从不是臆想一下就有奇迹发生，就此人生由灰暗变光明，世界从糟糕变美好，不是的，那是魔法！选择也不意味着舒适、顺利，更不意味着必然的成功！恰恰相反，它经常是个逆行风雨的过程，是个伤痕累累的坚持，甚至有时只是个'尽我所能'的态度！你所谓的选择，只是不劳而获罢了！不放弃这个幻想，你得不到真正的自由。"

姜愈迎着王成龙的逼视，毫不回避，像个拳台上严厉的教练。

王成龙目光中燃烧的愤怒渐渐熬成了黑沥青般的倔强，又在那长久的对视中被烤热塑形，再被忽然涌起的念头一浇，淬成一块死硬的墙。

"你没有。"他躲在墙后，声音冷冷的。

"你怎么知道我没有？"

"你怎么知道我在说什么？"

"器量，承载黑暗的器量。"姜愈胸有成竹，"你之前用那套体系解释了所有的痛苦，包裹了诸多的黑暗，现在你犹豫了，晃动了，你想着也许可以试试松动一下那套体系。但你怕，你真的怕，你怕稍微动一根钢梁，那座本来就外强中干的房子会轰然倒塌，然后里面封存的那些无力、绝望、恐惧、愤怒就会通通跑出来了。所以在你动那个体系前，你需要确认我有没有器量能陪你一起去看、去碰触、去体验、去承载它们，对吗？"

"可你没有啊！"王成龙又换上不屑的假笑，"我在网上写几句大实话你都受不了，凭什么就说你能……"

他忽然顿住了。

"我能什么？"

"没什么。"王成龙避开姜愈紧逼的目光。

"说下去，你刚才想说什么？凭什么说我能怎样？"

"我说了没什么！"轮到王成龙恼了。

"'你连这些都受不了，凭什么说你能帮我，能救我，能引导我，能带我从这片绝望的危险的丧尸世界里出去。'——对吗。"姜愈用陈述的语气发问，像个稳操胜券提点后辈的老拳手。

"只有一次考试机会，你失败了！"王成龙竟有些委屈。

"你有没有想过,为什么此刻你会失望、愤怒?"

"关你屁事儿啊!"

"看起来,这是你心里的矛盾之处:你既认定我通不过你这场苛刻的考核,又暗搓搓地期待着我能通过。所以我一边答题你一边看着,看我有一道题没满分你就赶忙收卷了——不是因为你想让我不及格,而是你害怕我也和他们一样及格不了,不如提前收卷算了。"

"别逞强了!"王成龙用讥讽的语气确认道,"做不到早点撤,对我们都好。"

"我想也许确实前面可能有一些非常困难的东西要去面对,可能我也没有见过,我也拿不了满分。但我仍然想邀请你,如果你愿意的话,我们合作一把,一起'开地图①',一起冲出这片黑暗。"

王成龙张了张口,想要说些什么,可脑海中浮现的模糊想法却似用到发黑的老旧白炽灯管,直吵得他耳畔嗡嗡作响,煞是恼人。待他咬定牙关,下定决心时,那灯管又是一阵爆裂,无数细小的玻璃碎片瞬间划出一阵细密的疼痛。

他再次换回那阴戾冷漠的神色,披盔戴甲,重新裹上厚厚的壳。

"你也父子不和,对吗?"

"所以又开考了吗?"姜愈不由得绷紧身子,"好像你只能通过测试对方能承载多少伤害而不离开你来授予信任,用推开对方去呼唤靠近。"

"别兜圈子!直接回答我的问题。"

"你既想确认我到底能不能理解你的痛苦,也想看看如果我**也**父子不和的话会怎么处理。"姜愈的回应专业而僵硬,像填充了高级塑化剂,"我猜这里也有你想要解开的死结,比如你和那个你讥笑、看不起,却又有些心疼的——"

"我没有!而且不许替那个土包子说话,我说过的你都不听的吗!"

"我还没说你心疼的是谁呢!"姜愈微微一笑,"而且我也没答应过,对吗?"

"你!"

"我从没同意在这里设定任何讨论的禁区,你在用一个不可选择、不容商讨的要求来控制我,强制我闭嘴。我猜这也是你在他们那儿学到的东西,也是那个体系中的一环,你厌恶的一环。"

---

① 开地图,游戏术语,指探索地图中未探明的区域。

"你是咨询师，我是来访者！"王成龙的眼圈有些红了，"你们不是要求以来访者为中心吗？而且你说过的，**我**才是你的来访者，对不对？！所以别他×再为他辩护了！你是我这边儿的人！"

"你的愤怒我收到了。好像你很在意我站哪队，我猜这也是你在家庭里面对的困境，无论你站在爸爸一侧还是妈妈一侧，你都——"

"——好了好了，"王成龙语带厌恶，态度却忽然转了个大弯，"你说的都有道理，行了吧？！"

他嘴上服软，随即低头沉默了。

姜愈的直觉，化作千条周身凝冰的肉虫，爬满了他的后背。

王成龙双眼上翻，没有抬头，直勾勾地盯住姜愈："你爸不姓姜，对吗？"

姜愈只觉血液上涌，直扎得脑门刺痛，一时无言以对。

"你爸姓张叫张念骅，你妈姓雪叫雪燃，可你姓姜，既不跟父姓又不跟母姓。"王成龙抬手凌空点着姜愈的脑门，俨然一副打出王炸的傲然，"你是捡来的？领养的？还是你妈出轨来的？"

姜愈强压怒火，生生撤回挥拳的冲动，几乎憋出内伤。

王成龙愈发放肆起来，并不给他任何的喘息机会："奇怪啊，领养的、寄养的，很多都会改姓的，可——"

"——停下王成龙，"姜愈轻扶着额头，努力调动着最后的节制，"我可以告诉你你的猜测是错的，我是我父母的亲生独子。我的事和你无关，但我能理解也许你心里的一部分面对糟糕的抚养环境会幻想——"

"我还知道你妈是相当资深的心理咨询师，你爸却重度抑郁，这就是你可以有个重度网瘾的老婆还在我这儿装模作样的原因吗？按你们的理论，这算内化、认同，还是纯属遗传的虚伪？"

"王成龙，我警告你，停下来。"姜愈的面孔有些扭曲，双手像两只勾在一起的爪子，用力向两侧扯去。

"你终于像个人样了！我还以为你会一直装菩萨呢！"王成龙更兴奋了，声音都高了两度，"你让我停下我就停下？对了，你妈书上还写过，你爸在谅山瘸了条腿，回来了以后好日子不好好过，傻不拉几脱了军装，又辞了北京的好工作，偷偷打了四五年报告，终于调了个鸟不拉屎的地方扶贫——我琢磨着，那十几年下来，你娘儿俩也没少遭罪吧？你一定很恨他对不对？"

"……我最后一次警告你，停下！"姜愈嘴角抽动，被咬破的黏膜淡淡渗出血来，"是的咨询师有职业要求不攻击来访者，但作为一个人，我有权选择不遵守职业要求，无非是些后果罢了，我担得起！"

"看来我说对咯！你一定没有个好榜样，一定很失望、很恨他，对不对？"王成龙表演得夸张做作，阴阳怪气，"对了还有！你要真是他们亲生的，又没跟他们姓，甭管为啥，你和你爹铁定互相瞧不上！而且……他当爹当得一定很烂，你干这行就是想打败他，给他秀一把你是怎么当爹的对不对？还有你——"

"停下王成龙，停下……"姜愈脸色惨白，闭上了双眼，语气中甚至带了几分哀求。他的胸口短促地剧烈起伏着，双手只剩下中指还互相勾住。

"——我偏要说！"王成龙肆无忌惮地笑了，这居高临下、力量悬殊的压制像毒品，让他又上瘾又陶醉，"还有你妈，你爸自毁了那么多年，字里行间看，她可是满肚子委屈呢！要搁现在，她会不会也是个重度网瘾？而且那么多年你爸那么个德行，你妈也是有需求的人，她有没有出轨？按你们的理论，你这算恋母情结吗？找了个和你妈一样的破鞋。还是说——"

最后勾着的手指，终于崩开了。

鲜血淋漓的雄狮，到底还是被放了出来。
它曾被无数铁锁禁锢，任由野狼撕咬，皮开肉绽却无法还击。
如今，它扛着伤筋动骨，拼着血肉模糊，不顾一切将锁链挣断了。
每一脚踩在地上，都留下鲜血一摊，每一步迈向前方，都激起浑身生疼——但它不在乎，它的痛觉仿佛已被怒气蒸发，只剩下每根毛发都散着的残忍——现在，它只想狠狠咬住那独狼的咽喉，将它扯碎。
——就让你见识见识，真正的嗜血獠牙长什么样子！
——你！还！太！嫩！

姜愈畅快地舒了口气，冷笑一声，搓了搓手，缓缓按下指关节，发出咔咔的声响："王成龙，你会猜测我不是我爸亲生的，是因为你无数次幻想过你并非王耀宗的儿子，是捡来的领养来的，而在远方会有个你认可的、理想的，甚至完美的亲生父亲开着你梦里的飞船来接你，而在此之前你不得不忍受无尽的——"

"——你……你胡扯些什么！我、我没——"

"——你会幻想我妈出轨，是因为你期待自己的母亲出轨。当然，哪怕在她事实出轨之前，从家庭内部的情感关系看，她也确实精神出轨了，对象是你。"

"你给我闭嘴！你有什么资格——"

"——还有，你说你不在乎，说你对他们没期待，但其实你想要得要命！而且你想要的不只是好爸爸、好妈妈，根本就是完美的爸爸妈妈！包括在这里，你不断向我挥拳、向我施虐，不就想看看我符不符合你的幻想，是不是个理想化的完美咨询师吗？！"姜愈用"残忍"的铁锤将"正确"打成利刃，"我非常明确地告诉你王成龙，我是个好咨询师，我能帮到你，我确认这一点，我也在尽力做！但我是个人，不是神，可你期待的根本就是神！"

王成龙数次想要打断，也并非没有机会，却就是无法做到。

姜愈全开的气场，和平时那温暾柔软的样子判若两人。

"你！你……我在说你！！轮、轮不到你说我！！"王成龙真的慌了，"不要转移话题！不要——"

"——如果我始终坐在神坛上，你的攻击不会停止，因为你总是不安心——你太惶恐，太害怕，太患得患失。你焦躁地挣扎，愤怒地攻击，就是不确定对面坐着的是不是一个绝对安全的神明。可你又没见过神明，你也没学过信任，甚至没见过信任，所以即便我真能展示出神一般的强大、包容、理解，你也还是不觉得满足，因为你心底要的东西长什么样你根本就不知道，信任他人是什么状态你也不知道。更何况我还不是神……"

"——你你你你说够了没有！"王成龙憋了半天，终于结结巴巴地打断一次，"说够了就给我——"

"——而如果我不再坐在神坛上、呈现出人的一面，你就受不了了。"姜愈一副你打你的、我打我的态势，完全不把王成龙的反击放在眼里，"先是无法忍受的恐惧，再用愤怒防御恐惧，进而生出那种想将我剥皮啖肉的仇恨，就像狂热的宗教分子高喊着维护圣典的口号要烧死失贞的圣女一样——说到底，你没有能力将他人视为一个完全意义上的人，一个平凡的、独立的、活生生的人！不是你的手脚，不听号令你就要暴怒，也不是你的神明，要么替你摆平一切要么被你砸碎在地。再进一步，你也根本不会把自己当人，完整意义上的人。你拼命维护的，只是你那脆弱、原始、婴儿式的自恋罢了！"

王成龙只觉颈部沉重吃力，脸颊发烫生疼，仿若正被死死摁在水泥地上摩擦。

"我自恋？！呸！我就算自恋也比你这种懦夫好！！你在逃跑！懦夫！你一直不敢面对我说的那些！！"

"是你在逃跑！"姜愈说得确定而冷酷。

"我他×在逃什么？"王成龙猛地一拍沙发，用愤怒给自己壮胆。

"你其实可以避免成为你讨厌的样子但你不避免！可以争取良好的关系但你不争取！可以走你自己的人生路但你不走！可以选择但你不选！你通通放弃了！然后再抱怨外部、抱怨他人、抱怨这个世界不给你自由！那个不肯直面真相，只会甩锅的懦夫是你！"

"放屁！"哆嗦的声音透着溃败前的紧张。

"睁开你的眼睛好好看看吧！"姜愈斜眼看去，带着从未有过的刻薄，"你在做的，就是认同给家族带来伤害的那些黑暗，同流合污！"

"你凭什么这么说！他们的黑暗关我屁事！"

"是！'他们的黑暗关我屁事！'你家族里所有人都在这么想、这么做！都在认同着那些伤害过自己的人、伤害过自己的模式！爷爷把爸爸吊着用鞭子抽，爸爸受伤吗？当然！但他会认同爷爷，说那是他成功的原因，再用类似的方法对你！揍完你再辩解说我那会儿被吊着打都没问题你这算什么！你受不受伤？当然！可然后呢？你又在做什么？你瞧不起他，但你依然在学他，在做和他一模一样的事！从这个角度讲，你对他们不只是忠诚，不只是复制，而且还在你最厌恶的方向上更进一步！"姜愈火力全开，完全不给王成龙还手的机会。

"我没有！我没有伤害任何人！！"王成龙的双眸好似燃烧的琥珀，"你说，我哪儿学他了？！我什么时候做过和他一样的事！！"

"这里！此刻！你一直在用你的身份优势吊打我，不许我还手，然后告诉我这算不了什么！冷酷，无情，傲慢，和你爸做的有什么区别！——不，这么说不准确，王耀宗好歹在用他自己的力量施虐，你呢？利用咨询师的那些伦理规则施虐的你，不过是个偷了爸爸手枪的婴儿罢了！"

"你……你讽刺我！指责我！"王成龙脸色煞白，指着姜愈的手指瑟瑟颤抖。

"再说你妈妈那一边。是，他们遭遇过背叛，遭遇过利用，所以不再相信任何人，这放在时代背景下可以理解。可你呢？你在做什么？你在不择手段地摧毁我对你的信任，背叛我们之间的那个联系、纽带。利用我的善意，把我用心耗神做出的努力轻蔑地扔在地上,像碾烟头一样碾碎,再一副毫不在意的样子告诉我'这算什么'——那你告诉我,你比那些伤害了他们的情感、背叛了他们的信任、践踏了他们的尊严的人、群体强在哪里?!"

"你闭嘴!我要你闭嘴!"王成龙嚯地起身,哆嗦着举起手机,"我可要开始录了!我要把你说的全录下来!全放网上!让你被所有同行鄙视!被那些信任你的来访者唾弃!彻底从这个行业滚蛋!"

姜愈轻蔑一笑,全然不理不顾:"你说你渴望自由的生活,你说你绝望因为命运都定死了,但你又做过些什么?比如这里,你费尽心思想绝对控制我,你到底在呈现什么?你妈妈的言传身教?不顾他人的绝对自由?还是想让我尝尝你体验到的生活,看我会有什么反应?明确地告诉你,别威胁我!别想堵住我的嘴!录不录音、发不发网上是你的自由,但我也有打破设置的自由,有哪怕再也不干这行也要说下去的自由!这方面你能学到我的一半儿也是你的进步!"

"我、我……我我我录了!我真录了!有种你继续说啊!继续辱骂攻击你的来访者啊!继续啊!"王成龙脖子上的青筋直跳,像持枪般端着手机,直指姜愈,声带也嘶哑成了扯碎的纱布片。

他飞起一脚,狠狠蹬在附近的绿植架上。那盆姜愈打理得最为精心,曾被他踩躏至濒死,又在姜愈的悉心呵护下起死回生的鹤望兰,再次被摔在地上。

姜愈看看碎在地上的土壤、瓷片和受伤的植物,没有心疼恼火,反而露出了几分高高在上的怜悯:"看了那么多书,你该知道,当一个人去付出代价、遵守边界、履行责任时,他就有了自己人生的自由。可你呢?除了抱怨、懈怠、放纵,你什么都没做!——是的我承认,在你父母的关系问题上你承担了很多不该承担的东西,这是该还回去的,但在你自己的人生议题上呢?你只是龟缩在脆弱的壳子下面逃!避!那个叫阿斯翠亚的女孩,你有什么资格说她幼稚?她对自己诚实,她为自己负责,她比你强一万倍!"

"你——!!"粗重的喘息已让王成龙几乎说不出话来。

姜愈则依旧穷追不舍:"面对她的时候,看着她在踏踏实实追求理想,你就用玩世不恭、用'现实'、用施舍你爸妈的金钱来掩饰你的自卑,其实你心里清楚得很!相比她骨子里的高贵,你贫瘠得像个乞丐!在她面前,你才是那个被落魄千金吸引的'泥腿子'!那个——"

"骗子!"王成龙慌乱地拽起书包,几乎落荒而逃,"你个骗子!你只想让我坐在这里听你鬼扯！想从王耀宗那骗钱！亏我还觉得……觉得……"

他的脚步跌跌撞撞，含混的嗓音发出了无力的诅咒。

姜愈冷冷一笑，刚要下死手戳出最后的致命一刀，一个细节忽然击中了他。

眼前那个受伤的少年在哭。

倔强的眼泪在眼中打转，若一滴甘霖，滴入了泛着岩浆的地表，虽然下一秒便被蒸发殆尽，但那瞬间的清明，已足以开启他唤回理智的进程。

可剑已出鞘，由不得他多做思量："时间还没到，王成龙，不要走，我们需要讨论这里刚刚发生了什么！"

晚了。

王成龙已走到出口，毫不留恋地打开了门。

"王成龙！"

"我恨这三个字！"

砰的一声，门被恶狠狠地摔上了。

这关门声彻底抽醒了姜愈，他失神地长吁了口气，痛苦地抹了把脸，吃力地撑着沙发，像个行动不便的老人般缓缓起身，挪到门口，刚抬手准备锁门，未料门却突然一下子又被打开了。

他吓了一跳。

王成龙指着他的鼻子，撂下一句"还有你！"后，便再次摔门而去。

姜愈错愕地立在原地，像被抽走了魂儿。

急促的敲门声响起，姜愈撤开覆面的双手，懵懂地看了看四周，扶着墙勉强站了起来，无意间还瞥见了镜中的憔悴与陌生。

他已在门口的地板上坐了好久。

催命般的敲门声又响了起来，他清清嗓子，高声喊了声"稍等"，这才发现声音早已被扯得不成样子，好像寒冬马路上被压扁风干的猫尸。

他迅速整了一下衬衫，顾不上心疼，便用最快的速度将地上的残根断叶归至角落，收拾好现场，打开门，露出一个专业的微笑："你好。"

一位中年女人阴着脸走了进来，她全未理会姜愈，嘴里还喋喋不休地抱怨着"这都敲多半天了怎么才开！长没长耳朵啊！你们男人就是不懂得尊重女性……"

姜愈背对着那斗牛般的背影，疲惫地闭上双眼，狠狠捏了捏鼻梁，关门上锁，转身向咨询师的沙发走去。

夕阳西下，姜愈已独自在咨询室坐了很久。

最后一位来访者早已离开，照他定好的安排，现在应该整理记录，然后回去买菜做饭，晚上还有一堆文债要补。

可此刻他什么也不想干，只想静静地坐着。

随即他便发现自己陷入了一种极度反常的状态：心力耗竭，疲惫至极，可身体却躁动难耐，坐立不安。想来是内在的攻击性被挑了起来，若熊熊山火，未将一切烧为灰烬前，大约难以平复。

新风系统全速运转，拳馆内却依旧隐隐飘散着汗液的味道。

姜愈对着墙壁，一个人默默准备着护具。刚戴好一只拳套，肩膀却被忽然一拍，他转过头，看见三张熟稔的面孔，忙勉强扯出一个僵硬的笑容："师傅，大师兄，小师妹……好久不见。"

师傅是个四十多岁的中年男人，年轻时曾斩获不少实战名次，身材不高，其貌不扬，眼神却是藏锋于内，神莹内敛，深不可测；相比之下，大师兄则彪悍多了，他高出姜愈半头，光头凸额，肌肉发达，目光中锋芒毕露，精悍犀利，一张国字脸却极为谦和，带着胶东人特有的憨厚耿直，偶尔看向师傅时，总是一脸崇敬；至于小师妹，长辫子，大眼睛，白皮肤，从内而外透着川妹子的水灵，若不是此地遇到，完全想不到竟是习武之人。

"瓜娃儿还好意思说哈，"小师妹完全无视姜愈一脸的愁云惨淡，"上次来还是……哟！快三年没来了嘛！"

大师兄帮姜愈穿好护具，一脸关心顾虑："小姜，确定吗？这么久没练，都不恢复下，就要跟我打实战？"

"确定。"姜愈神色冷淡。

师傅打量了姜愈一番，似看出了什么，却并不点破，只是嘱咐了句："悠着点，现在的你和他打太容易受伤了。"

"知道。"

"知道还打？"

"还打。"

大师兄和小师妹交换了一下眼神，停了热身动作，转而勾住姜愈的肩膀："是不是出啥事儿了？要不待会儿一起撸串儿去，就别搁这儿发泄了。"

"就是嘛，让大师兄办招待，也好久没聚咯！"

"谢谢。"姜愈颇为感动，向几人抱拳道谢，之后走上了拳场。

两分多钟后，大师兄一记摆拳重重击实，姜愈眼前一黑，失去了平衡。

本就长期缺乏专业训练，上场后又一味蛮打、只攻不守，连技战术都抛到了脑后，体力下降的一刻，这被打趴下的结局便已注定了。

脸砸向地面的触感格外分明，耳畔还残留着一片惊呼，天旋地转后的黑暗如期而至，仿若一场大梦。

疼痛若羊水一般，充斥了肺泡、咽喉、鼻腔，没过了头颅肌肉，掩去了五感六识，托起了他的全部重量。

不能动，不用想。

也许，这才是他想要的吧。

华灯初上，已是夜晚最热闹繁华的时间。

姜愈微驼着背，耷拉着脑袋，一瘸一拐走在街头，像个孤独落魄的流浪歌手。

他看看天色，摸摸脸上肿起的淤青，有气无力地掏出手机，微颤着手指操作了几下："抱歉老婆，我刚睡过去了，来不及回去做饭了，你叫份外卖自己吃吧。"

没有回复。

他攥着手机看了一会儿，茫然抬起头，慢吞吞地挪起了脚步。

不知过了多久，手机才迟迟振动了一下。

姜愈慵懒地划开屏幕，紧接着整个人都僵住了。

"没关系，今天我有个网友聚会，也在外面，你也在外吃吧。"

饥饿会放大焦躁，疲惫会打压自制。

姜愈突然猛一扬手，手机被狠狠摔在地上，弹了一下，溅出一地碎片，碎裂的屏幕冲他咧着大嘴，发出了无声的嘲笑。

一对青年情侣刚好路过，指指点点交头接耳，目光宛若浇在烈火上的最后一桶热油，瞬间将姜愈点燃了。

"看什么看！！！"他眼圈通红，簌簌颤抖的手指直指着他们。

男青年也被激怒了，撸起袖子便要上前理论，女青年赶忙拉住了他，耳语几句，嫌恶地撇了撇嘴，拽着他一溜烟走了，仿佛姜愈身上有什么不干净的东西，避之唯恐不及。

姜愈瞪着那二人的背影，忽然泄了气。

他弯腰拾起手机，本想再追条信息，手机却已无法开机。他索性顺了身体的抗议，一屁股坐在马路牙子上，抬头望向夜空，眼睛仿若刚被一层薄薄的冰水洗过，愈发澄澈，星星点点映着橙黄的路灯，霜白的月亮。

夜凉如水，弦月近满，清冷的月光静静笼罩着世界，万物似已不分彼此。

今晚的月色真美。

第十一章

凡身凡世多烦扰

鲜血暗红，汩汩流出。

粗粗的针头，插在姜愈的左臂上。

他的脸色略有些苍白，神情却是若无其事，仿佛导管中的血液与他全无关系。

他自己也说不清——确切说，懒得去想——为何一宿没睡好后，还会如此心血来潮，自找苦吃。

"你来得可真早，这个点儿很少有人来献血呢！"小护士熟练地拔下针头，贴好创可贴，说了声"压着"，便转身娴熟地收拾起血袋，"先去休息区休息15分钟，喝点饮料吃个小面包，如果没有头晕心慌恶心，就去那边窗口领了纪念品再走，这两天胳膊不要沾水，不要做剧烈运动……"

小护士转头的工夫，姜愈早已插着兜走远了。

一小时后，他便在游泳池和一位初识的大叔较上了劲。

十圈竞速下来，两人都已气喘吁吁，双眼泛红。姜愈虽凭着年轻敢拼、舍得透支体力，这轮压了那大叔两身，但看得出那大叔经验颇丰，对身体的把控也远胜姜愈。大口换了几次气后，大叔抹了把脸，冲姜愈笑着吆喝道："小伙子可以啊，怎么着，敢不敢再来十圈？"

姜愈眉毛一挑，用脑袋指了指对岸，一句话没说便又潜了下去。

从游泳池出来，姜愈看看时间，距离下场咨询还有一个多小时，便匆匆赶到超市，采买置办——毕竟，以他挣钱的体量，撑起一个家，还当不了甩手掌柜。

脚下有些虚浮发软，好在采买一事于他早已驾轻就熟，不多时，购物车中便已堆起了一座小山。长长的采购清单被划掉一半时，他已有些打晃了。

创可贴早已不知所踪，针眼附近被泡得有些发炎泛红，皮下青了一片，眼圈不但发黑，还有些浮肿，本就不大的双眼被挤成窄窄一线，连串的呵欠迫得他不停揉鼻搓眼，不时袭来的喷嚏更让他狼狈不堪。

他猛地甩了甩头，想清醒一点，可脑壳里却似灌了坨长满神经的果冻，左右一晃便滚来滚去，撞出钝钝的痛感，那果冻还在膨胀变重，压得脖子格外吃力。

姜愈对身体的抗议有些恼火，赌气般又增列了几项采买计划，将购物车堆得更满，发飘的双脚则仍步速不减，赶着时间。

七拐八拐停在了卫生巾的货柜前后，他找都没找便熟练地将几包不同牌子、用途的卫生巾扔进购物车，全未理会周遭几束异样的目光。

半小时后，他已歪在咨询室的沙发里，时而闭目养神，时而吃力地起身，喝口水润润痒痒的嗓子，时而烦乱地翻看起咨询记录。

时间，一分一秒地流逝了50分钟。

说不清是懊恼居多抑或轻松居多，他只是轻轻叹了口气，困顿地倒在了沙发上，只觉头重脚轻，全身发紧，肌肉酸疼。

次日的高烧来得毫无意外，可他还是坚持坐到了那张沙发上。

昨天晚上，"要不要请假"这念头冒出的第一秒，便被他坚定地否决了。

他不想待在那个死气沉沉的家里，何况当时还有条网游商城的消费短信正好闯进了他新买的手机，提醒他得赚钱养家。

用冠冕堂皇的理由来包装逃离关系的冲动，既适合自欺欺人，也方便树立人设，还可以用来在被指责时反击。

若是往日的正常状态，姜愈自然能分辨觉察此刻自己的所作所为。

只是此刻，他真的太累了。

脑海中快速闪过的些许碎片，裹挟了阵阵昏昏沉沉的胀痛。他缓缓呼出一口发烫的气息，紧了紧冬天才穿的西装外套，勉强撑起一个表面还算专业的状态。

景晓慧一直低着头，眼睛盯着绕来绕去的大拇指，全未注意他的异样。

她此次坐在不近不远的位置，姿势比以前舒展了不少；衣着搭配虽仍不大协调，却也已褪了不少土气；她的眼神比从前明亮了些，还隐约多了几分生机；唯一令人不安的，是她似乎正压着火，还有些弥散的畏惧。

"抱歉。"沉默许久后，两人几乎异口同声。

景晓慧的脸唰地涨红了，姜愈则微微一笑，抬手邀她先说。

景晓慧捏了捏衣角，又支吾了半天。

"您昨天是不是干等了我一小时？真太对不起了！昨天中央音乐学院有视唱练耳的试听课，我老公又掉链子要去加班，最后只能我带兰兰去了……其实我给您发短信您没回我就特别着急，后来还给您打了几个电话，都是您拨叫的用户已关机，最后实在没办法了……"

"按我们之前约定的设置，你在晚上十二点前告诉我就可以，而我看到你是头天晚上十点一刻发的信，再加上我之前短信说了，是我的手机坏了才没及时看到信息。所以——你为什么要道歉呢？"

"手机坏很正常啊！"景晓慧的脸更红了，"说到底，要不是我改时间您也不用白跑那一趟，所以……真太不好意思了！"

猝然袭来的咳嗽打断了姜愈，他涨红了脸，猛咳了好一会儿才勉强止住。

嗓子又疼又痒，头也更沉了，好在身体的不适还暂未削弱他的注意力——他观察到自己每咳几声，景晓慧都会轻轻一躲，面有羞惭。

"我们先把现实怎样放一放，你的**感受**如何呢？"

"我……我说不好……"景晓慧像被包在水泥浆中，除了灰扑扑的气息、偶尔的蠕动外，只有木木的一片茫然。

姜愈等了她一会儿，随即清了清嗓子，戳破了那层水泥。

"上次结尾，我们出现了一个特殊时刻：你离开这里后上了天台，我们在天台上有过短暂的互动，并且约定这次要讨论我们之间到底发生了什么。"

"对，我记得……"景晓慧的身子晃了晃。

"而这一次，你不停道歉，之前还改了时间——我知道有现实原因——但我在想，会不会你也在用行动告诉我，和我一起直面这个话题，让你有些不舒服。"

"没有没有！真的没有！"景晓慧这次答得倒快，"上次……唉！上次也是我的问题，我……真是对不起……"

"景晓慧。"

景晓慧一愣，怯生生地抬起头，有些困惑。

"'对不起'这三个字，该我来说。"姜愈说得格外郑重，"我很抱歉。"

"我不明白，为……为啥？"

"上次你出门后，我才隐约意识到自己干了些什么，全理清楚，是回家后了……"姜愈的额上细细泛起了一层潮润，"守住边界也好，让你选择也好，这些都是冠冕堂皇的理由，但实际上，我上次没看到你的感受，也没看到我自己内部发生了什么，最终重复了你生命中的伤害：打着'正确'的、'为你好'的名义，忽略了你**那一刻**真实的需求、体验、愿望、恐惧、无助……"

大段的独白消耗了姜愈不少体力，他的脸色更白，呼吸也更重了。

景晓慧的眼圈有些泛红："其实我懂，没人有义务照顾你的情绪，都得自个儿管好自个儿，您有那么多来访者，也不可能每个人都那么重视的，像我这种……"

"某种程度上，和你说的恰恰相反……"

意外的咳嗽再次打断了姜愈漾着苦味的叙述。

景晓慧又紧张地一缩："您……要不要喝点水？"

"抱歉稍、咳咳、稍等。"姜愈摆了摆手，已无力多加分析。

窗外流云蔽日，咨询室中骤然暗了下来。

"我太太抑郁三年了……"再开口时，姜愈的语调低了几度，声带已被磨成粗砂纸，"我的专业知识告诉我，陪伴、体谅、理解、支持她就好，但我'人'的那个部分，还是总想抓住点什么，总希望她能快点儿好起来，再快点儿，再快点儿……我知道这是我的问题，而且这部分还会让她更觉得自己做不到、不够好，更走不出来，但……我也很无力，我也确实做不到那个理想的状态，再加上……"

已组织好的话语，哽在了咽喉里。

景晓慧又开始搓手了。

姜愈深吸口气，放过了自己："上次我把这些我个人没处理好的情绪带到这里了，这非常不专业，非常抱歉。"

"……果然和我想的一样。"景晓慧有些哀伤，又有些释然，"哪怕是您这样的专业人员，要是家人是像我一样的累赘，时间长了也会烦的，唉……可能兰兰也会一辈子都带着阴影吧……"

她呆呆望向窗外的阴沉，目光飘忽若一阵晚风，吹皱了眼窝中的浅浅泪水。

"就像我刚才说的，无论是我和我太太的相处，还是在我们上次的工作中，那种无力感是我们**都**体验到了的：你面对你的生活、你的抑郁无能为力，而我面对我做不到理想状态，也没办法那么快地帮到你、帮到你们，同样非常无力。所以那一刻，我们其实可以彼此理解，理解对方内在的感受与痛苦。"

"那又有什么用呢……"景晓慧说得凄婉，"要是没有我，他们不会那么难受，要是你太太不抑郁，你也不会……我们这些抑郁的人真是……"

景晓慧双手相合，覆住口鼻，从指缝间泄出了一声闷闷的叹息。

"当你这么说的时候，除了无力感外，我也体验到一种深深的自责：你看，我这个咨询师个人成长不过关，把自己的问题带到了咨询室，本来你就是脚上扎了刺儿才来的，我却不停在催'你跑啊多跑跑就好了'，然后你上了天台，我险些酿成大错。可现在你这么难受，我却连个像样的回应都找不到，这咨询师当得可真够差劲的啊……"

姜愈的语速比平时快了不少，废话也像手脚上的小动作般多了起来。

景晓慧一动不动地听着，像棵戏台旁的枯木，她左脸的泪痕已被反复冲刷了多遍，右侧的脸庞却依然干燥如初，许是左右脑区互不认同、各自为战。

姜愈又咳了几声，继续说道："刚才这段时间里，我内心有个部分特别想逃，想把眼前的一切归零、从头来过。然后我就想，也许这同样是你的感受——无论在生活里，还是在天台上：极度的无力、自责、绝望，特别想毁了一切、推倒重来，不但要否定过去、否定看得见的未来，也要离开这里、离开现在……"

景晓慧失焦的双眸下，两行眼泪禁不住地流了下来。

"离开了我去哪儿啊？没地儿去啊！就连您都不知道怎么办，我……"

"可能我们每个人的人生都会有这样的时期：就像在黑夜的山野中跋涉，下起了大雾，前方一团黑暗，我们都慌、都怕，都不知道雾什么时候散，前面有没有野兽、有没有悬崖，我们还要走多久能走出去，走出去会看到什么……是的，我们就是无法预知这些，你不能，我也不能。我们能做的，就是不抛弃，不放弃，一起举好火把，劈开荆棘，一起往前走。"

姜愈说得真挚坦诚，疲惫的声音也似有了短暂的光泽。

景晓慧若有所思，目光虽仍有些闪烁，但还是抬头望向了姜愈。

姜愈有气无力地还以鼓励的微笑。

但随即，景晓慧又低下头，小声问道："那……您想过离开您太太吗？"

"取决于你怎么定义'想过'。如果你说的是有没有一些瞬间，我内心有个冲动，说好累啊好想歇歇也许离开她才好……是的，"许是不愿面对自己的答案，姜愈不自觉地闭了下眼，"我承认，有这样的时刻。但如果你说的是理智层面、意识层面、个人意志层面，我有没有想过要放弃她、抛弃她、离开她——不，我很确定，没有。"

他正视着景晓慧，吃力而坚定地点了点头。

景晓慧有些意外，上下打量姜愈。

那双深沉若渊的双眸，此刻却是一览无余，尽头映满了她的样子。

"我没想到您会这么说。"景晓慧语带感激，还多了几分钦佩。

"嗯哼，这给你什么感受？"

"说不好，觉着真诚算……'感受'吗？"景晓慧略有些忸怩，"以前我总觉得您就像尊菩萨，就坐在那儿，听我絮叨些有的没的，不过刚才，我觉得您也是个和我一样的……'活人'了。我觉着您还挺……挺勇敢的。"

"那，我是个'人'，活的人，又给你什么感受？"

"……有些焦虑吧，您也不是神仙，吹口气儿我就好了。"景晓慧反复揉搓着刚轻握起的拳头，"但这又让我有种很特殊的感觉，说不上来……"

"踏实的力量感？"

景晓慧细细体会了一会儿："对……是踏实，我老公总说无论发生什么他绝不会离开我，但我总觉得别扭，又说不出哪儿别扭，可能就是种不真实感吧……他越是拍胸脯，我越总是想……"

她卡住了。

愈发粗重的呼吸，削弱了姜愈对沉默的耐受力，未等太久，他便匆匆打了个手势："总想——？"

景晓慧的脸色变得像块冬天户外的铁，声音则像被磨过了一般，开出从未有过的刃："我想撕开那个面具。"

"你想去碰触一下真实。"

铁刃瞬间又成了蔫茄子："我其实也不敢，我这人特尿的……"

"你在怕什么？"

"我也知道，我就是在作茧自缚，从早到晚做啥都得先问茧答不答应……"景晓慧双手翻着花样地抠来抠去，像在剥一颗没淬过冷水的茶蛋。

"你在茧里？"

"不是，是我心里有个茧，茧里还有个我。"

"哦？那个你什么样子？"

"我也不知道，手也伸不到茧里，可能伸进去她就该死了……"景晓慧的声音像隔了十几床湿透了的厚棉被，"我完全不清楚里面的情况，就感觉被裹得特别紧，每天都可沉重了，只能用残留的那一丁点儿力气去维持外面的世界……每天一觉醒来，就得把那点儿真实的东西紧紧包起来，再造个壳子应付外边……"

"好累啊听起来。"

"是啊，又累又重。而且就算打开那层茧，我也不知道该怎么和外边接触啊！"景晓慧似要自嘲一笑，却又完全笑不出来，"你见过蚕农煮蚕茧吗？烧一大锅水，直接把茧放进去，煮软了抽蚕丝……我觉得我就快被煮死了！你说我们是举着火把在找路？至少我不是……我就是锅里的螃蟹，就算偶尔能把锅盖顶开透透气，也一点儿用都没有，早晚要被煮熟的……"

"你觉得人和螃蟹有什么区别？"

"我知道您可能要说主观能动性啊啥的，但螃蟹也有啊！"景晓慧垂头丧气，神色竟真有些像只半青不粉的螃蟹，"反正我是觉着没啥区别，都得认命……"

"确实，人也好，螃蟹也好，能力都是有限的，很多'力量'我们就是抗衡不了。"姜愈忽而一顿，又悄悄掐了一下手臂，将自己拉回此时此地，"不过你的比喻倒让我有了另一个联想，人和螃蟹，一个是内骨骼，一个是外骨骼。"

"什么意思？"景晓慧一怔。

"我们最硬的骨头在最里面，支撑起我们的身体；往外是有力量的肌肉，让我们可以踢腿打拳、握手拥抱；最外侧则是有弹性的皮肤，作为触碰世界的边界。"姜愈抬起疲软的手臂比画起来，"而螃蟹这种外骨骼动物恰恰相反，壳在最外，碰起来硬，但不能开口，否则就要流汤了：壳内的部分太过柔软细嫩，甚至有些不成形，还特别容易受伤。"

"您是说……我这种人的心理，就好像外骨骼的？"

"这个联想会让你不舒服吗？"

"没有没有，我觉得特别贴切！我就是这样，特别胆怯、特别害怕，只能躲在硬壳下面，可待久了一片黑暗我还是难过……"景晓慧扶着额头，双眉紧皱，似有阵偏头疼掠了过来，"等太难受了，我就打开壳子探头看看，可外边刮起阵风，我觉得要被刀子割了，就得赶紧缩回壳去舔伤口，发誓再也不出去了，可熬一段时间还会接着犯贱……"

"听起来整个世界——无论在壳里壳外——都挺不安全的。"

"然后呢？我知道这些就能好了吗？一切都还是老样子不是吗？说这些完全没意义啊……"景晓慧忽然抽离了出来。

"确实,就像我们反复提到的,我没法一两句话就让你好起来,这让你——"

"——我知道,"景晓慧莫名有些烦乱,"你要有那能耐你太太早好了……"

姜愈不自觉地向后靠了靠,稍稍拉远了距离。

他当然知道,对眼前这过早成为大人、一味逆来顺受的人而言,能说出这么带刺儿的一句话,不只是极其可贵的进步,也证明了咨访关系的进展。

只是那猝不及防的一扎之下,他忽而觉得献血的针眼周围,像新伤被海水泡了似的,火辣辣的,杀得生疼。

"对不起……我这么说是不是过分了?"景晓慧回过味来,忙不迭地道歉。

"我——"

又一阵咳嗽打断了姜愈,景晓慧的身子绷得更紧了。

感谢这突如其来的中断,姜愈有了包装真实想法的机会。待咳嗽过去,他已想好了应答,哑着嗓子缓缓解释道:"我作为人的那部分,确实会感到有些被冒犯,会因为自己的无能而感到挫败,甚至有点儿想迁怒你。而我咨询师的那个部分会问自己:发生了什么?我发现我在逃避,逃避面对真实,面对自己确实做不到。如果逃避不了,又不愿意承认,还不敢或者没条件向外发火,我就该对自己失望、生自己的气了——这些感受、过程,也许你也是熟悉的。"

随之飘来的沉默,稀薄而弥散,似江南绵延的梅雨,若母亲抑郁的目光。

姜愈粗粗地喘着热气,景晓慧那边则是一块冷冷的铁板,二者相遇,在两人间仿若凝出了无数湿漉漉的露来。

"是的吧……"景晓慧抹了抹眼角还漾着的泪花,"而且好多时候,我好像是在故意往那个更差的方向走似的,控制不住地冲动,不作那么一下难受似的,一心想着……想着……"

"我猜有时候,拆迁推倒,是为了新建。"

景晓慧不自觉地点了点头,嘴上却脱口而出了相反的信息:"不是的,我没想过这么多,我好像就是想破坏……"

"也许你需要沉到底才能确定安全,看过最糟的情况才敢探头试试,想追求好点儿的状态也要先确定自己任何样子都会被接纳。可一路走来,无论你怎么下沉、测试,**都还是**没法确定他人一定不会伤害你,所以这个环节从未走完停下。"

"总是他们先绷不住的啊!"景晓慧声音一下子大了几分,随即又萎靡地垂下了眼帘,"谁不想任性一把啊,可我没那个资本……"

"'没那个资本',为什么这么说?"

景晓慧周身溢出了四散的怨气,仿若发黑的千岁兰正随风挥舞着触须。

"刚结婚那会儿,有个周末我病了,特别不舒服,可还是得逼着自己起来做早饭,等做好了喊老公来吃,他还赖在马桶上刷手机,我当时就觉得特别堵得慌,然后就哭了。他这才觉得不对劲,问我怎么了,我跟他说我都这么难受了你一点儿都不关心我……"景晓慧说得激动,不停抚顺着胸口,"可他呢?一点都不内疚,还特自然跟那儿说'那你早告诉我啊,你告诉我我才能知道啊!'我真快被他气死了,特别的失望,全身都发冷,又憋屈,又委屈……"

"不过听起来,这个例子里,并不是你在任性破坏啊。"

"我还没破坏呢就这么难受了啊……"景晓慧啜泣了起来,"而且我也没地儿说啊,我和我妈说,她就说是我太作了,我就更……"

"我们可以陪伴一会儿你的委屈。"姜愈粗糙的声音平缓而安定。

景晓慧默默抽泣,姜愈亦趁此机会,半闭双眼,调整气息,给自己耗竭透支的身体多少储备点能量。

方才忍着没重蹈覆辙,还挺耗心神的。

"继续吧。"景晓慧从姜愈的纸抽里抽了两张纸巾,蘸去眼中的泪水,将纸叠好,扔进纸篓,"其实道理我也明白,两口子要沟通,我该跟他说我不舒服的,可是……我说不好,我就是做不到。"

"你害怕他照顾你吗?"

"我……好像有点儿吧!"景晓慧仔细体会,有些不可置信,"我想象了一下,如果他真成天端茶送水嘘寒问暖的,我反而会不自在,特别不自在……"

"你会觉得他剥夺了你去当那个好人的机会,一个无辜的好人,不欠任何人、但别人欠着你的、苦哈哈的'好人',是这样吗?"

若是平时,姜愈会循循善诱,尽量让对方说出这个答案的。

景晓慧倒不介意,只是喏嚅着自语道:"好人,好人……这样的好人……"

"好像你一直以来都是这个模式,只要稍有力气,就开启'好人模式',把自己的不满、需求、愿望通通压下去。你的不满、委屈越积越多,某一天受不了了,就会想一走了之，破坏一切，包括自杀。而等这股力量释放了，你就又回到那个'好人'状态，直到实在压不住了再次逆转爆发。"

"是的……而且好像这个状态越往后杀伤力越大，我会很累，很想逃。而且我……"景晓慧这次没哭，可那哭相却比真哭出来还要委屈，"我啥时候也做不了自个儿啊！总隔了那么一层！那感觉太难受了！太憋得慌了！"

"你生命里有没有例外？不那么憋得慌的时候。"姜愈兀自向前带了一步。

"没……有一次，对，只有一次。"景晓慧忽而舒展的目光望向窗外，"那天实在太难受了，也没多想，抬腿就出门儿了，也没看路就随意开，不知道开了多远，都进山了，然后忽然看到一片竹林，还有棵大树，我就在树下发了一下午的呆，就那会儿我才有点儿感觉，好像……好像我是我自己了……"

"平时你不能**主动**安排时间休息、娱乐、发呆、无所事事、照顾自己的感受。"

"所以才总憋到崩嘛……"景晓慧凄然一笑，"那天空气特别好，我一直坐到太阳下山，天黑了都没回去。山里可以看到满天星星，特别亮，还可以看到银河，南方还有颗星星特别红，我看着它忽然就想，如果我能……总之那个感觉很好，可回到生活中，我就又得……"

她又开始不停叹息了。

"如果你能什么？刚才你说了一半。"

"没啥，我们还是谈谈现实吧……"

"现实当然重要，但我觉得也许——"

"——就像您说的，我得先触到底，确定安全了，才能向外探探，可那个底太深了，我可能根本承受不起……所以那些念想想得越多，反而让我越难受……"

姜愈看着景晓慧退缩的眼神，犹豫了好久，轻声一叹，放弃了追问。

——也许，还不是时候吧……

"你有……'见过'那个底吗？"姜愈询问得极是平缓。

景晓慧脸色阴晴不定，踌躇再三。

"姜老师，上次您说我想杀了我的孩子，我说没有……"

姜愈忍下"我没这么说"的冲动，听她继续说了下去。

"结果上周发生了件事，真把我吓到了。"景晓慧吞了口口水，似此时提起仍有些紧张，"具体为什么我忘了，总之什么事惹到我了，我饭也没吃在那儿生闷气，心里一直有个声音说'我都**这**样了你们怎么还**那**样啊'，紧接着又批评自己做了这么久心理咨询，怎么还总想着用折磨自己控制别人，可我就是控制不住啊！总之特别烦，想大哭一场又哭不出来。兰兰找了我几次，我也没心思搭理她。她爸嘴上说他带孩子，是，他是把孩子拉开了，但这男同志带孩子是真不行，又不肯学，没带一会儿就开始和兰兰看动画片儿，到头来还得我去给她读绘本，她爷俩还都不乐意，最后我实在被他们整烦了一摔门自己躲屋里了，还上了锁。这时候兰兰怕了，跑过来死命拍门，可那会儿我就是不愿意开……"

"你只想一个人待一会儿。"

"我就是好烦啊！"景晓慧十指勾起，狠狠耕耘过发际线，"不止一次两次了，好多回兰兰特别欢腾地跑向我，'妈妈妈妈'喊个不停，眼睛里都闪着光，可我就是经常不想理她，想把她推开，恨不得跟她说'一边儿待着去'，太冷漠、太残忍了！我真特受不了自己这点，可就是……"

"你特别不想让孩子体验到你当年体验过的那种被……被有些冷漠、有些嫌弃地推开的感觉，所以完全不容许自己拒绝她。但这样你自己的能量只出不进，快速消耗，耗干后就会克制不住地想推开她，甚至伤害她，过后又会自责。"

"所以孩子会察觉到对吗？"景晓慧的声音有些发颤，"那天晚上，兰兰突然没前没后地问我：'妈妈你会杀人吗？'我当时吓了一跳，就问她你觉得妈妈想杀谁啊，然后她特别确定地跟我说：'我和弟弟'……"

景晓慧梗着僵硬的脖子，使劲吞咽着口水，像刚看完恐怖片一样。

"我当时一下子就从之前生闷气的状态里出来了，身上真是一阵鸡皮疙瘩，我问她你为什么这么觉得？而且你也没有弟弟啊！她就说，爸爸想要弟弟，你不想要，你也不想要我，你希望我们都没掉。我当时真被震惊了……"

"你被吓到了。"

"是的！我真被兰兰……我是被我自个儿吓到了！"景晓慧的手指又放到了嘴里，"之前您说的时候我还说没有，这次兰兰说了，晚上我就躺在床上闭上眼睛去体会，然后就发现我内心深处，真的有好多那种……我形容不出来，就是那种黑色的能量在窜，特别狰狞，特别可怕……"

"两股极端的力量在撕扯着你，"姜愈努力克制住喉部的不适，解释得尽量平缓镇定，"那股秩序化的力量是平时的主流，但是那股让你恐惧的、平时拼命压制的力量又经常冲破秩序的限制，去破坏、毁灭，也去创——"

"——它就是个魔鬼!我心里住着个魔鬼!!"景晓慧面部扭曲着哭喊道。

"首先不必过于担心,"姜愈和颜安抚,"我们每个人可以控制的只有我们的**行为**,至于内在黑暗的**想法**,谁都会有,嗯哼?"

景晓慧一脸怀疑,不置可否。

姜愈揉了揉太阳穴,语速越来越快:

"其次,你说的让我有个联想……

"无论在东方还是西方的神话里,那些个妖魔鬼怪总是和生命、生殖、生命力联系在一起,从白素贞到聂小倩,到西方的莉莉丝,都格外鲜活,格外有生命力。相比之下,那些代表秩序的伟光正神明们总透着股无性繁殖的味道,特别没有活力。从玉皇、王母、天庭诸神到西方七天九层的天使,几乎每个神仙公务员都被刻画成了一个模子,性格无趣,生活单一,归结起来就是'什么神就该干什么事儿',重复劳动一做几千年,甚至都恨不得不生殖或者无性生殖。

"说这个我不是想讨论神话学,而是说,也许这些隐喻是人类集体潜意识里共通的感觉——那种秩序的、理性的、完美的、'好'的存在,同时又是失活力的、不鲜活的,因为秩序代表着不变;而那些生机盎然的、有生殖感以至生命感、可以创造出**新**的可能性的东西,恰恰蕴藏在我们内心中那一个个混沌的、失序的、有攻击性的、会反抗又会争取的、有欲望的'魔鬼'体内。"

随着体力心力不断下降,平日惜字如金的他俨然成了话痨儿,之前头部、手脚多余的小动作也已扩展到四肢躯干。

景晓慧倒未对姜愈的长篇累牍多作苛求,反而细细咂摸起了话中的养分。

"……好像是这么回事儿,做那些'坏事'的时候,我才能……才能……"

"就像小孩子跑来跑去调皮的时候会显得格外有活力,特别乖的反而——"

"——对!就是那种感觉!调皮的!有活力的!"景晓慧的双眸中闪过一丝孩子般的光芒,"可我都这老大人儿了,还是不能允许自己……允许自己……"

"允许自己——?"

"不能允许自己不做好人!"景晓慧一砸掌心,"对,我还是不能允许自己做坏人……"

"如果你不是好人,就得是十恶不赦的坏人?"

"不然呢?不然我还能做啥人?"

"凡人。"

景晓慧愣住了,她从没想过还有这个答案。

"凡人?凡人……"

"对,凡人,你能接受自己是凡人这个设定吗?"

"我……不,我不敢往下想……"

景晓慧又用力抠起了脑袋,像要将手指戳进颅骨一般。看得出她的头很疼,像在着力克制着什么,以致坐在那里都已极为费力。

姜愈刚要开口,又被一波延绵的咳嗽打断了。

这次他咳得极为剧烈,差点咳出肺来。喉头不知破了多少毛细血管,满嘴铁腥味;眼前黑紫色的云片飘飘荡荡,还有飞蝇乱舞;重重的脑袋压弯了颈椎,每咳一下都将神经揉捏一轮,带来阵阵反胃晕眩。待那恼人的咳嗽终于停了,他依然是坐立不安,百爪挠心。

犹豫片刻后,他下定决心,主动跳出了刚才的互动。

"抱歉,你介意我去喝口水吗?"

景晓慧颇为意外,一时愣住了。

场上紧张的氛围戛然中断,缓了下来。

"当然,不介意。"景晓慧不解到有些恍惚——这种事为什么还要问我?

饮水归来,姜愈的状态缓和了些许。

"那,我去喝水你有什么感受?……"

"没什么吧,您这带病还来帮我,可我还是好不了,觉得挺对不住您的……"

"我在这个位置上工作一万多小时了,这是我第一次在咨询期间喝水。"

"啊?!为什么?……"

"一些专业要求吧,不多说了,但……确实如你所见,今天我身体不大好,本来想再坚持一下的,但我发现,我嗓子**真的**不舒服,如果不喝这杯水,后面的咨询我**其实**也还可以进行下去,但那样的话,我可能只能**技术性地**回应你了……"

"那有啥问题?这里不就是用您的专业技术帮我找我的问题吗?"

"也许部分如此,确实我可以凭之前的理论储备、临床经验给你些还算'恰当'的回应,多少也可以帮到你,但——"姜愈吃力地前倾着身体,右手按住了心脏,"那样的话,我没法**感受你**。"

"感受……我？"景晓慧木木地重复道。

"对，就像我们之前提过的，负责任的妈妈。"姜愈疲惫地靠回沙发，好像一下子用光了攒了好久的力气，"如果我的状态太糟了，我就没法体会你那边细微的情感流动，去看你内部到底发生了什么。我的身体会强行拉我从这里逃开，逃得远远的，如果我再强硬地压抑着自己不许逃开，**逼**自己坐在你面前，可能我就会开始走神、犯错，甚至会不自觉地想毁掉我们这里的工作、这里的关系。"

"我……明白您的意思了！我好像就是一直都在技术性地对所有人好，真受够了！但……但我又没办法去给自己倒这杯水……至少我不抑郁的时候，真做不到啊……"

"我理解，其实刚才我想喝水的时候，我也会紧张，也会有些焦虑。"

"真的？您焦虑什么？"

"我体会了一下，大概有三重焦虑。"

姜愈刻意沉默了稍许，景晓慧耷拉着脑袋，眼珠却转个不停，忽而偷偷笑了："你不会也觉得不应该喝水吧？"

"是的，这就是第一重。我们确实有些理论认为合格的咨询师不'该'喝水，喝水就是无法耐受场上的焦虑之类的——这是我们谈过的'应该'和'想要'的议题，也包括一些非常硬的、绝对的、缺乏弹性的'应该'。你分析得很到位。"

"真的吗？我还以为您不会像我这样呢……"景晓慧腼腆地笑了，"那您是不是也觉得如果您做不到不去喝水就不是个好咨询师？反正换我肯定会的……"

"嗯哼，你又说中了，关于'做个凡人'的焦虑，你很熟悉。"

"太熟悉了！别人说我不好，甚至他们只是没说我好的时候，我整个人……不，是那个'我'，都好像要被吃掉、要消散掉了……"

"你需要自己是一个全能的，或者全好的存在，否则就会掉落到一个彻底无能的、彻底坏的存在里。在你心里，好人坏人、好妈妈坏妈妈、有能力没能力……等等等等，都是黑白二分的，没有中间量，并且都针对'我这个**人**'。所以外部稍有风吹草动，无论是客观评价、他人需求、改进意见，还是人身攻击、歧视指责，都会唤起你那种特别强烈的'我不好'的毁灭感。"

姜愈说话的当口，景晓慧紧紧咬起了嘴唇。

"……您说得对，我大部分精力都一直用在防止被差评上了。"

"嗯哼，而这恰恰涉及我说的第三重焦虑——有的时候，我们格外害怕差评，也是因为我们内部的一个部分在期待差评。"

"为什么?!"景晓慧瞪大双眼,"我不这么想!有谁会期待差评呢?!"

"期待关注而又不认为自己能得到好评的人。"

景晓慧呆呆地张了张口,像要辩解什么,可终究什么也没说。

"差评好歹是评价,是关注,是看过来的目光。"姜愈画蛇添足地解释道,"如果连差评都没有……"

"就什么都没了……"景晓慧又开始啃起了指甲。

若是平时,在这弥足珍贵的时刻,姜愈定会报以沉默,给对方留出足够的时间空间慢慢体会。可此时的他却生怕对方听不懂般,喋喋不休地补充道:"就像刚才,我喝水的时候也会焦虑:你会不会不满意?会不会觉得被忽略了?会不会觉得我不专业,或者不重视你?会不会因此离开这里?这样我们的联系就**断**掉了。"

景晓慧本已临近领悟,却被姜愈大段的废话打断探索,那清明闪现稍纵即逝,当下便重新游入了意识深处。

"我们谈点儿别的好吗姜老师?您说的这个特别对,我就是一直被这种感觉压着的,但我……但我不知道为啥,我不大敢碰这里……"

"那……等你准备好了,我们再碰。"姜愈看时间不多,也便不多勉强,"我们停在这里,会让你有什么感受吗?"

"安全吧?对,安全,可控,而且我可以不用那么……那么……"

"用力。"姜愈过快揭开了答案。

"……是的吧,我确实很用力啊,"景晓慧木木地回忆了一会儿,"就像之前谈过的,已经特别努力,真的特别努力了!特别想做个好妈妈,好妻子,好女儿,好朋友,可最后……每次想到这些我都觉着一定是我太差劲了,我怎么就不能像那些妈妈们那样发自真心地去爱我的孩子呢!……"

"你已经太累了。"姜愈的目光有些散乱,也不知此刻说的是谁,"你为了让自己成为**想象中**别人会认可的'好'的状态,已经太疲惫了。当你的资源严重不足时,就只能给他们'技术性的回应',只能去'抓住'关系,而没法去'体验'双人共舞——说到底,你不能坦坦荡荡地**先**照顾好自己再去照顾他人。"

景晓慧一时语塞,错开姜愈的目光,恰好看到了所剩无几的计时沙漏。

"抓得越紧,漏得越快吗?"她双手交缠,拧巴在一起,"可如果我不管他们就先照顾自己，是不是太自私了呢？"

"如果蓬蓬或阿朱说她要先照顾好自己再照顾家人，在你看来自私吗？"

景晓慧扶着额头，皱着眉头思索了好久："道理我懂，我也知道我双标，可……可我还是做不到啊！别说做了，哪怕只是想想，说我不去尽全力照顾他们，我都觉得天要塌了……"

"而你希望即便你不做那些，天也塌不下来？"

"我……我说不清。"景晓慧慌乱地摇了摇头，像个藏了糖果的孩子。

"'那种不设条件的爱，哪怕一次也好，我好想体验下啊！'——是这个感觉吗？"

两行泪水静静流下，在名唤沉默的土壤上灌溉了许久，却始终未见新芽冒出。

姜愈微微分开嘴唇，留出一道细缝，辅助着愈发困难的呼吸，不自觉间还将远离景晓慧的那条腿拐去了沙发侧面——那是"起身要走"的肢体语言。

"从没人真在乎过我、把我放心上过！"景晓慧终于缓缓开口，静静的诉说若地缝中伸出的巨手，将天空从高处狠狠拽下，直要压碎大地的脊梁，"我乖的时候，听话的时候，他们什么也不会说。我要是病了，他们觉得我惹麻烦；我要是被欺负了，他们觉得我添乱；我想要套画笔，他们觉得我不体谅他们……是，我要真难过了，哭起来了，他们也偶尔给过我关注，可就像在施舍一样！但凡不赶紧好起来，他们那脸色一下子就耷拉下来了，就好像再说：你差不多行了！有完没完了！怎么这么不懂事儿！再这么胡搅蛮缠就从这里出去……"

景晓慧指指门外，少有地磨了磨牙齿。

"听起来像是上次结尾的情——"姜愈的回应再次被咳嗽打散了。

景晓慧刚燃起的一丝期待，也随着那咳嗽声消散成灰。她似若违心地对付了句"不关您的事"，又委屈巴巴地问道："别人会想要这种无条件的爱吗？"

"别人想要，或者不想要，对你来说意味着什么？"

"我只想知道我是不是要的太多了啊！"泪水再次夺眶而出，"我总觉着其实我要的特别少！其实我要的特别少啊！！但我又不敢确信……"

"你想要什么？"

景晓慧忽然爆发了，她大声哭着，喊着，像个不吝撕裂声带的婴儿：

"我就想不管我乖不乖你们都可以抱抱我！我考好了你们能夸夸我！我没考好你们能安慰我！骂骂我也可以！不要总是无所谓！总是不关心！或是出于责任跟

我说你该怎么总结经验教训,我不想听那个!我每次都想着这次肯定还是和以前一样,每次又都隐隐盼望着自己猜错了,然后每次都失望……每次!!

"我真的已经很小心了!很少麻烦你们了!为什么你们就不肯看看我呢?我知道你们忙,你们要养家,你们有'别的事儿',可我呢?你们从不觉得我重要,从来都有理由抛下**我**去忙别的!从不肯放下别的来关注一下**我**!从来都是!

"从小到大,一直是这样,你们忙,你们累,你们有事儿,我就必须习惯没人看我,没人管我……可我怕啊!真的怕啊!"

"所以你一直怯怯的、战战兢兢的,始终在学怎么不让他们操心,怎么找到'正确'的路走……"姜愈的语气被他的呼吸烘得热乎乎的,"长大后,你有了更多的能力去处理外部世界的各种事务,你越来越擅长戴上面具扮演那个'正确'的角色,但你心底仍然住着那个小小的孩子,她一个人乖巧地做好家务,打理好自己,办那些'该办'的事儿,全忙完了就缩在角落,再周而复始……外边的世界光怪陆离,万千繁华,但都和她无关,因为房间里永远只有她一个人,她不敢走出,也不愿意走出,因为那最初的渴望还一直没被满足呢……"

"最初的渴望……你不说,我都快忘了啊!"景晓慧几分辛酸,几分欣慰。

"也许你只是希望周遭不再是个冷清的房子,而是个热乎乎的家吧……"

"家?"景晓慧似被冻住了几秒,"为什么我第一反应想到了洞呢……"

"也许对你来说,那就是个黢黑的空洞。在它被填满前,外边的一切都只是镜花水月、沙上城堡,再美好再繁华,也吸引不了你的目光……"

姜愈说到最后,连换气都有些吃力了。

景晓慧闭上眼睛,痛苦地点了点头。

恍惚间,姜愈竟真觉得眼前是一座玄冰囚牢,衣衫褴褛、乱发赤足的小姑娘做完家务,落寞地蹲在一角,周身疲惫,眼神呆滞,脸上满是冻住的泪痕。

"这老多年了,我就一直被关在那个洞里……不,甚至不是关着,是悬着!飘着!"景晓慧声音发颤,似哭非哭,"别说什么掌握自己的命运了,我想扎根儿都找不着地儿啊!就这样悬在那片黑暗里……"

"就像个半夜惊醒,发现怎么哭都没人过来的婴儿似的。"

"对!就是那种感觉!所以我才想毁了这一切!毁了我自己啊!我厌恶!我真的厌恶……"

暴风骤雨席卷而过,之后是大片的空白。

第十一章

窗外云开日出，咨询室中再度洒满阳光。

"我们……是不是时间超了？"

"嗯哼，那我们今天到——"

"——有个事情还是想和您再商量下，"景晓慧重新端正坐好，"上次回去后我又算了算细账，经济方面还是有点儿紧张的，所以价格方面……我已经很不好意思了，但还想问问能不能再优惠点儿？当然现在这样我也可以接受，您要是不舒服我们下次谈也行……"

"我收到了你的体谅和关心，但……呼……一方面确实我们今天时间已经超了，另一方面这也让我想到了刚才'无条件的爱'这话题：此刻钱、设置代表了我们这里存续的'条件'，也许你既想验证一下，去掉它们，我们的关系、这里的关注与支持还能不能继续，但另一咳咳……但你又会有些害怕，害怕我倒下、离开，无论因为我自身的原因或是因为'条件'的去除……"姜愈若风烛残年的老人，不得不暂停了片刻，大口喘息了数次，这才继续啰唆道，"我注意到，每次我咳嗽你都很紧张，还会撤回某些话题，可能有时是你的需求，有时是对我的不满，等等。我想也许在你的幻想层面，你的需求、不满是会伤害到我的，我倒下了你会内疚不安，我离开了你会惶恐害怕。而这也是你生活的缩影：你在**这里**焦虑、担忧、害怕、回避的，你在生活里同样也会。"

沉思稍许后，景晓慧避开姜愈的目光，起身说道："我会好好想想的，谢谢。"

姜愈暗暗松了口气，双手费力地撑住沙发，起身恹恹地跟着景晓慧挨到门口。他的步伐有些踉跄，眉头轻皱，总觉得似乎忘了什么，但又实在想不起来。

"对了，我要是……要是告诉老公我怀了，他会不会对我也好一点？"景晓慧方一开门，又停了脚步，她摸了摸肚子，腼腆地笑了笑，还轻轻挠了挠脸颊。

"我们下次讨论，"姜愈恍然，"谢谢你告诉我。恭……总之，下周再说。"

景晓慧是否想要这个孩子还不确定，贸然的恭喜，只会挡住后面的讨论。

何况这漏掉的重要信息更提醒着他，自己这糟糕的状态，已必是做多错多。

"谢谢您的努力，没把我推给精神科医生。"景晓慧微鞠了半躬，极是真诚。

咨询室大门关上的一刻，景晓慧站在原地，长舒了口气。

她抹了抹泪痕，整了整头发，拍了拍脸蛋，感受了一下肌肤的弹性，又努力地笑了笑，虽仍有些勉强，但相比从前，已自然放松了许多。

　　她收拾好心情，走向电梯，刚走两步，咨询室里忽然隐约传出一声闷响。

　　她有些狐疑，往回走了几步，见不再有声音，便又犹豫着转身离去，可没走两步又不放心地再次折回，纠结着挪到咨询室门口，伸手想要敲门，但指尖刚触到微凉的大门，便又缩了回去。她四下看看，见走廊里没有摄像头，便将耳朵贴在门上——悄无声息。

　　自我安慰了几句后，她转身离开了。

第十二章

黄口黄粱歎恍惚

沙哑的喘息声若粗糙的沙砾，洒在八音盒敲冰戛玉的乐声间。

发条稳稳转动，胸腔痛苦起伏，其余一切，却仿佛都静止了。

打翻的花瓶好似被遗弃的老妪；旁边的卫生纸滚得太远，残破多灰，还吐着一米长的白舌头；挂钟歪在地上，仍在转动的指针被掰弯上翘，若两只不甘的手臂；钟畔是满地纸屑，上面密密麻麻写满了字，许是被撕碎的手稿；沙发靠垫被挠出了发黄的填充棉，犹如解剖台上的脂肪；帕格尼尼[①]琴谱散得满屋都是，小提琴落满了灰、崩了根弦，泛黄的琴弓也断了不少毛，像谢顶老男人疏于打理的残发般支棱着；脏兮兮的木地板上印满了番茄酱的脚印；墙上还歪挂着一幅当月的挂历，配图是马克·罗斯科[②]的14号作品，挂历被撕去了一角，纸的边缘像排白牙般撕咬在那黑与红的画作上，似要将画布后作者的胸腔血肉淋漓地扯开一般。

精巧的银质八音盒嘲讽地歪在这片垃圾堆里，演奏着哥特风格的旋律。

姜愈正站在满地狼藉的中心，掐着爱猫莎乐美的脖子，将她高高举起。

莎乐美眼睛睁得大大的，一动不动看着主人，幽蓝色的瞳中写满了困惑、委屈、伤心以及放弃一切的绝望。

姜愈大口喘着粗气，满头大汗，衣衫凌乱，双手颤抖，脸庞抽搐，布满血丝的双眼中同样写满了故事，盘根错节地交织着心疼不舍，愤恨怨毒。

一人一猫，就这样对视了许久。

昏惑的台灯发出滋滋的电流声，时灭时亮，将他们的影子闪烁着投在墙上，仿若一个孱弱的少年正掐住一个婴儿的咽喉。

上翘的分针，已划过近半个表盘，少年的喘息渐愈平稳，影子微颤的幅度也越来越小，几不可察。

[①] 尼科罗·帕格尼尼（Niccolo Paganini），意大利小提琴/吉他演奏家、作曲家、早期浪漫乐派音乐家，是历史上最著名的小提琴大师之一。

[②] 马克·罗斯科（Mark Rothko），美国抽象派画家。

剑拔弩张的氛围，似已缓和了。

喀喇一声，"婴儿"的头软软地耷拉下来。

姜愈猛地惊醒，床角的手机，正嗡嗡震个不停。

他惊魂未定，揉揉酸涩的睡眼，擦擦额上的潮湿，连做了好几次深呼吸，才慢慢平复了狂跳的心脏、剧烈的呼吸。

手机的震动，自己停了。

头边的湿毛巾还隐有余温，想来是睡前被放在额上，梦中刚被抖落不久。莎乐美正慵懒地趴在一旁晒着太阳，发出轻微的鼾声，睡得又香又甜。

阳光和煦，岁月静好。

只是苏润的被窝仍是空的。

他忍着浑身酸疼挣扎着坐起，搓了把脸，醒了醒神，这才发现已近中午。

屋内被收拾过，比之前整洁许多，床头柜上放着叠好的另一条毛巾，旁边是板扑热息痛和一杯清水，杯下压了张字条，字迹娟秀，写着"我去买菜"。

姜愈的嘴角向上扬了扬，似有些想笑，可随即又捂住嘴，克制着没哭。他抹抹眼睛，把水喝干，小心将字条叠起收好，懒洋洋地去摸索手机。

仅这几个动作，他就已累出了一头冷汗，只觉身体意识马上又要脱节一般。望着盛夏阳光中飞舞的毛屑，他揉揉昨天给景晓慧做完咨询后晕倒时摔青的脸颊，只觉恍若隔世。

又歇了一会儿，攒好体力，他才迷瞪着双眼，懒懒去看手机。

瞬间清醒。

两个未接来电，都是岳寥若打来的。

姜愈知道，岳寥若向来秉着"对方看到自然会回，若是不回何必追着打"的心态，完全不是夺命连环 call[①] 的性格。

两个电话，定是紧急之事。

他赶忙翻看短信，果然岳寥若发过一条。

"来人民医院急诊。"

发信时间：上午 10 时 16 分——而现在，已快中午 12 时了。

[①] 中文意思为打电话，呼叫。

姜愈从床上一跃而起，胡乱套上件衬衫，急匆匆地冲出门去。

刚锁上门，他又开门冲回，抄起落在床上的手机，嘭的一声撞上了门。

急诊室外。

姜愈脸色煞白，四下寻找，只见医院里人来人往，比早市还要拥挤嘈杂，哪里见得到岳寥若的影子？

他慌乱地去摸手机，肩膀却被轻轻一拍，回头看去，岳寥若正站在身后。

每次都是她先找到他。

"岳、岳老师怎么样了？"姜愈顾不上更多，气喘吁吁地问道。

"不知道，还在等结果。"岳寥若面若凝霜，递了个眼色——不远处抢救室的灯还红若鲜血，格外扎眼。

"怎么回事到底？"

"怪我，只配了药提醒他吃，没藏好，结果老人家吃完忘了，自己翻出降压药来反复吃了好几次，一头从楼梯上栽下来了。"岳寥若恨恨说道，也是颇为自责。

"现在呢？什么情况？"

"送来的时候一直昏迷，刚洗完胃，断了根肋骨，脑震荡不算太重，别的不确定，医生还在处理呢，等着吧。"

岳寥若找了个空座坐下，拍拍旁边刚空出的位子，姜愈却仍站在一旁，不停地东张西望，似要找些事情填满这难耐的空闲。

他也说不清，自己为何如此焦虑。

明明当年在妈妈的抢救室外，他也还能勉强保持克制冷静啊……

抢救室门口的一老一小，吸引了他的目光。

白发苍苍的老奶奶，带着个瘦瘦的小女孩，也正焦灼地候着。

小女孩的眼睛乌黑灵动，会说话般，脸上既有童真可人的一面，又隐然几分与年龄不符的成熟忧郁。她背着大大的书包，抱着个漂亮干净的布娃娃。那布娃娃萌软可爱，也是小女孩的样子，看得出主人保养精心，没什么污渍破损、缝补痕迹，除了颜色褪淡，显出它已颇有年月外，与崭新无异。

姜愈看到小女孩的第一眼，就觉得有些眼熟，却又完全想不起来。他努力在记忆库中翻了半天，实在没有线索，只好悻悻移开目光。

"坐下等吧，"岳寥若体贴地又拍了拍身边的座位，"看你脸色好差啊。"

"还好。"姜愈嘴硬体软，瘫坐下来，"我说寥若，你可真沉得住气啊……"

"着急有用的话我会急的。"岳寥若淡淡的回复一如平常。

"刚才真对不起，我睡过了，没听到你电话。"

"能猜到，所以没多打。不过你真没事儿吗？脸都白得跟纸一样了。"

"那也就跟你一样而已嘛！"姜愈无力地笑着掩饰道，"放心啦，真没事儿，就上周游个泳回来感冒了。"

不等他继续力证自己的健康无碍，冰冰的手掌已搭在他的额上，未等他反应过来，后颈又被轻轻一环，岳寥若微凉的额头也轻轻贴了过来。

姜愈一脸尴尬，心底却涌起了一阵温暖——两小无猜时，两人便常玩这过家家的医护游戏，后来二人年龄渐长，男女有别，不好再如此亲昵，再加上生活多有波折，也便行得远了。此时岳寥若这有心无心的举动大方坦荡、毫无矫揉，恍惚间依稀唤起了沉寂多年的岁月时光。

岳寥若却似未作多想，伸手说了声"身份证！"完全不容置疑。

"身份证？"

"对，给我你的身份证，挂号，你必须做个检查。"

"不用不用，就跟这儿接着等吧！我就感个冒……"姜愈几乎缩进了椅子里。

"不可能，凭你的体质，单纯游个泳感个冒，至于烧成这样吗？"

"好吧好吧，福尔摩斯饶了我吧，是这样，我吧，那啥，之前献了次血唉你听我说啊，以前我也常献的，休息休息就好了。"

"以前你会献血后游泳吗？"岳寥若面露愠色。

"这哪儿记得住啊……"姜愈擦擦淌下的汗，喏嚅着糊弄道，"别多想，就是个偶然事件，那天天儿太热了……"

"那天之前发生了什么？"

"什么也没发生，可能就是最近有点儿累，没别的了。"

"有'点儿'累？"岳寥若一万个不信。

"对，没别的，"左支右绌地躲闪后，姜愈换上了一副插科打诨的腔调，"我吧，打算突破下自己，这人总要突破舒适区才能成长进步的嘛，对不对，所以我答应老宋做那个课，这样最近就又多了些工作。"

"你之前工作量多少?"

"其实没多少,除了咨询外就五六堂课,几场督导,还有——"

"——咨询量多少?"

"……三十多吧。"姜愈讨好地笑笑,闪开岳寥若又冷又烫的目光。

"你在做什么?"

"积极工作,积极生活。"

"你真那么想累死自己吗?"

"那啥,'对待生命你不妨大胆冒险一点,因为好歹你要失去它。①'"

"你打算用嬉皮笑脸来防御这个话题?"

"幽默是高级的防御机制。"

姜愈少有的混不吝让岳寥若真的恼了:"这么大的工作量,家里苏润姐还重度抑郁严重消耗你的容器功能,再答应老宋继续给自己加码,你到底在做什么?"

"赚钱啊,"姜愈依旧一副死猪不怕开水烫的样子,"要有你那么有钱我也歇着,这不没有嘛?苏润一时半会儿不会有收入,我还得考虑个学区房啥的……"

"你,到,底,在,做什么?"

"好啦好啦,也许有点儿吧,我知道你想说什么。"姜愈有气无力地摆了摆手,半是投降,半是安抚,"我们说点儿别的吧,话说上周我有个新的体验——"

"——我想说什么?"

"可能我有点儿躁狂性防御吧。"岳寥若严肃认真的样子,让姜愈恍惚间想起了十几年前的岳无峰,态度便软了少许,"按教科书的写法,表面上不停加码是为了逃离内在的抑郁,你是想说这个吗?"

"我并没有下这样的结论。"

"那你想说什么?死本能?强迫性重复?自恋?自我证明?还是什么?倒是说清楚啊……"

不远处的喧闹,打断了二人的对话。

"喂?喂……唉小江啊,我是张阿姨啊……对,麻烦你哈,对对对,待会儿让她抽空出来一下,好,谢谢啊……"

---

① 出自尼采的《作为教育家的叔本华》,原文译为:我们对待它(生命)应当敢作敢当,勇于冒险,尤其是因为,无论情况是最坏还是最好,我们反正会失去它。

刚才那位白发老奶奶，正大声喊着电话——经历了多次无人接听后，她正压着烦乱，这回总算拨通，嗓门便像装了扩音器般，直引来无数侧目，也让那小女孩羞得脸红，低头不敢看向四周。

姜愈这才知那老人姓张，心下更是困惑，暗想自己确实不认识她们，何以老少二人的感觉却如此熟稔。

"我不想越俎代庖，但我真的很担心你。"沉默稍许后，岳寥若的语气亦柔软了许多，还透着几分心疼。

"谢谢……"

"我们不谈那些太理论的东西，就看看你的生活，一周三十多个案，就算不干别的，对绝大部分全职咨询师来说都已经超过极限了。"岳寥若轻轻攥住胸前的十字架吊坠，"而且你的自我体验也停了，亲密关系里也常年得不到滋养补给，这个状态太容易耗竭了！"

"我没耗竭！远着呢！"姜愈的否认强硬而虚弱，"我依然热爱我的事业，享受这个过程，我还是能帮到很多人，对，我真的能帮到他们……"

"我相信，但在这个不断加码榨干自己的过程中，你好像在惩——"

"——你是说我想毁掉自己吗？"姜愈似成竹在胸，"这个话题我和很多来访者都谈过，放心吧，我有数儿。"

"那你**有**这个部分吗？"

"我……"

姜愈一时哑然。

他虽防御，却不会说谎。那简单的答案梗在胸口，似只未去皮的榴梿，稍往上挪，便一阵疼痛。

他移开目光，却见那一老一小仍在焦虑地等待着。张奶奶不时向手术室门口张望几下，那女孩则一声不吭，在一旁低头抠指甲。

"欣欣等等哈，妈妈一会儿就来。"张奶奶语气焦灼，不知在安慰谁。

"奶奶别急，欣欣听话，慢慢等妈妈。"

——真让人心疼！

姜愈暗暗感慨，却也做不了太多。他无奈地收回目光，哑着嗓子呕出了半只榴梿："可能多少有点儿吧，确切说，有时……"

他一阵咳嗽，将后半只又咽了回去。

"有时候你会嫉妒苏润姐，整个家是你在扛着的，甚至她也是你在扛着的，但她的抑郁、她的'病'可以让她停下来休息，所以你潜意识里有一部分想把自己累垮，让自己病倒——这是你刚才想说的吗？"

"算是吧……所以你看，我还是挺有觉察的吧！"

"但我觉得好像不止如此。"岳寥若疑窦丛起，眉间凝霜，闭目体会了几秒，"还有一种……时间不够，赶时间的焦虑感。"

"什么意思？"姜愈有些警觉。

"就好像你不得不做得再多点儿，再快点儿，不能喘口气儿，不能停下来……对了，你多久没休假了？休息日是不是也在工作？"

"是又怎么样！你又不是不知道，我喜欢充实而有意义的生活。"

"我知道，所以才更担心。"岳寥若忧心忡忡地抚了抚胸前的吊坠，"你从小身上那种死亡焦虑就特别重，就像得了绝症的画家玩命作画和死神赛跑似的。"

"你想说我没长进吗？"姜愈意外地被戳疼了，"寥若你的理论水平相当高，但反过来，很多时候你太依赖理论了！"

"我刚才依赖的是我的感受。"

"但我没这个感觉！"姜愈少有地向岳寥若发起火，"我不焦虑！一点儿也不！把生活过充实怎么还有错了呢？！我喜欢我的工作，帮到那么多人我很自豪，很有自我价值感！开心得不得了！"

岳寥若看看这术后烦躁的病人，无奈地换了个哄孩子的口气："你可能见过不少这样的女性来访者：她们在育儿上投入过重，整个生命完全失衡，她们试图做一个完美的母亲来填补自己当年的缺失，但如果你去戳这个点，她们很多时候都会暴怒地否认。"

"你就直说你想谈我妈呗！你想说啥？我在认同她？还是在和她竞争？！"

"我并没有在说——"

"——说也没关系啊！我承认！张念骅抑郁那么多年，我妈一个人撑起这个家，把我拉扯大，还给他当容器，我很佩服啊！这没什么可藏着掖着的！"

"但我想说的是，你的——"

"——你是不是想问我的感受？我很骄傲，我为她骄傲！"要不是碍于场合，身体又绵软得使不上力，姜愈几乎要咆哮起来了，"如果你非说我在认同她，好吧，也许有，但这有什么问题呢？我认同她，她是个好妈妈，我也在努力给我的来访者当个'好妈妈''好爸爸'①，这是该点赞的啊！难道要像你这样，去认同一个不在场的、抛弃孩子的妈妈？"

话甫出口，姜愈就后悔了。

这刀插得太狠了。

寥若这是在帮自己啊！

更何况，他还是她最信赖的人之一。

薄薄的泪水，在岳寥若倔强的双眸中短暂盈起，又被迅速咽下。本就缺少血色的嘴唇也被她绷得有些发青。但她依旧真诚关切地看着姜愈，没有反驳，没有争辩，没有走开。

"抱歉，我过分了，很过分……我道歉。"姜愈欠身鞠了半躬——他是真为自己的失态而懊恼。

岳寥若点点头，用眼神说了句"我懂"，算是接受。

饶是如此，两人间仍落下了一堵沉甸甸的幕布，一时无言。

手术室的门，忽然打开了。

几位医护匆匆走出，有的快步小跑奔向别处，有的忙着和同事交代事宜，一个小护士拿着几页文件，高声唤着病人家属签字，随即便被团团围住了。

"我去问问爷爷情况。"岳寥若起身刚走两步，又扭头把姜愈摁回座位。

姜愈无奈，只好守在原地，看岳寥若上前排队，等待问询。

他一并看到的，是张奶奶拉着欣欣，快步冲向了一位刚出来的女大夫。

那大夫脚蹬一双医用外出拖鞋，套一件袍子般的外出服，洗手衣下沿完全压在手术裤内，收得紧紧的。她的口罩完全包住了口鼻，帽子将头发严严遮起，整个脸庞只露出了一小部分——可即便是这一小部分，也足以让人对她印象深刻：她的一侧脸肿了个大包，青紫到有些发黑，看形状位置明显是被人揍过，惹眼的淤青配上

---

① 有理论认为，心理咨询起效的原因之一，在于咨询师可以为来访者提供"矫正性情感体验"，即，来访者在扭曲的环境中成长，并内化了相应的体验，形成了相应的模式，咨询师通过在移情角度"扮演"一个新的、相对良性的父母的角色，帮助来访者内化新的体验，形成新的模式。

乌黑的眼圈、通红的双眼、霜白的鬓角和那疲惫至极的神色，让人第一眼看见这个三四十岁的中年人时，竟会想起"油尽灯枯"这个词。

欣欣怯怯地走上前去，拽着她的衣角，欲言又止。

大夫看到欣欣的一刻，干涩的眼角也涌起了些许晶莹。

她想蹲下去抱抱欣欣，可碍于外出服的限制，只得作罢。

欣欣噙着泪水，乖巧地喃喃说道："妈妈，我很听话，我一直好好学习，我不影响妈妈工作，我就是……就是……"

"你就真忙到这个程度吗？都一礼拜没让孩子见你了！"不等欣欣话落，张奶奶便数落起来。

大夫刚歉疚地说了声"妈"，便哽咽住了。

张奶奶心疼地看看她脸上的瘀伤，气也消了大半，语重心长地谆谆劝道："闺女啊，听妈一句，别干了，回家吧，也挣不了几个钱，不值当啊！你说，你这起早贪黑不着家的，图个啥啊？都被人家属打成这样了……"

大夫也是眼含热泪，胸膛起伏，却只是动情地说了一句："妈，我是个大夫啊……"

张奶奶刚要再劝，抢救室里又奔出一名小护士，匆匆喊道："张主任，下一台准备好了，来消毒吧。"

"好我马上。"张大夫利落地应了一声，爱怜地看了看欣欣，满怀歉意，"宝贝，妈妈爱你，非常非常爱你，但妈妈有必须要做的事，你在家乖乖听奶奶的话。"

她轻轻搂了一下欣欣，不舍地摸了摸她的头，转身向手术室走去。

一向懂事的欣欣，此刻却忽然上前，紧紧拉住外出服的一角。

"妈妈你回家好不好……"她皱着小脸，语带哭腔。

张大夫转过身，含着泪，俯身象征性地亲了亲欣欣的额头，拉下她拽着外出服的小手，轻轻说了句"妈妈爱你"，便头也不回地转身跑回急诊室。

欣欣兀自愣在原地，狠狠咬住手腕，大颗的眼泪簌簌落下，可她使劲儿忍着，不让自己发出声响。

"欣欣不哭，不哭了啊……"

张奶奶这么一哄，欣欣的情绪反而再也压抑不住，哇的一声大哭起来。

她毕竟只是个小孩子呵！

"你这孩子！再这样下次不带你了！"张奶奶板着脸训了起来，"出门前答应奶奶什么来着？别哭了！别哭了！跟奶奶回家去！"

欣欣哭得更凶了。

"我不要回家！不要回家！我要妈妈！！我要妈妈！！！……"

张奶奶又呵令了几声，见她还是大哭不止，脸色一虎，抬手便作势欲打。

姜愈忙上前阻拦，可他刚起身迈了一步，便觉一阵天旋地转，忙扶着椅背缓了好久。待他醒过神来，再要上前时，肩头却忽然一沉。

"爷爷那儿还得等等。你歇着，我去搭把手。"

姜愈这才虚弱地坐回座位，大口喘着滚烫的粗气。

岳寥若走到欣欣面前，对张奶奶友善地点了点头："我试试？"待张奶奶半信半疑地点头同意，她便蹲下问道："小朋友，你叫什么名字？"

"我叫欣欣。"欣欣仍哭泣不止。

"欣欣，妈妈和你分开，你是不是很难过，又有些害怕？"

欣欣又抽泣了一会儿，这才咬着嘴唇轻轻点了点头。

"能不能和阿姨说说，你——"

"——我、我……"欣欣的小脸涨得通红。她憋了半天，刚把情绪平复、舌头捋顺，张奶奶却先她一步催促道："行了不哭了就回家吧，阿姨还有事儿呢！别耽误阿姨！还不谢谢阿姨！快说啊……"

欣欣将将酝酿好的话被堵了回去，化作豆大的泪珠，在她眼眶里打起了转。

张奶奶还在急吼吼地数落个不停，方才放下的巴掌又抬了起来。

岳寥若有些无奈，起身想要劝张奶奶几句，未料欣欣气急之下，忽然狠狠一抹眼泪，扭头冲出人群，撒腿向走廊另一侧跑去。

她冲得迅猛而灵活，待张奶奶反应过来，喊着"欣欣回来"和岳寥若一起去追时，她已几乎要消失在拐弯处了。

姜愈数次想要上前帮忙，可四肢百骸却像被滚烫的体液泡化成了一摊黏胶，连动动手指都极为困难。欣欣跑远的画面渐渐模糊变暗，愈发狭窄……

迷迷糊糊中，姜愈睁开眼，之后一个激灵，彻底醒了过来。

天已经黑了。

白天人声鼎沸的医院，此刻已冷冷清清，整个等待区空荡荡的，一片寂静。

月光惨白。昏暗的长明灯发出冷色的白光，细看有一丝幽蓝。安全出口的铁门紧闭，门缝里却隐隐透来雾气，蒙在荧绿色的指示牌上。

衣服还有些发潮，想来是刚出了身冷汗，烧退了些，可浑身上下每寸肌肉骨骼都更加酸痛疲乏。

这氛围太过幽异，姜愈耐着难抑的心跳，打起十二分精神，警惕地观察周遭。

前方，没人。

左右，没人。

一阵阴冷拂背，姜愈只觉汗毛倒竖，小心转过头……

身后也是空空如也，只有静谧的夜风，吹得远处厕所门口的白布帘轻轻摇曳。

姜愈松了口气：看来是自己多心，抑或前段时间减压时鬼片看太多了。他自嘲地笑笑，拍拍脸颊，转过身来，伸手去摸手机，打算联系一下岳寥若。

身边多了个人。

时间仿佛静止了。

姜愈只觉一阵头皮发麻，血液快速刺入了每一寸毛细血管。

他颤颤地扭过头去，定睛细看，这才发现身旁坐着的竟是岳寥若。

有些异样的岳寥若。

她低头看着地面，疲惫而平静，仿佛一直坐在这里，从未离开。她还穿着白天那件短衣，许是为了放松透气，领口的扣子解开了两颗，露出鲜明的锁骨。她的头发微乱，肤色较平时更白更冷，像具全无血色的玉雕。

姜愈捶捶胸口，长舒了口气，可岳寥若还是一言不发，只是静静坐着，连呼吸都难以察觉。姜愈只觉又一阵惧意涌起，壮着胆子问道："寥若，你怎么了？"

岳寥若纹丝不动，周身的气场却让人似能听见轻轻的哭声。

姜愈的声音都变了："寥若对不起，我睡过去了……岳、岳老师怎么样了？"

岳寥若还是一动不动。

姜愈更慌了："是我不好，最近实在太累了，到底发生了什么——你说话呀？"

岳寥若忽然牵他起身，径直向电梯走去。

她的手寒凉若冰，糯软无力，姜愈却只觉手腕被一股奇特的力量吸住，完全无法挣脱，几乎半举着胳膊被拖进了电梯。

光影如字，写在白布上，若一页生平。

姜愈眼前，只剩下这一床盖着尸体的白布。

方才岳寥若牵着他一路七拐八拐，直走到地下停尸间的这床白布前才松手。

空气中混着尸臭、霉菌、药物与消毒液的味道，周围很静，身边的岳寥若依然面无表情，低头不语。

姜愈的手，不听使唤地伸向那床白布。可还未触及，他便赫然发现，那布其实并未盖严，一只满是老年斑的手腕从中露出，瘦削的腕上绑着条逝者专用的红绳，还戴着他之前送出的防丢手环。

掀不掀开那绝情的白布，已不重要了。

姜愈只觉全身的血液都冻成了冰碴，双膝一软便跪在床前。

"岳老师，对不起……对不起……"

他紧握住那只苍老干枯的手，把头贴在上面，泪流满面。

身后的岳寥若，却忽然轻轻一笑。

"你笑什么！"姜愈大感荒谬，诧异之余，扭头狠狠盯向岳寥若。

岳寥若没有回答。

"你说话啊！这不是开玩笑的时候！"

岳寥若怜悯地瞥了眼姜愈，紧咬着嘴唇，失望地转过身去，仍旧一言不发。

"寥若，你不难过吗？！还是……"

姜愈倏地起身，几欲发作。可见那床白布在畔，便勉强咽下了到口的指责。

"我不知道你在笑什么，但我真的好难过啊！从小到大，岳老师为我、为我们做了那么多，没有他我都不知道能不能活到现在，活下来又是什么样子……之前我总觉着时间有的是，机会有的是，我总可以再为岳老师做些事，总可以和他和解的，可……"

姜愈越说越激动，责己已极时，迁怒他人的火气也再次膨胀了。

"是，做我们这行得从直面分离、不被它扰动开始。但寥若啊，这时候咱们就别再防御了好吗？我知道，你以前就爱提什么'万物一府死生同状'，可我们不是圣人啊！非要装那股鼓盆而歌的超脱劲儿，只不过是把对丧失、无常的防御伪装成接纳，再自恋地幻想个永恒的自体仿佛分离不曾发生罢了！不是吗……"

连扎几刀后，姜愈已然泣不成声，再也说不下去了。

岳寥若仍没有转身，没有说话，没有一丝晃动。

"你到底什么意思啊！说句话好不好？！"姜愈的双眸仿若燃烧的湖面。

"姜愈，难道你心底就没有这么一部分，在期待这一天吗……"

"寥！若！！"

姜愈只觉胃部一阵翻江倒海，胸口的狂怒像块烧红的铁，烫得他一度攥紧了拳头，可脑海中的一线清明又若一瓢深秋的井水，随着岳寥若淡淡的一句直浇在那铁块上，霎时白烟直冒，腾起了让他直想否认的惶恐。

他呆立半晌，紧绷的双肩一下子垮了下来。

"抱歉，我们都别再……"岳寥若忽然转过身来，潸然泪下，周身像吹起了五丈原的秋风。

姜愈刚才的大喊将她微微震到，因重创而离体的魂灵还归本位，已然麻木的躯壳重新体验到了鲜活的刺痛。

快半年了，这半年里，看着爷爷的人格一点点消失，生命一步步离去，她一直扛下了太多负担，忍住了太多泪水。

她的淡然，只是不说罢了。

姜愈怔怔望着她，待想明白前因后果，只觉心脏里像放了把钢锥，每呼吸一下，都自责得生疼。

这次他没有多说废话，只是轻轻点点头，拍了拍她的肩膀。

岳寥若委屈地哭了起来。

久违的哭泣，让姜愈更心疼了。

岳寥若上前一步，抱住姜愈，疲惫得像刚跑完铁人三项。

姜愈用力揽住她发颤的脊梁，眼泪顺着脖颈，打湿了她深栗色的短发。

"好疼啊！这就是疼的感觉吗……"岳寥若哭着摁住心脏，"我好像已经忘了……很久很久了啊……"

姜愈没有回应。

语言在此刻，太过无力苍白。

极致的孤独，与极致的联系，在生死面前，都格外强烈。

许是房间缺氧，许是太过悲恸，有一瞬间他竟出现了幻觉，只见一片片粒子飞舞聚散，化作飞鸟星辰，化作岳无峰，化作世间万物，再被时间的大河冲刷消散，化作尘埃清风，再重新聚成他物。在这个过程中，无数具肉体短暂地存在，区隔开"我"与"你"，让"我"得以确立，也在人与人间降下了坚固的墙壁，永恒的孤独大河奔涌，千百年来人类为了逃离这种孤独、区隔，发明了无数方法技术，但归根结底，那种彻底的交融相汇，从来都只发生在两个瞬间……

盖着白布的遗体，平静如斯。

岳寥若忽然仰起头，睁着苍色的双眸，流着泪吻上姜愈的嘴唇。

她动作如此自然，以至于姜愈恍惚间竟觉得，这才是此刻唯一该发生的事情。

若这是梦，该多好啊……

若这不是梦，该多好啊……

姜愈开始还有些抗拒，但随着岳寥若不断前进，也便流着泪回应了她的拥吻。

在死亡的冲击面前，惯常不可理解的事情，都可能发生。

那吻，慢得像生命演化一般。

两人皆格外投入，沉于当下。

缠绕着，纠葛着，温暖着，湿润着，融合着，慰藉着，交流着，萌动着……

什么也不想，什么也不用想，就这样，回去吧……

是的，回去。

姜愈闭上眼睛，任由岳寥若解开扣子，将他推倒在停尸间的水泥地上。

他的眼前，仿佛出现了一片暖色的海洋。

那是子宫中的生命之海。

十字架吊坠晃来晃去，反射着停尸间中幽绿的光。停尸床层层叠叠，相互遮挡。两人所在的方寸之间，展开了另一个时空。

在这里，时间是静止的，事物都失却了重量。彼此的温度，耳畔的喘息，肌肤的触感，近到融在一起，可除此之外，一切又都已远去，变得不再真实。

在这片旖旎的混沌间，姜愈轻轻睁开双眼，随即霍然一凛，从那缠绵中跳脱出来。

穿过停尸车的下沿，他瞥见远处竟有一人抱膝席地，似正在悄悄哭泣。

"寥若！那边有人！！"

姜愈声音发颤，可他转头去看岳寥若时，却赫然发现欣欣正坐在身旁，脸埋在双膝之间，肩膀抽动，静静哭泣，怀里的布娃娃满是补丁，脏兮兮的。

姜愈大骇之下，刚要起身，却发现两手已被死死钳住，动弹不得。他定睛看去，只见岳寥若表情诡异，仍陶醉地晃着身子，双手像两道铁箍般锁住了他的手腕。两人的腕上，竟也都绑上了红绳。

"寥若，停下！先停下！！不能……"

呢喃之间，姜愈又一次挣扎着惊醒了。

没有停尸间，没有白布，没有欣欣，没有岳寥若，没有那诡异的场景。

他依然坐在医院的等候区，眼前人来人往，远处似还有嘈杂的争吵声，附近却不见任何一个熟悉的身影。

唯一与梦中相似的，是他确实出了身冷汗，烧也退了不少，浑身上下的酸疼乏力亦格外真实。

那梦境实在太过冲击，他兀自缓了好久，仍心有余悸，嘴唇翕动，默念着"不能，不能……"

"不能怎样？"岳寥若忽然从他身后探过头来，悄无声息。

姜愈差点从座位上滚下去。

"哎哟寥若，你属猫的啊！一点儿声儿没有，吓死我了……"他狼狈地坐回原位，夸张地拍了拍胸膛。

岳寥若也不反驳，只是似笑非笑着坐到他身边："做噩梦了？"

"嗯，好长的梦啊……"姜愈使劲攥了攥拳，又掐了自己几下，这才放心。

"和我有关？"

"好吧你确实登场了……"

"和性有关？"岳寥若倒是毫不避讳。

"呃和……和死亡有关。"

"有时这俩差不多。"

"同一枚硬币吧。"姜愈不愿在此多做停留，"岳老师怎么样？"

"平稳了，还在观察呢，咱们再等等，估计再半小时就能进去看了。"

"太好了……"姜愈软软一瘫，两腿伸得笔直。

"反倒是你还好吗？这样子更让人担心了……"

"我？"姜愈仰着头纠结半天，用双臂挡住眼睛，"我感觉不太好……"

"说说？"岳寥若见他像根失了力的皮筋般懈了下来，语气也柔和许多。

"说什么啊？我也不知道有啥好说的……"

"也许可以从你献血前发生了什么说起。"

姜愈犹豫了片刻，摸出手机，看都不看就递给岳寥若。

"开机密码我生日，看微博。"

岳寥若不假思索地点了几个数字，半分钟后，脸上便笼了一层薄霜。

一篇题为《看看这个"专业"的心理咨询师！》的博文 @ 了姜愈，已转发破万。岳寥若刷了几页评论，只见满屏戾气，连篇秽语，还有无数被迫害的妄想、分裂投射的恶意、污妻辱母的诅咒诬蔑，实是不忍卒读，便将手机还给姜愈。

"你之前提到的那个网瘾男孩？这已经是网络霸凌了……"

"就那臭小子……"姜愈的双拳松松地握了起来，"典型的移情反应，投射出来的创伤场，我都知道，但……总之下次和他谈吧，唉……"

"理论上我们都知道发生了什么，但真面对起来确实很难，辛苦了。"

"寥若，你想笑话我的话就笑吧……"

"我为什么要笑话你？还是说……"岳寥若意外了一秒，随即便反应过来，"如果我瞧不起你，笑话你，会让你从'笑话自己'里出来，好受一些？"

"之前还跟你炫耀那个案例做得好来着……真丢人啊想起来！"

"很多事不是我们做得好或不好就能左右的，"岳寥若耸了耸肩，"而且从专业角度看，他的负性移情能这么快、这么猛地出来，说明你——"

"——我知道你要说什么，"姜愈似完全不想听后面的认可，"我最近常想，如果我能和你一样，不去管——"

"——事实上，"岳寥若也知他要说什么，"事实上，我也想向你道个歉。"

"道歉？道什么歉……"

"我曾经很确定地认为，随着爷爷这辈人老去、退隐，有些品质就不会再有人有了，但是——你让我看到了更多可能性。"

"就我这表现？算了吧！"姜愈仍用双腕遮着眼睛，嘴角则几乎耷拉到下巴，"其实哪儿有那么复杂！什么因病获益！什么死亡焦虑！我只是水平不行，所以只能让自己多做一些啊！我……"

"我不这么看。"岳寥若说得十分坚定，"你可以忍受不被理解的孤独，扛着压力，扛着外界对你的猜忌、否定、质疑、攻击，依然尝试去理解、帮助你的来访者，说到底，你是真的爱他们的！"

"这是个咨询师就能做到啊……"

"我做不到。"

眼泪从手腕与眼窝的罅隙间流出，若两行清泉，顺着脸颊悄然淌下。

"'对人类的爱会要了你的命。'"姜愈长长吐了口浊气,像个半醒的醉汉,"寥若你说得对,是我一直不愿意承认罢了,我其实谁都帮不了……"

"我看到一个平时很少出来的你,一个可能有些抑郁的你。"

"面对真相而已……"姜愈的语气中多了几分自嘲,"说是帮了多少人,但其实他们不想好的时候,我做啥都是徒劳,他们想好的时候,我啥都不做他们自己也能探索下去,能治好自己……我啊,就是一个巨贵的大号安慰剂而已,而且很多时候连安慰剂都当得不合格……"

"我看到你非常挫败、沮丧、无力,以致不停地自我攻击,否定你曾经做过的一切努力,一切坚持,就好像在——"

"——苏润出轨了。"

岳寥若震惊过后,随即恍然,顺带想通了姜愈之前那些令人费解的行为。

其实世间万物,概莫如是:所有不解,皆因无知。

"确定了吗?这种事不能轻易下结论的。"

"大概率吧,"姜愈的声音薄若败叶,"我会慎重的,只是……"

他吃力地倾着身子,将脸埋入掌中。

岳寥若也觉一阵难过,刚想宽慰几句,却被一声凄厉的喊声打断了。

"——我不要!!!"

欣欣的尖叫,撕心裂肺。

姜愈和岳寥若一齐转头看去,只见走廊那头,欣欣像只脱出铁镣的小貂,灵活地躲开了大人的追赶拦截。

"小畜生!跑这里撒野了!你给我站住!看我不打死你!"

粗鲁的醉汉正挥舞着铁制短杖,一瘸一拐地追在她身后。

"你吓着孩子了!住手!我叫你住手!!"张奶奶气喘吁吁地拉着那醉汉,又向远处逃跑的欣欣大声喊道:"欣欣听话!别和爸爸闹!回来!回来!!"

欣欣却仍逃命般地一路狂奔,说话当口已冲到了急诊室前。

姜愈这才发现,她的书包已不知去向,仍挂在身上的布娃娃脏兮兮的,不但更加破烂,连表情都似狰狞了许多。

"欣欣!"岳寥若已先他一步冲上前去。

欣欣脚下不停,见岳寥若似要上前阻拦,眼中霎时悲愤交加。

第十二章

——连你也要拦我？！

姜愈直觉不对，用尽最后的力气踉跄着冲上前去，挡在二人之间。

欣欣眼中燃起了仇恨憎恶的怒火，与之前那乖巧的女孩判若两人。她被岳寥若、姜愈一拦，脚下停滞，见那醉汉已几乎追上，恼羞成怒下，彻底失了理智，一跃而起，扑向姜愈。

站着都吃力的姜愈，已没有体力腾挪躲闪了。

尖尖的虎牙借着凶猛的前扑之势狠狠咬向姜愈的胸口，隔着衣服顺势一撕，霎时染红了一片。

姜愈再次醒来时，只觉胸口还在隐隐作痛。

夜里的医院阴森冷清，月光惨白。昏暗的长明灯发出冷色的白光，细看有一丝幽蓝。紧闭的门缝间隐有雾气，笼着荧绿色的指示牌。夜风吹过，厕所门口的白布帘轻轻摇曳。等候区万籁俱寂，空无一人。

姜愈四下打量，这一次，连鬼魅般的岳寥若都没有出现。

他忽然笑了。

从轻笑，大笑，到狂笑，狞笑，直至笑出了眼泪。

笑过之后，排山倒海的愤怒袭来。

"所以刚才也是梦对吗？对吗！！

"够了没有！够了没有！！够了没有！！！"

他暴怒着，吼叫着，在大臂内侧掐出片片淤青。可他眼前依旧是白惨惨的月光，空荡荡的等候厅，还有夜风中飘摇的白布，冷淡地标定着时间的流逝。

他依旧没能醒来。

狂暴到极致后，一丝清明之念忽然闯入他的脑海。

"出来！出来！！我知道的！你在那里！！你在那里！！！"

无人回应，连回声都没有。

空旷的医院，死寂若骤亡孕妇的子宫，任胎儿怎样呼喊挣扎，都只有一片窒息的黑暗。

姜愈知道，醒不来的梦魇，一定存在一个"核"——可能是一个人，一个物件，一幅画面，甚至一件事情——找到它，就能从梦里出去。

他踹开一扇扇门,推开一扇扇窗——锁上的便毫不犹豫地敲碎——他疯狂地打破一切、砸烂所有,但寻遍整个医院,仍然一个人都没有。

他向医院的大门飞奔而去。

出乎意料——大门,竟是开着的。

午夜的温度已然偏凉,倒灌入医院的冷气,让姜愈清醒了些许。

他缓步走出大门,回头看去,医院的灯都灭了,确是空无一人。

森黑的夜中,大楼的轮廓好似一座坟冢。

隐约的预感中,只要离开这医院足够远,也许不用找到那个"核",也能从这梦境出来。

他试探着向外走去。果然如他所料,每远离医院一步,天光便极其微弱地变亮一些,整个世界也随之轻轻颤抖。

那是醒来的前奏。

然而他没走几步,便停了脚步,转身回望,只见坟茔般的医院兀自矗立,打碎的玻璃窗若伤心人的眼睛,死死盯着他,似在哀求,似在嘲讽,似在诅咒。

他想起了什么,毅然决然地大踏步走回医院。

天,又暗了下来。

空空的医院依旧阴森诡谲,姜愈却毫不犹豫地向更为森暗的地下室冲去。

最初几层,还是常见的医疗房间,只是内里的摆设太过随意,又将过多功能混于一处。每每推开房门,都是一片破败凌乱:散乱的器械,整柜的病例,陈旧的标本,浓重的福尔马林味,还有惨淡的白炽灯时明时暗,嘶嘶作响。

姜愈不做过多停留,只是确认这地下室的样子与他的预测一致,便继续向下。

几层过后,地下室的门便打不开了。

黢黑的楼梯望不到头,福尔马林已渐不可闻,一股腐朽的阴气反而隐隐涌现。

姜愈咽了口口水,擦掉冷汗,小心地继续下行,又走了十余层后,眼前终于出现了一扇不太寻常的铁门。那门款式老旧,锈迹斑斑,蒙尘很厚,边角处还生着黑色霉斑,看得出已多年无人问津。

姜愈伫立门前,闭上眼睛,深吸了口气。

三……二……一!

推门而入。

一片狼藉。

打翻的花瓶，滚开的卫生纸，撕碎的手稿，摔坏的挂钟，挠破的沙发靠垫，抹得到处都是的酱汁，散乱的琴谱，落满灰尘的小提琴，脏兮兮的木地板，歪斜泛黄的挂历，躺在垃圾间还在兀自转动的八音盒。

一切都那么熟悉，一切又都似有不同。

仔细看来，这场景比之前的梦境老旧太多，处处透着荒凉破败。

花瓶是老款的，卫生纸是粗糙的，撕碎的纸张是20年前常见的横格纸，抬头还有单位机关的名称红字，散乱的琴谱是霍曼的基础练习曲，沙发、地板、挂钟等也都是20世纪的产品，就连墙上的挂历，也俨然改革开放初期的样式。

只有小提琴反而新了些许，连弓毛都还是象牙白色。

姜愈跟跄着走入房间，捡起散落的残页、破照片细细端详，皆是似曾相识，却难以记起，看得稍多，便沿着脊椎涌起一阵恶寒。

八音盒的发条顿挫着倒转，并未发出任何声响，远处却隐约传来了音乐声，声音很低，是种黑暗阴冷，却绚烂荼蘼的哥特风电音舞曲。

姜愈循声而去，见这深入地下的房间居然挂着窗帘，便小心翼翼地走了过去。

越接近，音乐声便越强。

那窗帘本色素白，若灵堂用的白绫，只是年代太久，已显得有些淡淡泛黄。

姜愈压下本能的恐惧，猛地拉开窗帘，推开窗户，向外看去。

铁灰色的霾，遮住了他的视线。

他使劲瞪着远处看了好久，却始终若潜在污浊的水浆中般，只看到一片迷蒙。

他有些失望，听着音乐发了会儿呆，便怏怏地抬手关窗，打算探查屋内。

撕裂天穹的闪电，短暂地勾勒出一片巨大的建筑群来。

姜愈赶忙向窗外探了探身，借着接连的闪电，终于拼凑出眼前的图景。

阴森诡秘的游乐园，犹若一座废都。

中央的大城堡是钢结构的，好像死去的巨型工厂。游乐设备早已停转，表皮上爬满的癣状锈红，仿若机器遗体上的尸斑。黑色的野草侵蚀了早已枯萎凋零的景观植物，与被风吹散的垃圾争着地盘。路的界限已不明晰，只有破落无人的路边店铺、偶尔奔下面皮的招牌标定着这里曾经的脉络。整个园区都没有灯光，覆盖着阴云投下的灰蓝。唯一的例外是前广场中央的巨大圆池，池里装满了暗红色的液体，像报废机油和静脉血混成的冻状物，上面还粘着些残叶尘渣，任狂风吹过，竟毫无涟漪，只偶尔从池子边缘滴下一两滴。血池中心是座景观岛，灰扑扑的，岛上只有棵黑褐色的枯树，树干嶙峋，树枝狰狞，若无法瞑目的大地伸出的手爪，直愣愣地抠向天空。

姜愈看得后脊发冷，不自觉地退了半步，这才发现此刻自己所处已非地下密室，而是二十余层的高塔。塔外雾霾浓密，不见楼宇飞鸟；塔内幽暗无光，亦再无人迹。高塔孤立于夜色，而他似已被囚禁塔中。

关上窗户后，他又退了半步，闭上眼睛，连做了几次深呼吸，努力让自己稳定下来。可那诡异荒废的游乐场，却死死钉在脑海中，挥之不去，思索稍久，便只觉潮热与冷汗交错涌上，额头、脖颈，就连裸露的胳膊，都汗涔涔地发黏。

可这汗，出得也太多了……

他这才意识到哪里不对，赶忙睁眼去看。

一只沾血的小手，正轻轻搭着他的胳膊。

欣欣在他身后，已不知待了多久。

与之前那乖巧的女孩相比，此刻的她无论外观气质，都迥然不同。

她踩着漆黑的松糕鞋，纯黑的长袜，一身墨色的公主洋装，飘逸的荷叶袖与层叠的裙摆上绣着白色的蕾丝边，风格华丽唯美，洋装上的鸢尾花与蔷薇暗纹绣得格外精致，还搭配着恶魔翼的图腾银饰，全身上下都笼罩着黑暗的气息。

她的脸色苍白若纸，双瞳只余下极致的黑色，分不清瞳孔瞳仁，仿若能吸尽所有光源的黑洞。也许即便烈日当头，那双眼眸也不会反射出任何光来。

她依然抱着那个布娃娃。可那娃娃又脏又破，满是伤痕，有只眼睛还被挖掉了，留下一个黢黑的空洞。娃娃的嘴一直咧到耳根，露出白惨惨的森森细牙。

欣欣和娃娃身上都溅满了血迹——那是新鲜的血液，还没干透，在这颇为凉寒的夜里隐隐蒸腾着热气。

"你……是谁？"姜愈尽量压住声音中的颤抖。

欣欣咯咯娇笑，并不答话，反而上前半步，拉住姜愈僵住的胳膊，轻轻摇来摇去，露出渴切的神色。

姜愈从没体会过如此瘆人的撒娇。

他无暇恐惧,只是全速思考起当下的状况,还悄悄地微挪步伐,调整重心。

欣欣对他准备攻击的姿态视而不见,笑吟吟地打了个响指,抬手指了指侧方。

昏暗的角落里,不知何时多了根行刑拷打用的铁柱,铸满倒刺的镣铐绑着个满身伤痕的少年,赫然是王成龙。他耷拉着脑袋,紧闭着双眼,嘴角和眼睛还在淌血,远看已不知是否还有呼吸。

欣欣得意地笑了起来,声若银铃,还带着一丝炫耀,似在等待夸奖。

姜愈的敌意更强了。

欣欣却不以为意,还轻轻环住他的手臂,笑得更加天真烂漫。

一个女仆装的人偶,不知从何处冒出,机械地走到姜愈面前,双膝跪下。那人偶的面部,姜愈也再熟悉不过。

景晓慧本就不是表情丰富之人,此刻更是呆若木鸡。她的脸上多了些金属机械装配的痕迹,似经历过非人的改造,连那双毫无光泽的眼睛后面,都隐隐可见精密的光电设备。

她已不再是个完整的活人。

欣欣冲她努了努嘴,又给姜愈递了个眼色,似正热切地邀他试用,渴求赞扬。

纵然知道这一切皆是幻象,姜愈的脸色仍是愈发难看。

见他全然不为所动,丝毫玩乐抑或玩弄的心思都未被唤起,欣欣困惑地思考了几秒,随即眼前一亮,恍然大悟。

她放开姜愈,原地转了一圈,瞬间变成郝冣的模样。她穿着黑色的性感胶衣,扭着婀娜的腰肢,荡着勾魂的眼神,撩拨着贴向姜愈,还舔着嘴唇从鼻腔发出了销魂的声响,宛若暗夜中的魅魔。

下一秒,姜愈瞬间出现在她的身后。

不是移动,没有过程,就是瞬间地出现。

欣欣一惊,转身之际,已被姜愈的右手死死掐住了脖子。

"在梦境里,你我都是主人,你别想控制我!"姜愈冷冷说完,手上松了松劲,却并不放开。

欣欣嫣然一笑,又变回女童模样。她完全无所畏惧,甚至还有些开心,似乎眼前人的反应不仅令她满意,还超出预料地撩起了她更深一层的期待。

她继续笑着,笑得灿烂而放肆,整个房间都回荡起童稚的笑声,动听而鬼魅。

姜愈的眼中仿佛要喷出火来。

房间里已刹那堆满了尸体，普通人残破的尸体。

那尸群中似有不少他的来访者——阴鸷的妇女，神经质的中年男人，肆无忌惮的孩童，争吵不休的小夫妻……其余身形虽皆熟稔，面容却藏于幽暗，极是模糊，还散着令人望而生畏的气息，更加难辨。这些曾经鲜明不同的个体此刻都已被抽象成了相同的符号，鲜活生动的样貌也只余下块块腐肉，散发着血腥与尸臭。

"你到底是谁？"姜愈的怒火越烧越旺。

欣欣又嘻嘻一笑，歪着头挑了挑眉，似在说：你猜啊！

姜愈刚要发怒，却见冷硬的墙壁、房顶、地板上竟长出了一双双眼睛，连脚边都冒出不少，前后走动，便会踩到。无数双眼睛纷纷睁开，望向二人，毫无规律地眨着，直看得姜愈一阵恶寒，几欲呕吐。

血与尸的味道，更浓烈了。

"陪陪我好不好？"稚嫩的童音忽然穿透寂静的黑暗。

姜愈并不答话，目光中的戒备有增无减。

欣欣见状，又换了副楚楚可怜的模样："陪陪我好不好？"

小孩子委屈巴巴的央求，最让人难以拒绝。

姜愈却答得颇为坚决："不，我要出去。"

"为什么？你不喜欢我吗？"欣欣失望地嗔道，"外边有什么好的？"

"我要出去，我还有很多事要做，有很多人需要帮助，我……"姜愈几乎要把嘴唇咬破，"我也能帮到他们——"

"——行啦行啦，"欣欣轻描淡写地讥笑道，"别开玩笑了！昂贵的安慰剂。"

"能当好安慰剂并不容易，需要维持一个抱持的环境，稳定的容器，高度专注的陪伴，更何况我做的也远不止这些，还有——"

"——那你为什么不肯陪我呢？"欣欣又轻蔑地笑笑，"虚伪还是嫌弃，选一个认领吧。"

姜愈擤擤鼻腔中的腥臭，冷笑一声，不再作答。

欣欣嘴角的笑意渐渐由不屑变为残忍，由残忍转为怨毒。

她又打了个响指，四周不停眨动的眼睛便接连串爆开了血花，溅出完整或破碎的眼球。每爆开一双眼睛，尸堆里便会发出一声凄厉的惨叫，接着便有具尸体抽搐着捂住早已是空洞的眼窝，淌下两行鲜红血泪。

姜愈本以势微的怒火，呼地一下被撩了起来。

"他们和你无冤无仇——"

"——那他们！"欣欣也激动地喊了起来，"和你又有什么关系？！"

"你！——"

姜愈眼露凶光，手上加力，欣欣亦是神色狰狞，完全不似稚龄孩童，反若凄厉怨恨的千年厉鬼。

"帮别人帮别人！别人别人别人！别人有那么重要吗？！他们的死活和你有什么关系！你陪他们那么久都可以！被他们怎么虐都可以！怎么就不肯陪我？！是不是还是因为他们？！那他们就去死吧！没关系的人都去死吧！都去死吧！！"

阴风倏起。

姜愈忽觉身后有人，他猛地回头，见张大夫正站在身后，她的外出服几乎要被血染透了，口罩与帽子间露出的皮肤若枯槁干尸，只有一双渐失光泽的眼睛，仍不甘地望着欣欣。

看到那双眼睛的一瞬，姜愈的头一阵剧痛，眼前高速闪回过无数静止画面。

站在小板凳上做饭的孩子。

躲在角落里的孩子。

早熟早慧，和同龄小孩玩不到一起，形单影只的孩子。

看着父亲撒酒疯的孩子。

害怕母亲悄然拭泪的孩子。

在空荡荡的大院中失落独立的孩子。

时常感到窒息，想要冲破牢笼的孩子。

隔着防盗铁窗呐喊，却毫无回音的孩子。

背负了太多希冀，不敢不乖、不敢不"争气"的孩子。

望着母亲的背影和关上的房门，被独自锁在家中的孩子。

听母亲夸耀着邻家小妹，对邻家家长露出羡慕神色的孩子。

想要安慰母亲，却怎么也做不到的孩子。

……

那孩子颇像欣欣，又不是欣欣。

夹杂在这些画面间的，还有无数无意义的色块线条、溅射涂抹，若毕加索《哭泣的女人》，蒙克扭曲的《呐喊》，波洛克破碎的《飞鸟》，破碎而原始，带着某种精神病性的表达。

姜愈用左手狠狠敲了敲脑壳，驱散那些侵扰的画面。

"我不管你代表着什么，黑暗的欲望吗？攻击性？还是某些精神碎片？我不管！不管你是什么！你打不败我！"

说罢，他的双手狠狠掐住欣欣的脖子，颤抖着将她举起。

似曾相识的一幕。

欣欣被掐得有些呼吸困难，煞白无色的脸上，已找不到方才扭曲狰狞的痕迹。她轻蔑地睥睨着姜愈，不屑的目光中甚至还多了丝悲悯，仿佛在说：果然如此。

那副事不关己的淡定神色更加激怒了姜愈，他血红着眼睛，死死瞪向欣欣，欣欣的瞳孔则依然黑如乌潭，映不出他的样子。那片乌潭迅速吞噬了他残存的理性，不知对峙了多久、挣扎了多久后，他忽然青筋暴起，手上加力——欣欣纤细的双腿已开始不受控制地踢蹬了。

电光石火间，无数画面纷至沓来。

熟悉的房间，爱猫的尸体，离去的背影，爆开的眼球……

孤独的欣欣，哭泣的欣欣，乖巧的欣欣，狰狞的欣欣……

他忽然想起了什么。

眼泪。

是的，眼泪，女人的眼泪。

朦胧的画面，回眸的女人，眼角的泪滴，久远而熟悉。

姜愈有些被自己想到的东西吓到了，虽仍有些不可置信，手却松了一些。

欣欣得此喘息，剧烈地咳嗽起来："杀了我呗，咳咳……你早知道的，杀了我，你就出去了，咳咳……不试试吗？"她边嘲讽边肆无忌惮地笑个不停，笑中满是荒唐。

姜愈这次真的确定了。他缓缓地放下欣欣，动作异常温柔。

"不杀我，你出不去哟！"欣欣还未咳完，便再次嬉笑着傲然挑衅道。

"实在对不起，我刚才太激动了。"姜愈说得格外真诚，"那，我陪你玩儿好不好？"

轮到欣欣震惊了。

厚厚的冰川，裂开了缝隙。

不等她反应过来，姜愈已一把抱起她，破窗跳了出去。

窗碎一刻，舞会的音乐震耳欲聋。

姜愈抱着欣欣，欣欣抱着布娃娃。

虽只有二十余层，他们却落了好久。

穿过瑷瑷浓云，欣欣始终面色愠怒，仿佛受尽委屈的小兽。

层云将尽，姜愈游在空中，疾风掠耳，只见不远处的游乐园正快速活了起来。

中心城堡与周围缤纷的灯光一齐点亮，血色的水池随着音乐开始喷泉表演，云霄飞车的铁轮嘎吱嘎吱地转动，终于磨开了锈渍，开始飞奔，当飞车转至最高点时，恰好稳稳接住了他们。

欣欣神色木然，目光呆滞，仍是一脸怀疑。

姜愈却不以为意，耐心地带着她四处玩耍。

海盗船疯狂旋转，甩去了欣欣的紧张。

旋转木马欢快的音乐，让她重新露出了纯真的笑意。

游乐园中的道路已被除尽杂草、打扫干净，姜愈带欣欣穿过园区时，周围已多了许多叫卖的"小贩"、往来的"行人"，还有小丑带领的游行队伍。

那些"小贩""行人"和队伍中的舞者都是些橡皮泥捏的玩偶、生铁的小青蛙、陶瓷的小马、各样的布娃娃……它们身上大多带着某种因崩坏而拼凑、由拼凑而重生的残缺美感，金属的机身满是刻痕，毛绒玩具的衣服多有撕裂，偶尔路过的小动物身上还有血淋淋的伤口。但它们依然在欢闹着，歌唱着，起舞着，娱乐着，沸腾着……

领头的小丑站在游行队伍抬起的舞台上，不停将亮片与扑克牌抛洒到空中，探照灯与舞会灯一齐点亮，整个世界是一片蒸汽朋克的壮丽秀场。

许是受了那氛围的感染，许是决定尽情当下，欣欣比之前已活络了太多。她咬着姜愈买来的冰糖葫芦，和路过的各色玩具戏耍互动，甚至偶尔蹦跳着跑来跑去、四处探索，还主动逗弄一只断了尾巴的黑猫。

她越来越像个"正常"的小孩儿了。

载歌载舞的队伍路过二人，热情的玩具们将欣欣抛上云端，欣欣欢快地大笑不止，再落下时，竟直接入座了中心城堡中的剧院前排。

原本喧闹的音乐戛然而止。

姜愈微笑着寻来，在她身边坐下，陪她看舞台剧开演。

帷幕拉开，台上的木偶和破布娃娃摆着严肃的造型，开始了演出。

"活着，还是死去，这是个问题！"木偶用满是机油味的机械音咏叹道。

它的动作僵硬浮夸，齿轮顿挫感十足，欣欣却看得津津有味。

可那木偶念白了一句，便半天没再开口。几只机械乌鸦，嘎嘎叫着从天上飞过，似在特地告诉观众：此处忘词，冷场中。

那木偶用机械手臂挠了挠头，又重新咏叹了一遍："活着，还是死去，这是个问题！"

这次他依旧没想起台词，又有两只机械乌鸦掠过舞台上空，发出嘲弄的叫声。

木偶无奈之下，只得打开胸腔，从里面掏出剧本，展开翻看。可他刚看了一眼，便生气地收起剧本，迈开缺少润滑油的腿脚，吱扭吱扭地踱起了方步，用机械音反复自言自语道："这么翻译不对，这么翻译不对！"

它越走越快，来回兜了好几趟后，忽然停在舞台中央，仿佛豁然开朗，冲台下振臂高呼道：

"To be or not to be.

"存在，或不存在，这是个问题！

"对！是这个问题！这才是问题！"

台上的破布娃娃用略为绵软的电子音插嘴问道："什么是存在？什么是存在？我不知道！我不知道！"

她真的把嘴咧到了耳后，欢乐而诡异。

木偶看了看布娃娃，忽然将剧本扔向空中，散落的残破纸页纷纷落下，那木偶仿佛刚发现了世间真理的哲学家般，用最大的音量一字一顿地高喊着："哈、哈、哈，哈、哈、哈，我也不知道，我也不知道。"

更多的玩具跑上舞台，一齐欢乐地躺倒在地。它们有的打滚，有的锤地，有的捧腹，有的蹬腿，有的卸下身上的零件抛起，有的将头颅拆掉安装到胯下，所有玩具都笑个不停。

烟花再次升空炸裂，黑暗而绚烂的音乐再次响起，众玩具不断重复着机械音的欢笑大交响，此起彼伏地将这荒诞盛典渲染得更为热闹："哈、哈、哈，我不知道。

哈、哈、哈,我不知道,我不知道……"

乌云散去,露出绯色红月。

姜愈和欣欣乘坐的太空舱接近摩天轮的最高点时,又一片盛大的烟花冲上天空,在不远处炸开。烟花崩出的流火直冲向摩天轮的座舱,打在玻璃上,溅起璀璨焰彩,无比炫目。姜愈和欣欣脸上的光影忽明忽暗,荡漾着溢彩流光。欣欣仍抱着她的布娃娃,看着窗外的烟花若有所思,心事重重。

"谢谢,"她忽然扭头对姜愈淡淡一笑,"不过……不用演戏了,你根本不是真心的。"

"什么不是真心?"

"你只是想敷衍我,只是想出去罢了。"

"我——"

"——不用不承认,即便是演戏,我也满足了,下去我就放你走。"

说完,欣欣又笑了。

那是属于孩子的笑,澄澈清亮,仿若透明的水晶,却足以改变阳光的方向,让人禁不住想去满足呵护。

姜愈却并未因此而兴奋,反而放低姿态,真诚地说道:"我不想辩解,也没办法向你证明什么,我只想告诉你,我是真心希望可以陪陪你的。"

"好啊!那你就一直陪我啊!"欣欣不以为然地冷笑道,"你会一直出不去的!你甘心吗?!"

"我确实不能一直陪着你,"姜愈的坦白温和得像被热牛奶泡过,"我还要回到外边的世界,我还有我该做的事,我要帮的人,我想走的路。"

"所以说!你就是虚伪!虚伪!骗人!大骗子!"欣欣这时才真的像个小孩子了,她闹着别扭,蹬着双腿冲姜愈发起了脾气。

"但只要你愿意,任何时候都可以叫我,嗯哼?"姜愈直视着欣欣乌黑的双眸,"我随时愿意重新来这里,陪陪你,或者一起玩,如果你想听我还可以给你讲讲外边的故事,甚至可以带你出去玩,或者我们也可以就是在一起坐坐,怎样都好。我想也许……也许我有机会……"

突如其来的哽咽,打断了他。

"你不恨我?不怕我?"欣欣看看姜愈眼角噙着的晶莹,仍有些不可置信。

"之前或许吧,那时候我完全被眼前的东西迷惑了……我承认,我确实一度想要杀死你。真是抱歉,连我都这么想……"

欣欣轻哼一声,别过脸望向天边,似低声嘟囔了句抱怨,又似什么也没说。

又几束烟花炸裂后,姜愈清清嗓子继续说道:"不过现在,我想明白了——"

"——你明白什么?!你不明白!!你什么也不明白!!!"欣欣忽然爆发了好大的委屈。

"我明白的,我明白,"姜愈轻轻握住欣欣的肩膀,"在你给我展示着血腥、暴力、扭曲、狰狞、乖戾、破碎、毁灭……试图把我吓跑,或是让我杀死你时,其实你期待的只是……"

欣欣的嘴唇翕动,乌黑的眼眸中泛起泪光。

沉默片刻后,二人几乎异口同声:

"这次可以不一样吧。"

大颗眼泪在欣欣的眼眶中打转,她看着姜愈,眼中一瞬间燃起些许期盼,但又随即黯淡下去。伴着那期待的冷却,刚才的小姑娘又变成了早熟的小大人。

"你果然是个敏锐的咨询师,技巧很娴熟。"她说得平静而淡漠,可话音未落,映着烟花的泪水便已划过脸颊。

"不,这次我没用任何技巧。"姜愈口中的胆汁味儿染在了说话的语调上,"只是有一瞬间,我忽然想到,如果不把你的所作所为看作对我的迫害,而是看成你的表达,甚至你的呼救,那我会听到什么呢……"

布娃娃的脸上,又被打湿了几点。

"绕过这个弯儿,后面就顺畅了,"姜愈半是自言自语,半是表白心迹,"面对分离的你,过于乖巧的你,悲伤哭泣的你,愤怒攻击的你,引诱我攻击你的你,对帮助别人厌倦至愤怒的你,以及那个……"

"狰狞的,病态的,精神病的我,对吗?"

姜愈并不回避,也不攻击,只是微微一笑:"把这一切串起来后,我看到的是一个绝望的你。这一路上,你战战兢兢地去做,但做得越多,离自己想要的越远。一次又一次后,你失望了,退缩了,退回那个超早期的世界里,那个黑白破碎的世界里,充斥着最原始的恐惧、恨意、残虐、幻想。你开始以獠牙示人,但真正希望的,却还是有人能找到你、接近你、温暖你吧……"

欣欣的肩膀微沉，依旧什么也没说。

"想明白这些后，我只想好好陪陪你，仅此而已。"

泪水止不住地夺眶而出，欣欣却依旧不敢置信地望着姜愈。

"你骗人！你怎么证明！我凭什么相信你！！"

"用你的体验，你的感受吧。"

姜愈紧紧拥抱住那柔弱哭泣的孩子。

欣欣的瞳孔瞬间放大，整个人一下子僵住了，随即便一边流泪嘶喊，一边拳打脚踢，激烈地挣扎起来。

姜愈迎着她的撕咬抓挠，不为所动，反而抱得更紧了。

在姜愈脸上留下几道破相血痕、身上留下数块淤青牙印后，欣欣终于彻底放松下来。

她抱着姜愈，一边继续捶打，一边委屈地大哭不止。

太空舱，已到达摩天轮的最高点。

整座游乐场，此刻亦冲上狂欢的巅峰。

音乐推至高潮，不计其数的烟花争先恐后地奔上夜空，最初还是七彩交替地将天空染色，进而一波未平、一波又起，光浪盖过光浪，炫目叠着炫目，终于将夜空染成了彩昼。

阴云密布的暗夜转成了晴天。万里碧空，蔚蓝如洗。黑暗哥特的气息荡然无存，整个世界都变得清新明快起来。

游乐设施上的锈迹已被除去，崩坏老化的零件亦尽数更替，还重新喷上了漂亮的涂装；枯败的植物发枝吐芽，郁郁葱葱；血色的果冻变作清澈的喷泉；中心高大的菩提树开满一树繁花，随风摇曳，嫣红荡漾；玩具们还在继续狂欢，坏损的部件已被一一修好，深裂的刻痕皆已补上，只留下淡淡的痕迹，刻板的机械们被加了润滑油，鲜活生动了许多，毛绒玩具身上的破洞也被细细缝补，还绣上了精美的图案；小动物们的伤口也均已愈合，只有那只黑猫的尾巴还是短短的，毛茸茸的，不过它倒完全不以为意，兀自懒洋洋地晒着太阳，发出轻轻的鼾声。

重焕生机的中心城堡，远望竟有了几分童话中"家"的感觉。

白云飘飘，太阳刚好躲入云层，向大地投下几缕丁达尔光，正笼在摩天轮最高点的太空舱内。

姜愈仍紧紧抱着欣欣,在她耳畔轻语。

"二十多年了,'别人'都有人帮,都有人陪,甚至是你的爸爸在帮,你的妈妈在陪。那些你好渴望的东西,他们该给你的东西,却都给了别人。你做了所有能做的事儿,可家里还是空荡荡的,你只好乖乖地缩回角落,幻想着那些温暖的剧情、悲伤的剧情、痛快的剧情、残忍的剧情……然后再默默将它们埋入心底,陪自己度过一个又一个夜晚。"说到动情处,他闭上双眼,任热泪簌簌滑落,"这一路走来,你一定很孤独吧……姜愈。"

他终于认出了欣欣,那熟悉的面庞,最似自己儿时的模样。
被认出后,烟花闪过,欣欣已是短发男装,只是手上仍拎着那个布娃娃。
他的小脸上挂满了泪痕,还有鼻涕流下,一抽一抽的。
可他却在笑。
从未有过的,轻松恣意的笑。
倔强地扛了太久,委屈了太久,终于,被找到、看到、承认到、安抚到了呵……
太阳从云中笑呵呵地钻出,白晃晃的阳光照入太空舱内。耀眼的阳光下,除了姜愈以外,其余一切都慢慢化作白色的粒子,飘散飞逝。姜愈本想对儿时的自己再说几句,可一阵夺目的流光飞舞后,他的怀中已然空空荡荡,只留下一个完整、干净、微笑的布娃娃。

姜愈缓缓睁开眼睛,脸上挂着泪痕,兜里的手机还在嗡嗡振动。
他醒了醒神,发现自己正趴在地板上,浑身酸疼得像散了架似的,脸上还有一小片刺痛,想来是落地时的跌擦损伤。
——我,这是在……?
——对了,我刚给景晓慧做完咨询,然后……好像晕倒了……
——好长的梦啊……
他擦了擦满头的冷汗,吐着发烫的气息,吃力地掏出手机。
岳寥若的电话。
3小时前,还有她的一个未接来电。
"喂,什么事?"姜愈接起电话,努力让自己的声音正常一些。
"来一趟人民医院,急诊。"

第十三章

鳞创砺勇斩蛇缚

雨，入夜便开始下了。

雨滴乘着风，刀子般肆虐。一片混沌中，路灯若被遥遥举起的火柴，零星的夜行者只抬头望一眼，便迅速低下头，用雨衣将自己裹紧，加快了脚步。流浪汉们大约预见了降温，提前回到桥下，翻出了避寒的衣物，紧紧挤在一起，早早睡去，任骤冷的寒风穿过破被子的窟窿，依然鼾声平稳，似浑然不觉。雨声时大时小，却始终若安抚婴儿用的白噪音般，哄着这城市静静酣睡，比平日里睡得更沉更深。居民楼的灯全黑了，连失眠最重的人，在这夏日的雨夜里，都可以难得地舒一口气，睡个安稳的好觉。只有几家路边小店早早亮起昏黄的微光，店主的身影隔着窗帘晃过，似已开始辛勤劳作，准备将售的早点。

嗡嗡的振动，闪烁的光亮，打破了这睡神和雨神共同营造的静谧。

姜愈本就睡眠不佳，加上熬夜工作，此时刚入睡不久，被这恼人的声响从梦中强行拉出，甚是烦躁，侧了侧身，迷糊中不想理会。

可手机却仍在顽固地聒噪着。

姜愈的眉头拧成了疙瘩，伸手摸了半天，终于抓住那恼人的声源，勉强睁眼，看了下屏幕，随即便瞬间清醒了。

郝曼。

要不要接电话的决定，只在一毫秒内便已做出。

以她的性子，这电话必已是万不得已。

他旋即起身，准备去隔壁房间接听，这才发现苏润正以一个有些别扭的姿势握着他的另一只手。

看着两人交叠的双手，姜愈几分安心，几分烦乱，轻轻将手抽出，帮苏润整了下被子，蹑手蹑脚地出了屋。

深夜的河水像条盘踞河道的黑龙，除了偶尔泛起的浊浪依稀深灰色的龙鳍，其余一片墨色，已分不清龙脊腾挪，抑或龙口怒张。

郝最迎着寒冷若冬的风,望着桥下狰狞翻滚的黑龙出神。

手机举了太久,手指已被吹得有些失去知觉,但她依然维持着那僵硬的姿势,伴着等待接听的提示音,像个锈住的机械。她的眼前闪过无数破碎的画面:鲜艳的红色,明媚的阳光,黑白的老照片,冰冷的水底,溅出的水花,折翼的飞鸟,沉没的船只,午后的走廊,哭泣的女人,狰狞的面孔……

那面孔吓醒了她。

画面消散,下一秒,她又开始克制不住地幻想起自己沉入水底的场景了:纵身一跃,以最优雅的姿势入水,水从四面八方涌来,急切地裹住身体,眼睛若是酸涩,便顺从地闭上好了,不用看,不用听,不用想,没人打扰,没人伤害,把自己完全交给河水,交给四周的黑,彻底地放心安心,那感觉甚至像久违的怀抱一般,越往下沉,越是踏实,无论身心,都不会感到冷了……

"郝最?郝最?能听见我说话吗?"

手机里传来那熟悉的男声,将她一下子拉回现实。

——真的,接通了吗……

——他……好像很着急……

郝最一言不发,只是伸手去接了接雨丝。

不知不觉间,雨似乎小了。

"郝最?如果你在的话,出个声好不好?"

姜愈的语气少有的焦灼急切,甚至带了一丝哀求,强作的镇定像张白纸,徒劳地遮挡着燎起的火,纸上已斑斑点点被炙出了褐色。

郝最麻木的神经,被那隔空传来的火焰暖到,稍稍有了知觉。

随即涌起的酸涩,却又将她到口的话语哽咽了下去。

耳畔不停响起她的名字,她忽然觉得他那单纯的呼唤声特别好听,连带她那一点也不喜欢的名字也顺耳了许多。

白纸,还未被灼穿。

"郝最,听我说,也许你此刻有非常剧烈的情绪在,如果你说不出话来,可以'嗯'一声,让我知道你能听到我,好不好?"

她终于轻轻应了一声。

姜愈稍稍松了口气。

"OK 很好,你可以做到的,让自己平静一些,告诉我你在哪里?"

"姜、姜愈……"

"我在,郝最,你在哪里?"

"我……"郝最迟疑着嗫嚅道,"你答应我,别告诉我妈妈,也别报警……"

姜愈擦擦额上的汗渍,仔细确认了一遍自己刚抄下的号码。

"郝最我需要——"

"——如果你报警或者告诉我妈妈我现在就挂断!"郝最那边带了哭腔。

姜愈的犹豫,持续了二三秒。

可以确定的是,郝最那边发生了某个创伤性事件。

他随即撤回了"发生了什么"的问题——撕开伤口,有害无益。

以她当下表现出的不稳定看,说她有生命危险也不为过。

按照伦理要求、职业规范,还有各式各样的现实约束——包括她那个边界不清、把生命压在女儿身上的母亲——他现在必须报警,同时通知对方亲属。更何况如果最极端的情况出现,现实中他将遭遇的"困难"就不再重要了,于他而言,郝最的离去本身就不只会痛彻心扉,而是无法接受。

闪电划过,照在他严峻的脸上,电光撕裂了黑夜,也击穿了他的彷徨。

——我究竟是要追求不担责任不被指责,还是要帮到这个我想帮到的人呢?

"这样,郝最,我可以答应你,**但我需要你先答应我**,第一告诉我你在哪儿,第二保证在我赶到前不要伤害自己。"

"姜愈我做不到!我真的做不到!我不知道该怎么办……你不要报警!我、我就想最后和你说说话……"

剧烈的抽泣打断了她,干涩的双眸终于涌出泪水。

眼泪混着雨滴,转眼再难分清。

"我知道一定发生了什么,对你冲击很大。那,你现在待的地方安全吗?"

郝最仍在断断续续地哭着。

姜愈已胡乱套上外衣,飞速找了张纸,用马克笔大大写下郝最的号码,还添了行字:"醒着,等我信,收到就报警,自杀干预。"

写完,他跑回卧室,开灯推了推苏润,见她仍在沉睡,只迷糊着扒拉开他的手,也顾不上更多，大声唤了她几声，用力拍拍她的肩膀，把纸往她手里一塞，旋即冲出家门。

又过了好久，电话那边才传回郝最哽咽的回答。

"……是的，这里是安全的。可我……我也不确定……我不知道……我……"

车速飞快，姜愈用力把着方向盘，像要捏碎似的。

郝最的声音时断时续，他一边凝神倾听，一边在脑海里快速搜索着她可能出现的地方。他无比确定郝最一定提过什么线索，可记忆的迷宫一片混沌，再三回想，仍是一无所获。他只好凭着直觉往西开去——他能想起的是上次咨询，郝最提到她的单位在国贸，和甲方谈判在三里屯，泰拳馆在西边，不堵车到咨询室半小时，她家大概率离锻炼的场所不远，而现在是……凌晨3时40分，她最可能出现的地方，应是这三处附近，或三者之间。

可这范围，还是太大了。

偌大的北京城，在漆黑的深夜中找一个人，几乎是不可能完成的任务。

但姜愈仍然踩满油门，在心底一遍遍笃定地告诫自己：不能放弃，不能放弃！去找！一定能找到！好好想想，仔细回忆一下，一定还有什么细节被漏掉了……

哭泣声稍缓，姜愈找准时机，再次坚定而温柔地劝道："郝最我知道这对你很困难，但我强烈建议你告诉我你在哪里，我们可以一起来看一下怎么面对，好吗？"

这回郝最没拖太久："我不告诉你，你不要来！我就想最后和你说说话……"

她的声音听起来很疲惫，好像一切都无所谓了。

"OK，如果你不愿意告诉我，就不告诉我，那，你可以来咨询室吗？"

电话那头，郝最对着空气抗拒地摇了摇头："我不想去……你就最后再陪陪我好不好……"

话音刚落，又一道电光闪过，撕开半扇天空。

"好的，但……有没有可能我们面对面谈谈？任何你觉得可以的地方，比如24小时店，能说说话就行，好不好？这都打闪了，户外打电话很不安全啊……"

炸响的狂雷，打断了他的劝说。

"我没有太多想说的了，我们就在电话里聊会儿好了……"郝最的声音像被蛀虫蠹空了一般，"我……我也不想你看到我现在的样子……"

"OK，我们就在电话里说，那你能不能找个相对安全的地方？我听到你那边风声不小，你可不可以去个——"

"——我们这周特别忙，"郝最截断姜愈笨拙的诱导，"封闭在宾馆里投标，就是之前和你提过的那个项目，我是项目经理，老甲方，难缠的负责人，还新冒出了个有裙带关系的竞争公司……姜愈你在听吗？"

"我在，"姜愈一个漂移，掉头直奔三里屯方向而去，"但我更希望我们可以当面——"

"——昨天晚上，都快11点了，甲方负责人让我去他房间一下，我当时就感觉有点儿不大对，但想想毕竟500强的高层，不至于吧……也许他愿意提前给我们透露些信息呢……"

雨，渐渐下大了。

"郝最停一下，"姜愈的语气愈发严肃了，"我们当面谈好不好，就当——"

"——我只想说给你听听，"郝最惨然一笑，痴痴望向眼前无边的黑暗，"不用再为我做什么努力了，你愿意听我说这些，我会永远感谢你的……"

"郝最！——"

"——但其实我不说你也知道了吧……平常到不能再平常的情节，无非是他说这次项目怎么特殊，竞标方的背景还有他的压力有多大，而他欣赏我，所以仍然倾向我们……"

一阵恶心涌起，郝最捂着嘴干呕了好久，像要把这具身体呕空似的。

"我……我不知道为什么我会这么蠢……对不起，又让你失望了，我知道你一定会失望的……"她的双手簌簌发抖，几乎拿不稳手机，"真的对不起。我，我辜负了你……对不起，对不起……"

姜愈只觉心脏被狠狠捏住了一般。

"郝最，不管发生了什么，我不会抛下你。还有，你找个地方避雨好吗？这样很危险。"

郝最却仍沉浸在自己的世界里："当我求你了姜愈，现在我只有你可以……就让我说完吧，好吗？"

"好，你说，郝最，我一直在。"姜愈只得不停重复着同一句话，希望听筒能传去哪怕一分力量。

"我,我……"郝最用力拉扯着头发,将大脑中的思维都连根拽成了一团乱麻,"我又做错了!我是不干净的……姜愈你不要不相信我,你别不要我了……"

"郝最,你能不能——"

"——我说我不想、您别这样,他笑着不肯停下……后来他急了,骂我不懂规矩小婊子装白莲花,还动手了……我吓住了当时,我真的吓住了……是我的错,是我没反抗,可……"闯入眼前的场景击碎了最后的理智,她近乎癫狂地尖声叫了起来:"不是我!真不是我主动的!!我没勾引他!你相信我!!我没有……"

"郝最,我绝对相信你,但你先暂停下——"

"——是他!是他!!是他扯下我的丝巾要捆我手的!!不是我,真的不是我……我不是贱货!我没勾引他!没有!!真的没有!!!"

歇斯底里的嘶吼声,淹没在倾盆大雨之中。

嗓子哑了,力气空了,腿脚软了。

郝最回过神来,神经质地咧了咧嘴,顺着桥畔的栏杆吃力地蹲下。雨滴砸入脚边的水洼,崩起褐色的泡泡,若无数糟心的往事,在她那象牙白的商务裙上溅满了泥点。望着天边茫茫的黑,她忽而冷冷地笑了。

——盛过尿液的杯子,谁还会拿来喝水呢?

——即便被大雨冲刷一整夜,脏的,还是脏的。

她麻木地闭上眼睛,任雨水混着泪水,在脸上肆意淌出了血管般的脉络。偶尔开过的车辆,带着刺眼的灯柱,将她的狼狈照亮,再无情地抛回黑暗。

长睡不醒,多幸福啊——她歪头望向翻涌的黑水,耳畔的蛊惑声越来越强。

"郝最,你在吗?回答我!回答我!!"姜愈的吼声仿佛要穿破手机屏幕。

——还有,这么个人啊……

——真是……

郝最重新把手机举回耳边:"我在,没事。就是有点头晕。休息一下就好。"

姜愈少许松了口气,仍是将信将疑:"你怎么样了?睁开眼睛看看四周。调整一个你放松的姿势,告诉我你看到了什么。"

"我没事了,说出来就好多了。你先睡吧,大半夜的,不用……管……"

她忽然说不下去了——不是情绪激动而开不了口,不是万语千言不知从何说起，而是生理性的，张着嘴，但声带舌头的控制权竟似被剥夺了一般。

她吓坏了，忙用僵硬而颤抖的手指碰了碰嘴唇。

无济于事，毫无反应。

她扶着栏杆尝试站起，双腿也完全失了知觉，一点力气都使不上了。

"郝最？郝最？我听到你声音不对。"炸雷声中，姜愈隐有察觉，忧心忡忡地大声确认道。

郝最的表情惊惧到有些扭曲，嘴唇翕动，像被消音了一般。

"啪"的一声，姜愈狠狠砸了一下方向盘，像要砸碎那不祥的预感似的。

——千万不要出事啊！

——稳住，姜愈，稳住，你能行的……

——想稳住她，你不能晃……

——再好好想想，一定有什么线索，一定有……

他心急如焚，调动起全部专业储备，强迫自己冷静下来。

——可这么找下去，简直就是大海捞针啊……

——等等，大海捞针……大海……

撕裂天空的电光，照亮了他的双眼，几周前的景象一闪而过：烛光，夜雨，跪在面前的郝最，娓娓道来的述说，还有……

——"我外公在江上讨生活……暴风雨的一天……再也没回来……我外婆疯了一样天天去江边找，后来也就……"

——"只要有不顺心的时候，妈妈就会一个人去海边，一宿一宿地去，我们就得一宿一宿地找……"

——"去莫赫悬崖那天，也下了好大的雨……也许从这里跳下去，就……"

……

电光石火间，方才一直隐于浑浊中的线索终于浮出了思绪的湖面。

优先搜索原范围中的桥畔、河畔、湖畔！

再考虑到方才电话里还偶有轰鸣声响起，渐近渐远听得分明，说明她附近有车，车速不快，车流不多，应是离某条非主干道路不远——范围又缩小了！

已有信息下，胜率最高的赌法已然明确，剩下的，就看运气……

"郝最，我知道你在哭。听我的，深呼吸……"

姜愈边引导着,边深吸了口气,努力让自己平稳一些,再平稳一些……
他需要时间。
可时间,真的够吗……

郝最想要回答,却依然做不到,不只口不能言,连听觉都仿佛渐渐被封闭了。
电话那边还重复传来了呼喊声,内容虽已一片模糊,但……他还在那!
屏幕的亮光,扬声器传到手上的振动,此刻都已化作她最后的救命稻草。
她用尽全身力气,猛地用力一吸,将大量氧气强压入肺,犹若溺水求生。
"姜、姜愈……"
"我在。"
姜愈的声音像个救生垫,厚厚的,软软的,让她格外安心,可这安心很快就转成了排山倒海的羞耻,直压得她抬不起头。
借着手机的微光,她低头看了看自己的样子:一身泥水污秽,脏兮兮的,红丝巾被撕成了抹布条,破落地耷拉着,丝袜上一条长长的口子,像极了一道丑陋的伤疤,高跟鞋也不知何时丢了一只……
轮不到别人提醒,这副样子就让她觉得,自己最多只配以最卑微的姿态,去过最低限度的生活。
——残喘就够了,那些光鲜美好的东西?你配吗!
——既然知道是幻想,还有什么可执着的呢……
——可……可即便如此,如果对面的是他,会不会……
沉默许久后,郝最还是咬咬牙问了出来:"姜愈,你……如实回答我一个问题。不要用咨询师的身份,作为一个男人,你……觉得我脏了吗?"
"当然不!"姜愈脱口而出,斩钉截铁。
意料中的答案,意料中的表现,意料中般没有驱散漫天黑色的风、凄厉的雨。
"我知道你会这么回答……可、可我还是……"
"郝最,你能不能——"
"——那……你会要我吗?"郝最仿佛没听见他的话,呓语般问道。
"我们当面谈好不好?"
郝最又是凄然一笑,自怜地摇了摇头:"谢谢你姜愈,为我做了这么多,可这次……我真的累了,就都交给老天吧!如果接下来10分钟内路过的人是偶数,下周我会准时出现在咨询室,如果……如果我没出现的话,就可以把时段留给别的来访者了。谢谢你对我这么好,其实你也一直是我生命中……最重要的人!"

郝最哆嗦着站起,颤巍巍地跨到护栏外,不再理会手机里传来的呼喊声。她闭上眼睛,仰起头,迎着漫天的风雨,嘴角僵硬地扬了起来。

那是她最后的骄傲与悲壮。

手轻轻松开,手机坠入桥下,瞬间没入黑暗。

姜愈一个急刹,停在路边。

他点了下手机,车载蓝牙再次传出无法接通的提示音。他忍不住骂了句脏话,猛踩一脚油门,不停默念着"偶数,偶数……"不甘心地向下一座桥开去。

雨已停了,正是日出时分,初升的阳光清澈和煦,昭告万物:新的一天到了。

姜愈全身湿透,筋疲力尽,甚至一度开始怀疑,这搜索策略是否错了——可除此之外,他已再想不到更好的方法——以及,要不要报警呢……

他的思索在一秒后便结束了:现在报警,郝最若已出事,则于事无补,徒然浪费警力;若仍安好,则信任有亏,不利后续工作。

那就赌吧!

一座座桥上寻,一处处河边找。起初是停在桥上,下来张望一圈,或是沿河跑上几步,后来他干脆一脚油门,把车开上了沿河绿化带,尽最大努力加速搜索。

只要能快点找到她,就算去市政交百倍罚款他也愿意。

可即便这样,也并非所有桥边河畔都可开车搜索,但他别无选择,唯有一遍遍重复着机械的动作:上车,开车,下车,瞭望,奔跑,搜寻,跑回,上车……

体力已然透支,脚下泅得发痒,肌肉酸胀刺痛,喉咙也泛起了腥味。不知是幸运女神的眷顾抑或考验,当他气喘吁吁地跑到最后一座待搜索的桥上时,正看到郝最蜷缩在角落。

如释重负的兴奋持续了三秒,他旋即冷静下来,告诫自己这才刚刚开始,之后便不顾疲惫,跟跄着走向郝最,顺手给苏润发了条短信:安全,睡吧,爱你。

看到姜愈那刻,郝最揉了揉被泪水与雨水一齐刷亮的双眼,一时不敢相信。

他是踏着破晓的阳光而来的呵……

"姜愈？天啊……你怎么知道我在这儿的？而且你……"

姜愈停在她半米远的地方，双手撑着膝盖，努力调整着紊乱至极的呼吸。顺着郝最的目光看去，他这才发现自己衣服居然都穿反了。

"我们、我们谈谈吧！"猛换几口气后，姜愈直起身，"你来定地点，这里，咨询室，或者任何、任何你认为 OK 的地方，都好。"

郝最看着他狼狈的样子，双眸中溢满了温柔与希望。

清晨的公园景色如画，小鸟啁啾，绿荫片片，阳光洒在溪水中，泛起粼粼波光，嫩绿色的草坪在柔和的光下更显昂昂生机。

长椅两端，两人并排落座，沉默良久，异口同声："我——"

郝最扑哧笑了，忍不住侧身看向姜愈，直看得他尴尬得将身子歪出了几度。

"你、你先说。"

"好，"郝最倒是落落大方，"奇数。"

"怎么？！"姜愈意外之余，颇是欣喜，"所以你是靠自己的力量——"

"——也不是。"郝最苦笑着摇了摇头，"一共七个人，最后来的是个老大爷，推着早点车。别人路过，最多回头看我几眼，可他却专门过来问我是不是遇到事了，我说没有，他也没拆穿，只是跟我说没事就好，有事也都能过去，都能过去！他让我早点回家换身衣服，别着凉了，还给我塞了好几个大包子让我先垫垫。我怎么也推不掉，最后收了一个，和他说大爷您放心吧，他又千叮万嘱跟我聊了半天，让我别想不开，我跟他保证了好几次，他才走的……"

姜愈这才注意到，郝最手中一直捏着个软泡泡的大包子，薄而不破的面皮下隐约可见饱满松软的肉馅，一看便知用料实诚，喷香可口。

"我相信那是个非常动人的时刻，来自陌生人的温暖。"

郝最重重点了点头，绽放出片刻的笑容："他让我觉得这个世界也不是漆黑一片，那一刻我一下子就觉得好多了……对了，你怎么知道我在这儿的？"

"分析加运气吧，不重要。你现在有什么打算？"

郝最略感无趣："不知道，我本来想请假的，现在手机也丢了……不管了，反正今天先不去单位了。"

"OK，白天你有地方待吗？"

"放心，我不打算死了，我现在觉得还可以。"

"我还是要确认，你今天白天打算做什么？"

郝最见敷衍不得，只得粗粗一想，老实答道："先回家泡个热水澡，然后买手机、补卡。之后我打算去见个闺蜜，她最近在参与一个公益项目，一直说想听听我的意见，我之前一直被单位项目榨干了，今天正好约她聚聚。如果还有时间的话……去趟泰拳馆，或者健身房，就这样。"

"OK，白天你会去找闺蜜、去运动，那晚上呢，你怎么安排？"

对处于自杀边缘的来访者而言，稳定化是第一要务，而生活状态的稳定——有陪伴，有支持，有事做——则是最重要的安全网之一。

"放心吧，晚上我本来就约了剧社的小伙伴。男主角确定上不了台了，资金也出了大问题，我们还得商量怎么办呢。所以我不会死的，我保证。相信我好吗？"

姜愈看着她澄澈而认真的眼神，郑重点了点头。

"我相信你。"

"谢谢……"郝最长舒了口气，又略带歉意地沉声说道："我知道你可能会劝我报警，可是我……我……"

"为什么？我是说，你为什么认为我会劝你报警？"

郝最有些诧异："难道不是吗？我们应该勇敢地对抗黑暗……可……可我其实也有错，而且……而且本来我自己的生活也不检点，可能……可能是我……"

"郝最。"姜愈的语气少有的严肃，直说得郝最微微一愣。他追上她闪躲的目光，又一字一顿地说道："'不要'就是'不要'，这个过程中他是犯罪方，这点毫无疑问。"

郝最不置可否，低头不敢看他。

姜愈见状，语气温和了许多："关于报警，这是非常私人的决定。如果报警、严惩恶人可以让你获得安宁，但你因为害怕被报复或是被舆论中伤而不敢报警，那我们一起来看怎样避免那些伤害；如果不报警更让你踏实，那，你是受害方，任何人都无权**要求**你必须站出来为社会的公平正义战斗。"

郝最欲言又止，眉眼几乎垂到了胸前。

"可是我……我早就不干净了……他这么做只不过是……只不过是……"

大颗的眼泪又一次涌出，她的嘴角、脸颊上却呈现着异样的笑意——那是不被允许哭泣的孩子痛苦太甚时会呈现出的防御表情，让人格外心疼。

"郝最，我说过，停止用侮辱性的词语描绘自己，这并不恰当。无论有什么理由，他的做法都是犯罪，牢记这一点。"

郝最僵僵地点点头，神色却依然十分恍惚。

　　"以及，你是个**人**，不是个杯子，牙刷，物件。你的身体是你自己的，你有权按照你的意愿去使用它，别人无权违背你的意愿去碰它。而'不干净'这个说法，本身就带有非常严重的歧视、贬损以及物化，我并不认为——"

　　"——给你看个东西。"

　　郝最突然下定决心的样子，让姜愈心头蓦然一紧，他犹豫了一下，并不强硬地制止道："你现在体力不多，昨晚的冲击、失控感也还没消退，如果要看的东西会勾起比较强烈的情感体验，也许我们可以等你的状态稳定些再谈？比如下次？"

　　"没关系，我现在很想谈。"郝最摆了摆手，虽颇乏力，却很坚决，"抱歉可以用下手机吗？"

　　姜愈迟疑了一下，还是将手机递了过去。

　　大段的文字，被调出在屏幕上。

　　姜愈内里的警报声更响，他没有接过手机，只是故作寻常地放缓了节奏："也许你可以讲给我最重要的部分。"

　　"我写的小说，给你读其中一段吧。"

　　姜愈忧心忡忡地点了点头。

　　郝最缓缓念道：

　　"小说题目叫《苍血》，苍白的苍，血液的血。

　　当欧阳老师让蒋小甜中午去他宿舍一趟的时候，小甜没有任何迟疑。

　　那是她最为仰慕的语文老师呵！同时还是她的远房表叔。英俊、高大、体贴、温和、还富有文采——小甜有时甚至想，以后自己的白马王子，若是像老师一样，有着长长的睫毛，笑起来像能把阳光折成彩虹的冰一般干净，说出的句子还都带着诗意，那该多好。

　　所以当欧阳老师突然抱住她，把火热的嘴唇贴上她冰凉的额头时，她错愕地僵在了那里。"

　　"——抱歉郝最打断一下，你确定要继续吗？"担忧被验证，姜愈忍不住了，"我们都知道后面会唤起很强的情感体验，或许之后在咨询室里——"

　　"——没关系，不是新鲜的故事，"郝最凄然一笑，"虽然没对你提过，但它在我心里不知跑过多少遍了，我甚至能背出里面的每一个字，所以……"

不等姜愈反驳，她便深吸了口气，用平平的声音继续念道：

"她知道将要发生什么，不是隐约地，而是确定地。可她完全动弹不得，就像被一条温柔的蛇缠住了似的，耳畔还响着嘶嘶的吐信声。

'老师深深地爱你，克制不住地爱你，所以才想和你更加亲密。'欧阳老师的语调像是唱诗班的颂歌，带着危险的蛊惑气息，'你爱老师吗？'

小甜没法回答不爱——是呵，老师给她的，比爸爸更有力，比妈妈更宽容，她又怎么能不爱他呢？

尽管她觉得好像哪里不对。

但小甜随即告诉自己，老师既然是爱她的，那现在老师做的，就是宠溺，是恩典，是情不自禁的追逐，是飞蛾扑火的浪漫。

是啊，浪漫，又有多少少女舍得抵抗这种孤注一掷的浪漫呢？

可为何那时的阳光冰冷而苍白？整个世界仿若炸开了无声的烟花，绚烂于落寞，归寂于黑暗……"

郝最紧咬着上唇，停了下来。

"……所以，我们停在这里？"姜愈试探得如履薄冰。

对创伤的处理，止血缝合比切开暴露难一万倍。而在这人来人往、变数甚多的公园里，她身心耗竭、精神不稳的状态下，若是划开伤口，他真没把握缝好。

郝最却没有停歇的意思，只是倦倦地将手机递给姜愈："后面的你看吧……我就不读了，读起来好累……"

姜愈纠结着接过手机，继续往下阅读，可没翻几行，便见一片乱码，掩住了那些泣血写作的文字。他初时一愣，稍加思忖，便明了了来龙去脉，轻重缓急，心中轻轻叹了口气，不动声色地继续翻了下去。

郝最对此并不知情，只是趁此时机整了整破损的衣衫与情绪，随后看向了别处——朝阳照亮了公园的每个角落，成群结队的老人在树下悠然打着太极，年轻的妈妈带着孩子嬉笑在青草地上，晨跑的青年挥汗如雨、结实的肌肉散发着荷尔蒙的气息，处处是祥和欢乐的景象。

如此阳光的世界，真让人不忍直视啊……

她又一次闭上双眼。

不知为何，这次她眼前并非一片黑暗，而是弥散起漫无边际的灰，还偶尔跳动着如血扎眼的红。

她忽然觉得有些心痛——不似当年那种身体都像被撕成两半般的疼痛，而是一种钝且深的痛楚，好像有只粗糙若砂的手，在用力拧着心脏，将痛感从心脏深处挤压至四肢百骸、指尖发梢一般。

那痛感不知持续了多久，待它总算若潮水般退去过后，她才倒吸一口凉气，轻轻问了句"看到哪了？"声音薄得像碎了似的。

"'对不起老师，我真的不会。'"姜愈双眉紧锁，嗓音也有些沙哑——在跳过一大段乱码之后，总算又出现了可以阅读的文字。

郝最睁开眼睛，示意姜愈放下手机，轻声背诵：

"'如果你爱我，你会很快学会的。'老师的语气不容置疑，甚至有些责备，脸上却依旧鼓励地微笑着。

小甜有些错乱：明明那一刻老师的笑容格外优雅，可为什么自己却说不出的害怕呢……

她不敢多想，只是忍着疼，不停地劝自己：是我搞错了，一定是的！连妈妈都总是说，我的感觉全是错的。我会不舒服，也一定是因为我太没用了吧……"

"先到这吧……"她哑声道，"后面还有很多，情节你也能猜到了，无非是一次一次地做，然后小甜不断说服自己这是爱情。"

"什么时候的事？"姜愈像个宝贝女儿被欺负了的老父亲般，又怜又恨。

"初一写的，后来改过几次。"郝最戚然笑笑，"是不是写得很烂……"

"我是问原型。"

郝最望向了右侧的地面，不远处的路边，一条狗正肆无忌惮地抬腿撒尿。

"五年级下学期，我记得很清楚，也是这样一个夏天，阳光特别晃眼……"她的声音淡得像白开水，听不出任何情感起伏，"实际情况和我写的有点出入，也没那么多后续，不过不重要了……"

"无论如何，那一定折——"

"——当然了，"郝最眨了眨眼，脸庞渐渐僵硬地拧了起来，"不说别的，光是那个画面就……你们有个名词叫什么来着？"

"闪回。"

"对，闪回。有时候你正好好吃着饭，或是写作业，或是和男朋友牵着手准备看电影，毫无预兆的，那个画面就会直接闯进来，带着当时所有的感觉，洪水一样，一下子就把你冲回那个情景里了。腿上像沾了坨黏糊糊的痰，又凉又滑，令人作呕；喉咙里臭臭的，生理性的恶心；嘴里全是那种几周不洗的野兽味；屋子里也飘满了那种石灰味的腥臭；耳朵里会钻进各种说法，还有头顶的电扇一圈圈转出来的嗡嗡声；最挥之不去的，是那张看起来特别亲切、一直在笑着的脸。一切都好像在动，又好像都静止着……对了还有，还有手腕被勒得麻痒刺痛的感觉，特别清晰，那……那可是我的红领巾啊！"郝最的神色中依旧看不出任何鲜活的情绪，只有一种巨震与坍塌后完全无法置信的木然。

黑色的巨蟒再次将她紧紧缠住，姜愈甚至能看到，她的每寸肌肉——从额头、面部、脖颈、肩膀到躯干、四肢、手足——都在微微绷起。

许已太过熟悉，郝最倒并未意外，只是连做了几次深呼吸，又活动了下手腕。

"每次那个画面、味道之类的闯进来，我都会从好好的状态里一下子掉到谷底，好像整个世界上所有颜色都没了，全都变得特别阴暗，我自己也被冻住了，细胞、血液、肌肉、骨骼……全都动不了了，凝固了，僵住了，没力气了……"

"你的身体记得当时发生的一切，以一种你也说不清的方式。"

"是啊……我的身体一直记着！哪怕现在说起来，我都觉得浑身僵硬，两条腿尤其僵，完全没有知觉……"郝最的声音明显发颤，手掌还轻轻蹭了蹭大腿，像在确认双腿还在一般。

"也许是你当时很想跑开，却又不敢跑，也跑不了吧……"姜愈并不掩饰油然而生的心疼，关切地看着郝最，"刚才在电话里，本来你已经平静一些了，突然情绪就失控了，也是……？"

郝最闪开姜愈的目光，疲惫地点了点头："是，就是它们，那些画面、触感、味觉等等等等，突然又闯进来了，让我打心底觉得……我根本不配为人，不配活在这个世界上……"

"郝最——"

"——是，道理我都懂，我知道是他不好，可我仍然觉得自己很恶心……"她依然没什么表情，眼泪却顺着脸颊悄无声息地滑落。

"身体是我们人与人间最基础的边界，当它被突破的时候，就好像我们'自我'的一部分也被一起侵入、污染了一样。"

郝最轻轻拭去眼泪，黯然追忆道："妈妈常说，轻浮不检点的贱女人才需要那事儿呢，所以我们家一直都对性避而不谈，从来不谈，甚至连……很长时间她都只给我买最最小号的胸罩，到大学我和室友说了，才知道原来还有不会磨出血的胸罩，这么舒服……所以要我和妈妈提这种事，我真是想都不敢想……"

"特别惶恐不安，害怕再受到更重的伤害。"

郝最微微仰起头，将再度盈眶的泪水又咽了回去："她要知道了，最可能说的就是不可能，他是老师，还是你远房表叔，怎么可能做这种事？或者你肯定哪里做得不对、不好，否则他为什么找你不找别人？更糟糕的情况是，她会说你怎么这么不要脸，这么小就勾引男人，连亲戚都不放过……最好的情况，她也就是说，你身子脏了，这事绝对不要和任何人说，说了这辈子都不会有人要你了……"

"所以你只能一个人扛，扛住所有的黑暗、丑恶、伤害，世界的坍塌……这对一个孩子来说太不容易了！"

郝最的双眼眨个不停，在遥远的回忆中徘徊了好久，才有些恍惚地说道："其实我那时候不太清楚到底发生了什么，我知道那是不好的事，是不能说的，是羞耻的，也会害怕，很长时间都怕，一有风吹草动就被吓到，但……但我并不真的能理解那件事，更不知道它会怎么影响我后面的人生……"

"它折磨了你许多许多年，今天还推着你跑到了桥上……"

"不，不那么简单……"郝最迟疑着摇了摇头，"我觉得我不只是个受害者。是，我当时是被迫的，可……可是……"

她的头越来越低，双眼已完全不敢与姜愈稍做交流。

"本来我发育就早，那件事后，我对性就更好奇了，之后还会试着……所以我觉得，是不是我天生就是个淫荡的女人，普通的女孩子哪会那么小年纪就对性感兴趣呢？！而且我查了很多资料，许多女孩子被性侵后都会极度抗拒身体接触，极度抗拒性，甚至连心因性停经都不少见，可……可为什么我和她们不一样？为什么我反而会……会……甚至上了大学我还会……会去……我觉得一定是我的错，我就是……"

"——郝最！"

被姜愈突然打断，郝最倏然一凛，回到了现实世界。

"郝最，你那时候还是个孩子，是他们伤害了你。之后你好奇也罢，对性开始感兴趣也罢，甚至你有生理反应出现快感体验，这些都是再正常不过的反应，你也没做错任何事！甚至你之后的那些反应，很多也都是为了应对那个糟糕的对待，为了合理化它，为了活下去，而被构造出来保护你自己的，这个过程中——"

"——可！可我如果没去他的房间……"

"那不是罪过！去他的房间不意味着你就得听他的，不意味着你就要和他发生关系，不意味着你就不道德！去他的房间只是去他的房间，不是你做错了什么！"

"可、可如果我第一时间能推门就跑，或是早早跑掉，像我后来几次那……"

"你那时还是个孩子，你第一次遇到这种情况，他是大人，又是你信任的人，你当时被吓到了，这不是你——"

"——可是！可是如果当时我能拼命地反抗……"

"这也不是你的错啊！这是——"

"——或是我没有先爱慕那个老师……"

"这更不是——"

"——可我……"

争到最后，郝最已不知自己为何而争了。

姜愈将语气熨得更加柔软，目光却坚定依旧："郝最，那是他在伤害你，他在犯罪，不是你做错了什么，真的，真的，不是你的错……"

仿若初夏冰山上的冰片，最初只是一片、一片又一片地融化、剥落，紧接着是坠冰砸开裂痕、裂痕加速崩解、崩解出的冰片纷纷坠下，一系列连锁反应后，整座冰山在短短几秒间解体碎裂、轰然倒塌。

嵌入骨血的微笑面具，碎成齑粉，扬入风中。只是这过程太过突然，郝最一时间竟未理解自己的内部发生了什么。

"为什么！为什么！！为什么啊？！！那其实不怪我对不对？对不对啊！！……"

迟到了十余年的泪水，奔涌而出。

姜愈静静陪伴着她，陪伴着那个于时光长河畔哭泣的孩子。

"我早知道！早知道的！！ 6.7%到21.8%，不同城市女童遭遇过性骚扰、猥亵甚至强奸的比例！我查过资料！我知道的！……"

"是的，这是非常糟糕的现实，"姜愈沉痛地点了点头，"以及确实在绝大部分情况下，家长始终不知情，或是知情后做出了错误的处理，带来了二次伤害。这些伤害都真实地发生了，也确实会让你们的生命从那一天开始就笼罩着——"

"——我知道的！大学里几乎每一两个寝室里的女孩就有一个有过！或轻或重！大部分是熟人！我知道的！……"

郝最开始大笑，笑着笑着，又失声痛哭。

这一次，她真的失控了。

虽然毫无凭据，但凭着多年的经验，有那么一瞬，姜愈隐约觉得郝最的精神状态似乎越过了某条临界线。他一凛之下，有些警觉了："郝最？看着我郝最！"

郝最却剧烈地摇着头，双眼迷离，已然近乎癫狂。

"可你不知道！你们都不知道！我受伤的时候你们都不知道！！"

她跌跌撞撞地起身，指着过往的路人，撕心裂肺地怒吼道：

"你们！你们！还有你们！你们和他们是一伙的！

"你们施暴过吗？好，你们没有，那冷漠旁观过吗？傲慢评论过吗？暗藏私心洗地过吗？！人血馒头吃过吗？！！偷拍的视频强暴的视频看过吗？点过赞吗？叫过好吗？！你们！你们都是一起的！

"还有说我活该的！称颂强权的！荡妇羞辱的！歌颂糟粕的！苛求完美受害人的！你们谁没参与过！谁！你们谁是清清白白干干净净的！说啊！你们说啊！……"

各样目光投来，有人驻足围观，指指点点；有人交头接耳，绕道而行；有人被郝最的歇斯底里吓走；更多人则是事不关己，来去之间，仿佛什么都不曾发生。

姜愈虽然紧张，倒并不惊慌。他起身走到郝最面前较近的地方，小心确保自己与她没有任何肢体接触，追着她的目光，镇定、平稳、坚定，用哄小孩般的语气柔声引导道："郝最，看着我郝最，嗯，对，慢一些，对，看着我，好，很好，对，看着我，你认得我是谁吗？……"

他的每句话，都落在郝最的呼气上——这是最常见的提高引导效率的做法。

郝最哆哆嗦嗦地看向姜愈，紧接着控制不住地干呕起来，仿佛要把五脏六腑都呕出一般。干呕之后，是剧烈的咳嗽，她的脸涨成了赭色，眼泪也不断被咳出。

翻江倒海的反应过后，她回过神来。

目光重新聚焦，眼前人亦渐渐清晰。

"抱歉……抱歉姜愈，我……"郝最又羞愧，又慌乱。

"我懂。"

"我……想换个地方。"

两人先后而行。郝最走在前面，沉默不语。姜愈小心翼翼保持着距离，既不太远，也不太近。行不多时，便见不远处两条石凳，安静荫凉。姜愈快步上前，刚要寻些干燥物件擦拭，郝最已毫不介意地坐了下来——反正身上也湿，不差这点泥水，姜愈见状，也便不再费事，简单拂了拂积水，便在她一米开外落了座。

"继续？"不等姜愈坐稳，郝最便开口问道。

"其实今天停在这里也可以，下次我们在咨询室里一起来处理这——"

"——不，我要现在去碰。"郝最的坚决中竟有几分凛然悲壮。

"你确定吗？"阳光之下，姜愈眯起眼睛，"你现在的状态也许并不适合去碰这些——"

"——我要现在！"郝最眼中亮晶晶的，闪烁着义无反顾的果决，"这个梦魇缠绕我太多年了，既然出来了，我就不想再放它回去！我要，我要……"

她的呼吸又急促了。

"OK，我懂了。"

姜愈在郝最的双眸中，看到了星星火焰。

那格外珍贵的火，名为勇气。

郝最感激地点了点头，像个放心将自己托付给医生做手术的患者。

"做个深呼吸。"姜愈将音调压到最低，"眼睛聚焦在某条柳枝上就好。"

郝最听话照做，看向了不远处于微风中摇曳的柳枝。随着柳条摇摆，郝最恍然间只觉内心似乎明亮、宁静，而又敏感了些许[①]。

姜愈的声音更轻柔了："深呼吸，好，我们做过安全岛的想象，还记得吗？"

"记得，现在我就在里面了。"郝最自行加快了进度。

"很好，非常好，那现在，想象我们一起穿越回去，站在当年那个小女孩身边，她正被老师——"

"——没用的！"郝最忽然打断，从那渐渐沉下的状态中跳了出来——聪慧如她，早读过太多相关书籍，后面的走向亦已烂熟于胸，"抱歉刚才忘说了，我闪回的画面有时候是第一视角，有时候是第三视角。第三视角的时候，我就好像悬在半空中，看那个孩子被骗进屋，推倒，脱下衣服，绑住双手，再被诱骗胁迫着去……"

[①] 在第四章曾提到EMDR即快速眼动治疗，它是通过双眼规律性左右聚焦，引导左右脑交替激活，进而进行创伤治疗的方法。其创始人最初就是凝望柳条摇摆时发现心情莫名变好，进而深入研究开发的这项创伤治疗技术。姜愈在这里并没有使用严格的EMDR，而只是利用其思路使用了比较弱的引导。

一切都是灰色的，我想喊但发不出任何声音，想抓住那个畜生但手不听使唤，好不容易抬起来了却穿过了他的身体。我就像悬浮在屋子里的幽灵，还被施加了最恶毒的诅咒：眼睁睁地目睹这个过程一遍遍发生，再反复地看，却什么也做不了……"

她有些喘不上气，眼中坚毅的光芒却毫无削减，依然用力紧盯着柳枝。

姜愈细细观察，见她时有吞咽反应，全身肌肉都异常紧绷，微微颤抖的双手却软软摊着，便知她仍未做好战斗准备。

她很坚定，但她的心魔却更坚定。

所以此刻要做的，便是与她一道守住方寸灵台，再于那斜月三星之间，点燃一团更胜心魔的坚定之火。

"郝最，深呼吸，让自己放松些。"姜愈前所未有地在语气中加了许多力量感，"这次，我们不是被动地被那个场景'闯入'你的生活，是我们一起**主动**去那个场景看一下。你在，我也在，你是安全的。嗯哼？"

郝最僵硬地把头转向声源的方向，跟着姜愈后续的引导，几次深呼吸后，逐渐适应了扛在肩头的恐惧，缓缓放松下来，坚定地点了点头。

"非常好。"姜愈悄悄拭了把汗，重新平缓地开始了，"此刻，如果我**们**穿越回去，站在当年那个女孩面前，她正面临着老师的侵犯，而我们有一种魔法，可以解除你身上的所有限制：你的嘴，你的手，你的脚，你的躯干，你的整个身体都可以自由行动，你也可以碰触在场的所有人，你会做什么？"

郝最大口攫取着氧气，像个已全力连打多场比赛、体力严重透支的拳手。好在日常锻炼给了她良好的心肺功能，几番调整后，她的身体再次渐渐放松下来，双手则缓缓攥紧了拳头。

"我会、我会、呼……我会、我会喊！我会大声喊！你必须！你必须停下！否则、否则……否则我会报警！"

姜愈看得出，郝最在何等努力地勇敢前行。

勇敢不是无所畏惧，而是虽然害怕，仍然向前。

可勇敢，也是需要回应慰藉的。

孤军奋战时，孤独会如层层薄纱，看似只是淡淡笼罩，可叠上千万亿层后，足以吸干海水。

人，是需要伙伴的。

可以回应慰藉那份勇敢的，便是相伴同行。

郝最还有些哆嗦颤抖，重复着"我会报警、我会报警"，似停滞在了原地。

姜愈更加坚定有力地推了她一把："'你必须停下，否则我会报警！'——他会怎样？"

"我不知道！"郝最答得飞快，深而急的呼吸带来源源不断的氧气，双眸中的火焰越烧越旺，"如、如果他不停下，我、我会喊人。"

"你会喊人，很好，然后呢？"

这次郝最犹豫了片刻："也许他会怕了，如果他还不放手，我会……我会……"

"你会——？"姜愈的语气充满了鼓励。

愣了足足半分钟后，郝最突然爆发了。

"我会上去打他！对！我会上去狠狠地揍他！我……我知道了，我知道了！"她热泪滚滚，仿佛砸开最后一堵高墙，见到了数十年来日思夜想、含冤被囚的亲人，"我从自己挣钱的第一个礼拜就开始找私教练泰拳，好像心里一直有什么要做似的！而且……而且就算我没练过，我也可以……我也可以！我可以扑上去咬他，去撕下他的肉，去戳瞎他的眼，去踢爆他的蛋，去抄起椅子砸碎他的头！我会……我会……"

她已泣不成声。

"我会一直打到那个女孩被救……"

"你会一直**抗争**，直到那个女孩被救。"

郝最重重地点了点头，神色似还有些不可置信——说出这些的时候，她心里的画面竟真在发生变化，而身体此刻，居然也在被一股力量缓缓充盈。

"过去"已然定格，"过去"对我们的影响则可以改变。

她呆呆地看着自己的手，握紧拳，又松开，再握紧，再松开。

"我现在是有力量的……"虽依然噙着泪，她的双眸却焕发出了前所未有的光彩与笃定，"我现在是有力量的！"

"是的，现在的你是有力量的，你可以保护她，也早有力量保护自己。"姜愈用格外确定的语气，加强着郝最那将将解封的力量之源。

"可……可昨晚我……"郝最看着自己的手，仍有些不解，有些犹豫，"我那一刻还是完全僵住了……"

"是的，那一刻太多久远的体验一下子激活了，你仿佛回到了十八年前。"

郝最含着泪，轻轻点点头。

这个故事，还没有讲完。

这个故事，也需要讲完。

"然后呢？你不断抗争，直到那个女孩被救，然后呢？会发生什么？"

郝最重新眺向远方："我想象中，她还是呆呆的，不敢相信发生了什么。"

"再然后呢，你会做什么？"

郝最沉默了一会儿。

"我会抱住她。"

"你会抱住她。"

"对，我抱着她，告诉她，我知道你受了很多伤，之后也还有很多苦等着你。但你记住，这不是你做错了什么，你忍着，挺过去，咬紧牙，咬破嘴唇也没关系，把血咽到肚子里就好。你相信我，总有一天，你会从这片黑暗里自己走出来的。"

郝最的语气格外温柔，却又带着一股狠劲儿。

"她听了会怎样？"

"她会……"郝最的眉宇间多了几抹疼惜，仿佛那个小女孩就站在面前，"她会哭，会说可是我很怕，我会告诉她没关系，在你最困难的时候，我会保护你，我可以保护你的……"

她伸出双臂，向着广袤的天空，做了个拥抱的姿势。

双臂落下，她紧紧抱住自己。

姜愈欣慰地微笑了，眼角竟也有一丝湿润。

"之后呢？"他问得平稳。

豆大的泪滴，顺畅地滑过郝最的脸颊。

"可能她会平静下来，但……但可能她还会有些怕……"

"看到她还有些怕，你会做什么？"

"我……"郝最思索片刻，眼中怯意渐消，"我会告诉她不要怕，我已经有力量了，我可以保护好你，如果你怕了，就用梦来召唤我，我想你了也可以随时这样去看你……"

说完，她长长舒了口气，似呼出了十余年的积郁。

"郝最。"

"嗯？"

"伸出你的手。"

郝最未作他想,伸出了手。

"我想邀请你,看一下你的手。"

"我的手?"

"对,你的手,仔细观察一下,告诉我,这是双怎样的手。"

"这……再普通不过啊。"郝最狐疑地打量着,"有点大,不够好看……"

话甫出口,她也意识到了这回答中惯性的自我否定,有些不好意思地笑了。

"我想请你再仔细看一下你的手,"姜愈收了温和的语气,每个字都像粗粗的凿钉一般,"这是双成年人的手,有力的手。它曾经是一双小孩的手,小小的,弱弱的,没法保护自己。但现在,它们成长了,它们有劲儿,它们灵活,它们强大,它们可以与人拥抱握手,可以执笔工作,可以握紧拳头拿起刀剑。"

郝最仔细盯着自己的手,不时攥攥拳头,复又打开,表情愈发郑重了。

"你可以将这双手的画面印入脑海。在未来,当你面对危险、欺凌、困难、暴力的时候,你可以想起这幅画面,想起你的手。当你看到这双成年人的手时,你就会想起,你是有力量的,你完全能够保护自己。"

姜愈说得很慢很沉,每句话都压着郝最的呼气,将凿钉溅着火花钉进她心底的基石。

他很少做这样的信念植入,但这一次,他做得毫不犹豫。

郝最凝视着双手,口中反复默念了许久,之后昂首直视着姜愈,坚定地承诺道:"我记下了,你说的话,还有这幅画面,刚才这个过程中我身体每一寸的感觉,我都记下了。"

姜愈满怀鼓励地点了点头,笑了:"感受如何?"

"稳定,非常的安稳,一种脚踏实地的踏实感。"郝最深吸一口气,胸腔比从前舒展得更为充盈,肩膀颈椎也似挺直了些许,"而且……"

一抹淡淡的伤感散出了她的四肢百骸,又渐渐消散了。

"刚才和那个小女孩告别的时候,我忽然想到,很久前我们讨论过,好像一直以来,我都是用身体、用性和异性建立关系的。"

"嗯哼,当时我们谈到会不会你内心的一部分觉得自己太不可爱了,除了身体以外,再没有别的可以提供给对方的价值。"

"那个结论是对的,但不完整。刚才我突然明白了,也许……我看文章里提过一个专业名词，就是那种不自觉地一遍又一遍重复创伤场景……"

"强迫性重复。"

"对，强迫性重复，强迫性重复……"郝最轻声念了几遍这折磨她多年的魔咒之名，用力拭去泪痕，"你还记得吗？很早前我和你说过，我经历了那么多男人，但从来都没有过高潮，我们之前讨论说我要的性是极致的亲密感，是融合感，是讨好，是自我价值，也讨论过我习惯于封闭隔离自己的感受，还有诸如对父亲的禁忌幻想，好多好多，那些都击中了一部分，但现在……"

郝最咬紧嘴唇，仿佛生理性的疼痛正顽固地反抗着她接下来要说的每一个字，但她毫不畏惧，忍着切肤的痛楚说道："我突然特别强烈地觉得……是的，也许我……我就是在重复那个场景，我不断把自己放在危险的场合里，就是在重复，重现那个伤害过我的场景。"

这是硬生生地，将那长进骨肉中的紧箍拔了出来啊！

"你不甘心，希望这次可以不一样。可相似的上半场后，总还是……"

"到此为止了！"郝最磨着尖尖的虎牙，握紧了拳头，"我再也不会让这种事发生了！无论是现在的我，还是我心里那个过去的小女孩。"

"确实，"姜愈的目光中充满了赞许，"这也让人感到踏实、心安。"

"是的，我确认……再也不会了！"

两人相视而笑，直到这一刻，姜愈才注意到，郝最身后的朝阳下，不知何时竟升起了鲜活绚烂的彩虹。

"和你说过吗？我工作一直挺不开心的。"郝最忽然拿起了包子，细细看着。

"提过几次，那种身边人都和你不一样的孤独感。"

"所有人都杀得眼睛血红，唯一热衷的就是财富积累。我一直觉得在那个环境里我很另类，就像迪斯科舞厅里一个人坐在角落看诗集一样，格格不入。"

"嗯哼，你确实说过，不过为什么现在忽然……？"

郝最又握了握拳头，仿佛在确认刚刚取回的力量："待在那个舞厅里，我特别不开心，却又一直没走，是因为我不知道我还能去哪，或者说我想去哪，我通通不知道……我和别人说我的痛苦，所有人都告诉我是我瞎矫情，我把钱一笔笔转给妈妈的时候她那股开心劲儿更让我不能停下也不敢停下。可越往上走，越是感觉那种喧嚣中的冷清……"

"嗯哼,独行者的孤独。"

"之前如果你问我,怎么样我就能感觉好了,我是真答不上来的,但是……"郝最重新望向包子,出神地看了好久,"现在我好像有答案了。"

姜愈望着郝最认真的模样,像个看着女儿戴上毕业帽的老父亲,只是笑了笑,什么也没说。

阳光和煦,被洗过的世界格外清亮,青草叶尖上的露珠,将两人的身影映在了一起。

"差不多该走了,耽搁了你这么久,真不好意思……"郝最看看表,起身拍拍衣服,抖落一身尘埃,"你能捎我一程吗?"

姜愈见她虽衣衫破损,泥水加身,却是说不出的自信坚定、洒脱利落,像个刚在雨林中执行完任务的特种兵,便放下心来,起身说道:"我更建议我们各自走,我可以帮你叫车,或者你需要现金的话——"

"——那不用了,"郝最摆摆手,露出毫无做作的笑容,"我能解决。"

说罢,她转身向公园门口走去。偶遇路面积水之时,不再像从前那样小心避开,而是直接踏了过去。积水中倒映的景色荡起涟漪,不久又归于平静。

行至门口,即将话别。一处音乐喷泉旁,郝最忽然驻足停步,转向跟在身后不远处的姜愈:"这次……你可以抱抱我吗?"

她的眼波流转,闪烁着期待的光芒。

"你希望得到什么?我们好像刚讨论过这个话题。"

"不一样,这次我想要个证明,证明我真的不……"

她的眼眶没有湿,眼睛却格外闪亮。

阳光洒在喷泉上,将天上的彩虹搬了下来。

两人对视片刻,姜愈温柔地笑了:"听着郝最,如果你希望通过这个拥抱来证明那些,No,我拒绝,那些贬损的标签从来就不该贴在你的身上。但如果你想要一个仪式,一个纪念成长的仪式,一个你真正发自内心地确定你可以用自己的力量保护好自己的仪式,那么——"

他坦然张开了双臂。

怀中那雨水混着发香的味道已消逝了很久，姜愈却仍徘徊在公园门口，原地打转，流连于这难得属于自己的时空之中，抗拒着回家，十足像个深夜归来、不肯下车的上班族。

何况眼前这平凡的美好实在太过迷人：清新的世界，温暖的阳光，润湿的土地，葱郁的青草，澄澈宁静的树荫，面带笑容的人群，还有不期而遇的广播音乐。

竟是舒伯特①的《水上吟》！与眼前优美的景色再契合不过。

初听这曲子，还是十余年前，和苏润约会的时光……

这是舒伯特最为经典优美的作品之一，根据施陶贝尔格②的短诗写成。背景的钢琴铺就一方潋滟，小提琴则似轻舟一叶，穿梭于随波晴光之间。

这作品写的并非美景，并非爱情，而是关于时光，关于生命。

它完成于1823年，那时舒伯特比此刻的姜愈还小两三岁，正是对未来充满憧憬的青年。可在完成这勃发着生命力的作品时，舒伯特并不知道，属于自己的生命，还剩下最后五年。

思绪至此，姜愈只觉时光如刀，雕刻万物，不禁暗暗有些难过。

有形之物终将消逝，也许恰因为此，眼前的美好才格外值得珍视把握。

他默念着《水上吟》的词句，想起某个宁静的傍晚，夏日的风中，苏润也曾在这背景音乐下，用她那轻柔若水的嗓音，如此给自己读诗：

在波光粼粼的水上，

小船像天鹅一样游弋，

激起欢乐的涟漪。

我的灵魂也像小船一样荡漾，

落霞翩翩起舞在船边的波光里。

西面树林的树梢上，

阳光在亲切地向我们致意；

东面树林的枝叶下，

芦苇在晚霞中低吟。

---

① 弗朗茨·舒伯特（Franz Schubert），奥地利作曲家。出生于1797年1月31日，1828年11月19日病逝，终年31岁。

② 莱奥波特·施陶贝尔格（Friedrich Leopold Stollberg），德国诗人、作家。

> 心灵呼吸着天堂的快乐,
> 落落余晖映照着平静的树林。
> 啊,舞动着带露珠的翅膀,
> 时间在动荡的水波中消失。
> 明天还要让时间带着闪亮的翅膀飞去,
> 就如同它的昨日与今夕。
> 直到拥有飞得更高、更有力的翅膀,
> 我自己也将从时间的潮汐中消失。

上楼的时候,姜愈险些踩空。

大病初愈,又在雨中跑了半宿,再格外耗神地做了这么一场咨询,此刻的他已身心俱疲。再加上湿透的衣衫,辘辘的饥肠,他几乎是跌跌撞撞地挨回了家。

推开家门的一刻,客厅的窗帘晃都没晃,像两扇厚实的棺木,隔绝了所有的阳光。家中一片凌乱晦暗,锅污灶冷,死气沉沉的,对比方才公园中的郁郁葱葱,宛若另一个世界。

第十四章

幽怨依稀曾舐犊

姜愈轻掩上门，连叹息的力气都没有了。

看来苏润还没起床，自己之前还抱有一丝幻想的早饭就更别想了。

反倒是莎乐美第一时间便闻声来迎，颠着优雅的小步蹭到他面前，摇摇尾巴，像个大毛团般躺倒，露出肚皮儿，蓝宝石般的双眼还眨呀眨的，满是期盼。

姜愈俯身撸猫，莎乐美翻来覆去地呜噜着撒娇求摸。姜愈和她嬉闹半晌，待她心满意足地翻身离场，方才吁了口气，站起身来。

许是蹲得太久、起得又猛，再加上遍寻郝最、半宿未眠，刚起身时，他只觉眼前一黑，忙靠墙歇了好一会儿，这才拖着沉重的脚步，跑去厨房仔细做好猫饭，又匆匆换下湿衣、刮掉一夜冒出的胡茬、翻出两片冷面包，准备出门工作。

路过卧室时，他停了好几秒，还是没有进去。

时针指向清晨9时。

咨询室中，姜愈已不知用冷水洗了几遍脸，提神效果却依然不佳，他看了看镜中的自己，眼圈青黑，眼角下耷，煞是憔悴，正考虑做个自我催眠打打鸡血，大门却突然被捶得咚咚直响。

一位盛气满溢、不修边幅的中年妇女正叉着腰堵在门口，脸上全是多等两秒的不满。她对着空气翻了个白眼，越过姜愈趾高气扬地进门落座，不等姜愈坐下，便单方面挑起了一场诉苦批斗会，手指东点西点，直戳得姜愈眼前发晕。她从领导偏心会察言观色的职场妖精骂到老公窝囊不能为她出头，进而怨孩子要得太多、父母帮得太少，最后再次转回姜愈，指责他一味倾听，毫无用处——姜愈清晰记得，每次他试着不去共情附和而是向前一步，都会被骂得狗血淋头——说到激动处，她掏出把满是油污的菜刀，啪地拍在桌上。

上午10时22分。

垃圾桶满了，茶几上满了，地上也满了，到处都是包裹着泪水的纸巾团。

年轻的姑娘还在哭个不停，昨晚她本只想和男友一起洗个澡，但男友却趁势和她发生了关系。她正向姜愈哭诉自己的懵懂天真、遇人不淑,还一再让姜愈拿主意是否要报警告男友强奸。姜愈捏捏眉心,起身穿过漫山遍野的纸团,翻出一包新纸抽,轻轻放在了她面前不远的地方。

中午12时30分。

窗帘紧闭,彻底隔绝了窗外的风和日丽。除了姜愈的那张沙发,几乎所有能挪动的家具都被来访者换了位置。

来访的青年CEO①在拖堂许久后,终于结束了此次访谈——他此行是想让姜愈支招,解决他太太不能像其他下属那样"令行禁止"的问题:我明明说得都对,她怎么就是不听呢?!

方到门口,CEO又停了脚步,既不说话,也不开门,只是嫌弃地瞥瞥门把手,又用下巴点点姜愈,反复几次后,见姜愈始终没能领会精神,才不耐烦地指了指门把手上米粒大的污渍,亲自说了声"开门"。

姜愈恭敬地送走大神,回身才发现,自己提前买好的橙汁——那是他午饭的一半——不知何时竟已被那CEO拧开喝了几口。

即便知道对方正再现着幼时的糟心经历,他也没力气再去分析共情了。匆匆收拾好屋子后,他翻出早上剩的面包,像吃药般塞进嘴里、就水吞下,接着仰面一倒,伸出只胳膊挡在眼上,将鞋胡乱蹬掉,见缝插针地小憩补眠。

下面是场连续100分钟的咨询,扣掉准备时间,他还有不到15分钟。

下午1时28分。

中年夫妇相看两厌,为些鸡毛蒜皮相互攻讦,几乎大打出手,都未见丝毫自省改变的苗头。姜愈强打精神,在一浪高过一浪的困意间"屎里淘金",努力区分他们这次吵出了哪些微乎其微的新东西来。每每想到自己宝贵的时间就耗在这毫无美感、价值极低的过程中时,他都一阵沮丧,恨不得甩手不干,只得靠专业训练的底子撑着,勉强去当好临时容器,共情理解、肯定支持、解释引导。

下午3时33分。

年轻的妈妈一身黑衣,臂上还带着治丧的黑纱。她神情悲戚,却未失优雅端庄,即便偶尔短促的哽咽,却依旧着力克制着情绪。与之鲜明对比的则是她五六岁

---

① Chief Executive Officer的缩写,即首席执行官,是在一个企业中负责日常事务的最高行政主管。

的儿子，小家伙生得人高马大，在咨询室里不停地上蹿下跳，东翻西翻，把整个屋子搞得乱七八糟，偶尔嬉笑着喊着"爸爸死啦！爸爸死啦！"

典型的创伤反应。

姜愈看着眼前这坚强的母亲，亦是心下戚然。他谨慎地不断微调着场上的情绪，既不剧烈到可能影响她离场后的社会功能，也不压抑到让她无法顺畅地表达哀伤，同时还要不停分心兼顾那孩子的举动表达，稍未留神，屋角雪白的地毯上已留下了一摊大便。

下午4时10分。

瘦削的男人正慷慨激昂地发表着演说，抑扬顿挫，志得意满，像走在诺贝尔奖的颁奖舞台上一般。他的颧骨很高，额头很大，双眼凸起，带着特有的神经质，自称是个不被主流学界认可，被"体制内傲慢、自私而狭隘的利益集团"排斥迫害的科学家、哲学家、思想家、发明家，洞见了一系列不为世人理解接受的宇宙真理。姜愈被他油光铮亮的地中海照得昏昏欲睡，虽已努力端坐，脑袋却仍不受控地不时顿挫。偏巧每逢此时，便会有突然拔高的音调、溅在脸上的唾沫不期而至，提醒他专心听讲。

下午4时55分。

姜愈的眼皮都已耷拉下了一半，他慢吞吞地收拾好东西，锁上门，塞了块黑巧克力，边走边揉着有些痉挛、眨个不停的双眼，强打精神把注意力集中到手中的讲义上，时不时做一下修改批注。

那是他晚上要讲的课程，题目是《存在主义精神分析与意义治疗的临床实践（八）——罗洛梅、弗兰克尔与欧文亚隆的思想比较》，然而此刻，他的脑袋里好像糊满了淀粉，几乎记不起这三位大佬都分别干了些啥。

他自然更未注意到近在眼前的危机。

相隔不远的电梯间里，王成龙正背着大书包踱来踱去，嘴里念念有词，双手各拿一支冰糕，左手那支还未拆封，右手的则已被咬了一小口，半透明的奶液摇摇晃晃，挂在下端。

姜愈依旧低头前行，拐过电梯间时，迎面撞上了王成龙。

两人你看看我，我看看你，一时都愣住了。

姜愈本就运转滞涩的大脑被这意外一冲，当场宕了机。王成龙则注意到了他外出的装束、没束好的衣服下摆，先他一步反应过来。

"你把我的咨询给忘了?!"难以置信的声音干涩而沙哑。

没等姜愈回答,他便恨恨撇过头去,大踏步走向咨询室,身后留下点点液滴。

方一进屋,那支还未拆封的冰糕便被扔进了垃圾桶。

王成龙将书包重重甩到一旁,悻悻落座,却坐得端正笔直,只有脚尖不停微微抬起放下,似有些跃跃欲试的焦躁。好在他还有冰糕在手,不时吮上几口,像嘬奶嘴般稍稍安抚着自己。

鸭脚木叶片上的露珠将滴未滴,沙漏中的流沙粒粒落下,空调已开到最大,徐徐清风却吹不散室内的压抑。

"你……真把我的咨询忘了?"王成龙咬了口冰糕,闷闷地诘问道。

"我很想找些理由,不过……诚实地说,是的。"

"我就知道你也讨厌我!巴不得我赶快滚蛋,对不对?!"

他嗓门虽大,语气却被冰糕含混得发软,还似带了几分委屈。

"王成龙。"

毫无回响。

"王成龙?"

姜愈追着王成龙淡淡泛红的双眼,唤得温和而坚定。

王成龙不情不愿地转头对视了几秒,随即又躲闪开去,极轻地"哼"了一声。

"王成龙,我正式向你道歉,"姜愈看看垃圾桶里的冰糕,又看看眼前赌气的少年,说得既郑重,又诚恳,"很抱歉上次我让你有……有些很受伤的体验,以及,这次刚刚发生的,确实是我的工作疏忽,我把时间记错了,很抱歉。"

王成龙满是质疑的目光像两根探钩,直盯着姜愈,在他眼中反复挖寻。姜愈不闪不躲,只是坦坦荡荡地还以真诚的注视。半分钟后,王成龙重新低下头,眼角有些濡湿,嘴唇则绷成一条合死的拉链,倔强地封住了他理解之外的悲伤。

冰糕慢慢融化,大滴落在地上,摔碎溅开。

"你……你在向我道歉?"几番欲言又止后,王成龙终于还是嗫嚅着开了口。

"是的,我向你道歉。我看到你很愤怒,还把你的善意、伸出的橄榄枝都扔进了垃圾桶,也许你也恨不得把我扔进去,我想……你确实有理由愤怒。"

听姜愈这么说,王成龙反而笑了。

他摸摸后颈,放松了不少。

后颈，是人体最为脆弱的部位，也是许多妈妈安抚婴儿时会抚触的地方。

"为什么？我是说，你为什么道歉？总不会担心我不来少了份咨询费吧？"

姜愈微微一笑，并不作答。

"其实我来你反而会少不少咨询费。"王成龙双肩一耸，强装若无其事。

"但我还是希望你来，希望我们可以澄清并且处理在这里、在我们之间发生的一切。"

"所以我刚才分析得对吗？按你们的理论，一定是你明着暗着讨厌我，才会忘掉我的咨询。对不对？"王成龙有些紧张地抿了抿嘴。

"确实，上次的冲突让我内部有些焦虑，以及还有些私人原因，我需要和我的咨询师好好谈谈。但这里，我们还是聚焦在你身上，好吗？"

"你也会焦虑？"王成龙稍稍松了口气，靠回沙发，冲姜愈挑了挑眉。

"当然，我也是人。那，我会焦虑，给你什么感受？"

"我觉得你一定讨厌我！实话实说，你有没有觉得我很讨厌？"

"上次在场上的时候我确实会有一种被——"

"——YES or NO①！就告诉我是不是就好！"王成龙又坐直了。

姜愈不为所动，依旧答得不紧不慢："很遗憾我的世界里确实不是非黑即白、讨厌或不讨厌这么简单的。我很愿意和你交流我这边具体发生了什么，但，我真的没法用 YES or NO 来回答这个问题。同时，我猜也许你在生活里也面对着类似的困境：有些问题明明你内心的回答很复杂，但偏偏总有人逼你用简单的选项去面对、选择、站队，等等，而这时候你想拒绝又很困难。"

王成龙先是一愣，随即低头沉吟，嘴里还念念有词，似在重复背诵着什么。

几秒后，他像撇去汤中浮油一般，将浮于表面的怒气散去七七八八。

"这说法不错，我记下来了。"

"那，你愿意听我说完吗？"

"说。"

"上次在场上的时候，我确实会有些生气，有些愤怒。我作为人的那个部分，在一些瞬间确实会被你扰动到，进而涌起一股排斥的、抗拒的甚至厌恶'那个场'的感觉，当然，也进而会想去攻击你。但另一方面，作为咨询师的那个部分，我意

---

① 中文意思为"是或不是"。

识到那场战斗实际是我们共谋的：我这边有我潜意识里的期待、需要处理的议题，你那边则是在用你熟悉的方法测试我，看我'有没有器量'和你一起走下去，去探索你内部那些黑色的部分，这背后是一个又想在关系内向深处探索又非常不安的部分，很可以理解。"

"你明明能想通这些，但你还是攻击我了！"王成龙满腹委屈，恨恨喷道。

"是的，非常遗憾，我自己的修行不够，那一刻表现得很不专业，我很抱歉。"姜愈说得坦诚，"所以当我确实做不到那个理想的状态时，你感受如何？"

王成龙低声嘀咕了句听不清的话，仍揣着几分怀疑："你是为了专业要求才说这些的？"

"一半儿一半儿吧，"姜愈并不避讳，"如果我们是咨询室外的关系，网上的事儿我大概率还是会再说道说道的。但一码归一码，我也仍然会道歉，毕竟我伤害了你的感受，用那些你信任我才告诉我的信息。"

"你说的是真心话？"王成龙掂量再三，端出最后的犹豫。

"是的，真心的，我很抱歉。"

王成龙长长呼了口气，向后垮了下去。

软软的沙发靠背包围了他，熟悉而安心。

"算了，过去的就都过去吧……"歇够之后，王成龙大度地挥了挥手。

"我收到了，谢谢。不过——"姜愈拨开友好的幕帘，又冲进风险地带，"有时确实如此，过去的事儿无须再提，交给时间，就真过去了。但也许更多时候，我们**以为**一些事情过去了，但并没有，它们还是会在我们心底的某一个地方涌动着、盘旋着、萦绕着，进而影响我们的生活、我们的关系。"

王成龙眼珠转了几圈，咽下最后一口冰糕，咬住木棍："在我家里，所有'翻旧账'的行为都是核弹，都是紧急避难警报。"

"你会觉得我打算翻旧账吗？像他们一样。"

"不，当然不！"王成龙连忙否认，"很多时候我才是那个想把事说开的！他们一个个都黑不白不提的，其实那些事儿根本就没过去……"

"比如？"

"太多了！比如戒网学校！还有他们婚姻完蛋了很多年还一直瞒着我，我明明觉得哪里不对，但所有人都不承认，都一起骗我，我知道后特别失望！"

"那种体验太糟糕了,不只被辜负,还被孤立、欺骗。"

"是被算计了!"

"OK,被算计了,我想也许那些时刻也进一步坚定了你那种'我的生活并不由我掌控,而是被外部操控、决定'的感觉。"

王成龙烦躁地抓起了头发:"是啊!我但凡敢提半个字,挨训被批不懂事不说,他俩铁定掀桌,'都是你把孩子带坏的',都什么破事儿啊!"

"那本不该由你承担。"

"那有啥办法?这种事儿多了去了!长年累月,大大小小的冤案,我都不惜得说。"王成龙像个炫耀伤疤的老混混,直说得唾沫星子乱溅,嘴角却耷拉得像个深闺怨妇,还带着无尽的哀伤。

那糅合了父母双方特点的复杂神色,直看得姜愈感慨万千。

"好多积怨都埋藏在那儿,一直没有处理啊……"

"总之在我家,所有人都在追求表面和谐,都在维稳!"王成龙冷冷"切"了一声,"到最后,表面也没和谐到哪儿去!"

"你希望撕开那层纱布,让所有人都看过来:这里流血了啊化脓了啊!你们别视而不见啊!快来处理啊!但这时候其他人就会指责你说:都怪你,撕什么撕!"

王成龙见姜愈确实站在自己一边,又放松了许多,手指空中几乎骂了起来:"王耀宗总说我是懦夫,扯淡!他们才是!都是!——是,我躲进二次元里,我是逃避,但我承认啊!他们呢?明明有问题,就是从来不承认!"

"你希望他们承认。"

"现在不用了,我就是要复仇!"

"复仇?"

王成龙改用槽牙折磨那根已被虎牙咬烂的木棍,恨恨说道:"比如某一天我发达了,王耀宗破产了,或者我拿住一个他的软肋,他得低三下四地来跟我说我错了、我道歉!还有我妈,我会幻想某一天我拆穿了她的真面目,让她的'粉丝'们都知道我有多惨,她们一定会大骂这个所谓的专家虚伪不堪,想想就爽……"

他挑衅地望向姜愈,似在等对方批判这些"阴暗"的想法。

姜愈却颇为肯定地"嗯!"了一声,语气中甚至还带着几分鼓励:"听起来是很过瘾的做法,除了这些还有吗?其他复仇的方法。"

王成龙被问了个措手不及,昂扬的斗志反而有些蔫了。他低头吐出那根烂甘

第十四章

蔗般的木棍，捏在手里捻了一会儿，沮丧地摇了摇头。

"没了，就想这些，意淫一下罢了。"王成龙说得像个一生郁郁的孤寡老人。

"这是你**希望**的，对吗？"姜愈揉了揉发胀的太阳穴，"这让我想到上次你也拿住我的软肋，还成功地在一些网友面前拆穿了我的真面目，让他们觉得我虚伪不堪——那，你希望我可以向你乞求删帖吗？"

"我……"王成龙一时语塞，认真思索了片刻，显是有些动摇，"好吧，我承认，我的第一反应还是希望的。特别是上次进门前，那种期待感特别强烈，当然，出门后的失望也特别强烈，所以也很火大……"

"如果我乞求你，会让你有什么感受？"

"我不知道，但……但那一刻我就是很想要！"

"我猜如果我真的乞求你，你一方面会感到安全，但一方面——也许同样会感到失望。"

"……也许吧，我也不清楚我在干什么，在要什么……"王成龙琥珀色的双眸中少有地流转起光泽，"不过我确认的是，我今天来的时候一点儿也没想你求我删帖，相反还……还挺不安的。来之前我反复预测，今天都会发生些什么，各种情况，但……但你还是出乎我意料了，两次。"

"一个是我忘了咨询？"

"对！我还耿耿于怀呢！"

"我很抱歉。"

"算了我开玩笑的，"王成龙轻轻笑笑，"第一是你敢重提这事。"

"哦……其实我提的时候也有些焦虑，毕竟直面冲突并不容易。"

"那是谁给你的勇气，梁静茹吗？"王成龙用烂俗的段子掩住了急切下的恭敬，像个考前找老师套题的学生。

"我会告诫自己要思考到底发生了什么，"姜愈不假思索地答道，"但更重要的是，我愿意尝试去相信，相信我们的关系可以承载这个冲突。"

"这个答案也很出乎我意料啊……我回去再想想。"王成龙嘴里默念了几遍，反复记下了这道大题，"你让我意外的第二件事，是你会道歉，而且不止为这次忘了咨询道歉，你还会为了上次的事儿道歉。"

"这又让你有什么感受？"

"其实……"王成龙徒然张了张嘴，一时似被定住一般。

稍作等待后，姜愈将沙发后挪半寸，多留了些空间："好像你有些羞耻？"

王成龙涨红了脸："上次回去的路上，我……我仔细想了想，你说的……马马虎虎，勉强算起来，也都是对的……"

"我知道。"

"你知道？你知道是对的还道歉？"王成龙双眼撑成了两枚鹅蛋，"所以你只是想敷衍我吗？"

"你认为呢？"

"应该不是吧……所以为什么呢？"

"我一直很清楚，上次气头上说的那些虽然不够严谨，也没啥大错。但我同样清楚的是，正确的东西在不适宜的场合以不恰当的方式说出来，就是一种攻击，一种暴虐，所谓的——"姜愈凌空做了个扇耳光的动作，"'我是为你好。'"

"正确……场合……方式……"王成龙将破碎的词语反复念叨了多次，再开口时，语气中竟多了几分恭顺感激，"从没有人和我说这些，我真被这种感觉害惨了！我……难怪我一直就觉得哪里不对！但从来都说不清……"

"承认他们说得对，太没面子，还仿佛会带来危险；但把他们想成恶魔，又说服不了自己，甚至会有些愧疚。"

"才没有！"王成龙嘟囔着抗议道，"我就是觉得火大！"

"理解。也许我们文化里太习惯那种'既然我是为你好，那我反正把话说了，听不听得进去是你的事儿'，甚至'既然我对你好，那就必须听'的思维了，从没考虑过'如果我希望达到为对方好的目的，而不是满足自己好为人师指点江山的自恋，那么我有责任找到那个最可能让对方接受的沟通时间、地点、方式'。"

"你上次不也这样吗！"王成龙存下的委屈又被倒出了几分。

"是的，确实，我上次也带入了那个用'正确'施虐的角色里，我的错。"

王成龙看看姜愈的眼睛，抖了抖已被彻底咬烂的木棍，随手丢进了垃圾桶。

他咬够了。

微风吹过，窗台上的绿植轻轻摇曳。姜愈忽然发现，不知不觉间，那盆颇难伺候的鹤望兰似乎又长高了。

"他们从没和我道过歉，从没！"王成龙眼直气粗，像头被激惹的小公牛。

"你有些失望？或是……怨恨他们？"

"不是有些,是非常!"王成龙咬牙切齿,一字一崩,"就像一切都没发生一样!凭什么?凭什么!而且如果我提出来,错的还是我!"

"这不公平。"

"是的!太不公平了!凭什么做了父母就有免死金牌,就可以为所欲为!怎么伤害孩子都可以凭一句'**毕竟**是你爸''**毕竟**是你妈'糊弄过去?"王成龙的脖子红得像根粗粗的火腿,紧攥的拳头不停狠狠砸向掌心,"你要再抗议争辩,他们就会说什么一把屎一把尿拉扯大,说什么我供了你当然得管你,还说什么翅膀硬了敢顶嘴了,最后都还是我的错!又不是我让他们生的我!而且父母难道不该希望孩子的翅膀更硬更有力吗?"

"你不甘心。"

"说起来就火大!真想撕了他们!"

"理解。那,如果他们道歉,对你又意味着什么呢?"

"不可能的!"王成龙愤愤扭过头去,"我家字典里就没'道歉'这俩字!……不对,是他们对我从不道歉,要是我做错了什么,他们逼我道歉比谁都快!"

"这更让你委屈了!"

"是啊!有一次我在学校被欺负了,王耀宗不分青红皂白先揍了我一顿,嫌我丢了他的脸!更可恨的是,他知道怎么回事儿后连句好话都没有,还说什么这点儿委屈都扛不住你怎么成大事!……"王成龙重重一锤沙发,勉强掩去眼底淡淡泛起的泪光。

"你希望他可以真诚地和你说声'对不起'。"

"早就放弃了,"王成龙的拳头挡在唇边,轻蔑地冷笑道,"不可能的事儿!"

"那,回到刚才的话题,他道歉对你意味着什么?"

"我对不存在的问题不感兴趣!"

"我是说**如果**——"

"——我说了我对不存在的问题不感兴趣!我们能不能谈点儿有实际意义的话题?!"王成龙几乎咆哮了起来,身子却紧紧缩成一团。

姜愈看了看眼前这防御到近乎惶恐的小刺猬,无奈之余,也有些心疼。

"……我明白了。那,你认为什么话题有实际意义?我很愿意和你讨论。"

"任何真存在的问题OK?"王成龙没好气地对付道,"我今天不想吵,但别总拽着我谈那些不存在的东西。"

"好的,那也许你可以和我说说你现实中遇到的困难,任何方面都可以,我猜他们很少过问那些问题,对吗?"

"我没什么——"

"——我们每个人都会遇到困难,会遇到一个人搞不定的事儿,这并不可耻,嗯哼?"

王成龙沉默了,片刻过后,他将信将疑地确认道:"你真想听?"

姜愈认真地点了点头,王成龙看着他的眼睛,忽而自嘲地笑了。

"……不知道从哪儿说起了。"

"随意,比如也许你可以详细谈谈你在学校受欺负的事?"

"那个啊……"王成龙盘起腿,食指原地轻点,小心挖出了锈铁箱的一角,"我先问你,你上学的时候,对那些家里有钱的孩子,会怎么看?"

"呃……"

"说实话。"

"让我回忆一下,太久远了……"姜愈沉思片刻,迟迟托出了不太确定的回忆,"好像我那时候,压根儿就不知道……或者说没太在意过谁是有钱人的孩子……嗯对,确实,没太多印象……这答案让你失望吗?"

"不!当然不!"王成龙脸色一亮。

"而王耀宗认为别的孩子都会巴结你?"

"你怎么知道的?"

"我猜他可能会把他经历过的苦难归因于穷,所以……"

王成龙眼中的恨意让姜愈住了口。

"之前我妈给我选的私立,说尊重个性,后来王耀宗嫌学校管太松又给我转回了公立。所以我来这个班的时候,他们早就各种拉帮结伙很久了。"

"逆风局。"

"进步挺快啊!"王成龙冷冷一笑,"算是吧。其中有个小团体很厉害,横行整个学校,高年级的都不敢惹。他们老大是我们班的,姓柴,我们都叫他阿豺,豺狼的豺。"

"凶狠并且狡猾?"

"对,而且特别有心计,蔫坏蔫坏的。他总会用各种方法挑衅你、羞辱你、泼脏水、花式碰瓷,你要不理他,他就得寸进尺,你要反击,他就会抓住你的把柄让你吃不了兜着走。简直是个毫无底线又阴险精明、擅长作秀的政客！"

"听起来——"

"——好啦！上次的事儿能不能别再提了！"王成龙似嗅到了一丝要被翻旧账的危险，顿觉羞恼。

"事实上我打算说的不是这个，"姜愈只当没看到他那窘得泛红的耳郭，"老师不干预吗？"

"别提老师了！阿豺他自己就擅长在老师面前装好人，他爸还是个大律师，他妈又在传媒行业，俩大 V①公知，两口子一个专业钻空子一个专业带节奏，简直了！之前他欺负隔壁班一女生被我们体育老师撞见了，那老师特别耿直，不管三七二十一削了他一顿，最后呢？他家一顿骚操作，最后愣是让老师卷铺盖走人，学校还出面各种道歉赔钱。所以到现在所有老师都惯着他，彻底没人敢惹了。"

"确实是很有'能量'的一家人。"

"最开始他对我还好，就是偶尔阴阳怪气地找个茬，撒个气，最多勒索些钱，我都照给，懒得废话——反正又不是我的钱，我不拿去买平安也被王耀宗祸祸给小狐狸精。但后来有一次，他一个小弟找阿……总之，为点儿鸡毛蒜皮的小事儿，我们算是结下梁子了。"

王成龙说到此处，竟有些脸红羞涩。姜愈心下了然，并不点破。

"我那会儿正在做一个地质模型，类似社团竞赛用吧，不重要。那个模型非常精细，我小心翼翼地搭了半个月，一直放在活动室里。结果做完当天他就三下五除二全给毁了，还专门挑了个我在附近的时机。我在走廊里听声音就觉得不对，等冲进去的时候他正笑嘻嘻地扫那一地的碎零件呢，还特大方地说他来的时候就这样了，'你没证据别瞎说哟，我是看教室太乱所以才主动打扫卫生的……'"

"所以……你打了他？"姜愈见王成龙眼底一片灰烬，小心试探道。

"没有，我还是忍了，他跟班就守外边等我上套呢。何况……"王成龙咬着嘴唇，没说下去。

"何况如果你打了他，老师也好王耀宗也好都不会支持你，对吗？"

"所以我认尿了事了……"王成龙恨恨叹了口气，"结果万万没想到，他那天正好被两个外班的人堵了，他就认定是我没善罢甘休撺掇的他们。"

---

① 指在微博平台上获得个人认证，拥有众多追随者的微博用户。

"你被冤枉了。"

"早习惯了!"王成龙冷哼一声,"他爸带着不知哪儿弄来的验伤报告和精神鉴定报告直接闹到了教委;他妈动用了好大的媒体资源,把他包装成校园霸凌的弱势受害者,把我包装成买凶打人的富二代,那篇报道迅速就把舆论引爆了,群情激愤啊——对了,这事儿你是不是那会儿就知道?"

"我更关注你在这个过程里的体验。"

"能有啥体验?"王成龙语带嘲弄地笑笑,"他俩最后怎么摆平的我不知道,我知道的就是我被王耀宗打得一礼拜没下床,他自己也气得生了场病。"

"你一定非常委屈。"

王成龙故作无谓地耸了耸肩,没有回答。

"之后呢?你们交流过吗?"

"最开始他啥都听不进去,我一张口他就说你给我闭嘴!后来我妈和我聊了聊,他俩就开吵了,一吵吵一个月。可直到最后王耀宗也没跟我说过一次对不起。"

"那……现在谈起来感受如何?"

"……彻底失望。"王成龙的语调像被清明的风熏过一般,泛着纸灰的萧索味,"还跟我谈承担?谈责任?谈勇气?我呸!"

"你希望他做出一个更有担当的榜样来。"

"至少做错了的事儿得认啊!这要求不高吧?"

"是的,不高,那,我知道也许这个问题会让你有些生气,但我还是想再一次回到刚才的话题:他们认错,他们道歉,对你来说意味着什么?"

"我说了他们不会道歉的!他们都不认为自己有错!他们一个个儿都认为——"

"——我知道,我知道。"姜愈和言安抚道,"但我想邀请你讨论的问题和他们无关,只和你有关。"

王成龙有些不解,他困惑地盯着姜愈看了半天,虽然似懂非懂,不过凭着之前建起的信任,到底还是冷淡地撂了句"你说吧那",随即双臂一抱,拦在胸前,右腿一字横在左膝之上,在两人间架起了一条挡杆。

姜愈微笑着点点头,算是对这份信任的回应与感谢。

"如果,我是说如果,如果他们道歉,那对你意味着什么?"

"意味着他们还算有点儿良知有点儿人味儿。"

"嗯哼，很好，继续，还有呢？"

"意味着他们还……还有点儿在乎我。"王成龙的脸色依然干巴巴的。

"非常好，还有吗？刚才两个答案都是意味着**他们**如何，有没有意味着**你**如何的答案？'如果他们道歉了，意味着**我**——'？"

"意味着我被承认了，意味着我被伤害了这件事被他们承认了。"

"你要他们**认**。"

"说的是啊，谁不要呢！"王成龙的二郎腿放下来了。

"OK 那我们再往前走一步，他们承认了，他们承认他们伤害了你，这样你就可以——？"

挡杆又被重新支了起来，王成龙带着十二分的抗拒大声埋怨道："我们在玩头脑游戏吗？你的问题怎么还没完没了了？我说了不存在这样的情况！不存在！要不你告诉我，你到底想要我说什么？"

"我并没有预设任何——"

"——那你一个劲儿问问问到底想问出个啥啊？'对我来说意味着什么'？我怎么知道！我怎么可能知道？！都是些从没发生过的事儿啊！从没发生过啊！不要'如果'了我说了没有可能！你到底要我说几遍才能听懂？！这么个无聊的问题反反复复问来问去，你是不是有病啊！"

连珠炮刚一放完，王成龙便似有些后悔了。

"那个……我是说，你今天一直揉鼻子搓眼的，要真病了你可以请假啊！"

"我收到了，谢谢。"姜愈的注视真挚而清澈，"以我的了解，也许你父母很少会问你是不是不舒服、是不是病了、是不是受委屈了……所以，谢谢你的关心，你把它给了我，但我知道你一直很想要它。"

王成龙蓦地鼻子一酸，眼圈倏地红了："他们是从来没有问过。"

姜愈没有接话。

"在我家，我连生病都不能理直气壮的。"王成龙用牙齿磨掉了哽咽。

"他们连你的身体也没有好好照顾，在你需要的时候。"

"我妈永远神神道道的，说生病受伤是身体的信号，不要吃药不要去医院，那是消除症状不能改善根本。王耀宗就永远是你不好好锻炼才会这么容易生病，一点儿小病就倒，一点男子汉的气概都没有……这俩不靠谱，遭殃的是我，好几次都是小病整大了不说，我现在免疫都比同龄人弱，还各种抗药。结果他俩还互相指责，都拿我说事，一个说都怪打针输液寒凉入体，一个说都怪照顾太多娇生惯养，烦都烦死了……"

"所以在你最需要照顾、关心的时候不但没有被照顾，还要小心谨慎、担惊受怕，承担他们的情绪，担心他们的关系，这些伤害、压力他们同样没有承认过。对一个孩子来说，在这样的环境里成长真的非常不易。"

"别人可不这么认为！"王成龙干涩地苦笑道，"他们会认为你是富二代，你妈是育儿专家，你一定过得特好，可实际呢……"

"你一直一个人在丧尸世界里逃亡。"

"那还能怎么办？他们就是那样的人！"王成龙放下二郎腿，双肘枕膝，苦瓜脸上强行拧了个笑，"之前我说一切都是定死的你还不信，还劝我。你也不是没见过王耀宗，不提别的，就说道歉、承担、认错，你觉得他做得到吗？"

"我并不那么了解他。"

"他做不到！"王成龙用力强调。

"我看到你有些悲伤。"

"没有，我早就知道这些了！"王成龙揉去眼中泡入温情的冰碴，"我就是想到，连家人一句对不起都要不到，还能跟这个世界要到什么呢？"

"确实让人很无力。而且我看到刚才的问题真的让你非常生气，你也有权生气，但我还是想再邀请你一次，不着急从那个问题跑开：**如果**他们道歉了，你受到的伤害被他们承认了、看到了，接下来，你就可以怎样？"

王成龙的配合已近极限，渐渐有些不耐烦了。他勉强耐着性子没打断姜愈，等他方一问完，便不假思索地接上话："我就可以……"

他错愕地哽咽住了。

第一直觉冒出的答案，若深藏洞穴深处、经年未见天日的宝箱，方一打开，便扑出了一片呛鼻的灰尘。

王成龙别过头去，紧咬牙关，倔强地维护着他那少年人的自尊。

姜愈耐心地等着，直至烟尘渐消，化作浊泪。

王成龙做了个深呼吸，转过头来，不再掩饰那崎岖的泪痕："我就可以……"

他已触到宝箱中蒙尘的明珠，却又停了下来。

接连而至的泪水静静流下,滑过他硬朗的下巴,低垂,坠落,洗却了明珠上的浮土,又溅出朵朵晶莹剔透的水花。

"看起来,那个答案哪怕说出口,都好困难啊。"姜愈温言鼓励道。

王成龙用手背抹了把脸,之后双眼轻阖,瓮声瓮气地说道:"我就可以……原谅他们了啊……"

他从腹腔最深处发出了一声闷闷的悲鸣,随后捂住双眼口鼻,任眼泪肆意,默然汹涌。

"如果你不追问的话,我根本想不到会是……但刚才它就非常确定地冒出来了。"王成龙无声地哭了好一会儿,哽咽着开了口。

"好悲伤的答案啊。"

"是的……我非常悲伤……"

眼泪恣意流淌,若海潮涨落,时而卷来回忆,时而退却忧愁。

不停眨动的双眸前,亦浮过万千画面,累年时光。

姜愈一言不发,若沙上的碑石般静默以待,陪伴着悠悠海潮。

王成龙最后抹了把泪,将方才悲悯、凶狠、委屈、温馨、怜惜等一众神色皆尽敛去,复归平静。他的睫毛湿漉漉的,凝成了簇状,琥珀色的眼瞳较平日偏红,还蒙了层水气。再开口时,声音也像刚被海水泡过,潮湿沙哑,还泛着苦咸。

"我真没想到会是这个答案。"

"所以……这个答案,又意味着什么呢?"

王成龙倦倦地摇了摇头,似不愿多讲。

"我还是建议你说出来。"

"为什么?"

"因为当你可以坦坦荡荡说出来的时候,你才真正承认了它的存在,真正开始直面它了——当然,你可以不去面对,这是你的自由。但我需要让你知道的是,有时你越是回避,越会给自己带来隐性的消耗、躲不开的困扰。"

王成龙的目光,几乎要在地板上烫出个洞来。

"这个答案说明……说明我还是想和他们修好,还是想他们爱我,还是想有个好爸爸好妈妈……靠!我靠!为什么?!为什么我还……靠!离开下!"

王成龙腾地站起,抄起茶几上的纸抽,几乎是半跑着冲到窗口,猛地推开窗子探出头去，只觉胸腔像个深深的矿坑，淤积了太多瓦斯，若再不吹起一阵呼啸的劲风，只消一个火星，便要瞬间炸开了。

他大口地喘息、换气，却始终无法消解那令人窒息的憋屈，忽然，他长啸一声，随即又大声冲窗外喊了起来，像在喊山一般。

公益道德、他人眼光，此刻都已非他能顾忌的了。

他只想撕裂喉管，将那郁浊之气狠狠喷出。

他不停地喊了许久，直到眼前发黑，喉咙彻底哑了，这才停下。许是还未释放彻底，他又狠狠抽出几沓抽纸，抛向窗外的天空。

轻柔的纸张被狂风吹得四散飘扬，似冥钱飞舞，若千鸟翱翔。

风声猎猎，云层叠叠，要变天了。

纸抽已空，王成龙最后望了望风中奔赴四方的薄纸，转身去饮水台接了杯水，像刚跑完马拉松，近乎虚脱地挪回了座位。

姜愈微笑着放了包新纸抽在他面前。

"我看到有很多情感在剧烈冲突着，那股强烈的恨意是你一直可以意识得到的，而那个爱的部分则是你一直压抑、否认、回避的：**其实**你想和他们建立联系、修复关系，想被关怀，甚至也许想回到某个还算美好的时刻，等等。"

"……你说，我到底恨不恨他们？"王成龙双手垫在头下，失神地望向天花板，"以前我觉得这问题很简单，可现在……我真答不上了。"

"你不再用简单的眼光去看复杂的东西了，这是成长。"

"你指的是？"王成龙一愣。

"**人类**的情感。"姜愈稍作停顿，给了王成龙一段咀嚼的时间，"人类的情感很难简单地说是单纯的恨，单纯的爱，单纯的喜欢、讨厌、向往、抗拒，等等。你和他们之间如此，你我之间如此，你和其他人也一样。就像很多婴儿在妈妈没满足他的时候会一边吃奶一边撕咬妈妈的乳房，这是他在用他唯一**会的**方法向妈妈表达他巨大的愤怒与依恋，是他没有整合的爱恨。"

"……在你眼里，我是不是那种讨人嫌的熊孩子？"

"有时候所谓熊孩子做的，也是在用各种捣乱和攻击来表达他们的情绪、需求，或争取大人的关注。"

"算了吧！"王成龙的嘴角撇到了窗外，"我宁可他们少关注我些！"

"我想'关注'并不总和'过界''控制''冒犯'在一起。不过你说的倒提醒了我:有没有什么时候,他们关注你会多一些?"

王成龙低头回忆,冻川般的眉宇间吹过了微微春风。

"……有年夏天特别热,我爸……王耀宗难得有空儿,不知道哪根筋搭错了,心血来潮就带我去郊区放风筝——喂,你看我干吗!"

"我只是想起你提到过和阿——"

"——那天我们兴高采烈地出发,可我走到一半就走不动了,"王成龙小脸一红,赶忙扯回方才的话头,"那山路真的难走,王耀宗一开始还训我缺乏锻炼不能成事儿啥的,可后来……后来他看我脚破了,就背我一路。到了山顶,我们一起放风筝,他放得特别好,我总也放不上去,他就手把手教我,边教边跟我讲他小时候都玩些啥,还有我爷爷带他放风筝的事儿……我记得他非常难得地笑了,笑得特别开心,我也跟着他笑……"

一抹干净纯粹的微笑一闪而过,上次这笑容出现时,也正讲到风筝。

姜愈忽然想起了年少时看过的漫画,青春期的少年驾驶着巨大的机器人拯救世界,虽大同小异,却让人百看不厌。

想来那也是人类的集体潜意识吧:用强大的钢铁之躯掩盖内在的柔软脆弱,用幻想中逆天之能对抗现实中的挫败无力。无论桀骜、愤怒、敌对、沉沦、玩世不恭……都只是驾驶舱内那渴望温暖却又孱弱易伤的孩子用来自保的机甲啊!

——那,我又是在用什么,去保护什么呢……

"后来我们都累了,他又一路把我背下来了……"王成龙的追述,打断了姜愈的遐思,"我现在还记得那一刻我靠在他肩上,看着他脖子上的汗,白了好多的头发,越走越弯的背,越走越颤的步子,我还挺……"

王成龙抄起水杯,冲下了将将涌起的情绪。

"下山后,我妈喊我们一起吃饭,她都备好了,可他来不及吃几口就又去忙工作了。想想也挺感慨的……"

"你看到爸爸妈妈对你'爱'的那个部分。"

"……真不想承认啊!"王成龙咬了咬指关节,憋回打转的泪水,"可太少,太少了啊!是,他俩说的那些,并不都错,可就是……就是……"

"就是没法帮到你,只会伤到你。因为他们都没有认真去看,看你到底在需要什么、呼唤什么、恐惧什么,有什么感受、愿望、困扰,等等……"

"是吧……所以他们眼里一直就没有我，或者根本不是我……"王成龙悄悄蹭了蹭眼角，神色愈发黯淡下去。

"而在这个看起来很关心，但实际很忽略的环境里，你内心那种慌慌的感觉一直很强，就像在独行丛林一样。"

"习惯了，也就不指望了……"王成龙用掌根重重抚着额头，像在熨平并不存在的皱纹，"我以前傻，还会主动说，最后都是自取其辱！王耀宗就会说这算什么、我当年如何如何！我妈说起理论来一套一套的，各种看见、尊重、自由、选择、边界，说得可好了，可一碰具体的事儿就抓瞎！她还特不能扛，往往我还没咋的呢，她先咋呼得跟天塌了似的！"说到父亲时他一脸委屈，说到母亲则换上了满满的不屑。"不想说了，忽然觉得好累啊……"

"我看到你内耗得特别严重。体内虽然有力量，但不是在和自己拧巴，就是在防着外边的幺蛾子，像台跑了一堆杀毒软件的电脑，没资源干别的了……"

"这比喻有意思！可不然呢？"王成龙自嘲地笑笑，"我本来是只鸟，王耀宗非逼着我当狮子，天天拿训狮子的那套训我，我可不是……"

倏忽而至的伤感，短暂地打断了他。

"嗯哼，你可不是——？"

"我可不是……彻底不会飞了吗……"

"而我看到，你仍然向往天空。"

"顶个屁用！"王成龙垂头丧气，像个回望半生、皆尽虚度的中年人般失落，"说现实的，像我这种废柴死宅，只会天天打游戏上网，还飞什么飞啊？"

"你被困住了，没法在现实世界里去争取那些**你**真正想要的——"

"——对了说起游戏，你真不准备劝我少玩吗？"王成龙生硬地打岔。

"你希望我劝你吗？"

"就直接告诉我答案吧！"王成龙似比姜愈还要疲惫。

"不准备，至少相当长时间内不准备。"

"为什么？肯定不是为了咨询费吧！"

"确实不是。"姜愈会心一笑，"因为我不确定你是否准备好了。"

"准备？要做什么准备？"

"就像你上次提到的，游戏动漫二次元，这都是你这会儿非常重要的情绪出口、人际联系和生活支柱。"

"所以呢?"

"就好比你在严冬中快冻死了,资源匮乏,只能找件薄棉袄先凑合着。但时过境迁,这棉袄已经小了、破了、不够用了,这时候你怎么办?直接扔掉吗?"

"肯定要先找件新的啊……我明白了。"王成龙思索了一会儿,若有所悟,"但其实这周我和游戏里的朋友们说了,最近我不太会常来了,也可能就 A 了。"

"A 了?"

"AFK①,就是不来了的意思——怎么,很惊讶?"

"是的,我确实没想到这么快你就会——"

"——其实有时候我挺……"王成龙往沙发里缩了缩,声音忽然小了,"我挺厌恶这样的自己的。"

"哦?"

"那种打游戏从早打到晚的状态,打的时候还好,可睡前总会觉得……空虚?无聊?可能吧,还挺生气的!好像我败给那些游戏商了,不再是我想玩儿就玩儿不想玩儿就不玩儿,而是我不得不去玩儿了,少拿一天任务奖励都沮丧得不得了,还有种'我得用它把时间耗过去'的感觉,像被控制了似的。哪怕有时候我想着要不今天干点儿别的吧,可停下来没过几分钟就开始烦,就又开始玩儿,或者刷那些没营养的视频,就好像离了它们我都不知道该干啥了似的……"

"那你想不想——"

"——别劝我读书!烦,真看不下去。我干吗要看那些破玩意儿!"

"好问题,我们为什么要看那些东西?这是个疑问句,不是反问、设问,就是,我们为什么要去上学、读书?为什么要去看那些破玩意儿?"

"我是觉得没必要啊!"王成龙又端出那副吊儿郎当的混不吝来,"毕业后就用不到的东西,你不会也觉得在那上面浪费时间是有意义的吧?"

"OK,那么你告诉我,**在你**看来,时间花在哪里是**有**意义的?"

"……我也不知道,约会?"王成龙摸着鼻子笑了。

"嗯,确实是,还有吗?"

"唉说起来,那家伙最近也特痛苦,可能真要放弃她的天文学了。我倒是鼓励她再坚持下,也不知道有用没用,反正她最近是一天到晚见不到人,见面也说不了

---

① away from keyboard 的缩写,直译就是"把手离开键盘"的意思。

几句，不知道整天都在忙些什么！"

"你鼓励她再坚持下？为什么？既然你认为她'早晚要被现实教育'。"

"可能我也希望自己这回错了吧……"王成龙怏怏地挠了半天生了锈的脑袋，却依然捋不出一点头绪，"我其实也不太理解，你怎么看？"

姜愈听他这么问，又是感慨，又是欣慰：这小刺头终于开始试着收起刺芒、打开自己，谦逊地接纳外部可能的助益了。

而这一切，都基于关系的变化。

同样的话，关系好时便是指引，关系不好便是控制。

王成龙的态度让他确认，之后的步子，可以稍微再大一些。

"也许我们可以回到刚才的话题：时间花在哪儿是有意义的。我想，如果如你所说，你一生的轨迹是定死的，怎么努力也甩不开那些枷锁，注定无从选择、无法飞翔、定义**你**的人生，那确实，做什么都没必要，没意义。就找事儿填满时间、耗光精力就好咯，无非是时不时被那种弥散的焦虑感敲打一下，再继续饮鸩止渴罢了，拖到最后一天，又怎么样呢？"

王成龙一言不发，像个不服气的小水手般，胸腔的起伏越来越大。

"反之，如果你选择相信，你可以忠于自己，可以决定面对世界、面对逆境的态度、做法，可以用你的生命去做让你热血沸腾、不虚此生的事儿，去结交你想结交的人，成为你想成为的样子，改变你想改变的世界，甚至耐着日光的灼烧、海风的吹蚀，不问成败地追日填海……那，你烦恼的就不再是如何打发时间消磨生命找点刺激，而是时间怎么这么不够用了。"

姜愈的语气像正抽着烟斗的老船长，淡定地说着前方有陆地一般，令人踏实，信服。王成龙一时沉默，凝成了一尊铜像。窗外的热风从大开的窗口肆意涌入，吹乱了他疏于打理的头发，也吹散了浓裹在他周身的稚气。

短短几分钟，小水手好像长大了许多，本就硬朗的脸颊像被海风刻上了从未有过的坚毅。

"我……所以我可以拿回自己选择的自由，对吗？"

姜愈的目光中，有太阳的晒痕，有鼓起的风帆，有壮阔的大海，有天边的星光。他什么也没说，却已胜过千言。

王成龙摸了摸后脑勺，羞赧地低下头，又很快抬起，琥珀色的双眸中终于绽出了炯亮的光彩——那是属于年轻人的，蓬勃朝气的光。

"我们今天时间到了,我想你愿意重新去尝试,这本身就是巨大的进步,很了不起。确实后面还会有很多困难等着你,我们可以一起讨论,一起面对。"

小水手重重点了点头,几乎要说出一声"遵命"。

"那,下周见。"

"等、等一下。"王成龙又吞吞吐吐地红了脸,"我刚才说,如果他们道歉,我就可以原谅他们了——其实他们不道歉我也可以原谅他们,对吗?"

"我们时间到了,以后讨论。"姜愈微笑着站起身。

王成龙拾起书包,步履轻快地走向大门。刚走两步,他却开始一步三顿,似心事重重,还不时偷看姜愈几眼。可姜愈每每刚一看他,他又赶忙把目光移去别处。好不容易挪到门口,他犹豫着拧开锁,便堪堪停下,转过身来,把头一低,也不说话,也不走动,直愣愣地杵在原地,和自己较起了劲。

姜愈又是纳闷,又有些好笑。

纠结了一个世纪后,他终于鼓足勇气:"姜、姜愈……"

"嗯哼?"姜愈温和地看着他。

王成龙的脸涨成了个火晶柿子,用三倍语速囫囵说道:"姜老师!对不起!"不等姜愈回答,他又鞠了个90度的躬,转身拽开大门,像艘小快艇般蹿了出去。

姜愈倚在门边,看着那有些仓皇的背影,笑了。

第十五章

懵懂月下未央冷

撕心裂肺的哭声，引起了姜愈的注意。

正是上班时间，地铁出口人来人往，行色匆匆。姜愈本只是叼着三明治、睡眼惺忪地刷着手机，蔫蔫地走在去咨询室的路上，对周围的一切都懒得搭理，可那小女孩的哭喊声实在太过凄厉，一股职业病式的警觉夹杂着一阵恶寒涌起，他不禁停下脚步，循声望去。

马路对面，一个2岁多的小女孩正紧紧抱着妈妈的腿，半站半蹲，哭得声嘶力竭，鼻涕眼泪流得到处都是。

"你再哭！跟你说不许哭你不听是不是？还哭？！"妈妈一副你死我活的架势，似要跟眼前这随时会干掉她的敌人拼命。

小女孩自然还不明白到底发生了什么，只是仰着小脸大哭不止，除了偶尔"妈妈！妈妈！"地大喊外，说不出一个字来。

她还太小了啊！

"好你再哭！再哭不要你了！！"那女人厉声呵斥，抽腿作势要走。

小女孩哭得更凶，嗓子近乎撕裂至哑，全身都在颤抖，还猛摇着小脑袋。

妈妈非但未有丝毫恻隐，反而更怒不可遏。她抬手猛抽了女儿两耳光，嘴里还不停呵斥着"不许哭！不许哭！"

小女孩的脸顿时肿了，姜愈见状，嘴唇动了动，身子几乎要向她们挪动。

但一秒的犹豫后，他还是暂停了脚步。

他已在心底画完了那妈妈的心理画像，一通专业评估下来，结论已悲观到极点：此刻若是上前喝止劝阻，稍不留神就会进一步戳破她那脆弱原始的自恋，煽起她更强的恼怒，即便当下能够住手，回家后几乎一定会将百倍怒气倾泻在孩子身上，最终孩子遭的罪只会更多……

在现有法律体系、实际执行、社会抚养系统下，他救不了这孩子。

可就眼睁睁地看着她被如此虐待，他亦于心不忍。

——该怎么用一两句话安抚那个妈妈、制止她的行为，同时又别让她回去再迁怒孩子呢？……

就在他犹豫的当口，孩子已哭得有些发软，几乎抱着妈妈的腿滑下去了。

一记更狠的耳光扇了过来："还哭是吧？好！那你在这哭吧！我走了！"

撂下句狠话后，女人竟真的猛一拨拉孩子，抽腿转身就走，头也不回。

小女孩先是被吓得一愣，紧接着号啕惨叫，向妈妈爬去。见妈妈快步远去，她终于再也支撑不住，趴在原地狂嚎不止，眼中除了惊惧，已然不剩一物。

姜愈再也看不下去，快步走向孩子。

"妈妈！妈妈！！——妈！！！"小女孩哭得几乎背过气去。

妈妈终于扭头，厌厌地转身走回。

小女孩挣扎着连滚带爬扑向妈妈，一把抱住她的腿哭个不停。

"还敢不敢？！还敢不敢！！……"妈妈见路人纷纷看来，心下更恼，又狠狠戳了戳女儿的头，拧着她的耳朵问道。

"我错了！妈妈我错了！！"小女孩好容易倒过一口气，赶忙惊恐地喊道。

那妈妈这才生硬地拽起女儿，拖着她走远了。

小女孩紧紧攥着妈妈的手，生怕她再次松开。

姜愈停在了刚才距小女孩几步远的地方，独自站了好久，双手还紧握着拳头。

肖斯塔科维奇①的《奥菲丽娅之死》刚放了几个小节。

小提琴声落寞到有些沙哑，若湖畔傍晚失意的画家，寥寥几笔，便给屋内陈设都抹上了一层灰蓝色调，就连透过薄霾暖暖洒落的阳光也被遮去了温度，好像久置的银。

姜愈沉浸其中，听见了极致的安静。音乐不再是声波的振动扩散，而是被重新标定为时空的原点。他孤零零地坐在那个点上，看着外面的世界在此坐标下起起伏伏，只觉天大地大，人间寂寥。

一阵敲门声打断了他扎向深处的体验，眼前与世同在，却又悬浮其上的灰蓝色空间瞬时碎落成无数薄薄的干冰片，转眼就烟消云散了。

他停了音乐，做了个自我暗示，强行收起心情。

---

① 德米特里·德米特里耶维奇·肖斯塔科维奇（Dmitriy Dmitriyevich Shostakovich），苏联最重要的作曲家之一，20世纪世界著名作曲家之一。

刚一开门，景晓慧便像只小老鼠般钻了进来。她低着头，阴着脸，招呼也不打，就径直冲进屋内，手里还捏着一小盒软包装牛奶。

姜愈跟随其后，见她坐得比上次又近了些，心中暗暗标记。

景晓慧喝完牛奶，将发皱的牛奶盒扔进纸篓，吸管上还漏下了几滴乳白。她整了整新买的运动衫，双臂在胸前紧紧一叉，整个人散发出一股深深的怨气，不多时便止不住地流起泪来。

"你毁了我的生活……"

姜愈看看景晓慧，又看看纸篓里的牛奶盒，心下了然，还以无声微笑。

"我**照你说的**去跟他们吵，结果一团糟……"景晓慧瞟了姜愈一眼，又慌忙将目光闪开。

来自一个乖孩子的冤枉，意味着工作已经加速。

"愿意多说说吗？"姜愈温和地问道。

预期中的诘问指责都没袭来，忐忑了一路的剧本也就此作废。景晓慧意外之下，迁怒而来的愤懑反而更重了。

"我去和我妈吵，我说我现在抑郁都是因为你小时候不好好带我，别的孩子都有爹妈陪着，只有我被扔角落里自生自灭，你压根儿就不爱我！结果我妈老伤心了，一把鼻涕一把泪地和我说她当年多不容易，生我前大出血，差点儿要了命，看她那样儿我火儿更大了，说我又没要你生我，是你自己选的，你要后悔随时杀了我啊……

"然后我爸就凑过来凶我，说我生病后他们都一忍再忍了，说我恃宠而骄不想好起来。我拍桌子吼他你有啥资格说我，你是给我换过一次尿布还是辅导过一次功课，不都捡现成的吗，我爸气得脸都白了。我老公赶紧跑出来打圆场，说我又该调药了，我又和他吵吵，说他压根儿就没看得起我过！就没一人儿看得起我！

"这时候兰兰就哭起来了，我火儿腾一下就烧得没边儿了，想都没想就把拖鞋冲她扔过去了，特别凶地骂她：白养你了连你都要和我作对，吓得她啊……

"乱了！全乱了！我的生活全乱了！我从来没这样过啊……"

景晓慧激动之下，乡音更重，语速也比平时快了不少。姜愈数次想要发问，都未找到机会，直到她主动停下，抽了几张咨询室里的纸巾擤鼻涕，他才清清嗓子开了口，可刚说了"听起来"三个字，就又被打断了。

第十五章

"我还没说完呢!"满满的怨气喷薄而出,"我还听了你的,举报阿朱课题申请中一个有点儿打擦边球的地方,她的课题可能要黄了,阿朱快急死了……"

"哦,所以你会——"

"——还有蓬蓬!我还……我还……"景晓慧的眉眼四周全都不自然地皱了起来,像在热水里泡了一整天的手脚,"蓬蓬她老公是个文艺青年儿,蓬蓬却是个艺术白痴,所以我们聚会的时候她老公反倒会和我聊得多些……前天我心情特别不好,就找了个理由硬把她老公约出来了,明明蓬蓬正孕反着厉害呢,结果最后我还和他一起吃了晚饭,还喝了好多酒,还、还……"

景晓慧似哭非哭,似怒非怒,兀自拧巴了一会儿,忽然大声喊道:"凭什么啊!凭什么你们可以想咋活咋活,我就必须得活这么窝囊啊!"

"你感受怎么样?"姜愈问得不露声色,甚至有一点冷淡。

"不好!当然不好了!我的生活怎么变成这样了!全都碎了!"

景晓慧的双腿拧成了麻花,虽仍坐在原地,整个人却远离姜愈歪了过去,头脚一线,直挺挺的,像个斜斜戳在地上的自攻螺丝,几乎要倒在沙发上似的。

"对了,还有!从你这儿做完咨询后,我就控制不住地想,我再也不要什么该死的孩子了!"

说着,她又狠狠拍了拍肚子,虽然下手不重,可每巴掌下去,姜愈还是全身一紧。他虽有七八成把握不会出事,可那"万一"的念头一旦扔进心底的焦虑池,便像枚被扔进可乐的泡腾片般,瞬间引得焦虑的泡泡冲出了瓶口。

保持表面的镇定,已越来越难了。

"有一个还不够吗?我已经被榨干了!"景晓慧越说戾气越重,"兰兰生下来我就没睡个囫囵觉!天天被半夜闹起来好几回!每天!每天!!工作、生活、身材、时间已经被毁成这样儿了我为啥还要再生一个?!我一会儿就去医院!我不要了!再也不要了!"

姜愈强压下回应的冲动,继续保持着沉默。

景晓慧喘着粗气,依旧低着头,眼睛却向上翻向姜愈,目光中布满了蓄力待刺的利刃:"这就是**你**要的结果对吗?"

"我看到你真的很愤怒。"

"是你让我把这些都推倒重来的啊!"景晓慧平眉略挑,声音也高了几度,"还有,是你说的不要把内心深处的东西藏起来,要展现出来啊!我照你说的做了,可结果呢！毁了！我的生活全毁了！"

"所以你不只是愤怒、受伤，而且还会体验到很真实的**恨意**。在这里，你怨恨我，希望我能承担起这个责任，而在外——"

"——你会吗？你能吗你！"景晓慧怒气冲冲地截断。

姜愈将语速压得更慢："你愿不愿意和我更详细地说说，此刻在你心里——"

"——和你说这些也没用！"

景晓慧交叉在胸前的双手，轻轻抚摩起了大臂。

咨询室像被灌满了水银，四面八方地压得人透不过气。姜愈只觉脖子发硬，肩膀酸疼，连面颊都有些僵了。

"你没啥要说的了吗？"景晓慧平静了少许，深深的怨气却不减丝毫。

"你希望我说什么？"

"什么都行。"

"那，当我什么也没说的时候，你有些焦虑不安？"

"我付了费的！一分钟12块钱呢！我不是来这儿干坐50分钟然后回去的！"

"好像今天我的反馈会很容易惹到你，而当我什么都不说的时候，又会让你觉得我失职。"姜愈刻意停顿稍许，确认景晓慧在听他说，"当我不说话、失职、失功能、和你失联的时候，你是紧张、愤怒而失控的，你需要夺回控制权，无论用付费的规则，或压迫的氛围；而另一方面，当我们的联系存在时，你同样是愤怒的。好像你内部有某个部分，在攻击我们之间的**联系本身**。"

"说人话。"景晓慧冷冷呛道。

"你知道，有些被冻坏的人，如果一上来就洗热水澡，他们的心脏和皮肤都受不了，因为他们的身体已经长时间调节到了适应严寒的状态。我会想到上一次我们的活动，想到我们的关系，也许对你来说——"

"——我不明白你在说啥。"

"OK，我们一点点来。今天一开始，你的状态就和之前不大一样。"姜愈循循善诱，像个幼儿园阿姨，"如果说之前是那种……那种有点黏稠的抑郁裹着你，这次好像那些抑郁被稀释了些，而另一股焦虑泛上来了。同时，伴随着那股焦虑，好像还有很羞耻很害怕的部分……"

"我没啥好怕的！"景晓慧轻轻啃起了手，大滴的泪珠倏然涌起，在她眼眶中打转，"你帮不到我了……"

"好像你内部发生了什么,让你非常失控、慌乱,像是某个封死的井盖被打开了,太多井下的东西一下子涌出来,把你吓到了……"

景晓慧瑟瑟发抖,将头深深埋下,身子几乎弓成了一只虾。

"我想死,我真的想死……真的真的想死……"

"确实某些原始的恐惧特别难以言说,这就让你更害怕了。"姜愈下意识看了眼景晓慧的肚子,悄悄在裤子上蹭去掌心的汗水,"所以也许在目前的状况下,我们可以先——"

"——我没怀孕,上上周就来了。"

姜愈一瞬间很想掀桌骂娘,起身走人。

自己扛了那么大压力,还顶着寥若的批评,到头来竟是枉费心血。

可这狂澜怒涛般的情绪,只持续了3秒。

细细回想,之前他就一直觉得哪里不对,上次咨询忘了问这重要议题,怕也是因潜意识里对那草蛇灰线早有觉察,只是有意无意回避了,再思及景晓慧门把手处的细微动作,极具误导的问题,还有那个轻声带过的"也"字("他会不会对我**也**好一点?"),姜愈心中一阵豁悟恍然,当即便踏实平复下来,如常问道:"愿意多说说吗?"

"没啥好说的了,"景晓慧丧丧地应付道,"我还是想死,天天想,所以你打算让我去找精神科医生了对吗?"

"我并——"话到嘴边,姜愈忽然想起了王成龙掀起的那场还未平息的网络暴力。他心尖一寒,冷静下来,转了方向:"确实,如果你有很强烈的自杀冲动,我建议你在来这里的同时寻求精神科的帮助,遵医嘱服药,这是必要的。"

"所以你不打算管我了对吗?"景晓慧嘴角扬起了"果然如此"的冷笑。

"我并没——"

"——不要狡辩……"

"好像当……"脱口而出几个字后,姜愈将后面的话咽了回去。

何必解释,何必掩饰呢?

"景晓慧,我很感谢你愿意告诉我真相,这很不容易,非常勇敢。关于精神科,确实,如你所见,我也会怯懦,也会需要同行的协作,也需要确保我们**双方的**安全才能踏踏实实地继续和你工作下去。但我想告诉你的是,这并不是非黑即白的,我需要你去看精神科，同时，我也不会不管你，事实上，我非常愿意和你一起度过这段最艰难的岁月，一起面对你最不愿面对，也最不敢面对的黑暗。"

景晓慧僵硬地咧了咧嘴，似哭似笑，还有几分癫狂。一番沉默后，她掐掐眉心，看看双手，似在确认自己还在原来的世界。

沙漏中的沙，已窸窸窣窣又落下了浅浅一层。
没有任何先兆，景晓慧忽然狠狠一拍大腿，歇斯底里地爆发了。
"说这些都有啥用啊！"
她的声音，从未这么大过。
喊完她便开始哭泣，最初只是寻常的大哭，不久便成了哭嚎，继而又夹杂了彻骨哀痛的嘶吼，仿佛每哭一声，便撕下一片皮肤血肉，直到在血淋淋的残躯中裸露出还在怦怦直跳的心脏一般。
"有啥用啊！！哄自己玩儿都是！！！全是些废话！！！！"
全然不顾的喊叫，撕破了她编织袋质感的声带。
姜愈一阵头皮发麻，胃部翻江倒海，但他克制着自己，只是静静看着景晓慧，一动不动，一言不发。
哭声，喊声，肆无忌惮地遍地炸开了。

景晓慧的目光有些涣散，她瞥了姜愈一眼，霍地起身，闪开姜愈的目光，绕到了他的身后。
她动作很急，连打翻了纸篓都没在意。皱巴巴的牛奶盒滚了几下，整篓用过的纸巾洒了一地，每团纸巾中都浸满了眼泪。
姜愈看着满地形态各异的纸团，听着身后景晓慧惨烈的哭声，一时有些晕眩。恍惚间，他只觉脚下是遍地白骨，白骨间又盛开着白色茶花。
景晓慧半张脸藏在一处墙垛后，露出的那只眼睛，偶尔瞅向姜愈的后脑。
"你其实早就想把我推给精神病院了！对不对！搁你眼里我就是个该去吃药的怪物！！！扔给医院就完事儿了！对不对？！对不对！！"
姜愈的双肩有些晃动，可他还是没有起身，没有转身，只是轻轻侧了侧脖颈，用余光观察着景晓慧，不断告诫自己，这关键时刻，一定要稳定，稳定，再稳定。
景晓慧换了处地方，依旧半带癫狂，藏着身子，只露出半张脸偶尔看一下姜愈，哭得更凶了。

在这咨询室中，姜愈陪伴过无数的哭泣，江南细雨、滂沱倾盆，都非罕见，可此刻景晓慧这般原始若兽的嘶吼号啕，他却从未遇过。那撕心裂肺的哭声中透着最后求生的绝望，仿若接续不断的哭嚎才能勉强撑开天地，若这哭声弱了断了，世界便会退至混沌的原点，万物也将永归至黯的虚无。

坐立不安之下，姜愈很想起身安抚。可他也清楚地知道，让她"恢复正常"其实不难，但意义着实有限。

每个抑郁者的身边，都不缺急着拽他"早日康复"的人。

但在此刻，这个初学游泳的孩子真正需要的，是确认自己的双脚可以够到地面，只有这样，她才有可能放松身体、尝试遨游。

思绪及此，姜愈压下了翻滚的焦躁，不做多余的举动，只是又转了半个身子，温和而坚定地看着景晓慧。

景晓慧的眼神中，已明显染上了仇恨的颜色。

她瞅了姜愈一眼，径直走到绿植架前，看着郁郁葱葱的绿植发了会儿呆，猛地开始连踢带推，直晃得架上的绿植瑟瑟发抖，有的已开始滑动位置。

姜愈压下阻拦的冲动，柔和地望着她，保持着沉默。

绿植架几乎被推倒时，景晓慧终于收了手，她转身走到姜愈的杂物柜边，也不问姜愈，便直接打开柜子，翻了翻姜愈的衣服，又拿起几本文件夹。

姜愈脸颊鼓动，几乎要开口阻止了。

那是他的咨询记录，里面有无数来访者的隐私，是绝不能让她看的。

他屏着呼吸，直盯着景晓慧的双手，打算等到最后一刻再去制止。

景晓慧看了看文件夹的封面，无聊地放了回去。

姜愈暗搓搓地舒了口气，可没等他放松下来，景晓慧又哭着走到了他的工作台边，肆无忌惮地拉开抽屉，胡乱翻看其中的每一件私人物品。她每翻一样，姜愈的心脏便被钢线缠着抽拉一番，好几次他几乎起身上前，或出言劝止，但最终还是都忍了下来。

意外翻到一支口红后，景晓慧的脸上明显又飘过了一阵恨意，她冷着脸将口红扔回，抽屉也不关，便离开了姜愈的工作台。

那还是好几年前苏润留在这里的口红呢，她都多久没来了啊——思绪及此，姜愈只觉被猝不及防灌了口高度热酒，心头辣辣的，又温暖，又疼痛。

景晓慧没给他太多感伤的时间，她踉跄着走到屋门口，拉开大门，冲着走廊毫无意义地喊了起来。

　　姜愈看着景晓慧的退行，也看着自己的内心，仍然没动。

　　一系列精神病性的行为后，景晓慧的哭声终于弱了下来，她抹着眼泪走回沙发边，抽起纸巾擦了擦眼，可越擦眼泪越多。恨恼之下，她猛抽了厚厚一摞纸巾，却用也不用便狠狠扯碎，扔到一边，接着又抽了几张，毫无用处地擦擦脸颊，再抄起整包纸抽，狠狠砸向地面。

　　纸抽在地上弹了一下，滚到了不远处。

　　姜愈关切地观望着眼前的一切，不动，不说，不打扰，不离开。

　　巨大的能量释放过后，骤雨渐息，化作绵绵愁霖。

　　景晓慧走到姜愈近旁，几与他膝盖相抵。

　　她恢复了那怯怯的语气，委屈巴巴地问道："姜愈你说我还能好得了吗……"

　　姜愈站起身，仍不说话，只是静静站在她面前，保持着对视。

　　景晓慧拉了拉他的衣角，哭得格外委屈："我是不是没救了？"

　　雨季再临，却未伴随雷鸣电闪。单纯的哭泣冲刷开无形的栓塞，若解冻的山泉，淌过粗糙的黑土、尖锐的碎石，再于青山翠竹间倾泻而下。

　　景晓慧哭得越来越伤心，渐渐有些支持不住，慢慢蹲下，继而软软坐到了地上，双臂还在簌簌发抖。

　　姜愈盘腿俯身，随她落座于浸满泪水的纸团之间。

　　景晓慧怯生生地扽了扽姜愈的袖角，声音中仿佛都多了些许童音："我没救了对不对……"

　　姜愈仍温和地看着她，除了用眼神反复说着"我在"外，依然闭口不言。

　　景晓慧见他不答，便放心地继续哭了起来。哭着哭着，她又情不自禁地将脸藏在小臂之间，身子也像个婴儿般蜷了起来，背对姜愈侧躺在地板上。

　　姜愈见她抖得厉害，似被这炎炎夏日冻到了似的，本能地想拽条毯子给她。可他刚抬了抬手腕，心里的警铃便迅速拉响了：节制，节制啊……

　　很多时候，不做，比做，难太多了。

　　窗外阴霾依旧，咨询室中一片昏暗。

姜愈陪着蜷在一旁的婴孩，已过了许久。

哭声渐复，终于只剩下偶尔响起的轻轻啜泣。

姜愈脚已有些发麻，颇想换个姿势，可他依然强行忍下，一动不动，不肯冒一丁点打碎这珍贵时刻的风险，只是静待景晓慧以自己的节奏走完这段历程。

沙漏中的沙，已不足一半。

"我好像好点儿了。"景晓慧的声音平静了许多。

"需要毯子或者枕头吗？"

"不用了。"景晓慧缓缓坐起，转过身来。

"有需要的话随时和我说。"姜愈温和地哄道。

景晓慧点点头，轻声一叹。

稍待片刻后，姜愈抬手指了指绿植架："你刚才是想推倒它们吗？"

景晓慧面无表情，轻轻"嗯"了一声。

"想推就推，没关系。"

景晓慧又哭了，如释重负的泪水虽不汹涌，却格外顺畅。

万千块垒，重重心事，此刻若积雪落入温泉，暖洋洋的，热腾腾的，透明的冰凌化作白雾，氤氲四周，将哀伤与释怀一并弥散开去。

她重重摇了摇头。

已经不需要再推那倒霉架子了。

"你说，我为什么那么愤怒呢……"景晓慧一脸困惑，喃喃自语，"刚才你提到'愤怒'我还没意识到，现在能感觉到了，那种特别想破坏、想攻击的劲儿……可、可好像没啥值得我愤怒的啊！大面儿上说他们都对我挺好了啊……"

"我看到你刚才在翻箱倒柜，你在找什么？"

"不知道，随便翻翻吧……"

姜愈直勾勾地看着景晓慧，并不接话，看得景晓慧有些发毛。

"我真不知道……"

姜愈仍认真地和她对视了许久。

她的双眸深处空荡荡的，什么也看不见。

什么也看不见，本身就是他看到的。

"你产假结束恢复工作后，家里装摄像头了吗？"

"装了啊,和这有什么关系?"

"你去上班把她留在家里的时候,有用摄像头看过她吗?"

"有啊!她大部分时候都很乖,经常一个人发呆,还有的时候会……会……"

一闪而过的诧异迅速转为不安,再化作惶恐,还带着些许的迷茫。"什么也没有"的空间中腾起了一团缥缈的云雾,似隐约有形,却完全无法抓住。

她又啃起了指甲,用牙去拔一根肉刺,未料一不小心撕下一块肉来,直疼得她眉头一紧,如梦初醒。

"这么说……好像是的,她那时候确实会翻箱倒柜各种找东西,我还以为她是好奇,还觉得挺好的,她可以探索世界了……"

"的确,孩子探索世界的时候会好奇地到处翻,但那种感觉是欢乐的、兴奋的、愉悦的,而不是焦躁的……我想也许——"

"——她在找妈妈……她在找我啊!……"

哭泣骤然袭来,又悄然离去,姜愈也悄悄抹了抹眼角的湿润。

景晓慧吮了吮虽未出血却极为刺痛的伤口,双眸似初秋雨后的湖面,浑浊之中,多了几许凉意。"姜老师,这么大的孩子不是啥也记不住的吗……"她比画了个襁褓的大小,"可……可我眼前就是会闪过一个画面,模模糊糊的,但特别真实……"

久远的岁月,若那雨后秋风,吹皱了湖面,荡起一阵沉默。

"我被绑在小床上,床边满是蓝色漆面的栏杆,好高好高。我醒了,家里没人,我侧着身子,动不了,只能看着眼前的一面墙,然后我就开始哭……"

湖水静静漾出岸堤,淌过了湖畔路面的浮雕。

"我使劲儿哭,哭到嗓子都哑了,可还是没人搭理我,也不知道过了多久,我就睡了,中间睡一会儿醒一会儿,醒一会儿哭一会儿,或者咬被子,哭会儿再睡会儿……没有人,啥人也没有,一个都没有……"

"你当时一定怕极了,而且好像这种绝望感,在你之后的人生里一直——"

"——我生下来48天后,我妈就回去上班了,我一直在保育室,刚才说的是在哪儿也说不准。再后来,我不大点儿就上了我妈厂里的幼儿园,那时候她经常加班,我就经常得等她……

"我们幼儿园附近有个部队大院儿,我印象最深的就是黄昏的时候,所有小朋友都被接走了,隔壁响起军号声,天慢慢儿黑下来,我就扒在幼儿园门口的铁栏杆上看着月亮等妈妈。到现在我都不敢听军号,也特别受不了黄昏的时候……

"我们那儿冬天天黑得老早了,我特别怕冬天的晚上,好像别的小朋友都能被早早地接回去,只有我总要一个人儿等妈妈……"

湖面上飘起了薄薄的雾气,裹在表针上,让时间都变慢了。

"我现在还记得,有一天晚上,晚霞特别美,教室里全映成红色的了。我穿着绿色的棉裤,红色的小花袄,还有一顶我最喜欢的白色的绒绒帽,就一人儿坐在窗边儿,呆呆地看着天从红色慢慢儿变暗,然后变黑,然后开始下雪。雪特别大,很远的地方有路灯亮起来,我就想……就想……"

景晓慧的沉默,仿若漫过了一次日落日出。

"我就想,远处那个亮光会不会是我家啊?妈妈她啥时候来接我啊……"

姜愈向景晓慧倾了倾身,红红的眼眸写满了关切。

"后来我妈终于来接我了,看到她的时候,不知道为啥,我已经哭不出来了……她看起来也好累,但看到我没哭,还夸我乖,结果我反而又哭起来了。她就有些烦,说我这不是来了吗,三、二、一,不许哭了,我就不哭了……"

"我看到那个孩子特别委屈,她仍然有很多话想说。"

"……你咋不早点儿来啊?别的小朋友都有妈妈接了……"

景晓慧又呜呜哭了起来。

那是孩子般的哭声,声音不大,甚至只能称得上是呜咽,可那哭声氤氲弥散开来,一时间,姜愈只觉咨询室内已是满屋风雪,一钩残月下,眼前的孩子孑然一身,独自等待,茫茫的黑夜吞噬了远处的万家灯火,只余下冷月无声,在孩子的眼眸中映出点点苍白。

月光渐逝,姜愈轻声问道:"如果你可以——"

"——我能抱一抱那个吗?"景晓慧指了指咨询室一角那一人大的毛绒熊。

"好啊,当然。"姜愈起身将他的助手抱给景晓慧。

景晓慧抱着巨大的毛熊,也被毛熊软软抱着。

"您会不会觉得我太软弱、太矫情了?这么点儿事儿记这么多年……"

"我看到那个孩子渴望妈妈早一点儿来,渴望可以被这么紧紧地拥抱,渴望可以告诉妈妈她等得很着急,又生气又害怕,渴望妈妈能**看到**她心里真真体验到的委屈。同时她很爱妈妈，哪怕在这里也不愿让我觉得她对你不好。"

姜愈话音未落，景晓慧已再度泪如泉涌。

"谢谢！谢谢……"

她这次哭得放松而释然，没有多余的象征，没有复杂的冲撞，就是单纯地哭，顺畅地哭，好好地哭。

涓涓细流，将积压太久的委屈点滴冲刷出来。

景晓慧抱着毛熊，起身坐回沙发，显得轻快了不少，好似脱了件厚厚的棉衣。她换回平静而理智的口吻，淡淡说道："我其实知道，他们也很辛苦，也要工作，也不是故意的，所以我就又觉得不该这么不懂事儿再给他们添麻烦了……"

"你很体谅他们，就像在生活里你体谅身边的所有人——除了自己，"姜愈撑着有些发麻的双腿，坐回他的沙发，"甚至也许有些时候，你会用完全不体谅自己来呼唤他们能够体谅你，但……"

景晓慧含泪点了点头。

"我妈真的很不容易……我爸一直是个小行政，老实巴交的特别怕事儿，没想到还是被领导犯的啥错误牵连了，虽说回头看影响不大吧，但我妈讲当时真跟天快塌了似的。那会儿我才半岁，我妈比我现在还小，老人都还帮不上忙，又没钱请保姆，我妈就只能带着才半岁的我上班，这换我可能还不如她呢啊……"

"谈到这些，感受如何？"

"多少好一点儿吧，可……可姜老师您说，这就是我抑郁的原因对吗？"

"为什么这么问？"

"心里住着个没长大的孩子，永远做不到像个大人那样儿好好过日子，就会逃，就会躲，就总怕这怕那的！可我都30岁了！都当妈了啊！为啥就不能——"

"——你心底那个孩子的存在，对你来说意味着什么？"

"软弱，怯懦，弱小，任性，逃避，幼稚，不理性……"

"也许有这些部分，但在我看来，那个孩子被关押起来，被当成'不好'的存在，不被允许出来，也是你抑郁的原因之一。"

"为什么？！"景晓慧似被轻微震到了，"难道不是因为她出来了我才会……"

"那个孩子能够体验到情感，感受到爱与被爱，她的眼睛里有对世界的好奇，对生活的热情，对未来的期待向往。她知道什么东西会打动她，什么东西让她心潮澎湃——而不只是完成任务，或获得奖赏——所以当她可以轻松地出来、自在行走于世间时，我们的生活才可能是鲜活的，进而是有目标、有意义的，我们才可能成为一个完整的人，而不是一台成熟、理性、按部就班的机器。"

"可……"景晓慧眼中闪过几抹光芒，可几番吞吞吐吐后，她还是黯然看了看兢兢业业的沙漏，放下毛熊，继续抠起了指甲，"姜老师，我想……我想谢谢您。您说得很对，这就是我的症结，我之前各种方法摸索了这么些年，看了挺多书，也都没找到这些……所以真的很感谢您……"

姜愈还未答话，景晓慧便抬手扶住额头，双眉紧蹙，足足顿了一分多钟。

再开口时，她的声音虚弱了不少："抱歉哈姜老师，有个事儿老早前就想跟您提了，最近每次我做完咨询回去脑壳儿都疼得厉害，刚才又疼了，医生也查不出个啥，估计就是累的……所以我想着，要不我们先停一段，我休养一下再来？"

畏惧前行，也无法坦荡退却时，身体便经常会配合地拿出诸多症状，打消纠结——比如上台前的扭脚，大考前的腹泻，相亲前的磕绊，还有此刻的头痛。

姜愈对这躯体化阻抗倒也见怪不怪，他稍等了一会儿，缓缓说道："在这里你是自由的，任何时候想结束都可以。不过我还是想先讨论一下，如果——我是说如果，如果我们继续下去，你会担心什么吗？"

"我、我没啥好担心的，真就是身体不大好，"景晓慧紧闭双眼，用力揉了揉太阳穴，"而且这不也找着根儿了吗，后面的还是得我自己慢慢来啊，对……"

"确实，有些东西归根结底得靠你自己，以及我也相信你现在头真的很疼，但在**这个**时点，你提到头疼，提到想暂停，也许是在给我传递更多的信息。"

"……我不明白您指的是什么。"

"我听到的第一个部分是，你在告诉我，使用他人让你不安，非常不安。"

"使用他人？"

"对，使用他人。你看'人'这个字本身，就是互相支撑的，"姜愈空中比画了一撇一捺，"但对你而言，让他人支撑你，会给你非常大的压力。"

景晓慧默然不语，回忆体会了许久。

"是因为之前说的，我全家都不提倡麻烦别人吗？"

"一部分是的，"姜愈鼓励地点点头，"而且我想，如果一个孩子从小面对的一直是不稳定的父母，疏离的父母，脆弱的亲子联系，那她可能会非常不安，甚至会有些害怕，害怕父母消失不见会不会是因为她有需求、是个负担……"

"这很没道理啊！"

"理智上确实说不通，但就像……"早上的画面短暂闪过，姜愈不适之下，略作停顿，"在兰兰更小的时候，当她哭得特别凶，怎么都哄不好的时候——"

"——我也会甩下她不管的！"景晓慧捂着双眼又哭了起来，"有时候我都有那种'你怎么还哭啊你到底要怎样啊你是不是要逼死我啊'的感觉……"

姜愈静静陪伴，并不多嘴，可景晓慧刚哭了几秒，便抽离了出来。

"您继续吧，我好些了。"

"我看到某些情感涌上来，又被撤回了——我猜你的头是不是更疼了？"

"一会儿就好，您先继续说吧。"景晓慧木木地甩了甩头。

"那好，一会儿我们会回到这里。"姜愈看看景晓慧防御满满的表情，顺她切换了岔路，"也许对你来说，因为太害怕他们消失，所以你打小就一直很惶恐，所以会谨小慎微地不麻烦他们，不'使用'他们，只依靠自己来面对这个世界，这个模式一直被保留到了现在。"

"没有啊！我已经给他们添了无数麻烦了……"

"那是在你所谓'发病'的时候，对吗？"

"我……"

"好像你内部是分裂的，有个很饿很饿的小婴儿想要吮吸更多，'要'更多，但她在你'好'的时候又被摁得很死，但凡你'好起来'了一点儿，就会自觉不自觉地尽量不去借力，不去'要'，甚至不肯'收下帮助'，这个部分让你——"

"——可做个天天要这要那总给别人添麻烦的熊孩子就对了吗？"景晓慧委屈地争辩道，"我二姑家小孩儿就是这种，来我们家要这要那的，烦死了，我特别讨厌他，都恨不得……"

"恨不得掐死他？"姜愈见她表情少有的狰狞，便问得愈发温和。

景晓慧不好意思地抿了抿嘴，算是默认。

"你嫉妒他吗？那个熊孩子。"

"没有，我没觉着！"景晓慧声音高了几度，脸都红了。

"那，如果你成为那个熊孩子，你会有什么**感受**？"

"我绝不会的！他太让人讨厌了！我都恨不得弄死他！"

"如果，我是说如果，感受一下，如果你成为那个熊孩子，坦坦荡荡地想要就要，不顾及那么多，不自我批判，你会感觉——？"

第十五章

"那、那……"景晓慧吭哧了半天,忽然一拍大腿,笑出声来,"那太爽了啊!"

她搓了搓手,捏捏红透的耳根,低声支吾道:"好吧这么说可能是有点儿嫉妒吧……可您说我该咋办呢?想想是挺爽的,可我不想活成自己讨厌的样子!"

"我想也许这恰恰是我们要去'看'的地方,一个不那么非黑即白、非此即彼的状态,一个能够谈论、表达、争取自己的需求,也平衡他人感受的人际,一个能够大家商量着、能照顾彼此的关系。"

"好难啊感觉!别说别的了,我们家好像一直就很少有'商量'的时候……"

"是啊,确实不容易。可关系里如果没法儿商量,很多时候就只能争权了,用道德、经济地位、病症、孩子,等等等等。"

"就不能大家都上心点儿知道对方的……"景晓慧话到一半,自己先笑了,"好吧,上次回去我也想了,确实不能要求别人是我肚子里的蛔虫,我也做不到。"

"我想也许每个小宝宝都曾有过这种期待:自己哭了妈妈就知道是饿了还是困了,可当他没有得到过这样一个……"

姜愈自觉住了口,他看到景晓慧已再次泪流满面。

"她都没怎么抱过我……"

迟到了快三十年的泪水,顺畅地奔涌而下,可半分钟后,再次袭来的头疼便筑起一道大坝,硬生生截下泪河。景晓慧捂着脑袋,嘴里喃喃念叨着含混的感慨,细碎的声音像是从头骨缝里钻出来的一般。

"好疼啊……"

"是啊,好疼啊……"

"……继续吧我们,"景晓慧隔开痛楚,也断开了和自己的联结,"所以,我需要尝试着去麻烦别人对吗?可一想到这里我就……说不出的烦。"

"你会抗拒,也许也是因为这个模式给你带来了一个潜在的好处。"

"没有吧?我很痛苦的!"景晓慧底气不足地抗议道,"你想说什么好处?"

"你会把自己逼到退无可退、一旦被拒绝就是绝境的底线上,对吗?"

"好像是……"景晓慧若有所思,木然点了点头,"就像您刚说的,我和别人那都可戾了,只会和老公那儿说点儿要求,也得先把自己榨干了才行。所以他答应还好,要拒绝的话,我就会特别崩溃……"

"就像上次你提到的,那种'我都**这样**了你怎么还不答应啊'的感觉。"

"对!之后往往就会吵起来,吵完我就哭,他也很郁闷,说没人让你'**这样**'啊,你早说不行吗，非憋到最后，说了还要我必须立马照办……"景晓慧眨了眨眼，若有所悟，"好像绕了一圈儿还都是类似的问题啊……"

"嗯哼，你把自己逼到极限，来换那个'不许拒绝'的位置，这个模式让双方都很受伤。"

"好像是的……可为什么呢？为什么我会……"

"也许你的成长环境不太允许你顺畅使用爸爸妈妈，所以你很少有机会去学习如何筛选求助对象、寻找求助时机、调整求助策略，等等。我想，如果一个孩子既没有榜样，也缺少知识，又没练习机会，那他长大后——"

景晓慧的头疼似乎又犯了，姜愈及时住口，陪了她一会儿，略加思忖后，稍稍变了方向："如果你求助，却被拒绝，你会有什么感——"

"——哦太可怕了……"景晓慧本能地往远处一缩。

"就好像拒绝了你的需求、请求、要求，也意味着你整个人都被否定了，被推开了，被抛到一个绝——"

"——我不知道。我、我有点儿怕……"

景晓慧摁住头的手愈发加劲，身子却无力地歪着，像根烤软未化的蜡。

"可能对你而言，连'求助'本身，都意味着——"

"——姜老师……"

"嗯哼？"

"先、先停一下好吗？我头实在太疼了，发晕，而且哪哪儿都没劲儿了……"

"也许你可以体会一下，你的头疼在告诉你什么？"

"我不知道！真不知道啊！"景晓慧像个易激惹的病号，声音都大了许多。

"你愤怒吗？"

景晓慧不置可否，手指却似要掐入颅骨一般。

姜愈将语气熨得又平又暖，提前铺好了软垫："刚才我问你，如果我们不停下，你会担心什么。我有个猜测是，也许你担心在这里继续下去，你将更真切地面对你的愤怒，对那些曾经——"

"——你……您为什么这么说？"景晓慧的嘴角抽搐了一下。

"因为今天最开始，你就已经向我呈现过了啊！"姜愈和颜说道，"我猜，那股非常强烈的愤怒，才是你今天真正想和我讨论的。"

景晓慧捂着后颈，将头埋在双膝之间，后背重复着规律的起伏脉动。再次抬起头时，她的双眼肿肿的，本就沙哑的声音更虚弱了。

　　"您当时为什么没反驳呢？我其实……其实冤枉您了啊……"

　　"我看到的是，那一刻，那个孩子刚打开十几道厚厚的铁门，从深埋地底的冷宫里战战兢兢地探出个小脑袋，特别不安地来到**这里**，露出小牙齿，然后咬咬我，看我会不会离她而去或者甩她一巴掌。"姜愈说得云淡风轻，却趁景晓慧目光游离别处时，悄悄擦了擦后颈的冷汗。

　　"我……是不是挺过分的？"景晓慧哽咽道。

　　"我倒觉得那一刻很可贵，那里有信任，也有勇敢。何况我们这里本来也是个练兵场，让那个孩子想去外边转悠又没准备好前，可以先在这里热热身。"

　　景晓慧发了会儿愣，长长吁了口气："您是个好咨询师……"

　　"这话有后半句吗？"姜愈面若止水。

　　"啥意思？没有。"

　　"'你是好咨询师，我是过分的来访者'，听起来很像'他们是好父母，我是那个让他们操心、亏欠他们的孩子'，包含着歉疚与自责。"

　　"没、没有！我只是单纯认可您罢了……"景晓慧僵硬地笑笑，见姜愈沉默的目光直直看来，不由得屏住了呼吸，渐渐连颈动脉的跳动都已微弱可见。勉强绷了半分钟后，她拍了拍胸口，鼓着腮长长吐了口浊气："好吧，您说的那种感觉我是挺熟的，而且……而且我今天最开始说的，很多也不是真的。"

　　"嗯哼，愿意详细说说吗？"

　　"上次回去后，我只是提了一句我小时候你们是不是都很忙没空儿管我，结果我妈就不高兴了，说你就摊上这么一个妈，就认了吧，也没亏你啥的，够可以了！然后我爸，我老公，就都过来打圆场……"景晓慧苦涩地笑笑，像正嚼着颗生核桃，"这场面太熟悉了！只不过之前我没意识到我觉着委屈，这次我意识到了，可还是挺委屈的，但我回屋哭了一会儿，也就这么过去了……"

　　"'我才露了点儿苗头你们就撑不住了，那我哪儿敢说更多啊！'"

　　"是吧……"景晓慧抹了抹颓塌的眼角，"至于阿朱和蓬蓬，我都只是一闪念想想，根本啥都没干。而且就这我都已经挺自责了，怎么可能真的去做……"

　　"所以一开始你谈到的那些场景，是发生在你心里的。"

　　"您不意外？"景晓慧看了看姜愈淡定的表情，羞愧地搓起手，"对不起我知道撒谎不好，可一坐下来我就是想说那些，莫名其妙的，以前也有过……"

"我倾向于不把这看作撒谎。"姜愈向后靠靠，善意地将两人间的空间拉大了些，"这是你内心矛盾的部分在表达，通过讲述这些虚拟的、想象中的场景，将某些真实的体验表达出来。这个过程中，似乎一方面，你在确认，在这里，无论你怎样张牙舞爪，都是可以的；而另一方面，对我鼓励你表达愤怒这件事，好像你其实是有些不满的，但又不想和我正面冲突。我猜——"

姜愈说到一半，见景晓慧紧咬着嘴唇若有所思，便停了下来。

几道绛紫色的牙印清晰可见后，景晓慧终于一字一顿挤起了牙膏："网上好多网友会聚在一起，控诉父母有多坏。那种小组特多，好多专家也在里边儿，说我们的问题都是原生家庭造成的，还描绘父母怎么残忍恶毒地虐待孩子取乐，孩子只有彻底和他们切断分割才能有好的人生。但我……我不想那样！"

景晓慧说得坚决，担忧中还掺杂着淡淡的悲壮。

"而在这里，当我们讨论过往那些糟糕的体验时，仿佛就会有股力量推着你去指责他们、攻击他们。"

"我有啥法儿呢？越往下讨论这种感受越强……"

"你内心有着非常剧烈的冲突，我注意到每次你头——"

"——不，我总觉着也许我更强大些，过去那些就不是事儿了，对。很多人经历的黑暗比我要多多了，都能过来……"景晓慧的语速快了许多，像个焦躁的新手辩护律师，"比如蓬蓬，她不聪明，学东西慢，据说她爸妈一直觉得她是个残次品，有了弟弟后更是全家围着弟弟转，后来她自己努力，踏踏实实慢慢走，一步步把日子过好了，家里还逼她给弟弟出首付，可她也没抑郁啊！两口子关系好不说，还把孩子照顾得特别好！所以……所以还是我太脆弱、太没用了啊！"

景晓慧狠狠敲了敲脑壳，似在击回头疼，又若自我惩戒。

"确实，并不存在简单确定的因果链，什么样的家庭就会**决定**孩子有什么样的人生，那些走出逆境的孩子真实存在；但另一方面，你的感受、体验，也同样是真实的，是重要的，是不需要任何前提就**可以**存在的。那个站在小板凳上乖乖洗碗、冻裂了双手的孩子，她的疼痛是真实的；那个独自唱了一下午《小草》的孩子，她的孤独是真实的；那个在铁摇篮里绝望地哭喊的孩子，那个在雪夜等妈妈、担心妈妈会不会来的孩子，那个情感、需求、愿望总被忽略的孩子，在她内部，那些铺天盖地的恐惧也好，强压的恨意也好，对假想敌的嫉妒也好，非黑即白的动荡也好，

第十五章

乖巧隐忍的愤怒也好，这些感受都是真实的，非常真实，没有任何人有**资格**去否认、比较、评判——它们只属于你，**只和你**有关。"

沉默不知持续了多久，久到窗外的霾都已散去了些许。

阳光依旧雾蒙蒙的，像隔了层毛玻璃。恍惚间，姜愈竟觉得景晓慧的周遭在落着沙，如同住在石雕里的活人要挣脱外层的石皮出来，正震得石屑点点落下。

"您刚说的时候，我觉着酸酸的……"景晓慧泪眼婆娑，手掌轻轻拍击着前额簌簌碎落的石肤，"可我还是觉着他们啥也不欠我啊！能给我的该给我的都给了，可为啥我就是放不下呢……"

"好像你在拼命说服自己，那些涌起来的、非常真实的感受并不合理。就好像你心里有一处被黑雾遮住的空间，你不敢承认它的存在，可越是这样，你自己反而越被黑雾笼住了……"

"……是只有我这样吗姜老师？我总觉着好像别人都有种'无论怎样我都不会掉到彻底的黑暗里'的感觉，那是爸妈给的吗？为什么我……"

"小婴儿在前面爬，回头总能看到妈妈关注的目光和微笑。"

姜愈话音未落，景晓慧忽然趴在膝上，爆发了短暂的哭泣。

"……你说我缺衣少穿了吗？没有。他们不爱我吗？也没有，可……可我就是觉得很孤单，无路可退，退到后面就是很冰冷的墙，是没边儿的一团黑。你没法儿往后靠，也没法儿往下沉，没人会接住你，也没什么可以让你踏实安心……"

"所以你不得不小心翼翼，不让任何人失望，也不能有任何情绪。"

"可能出格儿的想法也不能有吧……"景晓慧的肩膀微微颤动，"能保证这些的时候，一切都很和谐，我还会觉得亏欠他们，毕竟这几十年来一代活得比一代好。可不这样儿呢？他们会烦，会嫌麻烦，会说我没事儿找事儿，会絮叨个不停，会一桶桶冷水浇下来，会让我觉得自己有那些个感受想法是我不对不好，会说'事情都是你自己想出来的'，会说'你别当个事儿就不会有事儿'，会说'这才哪儿到哪儿啊'，会说'你没看大人都忙着呢吗'，会说'你这么想是不对的''你不该难过'，会说'你再这样我们就……'"

"这些时候，面具就被撕开了，你会特别害怕，只想蜷起来。"

"我也不知道我在怕什么……"景晓慧真蜷了蜷身子，像只受了惊吓的动物幼崽，"其实他们没打我没骂我，但我就是特别特别怕……"

"闭上眼睛,做个深呼吸,想象眼前有一块屏幕,上面显示着你最害怕的画面,它会是——"

"——空的!"景晓慧双眼只闭了一秒便惊恐地睁开了,"屏幕是空的!什么也没有!……"

"什么也没有……"姜愈神色凝重,他忽而想起了早上那抱着妈妈大腿的小女孩,耳畔似回荡起那撕心裂肺的号啕声,"也许这也解释了为什么你不敢生他们的气——因为对**孩子**而言,坏的联系也好过没有联系,对吗?"

景晓慧没有回答,沉默过后,她捋了捋胸膛,将再次澎湃的情感压了下去。

"我一直觉着我是多余的:没地方回,又没地方去……"

"出港探险的船,和没有港口只能在海上漂泊的船,感觉真太不一样了。"

"再破的港口也是港口啊,可我……"两行热泪悄然滑落,景晓慧再一次失声哭了起来,"所以我一直怕,从小就怕,怕一个人,怕黑,怕被抛到那个黑洞里,所以我只能绕开所有的地雷走——那是我不得已啊!多少年了,我都全副心思盯着外边儿,看他们的评价、看法,看他们嘴角有没有耷拉、眼神有没有嫌弃,看他们会不会讨厌我、离开我……这种心情下,我哪儿还有心情关心自己感受怎么样,什么东西打动我,怎么过日子有意义啊?不可能的!不可能的啊!……"

景晓慧的宣泄,像燧石划擦,打出一片星火,短暂地照亮了无数画面,惹得姜愈也有些头疼了。他看看将尽的沙漏,将纷至沓来的杂念扫去一旁,也放下了和景晓慧再深走一步的奢望。

"我想,对一个还不能独立生存的孩子而言,那种要和重要客体……呃,和重要他人失去联系的感觉实在太可怕了——那是种真切的生死之间的恐惧。"

景晓慧徒劳地擦拭着眼泪,默默无言。

"而当你全部心力都用在避免掉入那个绝境的时候,你已经消耗过大,没力气去感受、追求美好的东西了。这样,你的生活里就不再有'热爱'、不再有'追',只能不停地'逃',从一个绝境逃出来,喘口气,逃入下一个绝境——我想,任何人,无论因为背负了太多还是得到的太少,如果长期待在这样的生活里,都会觉得特别没劲、特别空虚、特别抑郁的……"

姜愈察觉到自己又开始话多了。

"有时候,我会觉着,我的心是空空的,甚至这里,没有心,只有一个洞……"景晓慧轻轻捂住胸口,"可就算知道是这样又怎么样呢?我还是绝望,还是怕,还是啥都做不了，啥都变不了，也啥都不想做，做着也没意思……"

恍惚间，姜愈只觉景晓慧周身在不断淌出黢黑的液体，稠若沥青，缓缓铺满整间咨询室，再慢慢上涨，至膝，至胸，至喉……

"而且，都这些年了，那些个陈芝麻烂谷子的事儿还有啥好揣饬的啊……"景晓慧狠狠叹了口气，似有几分恨铁不成钢，"哎，我现在抑郁就因为小时候少被看一眼少被陪两天，那我现在纠结这些个有啥用啊？谁带孩子能带那么仔细？知道了翻篇儿不就得了吗！可我……"

厚厚的石板间，松动了一道极窄的缝隙，但也足以洒入阳光。

"那，你能翻篇吗？"姜愈看看时间，趁热打铁。

"我觉得我老早就**已经**翻过去了啊！"

"有什么依据吗？你这么说。"

"我……"景晓慧一愣之下，涨红了脸，"我**承认**了啊！我知道他们有限，知道3岁没得到的布娃娃30岁给一筐也没用了，为这我在大大小小的工作坊里哭了不知道多少遍，甚至还有一次都直接跟他们说了，可没用啊！还是没用啊！"

"你**甘心**了吗？"

窗外的阳光更耀眼了，所照之处，隐然蒸腾着热气。

这一次，姜愈主动打破沉默："是的，你**知道**他们有限，承认他们尽力了但还是有做不到的，你对所有人都承认了这些但——你甘心了吗？你**认**了吗？"

景晓慧怔怔盯着前方的虚点，快速跳动的眼前飞过了万千画面。

"'没有一个人在，我是不是被抛弃了''他们会回来吗？我好害怕啊，为什么会这样''他们就这样把我一个人扔在这了，我太愤怒了又好委屈啊'……等等，那些你当年不敢表达、不敢面对的情感，你做好准备不否认、不回避，去触碰它们了吗？"

"我……"

"'妈妈最早一个来接我吧''妈妈你多陪陪我好不好''妈妈我可不可以任性一把不当乖孩子'……等等，那些埋藏多年，既没实现也没放弃的愿望，你做好准备去实现或变相实现一部分，**主动**放弃、告别另一部分了吗？"

景晓慧深深低下头，泪珠直接从眼眶中掉落到地上。

"'只要我足够乖他们就不会离开我、抛弃我、放弃我''只有我不麻烦他们才可以换来安全''如果我足够辛苦就能被关爱、呵护、理解、接纳、支持'……等等这些，虽不真实却曾保护过你的自我暗示，你做好准备慢慢卸下它们去碰触真实了吗？'也许我做不到那样'，或'也许我做到了也得不到我想要的'，这些会让人疼痛的真实。"

地面摔碎的泪花，已连成小小一摊。

"也许最重要的，不是你有没有承认他们的有限，有没有和他们谈过，而是感受上你真的放下了吗？真的认了'往事不可追，历史已定格，就这样了'吗……"

景晓慧周身的躁动若枯朽的鳞片般片片脱落，裸露出内里柔软的虚弱与疲惫。她仰起头，闭上眼，撤去每一寸肌肉的力量，将自己完全托付给沙发，只留下轻声的呜咽。

"我觉得特别难过……"

默哀的仪式进行了许久，景晓慧颤悠悠地直起身来，动作滞涩若大病初愈。

"好像我刚把模模糊糊的一团东西给埋了……这么说也不准确，它们就是慢慢儿消失了，特别慢，特别慢……"

"这是个艰难的告别，你在完成你的哀悼，哀悼生命里的丧失与哀伤。"

"哀悼？一提这俩字儿我又头疼了……"景晓慧揉了揉发红的太阳穴，"不过您这么一提我才意识到，之前这种时候我心里好像一直有个声音：'我才不要！我才不要呢！'像个哭闹的小孩子。它一出来，那股难过劲儿就不见了……"

"好像在说：怎么能就这么告别，就这么算了呢？还有好多事儿没完呢！"

"是这感觉，还挺可惜的……"景晓慧凄凉地笑了笑，"刚才虽然特难过，但似乎在慢慢儿放下些什么，可那感觉一消失，这过程就被打断了。"

"我想那个声音也在传递给你某些重要的信息。"

"您是说……我还没准备好吗？"景晓慧思索片刻，一时感伤，"这老些年了，有些东西就像腿上扎的暗刺儿，所有人都说，瞅着挺健康的啊你咋就会疼呢，可我就是疼，就是没法儿走又没法儿说啊！然后我为了这刺儿安排我的生活，找不用走路的工作，买定制的书桌，甚至不承认它存在来和别人保持一致……"

"但你**真的**疼啊……"

"是啊，真的疼啊……可这么些年了，我一直坐那轮椅上，腿上的肌肉都萎缩了，让我一下子薅了那根刺儿、扔掉轮椅，我确实……"

"我想没人有资格逼你立刻拔掉它。也许我们可以慢慢准备,做做康复训练,买些拔刺儿后的必需品,准备好了再去碰它,而且……如果**你觉得**全拔掉最好,就全拔掉,如果留一部分对当下更适合,就留一部分,我们可以一起慢慢看。"

景晓慧郑重点了点头:"姜老师,我想说,谢谢您,真的,谢谢……您别紧张,刚才我就注意到了,每次我谢您的时候您表情都可严肃了……"

姜愈被戳得笑了:"你观察得很细,我们今天谈到攻击性,我确实会注意到,有时你会用感谢、认可来把你内在强烈的攻击性盖过去。包括在这里你也会——"

"——您说得对!我不敢啊……"景晓慧说得坦荡,还松了口气,似头疼已然渐渐远去,"不过姜老师,这一次,虽然我不敢说一点儿不满意都没有哈,但还是……真的谢谢您了,那孩子太久没放风儿了!"

姜愈认真地看了看景晓慧,这次,她的眼眸里有光。

"我收到了,谢谢。"

景晓慧看看时间,自嘲地笑笑:"有时候觉着,来这里越久,越觉得还要来更久……"

"此刻你有什么担忧吗?我看到你有些焦虑。"

"我……我担心回家后会发生点儿啥……"

"你幻想中会发生什么?"

"我知道有好些东西要在这儿慢慢处理,可我回去后呢?"景晓慧的语速又快了,"您说得对,我之前一直把那股子火撒自个儿身上了才会那么难受,可如果不这样儿呢?我真担心克制不住跑去和他们算账,我不想那样……"

"我看到你努力把那些强烈的冲动压在幻想层面,没把开头谈的那些场景变成现实。另外我也注意到,很多次我们触到你对他们的愤怒时,你就会头疼。"

"是吗?我没注意到呢……"景晓慧愣愣回想了片刻,轻轻甩了甩头,"不管是不是吧,不可能我们在这儿谈了那么多愤怒啊伤害啊什么的,我一回家立刻就跟他们谈笑风生了啊!"她轻轻跺着脚,像个开学前一天弄丢了暑假作业的乖小孩,"也许某一天我能接受这一切,完成刚才被打断的哀悼、告别,可那之前呢?我不想生活在和他们的冲突中!"

"明白,可以理解。道理都清楚,但之前被回避、否认的那些体验一股脑泛上来了,心底那股火儿让你有些失控,担心烧伤你的关系和你的家人。"

"对,我不想伤害我爹妈,也不想伤害我老公,更不想伤害孩子……"景晓慧纠结得五官都拧在了一起,"我试过冥想正念啥的,或是听听放松的音乐,还有跑步、画画什么的,我看书上说这都是处理情绪的好方法。可实际用起来,那些个悲伤难过的感觉还好办,可这种火气,特别是很多年前的火气,效果就一般般了。所以我只能把它们压下去,可压下去又特别憋屈。阿朱以前还劝我跟她一块儿练拳击去,说打一打可得劲儿了,可我也不行啊……"

"为什么?"

"我不想去!'我需要去那儿'这念头本身就让我压力山大了,要是办了卡还没去我得自责死……"

"OK,了解了,那……"姜愈拽来一个巨大的抱枕,起身举在胸前,好像习武时给靶一般,"想试试吗?"

景晓慧看了一眼那松软的抱枕,眼中流露出一丝兴奋,随即又格外自然地撤了回去,只是抿着嘴,羞怯地摇了摇头。

"确定?"姜愈少有地换上鼓动的口吻,"这里我不会强求你,但我看到你确实忍得很辛苦,而且这也是你回家后依然可以做的,嗯哼?"

景晓慧吞了口口水,焦躁地搓起手,双眼直直盯着抱枕,一刻也没有挪开。

姜愈的声音中又多了几分鼓舞:"你可以感受一下此刻身体的感觉,你的牙齿是不是在咬紧,喉咙有没有感觉堵得慌,肩膀有没有紧绷,胳膊的肌肉感觉如何,心跳有没有加速,还有呼吸的感觉,吸入的气流,呼出的气流,两个鼻孔不同的感觉,等等,然后,遵从身体给你的信号。"

他刻意加了点技巧,随着他鼓点般的激励,景晓慧胸口起伏得越来越大。终于,待他话落,她便猛地点了点头,站起身来,大步走到姜愈面前,望着那抱枕,手竟有些发抖。

她不敢,真的不敢。哪怕面对的是个抱枕,也是个被另一个人举着的抱枕啊!

对它挥拳,就像对他挥拳,这意味着攻击——太可怕了!

可为什么,想想都让人激动呢?!

她的呼吸愈发急促,脸色红了起来,到后来,几乎要张口呼吸,补足氧气。

两人就这样,僵持了许久。

终于,景晓慧把心一横,怯怯地捶打了一下枕头。

"很好,继续,用力。"姜愈有些夸张地鼓励道。

有了第一下，后面就顺了。

景晓慧越打幅度越大，力量越狠，速度越快。最初她只是捶打，几下后竟自发开始冲拳。猛击了十几拳后，她双手使劲推向抱枕，力气之大让姜愈都不得不后撤半步，扎稳步伐。景晓慧则毫不理会，兀自拳击不止。

她越打越放得开，打到最后，边出拳边大声吼了起来。

那是原始部落回荡千年的战吼，是万物生灵獠牙利爪的锋锐，是破晓时分撕裂苍穹的天光，是婴儿脱出黑暗的子宫后拼尽全力的呐喊。

她一边打，一边吼，一边一次次地哭喊出来。

宣泄的泪水纵情奔淌，纯粹的嘶吼声喷薄释放。

景晓慧的表情由悲而怒，怒尽喜生，再转成更深的悲，数次循环，手上已磨破了少许，挥拳却从未停歇。

姜愈举着抱枕，感受着景晓慧一拳拳冲来的撞击，只觉一阵欣慰。

第十六章

疮痍桃源可耕锄

断续的梦境，似幻似真。
　　最初是湛若深海的夜色。婆娑的树影若水下的光纹，晃动着整个世界。横着黑墨的白门若一只咧开大嘴的巨型虎鲸，每次呼吸都若将世间生机全部吸入，再将枯败的世界尽数吐出。
　　大门一度紧闭，直到那贪婪的黑墨被喂饱了鲜血，方才打开。
　　屋内一片昏惑，竖立着无数黑色的帷幕，每每揭下，都是大小不一的落地镜。
　　——那些镜子明明并无特异之处，可为何每每转身，就总会觉得身后的镜中人似换了神色，甚或变了年龄呢……
　　岳寥若的脑海中一片混乱。
　　之后的梦境有些含混，再有记忆时，她应是被滴答的水声吸引，走向了二楼自己的房间。
　　一路上黑水若河，缓缓淌下，薄薄一层，便蚀得她砂色的陆战靴嘶嘶冒烟。
　　屋内只有一面高高的镜子——确切说，是略带反光的玻璃——镜子那侧是另一荒芜的世界，一个三四岁的女孩孤零零地抱膝而坐，无声地淌下黑色的泪。
　　女孩的样子看不清晰，却让岳寥若不由得想逃。可她刚退了几步，便突然撞上了身后之人，随即一阵恶寒窜过脊椎，身体的控制权就此丧失。
　　再往后的记忆模糊不清，只记得那人一袭黑衣，面孔时而是姜愈，时而是自己，脸色却都似被焚尸炉烧过一般苍灰。他像操控提线木偶般拥着她一道起舞，动作撩拨，耳鬓厮磨，似生殖崇拜的原始部落进行的祭祀，连脚步踏地的声响都仿若远古传来的苍凉鼓声。
　　这诡异的美感、身体的失重一度让她有些着迷，甚至冒出了一个令自己都极是诧异的想法——停在这旖旎的一刻，是不是也挺好？
　　这想法持续到了她高高举起不知何时握在手中的巨镰，全不受控地劈向那镜中的女孩。

稀里哗啦的声响，彻底惊醒了她。

她抹去头上的微潮，连做几个深呼吸，大脑飞速地评估起当下的境遇。

方才她只是被直觉拽着从梦中跳出少许，心神却还在回味之中；而此次窗外再次明确无误的异响，则瞬间激起了她警觉的本能，让她彻底切回现实。

许是因为早年经历太过颠沛坎坷，她从孩提时起便一直睡得极轻，似心里住着个昼夜不休的哨兵，随时准备唤起全员，或战或逃。

她起身下床，蹑手蹑脚走到窗边，小心将窗帘拨开一条细缝，只见清冷的白月光下，一个黑衣人正翻进院中。

那黑衣人穿着与时节不符的长衣长裤，戴着黑色的兜帽与口罩，落地后便迅速收拾好了现场：一个沉甸甸的大桶，一个鼓鼓囊囊的黑包，包里似有些瓶瓶罐罐和一些带柄的工具。那人有着不输岳寥若的警觉，不时四下观察，见确无人迹，才拎着桶、背着包，悄无声息地走向屋门。

岳寥若拉上窗帘，做了个深呼吸，果断换好短衣短裤，蹬上战术靴，戴上防割手套，又熟练地从枕下抽出一把水果刀，确认了下手感，摸黑轻轻下了楼。

死亡焦虑太重的人，往往喜欢发展生存技能。

手中的利刃，才是真正保护她的十字架。

大门猛开，寒光一闪。

那黑衣人倒也敏捷，本能地退了两步，随即呆在当场。

跟进的刀尖，直指他的咽喉。

"寥、寥若……"姜愈正举着罐去污喷剂，脸色一阵潮红一阵煞白。

姜愈再来督导，已是下午了。

凌晨的插曲并没有打乱原定的安排，他知趣离开，又快快前来，装水的大桶和那包颇为齐全的"作案工具"则被岳寥若没收，直到督导开始，才摆回沙发旁。

姜愈倒也够镇定，好像凌晨的事情全未发生，寒暄了几句便开始大谈之前那个梦中梦——除了那个和岳寥若间香艳的部分——他边叙述边分析，一直消耗将近一小半的督导时间，还没有停止的意思。

岳寥若听到一半，兀自侧了侧身，给茶几旁的几盆石蒜科植物补水。

她很少开小差，只是今天姜愈实在太能说了，有许多次她努力想在那太过冗长的絮叨中剥丝抽茧，可阵阵袭来的困意还是让她心神游走，甚至一度又回想起凌晨的梦境。

梦中那一刀劈下，并未血溅当场，待她睁眼细看时，自己竟和那女孩换了位置，被关于镜中。

她看到屋内飘下乌鸦的羽毛，落在水面，并不漂浮，而是直接沉下。片片落羽间，黑衣人用一块宽大破旧的亚麻布裹住女孩——仔细回想起来，那布上隐然的花纹，竟似都灵裹尸布——再温柔地抱起，爱怜地抚摩着她的乱发，露出慈母般的微笑，嘴里还呢喃着什么，像在安抚一个婴孩。

亚麻布的一角，缓缓捂住了小女孩的口鼻。

镜面若一面气墙，隔绝了岳寥若的拍打与呼喊。

小女孩双腿开始痉挛，不自觉地轻轻蹬着，上身却极不协调地蜷在黑衣人肩上，像只温驯的小猫。她的嘴角还挂着平和而幸福的微笑，双眸之下，却仍流淌着黑色的眼泪。

一抹微弱的银光，偶尔在她胸前一闪而过。

姜愈总算停了下来。

"所以，梦里那是个小**女**孩。"岳寥若端正坐回，抚了抚胸前的银质吊坠，将心神敛回此地。

"是啊……"姜愈倦倦地打了个呵欠，"所以一开始才没认出来，可能是个没长起来的子人格吧。"

"而且登场的家人都姓张，这样很多地方也都说得通了。"

"对的，其实我之前也有过隐约的察觉，但多少有点羞耻就一直没面对过，那天身体、心理状况都差到了极点，反倒因为防御变弱，碰到了这个部分……"

岳寥若搅了搅咖啡，看着旋转的液面，梦中的画面再次浮现在眼前。

共时性[①]吗？还是……

一连串疑问，被她悬在心底。

[①] 共时性：卡尔·荣格对"有意义的巧合"提出的概念，其争议很大。

第十六章

姜愈不知从哪儿变出一摞厚厚的打印材料,恭恭敬敬地递了过来:"回去后我对这个部分做了个自我分析,有机会可以好好讨论。"

岳寥若接过材料,从头到尾快速扫了个大概,随即递给岳无峰。

岳无峰看了几页,折好放回茶几,呷了口淡青色的西湖龙井。

"姜愈啊。"

"哎岳老师您说。"姜愈一脸期待。

"你希望我们看到这份自我分析后,做些什么呢?"

"做些什么?"姜愈略一迟疑,"帮我看看还有哪些灯下黑吧……主要是这样。"

"灯下黑?"岳无峰笑了,"是,有时是这样。但这份报告,从'分析'的角度说,已经相当全面了,就算再补充,也只是边边角角的调整。"

"那……岳老师您是想问我——?"

"然后呢?"

"然后?"姜愈更懵了。

岳无峰笑而不语。

岳寥若看看姜愈的窘态,接下话头:"然后你要拿这份完美的自我分析做什么呢?你的成长中有 ABC、基因里有 DEF、现在身上发生了甲乙丙,我们描述清楚了所有来龙去脉,理清了所有前因后果,然后呢?把这报告放到档案柜里心满意足地睡觉去吗?"

"我……"姜愈哑口无言,直愣了半晌,"说吧寥若,你怎么看?"

岳寥若一副"你是真糊涂还是装糊涂"的表情,没好气地白了他一眼:"你就这么需要画好行军路线,来增加你的可控感,对抗生活中失控的焦虑吗?"

姜愈默然不语,像个断电的机器人般直愣愣地戳在原地。

"如果一个来访者所有目光、心力都在望向过去,你会怎——"

"——我明白了。"姜愈总算通上了电,近乎慌乱地打断。

"其实你之前也'明白',却一直在用'明白'来防御'碰触',对吗?"岳寥若不依不饶。

"并没有,我很开放的!"姜愈双臂在胸前一叉,做了个防御的姿势。

岳寥若又好气又好笑,指指一旁的大桶:"那我们可以谈这个了?"

"当然可以!我本来就这么打算的!一大早跑来也是不想耽误白天谈它的时间!"姜愈的掩饰颇为拙劣,"但能稍等会儿吗?这周发生了好多事,快死了我……"

他端起水壶给自己续水，这才发现杯子是满的。

岳寥若暗暗忍俊，见岳无峰只是面露笑意、不置可否，便不再阻拦。

姜愈拽来那条他最喜欢的圆柱抱枕，松松垮垮地抱在胸前，挡在他和对面二人之间。

"上周那个重度抑郁的来访者，跟咨询室里大退行，我真是——"

"——这种你搞得定。"

"我很头大的好不好！"姜愈大声抗议道，"一退到底，跟咨询室里翻东找西的，还坐地上了，我的个娘勒，这两三岁的娃也忒难抱①了……"

"进展不错。"岳寥若说得平淡，"肯退行是好事，说明信任在。"

"话是这么说，不退行咋治愈啊是吧……"姜愈牛饮了一大口红茶。

"那我们可以回到这儿了吗？"岳寥若又指了指桶。

"上周我还出了个咨询事故，出门碰上来访者才想起来那个时段有咨询，之前忘了个干干净净……这几年从没有过的。"

"那个网上攻击你的孩子？"

"就那臭小子！有火说不出，结果就……"

"嘴上不说，身体却诚实嘛。不过这个过程中——"

"——停停停，我知道你要说什么——"

"——好啦好啦，别紧张，"岳寥若云淡风轻地一带而过，"没人要在那个点上质疑你，你我皆凡人。"

"谢谢哈，"姜愈看看岳寥若那似笑非笑的表情，只觉她身后的九条尾巴又兴奋得露了出来，"不、不过除了那个点，你是不是还有别的要说？"

出乎意料，岳寥若只稍沉吟片刻，便又向大桶努了努嘴："没什么了，可以谈谈这个了吗？"

她不想节外生枝。

"等一下没说完呢，急啥啊……"姜愈忙不迭地继续打岔。

"还有什么？你和郝最过夜了？"岳寥若没好气地挤对道，像个要被熊孩子透

---

① 抱：这里指的是"抱持"，来自英国精神分析学家温尼科特提出的概念，指心理咨询师在心理层面像妈妈抱婴儿一样抱住来访者的内心。

支耐心的老母亲。

"这话我怎么接啊……"

"安啦，相信你不会那么没谱的。"

"……不过某种程度上，你还真说着了。"

"哦——?"岳寥若放下咖啡杯时竟不小心洒出了少许。

"不是你想的那样啦，"姜愈向后靠了靠，拍了拍那条抱枕，"她这周有个很大的危机干预，性创伤激活，半夜把我薅起来去河边找人，就雨下特大那天，忙了一通宵……"

"也就是说你——"

"——最后处理得还不错，她找回了不少力量感，差不多能从那种创伤的重复中走出来了吧……我是真的特欣慰，你之前不是问我为什么做这行吗?某种程度上说，就为了这些瞬间啊……"

"确实很不容易，恭喜。"岳寥若赞赏得真心诚意，随后又用眼神指了指桶，"现在可以回到这里来了吗?"

"其实还有个——"

"——姜愈啊。"岳无峰忽然呵呵一笑。

"哎岳老师，您说。"

"这样，我们，一起去外边看看。"

三人立于门外，盯着那道陈旧的黑色墨痕，各有心事。

姜愈轻抚着那道伤口，想要说些什么，却一时语塞。

"嗯……"岳无峰微微颔首，意味深长。

"嗯!"岳寥若多了几分揶揄。

"嗯。"姜愈的嘴唇像被抹了 AB 胶。

"所以，为什么要刷呢?"岳寥若率先开场。

"美、美观吧……"

"我倒觉得啊，这图案挺有意境呢!"岳无峰拍拍姜愈的肩头，转身慢悠悠地踱回房间，"这太阳还挺晒，你们再看会儿，我先进去啦!"

姜愈看着关上的大门、横贯的黑墨，脸烧得比太阳还烫。

"唉你看，这图案像啥?"岳寥若朝墨迹努了努嘴。

"像个——"姜愈反应颇快,当下便改了口,"我才不上当呢!一说就得被分析。"

不规则的墨迹图案,确是颇佳的投射测试[①]材料。

"所以——你在抗拒被分析?"岳寥若狡黠一笑。

"还能不能愉快地聊天啊!"姜愈笑骂道。

左躲右闪,还是掉在了她挖的坑里。

"不说就不说。"岳寥若也不以为忤,恢复了如常寡淡的口吻,"说正经的,你希望涂改过去吗?"

"我只希望修正未来。"

"修正未来干吗要摸黑来?"

姜愈换副死猪不怕开水烫的调笑表情,一本正经地犯起贫来:"你看这树啊,它越是向往阳光,越要把根扎向黑暗的地底,所以——"

"——你到底想刷掉啥?"岳寥若的语气中多了几分凉意,"当小白的事没发生过?不像啊,否认得太原始了[②]!……"

"就是嘛!"

"所以……如果你刚才说的是实话,你今天本来就打算谈它,那倒可以解释,只是你在推自己一把,造出个'不得不谈它'的现状罢了。不过我还是觉得好像浅了点,会不会你其实是想——"

"——我只是单纯觉得,每次看着太碍眼了而已。"姜愈赶忙摁住岳寥若后面的分析。

岳寥若看着姜愈阻抗的样子,忽而笑了。

"算啦算啦……我这么问也真是笨,你要说得出口,也就不会摸黑来了。"

"说的是啊!"姜愈打了个响指,仿佛脸皮都被太阳晒厚了。

[①] 投射测试:一类心理测试技术,在描述特定的"投射物"时,不同的人根据过往经历、生活事件、当下情绪等影响因素会有不同的描述,是非常好用的切入那些"说不出口"的内容的方法,房子、树、玩偶、不规则的图形等都是常用的投射物。

[②] 精神分析认为每个人对自己内部不愿面对的部分都会采取特定的"防御机制","否认"也是其中之一,并且属于很"原始、低级"(相对于成熟、高级)的防御机制,类似"视而不见、无视现实、睁眼说瞎话"。如果一个人惯常使用的防御机制都较为原始单一,通常意味着其心理发展水平较低、心理健康程度较低。

第十六章

"如果你的来访者说,他有些想说的话开不了口,你会怎么看?"

"我也许会共情他的焦虑或羞耻,或别的什么情绪。"

"我是问,你会怎么**看**。"

"怕了你了……"姜愈举起双手,"你觉得我想否认回避什么?"

"你真的想让我说,而不是你自己说?"

"我没什么想说的。"姜愈忐忑地躲开了岳寥若的目光。

他有些自惭形秽,像个终日紧盯泥污的乞丐,忽而要直视雪峰上折射的晨曦。

半晌,岳寥若嘟囔了句"一个个真让人头疼",打破了僵局。

姜愈双肩微松,一脸赔笑,也不接话。

"算啦,先扫个浅层的吧:你不愿去看的,是当时的你**就是**那么做了。"

姜愈不经意地退后半步。

"你忐忑,纠结,挣扎,绝望。一根红线,一根蓝线,剪错了就要炸,你战战兢兢地反复论证,满头大汗,思前想后,好不容易做了选择,然后——嘭!等你从废墟里爬出来,看着同伴的鲜血懊恼不已的时候……"

岳寥若没再说下去,她看到姜愈已丧气地耷拉下脑袋,像只斗败的公鸡。

"寥若你知道,很多来访者最初都只是为了听那几句想听的话来找咱们,有人想听的是'It's OK'①,有人想听的是'我不会离开你',有人是'这不是你的错',有人是'你已经是个好妈妈了''已经是个好女儿了',但他们往后走走都会发现,他们最需要的其实是……其实是……"

"'那已经过去了。'"

岳寥若的声音凉凉的,姜愈的吐气反而愈发热烘烘的,像被窑炉炙烤过一般。

"道理谁都懂,过去的已经过去了,已经定格了,可……"

他走到小院中心,仰起头,闭上双眼,感受了一会儿太阳在眼前留下的彤红与发烫,随后迈开脚步,在院中缓缓地走了起来。他没有睁开眼睛,却走得笔直,每每接近障碍便会停下转身,再沿方才的直线走回,仿若他心中已在这小院中定下了坐标,画出了纵横。

往复多次后,他才睁开双眼,倦倦地走回门前。

他总算可以直视岳寥若了。

---

① 中文意思是"没关系,一切安好"。

"有时候我觉得，我们这行就是时间的摆渡人，载着来访者，从过去划到现在，从现在划到未来，然后再划回来，也让他们给生命里的事儿打个戳儿：这是过去的，改不了了，啪一个戳儿；这是未来的，还没发生的，没准儿的，多想无益，啪又一个戳儿；这是当下的，现在的，能改变的，能选择的，能把握的，啪，再一个戳儿……"

"有的戳儿下去，是海阔天高，有的就是淋漓的血，撕了的肉，碎了的骨头茬子，钻心地疼啊……"

姜愈望了望灼目的烈日，聚散的白云，开门进了屋。

"岳老师，我……"

红茶已被续了多次，回响在三人间的却仍只有窗外的蝉鸣。

"爷爷，要不我推他一把？这脸都憋红了。"岳寥若三分认真，七分调笑。

"我、我那是热的。"姜愈匆忙擦擦额上豆大的尴尬。

岳无峰却忽然开口了，他说得很慢，还有些哑，仿若混入了茶马古道上的落日风沙："这说起道理啊，我们都知道，往事不可追，没有那时的所作所为，选择经历，我们成不了现在的自己，就更谈不上那想回去修正点儿什么的不甘心了。可谁这辈子，没几件过不去的事儿坳在心里呐！那不好受，我知道，就是'悔不当初'，太想重来，再不济，就把它们严严实实地盖着，像没发生过一样。呵……真要能做到，那多好啊……"

说完，老人眯着眼睛靠回沙发，似被这段话耗了太多力气。他吃力地挥了挥手，示意"你们继续"。

姜愈将岳无峰的话反复咂摸了半天，直望着大桶出神。

"……好吧，其实刚才的材料上也写了，我承认，我很懊恼，很内疚，很想改写过去，改写小白的事儿和之后的事儿，我也很生自己的气，还有就是……"

他终于抬起头，直视着岳无峰，郑重地说道："对不起，岳老师，我很抱歉，之前迁怒于您。"

"收到啦，早就收到啦……"岳无峰仍眯着双眼，几乎分不出是睡是醒。

"岳老师，我……"

"无妨，无妨。"笑着摆摆手后，岳无峰微微转向岳寥若，"寥若啊，你有什么感受？"

岳寥若短暂内观，体验了一下心底细致入微的情感，这才看着姜愈的双眼说道："我相信你的真诚，但我也感到了一种强烈的隔离感，一种碰不到你，没法和你联系上的感觉。你说着你的悲伤、懊恼、内疚、自责，但我……很难**感受**到它们，就好像你在叙述别人的事一样，特别抽离……"

姜愈一言不发，有些气恼。

鼓足勇气的道歉被如此评价，让他像只小刺猬般蜷了起来，将软软的肚皮藏在刺中。

"寥若我懂你的意思，但我想也许这是因为你——"

"——因为我'不做不错'所以没有直接体会，没法和你共鸣，对吗？"岳寥若挺着胸膛，正面迎着姜愈。

"还好吧，不过确实有这方面的担忧啦……"姜愈不好意思地挠了挠头，画蛇添足地觍颜讪笑道，"是，我也知道要面对自己的有限性，面对现实，去哀悼那些丧失，这些我都知道，但其实——"

姜愈忽然卡住了。他屏住呼吸，小心端详着岳无峰，确认他有没有像自己期待的那样睡着。

"不只寥若，我也是站着说话不腰疼，对吗？"岳无峰嘴唇翕动，喃喃开口。

"岳老师我不不是那个意意意思！"姜愈羞愧得几欲离场，缓了好久才克制住自抽的冲动，"岳老师我不是说您没法理解我，更不是……我是想说，我也想像您这样一生无瑕，可我没有啊！所有我——"

"——一生无瑕？"岳无峰忽而自嘲地笑了，仿若咀嚼着几片包了糖衣的黄连，"一篇豆腐块把千里之外的老父亲气死了的不孝子，一生无瑕？"

场上一时静极。

"而且相比之下，这后面的事儿啊……"岳无峰不经意间将鬓角的皱纹揉成了一团旋涡，"姜愈啊姜愈，在你想象里，岳无峰是怎样的人？"

姜愈睁大双眼，不敢接话。

"告诉你，我是罪人。"

屋内的温度并没有变，姜愈却只觉背后一阵发凉。

"有的事啊，你做的时候，完全想不到它的后果；而有的后果，它来的时候，你也完全没什么可做的事情……"

岳无峰缓缓发了句感慨，望向了窗外。

"那年的夏天比现在还热，知了叫得让人烦。我们六个教员，加上系里的领导，几个人围坐在一起，擦着汗，赶着蚊子，讨论得热火朝天的，大家越聊越起劲儿，越聊越起劲儿……"

岳无峰本就飘忽若烟的目光忽而中断了，他皱紧眉头，似在一团棉絮中费力地寻找着几粒砂石，半晌才重新开口。

"姜愈，你们年轻人现在喜欢逛论坛，发微博，是不是啊？"

"他是大 V。"岳寥若向姜愈递了个眼色，"写的东西很多人会看到。"

岳无峰的目光，在姜愈的眼睛上停了许久。

沉默若冬风吹皱的伤口，寸寸蔓延开来。

岳无峰长长叹了口气，仿若呼出了体内最后的一分生机："这古人说得好啊，言虑其所终，行稽其所敝，可又几个人能做到呢？你啊，尽力吧……"

"谨记岳老师教诲。"姜愈望着岳无峰浑浊而悔恨的眼神，郑重点了点头。

岳寥若轻轻握住爷爷干枯的手，忧心忡忡。

她看到岳无峰的眼角，竟滚落了一滴眼泪。泪水沿着老人的皱纹缓缓淌下，仿若化冻的雪水正漫过干裂的河床。

她忽而想起了什么，小心问道："爷爷，高爷爷他们……那上面没你啊……"

"有什么区别呢？"浓烈的情感涤荡而过，岳无峰的皮肤都似漂去了颜色，"除了给自己开脱、自欺欺人地少恨自己几分，又有什么区别呢……"

姜愈只觉岳无峰像尊远古祭坛上的雕像，颤巍巍的肩头正游过万千魂灵。

"……岳老师，我斗胆说一句，您总教导我们说，要结合大小环境去看待每个人的做法，那些无心之过，其实称不上罪——"

"——姜愈，你做这行也很久了，用一个词形容个体在时代洪流面前的感受，你会用哪个词？"岳无峰的声音发哑，干涩若他已无泪痕的眼角。

"无力。"姜愈答得干脆，"对绝大多数人而言，来世上活一辈子，能改变的东西太有限了，在历史的车轮面前，个体竭尽全力的抗争也只是螳臂当车——甚至别说当车了，这么大的车轻轻一颠，掉下几粒沙石，就能把路边的小螳螂砸死，那一点点穷其毕生心血构建的小希望、小幸福、小温暖都太脆弱了，轻轻一碾，就是粉碎……"

"好，那么，如果你无意间微微地拨动了历史的车轮，哪怕只是万分之一的拨

第十六章

动,但你知道,你不是无辜的雪花,你投身了,参与了,你没想到车轮会转、转了会如何,但你的力量、他的力量、更多的力量、更大的力量凑在一起,车轮真的转了,车子也失控地一路撞了过去,最终碾碎了无数人的幸福、希望、生命……这时候,你的体验又如何呢?"

岳无峰说话的工夫,似又老了10岁。

姜愈默默抿了抿已然有些发黑的红茶,唇边还残留了些许。

"对不起岳老师,我刚才不该那么想的……和您比起来,我……我那些……"

岳无峰摆了摆手:"痛苦就是痛苦,没必要比较,所有的痛苦都值得被尊重,被看到,被一点点抚平,被赋予意义,这和年代、大小、种类都没关系……"

"谢谢岳老师……可……"

"孩子,我们学了一大堆理论,人为什么会后悔,会负疚,会幻想改变过去,会背负那些个不该背负的东西……是,这里有全能自恋,有偏执分裂,有否认防御拒绝哀悼面对,这些理论都对。可是啊,这现实世界中没有人仗剑逼佛,对我们这些肉身凡胎来说,这伤疤就是伤疤,失去就是失去,疼就是疼,我们能不回避,不否认,不因为它们的存在而动作变形、影响生活,就很了不起咯!至于那些后悔负疚、幻想冲动,挖深了,谁都有,就放那儿吧……"

场上再次安静了下来。

姜愈的脸色阴晴不定,岳寥若却忽然起身,轻轻走到落地窗边。

"爷爷你说,她会负疚吗?"

姜愈已多年未见岳寥若如此真情流露了。她的声音清澈寒凉,仿若早春初化的溪水,落泪的冰凌。

"也许吧……"岳无峰的感慨沉甸甸的,"平安这孩子啊——"

"——我说我妈妈……"岳寥若的忧伤缓缓淌开,"她当年没带我走,也从没回来看过我,找过我,甚至写封信问问我的情况……找咨询师谈了那么久,我早就不指望她回来了,可没办法啊,说到这里,我还是止不住去想……她会内疚吗?会后悔吗?会……想我吗……"

她有些哽咽了。

望着她落寞的背影,姜愈又是怜惜,又是感激,他很想说些什么,可千言万语却黏成一团,堵在了喉头。

岳寥若转身笑笑，换回往常的淡然："姜愈哥，在你眼里，我是不是一直都是那种从小长在古墓里深海底的设定？完全不食人间烟火。"

"没、没有啦！"姜愈一时不知如何掩饰，"只是偶尔觉得你……有点儿……"

"凉薄？"

"不，不是这个感觉，"姜愈这次倒未迟疑，"我知道你心肠很热的，你太懂得什么叫爱什么叫恨了，所以也太容易受伤，只好把自己厚厚地裹起来。我知道其实你也很渴望那种……那种……"

"亲密？联系？当然了，谁不想呢……"

阳光直愣愣地烫在岳寥若身上，化开了寂寥的雪衣，笼在她周身的寒雾凝在了她说的每个字上。

"想归想，可我又能怎样啊？出生一个月就因为哭挨过揍、没喝过妈妈的奶就直接进了幼儿园①、三岁就先后被妈妈爸爸抛弃的孩子，我还能期待多少？我当然也有过无数来访者的呐喊，'他们不爱我，为什么要生我，不要让我被生出来好不好！'——可，有用吗？……"

岳寥若浅浅一笑，穿回了那身雪装。

"寥若你这么说的时候……我感到很悲伤，真的。"姜愈说得格外郑重，"抱歉我不是——"

"——没关系，又不是你做错了什么，其实我一直都挺羡慕你这种小孩儿的，可以特别理直气壮地存在于世……"

姜愈哑然苦笑，不做辩解。他看看岳寥若，又看看岳无峰，几番纠结之后，还是欲言又止。

"你是想问我妈妈的事吗？"岳寥若倒是毫无避讳，"之前你知道多少？"

"非常少，就知道是你爸……"姜愈有些紧张地确认了一下对面二人的反应，"是岳平安在满洲里倒货的时候认识的苏联姑娘，好像还是莫大的？"

"对，斯特恩伯格天文研究所，国运兴旺时能仰望星辰，遇到国运衰败就是死路一条……"岳寥若嘴角微扬，看不出是自嘲还是惋惜，"所以你看，我妈选专业和选男人的眼光一样差。"

---

① 苏联及俄罗斯的保育制度将帮助各家庭共同照顾、教育孩子的保育设施统称为"幼儿园"，负责接纳和长时间照顾、教育出生后2个月到7岁以下的婴幼儿。

第十六章

"据说……一开始他俩感情还好？"

"BPD①的恋爱初期，感情当然好了。"岳寥若不屑地撇了撇嘴，毫不掩饰眉宇间的厌恶，"等我被生下来，家庭平衡一乱，稍有点分离焦虑冒头，那只大边缘立马就翻转了……"

"可能他……也有对你的嫉妒和恨意②吧。"姜愈试探得格外小心。

"当然，而且他们说是因为有了我才结的婚，至于为什么会有我，表面上是各种意外，可真分析起来……你懂的吧？"

"两人都有的，共振的，共谋的，潜意识里的恨意与毁灭，对吗……"

"所以说我不只是个不被祝福的小孩，从他俩的角度看，恐怕还是个毁了他们后半辈子的小灾星吧……"岳寥若啜了口浓浓的咖啡，轻轻笑了，"我五十多天被送幼儿园的时候，岳平安就已经动过皮带了，还是为了逼妈妈去工作……"

"天啊！太创伤了……"饶是姜愈阅历颇丰，也被深深震动到了，"而且就像你说的，典型的早期创伤激活。"

"那时候哪有资源处理这些啊……"岳寥若停顿了一会儿，提早将冰层下微微扰动的情绪摁了下去，"在岳平安的皮带下，妈妈不知多久才能见我一次，据说有一回我不知怎么翻出了护栏，保育员发现的时候我正在走廊里向外爬，还挂着眼泪——不到一岁哦……"

"太让人心疼了啊……"姜愈的眼角也有些湿润。

"我也觉得是，学了这行更觉得是……"

岳寥若轻轻握住了胸前的吊坠。

"我去做催眠，下地下室，或是婴儿想象，经常可以看到心底那个哭着的婴儿，小小的，弱弱的，就在那个长长的走廊里爬，孤零零的，怎么哭都没有回应……

---

① Borderline Personality Disorder 的缩写，即边缘型人格障碍。后文"大边缘"是"边缘型人格障碍中比较重的一类"的业内俗称。BPD患者通常是"天使和魔鬼的混合体"，对伴侣好时极好，差时极差，且很容易两极翻转。他们对分离焦虑的耐受极差，因此非常善于建立关系，但非常不善于维系关系（包括会用考验对方、先抛弃对方来避免被抛弃）。男性BPD常会虐待伴侣，再在伴侣要离开时竭尽所能（包括自我伤害）挽回。

② 幼年成长环境过于创伤的父母在缺乏觉察和成长时可能在意识或潜意识层面对被良好呵护的孩子产生嫉恨，包括对自己的孩子。后文的"早期创伤激活"指的也是这点。

"我小时候天天哭,从早哭到晚,两岁回国被送去幼托,还是一样撕心裂肺哭个不停,他们都说我是难带的孩子——这不废话吗?每天不是爸爸在打妈妈,就是爸爸哭着跪着求妈妈别离开,外边的环境也变来变去的,刚刚熟悉一点儿、热乎一点儿、愿意靠近一点儿的人马上就会分开,换哪个孩子能感到安全啊!……

"而且我的情况还特殊些,因为我永远是异乡人,永远是'她'、是'你',永远成不了'我们''咱们'。最早的时候我又瘦小,又怯懦,还不怎么会说话,也没大人依靠,在那边就一直待在霸凌链的底端,天天被欺负,我告诉自己说好吧,他们是同类,我是异类,没办法。可回到中国,我还是被当成外国小孩,表面上对我亲切友好,但就是没什么融进去的机会,我仍然是那个异类。这种出生就被打上标签,然后一直被排斥甚至歧视的感觉,我从小就再熟悉不过了……"

岳寥若长长舒了口气,散尽寒意的语气也稍稍软糯下来。

"照理说太糟的早年是很难记住的,可我偏偏就记得特别清楚。那时候我经常趴在窗边,看着纷纷飘下的雪花,一遍遍地想,老师课上教过我们什么是家,什么是故乡,别的孩子不用听就懂,可我就怎么也理解不了——有什么办法呢?我从出生就在漂泊,浮萍好歹有水撑着,蒲公英好歹有同伴一起飞,我却什么都没有:我没有家,没有故乡,没有可以回去的地方,再后来……

"我就连妈妈也没有了……"

岳寥若戚然看向岳无峰,眼中含着泪光。

"爷爷您一直希望我入世,可您该清楚为什么我一直不正式去做这行啊……是,我喜欢清静,喜欢独处,我不喜欢和人打交道,但这些都不是最重要的!最重要的是在我心里,在幻想中,如果我去给那群没长大的孩子们当妈妈……

"我就永远找不到我自己的妈妈了啊……"

岳寥若的声音单薄而飘摇,仿若漫天风雪中孤零零的肥皂泡。

她重新转身望向窗外的天空,将眼泪咽了回去。

"爷爷,姜愈,你们说,我妈妈现在在哪儿呢?她还会不会记得我,想起我?如果她偶尔想起了我,会是什么感受呢……"

岳无峰无声地叹了口气,什么也没说。

"寥若,岳老师……谢谢你们,真的谢谢你们……"

姜愈抽了抽发酸的鼻子,替岳寥若重新泡好已经见底的咖啡。

"想多啦!"岳寥若点点桌子,吹吹咖啡上氤氲的水汽,惨白的脸庞已恢复了几分人类皮肤的颜色,"不是刻意为你自我暴露的,谈到这儿多说了几句而已。"

姜愈更是感动,也不戳穿。他想通了前因后果,一时胸口涌动,欲言又止。

岳寥若轻柔地笑笑:"这里没人逼你,想谈的话欢迎,本来今天的正主儿就是你,但也别有压力,如果你仍然不想——"

"——我也好想回到过去啊……"

姜愈闭着双眼,说得极轻极弱,却又极快,仿佛生怕不快点放出这微弱的萤火,便会再次沉入无边的黑夜。

"我也好想回去啊……"这次的语调,低沉了许多,"好想回去啊!"

他不停地眨着眼,将无数画面翻过,似在哭,却无声无泪。

他深深低下头,几乎要埋入地底,隆起的脊椎轻轻颤抖,仿若爆发前的火山。

岳寥若抬了抬手,却还是停在半空,又收了回去。斟酌许久后,她小心翼翼地开口,可刚说了"如果"两个字,便又被打断了。

"——我真的好想回去啊!!!"

地面上多了两滴溅开的水渍,仿佛还蒸腾着热气。

"那就回去**看看**吧。"岳无峰悠悠说道。

姜愈已在屋内来回走了许久。

他犹豫着开关了多次水龙头,又伸手去轻触水流,出神地体会着水流划过皮肤的触感,观察着水流穿过指隙流下的光影流形,像个好奇的婴孩。

他将水流开到最大,开始用力地洗脸。他越洗越狠,直搓红了脸颊,打湿了头发,他索性将整个脑袋放在水龙头下,任由冰冷的水浇在发烫的后脑勺上。

水流顺着他的脸庞淌下,显得他没哭一般。

水的冷,已感觉不到了。

姜愈接过岳寥若递来的毛巾,囫囵擦了擦水,有心无心地走到楼梯前。

楼梯似长长的甬道,尽头拐角处,有阳光洒落。

他缓步踏上台阶,前行,之后退下,往复折返了多次,时而直面所往,时而背向逆行。不知走了多少来回后,他叹了口气,回沙发处抄上了那条圆柱形抱枕,又从酒柜中熟练地翻出一瓶喝了一半的利富25年①，干了一大口，再续上半杯，重新走到台阶旁，最后纠结了片刻，还是坐了下来。

岳寥若见他脸色微红，灵机一动，转身将那大桶提到他身旁，随后站定在他跟前，默契地将一根手指伸到那双已有些发直的眼前。

姜愈感激地点点头，左手放下酒杯，右手揽了揽怀中的抱枕，凝视着岳寥若的手指，调整呼吸，缓缓闭上双眼。

凄风吹雪，天地呼啸。

冻红的耳朵，微微翕动。

抱剑而坐的姜愈，忽从浅浅的梦中惊醒，一时间难分周蝶。

他本能地一剑挥出，这才发现只是斩断了一根蛛丝，正在结网的小草蛛掉到地上，害怕地爬走了。

他懊恼地摇了摇头，既怪方才的睡去，也怨此时的惊醒。

肩伤有些迸裂，破旧的古装上又渗出些血。

确有些痛，确有些冷。

毕竟此刻，除了裹身的薄布，垫臀的枯草，他只能靠这破庙稍御风寒。

这庙荒废已久，正中的药王菩萨像上已满是尘灰，崩落剥蚀得厉害。庙顶破了个角，微暗的天光从漏风的破口照落，依稀映出飘摇的蛛丝。飞雪从那破角吹入，披在药王菩萨的一侧肩头，白茫茫的一片。菩萨不被那寒雪所扰，只是悲悯地看着庙内遍地的病号伤员——确切说，是病号伤员的尸体。尸体码得整齐，其畔一坛药罐，煎在火上，冒着白雾，热气氤氲，若至亲老人毫无意义又倍为温暖的絮叨。

姜愈简单处理了下肩伤，彻底醒过神来。

他四下打量，见药箱还在身旁，这才安了心。他左手抄起酒壶，右手持着锈迹斑斑的铁剑，小心走到门口，轻轻推门，想探探外边的情况。

半秒后，他便被狂暴的风雪吹了回来。

他忙阖上门，走回火边，哆嗦着喝了口酒，又翻出只破碗，盛好勉强热乎的苦药，推了推身边躺着的中年女子。

她是这里唯一还活着的伤员了。

---

① 利富25年单一麦芽威士忌：49度的高度酒。

可她此刻，却一动不动。

姜愈心下焦急，放下汤药，又推了推她。

满是血污泥灰的脸上，一如既往的安详。

他有些慌了。

死亡于他，并不少见。可这救来的一庙伤员病号，若是最后哪怕一个都没挺过，于他仍是重重一击。

他颤巍巍地摸了摸那女人的额头。

凉若寒冰。

一阵狂风踹开破门，将大团飞雪吹了进来。

纷舞的雪花中，药王菩萨依旧垂着目光，悲悯地看着他。

破庙门口，多了几处坟茔。

余下的宝贝烧酒已被尽数洒在坟前，空荡荡的酒壶滚了几滚，躺在墓边，静待风雪的埋没。

药王菩萨像上，斜斜打开了一道光，又慢慢合上了。

姜愈面无表情地看看不远处的坟茔，漫天的飞雪，抬手将破碗中凉了的黑汤向庙门一泼，将那随身多年的药箱放在坟前。

呼啸的风掩去了所有痕迹，将他那翕动的嘴唇、负剑的背影打磨成砂，终不可见。门上的药汤却无视风雪的侵扰，只是沿着粗糙的纹理缓缓流下，堪堪冻住，似凝固的黑色眼泪。

雪片纷纷，若漫天撕碎的史册，没多久便掩盖了姜愈摔倒时砸出的痕迹。

他的下半身已失了知觉，视线一片模糊，脑海中只余下混沌的本能，至于为何上路、去向何方这类茫然思索则早已被冻碎吹散，化作乱琼。

身子越冷，体温越高，肩伤沤烂已久，感染外渗的脓血也结成了冰碴，指甲劈掉了好几个，每爬一下，都疼若切指。

身后的血冰拉出长长的拖尾，仿若赤色的流星在世间最后的印证。

一片冰层断裂声后，那流星也便失了踪迹。

暗涌滔滔刺骨，终于吞没了他。

大梦初醒，姜愈倏地坐起，又被一阵刺痛摁回床上。

床边趴着的女孩迷迷糊糊地抬起头来，又本能地畏缩在一边。

那女孩垂髫之年，粗布衣衫，补丁满满，水汪汪的大眼睛眨啊眨的，好像自己刚救的是只猛虎。

姜愈吃力地起身，感激地冲她笑笑。那女孩狐疑地看了他半天，也便僵硬地咧了咧嘴角，远远递来一碗清泉。姜愈接过那满是豁口的旧碗，一时愣住了。

水中晃动的倒影，依稀竟也是孩童模样。

他挣扎着下床，挎着放在一边的铁剑，推门走出茅屋，只见阳光和煦，三面青山，清泉澄澈，茂林修竹，桃源般的村畔一江蜿蜒而行，想来自己便是随这江水漂流至此，思及之前的风雪如晦，只觉恍若隔世。

草长莺飞，岁月荏苒。

姜愈伤口渐愈，只是身心俱疲，也便常住下来。那女孩本是四处流浪，路过这夜不闭户的桃源，恰寻到间村畔荒屋落脚，平日食些野果、捕些江鱼，聊作生计。姜愈来后，便上山采药，入夜加工，再去镇上贩售。

一晃数年，女孩早就褪了怯意，姜愈那灰暗的眼神也慢慢恢复了光泽，他甚至不再忧郁寡言，反而常和那女孩有说有笑。不知何时起，他还会隔三岔五采束花环，佩在那女孩手腕上，煞是好看。

平安静好的日子，白驹过隙。

东方破晓。

姜愈刚走过村口的玉兰树畔，忽听身后呼唤，回身只见烂漫笑容，白衣飘飘，素手挥别间，腕上的花环还御风送来了淡淡幽香。

他会心一笑，紧了紧腰畔的铁剑，背上的药筐。

镇上熙熙攘攘，姜愈卖完药，路过一处胭脂铺，刚想进店为女孩添些粉黛额黄，却忽见天边的黑云若翻滚的洪流，不多时便染墨了半侧天穹。他慌忙爬上附近一棵高树，只见黑云之下，群鸦盘旋，一人缓步走来，其余人等皆四散奔逃、夺命而去。

那人左衽黑袍，兜帽遮住双眼，只露出苍灰色的皮肤，远看似一抔焚化炉中烧过多次的骨渣余烬。他每踏一步，脚边的草木便瞬间枯萎，未及时跑开的猫犬行人也若被抽走了生命，纷纷不支倒地，朽作枯骨。继而他身后的世界逐渐坍塌，崩坏为簇簇粒子，再被风吹散扬沙，只余下一片虚空。

姜愈惊恐之下，翻身下树，慌乱回奔。

他脑海中只有一个念头：逃！

快逃！带她快逃！

扶住玉兰树的一刻，他已气喘吁吁，浑身湿透。

上天同云，愈渐昏暗。

这一路上，他竭尽全力、直跑到口中腥甜，可遇到妇孺倒地、哀声阵阵时，他恻隐之下，仍是屡屡停步、搭救搀扶，还是耽搁了太多时间。

好在那黑衣人似距此地尚远。

他刚舒一口气，便觉手感不对：挺秀的玉兰树竟全无撑劲儿，在他一扶之下，旋即木滓脱落，轰然倒塌，纷纷残叶将他笼了起来。

他大骇之下，定睛细看，才发现大树早已死亡，再向前望去，只见清泉干涸，竹林枯萎，桃源已成废墟。

瞬间的呆滞后，他发狂般冲向村畔小屋。

冲入屋门的一刻，他呆住了。

枯草一地，屋顶破角，风雪吹入，蛛网飘摇，正面一尊药王菩萨像一肩落雪，正悲悯地看着他。

一路上他幻想了万千可能，唯独没料到这般光景。

他忙伸出双手，仔细看去——那双有力的手，从前一直能让他于危机中镇定下来——可一瞥之下，他却像被根长长的钢钎由天灵刺下，战栗着动弹不得。

双手的肤色苍灰，若焚化炉中烧过多次的骨渣余烬。不知何时，他已是一身左衽黑衣。

不知缓了多久后，他忽然踉跄着退了两步，跌跌撞撞出了屋门。

寒风吹雪，将门重重关上。

门上那道药渍依稀可见，宛若冻住的黑色泪水。厚厚的积雪中露出酒壶的一角，熟悉的药箱，鼓起的坟茔，周遭还散落着褪色枯萎的花瓣。

他疯了似的扑在墓上，都忘了随身的铁剑，只是徒手刨着冻硬的土地，直刨到指甲劈裂，鲜血渗出。

一只萎若干尸的手将将露出，腕上还戴着用枯枝编作的花环。

姜愈张大嘴，他想哀号，想嘶吼，想用力将嗓子扯破，将声带撕裂出血。

可他发不出声音，一点也发不出。

他呆滞地坐回坟前，任混了泥土血污的融雪沿脸颊流下。无数明媚温柔的画面在他那无神失焦的眼前一闪而过，化作苍茫天地间纷飞的雪。

两行清泪缓缓滑落，姜愈睁开双眼，脸庞白得发冷，不见血色，似仍停留在那风雪飘摇的世界中。

岳寥若在他对面放了把椅子，一言不发地站在旁边。

姜愈默默抄起酒杯，饮尽残酒。

"我很悲伤……"

他本有万语千言，却只微醺着说了这简单一句。

岳寥若拍拍那张空椅子：此刻，和自己聊聊如何？

咨询室中一片寂静，只有岳无峰轻微的鼾声，若隐若现地飘来。

姜愈放下怀中的抱枕，艰难地坐到对面。

"懦夫……"他的声音全无半点生机，"你是个懦夫……你早就厌倦了，不想再走下去了，只是用回忆硬撑着，用勤勉来防御软弱、抗拒改变、囤积安全感罢了……"

他沉默了许久，之后跟着岳寥若的手势，坐回对面的台阶。

"可如果就这么放弃了，那之前的坚持有什么意义呢？难道只是证明……"

他捂住脸，眼泪却沿着双颊流向掌跟，从手与脸的缝隙中淌了下来。

他慢吞吞地换到对面。

"证明你不肯承认事实、不敢面对真相而已。"理智的分析声，冷峻若峭壁黑岩，"那是你自带的**悲剧剧本**，你只是沉醉在剧情里，反复扮演那个求而不得、负重前行的主角，来满足你那些一厢情愿的幻想、执着与对童年的重复罢了。"

他又换了座位，一动不动，渐渐连呼吸都降到了最低限度。

岳寥若看着这尊木雕，心跳却有些加速了。

漫长的沉默过后，他什么也没说，只是再次坐到椅子上。

"放弃吧还是！把那些长不大的来访者、反人性的行业要求、生死不渝的誓言、挽回不了的关系、肩上扛的责任……通通扔掉吧!"他仿佛成了最成功的营销讲师,七分真诚,三分诱惑,"其实你早就知道,就算再坚持,也根本回不去的。那干吗不放弃呢?切去那些束缚负担,破掉那些执念剧情,你就自由了!……"

岳寥若悄悄蹭去了掌心的潮湿。

姜愈已自行换了座位,双手合十,托着下巴,若有所思。

"悲剧……悲剧……"

木雕被点燃了一角,火苗渐渐窜了上来。

"刚才他说,放弃了,你就自由了。"岳寥若给木雕添了些油。

"我,不!……"

姜愈双眼通红,满满醉意,眼神却反而坚毅了许多。

"我承认,我一直在压着心底的泉眼,压住了满是悲愤、毁灭、死亡的黑水,也堵死了鲜活流动生机勃勃的清泉。但你说这是逃避、否认?不,不是!我没有回避真相,没有篡改现实,没有沉沦剧情,恰恰相反,我其实早就看到了它们,认清了它们,但我依然选择坚持,选择热爱,选择向前走,再向前走。"

他的口吻好似莎士比亚式的独白。

"你提到悲剧,就算是吧!但我追求的悲剧,和你说的根本不是一个东西!

"你的悲剧不过是些三流小说里的自怨自艾罢了!而我真正看向的,是先贤知其不可而为之的悲剧;是哲学家爬出洞穴直视骄阳,再重回洞穴唤醒他人的悲剧;是查拉图斯特拉一次次离开隐居地,成为山后晨曦的悲剧①!"

姜愈的舌头有点大,他晃晃悠悠地起身,倒退着上了几级台阶。

"真正的悲剧,一定是酒神和日神合著完成的②:是被那生命底层原始的力量吸引到崖边,被深渊凝视,被烈风吹动,却还能保持住身体的平衡、生命的自制,再从生命深处升腾出一股更强大的力量,将自己从深渊边缘拉回,去重新清醒,重新构建,重新肯定自己,正视自己,回到自己,破茧化蝶的!"

他重新走下台阶。

"你说得没错,悲剧精神的第一步,确实就是自我放弃,不再被那些约束限制,

---

① 分别出自孔子的《论语·宪问》,柏拉图的《理想国》中的"洞穴喻",尼采的《查拉图斯特拉如是说》。

② 尼采的《悲剧的起源》。

去陷入迷狂,找回那强大的生命力但——醉,只是起点,不是终章!

"因为放弃并不能让人解脱,真正的解脱也不在彼岸,不是抽离,不是斩断,更不是寂灭——而是燃烧!真正的燃烧!那种任何物体都最多只有一次的燃烧——去将生命点着,将那焰火烧旺,然后成为这人世间的星星之火,去猛烈地烧!纵情地烧!极致地烧!忘我地烧!去引燃,去燎原,去照亮这终归熵寂的至黯宇宙!这——才是真正的悲剧精神!"

于醉狂中慷慨激昂后,姜愈重新坐下,语气中多了几分劝勉和解,却依旧掷地有声。

"你说这是偏执,是幻想,是防御——不,这不是!这是我曾经拥有,又一度消磨殆尽,再由这梦境、讨论,还有你的提醒,终于重新找回来的——**勇气**。"

姜愈长长吐出满腹浊气,起身推开椅子,摇晃着走向沙发。

"我知道,我的内心还有怯懦,还有摇摆,还有纠结,还有挣扎,还有若明若暗、若隐若现的不确定……所以岳老师、寥若,请借我些力量,帮我一起来慢慢面对它们,面对潜意识里那些我还没看清的阻碍吧!"

借着酒精卸去防御与纠结,他提前半年说出了这发自肺腑的请求。

岳寥若露出了欣慰的微笑,重重点了点头。

人生中真正重要的问题,从来都不是被解决,而是被超越的啊!

有人陪伴的沉默,可以将一切剧烈深刻的情感缓缓熨平。

姜愈平静了许多,酒也醒了大半,一时有些不好意思——为了让自己不再回避,岳无峰和岳寥若都将那多年不愿示人的伤痕尽数袒了出来呵……

"后来你们谈过吗?"岳寥若打断了姜愈的感动与拖延。

"没有。"

"为什么?"

"说现实的,寥若你说……出轨的本质是什么?"

"用一种错误的方法满足某些可以理解的需求。"

"你觉得苏润出轨了吗?"

"我觉得如何没有任何意义。"岳寥若剑眉轻蹙,"好像面对这个**消息**带来的愤怒与悲伤,你并不真的——"

"——对我知道，"姜愈不经意地磨了磨牙，声音像被蛀得千疮百孔的枯木，"我好像根本没关心过实情到底怎么样，我刚听到的时候只是……"

姜愈从沙发上弹了起来，丢下句"抱歉"便直冲洗手间而去。

身体的表达，最为诚实。

岳寥若听着洗手间传来的干呕声，流水声，心下不胜唏嘘。

她撩了撩凌厉的短发，看着不远处那包修补工具，忽然想起凌晨的梦境。

梦的最后，小女孩已然濒死，那道气墙却仍坚不可摧，哪怕用巨镰狠砸，也只能蔓出一小片淡淡的蛛网痕迹，随即便被修复如前。情急之下，她手握镰刃，狠狠一划。艳丽的血染红了镰锋，黝黑的镰刀上长出了暗暗的血线，似布满了血管，还隐有脉搏之音。她助跑，发力。镰上、手上的血珠飘扬，落入脚下黑水，竟绽出了鲜艳的彼岸花。镰刃则撕裂了灰暗的风，狠狠地击向镜子……

一阵杂乱的声响，打断了她的思绪。

姜愈虚弱地走出洗手间，身后还淅淅沥沥掉了一路水滴。

阳光洒下，一片安宁祥和。

岳无峰的嘴唇微微翕动，似已与这世界无关一般。岳寥若给姜愈递上一杯新茶。姜愈接过，掏出颗巧克力扔进杯中。

"我好多了，谢谢。"

"双重背叛，而且自恋受挫，又无助，又绝望。"

"所以才有那么强烈的自我攻击啊……"姜愈有些后怕，"如果没有那场病，没有触碰底层的噩梦，我可能早就和苏润摊牌了吧……那样的话大吵一架是少不了了，甚至……"

"其实那场病、那个梦也是你自己搞出来的，潜意识驱动着用这样一种极端的方法拦住自己，强迫自己冷静下来。"

"算是吧，所以我之后会静下来思考，会尝试着去**看**，看看她那个未被理解的需求是什么但……"

"你有没有想过，在这个过程中，**你**的需求又是什么呢？"

"**我**的需求？"姜愈一愣，"我就是单纯希望能给她足够的陪伴、理解、支持、关怀，陪她慢慢好起来……"

"还有呢？"岳寥若像个冷峻严格的导师。

"当然这里也有我的自恋在，"姜愈说得轻描淡写，"做个几乎完美的伴侣，历尽艰辛不离不弃，我知道这部分存在，但总体说影响不大。"

"你需要让苏润姐待在抑郁里吗？"岳寥若单刀直入。

方才姜愈解释到一半，她便恍然明白了那梦境中无数的共鸣与隐喻，将杂散的珍珠串成了项链。

"没有的事儿！"姜愈急吼吼地否认道，"我巴不得今天回去她就能走出来，就能好起……来……等等！"

他说着说着，也反应过来。

药王菩萨悲悯的凝视，自己身上左衽的黑衣，还有……

"为什么这么问？我……我有点乱……"

他的神色与其说是混乱，不如说是震惊。

"当苏润姐有迹象好起来一点点的时候，你的感受、做法，是怎样的？"

"我感受很好啊！我会……"

姜愈再次卡住了。

"你会——？"

姜愈耸了耸肩："她没有过这样的迹象啊……"

"过去三年里一次都没有过？"

"没……应该没有吧？我不知道……"姜愈有些迷茫，不自觉地抠起了嘴唇，"有道理啊……如果说完全没有确实不合常理，那就是说……我潜意识里忽略了那些信号，没有积极反馈加强它们，甚至……那些露头的小芽被我掐了？……"

他终于触到了那浅显非常，却又一直被他无视的部分，腾地一下站起了半身。

"你是说我在把苏润摁在抑郁里？！……"

"其实你内部有一部分早就知道，只是刻意让自己视而不见而已。"岳寥若平静地呷了口咖啡，示意姜愈先坐下。

"我……我很乱，我不知道我知不知道……"姜愈有些魂不守舍。

"如果一个抑郁的来访者开始见网友了，这信号是消极的还是积极的？"岳寥若一锤定音。

姜愈瞪大眼睛，本能地想要反驳，可反复思索觉察后，还是哑着嗓子承认了："别说见网友了，能开始打游戏，在游戏里和他人互动、联系，都是相当积极的信号……苏润这都打了将近一年了，我却从没注意过这个信号……"

"换成任何一个你一般在意的来访者，你会注意不到吗？"

姜愈眼睛死死盯向了自己的右下方。

岳寥若知他正在努力回忆，所想的也远不止那些"一般在意的来访者"，便给了他充足的时间。

他终于放弃了。

"……所以，为什么呢？你认为我为什么会这样？"

"这我可不确——"

"——雪燃啊，你还记不记得，念骅他好起来那年，发生了什么？"岳无峰忽然于半睡半醒间含混地问了一句，随后便再次回归了安宁的梦乡。

"我爸好起来那年，我……我妈她抑郁了？"记忆中罩着的灰布被那梦呓射穿，姜愈一时瞠目结舌，声音都有些发颤了，"不会吧？！难、难道说……"

"还记不记得我提起过，你身上的暮气好重……"

"记得，我当时还不承认……"

"那种感觉特别真切，就好像有个黏黏的恶灵缠着你一样……"岳寥若幽幽叹了口气，抚摸着胸前的十字架吊坠，"但现在看来，也许不是恶灵缠着你，而是你心底的一部分，一个不被你接受、被你投射出去的部分，**就是**被死神吸引、想要与之共舞的……"

"让我静静，有点儿乱……"姜愈扶着额头摆了摆手。

他闭上眼睛，想起了诸多草蛇灰线。

之前的梦中，欣欣身上溅满的血迹从何而来？张大夫的**外出服**为何也会被血染透？还有他虽然早有分析张大夫所指何人，可此刻细想，虽有白口罩、黑眼圈的"妆点"，但她的眉眼确与方才破庙中最后逝去的女人有几分相像——少许苏润的神韵，更多的则依稀妈妈早年的模样……

静态的画面纷至沓来，许多都是小时候仰望妈妈侧脸的时刻。她曾无数次一动不动地望着虚空发呆，脸颊上偶尔划过一滴反光。那小小的自己每次都会战战兢兢地上前推她，或在一旁搭话。可无论他做什么，她仍是无动于衷。

姜愈只觉一根细长的针，缓缓深深地刺进了心窝。

他的双手无意识地四指相勾，用力向两侧扯去。

"寥若，你眼里，我妈妈是个什么样的人？"

"雪燃姨啊……"岳寥若脸上浮现出一抹暖意、几许哀伤,"善良,温柔,聪明,容器功能很好,我小时候幻想过很多年如果她是我妈妈该多好……"

"这么说,你没看过她的另一面……"姜愈苦涩地笑笑,并未留意对面岳无峰的一丝晃动,"我爸那情况你知道的,打他们结婚起,我妈之前存下的那些温暖就被不停消耗着,像根蜡烛一样,一天不如一天,一年不如一年……"

"像你现在的样子?"

"也许吧……"姜愈捏捏眉心,敛起眉梢的无奈,"我记事儿那会儿,她就已经快到极限了,那时候我就总觉得她是不稳定的,好的时候特别的好,但随时可能崩溃……而对一个孩子来说,如果妈妈崩了,整个世界就崩了。"

"这一秒还是安全的,下一秒就会万劫不复,就好像妈妈换了个人似的。"

"对……所以我和你不一样的是,我感受过那种温暖、安全,感受过'好妈妈'给孩子的体验,但非常短暂,很快就被剥夺了。"姜愈猛灌了一大口红茶,抿去嘴角的黑液,"就那么短短几年,她就被我爸……也包括我吧,榨得油尽灯枯了——你猜,她是怎么应对那种耗竭的?"

"反向形成?躁狂性防御?"

"对,她拼命加工作量,去帮更多的人,扛更多的事儿,但自己却消耗得更快了……"姜愈说得平常,声音却多了几分秋意,"我那时还那么小,只能模糊地感觉到某种不对头,但也说不出来,就是非常惶恐,非常无力……"

"'那个好妈妈去哪儿了啊?'"

突然涌起的泪水,将姜愈的述说中断了好久。

"是啊,她去哪儿了啊……我很想她。"姜愈的神色格外哀伤,像个哭泣的孩子,"那时候我不停地试探各种方法,乖巧的,任性的,优秀的,惹祸的……其实我和很多孩子一样,就是幻想自己表现得如何如何,妈妈就能好起来了,那个好妈妈就能回来了啊……"

"而这个过程中,那个非常抑郁的部分,也深深内化到了你的心里。"

"理论上是吧,甚至抑郁到极点后……我也想杀掉那个坏了的妈妈吧。"姜愈看看手掌,恍惚间只觉血迹斑驳,他倒抽一口凉气,像被细长的冰刺贯穿了脊椎,"而且时过境迁,许多东西混在一起,早就分不清源自何方了。但确实像你说的,我心底的一部分,可能就是被冥河水浇灌着长起来的啊……"

"阿刻戎河?还是克塞特斯河?"岳寥若想起凌晨的梦境,问得意味深长。

第一冥河阿刻戎河又称怨河，苦恼河，因其水极轻，上不浮羽，又称羽沉河；第二冥河克塞特斯河，又称悲河，由眼泪所成——而冥河的原型，即是发源于伯罗奔尼撒半岛山脉的黑水河。

　　"都有吧……"姜愈含混地答道。

　　用母亲怨苦的泪水浇灌出的心灵，怎能快乐轻松呢？

　　"那段遥远的、熟悉的、滋养过你的黑水河，散发着好诱人的吸引呢……"

　　"所以我要把它严严地封起来啊……"姜愈无奈的感慨中藏了几分悲苦，"而苏润的抑郁撕开了封条，打开了入口，还激活了……"

　　他说不下去了。

　　难以启齿，痛彻心扉。

　　岳寥若思忖片刻，字斟句酌地接下话："所以你一方面非常希望她好起来，但另一方面又需要她停在抑郁里，否则——"

　　"——否则我就该把抑郁拿回来了，对吧？"姜愈的面色灰暗干枯，若那棵朽去的玉兰，"或者说，要是不和她的抑郁打架，我就该和内部的那团抑郁掐起来了……而且那会是场我又想赢又想输的战争。我心底的黑暗，其实早就游子思乡，遥望着那段黑水河，憧憬着某天能一步步走回冥河深处了……"

　　岳寥若的目光中，多了几分悲悯。

　　"真不想承认啊……"姜愈的叹息若一把银锤，敲碎了他心中构建多年的水晶墙，"这么说来，我其实是在羡慕……不，是在嫉妒她的抑郁啊……"

　　"给自己点时间慢慢消化吧，太快了太疼……"

　　姜愈欠身拿回那摞自我分析，展开翻看了几页，被苦瓜汁泡过的脸上又多了些许自嘲。

　　"完美意味着失活，我当然知道，所以这些看似完美的分析，从来就不是为了'然后如何'，只是单纯地想要防御丧失，想要停在这里啊……"

　　"你期待永恒。"岳寥若的嗓音也有些哑，好像沙漏破碎后罅隙中漏下的沙。

　　"是啊……我害怕自己被那片幽暗吸引，但我其实更害怕的是……"姜愈颤着嗓子，眼神中却多了几分义无反顾，"是告诉那个小小的我，这一切真的、真的都是过去了：那个'好妈妈'不在了，那段令人怀念的时光不在了，那时的一切都不在了。孤独也好，温暖也罢，吉光片羽，雪泥鸿爪，都过去了……"

厚厚的报告被缓缓撕成细密的碎屑，残骸碎片拢在一堆，像个小小的坟头。

"如果和那个小小的我说这些，他一定会在人前咬着嘴唇，绷着小脸，然后在夜深人静的时候抱着枕头颤抖着不哭出声来……"

"面对生命中的丧失，我们极力否认、疯狂挣扎、做出千变万化的反抗，实际心底都只是那个孩子在声嘶力竭地喊着……"

岳寥若擦擦眼角，看了看姜愈——

"可不可以不要走……"

异口同声。

是啊，可不可以不要走……

可不可以停下……

可不可以回到那时候……

泪眼婆娑，化开了姜愈眼前的景象。

离去的背影。

风干的泪痕。

落寞的冬天。

空荡的房间。

冷硬的玻璃。

母亲的眼泪。

冻住的面容。

孤独的小孩。

尘封的日记。

苏润的笑容。

聚散的乌云。

怀中的欣欣。

……

"如果一定要走的话……你，会回来吗？"

不知谁的低语，将咨询室拖入了久久的静寂。

日薄西山，无净寺的暮钟悠然响起，遥遥传来。

"我们是不是时间到了？"

第十六章

"是。"

"这里也受到时间的约束啊……"姜愈喝干已泡得发黑的茶根,将耗尽味道的茶包丢进垃圾桶,"想来可笑吧?明知道百川入海,不复西归,可那种能保有永恒、回到过去的幻觉还是会让人不自觉地迷恋、期待……"

岳寥若隔空举杯,一饮而尽。

岳无峰不知何时已"真的"醒了,他看看两个孩子,微微一笑:"好像即便时间到了,我们的讨论也不愿结束——'要是这里可以不停下,我们可以不分开,该多好啊。'"

姜愈点点头:"那,到这儿吧。"

"到这儿了。"岳寥若也放下咖啡。

姜愈刚要告辞,岳无峰忽然问道:"姜愈啊,晚上有事吗?"

"没有,岳老师您什么吩咐?"

"晚上我有个约,你要不急着走,就一起去。"岳无峰起身套好外套。

"呃这样的话我还是——"姜愈话到嘴边,便被岳寥若一眼瞪了回去,连忙改口:"什么场合?"

"到了就知道了。"岳寥若嫣然一笑,几乎掩不住身后的九条尾巴。

"那好吧……"姜愈无奈地跟了上去,"对了岳老师,有个问题我之前就想问您,我知道这里是设置松散的督导,不过我们的互动是不是有点儿太——"

"——有时候设置就是为了被打破而存在的。"岳无峰笑呵呵地出了门。

在他身后,岳寥若方才浇水的那盆石蒜,不知何时竟反季开出了红花。

俄罗斯风格的餐厅里,处处荡漾着浓厚的异域风情。

粗暴而细腻的装修风格,散发着极致雄性与极致雌性的味道。粗糙的砖墙好似水手被风暴打磨的肌肉,硬朗地奠下了风格底色。彩绘的石板若舞女婀娜的腰线,将回廊连接、空间区隔。中世纪风格的实木家具,敦实而不失精致,若虔诚祷告的端庄贵妇。铁艺的照明则硬朗坚毅,似满是胡茬的硬汉脸庞,只是其中透出的光芒显得有些疲惫,一如那曾经不可战胜的战熊民族如今的倾颓蛰伏。餐厅墙上悬着一幅幅精致的油画肖像,从叶卡捷琳娜到托尔斯泰,再到哥萨克的骑兵,无名的少女,油画间还挂着若干精致的授权证书,彰显着这民族骨子里那打不掉的骄傲。

餐厅正面的舞台上，乐队正用俄语合唱着一曲《Перекаты》①。

这还是20世纪苏联时期脍炙人口的音乐，如今已很少能听到。作者亚历山大·戈罗德尼茨基是位著作等身的地球物理学家、地质学教授、海洋学教授、诗人、歌手，他的音乐创作多在科考路上完成，从直布罗陀海峡到西伯利亚草原，从南极的冰川到北极的冰洋，甚或漫长的海底世界，都曾留下他踏歌前行的浪漫情怀。

而此刻演出的乐队成员，竟是四个精神矍铄的耄耋老人。

主唱兼吉他手，岳无峰。

那四人都是满面沧桑，风霜银发，身子骨虽都还算硬朗，却已不复年轻时的矫健。可当他们组成一支电音乐队，在台上合奏演唱时，却似时光逆流，岁月倒转，俨然四个青葱少年，洋溢着炽烈的希冀，呐喊着无限的热情生机。就连歌声中的岁月痕迹，都若更醇的老酒调入新近的佳酿，别有一番韵味。

姜愈的酒几乎没动，岳寥若却已下去了半杯雪树伏特加，双颊染上了浅浅的樱红，一贯清冷的声音也被酒精烫暖了几度。

"想不到吧！不只这个，爷爷以前还玩过重金属呢！"

"太厉害了！我还以为就南希大神②会这么传奇呢……"姜愈的赞叹之情溢于言表，"对了寥若，我记得岳老师的外语是英文啊，什么时候——？"

"爷爷当年一度想帮我去找我妈，也想碰碰运气，看能不能寻回些大伯的遗物，所以一大把年纪还自学了俄语、乌克兰语，往那边跑了好几趟，结果终究是大海捞针，一无所获……"岳寥若并未碰杯便又喝了一大口酒，俊俏的面庞上浮起了些许怅然，"也算无心插柳，来回跑那几年，认识了这群老哥们儿，聊得投缘了还组了乐队，包括这酒吧老板，也都是朋友，几年前每周都演出，再后来，乐队的人一个个走了，演出频率也下来了，但还是不定期就会聚在一起。"

姜愈心悦诚服，进而似有所悟。岳寥若则醉意渐长，慵懒地斜倚着身子，意犹未尽地问道："你知道爷爷为什么带你来这儿吗？"

"不知道，为什么？"

---

① 意为《浅滩》，歌词大意见附录。

② 指Nancy McWilliams。南希生于1945年，是著名精神分析师，著有多部精神分析经典著作，这些著作是诸多从业者的必读书目。南希的老年生活非常充实，白天作为以严谨专业著称的精神分析师从事专业工作，晚上则是一名摇滚乐队成员。

"Жизнь①."岳寥若轻摇着酒杯端详,"生活。"

"生活?"

"对,生活。回到当下的生活里来,回到这杯酒,这首歌,这一秒的笑容里来……"岳寥若的笑容中多了几分苍凉,"当然咯,这也是爷爷想对我说的……对了,你猜这首歌唱的什么?"

"不知道。"

"感受一下,如果你来写,会写些什么?"

"我想想……"姜愈闭上眼睛,用心体会了许久,"也许是豁达的告别,直面无常,还有……在生命这场漂泊中的祝福与深爱。大概这些吧……"

岳寥若不再接话,她的眼角闪着泪光,侧身望向台上的爷爷。

岳无峰的额上已覆满汗水,却仍在尽情潇洒地弹唱着。

姜愈听着老人的歌声,举起了酒杯。

---

① 俄语,意思为"生活"。

第十七章

笑扬前尘煅傲骨

"妈妈，妈妈，妈妈你去哪儿了啊……"

小女孩的哭声断续入耳，伴随腹部一阵猛烈绞痛，郝最忽地清醒了。

灯有些亮，刺得她眯了眯眼，这才看清四周，衔上了意识。

她抹抹头上的冷汗，想起几分钟前被人类肢体塞满的地铁车厢，只觉胸口发闷，仿佛又能闻到那混合着汗味、体味、香水味的闷热。当时的呼吸不畅，加上脚踝肿痛、腹部绞肉机的全时运转，让她的心力体力迅速耗竭透支，强忍多站后，便再也支撑不住，用最后的意识逃下车去，扑向长椅，之后便什么也不知道了。

不远处的哭喊声依旧，小女孩嗓子都哑了，还在跌跌撞撞地四处游走，颇不安全。郝最环顾四周，见警务人员还相距甚远，未留意这边的异常，便撑着椅子勉强站起，一瘸一拐向那小女孩走去。

警务室中，郝最强忍疼痛，一直陪小女孩说说笑笑，哄她开心。小女孩则死死挂住郝最胳膊，不肯离开半步，直到熟悉的身影匆匆冲进屋。

"妈妈！妈妈！"小女孩三步并作两步蹦了过去，扑到那女人怀里。

那妈妈长舒了口气，又心疼又自责。她紧紧抱着孩子，亲热了半天，这才忽然想起了什么，赶忙起身鞠躬，连连向警务人员道谢。

"不谢不谢，应该做的！"被行大礼的警务小伙儿脸色一红，忙指了指不远处歪在椅子上的郝最，"要谢就谢这位郝女士吧，她送来的。"

"谢谢谢谢！太谢谢你了郝女士！"那妈妈说着说着，又要鞠躬。

"没事儿就好，孩子很懂事。"郝最脸色煞白，勉强挤了个微笑，努力没让声音发抖，"兰兰，下次要跟紧妈妈哦。阿姨先走了。"

兰兰乖巧地点了点头："谢谢阿姨，阿姨再见。"

郝最虚弱地笑笑，客套了几句，便起身告辞，可刚走两步，又被一声"郝女士请等一下"唤住了。她转过身，还未及问询，手里已被悄悄塞了包卫生巾。她霎时反应过来，涨红了脸，只得窘迫地收下，连忙道谢，至于递到面前的红糖姜粉，则说什么也不肯接了。

"已经很感谢了！这个真的不用了……"

"拿着拿着，客气啥嘞！出门在外的，都疼成这样儿了，就别再推了……"

郝最坐在咨询室的沙发上，嚼着口感不佳的黄瓜，忽而想起了前些天那几包红糖姜粉的味道：微甜，带点辛辣味，很温暖。

"抱歉实在太忙了今天，就吃了顿早饭到现在……"她将身边的 X 光袋推远，又啃了一小截蔫蔫的黄瓜，应付地嚼碎吞下，"这次有三个话题想和你讨论下。"

"所以，第三个是什么？"姜愈不假思索，微笑着问道。

郝最一愣，随即也笑了："为什么？"

"我猜第三个最难开口，那，也许我们可以把时间优先留给它。"

郝最眼角的笑意更浓了："你怎么就确定我不会先说最重要的？"

"对你的了解。"

"……真是越来越喜欢你了呢！"郝最嫣然一笑，语气中已无多少情欲味道，倒似相交已久的哥们儿酒后勾肩搭背。

姜愈没有回答，郝最的神色让他非常确定，后面的话题十分重要，时间宝贵，不必节外生枝。

郝最啃完最后一截黄瓜，将黄瓜柄放在茶几上，掏出一个小U盘①，在姜愈眼前晃了晃："借下打印机可以吗？"

姜愈犹豫了半秒，起身走到办公桌前，躬身打开电脑，输入密码，做了个"请便"的手势。郝最还了个明朗的笑容，凑到电脑前开始操作。

姜愈注意到，这次她刻意保持了一点身体距离，没有凑得太近。

他也说不清，此刻自己的欣慰中是不是带了一丝失落。

"可能得打一会儿，我们先过去谈吧。"

重新落座后，姜愈又细细打量了一下郝最。

她很疲劳，眼圈发黑，还化了浓妆遮挡。不过她周身的热度依旧，优雅依旧，迷人依旧，甚至性感依旧，只是那从内而外淌出的"性"的味道，已然十不存一。

---

① 是USB（universal serial bus）盘的简称，据谐音也称"优盘"。

那种荡人心魄却又楚楚可欺的气息难以形容,可心怀恶念的狩猎者本能便会嗅到。于施暴者而言,犯法就是犯法,作恶就是作恶,没有理由;但于受害者而言,有时受伤的风险却又实实在在地与自己部分相关。

上次的工作,看来多少有了些效果。

她几乎一直会变着花样佩在颈部的红色饰品——今天是条波希米亚风的红丝巾——此刻也只是系在了包上。

要有新议题了。

每分钟14页的老1020打印机①,已工作了二三分钟。

姜愈略一皱眉:"我更倾向于你直接告诉我,你打算给我看的是——"

"——如果。"没头没尾地蹦了两个字后,郝最又沉默了。直到打印机又吐了二十多张纸,她才低声问道:"如果我把现在的生活彻底推倒重来,你……会觉得我疯了吗?"

说到后面,她微微哽咽,别过脸去,看向了窗外的夜色。

"也许你可以先和我说说,发生了什么?"

"那你先告诉我,你会不——"

"——我会一直支持你。"姜愈答得格外坚定。

"谢谢……"郝最松了口气,随即又有些凄然,"可你只能在这间屋子里,对吗?"

她转向姜愈,润湿的大眼睛里写满了令人心疼的坚强。

"……是的,这是我**能做到的**对你最好的支持,就是在这里,和你一起去**看**,看你的生活、你的内部世界里发生了什么,以及怎么去更好地面对。"

"我懂,只是……上次你也走出这间房间了啊!以后你能不能也……"

"……郝最,并不是我不能走出这里,是我选择留在这里,嗯哼?"

姜愈语气平和,目光坦诚,可脖子以下的每寸肌肉却都紧绷着,手脚虽然未动,却轻轻压着沙发、抠着地面。

从小察言观色的孩子,往往是敏锐的。郝最的敏锐,已不需要训练学习如何识别解读肢体语言,便本能地翻译了姜愈的心绪。

---

① 指惠普HP Laserjet 1020打印机。

这种翻译极为隐蔽，隐蔽到在她自己都未察觉时，便已做出了反应。

"姜愈，其实，一直一个人坐在这间房子里，你也很孤独，对吗？"郝最起身凑上前去，双眸中若有千言，"不是那种坐在星巴克里看风景的孤独，不是裸辞旅行说走就走的孤独，不是一个人去听愤怒重金属的孤独，不是卖房去大理住民宿的孤独，那些都太过常见，太过表面，都有千万人品过赏过，根本称不上孤独……你的孤独，是那种被囚于孤岛的孤独，那种无法被言说，无法被语言描绘，描绘即破碎的孤独……"

姜愈的心跳若奔过坎坷路面的马蹄，他绷着嘴唇，躲开了郝最的目光。

"其实你眼睛里都写着的……"郝最抬手轻托他的脸颊，纯粹的眼眸中并无欲望，反而是满满的悲悯。

姜愈镇定的外壳被彻底钻了个大洞。他连吞了好几次口水，也没化开僵成干海绵的躯干，只有还稍稍能动的双腿，自作主张地并拢了少许。

郝最的声音柔和而缓慢，仿若将意识悄然熔作幻梦的一豆烛火："其实我们是同类，你能看到我，我也能看到你，但我们周围的同类太少了。我不知道你的故事，不知道你的生活，但我**就是**能看到……"

"郝最你能不能先回——"

"——疲倦的，压抑的，默默承担，无处排解，没有后援，没有退路，紧紧抓住这张沙发的不安，吞咽着口水的无措，平静的海面，海底的熔岩……"

郝最凑得更近，直勾勾地看着姜愈的双眼，似已将他彻底看透。

姜愈紧张得屏住了呼吸，仿佛郝最身上那独特的海洋香气若酒若毒，多吸两口便会迷醉失神一般。

"其实你不想被困在这间房间，对吗？"

郝最的眉宇间浮现出一抹苍凉，她忽然用目光在姜愈双腿间轻掠确认了一下，未等姜愈做出任何反应，便无奈地叹了口气，疲惫地坐回自己的位置。

这略显出格的举动，耗费了她不少心神，却只拿到了一个全在她预料之中，却又最不愿接受的答案。她沉默了一会儿，重新望向姜愈，像个绝症患者看着拒绝手术的病友一般。

"你说，你不是不能离开，而是选择不离开。"

"你说，我是被'那股'力量推着的，不由自主地，强迫性重复。"

"是，至少上次之前，也许是。回想起来，以前我说着我想要你，但其实想要的不是你，不是你这个人，而是一种救赎，一种童话般的救赎，这是我的问题。

"但现在的我，不再是那样了。我也在选择，我也会选择。我希望我们不再是咨访关系，而是可以在生活里交流、互动。那些行业规矩什么的随它们去，没人在意的，我不介意，你不介意，又有什么不可以呢？"

姜愈张了张嘴，像是要说些什么，但郝最没有给他机会。

"我们可以是情侣，也完全可以不是，我们可以是朋友，或者说……可能朋友都不准确，重要的是两个'人'，对，灵魂相交的两个'人'，我们彼此都能看懂对方，也都需要对方，我希望——"

"——你希望我，或者更精确地说，我在这里呈现的这个切片，可以进到你的生活里，可以把你从那种无法言说、深入骨髓的孤独中拉出来，对吗？"

"不，姜愈，你看扁我了。"郝最轻笑着摇了摇头，"我不是两三岁的小孩子，也不是只在你这里做了三五十次的来访者。我们都在一起两年了，我还会幻想你走出这房间能一直和现在一样？不，不会的，我早就不那么幻想了。"

二人之间，似若吹过了一阵微风。

"是的，你这个切片很美好，很诱人：包容的，抱持的，关怀的，温柔的，强大的，稳定的……这谁不想要呢？我也想要，我不否认。

"但现在，我更想要的，是……是**遇到**，遇到完整的你，遇到你这个人。

"可能你不知道，那个被你藏起来的部分，我早就看到了，而且他同样非常打动我——那个会软弱的，会哭泣的，会想'要'的，会需要被照顾被支持的，会想……想活过来的，那个……"

再坚固的大坝，也会被共振击垮；再厚重的积雪，也会被春风吹化。

欣喜的渴望，若翠绿色的流星，闪耀着划过了姜愈眼眸中那片永远的夜色。

纵使他随即便掩住了那抹光芒，移开了再度黯淡的双眸，但第一反应中那因被"看到"而生出的动容，却逃不过郝最的眼睛。

我们，都在，这里啊……

"姜愈，我知道你知道，我们是可以陪伴彼此、救赎彼此的……你不用骗我，你的生活都写在你的脸上，你的眼睛里，可能很少有人会留意，但我一眼就能看得出，你心底埋了太多的——"

"——郝最。"姜愈的打断，仿佛用尽了全身力气，他长长缓了口气，再开口时，

第十七章

嗓音沙哑而干涸,像在沙漠中脱水跋涉了一整天般,"我们别绕圈子了,谈谈你的第三个话题吧:你失控的生活,摇摇欲坠的边界,极度无助的慌乱,还有无处安放的孤独——我知道这些都在你第三个话题里,那个最困难的话题。"

郝最的眼中,同时写满了认可与失望。

"什么时候发现的?我都没意识到……"她的语气淡淡的。

"我看到你有些挫败、失望,甚至还有些……有些怨恨我。"

"那你还……"

"我不需要自己在你心里是完美的。"

"……也许我只是在被'拒绝'吸引吧。"郝最在姜愈那认真混杂着落寞的目光中停留了好久,意兴阑珊地靠回沙发,"还是说我自己好了……"

不知何时,打印机已精疲力竭地停止了劳作。

"你怎么看这个社会?"

"你指的是——"

"——名利场,人与人之间就是交易,是这样吗?"

"为什么会这么问?"

"其实我知道你的答案,可……"郝最再次望向窗外,干涩的眼眸中除却婆娑摇曳的黑色树影,便映满了远处千篇一律的都市霓虹,"你说,到底是谁病了?是我?还是他们所有人?有时候我真觉得自己要被……要被……"

"撕裂了?"

"对,撕裂。"

"我看到你很挣扎,也很……很彷徨,"姜愈用心跟随着郝最的体验,"那种和周围环境不相容的感觉又在折磨着你。"

"其实道理我都懂,可……"郝最的声音平静得像块石头,"我真的觉得,可能你给我描绘的世界就不属于我,我永远到不了那里……之前也许是我没尝试过,可我按你说的试了,还是不行,这个世界里根本没有我的同类,除了你……"

"非常无力,近乎绝望。"

"真不如不试……"郝最连换了几个貌似舒适的坐姿,最后又别别扭扭地换了回来,"上周的事,你觉得我应该跟他们说吗?我是说,和周围的人。"

"你很渴望被他们理解、支持,但结果并不尽如人意?"

"不，我没抱太大的希望，只是想看看有什么不同罢了……"郝最生硬的语气凉凉的，还隐隐压着股火，像块未燃的固态酒精，"以前这种事我是绝不会和任何人说的，但那天跟你谈完后，我想，要不试试吧，也许这世界没那么可怕……"

"很勇敢的尝试，然后呢？"

"一败涂地。"郝最说得寻常，事不关己一般，"和我之前想的一样，所有人都生活在阳光下的那个世界里，而我生活在黑暗中。我走不到阳光下，他们也听不懂我在说什么……"

"愿意具体说说吗？"

"好吧……"郝最应得索然无味，"我先去找的老板，前因后果说了一遍，本来想好好说，结果说着说着又哭了，还挺没出息的……老板看我哭得厉害，对我说的第一句话是，'你怎么没早跟我说！'"

"嗯哼。"

"你也觉得还好对吧？我当时也觉得挺温暖的。"郝最不经意间缓缓挠起了手背，直抓出一道道淡淡的血痕，"可紧接着她就说，这种事儿你第一次碰上没经验，客户关系出了问题也不扣绩效了，但下不为例，之后她还显得很体贴，说这次客户关系她出面做，让我吸取教训就好，别太大压力……"

"那一刻你一定很失望。"

"就是觉得挺凉的。"郝最磨了磨她那尖尖的小虎牙，"我老板还教育了我半天，说这个圈子就是个名利场，人与人之间就是交易，钱拿到了，别的事儿就别想太多。想要过人的收获，就要有过人的付出，都这么过来的。想明白自己来这里想得到些什么，该放弃就放弃，早点儿长大，别抱着小孩子的那些天真……"

"你很愤怒。"

"很震惊！照理说她也是女人，怎么就能……"郝最的愠怒中还带着几分不可思议，"是，我能理解她为什么这样：做到这个位置，她受过的委屈可能比这还多，所以她才会……可我当时看着她，就觉得特别陌生，其实她平时对我挺不错的，可现在我觉得她简直……"

骤然袭来的卡顿，让她手上的动作也停了下来。

短暂的沉默后，姜愈轻声推了一把："你觉得她简直——？"

郝最没有开口，反而起身走到窗边。

已是深夜，不远处的写字楼却仍通体透出白色的光亮，无数的生命与青春好像大楼里的灯管,都在以最大的效率燃烧、废弃、更换着。

"那天领导跟我说的时候,窗外也是这样。"郝最背对着姜愈,推开窗户,让夜风吹了进来,"当时有一瞬间,我忽然想,你看那么多的光点,每个光点后面都是一群人——那会是群什么样的人呢?是不是多数都差不多?那些机关里的领导,写字楼里的白领,超市里的大爷大妈,接送孩子的家长……他们有的脾气大,有的性子小,有的光鲜上流,有的卑微困苦,有的心比天高,有的蝇营狗苟……是,他们可能不一样,但某种程度说,他们可能又都是一样的,都会对我说同样的话。也许……这就是社会吧?"

郝最长长舒了口气,似已阅尽人间冷暖、世态炎凉。

"这就是**你**看到的社会?"姜愈的声音闷闷的,像被套了个陶罐。

"是啊,不然呢?"郝最凄然笑笑,款款走回沙发,"甚至那天给我包子的老大爷,如果他知道了我经历的这些,又会怎么劝我呢?我都有些不敢想……"

"这会让你——?"

"——还好吧,"郝最摆了摆手,半是自我宽慰,半是宽慰姜愈,"那天谈完,我第一反应仍然是'我不好',太习惯了实在是,但想起我们这里谈过的那些,我还是及时提醒了自己:我是不是又走老路了?可能错的不是我……"

"很重要的成长和进步。"

"可接下来的事情又让我觉得……都让我怀疑……"郝最软趴趴地靠在沙发上,像被抽走了骨骼似的,"我去和一个闺蜜说,结果我还没说完她先哭起来了,跟我说了半天她碰上的那些……那些'恶',比我遇到的更过分。到最后变成我安慰她了。可、可我也安慰不了她啊!她也认同那套逻辑……"

"那套强盗逻辑。"

"对!大概就是要逆来顺受,被强奸就是你的错,甚至是你的罪过:谁让我们穿得暴露,谁让我们半夜上街,大环境我们改变不了,blah blah①,那一刻我觉得很错乱,真的很错乱。"

"强烈的不确定感:这个世界到底是怎么运行的。"

郝最没有回应,她面露迷茫,一层浓雾笼住双眸,藏起了那深处跳动的火焰,不知何时方会散开。

---

① 英语俚语,用于代表无聊乏味的讲话。

又或许，她也害怕那雾真的散开？

"再后来我找的魏光，他听了之后沉默了半天，抽了半包烟，我看得出他也很痛苦，然后他跟我说对不起，是他没保护好我……"

"你听到时感受如何？"

"没什么感觉，关他保不保护什么事啊？不过也算过关了吧，但……"郝最的表情像吃了一把橡皮末般，"第二天，可能他睡一觉醒过神了吧，还专门给我打了个电话，说事情已经发生了，我当时又没取证，那现在只能理性对待，在现有基础上去争取利益最大化……我耐着性子，跟他说我累了想静静，可他还是大段说个不停，跟我讲越是这种时候越是考验人能不能成熟面对，要把这个事情当成成长的契机，之后还滔滔不绝地又是分析又是定策略的……"

郝最坐直身子，双臂相抱，环住自己，以5厘米的秒速抚摸着大臂两侧。

秒速5厘米，既是樱花飘落的速度、浪漫唯美的片名，也被称为"爱抚速度"，这个速度的抚摸可以最有效地激活C类神经纤维，让人体验到安心与愉悦，似婴儿被母亲爱意满满地呵护一般。

今天这黏滞沉闷的氛围，似在稠涩的煤油中行进，让人窒息憋躁，格外想要个安抚，要个抱抱。

"我当时越听越烦，到最后居然难受得想笑……"郝最嘴角轻垂，没有一丝笑意，"他说的一句比一句理性，一句比一句正确，一句比一句聪明，没完没了说个不停。到最后我真的笑了，笑得特别礼貌，再特别礼貌地谢谢他帮我分析，他居然没发现我生气了，还觉得自己立了大功表现得超赞……"

郝最倔强地将浅浅漾起的泪水强咽下去，她直视着姜愈，既像个孤注一掷的赌徒，又像个快要放弃挣扎的溺者。

"其实他最开始没说几句我就有种生理性的寒意，好像血液在凝固，所有的末梢循环都渐渐停了，心脏也变得越来越无力，大夏天的都冷得直打哆嗦……

"当时我就像现在这样抱着自己，想去找件衣服披着，可是身体特别重，完全僵住了，站都站不起来。

"有那么一刻，我都忘了他说什么了，也没什么特殊的，但我心里就是一阵发酸，眼泪唰的就下来了。我也不知道我为什么会哭，也不敢哭出声。我听着他还在各种指点分析策划规劝，听起来都是为我好，但我就是忍不住地走神，还不停地想,要不要静音,要不要静音?!万一他听见我哭了,会不会又说我不坚强。直到他说,'你的情况还算好的',我就忽然笑场了……

"我知道我不该笑,但我当时就是觉得特别可笑,绷不住地想笑,他问我怎么了,我骗他说你说的很有帮助,我开心多了,他说开心就好,我就赶紧找了个理由把电话挂了。然后……

"然后我就蜷在沙发上,一边笑,一边哭,都要断气了……"

郝最惨然一笑,甩了甩头,犹若梦游初醒,退却了方才有些麻木、隔离的神色。她的眼眶中盈满了泪水,瞳孔仿若被雨水洗刷过的黑色墓碑。

"好像在他们眼里,根本不存在'人'这个存在,只有一个个身份堆叠的符号,一张张面具混搭的角色,而且这是理所当然的。"郝最抽了张纸巾,小心蘸了蘸眼角,"更可怕的是,好像我身边的人都是这样……"

"'病的到底是我,还是这个社会、这个时代?'"

郝最不置可否,缓缓摇了摇头,似是生怕僭越一般。

姜愈见她神色落寞孤单,像个举目无亲的流浪小孩,刚要开口宽慰,郝最却先他一步,调换了情绪的方向:"魏光的反应给我的打击非常大,除了你,他是我生活中少有的光明面,少有的'新'的东西,可……"

她没有继续,只是出神地看了一会儿茶几上的小黄瓜柄。

那黄瓜柄已有些蔫了,又细又短,软趴趴的。

短暂的沉默后,她轻蔑一笑,抬手将小黄瓜柄扔进了垃圾桶。

"魏光那里的失望让我又退回去了,可退回去后,只有更多黑暗等着我……"

"来时路上的黑暗,熟悉的黑暗。"

"其实这么说我都有点自责,但……"

郝最别过头去,咬着嘴唇,似不忍再说下去,直到一不小心用力过猛真咬出了血,一凛之下,才回到此时此地,轻轻抿了抿伤。

"那天晚上,我反抗的时候扭了脚,又在雨里跑了半宿,当时没感觉,回去就越来越疼,拖了两天实在受不了,找大夫看了看,倒没大事儿,但得静养一下。再加上那会儿正好来事儿了,肚子也疼得厉害,从医院出来我就干脆多请了几小时假,直接回家歇了。

"晚上我给我妈打电话,还没来得及说我的事,她就抢着跟我说,一个什么远房亲戚要来北京看白内障，再顺便做个体检，再顺便去银行办个什么事儿，再顺便带一家六口旅游，还顺便什么我不记得了。总之，我妈知道后就特热情地跟他们说，让他们什么都不用管，我会去接他们，让他们拎包住到我家，我打地铺他们睡床，然后我还会去给他们挂号跑银行陪玩啥的……"

姜愈倒抽一口凉气。

"你觉得过分吧？其实在我这一直特正常特应该呢！"郝最不禁莞尔，"这回本来我也想要不听我妈的算了，实在没力气争了，也不想她为这些鸡毛蒜皮的事生气。但他们想挂的那个同仁的老专家号特别不好抢，一出来就秒光，只能凌晨排队。我就跟我妈撒娇说妈妈，我脚扭到了啦，最近工作也特别忙，我又睡得轻，家里有外人我睡不好，第二天就特别难受，要不这样，他们全程我出钱我安排，专车接送，五星级酒店，给他们挂同级别专家在私立医院的号，也不用等，银行的事我找人跑腿办了，他们去签个字就行，再找最好的导游，毕竟那些名胜古迹我也不熟，找个专业的他们玩得更好啊！结果我妈当时就急了，说那怎么行呢！他们会怎么看我们啊？接着就各种骂我不懂事，太计较，推三阻四找理由就是嫌弃老家的人，说我来了北京就觉得自己了不起亲情都不要了！我说妈我没有啊，她就说你还顶嘴，是不是翅膀硬了，不把妈妈放眼里，现在就这么不听话，再过几年是不是就该不要妈了？！她还说……"

郝最闭上眼睛，将翻涌紊乱的呼吸缓缓压下，倦倦地摇了摇头。

"算了，不说了，也没什么意思，车轱辘话……总之，那个电话打了一小时，她就骂了我一小时，末了还说'别说那么多有的没的，你就是故意惹我生气'，我还没来得及解释，她甩了句'你要还是我女儿就照我说的做'就挂了。"

"委屈透了啊……"姜愈一阵心疼。

郝最的泪水又涌了上来。她蘸蘸眼角，哽咽着继续说道：

"本来在魏光那我就够委屈了，我妈扣了电话我就哭了。我其实知道，她每次摔电话都在等我打回去认错、安慰她。可那会儿我真做不到了！真想歇歇了……

"结果没5分钟，一个陌生号打过来，接起来满口方言，还和我家乡的不大一样，我都没搞明白是谁呢，对面就开始骂，特别难听，特别凶，没人情味没教养有几个臭钱不认祖宗什么的，普通话都学不来那个味道。我最后大哭着答应按他们的要求做，他还不依不饶，说你这态度就是欺负老实人，又骂了半小时……

"后来他们来了，住我家，我给他们换了新床品，我自己打的地铺，昨天我一宿没睡总算挂到了号,今天请了一整天假陪他们去天坛拍到此一游照,平常我自己生病都舍不得请假的……他们一路上还各种嫌我不周到,最后我妈知道了还一个劲儿数落我,嫌我这里不够细致那里缺了礼数……"

再难咽回的泪珠,映着郝最的憔悴,簌簌落下。

"太过界了!换我也会愤怒。"姜愈虽将声音压得尽量平静,双拳却仍紧紧握了起来,"之后……这些互动也让你彻底绝望,放弃去和妈妈谈你被欺负的事儿了,是这样吗?"

"不是,"郝最再次闭上双眼,似仍不愿面对那段回忆,"如果是以前我确实绝对不会说的,但这次我想起我们聊到的那些,就决定咬着牙也要试试……所以后来我专门找了个她心情还不错的机会,打电话说了那晚的事儿……"

一抹肃杀之意,拂过了她的脸庞。

"我尽量说得平静,可说到一半,还是没忍住哭了。结果不出所料,我妈没听完就打断了我,一边千叮咛万嘱咐让我一定要瞒着这事别让任何人知道,一边数落我说,我早和你说女孩子举止要得体,为什么那么多人他不欺负专欺负你,一定是你有做得不好的地方,我一直让你早点结婚让我抱外孙,他们知道你有孩子了就不会这么欺负你了,还有我都说了多少遍了让你别穿胸这么低的衣服……"

郝最抬手在锁骨下两三指处划了条线,嘴角扬起一丝有些残忍的冷笑。

那或许是她妈妈的表情。

郝最迎着姜愈的目光,恨恨说道:"我非常清楚,我真有孩子了,再遇到这事,她肯定会说,你都有孩子了怎么还这么不检点,到处招惹别的男人……"

"这些说法非常恶劣,它们把你困住了。"

郝最抿了抿唇上再次渗出的血,忽而有些意兴阑珊:"说起这些,我挺难过的……不过更多是无奈吧:你看,果然和我预想的一样,我已经努力改变了,可真的没什么用,不是吗?"

姜愈只觉一阵窒息胸闷。他搜肠刮肚,却发现此刻除了陪伴,他能做的实在寥寥无几——正如现实中除了面对,郝最能做的也着实不多一样。

他忽然觉得肩膀好酸好僵,颈椎又胀又疼,仿佛扛着这颗人类的头颅都成了件难事。

几次深呼吸后,郝最抹去眼泪,小心擦干了眼影的痕迹。

"最后我还是抱着一丝幻想去找了狄青，虽然我觉得他一定会说是我勾引的人家，但万一呢？万一他像我之前想的那样，是那个可以理解我的人呢？万一这个世界上除了你以外还有人能安慰我呢？可……"

郝最看看不远处的打印机，印满字的A4纸好像诸多大学课本，没到考试，就一直不会被翻看。

可这场考试，到底是绕不开的啊……

她叹了口气，起身取回那摞厚厚的材料，边走边看，短短几米，脸色已阴晴变幻了数次。

淡淡的甜蜜幸福，淡淡的酸楚悲戚，淡淡的怅然伤感，淡淡的愤懑不甘……

"这是我和狄青交往以来的所有聊天记录。"

姜愈接过材料，粗粗翻看，只见字字血泪，触目惊心。

满篇的心理陷阱，精神操控，看得出狄青不但是此中老手，而且很可能还有特定的理论武装，深谙如何利用心理弱点，用些特定的技巧手段，去控制那些自卑的女孩为婢为奴，不但供其淫乐、出钱出力，还要满足其施虐的兽欲。

心理咨询师很少做价值评判，但在姜愈看来，狄青毫无疑问是在作恶。

"当你把它们打印出来给我看的时候，你是在——？"

"我想画个句号了，真的想了，这些所谓的好，之前的痛，我自以为是的爱，我通通不要了。"郝最有些悲壮地擦了擦眼角。

即便知道他在利用、伤害，可告别却仍然好难。

"极品的做法总能超出你的想象，他骂我下贱，骂我背叛他，但这次我没有乞求他原谅，他可能也有点意外，你知道最后他怎么收的场？"

姜愈虽大体猜到了答案，却仍一言不发。

郝最忽而笑了——那是她想起当时的场景，被惹笑了。

"他竟然要我再去勾引那个甲方负责人一次，他来偷拍抓个现行，只要能让他敲到一张长期饭票，他就考虑原谅我……"

"人渣。"姜愈说得一字一顿。

郝最有些意外："你们不是不能有倾向观点吗？"

姜愈撇撇嘴，没说话。

郝最也不深究："听他这么说的时候，我真的连生气、悲伤……什么都没有了。我只是觉得荒诞，特别荒诞。他说个不停，为我们的未来着想什么的，我就觉得，真的很好笑。这就是我选的生活？我选的男人？我还想过为他奉献青春奉献人生，要是怀了孕我默默离开悄悄养大一辈子不打扰他？太荒诞了！"

郝最说着说着，又笑了。

"我一直以为那是爱情，是信仰，是我赖以生存的湿润空气，可最后……却只是个笑话！小狐狸以为遇到了可以驯服它的小王子，纵然他会离去，纵然它会哭泣，它也义无反顾地甘愿托付所有，包括自己的爱与秘密。可结果呢？结果那根本不是善良孤独的小王子，那只是个贪婪、狡猾的猎人，等着吃小狐狸的肉！"

郝最双眸的深处，燃起了黑色的火焰。

"狄青说完，我跟他说我会考虑的，之后就回去了。路上我就下了决心，我要离开这个人，而且……我**可以**离开这个人！我**可以**离开！！"

"我看到……"许是等待太久，许是共鸣太深，再开口时，姜愈的声音沉得像糊了层凝胶，惹得他不得不清了清嗓子，"你在重新审视你的过去，也许也在练兵，在通过和狄青的告别，做好准备，去和过去漫长的生活状态做一个告别。"

"回头看看，真像一场大梦，我就这么毫无自知地生活，把自己糟蹋成什么样子了啊……"郝最看着窗外鸦青色的夜空，眉宇间的哀伤似将那片阴晦带到了屋内，"现在梦醒了，你让我看到了新的天地，让我看到了我从前的关系有多扭曲。好，我愿意走出来了，愿意和它们告别了。可之后呢？我该去哪儿？我能去哪儿呢？如果舍弃过去就可以换来全新的美好世界，那当然好啊，可是……说具体的，我做好了准备，不再和狄青在一起了，但以后怎么办？狄青再恶，也是这咨询室外面唯一能听我说'那些'话的人了。我的不快乐，我的委屈，我生我妈的气，我恨她……等等那些，除了你之外，只有他会听，会说'对！就是！'，其他人都只会要求我、指责我、道德绑架我……而且……"

郝最越说越沉重，越说越滞涩，终于停在了一片泥泞之中。

"而且，这次他们的反应，让你彻底对这个世界不抱什么期待了，是吗？"

郝最转头看向姜愈，眼神仿若放弃挣扎待宰的小羊。

"你看，我真的已经做了所有可能的尝试，结果呢？我自己都觉得讽刺！如果我的故事写成书，读到这一页的读者，恐怕没几个人会和我共情，甚至可能都会觉得我是个怪胎吧……"

"所以你觉得……我是独一无二的，在外边的世界再也找不到了？"

"不然呢？太多失望了啊……"郝最绷着面颊，像含了满口 VC 药片，"有时候我都会想，对你来说我也是特殊的吧？至少，是你身边极少数的同类……"

郝最望着姜愈，若耄耋老者探望久病卧榻的友人，满满心意，却只剩下蜻蜓点水，欲说还休。

那一刻，姜愈真有些被打动了，但他还是勉强着自己，将已近离体的魂魄拽回那张沙发上："郝最我懂你在说什么，我……我们还是回到你身上吧。你确认你已经尝试了所有可能性了吗？"

"也许唯独漏了你？"郝最尾音上扬，刻意显出几分戏谑嗔怨，并无丝毫暧昧味道，"你有许多来访者，但我只有你一个咨询师，只有你一个这样的人。而我又真的在生活里需要这样一个人，一个不会伤害我，还能懂我的人……"

姜愈默默点了点头，温柔地看着郝最，没有躲开，没有回答。

场上的张力若潮水般慢慢退下，裸露出既无焦灼、亦不尴尬的沉默。两人相顾无言，只是静静坐着，任秒针切割时间，细沙堆起回忆。

"透透气。"郝最忽然起身走回窗边，将身子探入温凉的夜风，"确实，只能说……大部分我之前'觉得'可能支持我的，我都尝试了吧……"

"也就是说，还有例外。"姜愈坐在原位，欣然说道。

郝最转身倚在窗边，摇曳的树影、繁华的灯光，都化作了她身后的背景。

"我跟你说过，那个业余剧社最近麻烦事不断：创立那会儿无人问津，求爷爷告奶奶也拉不来几千块的赞助，这两年刚稍微熬出点儿名气，就被一家只懂商业不懂艺术的资本盯上了，想强行收购。

"他们先是搞定了之前陆续进来的资方，又重金挖走了几个台柱。本来下下周就要演出了，结果现在男一女一也都被挖走了，强行解约，把我们几个创始人急得都焦头烂额了……

"现在大家正各种想办法，可要在两周内重新选角排练，补上没到位的资金缺口，还有重做宣传等等工作，小伙伴们都已经完全透支了。

"这种场合下，我是真不想为自己的私事儿再给他们添乱了啊……"

郝最的额头隐约泛着一层薄薄的反光，周身独特的海洋香似也被她自身的热度蒸得愈发浓烈，再被夜风送进咨询室中。

"你看，有能力给的没条件给，有条件给的又没能力给，这世道……

"上次,我开始允许自己的黑暗存在了,结果我反而可以走出黑暗,偶尔去阳光下待待了。我试着去相信也许那些伤害不全是因为我不好,也许这个世界上有我的同类,也许我不用一个人面对这一切,但……

"但这一轮下来,我又开始怀疑了,会不会就像我说的,春暖花开的只有这个房间,出了这里仍然是漫天风雪地冻天寒。我还是只能瑟瑟发抖地缩在角落,划一根火柴劝服自己'人无法改变环境只能接受',然后靠着火光中的幻影继续撑到黑夜降临,再被严寒彻底地带走……"

"郝最……"姜愈的手指原地点了几下,像在抖落重重心思烧作的烟灰,"如果我们没有建立过咨访关系,而是在外面的世界相遇。茫茫人海中,你有能力把我从人堆里扒拉出来吗?又或者,人堆里有另一个你,一个一定会理解你、懂你的灵魂,你们能找到彼此吗?"

郝最愣住了,她从没想过这个问题。思考、体会、假设、模拟了一番后,她已在心中构建了一个个场景、一场场互动,却依然迟疑着拿不出答案。

"我答不上来……但、但可能我答不上来,这本身就是答案了,是吗?"

"嗯哼,那,我们也可以换一个问法,你体验到孤独、寒冷、缺少支撑,等等,那,如果你身边出现了一个人,温暖、体贴、愿意照顾你、支持你、呵护你、理解你、听你倾诉,在互动中他为你付出的远多于你为他——"

"——我心跳已经快了!"郝最抚着胸口,忙不迭地打断。

"所以在这个过程中——"姜愈身体前倾,直视着郝最,一字一顿道,**"你筛选了你的人际。"**

郝最的瞳孔微微放大了。

"其实这不是我们第一次谈这个话题,"姜愈靠回沙发,放缓了节奏,"只不过我们之前谈的是亲密关系,我们出于'我配不配''我好不好''他会不会被我表面的假象蒙蔽了''我是不是个冒充者''我欠对方了会被愧疚感绑架'等等焦虑,会推开哪些人,留下哪些人。"

郝最捋了捋被风吹乱的头发,扶着额头苦苦回忆思索了好久,可眼中的纷乱迷茫却不减反增,愈发膨胀了。

姜愈看看时间,直接吹散了缭绕的迷雾:

"我们的成长环境、早期经历给了我们最初的关系模板——控制与反抗,吞噬与逃离，施虐与受虐，忽略与讨好，阉割与依赖，毁灭与……与拯救，等等。然后我们无意识地用这套最**熟悉**的'探针'去探测他人、接触社会，区分谁离我们近、谁离我们远，选择仰望哪些人，对抗哪些人，依附哪些人，疏远哪些人……

"伴随这个过程，我们长大成人，有了自己的圈子、人际、关系。有时它们是随机的，但更多时候，它们是我们一点点筛选、强化、构建出来的。

"不幸的是，有时这个构建恰恰印证了我们内部那个悲剧的剧本，让我们自洽地陷在里边，越坚信陷得越深，陷得越深越坚信不疑，甚至有时还会告诉自己，'社会就是这个样子''这就是我的命'……"

郝最有些出神，她想起几天前那真切的体验：忍痛帮助那个叫兰兰的孩子时，她做得行云流水，理所当然，无比顺畅；可那包递到面前的红糖，却像坨烧红的炭般，让她反复推脱，如坐针毡，就是不敢接下……

"所以……是我识人的味蕾出了问题对吗？那些会主动帮我、照顾我，有可能理解我、支持我的人，我不知道该怎么大大方方地和他们相处，所以遇到了就会特别不安，不自觉地想逃。反倒是那些要我当输出方的人，我真是驾轻就熟……到最后，我身边剩下的就都是……"郝最擦了擦额上的冷汗，又啃起了指甲，"我其实之前就隐约有这感觉，但……但我不敢承认，我真怕这一个个悲剧都是我自己作出来的，可我又……又……"

"眼睁睁看着它们发生，却无力改变？"

"都已经被造成这样了啊！"郝最悲从中来，却欲哭无泪，"现在的我，最敏感的就是'我有没有做错''是不是不好''有没有伤害他''配不配得上'……我所有的生活都在这些影子下面，再完成一轮轮的自我实现。"

"**我果然**不够好，**果然**不配被好好对待，**果然**只能一个人孤零零地面对这个世界——那，如果你早有察觉，是什么拦着你做出改变、打破循环呢？"

"我是真不想推给我妈，都这么大人了，但我心里她的声音实在太强了，而且我也怕我放飞自我了会伤到她，她又不可能认同我说的那些，所以就……"

"听起来，她认为你不听她的她就不能幸福，你认为她不听你的你就没法改变，看起来你们都需要对方和自己保持一致才可以。"

郝最的双手无意识地拧在了一起，互相抠着，几乎要抠出血来。

姜愈见她天人交战，煞是辛苦，不免也失了几分节制："我们选不了是否出生，选不了原生家挺，所以我们最熟悉的关系、互动、体验是怎样的，也都不由我们决定——没办法,作为没法独立生存的孩子,他们给什么就是什么,这是现实。但当我们慢慢长大,逐渐得到更多力量、更多资源时,也许我们可以试着去探索不同的模式,去触碰真实的世界、真实的人际,在和真实的碰撞中——"

"——我想起上次的画面了。"郝最忽然抬起左手,仔细盯着手掌,反复攥起拳头,牙齿磨出咯吱咯吱的声音,仿若焦虑的小战士上阵前停不下的磨刀,"可是……一想到她永远不承认我做的是正当的、是对的的时候,我还是会……"

"有时候,我们特别'用力'地向父母证明、争辩我们的正确、努力、过得好的时候,也是在防御我们和他们的分离,防御我们自己的独立吧……"

"不是啊!我从小就特想独立的!"郝最急切地争辩道,"妈妈总说我养了你所以你得听我的,于是我很小就想挣钱,还偷偷跑出去打过工,最后各种被批被关禁闭没收收入。后来我挣到第一笔工资的时候,真的长舒一口气。这些年哪怕再要好的闺蜜劝我、狄青逼我,我还是不断把收入的大头交给我妈,就好像那是我的赎身钱似的……所以我不明白你为什么这么说,我明明很想独立啊!"

"我看到了,这部分很有力量!但心理意义上的独立,意味着我们和父母可以有不同的三观、认知、归因、看法、态度……等等,可以有些事情他们觉得好我不觉得好,他们觉得对我不觉得对,他们认可我不认可,他们偏好我不偏好……我们以我们的体系面对世界,与他们不同,并且允许这些差异、不同'可以'存在。对于观念不那么开放的父母,我们也就接受了在这些维度上他们不会认可我们,我们也不认可他们,并且这个状态可能至死不会改变。但我们依然要在他们的不认可、指责抱怨、事后诸葛亮、分离焦虑下的夸大担忧或是你不听我的就会如何这种诅咒中,按照我们自己的观念认知往前走,落子无悔,愿赌服输。"

郝最敲了敲胸膛:"你说这些我心跳又快了,而且特别堵得慌……"

"关注、认可、爱……该得到时没得到,我们就是会不甘心、意难平啊……"

"所以我……我是在要那些曾经想要但没得到的东西,所以才会停在那个阶段、那个状态,停在他们的认知、观念、评价体系里吗?"

"也许吧,停在那里,也是我们不愿告别那段有缺憾的童年、那个孩子的身份,不愿与他们真正意义地分离啊……"

郝最的呼吸愈发急促,起伏也越来越大,可越过某个点后,却忽然平缓深沉下来:"我忽然想到,我妈有时候会发一些特别假的公众号文章在群里,我就会特别特别生气,觉得我都反复给你讲了,你怎么还信那些谣言啊,这是不是……"

她的眼眶又湿润了。

"是啊，你也不愿意承认她已经老了，认知跟不上了；你已经超越她了，不再是孩子了。相应地，那些你心心念念多年的东西，可能**就是**得不到了……"

短暂的沉默过后，郝最抽了抽鼻子，咽下涌起的难过。

"我会慢慢来的，这场漫长的分离……"

"嗯哼，它需要一段时间，一个过程，一个告别。"

"我记下了……"郝最甩甩头发，驱离了方才巨鲸般庞大的伤感，"在那之后，我会用我自己的大脑去思考，用我自己的心去感受，用我自己的眼睛去**看**，去重新看看这个世界，看看周围的人，然后——就像你说的——我可以试着一点点来，一点点重来……"

她的拳头握紧松开、松开握紧，掌上那细密的"命运"纹路，也被她翻折出了新的走向。

姜愈欣慰地笑了："是的，你可以用自己的双眼、身体、手指、每一根汗毛去重新体验、感受、认识这个世界，相信你的感受，觉察你的认知，重视你内心的声音。不急着下结论，不急着跑开或靠近，也许在这个过程中，你会发现——"

"——其实……"郝最的眼中忽而闪过一抹姜愈从未见过的光辉，"其实我……也许已经发现了……只不过……"

话到一半，郝最又忸怩地退缩了——对一贯的完美主义者而言，把刚打了草稿的作品示人着实太过羞耻、太过让人焦虑。

她做了好一会儿心理建设，这才鼓起勇气，忐忑地说道："前段时间，偶然的机会，我参加了个和女性创业、公益相关的活动，到场的大部分都是非常非常优秀的女性，然后我发现，她们普遍都……都非常孤独。"

郝最的目光聚焦在远处的虚点，蘸着追忆勾勒出一幅幅速写肖像。

"她们通常有个严苛吞噬的妈妈，不在场的爸爸；从小到大非常努力，但从没得到过父母的认可；事业很成功，但骨子里特别自卑，所以也不认为自己成功；特别渴望爱情，但找对象的时候或者像我这样，找个远比自己差的让自己踏实平衡，或者只是等一个更优秀的男人做出'娶'这个动作来证明她们的价值，为了这个动作她可以低三下四无限付出。等刚结婚的热乎劲儿过了，就开始一地鸡毛，各种争吵，最终和伴侣渐行渐远，各忙各的。需要撑面子的场合，两口子一起体面地出现，

第十七章

回到家,除了事务、孩子,再没有任何共同语言,更没什么情感交流。两个人都不缺钱,也都不缺事,一年一次性生活,或是更少,也许都在外边有人,也都不点破。逢年过节,长辈照应得都很周到,子女教育结果未必好,但至少做出了上心的样子,各个方面外人看来'都挺好',但就是无比寂寥,之后更多投入在工作上,然后更加高处不胜寒,周围可以说话的人都寥寥无几,巨大的压力、责任都一人扛,没人分担……

"我始终想不明白为什么会这样,也许因为压迫女性的传统已经上千年了,但'妇女能顶半边天'的跳变也就这几十年,但仍然有太多错位、冲突横在这个社会里,横在我们每个人的关系里了吧……我也说不清……"

"也许是。但我更关注的是,这个过程中你的感受如何?"

"……有温度。"郝最答得有些迟疑,"反而是有温度的感觉。虽然我不像她们那么优秀,但那种'遇到同类'的感觉还是在的,那种惺惺相惜的亲切感……"

此刻说起,郝最的眼中仍闪烁着天边的星光。

"虽然那个场合下,谈生意谈业务也必不可少,但那种遇到同类的感觉却同样实实在在,非常有质感。"

"就像漫漫长夜中,举着一盏孤灯在一片漆黑中独自跋涉的旅人,忽然遇到了另一个提灯赶路,甚至可以同行一段的人。"

"是的!那次活动给了我非常大的震动,让我隐约觉得,可能之前我认为自己陷入的绝境未必真的是绝境,可……可我又觉得哪里少了一环……"

一层迷茫的薄雾,又淡淡遮住了那抹星光。

"也许有道没上锁的门,被当成了此路不通,而你想要的,在门后。"

"如果是的话,那扇门在哪呢?我……现在想试着去推推了。"

"这让我有个联想。"姜愈终于等来了这刻,"你刚才提到,最'有可能'理解你、支持你的人是剧社的小伙伴,而因为各种现实原因,你哪怕很需要他们的支持,也没去找他们任何一个人说。那,问题来了——如果,我是说如果,你们剧社没有面临这些困难,你会和他们说吗?"

"当……""然"字还没说出口,郝最便泄气了。

姜愈趁热打铁道:"在过去的岁月里,在类似困难、孤独的时刻,在你需要人与人之间的支持与温度的时候,你曾经向他们这类人求助过吗?"

郝最一时语塞,无言即是回答。

"所以，剧社的困难只是表面的理由，你真正担心的、抗拒的，又是什么呢？"

"……我还是会觉得很羞耻，展示那些，会让我觉得非常羞耻。"

"你心里一个部分希望他们只看到你'好的'切片，另一部分又无比渴望被爱、被接纳的是完整的你，真实的你，会软弱，会哭泣，会想'要'，会需要被照顾、支持，想真正活过来的你。这个'你'被遗忘在角落太久太久，没人看见，没人走近，没人拥抱，于是……于是今天最开始时，你会把这部分送给我，我想，这也是你最希望得到的吧……"

郝最初听"切片"二字，先是一怔，随即便生平第一次感觉到，泪水竟真是会发烫的。那感动不只源自自己都未曾发觉的细腻心思被温情看到，更因为那一刹那，她想起了开场时——以及在这里无数次——姜愈对她近乎全力的拒绝。

大大小小、颜色各异的珍珠，刹那串了起来。

她虽然自卑，却并不愚笨，她当然知道自己的投怀送抱，对男性而言是到口的饕餮美味。她也一直确信，自己并没看错：姜愈的孤独是真切的，渴望也是真切的。正因如此，她此前一直坚信，他的拒绝是硬挺着，是碍于行业规则，是缚于婚姻道德，甚至还有些许的怯懦；但她不曾想到，这拒绝的后面还有如此的深虑与慈悲——原来他早就知道，如果接受她的示爱，他将得到什么，而她又将在不知不觉间失去什么。

他给她的，也许，也正是他想要的吧……

这辈子听了无数次"我是为你好"，可在这里，他不曾说过一次，却又用行动抗拒着诱惑，坚定地践行着啊……

她眼前闪过无数场景，在烛光下，在黑暗中，在公园内，在这熟悉得不能再熟悉的沙发上……每个场景都倏忽而至，盘旋停留，又悄然而去，那些瞬间珍如吉光片羽，却又逝若石火昙花——而她的生命，亦在这点滴追忆间，悄然改变了。

最初她还试图控制声响，多少想要注意形象，但涌起的情绪却若宁静的涨潮，不着痕迹，却又不可阻挡。

泪水终于畅快地奔涌而下，她昏胀的头脑与紧绷的躯体一齐放松下来，懒洋洋的，周围和煦的空气与氛围仿若化作了温热的羊水，将她浸泡托起。

哭声渐悄，郝最直觉四肢百骸无比舒坦，软软的不想动弹。

一路行来，竟已疲惫如斯。

她不好意思地冲姜愈笑了笑，忽然很想抱抱他。

只是单纯的抱抱，再对他说声"谢谢"。

可这次，姜愈却先她一步开了口。

"我们时间到了。"

"等、等一下。"郝最打开手包，将失落藏入，又掏出一个信封，递给姜愈。

姜愈一愣，用眼神发起问询。

郝最歉然笑笑，抢下他的台词："抱歉又是最后一分钟拿出来的，可能我还是怕你拒绝吧……我们的谢幕演出，可能也是我最……最在意的一场演出了，我很希望你能去，但如果你拒绝也没什么，我会有些小失望，但不会崩溃。"

"所以，这又是一份特殊的礼物，"姜愈哑然一笑，接过信封，"那，我们下次讨论可以吗？"

"好的，怎样我都可以接受。"说完，郝最起身收拾，准备离去。

"稍……稍等。"

郝最大感意外，不禁上下打量了一圈姜愈。

印象中，他从不会在这个时候节外生枝。

"这些，你、你希望怎样处理？"姜愈指了指那摞厚厚的聊天记录。

郝最看看那曾经无比珍视的心血与情感、泪水与不眠，释然地笑了。

"我不想再抱着它们不放了，这是我的一段历史，而我……想要新的生活。"

"那，或许我们可以有个仪式化的告别。"

"你愿意和我一起烧了它们？"郝最意外之余，扬起了几分欣喜雀跃。

"烧？为什么？"姜愈一怔，随即有些头大了——其实他也说不清，刚才瞬间的转念中，自己究竟有没有料到后续的发展。

"现在我喜欢火的感觉了，化作光明，深夜中的光明。"郝最答得颇为笃定。

"好，那我们一起烧掉它们。"

"真的？"郝最开心到有些不敢相信，"你真打算走出这间房间了？你们不是有什么设置要求不能这样的吗……"

"有时设置就是为了被打破而存在的。"姜愈起身走向门口，头也不回。

铁盆里已积了厚厚的灰，上面还跳跃着蓬勃的火焰。郝最立于火前，身边不时舞起点点流光。她抽出一张张过往，看看，笑笑，再躬身送入火中，聚精会神地凝视着火焰将它点燃，若涟漪般蔓延，进而吞噬上面的墨字，焚作蜷缩的灰白。

那么悲伤的文字，竟会化作如此动人的光芒与温暖。

姜愈站在她身后不远的地方，不自觉地轻抚着无名指上的戒指，眼神却紧紧望着她的侧影，一时间竟有些痴了。

郝最的脸颊染上了一层忽明忽暗的赤红，瞳中则跳动着橙色的光焰。她的眼泪早已干了，花了的眼影被飞起的尘灰染上，仿佛远古战士纹在双颊的图腾。夜风扬起她同样被染上赤色的长发，如同披上了一条火焰披风。

姜愈忽然觉得眼前这熟识到骨子里的女人，竟有了几分陌生。之前那股卑微而诱惑的气息消失了，取而代之的，是一种脱胎换骨、生而为**人**的骄傲，让人既是亲近，又生敬意，格外迷人。

为人，需先为万灵之长，再挺直脊梁。

不知何时，姜愈的脸上也多了两道光泽，上面还跳跃着火的颜色。

风将灰烬扬起，尘埃消失于夜色之中。

第十八章

恻绝稚念始鸿鹄

推开门的一刻，姜愈便被手铐上反射的阳光晃到了。

他深吸口气，快速恢复了镇定，不再多看那副手铐，以及被铐住的王成龙，也顾不上周身裹挟的湿热暑气，只抿了抿嘴角的白沫，四下扫视了一圈。不大的屋内站满了人，中央一位神气十足的中年妇女叉腿抱臂，一脸横相，口袋鼓鼓囊囊的，似装了支录音笔。她原本正喋喋不休说着什么，姜愈一到，立时停了嘴，眼睛却瞪得更大，还挑衅地向姜愈翻了个白眼，毫不掩饰她的敌意与不屑。她身边立一少年，正得意扬扬地歪着头，抬着下巴，双手插兜，腿叉出的弧度和那女人如出一辙，还时不时抖上几下。他藏在刘海下的眼神狡黠而阴鸷，脸上还有故意没擦掉、干结成痂的鼻血，正勾着嘴角露出一个胜利的微笑，只有当民警的目光偶尔扫过他时，才会立时换上一副无辜纯善、受伤可怜、楚楚委屈的表情。

姜愈的手心有些发潮，打起十二分精神将一摞材料递给对面的民警。

民警扫了一眼，面无表情地点点纸面："王成龙的舅舅对吧？这里再签个字可以领走了。回去好好管管。"说完他又瞅了眼蔫在一边的王成龙，花岗岩般的语气中反而多了几分宽厚："长个教训啊！回去好好反省。看你家长还挺通情达理的，你年龄也小，今天就放过你了，刚才那往重了说，可是袭警！"

姜愈赶忙道谢，这才抽空向王成龙投去一个安抚的目光，用眼神告诉他：没事，我在。

虽然只扫了一眼，但他已非常确定，王成龙的状态极差：他蹲在角落，脸色煞白，一头冷汗，湿发一缕缕地贴着额头，左臂正软趴趴地垂着，说不出的别扭，左手还控制不住地偶尔抖动，颤得手铐发出窣窣的金属摩擦声。

手铐被摘下的一刻，他的小臂猛地一抽，无声地咧了咧嘴，神色极是痛苦。

姜愈递回签好字的材料，又和民警客套了几句，刚准备领走王成龙，身后却传来一阵狮吼。

"打了人就这么想走？哪儿这么容易啊？！"那中年妇女瞪圆牛眼，手指几乎将在场人的鼻子挨个指了个遍，"警察同志，我可叫记者了，一会儿就到，这富二代打人人民警察不作为直接放走的新闻明天就是爆款十万加……"

　　从派出所出来，已是正午时分。姜愈拒绝了王成龙陪去医院的请求，王成龙也未作坚持——毕竟姜愈肯打破设置来捞他已让他颇为意外、心存感激了。二人分道扬镳，再见已是下午常规的咨询时段。

　　王成龙坐得颇为端正，完全不似惯常那吊儿郎当的四仰八叉。他的左臂打了夹板绷带，脸色极是苍白，还青了几块，像张浸了油滴的打印纸。

　　"你……没什么要问的吗？"

　　"你愿意说的话我愿意听。"

　　"……你上午没工作？还是其他人请假了？"王成龙装作不经意地闲扯，笨拙地将自己藏了起来。

　　"你会担心打扰到我的工作？"姜愈专业地将焦点拉回对方身上——虽然确如王成龙所猜，凑巧好几个来访者扎堆请假，他才有空去派出所捞人。

　　王成龙烦乱地揉了揉脸上的青紫："你、你没告诉我爸吧？他……今天在外地谈个项目，好像还挺重要的。"

　　"所以，你更不想打扰**他**，让他分心？"

　　"切！我只是不想他打飞的处理这些破事，不够丢人的！"王成龙故作不屑地扭过头去，"所以……你告诉他了吗？"

　　"没有。"

　　"……谢谢。"

　　"所以，发生了什么？如果你愿意说的话。"姜愈和颜悦色地邀请。

　　"大意了，切！我明知道阿豺那孙子的套路的！哎哟！"王成龙激动地一挥手，牵动了臂上的伤，猝不及防的疼痛让他倒吸一口凉气。

　　"花式碰瓷，然后再——？"

　　"你也看到了，他受的伤轻，就点鼻血，但看起来重，我这胳膊……疼死我了！他拿棒球棒砸的，可外边看啥也没有，他就赌我不会……"

　　又一阵刺痛打断了他的愤愤不平。

　　"你被算计了。"

　　"谁说不是呢！"王成龙右手使劲一拍沙发，"这孙子还那么阴险！找个机会就能挑衅到让你气吐血，最后动起手来他还是无辜的那个，靠！"

"最开始他是怎么激怒你的？"

"他……"脱口而出一个字后，那喷薄的怒气便被按下了暂停键。

王成龙定格在一个有些滑稽的姿势上，直僵了好几秒，才攥紧右拳，压着沙发借力调了调重心，向后软软一靠，蔫了下来。

"没什么，就些鸡毛蒜皮的小事。"

"什么样的小事？"

"我也记不清了……哎哟好疼！我缓缓先！"王成龙夸张地倒抽凉气。

"很少有人记不住刚发生的、给自己带来很大情绪的事情。也许那不是鸡毛蒜皮的小事儿，你疼的也不止这里——还有这里。"姜愈指指王成龙的伤臂，又覆住了自己的心口。

"你不相信我？"王成龙有些紧张。

"正因为我相信你，所以当你给出不同的信息时，我才更在意。"

"什么意思？"

"上次你告诉我，阿豹毁坏了你辛苦两周做的模型，这听起来很严重，但你忍了，而这次一件'鸡毛蒜皮'的小事却让你'气得吐血'，听起来有些矛盾。"

王成龙抬起眼皮，委屈地瞅了瞅姜愈，气恼地捻起了左袖。

有些心事，是既想被人看到，又抗拒被人问起的——姜愈没戳破这点，只是投去了温和的目光。一段对视后，王成龙渐渐有些绷不住了。

"你就当我这礼拜心情不好呗，也许我来大姨妈了呢？"

"听起来这个理由更真实些。"姜愈随他笑道。

"真实的情况是……想起来就蠢！他骂他的，关我什么事！"王成龙右手重重一拍沙发，牵连了受伤的左臂，直疼得龇牙咧嘴。

"确实，我们被辱骂的时候会生气，人之常情。"

"他、他没骂我……他骂的我爸。"王成龙眼睛一闭，破罐破摔般嘟囔道。

沉默的火把扔进了名为耻感的枯原，烧得王成龙快要冒烟了。

只过了七八秒，他便再也无法忍耐，用亮了三分的嗓门喊道："拜托你说句话行不行！你再不说我更觉得自己蠢透了！"

"今天之前，你从没正式用过'我爸'这个称呼。"

"那、那又怎么样！什么也不说明……"

"我们把四件事连起来看：第一，上次我们谈到，阿豹对你的百般侮辱挑衅你都忍了；第二，同样是上次，我们发现你对他们的攻击背后是希望有机会和解；第三，这次阿豹侮辱你爸激怒了你；第四，你被打成了这样，还不希望你爸飞回来处理。你觉得，它们之间，有联系吗？"

"……有又怎么样？"王成龙咽了咽口水，又往后缩了缩。

"我们先不急着分析，这些给你什么**感受**？"

"……还挺复杂的，很奇特的感觉。"王成龙咬着嘴唇，认真体验了好一会儿，"上周回去后就有了，就好像之前我面前有道墙，把我和世界隔开了，结果我忽然发现那只是一所房子的一部分，它还是横在我前面，但不会挡住我了。"

"以及……也许那栋房子对你也是有价值的。"

"……还挺不想承认的。"王成龙怏怏地挠了挠头，"而且这些年一直都这么过来了，好像除了对抗，我都不知道还能怎么面对他们。"

"你不知道该怎样向他们表达那些——"

"——不是，我不是不知道可以说些什么，而是完全不知道该用什么表情去面对他！我不想让他觉得我在讨好他，太肉麻了，可我又……你有什么建议？"

"我想，'只要微笑就可以了'。"

王成龙先是一愣，随即会心一笑，还僵硬地扬了扬嘴角，他刚想对姜愈这笨拙的用梗发表些点评，却忽然被一阵急促而沉重的敲门声打断了。

王耀宗的高档衬衫多解了颗扣子，浆硬的衣领支棱得像两片钢铠，衬得他的脸色更加冷峻。未等大门全开，他便疾步走进，看也没看姜愈一眼。

王成龙赶紧起身，露出一个生涩的微笑，怯怯地喊了声"爸……"

一记响亮的耳光抽在了他的脸上。

王耀宗这次下了重手，使上了十分劲力。王成龙身上有伤，本就虚弱，再加上毫无防备，重心不稳，被王耀宗这么抡圆胳膊狠狠一抽，一个趔趄摔倒在地，还碰翻了计时沙漏，沙与玻璃在他头边碎了一地。

姜愈一惊之下，赶忙冲了过来，单臂一横，斜挡在王成龙面前。

"住手！王先生！停止你的暴力行为！"

王成龙捂着脸上隆起的红色手印，没有站起。

刚刚蓄起的勇气和期冀，已碎成了一地玻璃。

碎片嘲讽地折着阳光，直直扎进他的瞳孔，刺得他只觉自己要瞎了一般。

　　脸上热辣辣的，皮下有什么东西在垮塌，碎裂，再顺着血脉蔓向四肢百骸，将血管、筋骨、皮肉一根根、一寸寸、一片片地撑爆。

　　他觉得，自己，全碎了。

　　地上的细沙，被颤抖着抠起，再于攥紧的五指之间飞速流失。碎玻璃上，映着无数个狼狈的少年。少年的脸上，有液体滑过，液珠点点落下，有的恰好被玻璃切开，有的混入沙堆瘫成一摊泥泞，还有的掉在地上，砸开一瓣瓣残花。

　　王成龙抹了抹地上的花瓣，这才发现其中几朵竟是鲜红。

　　他忽然笑了，低哀的笑声滚在哽咽的鼻音里，听着像哭。

　　"还嫌上次惹的事不够大！"王耀宗面若冻岩，隔空戳着那颗不争气的脑袋。

　　王成龙徒然张了张嘴，颤抖着说不出话来。

　　"王先生你误会了，事实上——"

　　"——不要说啦！不要跟他说！！"尖锐而凄厉的嘶吼，扯开了少年最后一道理智的屏障。王成龙挣扎着站起，手里还握着一片最大的碎玻璃。

　　玻璃尖和更尖的目光，一齐指向姜愈。

　　"都是你害的！看看你让我干了多蠢的事儿！"

　　"我知道你非常生气，把玻璃放下，我愿意听你说。"姜愈说得凝重而坚定，还试探着抬手向王成龙走去，可刚迈了半步，便被硬生生喝止了。

　　"别碰我！"王成龙红着眼，咬着牙，用玻璃尖指着对面两人，后退几步，拉开了距离。

　　王耀宗嗅出了某种偏差，似嗔非嗔地低声问姜愈："你让他做什么了？"

　　姜愈头也不回："为什么不直接问你的儿子？"

　　王耀宗冷冷一笑，施恩般地对王成龙抬了抬下巴，做了个高高在上的怜悯姿态："给你机会，有话可以说。"

　　王成龙几乎跳着向后又退了一步，捏着玻璃的手掌瞬间溢出血珠："我不！你让我闭嘴我就要闭嘴，让我开口我就要开口？！凭什么？！凭什么！！"

　　他喊到几乎破音，身体也因短暂的缺氧而有些摇晃。

　　王耀宗的眼神更轻蔑了，像在打量一个小丑。

第十八章

"王成龙,把玻璃放下,到这边来,我们坐下谈谈。"姜愈的语气比平日更加稳定、温和。

王成龙戒备地看着他,大口喘着粗气,并不答话。

"我知道你爸爸的做法让你非常愤怒,非常委屈,但你有器量承载这份委屈的对吗。"姜愈用确定的语气,将每个短句末都压在王成龙的呼气上,"到我这边来,我们一起面对,面对接下来要发生的一切!"

"我不听!我不想再听你说那些道理了!都怪你!都怪你!!"

王成龙答着姜愈,却一直斜眼看着王耀宗。一想到那副瞧不起人的嘴脸下面,一定觉得自己特别可笑,他的眼泪便又涌了上来。

姜愈仔细观察着他滑落的速度,小心调整着节奏:"我很愿意听你慢慢告诉我你的愤怒,委屈,羞耻,悲伤。过来坐下,我们有足够的时间让你表达。"

"不!我不想再玩心理咨询的游戏了!绕了半天还是什么都没变!不对!你根本不懂!我更、更……"王成龙张着嘴巴,颤颤说不出话来,像条缺氧濒死,还在徒劳喘息的鱼。

"我懂。"姜愈抬手示意王成龙的伤臂,"麻药劲儿刚过的时候最疼了。"

"所以呢?!你就再让我多挨一刀吗?!"王成龙嗓子都喊劈了,他不停吞着口水,将涌起的咸腥血气艰难咽下。

姜愈并不反驳,只是用柔和而坚定的目光再三邀请。

许是对视中被渐渐安抚,许是发泄后已渐渐平复,王成龙的身体和态度都一点点软了下来。他抿了抿嘴,刚要说些什么,一阵"大海航行靠舵手"的手机铃声忽然突兀地响了起来。

王耀宗掏出手机,瞥了一眼,双眉紧锁,犹豫了几秒,还是挂断了。

可王成龙已到嘴边的话,却也咽了回去。

姜愈心下恼火,却也无可奈何,只得强打精神,从头再来。

"王成龙,我知道你很委屈,真的知道,我也为你感到难过。但——"

"——这不重要!这都不重要!我错就错在还对……还对……"明晃晃的玻璃尖直指着王耀宗,"我还奢望!我还以为能……能……"

难抑的哽咽中断了控诉,粗重的喘息化作了啜泣。

"以为能——?"姜愈鼓励道。

王成龙半信半疑地看了看姜愈,过往积累的信任调动了他最后一丝微末的希望,他决定再试一次,最后一次。

他定了定神,深吸口气,又酝酿了好久:"以为能……"

万语千言一齐涌起,仿佛真的拥塞了喉头,堵住了气管,让他憋闷之余,还涌起了一阵生理性的恶心,直缓了好久,才终于鼓足勇气,开口说道——

他一个字都没说出口,便再次被手机铃声堵了回去。

"我现在很忙,任何事情晚些再——什么?你说什么?!"

王耀宗脸色一沉,本就浑浊的双眼刹那像被冻成了黄浊的冰块,他的目光掠过王成龙,明显犹豫了一下,但一秒后,还是果断转头,走向门口。

王成龙刚积蓄足的情绪、斟酌好的说法一下子全卡在了嗓子眼。

他失望、震惊到无以复加,像块硅化木般,彻底硬在了原地。

姜愈心知不妙,忙开口阻拦:"王先生!你的儿子现在需要你。"

"我才不需要他!让他走!让他走!!"王成龙崩溃了。

反复期盼,再反复失落,将少年那还未成熟坚韧的心性拽来拽去,逼得他几乎要发疯了。

王耀宗则对儿子的哭喊声充耳不闻,他扭头斜了一眼姜愈,下了道命令:"让他等一下,这是你的职责。"

难以置信的神色褪却后,王成龙双眸中的星火彻底熄灭了。他半阖着眼帘,飘忽的目光木木地望向门口的虚空,眼中连绝望的芒刺都消失了,只剩下一片冬日腐坏的芦苇荡,毫无生机,死气沉沉,再不复之前的一泓清澈。

"王成龙……"

"别说了。我不想听了。而且我说过,我恨这三个字……"

"我知道——"

"——你不知道。你根本不知道……到现在了,你还想为他说话……"

"不,没什么可为他说的。"姜愈也苦涩地摇了摇头,"明眼人都知道,你被辜负了,而且这次是你先为了维护他而受伤,又很真诚地打开自己去面对他,这时候被他这么对待、这么伤害,换任何人都会觉得愤怒并且绝望。"

"骗子,骗子……都是骗子!!!"王成龙忽然猛地一扬手中的玻璃,暗红的血滴甩得到处都是,"你们都在骗我!!我最不该信的就是你!你不只从他那儿骗钱！你还骗我！我恨你！我恨你们！！"

"你有权生气，有权恨我，"姜愈迎着发颤的玻璃尖毫不退缩，"你希望我给你更多实打实的支持，走得通的路径，而不是给你看一些美好的可能，让你在追求的过程中受伤。而当我——"

"——你有吗？你能吗？！"

"我确实做不到。"

"那他×还说什么啊！"王成龙差点把玻璃摔在地上，"你也看到了，他就这么把我抛在这儿，我都要死了，他也不在意，根本不在意……"

王成龙恨恨说完，周身散出的恨意忽如退潮般快速衰减，双眼空洞地看向某个虚点，语气平静到近乎淡漠："姜愈，你说过，我有选择的自由，对不对？"

姜愈心中一凛：这是极其危险的信号！

他擦擦手心的冷汗，答得格外小心："是的，任何时候你都有选择的自由，所以即便你爸爸用非常错误、非常粗暴的方法对待你，你依然可以——"

"——那、那我！那我现在要选择去死！对，我要去死！我要让他看看！我要让他后悔！这就是我的选择，是我的自由！对不对！告诉我是不是这样！"

王成龙语无伦次地哭喊着，将玻璃尖抵在夹板下的左手腕上。

"你问了一个非常复杂的问题。在我看来——"

"——就告诉我'是'还是'不是'！"王成龙死死瞪着姜愈，脸涨得发赭。

"我的答案不长，给我一分钟，我告诉你。"姜愈沉着应道。

"……只有一分钟！"王成龙将信将疑地松了口。

"首先，我们每个人都有选择的自由，去走自己真正想走的路，做真正想做的事，这点我从来都不想收回。"

"所以你的答案是 Yes 对吗？"王成龙哆嗦着将玻璃刺入少许。血珠慢慢渗出，没过皮肤纹理，顺着掌边滴下。

"你不急这一分钟对吗？"姜愈抬手做了个安抚的动作，"我先说完，OK？"

王成龙颤巍巍地点了点头。

姜愈清清嗓子，语气更加柔和，也更加郑重："是的，任何时候，我们都有权遵从我们的内心，做出我们的选择，这没错。但另一方面，你怎么知道你看清了你的内心呢？就像你之前也许以为，你攻击他们、让他们道歉是想让他们屈服，或受伤，等等，但你内心真正想要的是有机会原谅他们，和他们和解，对吗？"

"我现在不想原谅他了！我再也不想原谅他了！！"

"我看到你很愤怒，但回到刚才的话题，至少上次，你发现自己之前并没看清自己内心真正想要的东西，对吗？"

"那又怎么样！我现在看清了！可是呢？只是让他有更多的机会羞辱我！"

"那是他的错！"姜愈见玻璃又扎深了几许，赶忙大声喝止，"他的问题我们另说，但我想让你知道王成龙，正因为我们可能看不清我们的内心，**真**的存在这种局面，所以我**不忍心**看你抹杀你未来所有的可能性，剥夺你未来'重新选择的自由'！"

"重新选择的自由？"王成龙的动作停下了。

"对，重新选择的自由。就好比你大学学了个根本不喜欢但你爸强势要求的专业，比如……呃……"姜愈一时有些卡壳。

"金融。"王成龙若有所思，右手不知不觉间松弛了许多。

"好，金融，你大学学了金融，毕业工作十年，你仍然可以去追求你喜欢的专业对吗？是的，你的成就上限会低，付出成本会高，那是你当年没有坚持的代价，但你并没有被彻底剥夺这种可能性，是这样吗？"

"是又怎么样？你到底想说什么？"

"我想说，此刻你当然有权做任何事，包括去死，但它受限于你的眼界、认知、外部环境给你的资源，你对自己的认识程度，等等，未必是你心底真正想做的。如果你死了，你未来所有的可能性就全被不可逆地抹杀了，全部！你将无法修正你的选择，无法抗议此刻的不公，无法改变任何你看不惯的存在，你将失去你**全部**重新选择的自由。"

"人不是应该遵从此时此刻的内心呼唤吗？按你们的理论。"王成龙的抗议已然有些动摇。

"而我们的内心都是矛盾体啊！还经常看不清。"姜愈抚着胸口，掏心窝子般诚恳，"王成龙，我不打算拦你，我只是强烈建议，并且真诚地邀请你先摁一下暂停键，我们一起看看，你是不是真的那么着急，急着让死亡**提前**到来。如果我们反复讨论后你还是认为那就是你要的，我会尊重你的选择，OK？"

王成龙终于放下了双手。指尖的鲜血缓缓拉长，再滴滴落下。明晃晃的玻璃刃在阳光下折射出一道淡红的光斑。

"我、我不甘心！我不甘心！！"王成龙强忍着汹涌翻起的委屈，不肯再哭出声来，"他怎么能那么对我？！他凭什么那么对我！不行！你看他现在都没来找我，要是我死了,他一定像看笑话一样看我!"

"我知道你有很多担忧,很多顾虑,很多愤怒,你希望让他尝到你的痛苦,希望这事不能这么算了,希望他**承认**他伤害了你,并且不能再继续伤害你。"姜愈趁热打铁,换了个商量的口吻,"你看这样行吗,你再信我一次,现在你放下玻璃,我们去包扎一下,一会儿我先和他谈,相信我,我能做得到。"

"你会让他后悔?让他付出代价?"

"我会让他——"

"——别管他!"门被重重推开了。

皮鞋尖狠狠碾碎了最后一支烟头,王耀宗裹着一身刺鼻的烟味,大步走了进来。他走得很重,很慢,脚步声若钢底军靴落地。

王成龙一阵恶寒,只觉眼前这男人每一步都狠狠踩在了自己的心脏上。他顶着令人窒息的压迫感,梗着脖子,硬是一步没有后退。

呵斥声若冰雹般砸了过来:"够了!我真是听得够够的了,这都什么破玩意儿?过家家呢?拿片儿玻璃就想威胁大人?幼稚!愚蠢!"

王成龙的五官瞬间扭成了正被挤水的抹布,他虚张声势地大笑起来:"王耀宗!你有本事让我做这做那,我死了你还有什么本事耀武扬威!"

王耀宗对儿子的癫狂作态视若无睹,依旧缓缓向他走去。

"别、别过来!……"王成龙惊慌之余,踉跄着退了几步,咬牙将那碎玻璃重新刺进手腕。

姜愈放弃了再做言语功夫的努力——反正也要被王耀宗破坏——他隐蔽地调整姿势,转换重心,膝盖微屈,做好了随时冲向王成龙的准备。

"磨磨叽叽磨磨叽叽,这么点儿破事儿还没完没了了!"王耀宗轻蔑地瞥了一眼带血的玻璃,手指直指着儿子的鼻尖,似比那玻璃还要锋锐,"装什么装!没出息的东西!真想死的话竖着划!"

王成龙双眼圆睁,嘴唇嚅动了两下,气得说不出话来。

"王先生!请你慎重。"姜愈死马当成活马医地拦了一句。

"和你无关。"王耀宗目不斜视,直勾勾地瞪着王成龙,声音像塞满了漠北严寒中的冰碴子,"如果一个人在这个世界上活不下去,那他就不配活下去,否认这点的都是给自己找理由、放纵自己逃避的弱者。能活在这世界上的，必须是强者，也只能是强者，哪怕是我儿子也不例外。你面前只有两条路，成为强大的英雄，把这些不如意碾压、粉碎、抛在身后，让那些弱者的尸体变成你的养料，或者去当个懦夫，那还不如趁早死在这儿，省得浪费粮食！"

"够了！我听够了！你这套理论我听得够够的了！可一点儿用都没有！一点儿都没有！！说到底，你根本就不爱我！你口口声声为我好，其实呢？你只在乎你的期待、你的幻想，只在乎你想象出来的那个儿子！"

"你以为其他那些当爹的，对儿子除掉期待和幻想还能剩点儿啥？！"王耀宗用下巴不屑地指着儿子，一字一顿地嘲讽道，"清醒点儿吧！没有期待和幻想，谁愿意养孩子！"

"你！你……我……"

"你要说你妈？告诉你，她对你的期待幻想只比我多！别跟她学那些有的没的，一天到晚'你没看到我'，越学越娘炮！还有，少一天到晚可怜兮兮地玩儿些小叛逆'证明自我'，那都是些失败者抱团取暖的笑话！你身体是我们生的，语言是老祖宗传的，知识是学来的，你活的这个世界是前人打造的，你那些自以为挺新鲜的想法，啥啥都看不上的做派，样样儿都有一百万人想过做过！就你逃过学？就你打过架？就你和父母对着干？！再往下呢？是奇装异服染头发？摇滚？游行？嗑药？胡搞？拉帮结派？还是什么博眼球的玩意儿？无论哪个，都是无数人玩儿剩下的套路！你要真做出件惊天动地没人做到的大事儿，那是条汉子！可你呢？你做不到！别说做大事儿了，你连给自己开条小路的能耐都没有！你那些幼稚的小叛逆，只不过是捡了群混不进主流社会的弱者去模仿罢了！一群只会抗议、抱怨、挑刺，真换他们上屁都干不好的愤青！垃圾！仅此而已！你别不服气！有种你告诉我，你那个廉价的什么'自我'里，都有些什么独特的玩意儿！"

"我的感受！！"王成龙抖落泪水，大声喊道，"那些属于，并且，只属于我的，感受！！那些你从没在意过的，我的，感受！！！"

他仇视着王耀宗，倔强地紧咬牙关，抖着手将玻璃片又狠狠绞进几分。

怒火虽盖过了伤口的痛楚，却无法偿付身心的透支。豆大的汗珠淋淋落下，王成龙脸色惨白，整个人都在打晃，若高楼将倾，独木欲坠。

姜愈知道，再这样下去真要出事了。

"王成龙，你冷静一下！还有你——王先生，不要再刺激孩子了！"

姜愈将一切疏导调整放在一边，换上权威的面孔，全力制止事态进一步恶化。

王耀宗却只甩了句"让他说"便不再理会姜愈，反而直直盯着王成龙又上前一步："有火儿是吧？报复我是吧？威胁我是吧？就想让我听你发火是吧？！感受？独特？好啊！我让你说，让你说个够！我倒要看看，你这个只会逃避的孬种、废物的嘴里，能吐出什么象牙来！"

"王先生！停止侮辱你的儿子！"

"侮辱？我说的哪点不是事实？！一遇到困难不是打游戏就是玩儿自杀，这不是懦弱，不是逃兵，还能是什么？而且我知道，他根本就不敢死，就是在威胁！"

"从来没有！从来没有！！"王成龙狰狞地咆哮道，"我从来没有逃过！逃跑的是你！你该站在我身后的！是你逃了！"

"我逃了？有意思！"王耀宗怒极反笑，"我让你上最好的学校，给你请最贵的家教，现在还要给你一遍遍擦屁股！你告诉我我逃了？！老子刚为了你去给那几个孙子低头砸钱你告诉我我逃了？！"

"王先生，刚才在你出去的那一刻，你的孩子非常需要你，而你确实把他抛在这里了。也许你——"

"——你是我的咨询师！"王成龙怒吼着截断姜愈，"别总替他找理由！不管他经历过什么，他从没问过我需要什么！我想要什么！从没问过我到底有什么困难！"

他死死瞪向王耀宗，眼睛红得像两处伤口。

"我在学校被欺负过无数次、被一群人围殴抢劫你知道吗？我被杨远虑那个王八蛋扒光衣服电击你知道吗？你和我妈天天不是吵架就是冷战我有多难受你知道吗？我有想做的事情但我怎么也做不到，我特别希望有人拉我一把带着我走一段你知道吗？！你不知道！你通通不知道！你就会说你那些光荣事迹，我呸！你就是在满足你自己！根本不是在帮我！"

王成龙的声带早已撕裂，嗓音若枯木摩擦，整个人都在瑟瑟发抖。

王耀宗双臂在胸前一抱，睥睨着儿子，轻蔑地讥笑道："说完了？这就是你眼中的一切？这就是你所有的委屈？"

"你还是那么傲慢！从来就没想过——"

"——安教授,还记得吗?"

"当然!我很崇拜他!他做的才是真正有意义的事儿!你要有他十分之——"

"——他在瑞士那边参与组织了一个连续培训项目,选拔……"王耀宗掏出手机看了一眼,"地球与海洋科学,对,就这专业,选拔对这块儿感兴趣、有天赋又肯下功夫的高中生集训,表现突出的话,以后申请那个什么苏氏理工,就报这专业,会是很大的加分项。"

"苏……苏黎世联邦理工?!"王成龙震惊之余,一时有些不可置信,"你之前就知道那儿的海洋科学特别牛?还是凑巧撞上的?……"

王耀宗没理会儿子,自顾自说道:"我和安教授说你一直对这个方向很感兴趣,业余也还算努力,安教授说门槛太高,而且很苦,还要出海考察啥的,劝我别让你去。我跟他说男孩子就得摔打锻炼,你也有这个心劲儿。最后他给你写了推荐信,至于能不能拿到机会,得看成绩,你还有不到三个月时间准备。"

"什、什么时候的事?"

"昨天——但现在,我怀疑我看错了!你任性,无知,懒惰!如果只有这些,也还有救,但你还懦弱!逃避!贪婪!总嫌别人给你的不够,永远跟那儿要那口奶喝,少半口就哭,就闹,就记恨一辈子,从没自己扛过事儿,没像个爷们儿一样去战斗!看你这个熊样子,我真该听安教授的,别费这个劲!你根本就是烂泥扶不上墙,只配被你妈喂一辈子奶!"

"你……你!我……"王成龙一时语塞,拿着玻璃的右手,却慢慢放下了。

急促的拍门声,中断了场上的对峙。

三人皆无心去应。

哐当一声,未锁的屋门被猛地推开,Vivian庞径直闯入,方一进屋,便被儿子满手的血几乎吓晕。

"龙龙!龙龙!你可不要想不开啊!"她张开双臂,踉跄着扑向儿子。

"别过来!!!"王成龙本能地竭力一吼,将玻璃尖指向手腕,随后又和王耀宗异口同声骂了句"添乱!"

姜愈张了张同样的口型,克制着没发出声来。

Vivian庞被儿子一呵斥,立马停下脚步,蹙眉捧住心口,泫然欲泣:"好好好,妈不过去,妈不过去。龙龙啊,你记着,不管发生了什么,你没做错任何事,不是你不够好，只是你爸爸在无条件地恨你罢了！无论发生了什么，都不怪你！"

"你怎么知道?！"王成龙一脸腻味，好像干了一大碗熬得起泡儿的肥猪油，"这么多年了，你就没点儿长进吗？怎么和他一样，还是陷在自己那一套里出不来？！他就是变强变强碾压碾压，你呢?！你会说那么多好听的词儿，可真做起来，你比他还自私！还虚伪！他至少不双标！至少希望我强大！想让我当个厉害的成年人！你呢？你就希望我永远窝你怀里吃奶！让你满足那个当育儿专家的幻想！证明你有最正确最棒的育儿法！然后拿这些去弥补你婚姻的不幸、童年的不幸！去证明你比你妈强！比你老公强！你是唯一正确的别人都是傻×！你是好人别人都是恶棍！你是圣母别人都是迫害狂！——这些破烂儿你自我陶醉你去嗨啊！别扯着我行不行？！我不要！我才不要！！"

Vivian 庞将打转的眼泪连同满腹委屈一同拭去，若忍辱负重、最是无辜的女主角般，坚强地直面着儿子的指责。她情绪饱满，表情丰富，说得极是真挚动情：

"龙龙啊，妈知道你大了，有想法了，妈很为你高兴，而且你可以和妈说这些，恰恰证明你在妈妈这里是安全的，感受是可以流淌出来的，这点妈妈很欣慰。

"龙龙，你说妈妈不希望你长大，妈能看到，你是在投射爸爸投射给你的恐惧，不信你问小姜老师，他也是这么认为的。这也不是你的错，是你爸爸总在累积对你的创伤，不断杀死你的意志、阉割你的攻击性，让你生活在没有回应的绝境里，所以才会害怕，会恐惧长大。现在，你把这种恐惧投射给我，认为是妈不希望你长大——其实妈能理解你，这是你在呼唤链接，渴望被看到。

"龙龙你放心吧，可能在你小时候妈还被那些心底的坑洞折磨，但妈现在已经有了足够的觉察，内在的能量很充沛，妈是不会捆着你的，妈真心希望你能自由地舒展生长，成为——"

"——行了行了，不打断你你还没完没了了！"王成龙的厌烦溢于言表，"是，他是总**说**我不行，可我就是不行啊！我就是不适应学校，就是成绩不好，你再说应试教育抹杀天性公立学校不懂尊重，有用吗？没有啊！我还是不行啊！"

"龙龙，你爸那套'行不行'都只是些自恋的幻觉，妈妈早年也体会过那种被头脑世界支配的绝望，被那些迫害者灌输了一大堆的'行与不行'，时刻活在不如别人就得死的恐惧里，没法安驻当下，但现在妈妈——"

"——我不想听你说你怎么样了！你境界高，看得透，瞧不上那些俗不拉几的认可、成就，我爸拿得再多你都贬得一文不值，还得拉着我一块瞧不上他——**可我**

想要那些啊！你总说你看得到我，那你知道我想变厉害吗？知道我也想努力想去争吗？知道我、我……我做不到吗？"王成龙竭力保持着那分倔强的骄傲，但眼泪却再次不争气地涌了出来，"我看课本半小时看不进一行，我熬夜打游戏想停停不下来，我不想这么荒废了可一刷手机一天又没了……这些时候太多了，我真的想有人能帮帮我啊！可没有，一直没有！你们都只是在自我陶醉，都——"

"——哪儿这么多废话！"王耀宗再也忍不下去了，"你真想努力，就做出结果来，办法总比困难多，做不出就是意志不够！说到底，你就是过太好了，退路太多，不知道什么叫真正的难，所以才只知道怪别人，一天到晚空谈那些小情绪小困难小委屈，告诉你，那都是借口！"

"别听他那套纳粹逻辑！"Vivian 庞鄙夷地瞥了王耀宗一眼，继续爱心满满地循循善诱道，"龙龙啊，你陷到他给你设定的剧情里了！那都不是真相！你想做但做不到的那些，恰恰因为他需要吸食你的弱小去满足他的自恋。而你有你自由的灵魂，只要你——"

"——闭嘴！你够了！这话我听了十年了，真够够的了……"

泪水似乎混杂着骨髓，让王成龙越哭越是感到一阵彻骨的空虚与无力。

可忽然之间，他好像想通了什么，抑或放弃了什么，嘴角露出一丝狞笑，玻璃尖直接指向自己的颈动脉。

"王先生、庞女士！"姜愈心说要糟，喊声暂时打断了夫妇二人仍在继续的争锋，也多少干扰了王成龙的注意力，让他手上玻璃一滞，没再更进一步。

姜愈暗暗叫苦：眼下只有将三人同时安抚好，才可能化解这场危局。

——太难了！

时间有限，姜愈清了清嗓子，硬着头皮赶鸭子上架：

"二位，事实上，你们的儿子没有你们想象得那么弱小。在很长时间里，他一直承受着很多你们不知道的压力，包括你们的关系，你们和他的关系，他在学校遇到的事情，他自己的人生议题，等等。你们看到的，是他有哪些扛不住的地方，但那些他悄悄扛过去的东西，那些他想扛起来的东西，你们从来都不知道。

"在这个过程中，他在经历痛苦的同时，也有相当了不起的思考，相当了不起的付出、努力，以及相当了不起的成长——而这些，你们也不知道。"

王成龙止不住地眼泪横流，玻璃尖离脖子远了少许。

第十八章

王耀宗和 Vivian 庞皆颇为茫然,一时竟未接话。

趁没人注意,姜愈又悄悄向王成龙挪了几寸,还大大方方地开启了话痨模式:

"过去的十多年,这个家里发生了很多事,家长也被分走了太多的时间精力,所以孩子身上发生了什么,家长很多都不知道,都忽略了,可以的话,我希望我们可以好好交流一下。

"王成龙,我知道你对爸爸妈妈仍然有很多没说出来的期待,也有很多不满。你刚才说了很多,但没说出来的更多。那,我们一起坐下谈谈,好吗?"

王成龙的双眸中旋起了淡淡的涟漪,缓缓将对抗的敌意卷向湖底。

Vivian 庞专业的关爱来得格外及时:"龙龙啊,妈不完美,这点妈是悦纳的,做个足够好的妈妈挺好。妈也知道你为难,你爸那业障,以后是要下畜生道地狱道的,你不想看他投生不好,所以一直在割肉放血,供他消业……苦了你了孩子!妈希望你能早些开悟:六道由心,他有他的命运功课,你救不了他,而且——"

"——这是你和你爹的破事儿!别往我身上安!"王成龙再也按捺不住。

Vivian 庞像被抽了一记耳光,足足怔了好几秒,脸色一阵灰绿一阵暗红,随即便忽然想起了什么,转头仇恨地瞪向姜愈,眼球都快被当成子弹射出来了:"你到底对**我**儿子说了什么?!他以前从不这样的!亏我还那么信任你!你却在背后挑拨离间!就为了钱是吧?!好你等着!我让你吃不了兜着走!骗子!凶手!"

"妈姜老师他没有——"

"——闭嘴!!"Vivian 庞突然冲儿子爆发了,"妈才是最爱你的!"

"对不起龙龙,"扶额懊恼了半分钟后,炸碎一地的 Vivian 庞勉强将自己拼起,又化作潮湿的春风,"刚才是妈妈的'小我'被唤起了,现在已经没事了。这不守伦理的凶手妈不会放过的,妈会投诉他,会让他出名,会——"

"——我再说一遍他没有——"

"——妈也知道,之前你爸为了能一直寄生在你身上精神吸血,注射了太多剧毒给你,腐蚀了你的自我太久,这才让你不敢把内心真实的想法说出来!"

"妈你到底能不能听我——"

"——也是妈不好,没早点认清真相,没早点有力量反抗。妈到现在都特别后悔,当年被你爸蛮横残忍地打断了我们的链接,没能好好喂养你,结果让你人生的底色充满了无助和绝望,到现在都还卡在那个恐惧的束缚里……"

"你差不多行了！"王耀宗实在忍无可忍了，"还蛮横！还链接！四岁断奶还打断链接？！神经病！"

"你懂个屁！好的抚养要相信爱的本能，其他都是在满足自恋控制孩子！都是驯狗！"短暂的歇斯底里后，Vivian庞再次悲悯地望向儿子，"龙龙啊，妈知道，小时候烙下的伤要靠一辈子愈合，妈会慢慢陪着你长大，拔掉他打在你骨头里那些钉子！至于我和他王耀宗之间怎么样，你不用操心，妈是有边界有觉察的人，会为自己负责，不会像他那样不停利用你来逃避面对自己的问题……"

Vivian庞后面说了什么，王成龙已听不清了。他只看到母亲十分陶醉，那款款怜惜的目光，穿过自己的躯体，不知投向何处。待她肺腑之言尽抒过后，他已是一阵恍惚，不知该哭该笑，只觉彻骨的疲惫，眉宇间还悄然爬上了几分沧桑。

"妈，其实你骗了自己十几年，可能都不觉得了……

"是，我爸当年做得不好，你劝自己，说你为自己负责就好，可你做的是什么？是放弃一切努力，一切维护好你们关系的努力！你，还有你教那群粉丝的，都是一个套路：有冲突了，要不就是破坏再破坏，美其名曰释放攻击性；要不就是躲起来傲娇，说不要这段关系我照样过得好，照样充沛丰盈有链接有滋养有能量！

"其实呢？其实你需要我爸。但你又吝啬、贫瘠、匮乏、计较，永远不肯先迈几步，先付出一点，先给个拥抱……

"他是穷怕了，拼命让别人知道他有钱。你呢？你一点儿不比他强！你是拼命装幸福！装不缺爱！装一个人过得好，还满满都是优越感！这些别人不知道，我还不知道吗……"

"龙龙你被王耀宗利用了！他一直想完全地支配你、同化你、吞噬你，让你成为他仇恨我的炮灰，所以才会……"Vivian庞喟然一叹，将满腔委屈化作大度凛然，"算了，不说了，都是因果。妈不会怪你误会妈妈的，妈其实一直——"

"——你还是去哄哄你的粉丝吧，我幼儿园早毕业了！"王成龙意兴阑珊地挥了挥手，懒得再作争辩，轻蔑的眼神与王耀宗如出一辙，"咱互相都听不进去，算了吧。你自以为了解我，其实根本不懂我，不知道我是个什么东西……"

"龙龙！这是他——"

"——我啊，没你描绘的那么无辜，也不是你的宠物，更不是你用来盛放寄托的道具。你刚才说喂养？切！你想喂我也好，喂你的粉丝读者听众也罢，其实说到底都是在喂你自己！至于我，不！需！要！"王成龙嘴角微扬，恶狠狠地将心底发酵多年的秽物倒了出来,"是,我爸有他的问题,他总盼着我一生下来就无比强大,可你呢?你爱的是个过多少年都长不大的孩子!"

"龙龙你很敏锐!你爸他就是问题很大,他还不承认!总觉得问题都在别人身上,实际全是他把自己的恶意投射出去了!"

"是是是,你有理,你都对,你永远自洽,行了吧?"王成龙白眼一翻,"我就纳了闷了,你都跟你那套自欺欺人的理论里泡多少年了?咋还没泡够啊!你就不怕哪天溺死在里头?还是你就想早点儿下去见你爹你爷爷,冲他们骂个够?"

"不许和你妈这么说话!"王耀宗脸色不善,厉声呵斥。

未等王成龙反应,Vivian 庞先扭头和王耀宗吵了起来:"你还在限制孩子!还在禁止他生命的流动!他是在表达——"

"——你就这么希望我敌视他吗?!"王成龙气息杂乱,语气汹汹,像飘满枯草垃圾的洪水,"你要恨他你去恨啊!早点离啊!总拉着我干吗?!每次我和他稍微缓和点,你都见缝插针地跟我说他对我有多恶毒!我小时候好糊弄,现在我越看越明白了——是,我是恨他,可只有三分是孩子对爸爸的恨,有七分是老婆对丈夫的恨!那是你硬塞给我的啊!要我看,你才是那个挑——"

"——不是的!"Vivian 庞神色凄苦,无限哀怨,"妈不是那种精神病态的母亲,会绑架孩子、献祭孩子来处理夫妻关系,这点妈有觉知,做得到知行合一——"

"——知行合一?!"王成龙仿佛听了个天大的笑话,"您跟这儿就别装了!不是我说,您靠卖育儿焦虑赚了那么多钱,圈了那么多粉,竖了那么好的人设,可唯独啊,就是多了我这么个儿子!如果没我,您就可以一直扮演那个永远正确的专家了!把我生出来,您还真是失策呢!"

Vivian 庞眼中含泪,椎心泣血道:"龙龙啊,妈知道,孩子的症状都是家庭问题的表达,你爸他不允许你有自己的想法自己的情感,不允许你活得像个人样,你在他那得被迫去表演一个听话的孩子,所以才会把那个表演者的形象再投射到妈妈身上来……妈很伤心,但妈不怪你,龙龙,这不怪你……"

她抹了抹眼角,瞪了一眼姜愈,又转向王耀宗,怒目骂道:"别以为你在背后说我坏话我不知道!这些都是你教他的吧?你自己已经僵硬到无可救药,身上的死能量都让我得妇科病了,就别再毁龙龙了好不好!龙龙他不是你的傀儡!你想下地狱就自己去,别扯着儿子一起——"

"——别说那些虚的,他得先有本事自己在这个社会上活下去,才谈得上别的！"王耀宗见怪不怪，懒得再多废话。

"所有担忧都是诅咒！现在是你要把孩子逼死了！社会不会逼死他，就算他一辈子一分钱不挣，靠社会福利他也饿不死，靠我的积蓄他还能活得很好！是你在把你几十年前的匮乏感投射给他，用你的恐惧拼命绞杀他，让他越来越没生命力！他现在自杀就是要摆脱你的控制！"Vivian庞冲王耀宗吼完，又转脸将温暖和煦的目光投给王成龙，"龙龙，我知道他常年给你强灌了太多对妈妈的仇恨，妈能理解，也不怪你。妈知道真正自由舒展的生命体验是什么样的，他从你骨髓里榨取吸食的，妈妈愿意用爱重新滋养填补。来，先把玻璃给妈妈……"

Vivian庞话音未落，便径直走向王成龙。王成龙见状，声嘶力竭地尖叫了声"别过来！"连退两步，脚后跟猛地抵上了坚硬的墙壁。见已退无可退，他倔强地将玻璃用力向脖子上一压，直直瞪着对面的三人，手还在轻轻发抖。Vivian庞吓得花容失色，赶忙停了脚步，仇恨地瞪了姜愈一眼，唇间像要吐出信子似的。纠结了两秒后，她重新转向王耀宗，嗓音飙得像初学者的小提琴："都是你！罪魁祸首！你个狗东西！王八蛋！都是你把他害成这样的！龙龙要真有个三长两短我跟你拼命！"

"你够了！"王耀宗饶是早已习惯，仍被气成了只鼓起的蛤蟆，"就是你惯的孩子！以前他哭你满足他，他就学会拿哭威胁；再后来打滚了你满足，就学会打滚来威胁；现在好了，长出息了，会自杀威胁了！"

王成龙静静看着父母争执，只觉像是隔着毛玻璃在看一场电影。

过往种种，若雨天泥浆中的泡泡，一个个泛起，又一个个破碎。

姜愈时刻关注着他的状态，趁他不注意时便一寸一厘地偷偷向他挪窝——刚才他离能夺玻璃一度只差半步，可Vivian庞这么一闹，距离又被拉远了。

闹剧还在进行。

"我看出来了！龙龙他只要活着你就觉得丢人，所以你就想他死掉！就想杀了他！这样才能保全你王大老板的面子！对不对！"Vivian庞手指几乎要戳中王耀宗的鼻尖，癫狂之下，她转身冲到绿植架旁，将那盆鹤望兰狠狠砸在地上，"王耀宗你不是人，你——"

"——那你告诉我谁不会死？！"王耀宗脸上的肌肉明显一抽，紧攥的拳头上露出了骨骼的青色，"你那些颠三倒四的理论我不管，我就知道，谁都会死！他要么像摊烂肉一样淹死在你写书骗钱的那些小情绪里，要么就像个战士，死也要站在敌人的尸体上把旗子插在山头。"

王耀宗说得激动,挥舞着双手踱来踱去,高谈阔论不止。连王成龙都没注意到,在王耀宗一次次借发怒掩饰的踱步中,父子间的物理距离已近了几分。

姜愈看在眼里,放心了些许。

"尸体是你吧!" Vivian 庞尖利的喊叫声直刮着在场所有人的耳膜,"男孩子只有心理上弑父了才能长大!可你看看你,就是个工作僵尸,浑身上下无限生产着死能量,把龙龙的活力全榨干吸净了!龙龙这些年蔫蔫的没活力,这么容易生病,动不动就受伤,就是你在逼他毁灭自己的证据!"

王成龙目光中的悲伤若儿时画下的理想般渐渐褪色,事不关己的失望则越积越多,几乎要在他的瞳孔上蛀出一个空洞。

反正,此刻好像已经没人在看他了。

他也早就习惯了。

"最后说一遍,你差不多行了!"王耀宗蜡黄的脸色已多染了层铁青,"在家作也就算了,别在这儿丢人现眼!"

"女人作才是有生命力!才是张扬自我!你批判我其实是嫉妒我!"

"自我?你是自我中心!如果双标、自私、疯癫、不负责任就叫自我,那他最好没有自我!"王耀宗似已忍无可忍,索性不再克制,"你以为我不知道你那些破事儿?一群女人凑一块儿骂老公骂老板骂男人骂社会,找点东拼西凑的理论,打着乱七八糟的旗号,又是压迫又是觉醒的,净整些虚词儿,抱团儿反社会,上你那破课的不是离婚了就是辞职了,还一个个自我陶醉地说什么不被束缚了自由了,最后有的当了你的信徒跟着去传教骗钱,剩下的全成了混吃等死的社会不稳定因素!你这样的精神邪教头子早该——"

"——稳定!稳定!你自己都活成一具僵尸了,所以才会见人就咬!我挣脱了,你就咬龙龙,不把他也咬成僵尸你不舒坦!还好意思说我自我陶醉?!王耀宗我告诉你,外边没别人,都是你自己的投射!你这个——"

"——够了!"姜愈见王成龙的状态已是岌岌可危,大声打断道,"王先生、庞女士,你们想吵出去吵,想解决你们的问题去找你们的婚姻治疗师,这里,此刻,请立刻停止互相攻击!"

石沉大海。

"——你以为你不在咬吗?你传播的更是瘟疫!"王耀宗的声音几乎要压过姜愈,"你在外边儿爱骗钱骗钱,爱传销传销,抓起来也跟我没关系,但你不许再把儿子往这邪路上带，再这么下去——"

"——我好歹允许他饱受煎熬的灵魂暂时得以喘息，保证他能活下来！你从没真正看到他！从不真正回应他！没人回应的地方，就是绝境！"

……

王成龙冷眼旁观，望着王耀宗额上凸起的青筋、Vivian 庞零星飞溅的唾沫，心下只觉得荒诞绝伦，连失望都消失了。

渐渐地，从未有过的麻木吞噬了他。

眼泪流到嘴里，尝不出味道；手上伤口撕裂，感觉不到痛感；耳畔嗡嗡直响，似乎能听到那剧烈的争吵，但完全无法带来任何信息，已与白噪声无异；至于眼前的冲突，则像发生在电视里的三流肥皂剧，除了无聊，还是无聊。

——他们，从未变过啊……

——不配！他们根本不配！

——那我，又有什么好留恋的呢？

——够了！这个世界……真是够够的了！

涣散的目光忽然汇聚，闪过一抹下定决心的狠厉光芒。

——不好！

姜愈第一时间反应了过来，疾冲前跃，手掌直切向王成龙的腕部。

王成龙此刻也刚好扬起手来，咬着后槽牙狠狠划了下去。

姜愈还是差了半步，他的掌尖擦过王成龙的手腕，只将他带得稍滞了些毫。

玻璃的尖峰，直割向少年的颈动脉。

鲜血喷溅。

Vivian 庞吓得面若灰土，倚着沙发跌坐在地。

流血的，竟是王耀宗。

刚才电光石火间的变故，姜愈看得极是真切：就在自己出手时，王耀宗同样向王成龙飞扑而去，毫不犹豫地伸长胳膊，直接将手垫在王成龙的脖子上。之后玻璃狠狠地一扎一划，在王耀宗的胳膊上刺出了道又深又长的口子，霎时皮开肉绽，血花甚至溅到了王成龙的脸上。王耀宗趁王成龙发愣，一把夺下玻璃，顺势抛远，转手还给了他一记响亮的耳光。

玻璃碎在地上的声音响起时,王成龙还没从错愕中缓过来。

王耀宗脸上本能的痛楚转瞬即逝,下一秒便恢复了镇定。他垂下胳膊,任鲜血肆意流淌,不再加以理会。

"只救一次,还想死随便,下次记着找个没人的场合,别到最后都这么矫情。窝囊!"王耀宗也不看其他人,转身踱向门口。刚走一米,他又停住脚步,头也不回地补了一句:"还有,弱者没有自由,想要自由,就去变强。"

鲜血从他的指尖滴滴答答地落下,淌了一路,有的血滴还被他甩到前方,再被毫不犹豫地踩在脚下。

"王先生,你的胳膊——"姜愈匆匆翻出纱布,扔给王耀宗一卷。

王耀宗凌空接下,意味深长地看了眼姜愈,扭头继续向大门走去:"年轻人大惊小怪,这种伤我年轻时当饭吃。"

王成龙揉了揉红肿的脸庞,看着王耀宗矮小结实,却又明显较几年前瘦削了许多的背影,五味杂陈,心底一片纷乱。

Vivian 庞则仍呆呆地张着嘴巴,泪眼蒙眬,微微颤抖。

大门打开,王成龙忽然冲动地喊了声"爸"。王耀宗闻声停下脚步,并不转身,只是给王成龙留了一个高傲的侧脸:"说。"

王成龙红着脸,噙着泪,嗫嚅着磕巴半天,却还是什么也没说出来。

"出息!"王耀宗昂首挺胸地走了出去。

斑斑点点的鲜红,在随意缠绕的纱布上缓缓渗出,王耀宗却似浑然不觉,拖着伤臂走向他的宾利。还未打开车门,身后忽然传来一声气喘吁吁的呼唤。

"耀宗。"话甫出口,Vivian 庞才发现,自己上次用这称呼,已是十余年前。

"做什么?"王耀宗不解风情,冷漠地扭头问道。

Vivian 庞快步走到他面前,看着他胳膊上的红与白,一时竟有些恍惚。

刚才王耀宗的临场发挥,不经意间翻开了她心底尘封的相册,这抹白与红,便是相册中掉落的一叶书签。

她还依稀记得,初遇那天的茫茫白雪,也曾被鲜血染红了一片。

而当年自己竟会如此义无反顾地嫁给他,也正因他身上那股蛮横果敢、不顾一切,却又能在关键时刻保持冷静的劲头。

无情，自恋，冷酷，执拗，强势，坚毅，勇敢……充满原始野性的雄性味道！

和爸爸也真的好像！

她想起她的母亲，那书香出身的千金大小姐，因丈夫是个"泥腿子"抱怨了一辈子，可若是没那个"泥腿子"的暴力保护——包括身份的保护——她在那历史的洪流中又会是怎样的境遇？

没有可以倚赖的规则、秩序、组织时，就只能靠自己的手来保护自己了啊！

所以，那个从街头混起简单粗暴只靠实力说事的王耀宗，那个遍体鳞伤仍挡在七岁的她和戴着袖标挥着棍棒的少年间的王耀宗，那个打破规则藐视制度的王耀宗，那个牙尖爪利无所畏惧杀出一条血路的王耀宗，那个用隔离情感体验换取果决稳定的王耀宗……才会吸引当年那个懵懂怯懦、渴望安定，于丛林中不知如何自保、想要有个依靠的女孩啊！

那些让你恨之入骨的，亦是曾经让你爱之深切的极致。

其实，他并没有变呵……

思绪及此，Vivian 庞咽回打转的眼泪，疼惜地伸手想去碰碰王耀宗的伤口。

王耀宗下意识地有些防备，刚想说些什么，Vivian 庞却又脸色一翻，嗔怒地扑上前去，狠狠在王耀宗的胸口捶了一拳，不等他反应过来，又紧紧抱住了他。

王耀宗刚要发作，见妻子竟在哽咽，一怔之后，亦长叹一声。

自己当年心生怜惜，想要毕生守护的，不也正是眼前这个喜怒无常、惴惴不安，却又不管不顾、处处非要遵从本心的少女吗？

他苦笑着摇了摇头，看向妻子的目光竟少有地多了几分温柔。

老夫老妻抱了半晌，Vivian 庞才有点不好意思地放开王耀宗，慌张地抬手去抹眼泪。王耀宗却不紧不慢地挡开她的手，略带轻佻地抚过她的脸颊。

眼泪还没擦净，又被蹭上了血污。王耀宗看着妻子狼狈的样子，忍不住低声发笑。Vivian 庞胡乱抹了把脸，定睛细看，亦破涕为笑。

两人相视之间，似已穿过数十年岁月，回到了年少时光。

王成龙蹲在原地，呆呆地盯着玻璃片，两人的血渍已干在了一起，边缘还泛着暗色。他抬起头，看看延向远处的血迹，眼中一片茫然。

"他……为什么要救我？"

"你觉得呢？"

"可能害怕儿子自杀传出去丢面子吧。"王成龙戏谑地笑笑。

"这是你的真实想法？"

王成龙沉默许久，放下了玻璃片。

"刚才你比他离我更近，速度也比他快，但如果只有你在，我死定了，对吗？"

"是的。"

"为什么？"

"你觉得为什么？"

"我、我觉得……"

王成龙忽然发出了一声小狼般的悲鸣。他将脸埋入掌中，止不住地号啕起来。打他五岁目睹父母决裂时起，便不曾有过如此难以自制的大哭了。

姜愈走上前去，把手搭在他的肩上，轻轻拍了拍。

傍晚，姜愈疲惫地走出办公楼，忽听身后有人喊他，他回头看去，见王耀宗正站在树下，似在等他。

"王先生？你伤怎么样了？在这里是——？"

王耀宗抬手打断了姜愈的疑问，他将淡淡的愁容连同几份刚在批改的文件一同装回公文包，掏出两张对折的 A4 纸递给姜愈。

借着路灯的微光，姜愈看过之后，表情凝重起来。

王耀宗却颇有些自豪："一年前大夫说还有一年，这个月又说还有一年——你看，我说我不信邪，果然吧！那小子就欠这种人定胜天的魄力……"

王耀宗掏出根烟，没有点燃，夹着烟沉默了好久。

"你是龙龙少数信任的人，我估计他回国了还会找你，到时候如果……"

他又一次停顿了。姜愈刚想说些宽慰的话，却见王耀宗正了正衣领，扔掉香烟，一反常态地恳求道："我这次单独找你，是想请你……以后可以好好帮帮他。"他轻哼一声，又恢复了高傲霸道的语气："我可没法一直护着他。"

"我会的。"姜愈郑重点了点头。

王耀宗看看姜愈，难得地抿嘴笑了笑，也缓缓点了点头，极慢地说了句"谢谢"。他主动伸出右手，待姜愈与他相握，又改用了双手。

姜愈隐约感到，那重重一握之下，有许多丰富的情感传了过来。

王耀宗并不多说什么，转身走向了不远处的座驾。

姜愈望着他有些孤单的背影，欲言又止。

"对了，那两张纸撕掉，别和他们说。"王耀宗停在车前。

"王先生，我觉得也许您可以和王成龙谈一谈，这个隐瞒可能会——"

"——我不需要他感谢我。"不等姜愈回答，王耀宗便头也不回地上了车。

第十九章

白首秋风空遗恨

白蜜色的阳光，将彩绘玻璃活化成鲜艳而透亮的油彩。唱诗班虔诚的吟唱，又在那油彩下笼了一层晕开的水粉。教堂的穹顶之下，氤氲着信仰凝成的圣灵之气。时间在那天光与颂礼声中似乎停止了冲刷，恍若百余年来的硝烟雪雨都不过是阵阵微风，偶尔拂过外壁的花岗岩，吹得石室中的火焰直晃。可春去秋来，时过境迁，那火焰却是愈发明亮。

　　笃定而迷惘的人群，正一齐做着礼拜，向耶稣圣像忏悔祷告。

　　那圣像雕得颇为精巧，被钉在十字架上的掌心像还不停渗着乳白色的石膏，反而是那双眼睛，虽也称得上栩栩如生，但表面过于光洁，过于干净，不知是否映得下世间的悲苦烦忧。

　　顺着耶稣的目光望去，是个七八岁的男孩，少年老成，神色横秋，散场后独自走来，停在不远处。他的眼睛乌若黑镜，静静地看着圣像，若有千言。

　　一个年纪稍小的女孩，怯生生地追到了他身后。

　　"寥若你说，等晚上人都走了，这么大的地方，空荡荡的，月亮再白惨惨地一照，那时候，他，什么心情？"

　　"会冷。"岳寥若眨了眨苍色的双眸。

　　那男孩不再作声，只继续凝望着圣像，眉头轻蹙，似在体谅着某种苦楚。

　　不远处的一位白衣牧师似听到了男孩的问题，微笑着走到男孩身边，弯腰递给他一条银色的十字架吊坠项链，又和蔼地画了个十字："主和你同在，小朋友。"

　　男孩看看那吊坠，又下意识看了看岳寥若。

　　"送我的？"

　　"是的孩子，你叫什么名字？"

　　"谢谢，我叫姜愈。"姜愈微微抿唇，并无笑意。

　　"姜愈，好名字，你们在看什么？"

　　姜愈打量了那牧师几秒，迟疑着问道："叔叔您说，来这里的人不是诉苦就是求福，再就是念叨自己干的那点儿坏事。一天两天，一年两年，十年二十年，一百年两百年,换汤不换药地重复,一群群人都差不多,来来回回就那么点儿陈芝麻烂谷子,他——"他朝耶稣像努努下巴,"烦不烦?"

那牧师刚要答话,岳寥若却先轻声抢白道:"当然烦,烦了才跑,跑了被抓,才被钉那儿。"

那牧师听她这般说,莞尔之余,也略有尴尬。正巧有义工招呼,他便虔诚地祝福了一番,转身离去。姜愈目送他走远,转身将那精致的十字架吊坠往岳寥若脖子上一套,抱着胳膊退了两步,摩挲着下巴,只是端详,一言不发。

"为什么?!"岳寥若有些不满,作势欲摘,"明明是给——"

"——好看。"姜愈挑挑眉,打断了她的抗议,没等她再做反应,便插着兜转身走了。

岳寥若看着姜愈的背影,轻轻嘟囔了两个字。

"咔嚓"一声,不远处岳无峰端着他的宝贝柯达相机,将这一幕拍了下来。

姜愈摩挲着泛黄的相纸,像在读一封失联多年的老友来信。

这照片摄于广州石室圣心大教堂。那是座有百余年历史的哥特式建筑,全花岗岩主体,在当年的一片破旧砖房间显得格外宏伟壮观。若是对建筑美学感兴趣,那穹顶高耸、双塔巍峨间的庄严精致有无数值得鉴赏玩味之处。可惜白驹过隙,岁月匆匆,姜愈如今能够记起的,除了照片上的浮光掠影,只剩些隐约的震撼之感,更多细节则已若风吹流沙,消散而逝了。

毕竟,二十多年了啊……

那年,妈妈和岳老师一起去开学术会议,顺道带上了他和岳寥若。那是他第一次出远门,也许也是最后一次看到妈妈的笑意了……

可惜当时她心疼24元一盒的柯达胶卷,只肯让岳老师给他们两个小家伙拍,最后一张她的照片都没留下。

姜愈懊恼地叹了口气,又细细端详起那张褪色的老照片,上面那孩子的样貌极是陌生,除了"知道"那是自己外,已和现在的他没任何联系。

彼时教堂外穿过的风、树木清新的香气,都还清晰如昨。岳寥若也依稀记忆中定格的样子,淡淡的,怯怯的。甚至当时的岳老师,也仍能忆起——比现在健朗许多,又比实际年岁沧桑不少……

可那时的妈妈,和那陌生的自己,都跑哪去了呢?怎么完全想不起来……

姜愈塞了块巧克力进嘴，将桌上拆开的套娃重新套好，将照片靠回套娃身前。

那套套娃，好像还是妈妈买给岳寥若，后来岳寥若又送回的呢。

当时也没想到，自己成年后的工作，竟也是拆套娃。

姜愈疲惫地揉了揉脸，敛敛不停发散的思绪，起身伸了个懒腰。

"莎乐美？出来不？我要关灯了。"

莎乐美倦倦地看了眼姜愈，依旧窝在书房门后，懒洋洋地"喵呜"了一声。

"那你在这儿待着吧，我睡啦，晚安。"姜愈打着哈欠关灯出门，路过盥洗台时，他忽然被自己不知何时多出的几十根白头发牵住了目光。

仔细看了又看、分了又分后，他伸出两指，小心捏住，使劲儿一拽。

几根黑发，被薅了下来。

第二天的阳光，格外耀眼。

咨询室内的绿植被烘烤得有些发蔫，几乎要冒出烧烤的焦香，窗台上映着热浪的隐隐倒影，给屋内本已僵滞凝涩的氛围又加了层窒闷，让人喘气都有些困难。

开场之后，已经历了10分钟的沉默。

姜愈趁这段张力十足的表达期间，仔细打量了一下景晓慧：她今天穿了件大方得体的连衣裙，没化妆，头发却仔细梳洗过，扎了个利索清爽的马尾，除却被心事压弯的脖子，整个人显得立整了不少。

她的额头凝了层细密的薄汗，大腿死压着双手，在裙侧挤出不少褶子，若她皱紧的眉头。打落座起，她便不停地晃来晃去，像个闹了别扭的不倒翁。

"我不知道该说点儿啥。"厚厚的沉默，终于被她戳了个窟窿。

姜愈没有接话。

景晓慧语气中又添了些讨好："您、您和别的来访者最长沉默过多长时间？"

姜愈依然没有出声。只是直视着景晓慧的眼睛，耐心等待。

"我觉着这样不吱声儿其实还挺好的……"景晓慧僵硬的笑容渐渐散去了，"这里好安静啊，我生活里好像从没这么安静过，有种……有种留白的感觉。"

"当这里留白的时候，你感受怎么样？"

再次轮到景晓慧沉默了，只是这沉默不是静止的，而是流动着，好像夹着海盐的风，将景晓慧这实体的存在感蚀刻得越来越薄，渐渐化作了一片蜃气。

"是个葬礼。"

"葬礼。"姜愈十分平静。

景晓慧哑着嗓子，喉咙里好像掺了煤渣："前几次我跟您说，这次抑郁爆发前，我刚参加了一次同学聚会。"

"我记得。所以……那是个葬礼？"

"您、您不意外？"景晓慧微微瞪大眼睛。

"你希望我意外吗？"

"不，并不……"她支吾了一会儿，从腿下抽出双手，低头绞起了手指，"可能您见多了吧，但对我来说还挺突然的。高中同学，过劳，猝死……"

景晓慧默默抚了抚自己的臂膀，又不经意甩了甩手，好像身上淋满了稠稠的黑色糨糊，随手就能撸下一层。

"其实我跟他一点儿都不熟，整个儿高中阶段都没咋说过话，所以那时候我就觉着是个特普通的葬礼，对我也没啥影响。"

"是个怎样的同学？"

"挺不起眼儿一男生，"景晓慧看向了右方的虚空，"学习挺刻苦的，成绩还行，平时也不爱吱声，同学关系不好不坏，搁老师眼里也是一特普通的同学。"

"**也**是一特普通的同学。"

"是啊，**也**很普通……"景晓慧自嘲地笑笑，"不过他高考超常发挥，考去交大念计算机了。大二的时候我们见过一面，他没啥变化，就是眼镜儿厚了，挺疲惫的，再后来他来北京当码农，我们北京的同学就又聚了一次，再以外就没啥交集了。聚会的时候也感觉挺远的，和这人没太深的联系，对。然后，他……"

景晓慧突然哽住了。她捂住嘴，闷着气，努力让自己平复下来。却是徒劳。"抱歉！"她撑着沙发吃力地站起，歉意地躬了躬身，向饮水台小跑而去。

景晓慧盯着满杯清水，发呆了许久。待她回过神来，又仔细打量了一遍杯子内外，将水倒掉，抹着杯子反复冲洗了数次，这才重新倒满水，僵僵捧回了座位。

姜愈看在眼里，暗暗标记：她想洗掉的，显然不只是细菌灰尘。

景晓慧黯然落座，抿了口水，稍稍平静。她将水杯牢牢捧在胸前，眼皮都疲惫地垂了下来："我好了，刚才说到哪儿来着？"

"你同学和你挺远的，没什么太多联系。"

"哦对，后来我才知道，他身体一直挺好的，再忙都坚持锻炼，老多同学都三高了，他都没有。后来他跳槽去了家很火的团购网站，他们企业文化一直是给两倍钱干三倍活儿那种，结果没几年就耗成这样儿了……

"听我同学说，半年前他开始负责一个大项目，连熬了几个月的夜，上线头两天又跟公司熬了两个通宵，等上线了还不放心，又再多盯了一天，确定没事儿了，这才凌晨回了家。第二天早上，他老婆发现他坐在马桶上，低着头，人已经凉了。因为是搁家里死的，公司就说不算工伤，不负责任，气得他太太啊……

"说起她太太，也老不容易了。本来是职场精英，生了对儿双胞胎，特别疼孩子，不愿意保姆老人带，就辞了工作全职，孩子才一岁多……据说那俩孩子平时晚上都得醒好几次，也不知道为啥，就那晚睡了一整宿，他太太好不容易睡了个整觉，早上起来老公就没了……"

景晓慧微微摇晃着水杯，视线跟着水波轻轻荡漾了起来。

"刚听说的时候我其实没啥感觉，就觉着天啊，咋能这样？好端端个人咋就没了？总感觉特别远，有种不真实感。现在过去这么久了，我总觉得他还是那个老样子，远方的老同学，只不过更不爱说话了，没啥联系了，仅此而已，对……"

"在你比较熟络的同龄人中，他是第一个走的吗？"

景晓慧默默点了点头。

"那，**现在**你怎么理解？两个月前的葬礼在你生命里起了什么作用？"

"姜老师您也觉得我是沾了啥不干净的东西吗？"景晓慧双眉紧皱，"我爸妈都说我从那丧事儿上回来一下子就恶化了，肯定是因为……"

"你呢？**你**怎么理解。"

"我不知道，完全不知道……"景晓慧面色茫然，眼神空洞。

姜愈只觉反移情中一阵无力：景晓慧毕竟来了六十多回，本应有能力串起前因后果，此刻的全然无知，大约也是因为对这话题阻抗太过了吧……

"我们捋一下时间线：你虽然长期抑郁，但之前已经相对平稳，可在不到一个月内，连续发生了三件事儿：第一个同龄人的葬礼，你的30岁生日，你情绪剧烈起伏到了尝试自杀的程度。有没有一种可能是，它们之间有某种联系？"

"我不知道，还是您说吧……"景晓慧放下水杯，神色严肃。

姜愈一时纠结：好的答案，最好由对方自己说出；直接摊开，最容易被否认，也最不打动人心。他沉默了一会儿，只觉场上气氛愈发凝重，仿佛咨询室的屋顶都在下降，两人间不知何时耸起了一条长堤，阵阵海潮拍打着景晓慧的双腿，越涨越高，还有星星点点的白沫飞溅过来，砸在他的脚面上。

"要不然您……给、给个提示？"景晓慧向后挪了挪身子，问得小心翼翼。

纠结了一秒后，姜愈在堤坝上炸开了一道缺口："提示。"

海浪乘风，倾泻而出，景晓慧压力稍减，松了口气："对，能给个提示吗？"

"提示。"

"对，您能……给个提示吗？"

"我给了，我的提示就是：提示。"

"我……我还是不明白。"

"第一个身边同龄人的离世，整数的年龄，家族中最后一位长辈的离世，还有一些其他的日子、事件，等等，都会提示我们，去关注一个非常重要，但平常我们又不太会注意到的事实——"

他故意停下，意味深长地看向景晓慧，等待她自己找到那个最终答案。

景晓慧下意识地别过脸去，双眼却恰好被烈阳刺了个正着。

世上有两样东西，最难直视。

"您怎么看？死亡。"

"好问题，你怎么看？"

"人之常情吧，生老病死，每个人都免不了的生物过程……"

"那，谈到死亡，会给你什么**感受**呢？"

"就是消失了，没了，人类那么渺小，一个生命消失，就像一颗石子儿沉进一个巨大的黑色水潭，立马就消失得没影儿了……"

"水里有什么？"

"有些……唉您那么一问我忽然有点儿瘆得慌。"景晓慧将沙发垫子抠出了声，"那是个好黑好黑的水潭，老大了！瞅一眼就好像会冒出个怪物给我拖下去！我真不敢看，想都不敢想！对，要么……我们聊点儿别的？"

"好啊，以你的意愿为准，什么时候你想看看那水潭了，跟我说。"

若是从前，姜愈许会拉着景晓慧向下再探。可有了上次在岳无峰那儿的体验，他亲历了那片至深至黯，知道触及不易，心中便多了分体谅，添了些敬畏，也更理解了从前岳无峰说起的那句"深刻犀利未必能带来疗愈"。

景晓慧听姜愈这么说，松弛了些许，反而隐约有些跃跃欲试了。

姜愈见状，选了条折中路线："这样吧，不要思考，快速回答我一个问题：在你的想象中，你会活多少岁？"

"不知道，73？我随便说的……"

"好，那也许你可以做个深呼吸，让自己放松一下，想象你穿越到43年后生命尽头的那一刻，也许你可以看一看，在你心中，那是个怎样的场景。"

屋里一时安静，扎眼的阳光洒落，穿过缓缓流下的细沙，铺满鲜翠欲滴的绿植。一片黄色的叶片，在葱葱绿叶间格外突兀扎眼。

景晓慧连做了几次深呼吸，木木地看向那片黄叶，身体纹丝不动，连呼吸都仿佛暂停了，若不是通红的双眼正无意识地快速眨着，真若尊石雕一般。

"病房，白色的病房……"空洞的呢喃，仿佛画外音一样，"房间不大点儿，白色的墙，白色的床单，我穿着白色的衣服躺床上，一切好像都是白色的。"

"白色的，很好，现场有谁？"

"没有，就我自个儿，空荡荡的，只有我自个儿……"

"只有你，空荡荡的。"姜愈的语调轻柔若母亲抚摩婴孩的手。

"对……只有我。我没告诉他们。"景晓慧连嘴唇都几乎没动。

"你要独自面对死亡？"

景晓慧的眼泪静静滑下，声音愈发缥缈，仿若随时会消散的游魂："可能到了最后，我也不想给他们添麻烦吧……"

"听起来有些凄凉。"

泪水涟涟，打湿了衣襟裙摆，景晓慧不但没有抬手去擦，连哽咽的声音都没有发出，仿佛流泪的只是一具空空的躯壳，甚或那根本不是泪水，只是溶洞中钟乳石淌下的水滴罢了。

"他们都有他们的事儿，而且来了也没用啊，何必呢……最后一刻，就自个儿静静待着，静静地走，不就好了……"

"那，当你穿着白色的衣服，躺在白色的房间里，静静地一个人待着，等待着生命的尽头，那一刻，你会，想些什么呢？"姜愈的语气愈发舒缓柔和，还悄悄将语调改为先高后低，若在拍睡婴儿。

"我会……有点儿怕吧……"景晓慧已似梦呓一般，"那个时候，我眼睛应该已经坏了，看不着窗外的风景了；耳朵也不行了，听不到音乐、听不清别人说什么，也再听不到窗外的小鸟叫了；肌肉也萎缩了，可能连抬手拿杯水都做不到；最可怕的是脑子不好用了，开始忘事儿了，糊涂了，想事情想不明白了……然后我就要离开了，搁这个世界上再也不存在了……太可怕了。"

"你的感受逐渐消失，能力逐渐衰退，你要永远离开了，你很害怕，很害怕。"

"是啊，再也没我了……这辈子就这么过了，'我'就这么没了……"

"就这么没了……"姜愈轻轻盖上了一床蚕丝被，"这是怎样的一辈子？"

"时间都去哪儿了啊，就这么没掉了……"景晓慧闭上早已涣散的双眼，喃喃念道，"一切都按部就班的，也算正确，可最后就是像流水线操作出来的一样……过去的不说了，未来也都看得见：兰兰大了，我老了，她开始嫌我唠叨，离我越来越远。至于老公，也许出轨了，我不知道，也许他有贼心没贼胆儿，也许我装看不见……总之我们没离婚，吵吵闹闹的，一辈子就这么过了，好像特别特别忙，但也好像啥都没干，可能，都算不上活过吧……"

景晓慧沉默了一会儿，睁开双眼，长长叹了口气。

"这简直不能叫普通了，应该叫……贫瘠，空洞，可有可无，毫无价值……"

"甘心吗？"

景晓慧端起水杯，浅浅一抿，却不着急咽下，好像她并非口渴，只是口中正含着颗种子，亟须泡发、出芽。

"我说不清……说不甘心吧，好像该干的都干了，更多的也是奢求，但要说不后悔，好像还就是缺了点儿啥特重要的玩意儿，总觉着特别遗憾……"

"特别遗憾。"

"我也说不上来，就像一个气球，越吹越大，越升越高，然后就越来越恐慌，不知什么时候会爆……"景晓慧扭了扭身子，似正悬浮于云层之上，四处茫茫，无论怎么折腾，也只能感到无限延展的空间、混乱流动的气团，其余便是一片虚空，"有的时候，我会梦到自己在沙漠里走，或是在大海上飘，放眼望去，四周全是一样的，也不知道走了多久，走了多远，还有多远才能到绿洲或者陆地，甚至都不知道为啥要走，要去哪儿……每次做这梦，醒来我都特别难受……"

"好像又焦虑，又抑郁。"

"是啊……你们都不让我寻死，但更多时候，我真不知道我到底是不是还活着，好像我活着和死了没啥区别……"

"你体验不到那种鲜活地活着的感觉。"

景晓慧眼前一亮，随即有些神经质地挤了挤脸上的"青春痘"，直疼得嘴角一咧:"挺多人说,我就是太闲了才去想这些有的没的,想太多了才抑郁,忙起来就顾不上了……是这样吗?"

"我相信你一定有过忙碌的时期,那时候你会感觉好点吗?"

"会好一点儿……好吧,其实也不,撑死把问题推迟了些,还越滚越大……"

"所以那只能把你填满,让你**暂时**不用面对。"

景晓慧轻轻啃着手背,深深浅浅的牙印像条崎岖的蜀道:"您说得对……我忙活起来,去'积极'生活的时候,是能稍微好一丢丢,但说到底还是……而且就算累趴下了,我也还是会搁夜里醒来,悄悄躲被窝儿里哭,那种空落落的感觉就更强了:我做这些干啥啊?图啥啊?我为啥要懂事儿?为啥要听话?为啥要上进?为啥要做个好孩子、好学生、好女儿、好妻子、好妈妈……"

淡淡的云絮飘过,毒辣的太阳似脾气最烈的爷爷遇上了最为疼爱的小孙子,那股刺劲儿已下去了大半。

"姜老师,您怕死吗?"景晓慧的左右拇指像藏民的转经筒般绕个不停。

"你怕吗?"

"我一直以为我是盼着死的,只是怕疼,所以才不敢去死。我经常想着哪天有辆车给我撞死就好了,或者飞机失事……现在说起来,我连主动选择去死的勇气都没有,只能焦虑着寻思今天我为啥不去死,再自责我怎么这么不负责任,想抛开兰兰她们一走了事儿,然后再为自责而自责,我怎么连死都做不到……"

"当一个人没有明天、今天也只有痛苦的时候,确实会想从痛苦中逃开。"

"是啊,可等我真的离死稍微近点儿的时候,我忽然发现,我其实怕得要命,那种'天啊!我就要这么消失掉了,没掉了,不存在了',那感觉太瘆人了……"

"是啊,那确实是很让人畏惧的体验。"姜愈想起教科书上令他印象深刻的那句"'预期死亡'源于内源性抑郁的无意义感",看看时间,主动拔了话锋,"同时,当我们谈论死亡的时候,也许我们也在讨论一些对应的话题,比如我这一生将如何度过,我生命的意义如何定义,我为何而活,我的整个生命将是怎样的存在,等等。这些问题很本源,很重要,但也常常被我们忽视。而当我们习惯了'按部就班'的生活后,突然有一天被'提示'说,死亡离我们并不遥远,那些我们回避的问题一直都在,那一刻我们就是会很容易感到焦虑,感到恐慌。"

景晓慧看向窗外,眼角蒙上的泪水,微弱地折射着阳光。

第十九章

"我想起小学语文课上,老师让我们背《钢铁是怎样炼成的》,人的一生要如何度过,不因虚度年华而悔恨,不因碌碌无为而羞愧……那时候背得滚瓜烂熟,虽说似懂非懂,也多少能明白点儿。可后来长大了,经历多了,反而更弄不清了!怎么就不悔恨了?咋就不算碌碌无为了?我答不上来,真答不上来……

"有时候我甚至想过,是不是我出家了,就能好了。可我也没法儿就这么把兰兰和爹妈扔在家里不管了啊……"

"确实,我们多数人仍然生活在这个红尘世界中。"

"那你说该咋办啊?别又说你也不知道……"景晓慧的目光仿若被无数黏胶扯住的箭,虽已拉满了弓,却怎么也射不出去。

"你有没有发现,你的问题恰恰就是你的答案。"

"别打哑谜了,我听不懂。"景晓慧有些恼了。

"你生活中告诉你该怎么做的声音,是太多了,还是太少了?"

窗外阴了又晴,晴了又阴。

"你……您是说,我太依赖别人了吗?"

"我不认为我有资格给你贴这个标签。我只想说,我也好,他们也好,'社会上都这么认为'也好,其实都没有资格、没有权力去指手画脚——那是你的人生,只有一次,甘苦自知。我很愿意和你一起去**看**,是哪些东西阻碍了你,你还缺少哪些力量、哪些支持、怎么获得它们,等等,但最后一定是由你来——"

"——我就是怕啊!"景晓慧忽然大声地喊道,"我总觉得,要是抛开那些要求了,我就彻底堕落了,就会为所欲为,就会干出老多坏事儿,伤害所有的人!"

"好,**如果**,我是说如果,如果现在的你,可以为所欲为,你会做些什么?"

"我什么坏事儿都会干!老多了!都会干!"

"比如?"

"比如我……我……"景晓慧涨红了脸,半天才吐了一句"我不做家务了!"

"好,不做家务。"姜愈和颜悦色。

"我也不带孩子了。"

"好,不带孩子,很好,还有呢?"

"我也不上班儿了!可……可我还得还房贷……"

"你中了张一个亿的彩票,没有任何经济压力,然后呢?你不上班,不做家务,不带孩子，你有了大把可以自己支配的时间，然后呢？"

"那我要去买好多好多书！以前打算看的我都要买回来！管我看不看呢！"

"好，你可以尽情买书看书，想买多少买多少，想看多少看多少。"

"我还要画画儿！对！"景晓慧越说越兴奋了，"我其实可喜欢画画儿了，但自从当年混了点儿高考加分儿就再没画过了，没时间也没心情了！"

"好，你会画画儿，可劲儿画。"

"我不只在家里画，我还要去外边儿画！去海边儿！去山里！"

"好，束云作笔海为砚，你去各处风景秀美的地方画。"

"那我还要去旅游！我不穷游！我要花可多可多钱去旅游！我要浪费！"

"好，世界那么大，你尽情去看看，住最好的酒店吃最好的美食想怎么花钱怎么花钱。非常好，继续，别停。"

"我……我可能还要打扮我自己个儿！"

"好，你花了很多钱去打扮自己，打扮得漂漂亮亮的，然后呢？"

"不行我不能那样……"景晓慧忽然有些丧气，刚刚扬起的触角一下子耷拉了下去，"我忽然想起来，小时候，他们瞅见大街上哪个女人打扮得漂亮就嘟囔她们不正经，所以……"

"嗯哼，他们不再抱有类似观念，或者，他们的观念不再能束缚到你、伤害到你，你也不会因为有自己的观念而伤害他们。"姜愈将这旁支问题强行带过，拉回方才的方向，"你可以把自己打扮成任何你最喜欢的样子，顺畅地释放你的女性魅力，甚至不再受道德的约束，然后你会做什么？"

"那怎么行？我要是去找别的男——"

"——你有充分的自由，想去就可以去，然后你会做什么？"

"——我会……我会！"景晓慧忸怩着支吾了半天，"唉好像也不会怎么样了，打扮打扮本身就让我挺开心了。我老公是木了点儿，不过人真挺好，我最多也就是去找些聊得来的人，男的女的都行，出去聊聊天儿看看展啥的吧……"

"OK，你穿得漂漂亮亮的，去和一群有趣的人聊天、看展，继续，作为一个坏人，你还要做什么？"

景晓慧想了好久，撇着嘴摇了摇头："好像也没啥了，暂时就想到这些。"

"别啊，继续想，你当了坏人了，为所欲为了，可着劲儿堕落了，我们看看这个大坏人干了些啥：她不带孩子、不上班、不做家务，还去看书、画画、旅游、打扮自己、聊天、看展……十恶不赦的大坏人啊！为所欲为啊！完了就干了这些？"

景晓慧难得轻松地笑了，可她笑着笑着，又委屈地哭了起来。

"我要的，其实真的挺少了……"

爆发的哭泣，若父亲的陪伴，珍贵而短暂。

景晓慧抹抹眼泪，不好意思地笑笑："我想起刚结婚那会儿，我请了个挺长的婚假，那是我这几年状态最好的时候。我们的蜜月旅行不长，之后我就歇家里了，读读书，追追剧，到了假期后面那段儿，我就开始打扫屋子，想更整洁点儿，还摩拳擦掌准备回去好好工作了……"

"所以你在外力很少时的样子，并不像你之前担心的那样——"

"——可、可我还是挺慌的啊！"景晓慧苦恼地甩甩头，像个绞尽脑汁也解不出题的孩子，"姜老师您对自己没任何'要求'吗？您会不会有时候也得逼着自己来这儿听我们倒苦水，哪怕很无聊，哪怕您听过不知道多少遍，或是您那天累了不想来，可没办法，您还是得逼自己来见我们……您从来都不会吗？"

姜愈将目光移向别处，抚了抚被扎得生疼的胸口。

"你想问我的是，人可不可以不被要求着、压迫着生活？"

"我知道没必要过成苦行僧，但……人不都有惰性吗？对自己一点儿要求都没有是不是也不行啊？"

"你回忆一下之前的人生，无论上学、工作、育儿、画画、旅游，等等这些行为，背后的驱动无外乎两种：恐惧，或者愿望。"最后两句，姜愈说得一字一顿，"这两种力量都很强大，但你也可以回忆一下，你之前用恐惧驱动去做的事情体验如何、结果如何，达到结果后怎样发展，用愿望驱动的事情又如何。"

"我……我好像从没体验过恐惧以外的选项。"景晓慧不安地轻衔着指背的皮肤，好似母猫叼着小猫的脖颈，"不好好学习就要受穷，不听话就不被喜欢……不都这样儿吗？而且也没啥问题吧？兰兰闹腾的时候我也烦啊……"

"确实，我们这代人小时候很多都是被恐惧驱动的，"姜愈嘴里好像含了杯新泡的苦丁，"并且确实，努力和好生活会连在一起。但这个说法包含了一种不信任：人性本恶、本懒、本坏，我必须**要求**你你才能好，照着你的本性你就会坏，世界太危险了，所以相比追求'好'，逃离'坏'才是重中之重，甚至唯一重要的。可逃出来了我们去哪儿呢？不知道……"

"可、可那有什么关系呢？它真有效啊！"景晓慧急燎燎地辩护道。

"恰恰因为它有效，所以我们长大后经常认同它，甚至认为这是唯一的模式，如果不这样就会有很可怕的后果——当然，这个模式有它的优势，某种程度上说，越是恶劣的环境它越好用，因为它最容易让我们活下去。"

"我……"景晓慧忽然一阵感伤，黯然掩泪，沉默了许久，"没什么，想到些听来的事儿，可能您说得对，那个年代就该这样，时刻保持警觉，枪一响滚下床，风声不对赶紧站队……那时候确实这样儿更容易活下来吧……"

"是啊，听起来有许多唏嘘往事……"姜愈语气略沉，看了看表，"但现在，时代已经变了，也许在这个时代，我们已经不再**那么**需要为'活下来'发愁，怎么'求发展'、怎么'活得更好'成了——"

"——可我还是不敢啊！"景晓慧微蜷着身子，像只恐慌的动物幼崽，"您说的我都懂，但我……可能我天生就没有愿望吧，对……"

"据我所知，每个婴儿天生都会对世界好奇，会自发地**想要**做某些事情，否则他是没法存活成长的，所以或许——"

"——我说了我没有我没有我从小就没有！！"

景晓慧意外的爆发，把自己先吓了一跳，她脸唰地一红，低声嗫嚅道："对、对不起哈姜老师……我也不知道这是怎么了……"

姜愈温和地笑笑，并不戳穿她辩护背后的防御、解释之下的掩饰。

"我知道你以前很乖，很少提需求，那，当你偶尔提的时候，会发生什么？"

"他们也会满足我啊，所以我觉得不是他们的问题，对。"景晓慧有些烦乱。

"嗯哼，他们会在现实层面满足你，那——他们会同时认可你的愿望本身吗？还是会用言语、叹息、眼神告诉你，你提这个愿望是差劲的、该感到羞耻的。"

"我、我有点儿分不大清……"

"比如你想要一盒画笔，他们是买给你，然后说'丫头好好画去吧'，还是虽然买给了你，但却不停念叨着——"

"——绝对是后面儿这个！"景晓慧的双眸中又蓄满了泪水，"……小时候的记不清了，我初中那会儿，有一次，就那一次，我和我妈上街，看到条鹅黄色的裙子，上面绣着小碎花，我好喜欢啊！从来没那么喜欢过！我看了好半天，怎么也舍不得走，还是鼓着勇气小声跟我妈说我想要，我妈说了声不行拉着我就走，我也不知道当时咋想的，就拧着一定要买，可能那是我少有的叛逆吧……"

"'哪怕就一次,让我任性一回,当个孩子好不好?'"

景晓慧泪流满面,绷着嘴狠狠点了点头。

"她最后是买了,可我一次都没穿过……因为一看到那条裙子,我就想起她当时训我的话,回来路上的气氛,还有她看我那眼神儿!"景晓慧啜泣着抹了抹眼角蔓延下来的泪痕,"去年她收拾房间,无意间翻出那条裙子,就又念叨上了。这回我再没忍住,和她呛呛了两句,她就特别伤心,抹着泪儿说你不知道那时候下岗有多难,我听了又很愧疚,觉得还是我做错了……"

"如果兰兰要个很贵的东西,你拒绝她,她不开心,你会觉得是她的错吗?"

"不会……我会觉得我不是个好妈妈!"景晓慧哭得更伤心了,"而且有的时候,她要的也没那么贵,可我还是不想买,最后要么就是生气了凶她,说你怎么这么难伺候,要么就是咬牙买了,过后又阴着个脸。您说她以后会不会也……"

"如果当年你妈妈坦坦荡荡地告诉你,'你的需求是合理的,但家里现在满足不了你',或者哪怕'你想要没问题,但这次我**不想**满足你',你会感受如何?"

"我、我从没想过还有这个选项!"景晓慧连扯几张纸巾,小心对折,压了压有些哭肿的双眼,"可能我当时还是会不开心吧,不过不至于觉得……"

"你的愿望本身是错,是罪,是糟糕的。"

"对的吧……"景晓慧的眼泪已洇满纸巾,"就上礼拜,有一天兰兰跟我说,她长大后要当小魔仙,我第一反应就是想'切'一声,好在憋回去了,不过还是没给她好脸色看。那天晚上我睡不着,忽然就想起来,我上小学那会儿,有一天从床底下翻出我爸好多年前的画笔颜料,画了几笔觉得好玩儿,就跑去找他,说我长大了要当职业画家。他当时就'切'一声,瞟了我一眼,啥都没说……"

"但他又什么都说了。"

"可能那会儿他单位里闹事儿心里烦吧?可我也很难受啊!而且别说抱怨了,这事儿就没法儿提了!一提他们就会特无辜地说'啊我啥也没说啊''你这孩子怎么那么敏感''这你可怪不到我头上''当时我们对你够好的了'……"

"可是好扫兴啊!"

"对!就那种一桶冷水浇下来的感觉……"景晓慧扔掉发软的纸团,又抽了些纸巾在手,"好像我从小到大,就是泡在那种扫兴里的……"

"有愿望、说出愿望都是错、是耻、是罪,是授人以柄,是'就你也配',最后连'有这个愿望的自己'都被否定了,这让人特别地'丧'。"

"所以正常人都有自己的愿望、知道自己活着想干点啥对吗？"景晓慧用纸巾覆着双眼，隔开了现实与呜咽，"他们是不是都不像我这样儿，总觉着啥都没意思，做啥都没意义，然后啥都不做，再觉着要被那种空虚感吞没了……对吗？"

"倒也不是。"姜愈刻意说得轻松些，"有人运气好，年纪轻轻就自然而然地能确定自己想干点儿啥，但多数人需要漫长的寻找、体验、试错，才能找到那个重要的答案。当然，也有人临死前一秒还浑浑噩噩，还有的……可能一度以为找到了，但在生活中又再度迷失了，那就得重新上路，重新寻找……"

"那……那些浑浑噩噩的人不也凑合活下去了吗？为啥还得去找呢……"

"可你**已经**被内在的某个力量推着去看它了，"姜愈悄悄做了个深呼吸，将方才倏忽泛起的情绪抚顺捋平，"而且你也体验到了，当你忽视它、无视它的时候，那种弥散在空虚中的焦虑，是会折磨你的，对吗？"

"可……可说了这么多，我还是不知道从哪儿入手。"景晓慧双臂相抱，似有不少怨气，"你说这些还是很空！"

"比如，你有试着去拓宽你的体验吗？不同的事情、人群、地方，等等，先搭好金字塔底，而不是上来就去找塔尖儿的挚爱。"

"我根本迈不出第一步，我连房门都出不去，你说这个完全没用的！"

"OK，那，也许我们需要先砍砍你身上的锁链，把占满你内心空间的负重挪走一些，给你心底的那颗种子留出空间，我相信它并没有死去，只是冬眠了，给它足够的阳光水分，它会发芽。"

"所有这么去找的人都找着了吗？！"

"坦率说我没有统计数据，不过当你这么问——"

"——那就是挺多人儿找不着咯？"

"好像你会特别自然地去想最坏的情况。"

"要是费了半天劲儿，啥都没做成，啥都没得到，那还做它干吗呢！"

"所以，你需要'确定'**一定**能成功，才可以开始？"

"不然呢？"景晓慧没好气地反问道，"不成功的事儿做它有什么意义？！"

"听起来你很怕试错？怕在一次次的失败或成功中摸索到**自己**的答案。"

"我没有怕！我就是……"

话说一半，景晓慧再次沉默了。

满是寒意的叹气，好像冰龙的吹息。

"小朱她有家族遗传病，她姥爷、舅舅都是英年早逝的大牛，所以我看她一直都把自己逼得特别紧，好像时间总不够用似的。"

"她在和时间赛跑。"

"对！而且她还特勇敢，不管啥事儿，有六七分把握就敢上！"景晓慧瞪大眼睛，羞惭之余还有几分自豪，"回过头看，那些关口很多一咬牙也就挺过去成了，不成也没关系，她也不沉浸在失败里，很快就找下个目标再冲锋。老实说我特羡慕她，特别羡慕……我就不行，全副心思都在避免失败了……"

"而大部分事情你不去做是没有直观体验的，这样你就只能在了解最少、体验最少、经验最少的时候拍脑袋预测做得成还是做不成，这样预测下来，基本上你就只能啥都别做了，因为——"

"——可！"景晓慧一下子被点着了，几乎要拍案而起，"姜老师，您刚说的我不……不都说，人生在于规划吗？"

"哦？你愿意——"

"——就好比兰兰，她要想念个好大学，跟海淀这地界儿，就得上'五小强'。那我们家附近能选的就一所初中了，其他学校每年就几个能上。她要是想上那所初中，小学也不能太差，孩儿她爸996，就只能老人或我接她，我一时半会儿也不能换工作，那地理位置就基本定了，再看看钱包儿，能选的学区房也就三四处。可要想再保险点儿，去个更稳当的初中呢？我们就得去上班两小时的地方买房子了！您也知道，这政策一年一变，老人老办法、新人新办法，不趁现在把房子买好，万一以后政策又变了，没准儿想掏钱想拼娃都没用了……

"您可能没孩子，有孩子的，这年头，这些事儿不都得先规划早准备吗？都说预则立不预则废的，我以前就吃这个亏，干啥都后知后觉。别人保研找老师谈好了，我才反应过来还要准备这些，从没人跟我说过啊！我中考差1分儿没上我们那儿最好的高中，结果比我分儿低的都进了，最后一问她走的美术特长，可她画画儿也比我差远了！那个加分儿的比赛我听都没听过，我爸妈从不管这些！所以现在我不能让兰兰走我的老路，您要说我这是太焦虑了我也不反对，时代就这样儿啊，不'鸡娃'她就得掉下去，大家都踮起脚了你站后边儿能不垫吗？不垫都不知道前面演的啥！还有，兰兰她想上个好幼儿园，那是要面试基础英语和乘法的您知道吗？她才三岁啊！幼儿园还面试家长，我跟她爸没权没势没法儿给学校拉赞助做宣传,最后好歹他算名校毕业,才勉强过了初筛,下周还得去二面。我现在都能瞅着,兰兰以后这竞争得有多激烈。我也不想让她起早贪黑的啊!我也不愿意整个儿家为她背几十年才能还完的房贷,再挤一间老破小啊!我也不愿意啥钱都不敢花什么都不敢试,就更别提旅游、裸辞啥的了……"

"但、但不这样咋行啊?要被甩下去了啊!"

景晓慧狂飙的话语陡然刹车,咨询室一片躁狂后的死寂。

"……好没意思啊!"景晓慧像刚跑完马拉松般,倦倦地靠在沙发上。

"我看到,你在给兰兰你当年特别想要而没得到的东西,那就是父母可以多关注一些,多给一些,多帮一把,等等。"

"是因为我不知道我到底要什么不要什么吗?"景晓慧双眼再次噙满泪花,"所以才那么焦虑,总得随大流,不敢在任何一个点上落下,想要的不想要的、需要的不需要的都得抓在手里、放进包儿里,留着去填心底那个洞……"

"可这样一路走来,背包越来越大、越来越沉,就压得你更没力气赶路,去探寻你真正想去的地方了……"

景晓慧咬了咬嘴唇,不知是在确定痛感,还是在掩盖痛感。

"所以……我是太功利太短视了吗?"

"我看到你很爱你的孩子。"

"可……"景晓慧心旌摇曳,呼吸也渐渐有些粗重了,"我知道,我是觉着自己这辈子过着太荒废、太没意思了,才跟她身上这么焦虑的。然后越焦虑越安排,越安排她路越窄,眼瞅着反而要奔着我的老路上去了……可我有啥法子呢?说了这么些,我还是慌,还是空,还是想填满,还是不知道我想干点儿啥啊……"

姜愈抬手示意,邀她少安毋躁。

"刚才我们一起去了43年后,死前那一刻,你一个人,孤零零躺在养老院,房间不大,白色的墙,白色的床单,你穿着白色的衣服躺在床上,渐渐失去了感受的能力,思考的能力,行动的能力,渐渐和这个世界脱节,渐渐面对死亡,渐渐消失、不再存在……回顾此生,你觉得贫瘠,空洞,毫无意义,心有不甘——那,你**喜欢**这个画面吗?"

"不!当然不啊!"

"那,你,**希**,**望**,这个画面,是什么样子?"

第十九章

"我……我不知道！"景晓慧的错乱慌张下，掩藏了极为隐蔽的跃跃欲试。

"你愿意给自己些时间，试着去完成一幅你想要的画面吗？也许几天，也许几个月，也许几年。我们不着急谈什么向死而生，不着急落实怎么实现，就先单纯地去体验、去构思，在心里画出那幅画来。"

景晓慧径自闭上双眼，跳动的眼皮像挥舞的画笔，似已在构图起草。

"怎么画都可以的，对吗！"短暂挥毫后，她睁开眼睛，眼中多了几点光芒。

"是的！没有对错、优劣、好坏之分，只有你想，或者不想。它是独属于你的画面：你在哪里，周围有什么，身边有谁，你是什么状态，什么心情，回首一生会看到什么，满不满意，面对死神，能不能平静地说一声，我准备好了……"

清风徐来，景晓慧方才凝望过的那片黄叶，忽而落了。

屋内的沉默，若寺院的香烛，每过一秒，都散出新的味道。

"姜老师，我能问一下您是为什么做心理咨询师的吗？"

"为什么问这个？"姜愈哑然一笑，"你是希望确定身边人面对这个——"

"——我就想知道……好吧，我其实是想知道，您会不会觉着跟我工作是浪费时间？"景晓慧目光闪烁，紧张得没给姜愈回答的空隙，"就算您费了半天劲，把我治好了，我这辈子也就这么的了，平平凡凡普普通通，也创造不出啥了不起的社会价值来，这……会不会让您觉得，同样的时间花在我身上太不划算了？不如给那些更优秀的人……"

"我不认为我有资格把不同的人生放在天平上称称高低斤两，评头品足，我也不认为平凡的人生就不值得被关注、支持。"

景晓慧似终于放下心来："我看书上说，人生客观上本来就一丁点儿意义都没有，所有意义都是主观定义的。我一直不大懂，不过刚才有那么一会儿，我觉着好像冰山突然裂了条很细的口子，可能会些新的东西要出来了吧……"

"我们可以拭目以待。"姜愈看了看表，悄悄为今天这大话题的安全过关舒了口气，"那，我们时间差不多到了，最后这两三分钟我想邀请你来——"

"——对不起，还有个重要的事儿，再不说我怕忘了，就是上礼拜咨询完当天晚上，我做了个梦。"

姜愈一阵头皮发麻：都不用想，这一准儿又是颗大雷，轻易收不住那种。

"我相信这个梦很重要，但恐怕今天没时间展开了，我们下次讨论可以吗？"

"不占多久的,也不用您分析,我就想跟您分享一下,让我说了成不?"

姜愈看看景晓慧双眸中那孩子般的渴求,纠结了一个世纪,实在不忍给这难得提出需求的孩子再浇冷水,终还是犹豫着点了点头。

"《赵氏孤儿》您看过吗?我把这个梦和蓬蓬说,她说情节几乎一样……

"我和兰兰生活在古代,一个位高权重的大将军要来我家查一个婴儿,那是个被满门抄斩的好人留下的唯一骨血,那个婴儿就藏在我家里。大将军是坏人,但权势太大,我们斗不过,时间很赶,我特别着急,没别的法子,就不得不……不得不把兰兰给献出去了,为了保全那个小孩儿……"

景晓慧眼角含泪,五官都微微下耷,好像苍老了十岁。

"听起来这确实是——"

"——但后边儿不一样了!"

"那……那你继续。"

"我把兰兰献出去了,特别伤心,但也没办法。只能努力培养那个婴儿。很多年后,她长大成人,却和我不亲。突然有一天,我得到消息,兰兰没死……

"于是我就卧薪尝胆,积蓄力量。终于有一天,我带着我养大的孩子,还有一大队人马,去大将军府上救人。两队人打得无比惨烈,将军府化作一片火海。我在地窖里找到了兰兰,可这么多年过去了,她竟然跟刚离开我那会儿一样,就两三岁那么大,呆呆的,怯怯的。我把她救出来,抱着她痛哭,说妈妈来救你了……她也只是直勾勾地看了看我,好像不认识我了……"

泪水又一次打湿了衣衫,景晓慧抄起水杯,猛喝了几口,"咣"的一声将水杯放回原位,还洒出少许。

阳光洒落,水面荡起,粼粼波光被投在桌上,若岁月荡漾,心事飘摇。

姜愈有些悲悯地看着景晓慧,不再想那些掐钟算点的事了。

——就先,好好陪着吧……

"我觉得这个梦就是我这些年的生活:梦里的兰兰就是我心里那个小孩子,外边儿的世界太危险了,所以我只能把我真正的孩子送出去献祭了,留下那个'好人的孩子',那个'好'孩子……

"可这么多年过去了,我还是希望能找回以前那个真实的自己,那个搁地窖里关了那么些年的小孩儿……"

景晓慧捂着脸庞,椎心泣血,痛哭失声。

第十九章

"我现在还能想起那个画面，处处烟火，一片废墟，我抱着那个小小的孩子，一直哭，一直哭。我说别怕，孩子，别怕，妈妈带你回家，妈妈陪你长大……

"妈妈带你回家，妈妈陪你长大……"

……

披星戴月地回到家时，姜愈虽然疲惫，心情还算不错——这至少一半归功于景晓慧那场咨询——他脚步轻快，还吹起了口哨。

推开房门，仍是一片清冷，连莎乐美都没有叼鞋过来。

姜愈倒也不以为意，更衣换鞋，转身走进厨房，擦擦灶台上的油腻，洗好水池中的碗筷，倒掉已有些发酸的饭菜——那是他早上精心为苏润准备的，看来没吃几口——之后找出提前备好的鸡肉鱼肉，切好蔬菜，三下五除二便给莎乐美炖好了一大碗美味的猫饭，再用清水淬凉，高声唤了两声。

平时立时会窜过来的大毛团没有出现。

姜愈心下狐疑，四处寻找，行至书房，见莎乐美还和早上一样，蔫蔫地窝在门后，不禁大感意外："你这是一天都没动窝儿吗？可要注意锻炼哟！你都超重了……不过还是先吃饭吧！"

莎乐美没精打采地抬头看了姜愈一眼，竟然毫无上前的意思。

姜愈有些担忧，蹲下摸了摸她的头，确认温度正常，便放下猫饭，歉意地说道："抱歉啊，莎乐美，我今天要加班，没时间陪你玩了，记得吃饭。要是还不舒服，明天我带你去医院。"

起身一刻，莎乐美忽然喵呜了一声。

姜愈宠溺地笑笑，又撸了撸她背上光滑若缎的毛。

"乖啦乖啦，那我加完班陪你，一会儿的啊。"

莎乐美舔舔姜愈的手，呜了两声，闭上眼睛，不再理他。

姜愈快步走回书桌，伏案开工。

苏润昨天临时起意，说要出去转转，今天下午便飞走了，也没说去哪儿。姜愈倒也乐得清闲，总算可以腾些时间，赶赶欠下的文债。

一忙3小时，关上电脑时已是凌晨一点。姜愈起身舒展了下酸疼的腰背，这才发现满满的猫饭居然一点没动，莎乐美仍窝在原地，保持着之前的姿势。

"怎么了莎乐美，还不舒服吗？要不现在去医院？"

莎乐美一动不动，毫无回应。

姜愈有些紧张，三步并作两步走上前去，抚摸逗弄，可莎乐美却依旧像个制作精良的玩偶，没有任何回应。

姜愈颤着手，触了触爱猫的鼻息。

下一秒，他便似被打了一记闷棍，呆呆僵在原地，动弹不得。

足足一分钟后，灼辣的热泪才夺眶而出。

"喂！莎乐美！大毛怪！小肉肉！别这样！别这样啊……"

"你要不要小鱼片？我们……去客厅玩好不好？"

"醒醒！醒醒，你醒醒，好不好……"

莎乐美的身体依旧柔软，皮毛间还残留着些许余温，猫爪上粉嫩的小肉垫，在姜愈不停的摇晃中，一度搭在了他的手背上。

第二十章

雪蹄春泥取经途

岁月如河，泡化了记忆中的字迹，又将散逸的墨晕冲流四方，最终只余下一片茫茫灰白。

姜愈停了车，看着眼前的郁郁山林，只觉全然陌生，毫无印象，与家中老照片上的童年乐土并无任何关联。

他随意溜达了几圈，一路上森林茂密，野趣生动，虽未找到本来想找的痕迹，但来时沉甸甸的心思也被微风吹散了不少。

行至林场门口，一棵巨大的古树格外惹眼。那树约有两合抱粗，树冠繁茂，像是正撑着天空一般。树荫之下，一个头发花白的大爷正坐在小马扎上，摇着蒲扇，喝着小酒，身子微微摇摆，跟着大音量山寨手机哼着"好大一棵树，绿色的祝福"，想来应是这里的看场人，还对这片绿荫颇有感情。

见姜愈走近，大爷本已有些发直的眼神渐渐亮了起来，一双浑浊发黄的眸子让姜愈莫名地有些心跳加速。

犹豫的工夫，他已走到近前，见这大爷虽满脸刻满皱纹，像块干涸龟裂的黄土地似的，但细看也就五十上下。大爷满口酒气，随意坐着，但胸膛挺起，脊梁正直，一点耸肩驼背的影子都没有，还颇有几分掩不住的英姿，实是特别。

"你……是张卫国？"大爷呷了口酒，忽然冷不丁开了口，"张念骅的儿子，对不对？和你爹长得一个样！"

从未听过的名字，让姜愈瞪大了眼睛，后颈一阵电流爬过。

"张念骅是我爸，不过我不叫张卫国，我——"

"——张乐乐对吧？"大爷颧骨上的酒晕微微褶了起来，"果然他最后没争过你妈，挺好，挺好！一物降一物哟……"

姜愈只觉嗓子发紧，心脏狂跳起来——这名字确在他户口本上出现过。

"其实要我说啊，还是叫乐乐好，这人活着嘛，不就图个乐呵吗？你说是吧？"大爷又抿了口酒，不仅全无"乐呵"之意，还多了几分萧索，"再者说了，老婆生娃娃都不回家，也该给点儿教训——对了，你爸还好吗？"

"还……还好,挺好的,"姜愈已被一连串的信息砸得彻底懵了,"叔叔您是……"

"我是谁……我是谁呢?"大爷借着酒意摇了摇头,嘴角凑紧的皱纹又增了几岁,"去跟你爸说,别忘了他还欠姓孙的一场酒呢!……对了,别当你妈面说。"

"孙叔叔,我妈她——"

"——知、道,"孙大爷扁了扁嘴,不屑的声音拉得老长,"女人就是烦!唉……不过话说回来,要不是你妈,你爸早喝死了——来,乐乐,替你爸走一个?"

孙大爷将手中的半瓶小二①往姜愈面前一递,脸上的醉意更浓了。

姜愈忙摆摆手道:"孙叔叔,真谢谢您了,不过我这回去还得开车呢。"

"唉……这好传统都传不下来哟……你可真不像你爹!"孙大爷似有些恼了,"这人生在世,酒都喝不了,还活什么劲啊!你得向你爹学学,肝儿坏了就治,治好了接着喝,喝坏再治不就得了呗,现在条件这么好……"

听孙大爷这么说,姜愈灵光一闪,凑上前去:"不瞒您说,孙叔叔,其实我也喜欢喝酒,几口下去,那些不想去想的东西就都想不起来了。可我这不是放不下嘛!还是觉得能想起来更好,有些东西总得有人记着,您说对吧?"

孙大爷似乎被轻轻戳了一下,他放下刚举到嘴边的酒瓶,本已散乱的目光中一下子多了几把钝刀子,将姜愈上下划拉了几圈。

"乐乐,你今儿干吗来了?"

"我就是想来看看我爸当年工作过的地方,还有就是……就是……"姜愈的喉咙干得冒起了烟,"孙叔叔,您是不是之前就在这里工作?是的话您知不知道二十多年前这里有过一场泥石流,还——"

"——这你该问你爹去!"孙大爷白了姜愈一眼,把酒瓶重重在膝上一磕。

姜愈心底却是一阵狂喜。

"孙叔叔,您可能不相信,在这儿能意外遇到您我真的特别高兴!"姜愈说得真情流露,一度有些哽咽了,"好多东西我想不明白,真的想不明白,他们也都不肯说,如果您知道什么,能不能告诉我?真的谢谢您了!"

姜愈噙着泪鞠了个九十度的躬。

---

① 小二:即二锅头酒,北京及周边区域流行的高浓度白酒,小二一般都是小瓶装的,通常为100~125毫升。

孙大爷灰黄的脸上阴晴不定，转瞬演过了万千剧情。

沉默许久后，他再次把那瓶小二举到姜愈面前："走一个。"

姜愈把心一横，接过酒瓶，咬牙闷下几口，霎时只觉口腔至胃都被浇了发红的铁水。孙大爷接过姜愈递回的酒瓶，摇了摇蒲扇，抬头望向那巨大的树冠，洒落的阳光，又是好久没有说话。

姜愈在一旁候着，半个字也不敢多问，生怕大爷反悔。

孙大爷忽然抬手指了指不远处的一座山头。那山上植被稀疏，砂石裸露，只有几排不高不矮的人工林装点着少许绿色。

"看到那座山了吗？以前那上面的树没现在多，但都很大，非常非常大……

"出事儿那天天气反常，比今儿还毒的太阳，眨眼儿的工夫天儿就黑了，然后就是一场暴雨。当时山上有工人伐木伐到一半，瞅着雨来了，没摘挂就回去了。"

"摘挂？"

"就是把锯完但被别的树挂着没倒的树给放倒，按规矩是得先摘了再走人的，那天也寸了，就那棵树没摘，你们俩小家伙儿还就跟那山下面儿晃悠，唉……真是天意……"

"……等、等等，两个孩子？"姜愈的声音都有些发颤了。

"对啊，这你都不知道？"孙大爷先是一愣，反应过来后竟似有些生气，"你那会儿……还不到两岁吧？你爹心再大，也不可能放你一个小娃娃到处溜达啊！"

姜愈只觉背后爬过了千条蠕虫，早就卡不严实的记忆拼图在拼接处爆出一连串崩解的声响，蔓开了细密的裂痕。

孙大爷并不理会他的错愕，举瓶给了个示意，姜愈只好又饮了一大口辛辣。

"你妈那次生病了没来，你那会儿又特缠人，搅得你爹和首……和那孩子的爷爷没法聊天，后来那孩子就把你拉走玩儿去了。那会儿民风淳朴得很，加上……那孩子之前也太懂事了，小小年纪的……"孙大爷叹了口气，又咂了好几口酒，"所以他爷爷才那么放心让他带着你溜达，连……连秘书都没派去跟上。后来就下了那场暴雨，所有人都到处找你们。再后来的事儿，你爹总该跟你说过吧……"

"我爸他就说那个爷爷为了救我，被滚下来的石块砸到，然后就被……被埋在下面了。"

"是嘛？你爹这么说的啊……"孙大爷脸色一阴，沉默了几秒，忽然笑了。

他笑得越来越厉害，腰也驼了，背也弓了，蜡黄的脸色涨得发黑，整个人都颤了起来，可那笑却仍似完全停不住般，直惹得他眼泪横流，再难分清是哭是笑。

姜愈只觉下肚的酒精将全身的热量都抽到了胃部，后背四肢反而一阵发冷。

孙大爷足足笑了一分多钟，这才咕嘟咕嘟喝干了剩下的酒。他抹抹眼泪，止了笑意，撑着膝盖，颤悠悠地起身收起小马扎，将酒瓶远远一抛。

"好啦，你爹说得没错，就是那样。"

说罢，他大步流星地走向了远处的小屋。

"孙叔叔！"姜愈心下焦急，忙追了上去。

孙大爷头也不回，摆摆手制止了他。

"记得跟你爹说。还有，你就别跟来啦，酒都喝那么勉强，真不像话……"

姜愈愣在原地，追也不是，不追也不是。

电光石火间，一个他之前从未想过的闪念击中了他。

"那个孩子，他是不是——"

"——对，挖出来的时候都硬了。"孙大爷的声音远远飘来，分不清语气。

"不，我、我是想问，他、他叫什么？"姜愈追上两步，大声喊道。

"他啊？叫姜愈，早没人记得咯……"

从林场回来后，姜愈连做了好几个碎片式的梦。梦里有时是一双大手将他托上安全的石台，有时是伟岸的背影挡在他的前方，有时是狂风呼啸中大树轰然倒下，砸塌一方本就摇摇欲坠的土地，再在暴雨中连锁反应，汇成滚滚的山区泥石流，直冲向山脚下的村落。而在那最为冲击的梦中，他自己化作地底哭泣的鬼婴，将上面的人一个个拉入黑暗，啃啮血肉，再踏着他们的骸骨，一点点长出地面。

这些梦如此逼真而破碎，以致他好几次分不清是梦是醒，第二天起床时都觉得脑袋里像灌满了稠稠的胶水。

没精打采地赶到岳无峰家时，岳寥若正少见地在门口送客。戴着大墨镜的贵妇乘上一辆卡宴离开，背影还有些眼熟。

不知错觉与否，姜愈看那妇人肩膀微抽，似是在哭。不过他天天都听些隐私秘辛，对他人的八卦早已无甚兴趣。待那卡宴开走，便拖着沉重的双腿，缓步走到岳寥若面前，这才发现她也眼眶微红，好像刚刚哭过。

"有客人？少见啊……要不我今天——"

"——进来说。"

姜愈听岳寥若嗓音微颤，不敢多问，随她进屋，正遇上岳无峰向楼上走去，一身疲态，眼圈竟也有些泛红。

"岳、岳老师。"

"哦，你是……"岳无峰皱起眉，努力回忆着。

"我是姜愈啊岳老师。"

"姜愈……姜愈……"岳无峰眼中仍是一片茫然。

"对，我是姜愈，您的……学生，姜愈，"姜愈心里一阵苦笑，面上却恭敬有加，"我妈是雪燃，生……以前也是您的学生。"

"雪燃……对，雪燃，我最得意的学生……"岳无峰的眼底终于闪出一丝微弱的亮来，"雪燃啊，你最近还好吧？"

"爷爷他不是雪燃姨，他是雪燃的孩子姜愈。"岳寥若凑到岳无峰耳边。

"你有孩子啦？哦对，我想起来了，你跟我说过。"岳无峰先是有些吃惊，随即一阵恍然，紧接着又一阵恨铁不成钢的惋惜，"你说你，都学了这么久了，还没意识到自己心里那点儿事儿，嘴上说着离婚离婚，结果呢，潜意识里舍不得，见诸行动，整出个孩子来拦着自己！你呀……"

姜愈呆在原地，下巴都快掉了。

"算啦，不说你了，本来我还想旧事重提，问问你想不想考我的研究生呢，这下好，几年内是没指望咯！"岳无峰怏怏地摇了摇头，"好啦，我今天太累了，先歇会儿，你自己随意，我就歇一小会儿，一会儿再跟你说……一会儿再说……"

说罢，老人蹒跚着向楼上走去，摆摆手拦住了刚要上前来扶的岳寥若。

"不用，我能行，能行……"老人半是自语着叹了口气，"这身子不行，脑子也跟着不行，一个个都记不住了……雪燃，雪燃……老来多健忘哟……"

姜愈本来刚找回了下巴，可听岳无峰这一念叨，打了半截的哈欠愣愣将嘴巴僵成了一个圆形。

"我明白为什么了。"岳寥若软软地陷进沙发，少有地先说起自己的心事。

姜愈见她颇为疲惫，便将倾诉欲压下，收拾好桌上的残茶杯具，贴心地给她重泡了杯咖啡，自己则接了杯白水，这才像个秤砣般砸进沙发："什么为什么？"

"为什么爷爷犯起病上杆子教小呆，我总算明白了！"岳寥若苍色的双眸似烈阳下的湖面，闪烁着粼粼波光。

姜愈心思敏捷，立即反应过来："刚刚那是……他当年教过的孩子？"

"对，还不像后来在大学校园里教，光明正大地教，而是偷摸着教，打游击地教，前后四十几个孩子吧……"岳寥若少有地快言快语道，"爷爷返城后就和他们失联了，最近刚联系上他们就嚷着要来看他，全国各地的一起来，刚才那个是来打前哨的，说起来俩人都激动得不得了。"

"我看你也挺激动哈。"姜愈肃然起敬之余，还带了几分隐隐的得意，"躲进小楼一个人待久了，体会下那种人与人间真挚的情感联系，感受如何？"

"很动人啊，我知道的……"岳寥若又轻轻擦了擦眼角，"那人说了好多感谢爷爷的话，那么大年纪了，哭得跟个孩子似的……"

"能理解……"姜愈敛了笑意，"那时候他们爸妈估摸着也没空管他们，那个年代也没人把知识当回事，岳老师给他们做做启蒙，再教些做人的道理，哪怕只是种下颗种子，对他们之后的影响也太大了。"

"但更打动我的反而是爷爷这边。当时他表面上特平静，其实眼睛都红了，嘴唇都在颤。"

"这倒少见哈……岳老师都说啥了？"

"'是我要感谢你们'，这是我印象最深的一句，"岳寥若的语气深沉了许多，"'如果没有遇到你们这群孩子，也许我早就和我太太一起走了……'"

许久的沉默后，姜愈极缓地点了点头。

"坦率说，这点我挺羡慕你的。"岳寥若幽幽说道，周身似吹过了一阵若淡若无、名唤伤感的清风，"你和爷爷共鸣的那根发烫的琴弦，可能是我一直触不到……或者说，又向往、又害怕被灼伤的吧……"

"羡慕？"姜愈随手掏出两块巧克力，扔给岳寥若一块，自己也塞了一嘴苦味，"寥若，不知道你看没看过一个故事，说有个孩子在海边，把搁浅的鱼一条条扔回大海，有人就对他说，傻孩子，你别扔了，沙滩上有这么多鱼，救不过来的，而且今天你把它们扔回去，没准儿明天它们又会搁浅，这么做有啥意义啊？然后孩子想了想说：'可现在我又救了一条啊！'"

"如果是你呢？会怎样？"岳寥若将巧克力放在一边。

"我不知道……几周前你要问我，我会回答得特别确定，可现在……"

"上次不还'找回勇气'呢吗？"岳寥若略带挤对的笑意似扔进烈酒的冰块，给浓烈的氛围冲入了几分清凉。

"酒壮怂人胆嘛!"姜愈不好意思地笑笑,"热血上头了觉得很多东西确定无疑,可冷静下来审视其实没想清楚。"

"海边孩子的茫然。"

"对……这几年我经常会想到那个画面:太阳要落山了,还有很多鱼在沙滩上等死,孩子孤零零地望着茫茫的大海,陪伴他的只有阵阵阴风呜咽……"

"带有自恋色彩的悲壮啊,"岳寥若八分真诚、两分戏谑,"不过那也是你身上可贵的'悲剧精神'。"

姜愈刚要抗议,忽听楼上隐约传来了岳无峰语重心长的呓语。

"凤鸣啊,谢谢你拦着我!我以前和你吵了多少次,也伤了你多少次,却从来没谢过你,从来没有……"

要不要上去看看?姜愈用眼神问岳寥若。

岳寥若做了个"嘘"的手势,刻意将声音压低:"不用的,爷爷最近梦话越说越多,越说越长,习惯就好。"

姜愈屏气侧耳,去听老人那断断续续的深情独白。

"其实我心里有数,这辈子你几乎事事都顺着我,就偶尔拦过那么几回,我还总是计较,真太不应该了啊……

"而且这回头想想,那些个我听不进劝的事儿,有一件算一件,都成了伤疤,听了的事儿呢,不是让我少恨了自己几分,就是让我多活了几年——这算起来,有六十年了吧……所以啊凤鸣,遇到你我是真幸运,我早该谢你,早该谢你啊……

"只可惜,你拦了我这么多次,却没能拦住凌云那孩子……"

岳无峰的梦呓渐渐微弱破碎,只剩下零星的词语,再化作含混不清的发音,终于什么也听不到了。

沉默若大漠风沙,将场上二人的心情打磨得干涩生疼。

"岳凌云是我大伯,没了他,才有的岳平安,"岳寥若拾起巧克力,剥下糖纸,看着那团黑出神,"按爷爷之前只言片语的说法,奶奶确实几乎顺了他一辈子,但生育这事儿例外,俩人闹过不少矛盾,毕竟那会儿只要一个的太少了……"

"其实我能理解,"姜愈眨眨眼,回想起咨询室里听过的诸多故事,"面对动荡的环境,有人极力想要传递基因,有人就格外害怕传递苦难……"

"所以有时我也会想,是不是如果凌云伯伯没有牺牲,奶奶就能扛住爷爷的压力,别把岳平安带到这世界上来了……"

"寥若,我……"

"其实来访者也好,他们的家人也好,你我也好,苏润姐也好,包括爷爷,奶奶,你能说谁就是那个孩子,谁就是躺在沙滩上的鱼呢……"

姜愈默默叹了口气,只觉得脚边似有白沫拍岸,远处的阴霾层层压了过来。

"你说这个,让我想起件事。"再度开口时,姜愈的语气变得有些抽离:"有一次我开会碰上个同行,聊起时代的创伤,聊起这种感觉,我也说了这个意象,她当时就批评我说,你这是英雄史观,对应的就是把一切不幸怪到父母头上。"

"她真是一线的同行吗?"岳寥若颇有些无奈,将巧克力重新包好揣回兜里,"另外我们的氛围好像有点跳变了,还有些突兀,是不是发生了什么?"

"她本职工作是个政教主任,"姜愈用滔滔不绝闪开了质疑,"她拉着我给我讲了半天'经得起时代检验的人民史观',教导我说'所有的历史都是民众的选择,选择的后果也由民众自己承担',反复强调这种观念才是自我赋权,对应到个体才是理解父母的局限性,是和解的开端自我负责的起始……"

"你当时感受如何?"岳寥若颇为无奈。

"你说呢?"姜愈用僵笑掩住了愠怒,"我费了很大劲儿才没呸她一脸。"

"但我觉得好像——"

"——我从不认同英雄史观,但说历史是民众的选择所以民众要自我负责?算了吧!民众永远不是铁板一块,无论什么史观,逃不开的现实就是永远会有一部分人要为另一部分人买单。"姜愈越说越急,像个较劲的辩手,"更何况,就像上次说的,绝大多数个体面对历史洪流是非常渺小无力的,这时候你去要他自我负责,如果不是在防御自家的创伤或罪责,那是有多居高临下不食肉糜啊!"

"道理上确实,赋权能把握的,哀悼无能为力的,这才是真正的疗愈和成长——不过我还是要拐回来说,"岳寥若的目光锋利了几许,"刚才我们谈到海边的孩子,沙滩上的鱼,氛围有些沉重,有些伤怀,然后就一下子被岔到了这个愤怒的话题上,甚至你开始和一个不在场的靶子吵起来了——我邀请你觉察一下,此时此地,发生了什么?"

"可能那是我一直压着的阴影面吧……"姜愈被那两把苍色的刀戳漏了气,蔫蔫地颓了下来,"那是个我没整合好,所以一直竭力防御、不愿意承认的部分——你知道,没修通的时候,我们就是会从一个 PS 位跳到另一个 PS 位……"

"所以,那个认清现实却依然怀有勇气的悲剧英雄固然存在,但他的身后还有一道影子,里面翻腾着你不敢直视的念想,稍一冒头,你就会呸自己一脸,再狠狠地把它摁下去。"

"是啊,谁让它动不动就窜到我耳边嗡嗡嗡嗡地蛊惑我说……"姜愈疲倦转了转肩膀,起身走到门口,"那就让他们都去死吧!"

他打开屋门,迎着吹入的热浪,身后的阴影似也蒸腾了起来。

岳寥若跟出门时,姜愈正轻抚着门上的黑墨,出门前最后一瞬的凶狠阴鸷在阳光下已不见踪影。

"如果我放弃苏润,你会怎么看我?"姜愈声若冬日的枯草,不等岳寥若回答,又在枯草上丢了一根火柴,"莎乐美上周去世了。"

岳寥若闻言一怔,随即明白了前因后果,也是一阵黯然:"去年尼采走的时候我还在想,这几年都没机会让他见见莎乐美,还挺遗憾的,没想到这么快这兄妹俩又团聚了……"

"我知道莎乐美这算寿终正寝,可……她毕竟陪了我快二十年啊!那是她的一生!"姜愈眼角的晶莹愈发亮了,"我现在还是不太敢回家,总觉得再打开门她就会叼着拖鞋来迎接我,躺在地上露出软软的肚皮儿让我摸……还有那些个用了一半的猫砂、猫粮、猫罐头、磨牙小饼干、益生菌、化毛膏……我都不愿意扔,可也不敢看。半夜醒了迷迷糊糊地去给她做加餐,做了一半才想到她已经不在了,顿时觉得屋子好空啊……"

"理解……"岳寥若也轻轻擦了擦眼角,"尼采刚走那会,我也总觉着到处都还有他的影子……"

姜愈闭上眼,仰起头,任阳光将眼皮暖出一片变幻的红色,只觉周身偶有微风浮动,脚腕处还有点发痒,像是被那团可爱的毛球蹭过一般。

脸中的热泪,怎么还没被晒干啊……

"苏润还不知道……"他睁开双眼,看了看周遭被晒得发白的景色,"上周她说想出去散散心,我也没拦着,本以为她转两天就回来的,结果前天微信上跟我说,她现在在雅安呢……"

"啊？"岳寥若大感意外。

"我当时也被吓了一跳，生怕她创伤唤起。不过现在看问题不大，反而看到那里的状况她还好了一些。"

"密切关注吧……不过这样的话，莎乐美的事儿确实不好说啊……"

"等她回来再说吧，我现在也没心情想那么多……"姜愈干洗了几把脸，像刚熬了几个通宵，又要接着加班似的，"你也知道，对抑郁的人来说，养了这么多年的猫死了意味着什么……"

"慢慢来吧，"岳寥若也深觉棘手，"接纳无常，直面死亡，正视丧失，这些说起来都容易啊，可真轮到自己的时候……"

"我把莎乐美埋在家门口的树下了，那是棵白玉兰，开花儿的时候很像一团团的大白喵。我还是希望她能常回来看看啊，无论怎样……"姜愈双眸噙泪，望向了天边聚散的白云，"无论怎样，我很想她。"

"填完最后一铲子土，我就忽然有了个冲动，说走就走直飞了趟广西……"

"南宁？还是柳州？"岳寥若有些困惑，"你爷爷奶奶不都已经……"

"都不是，广西宁明，去一个烈士陵园转了转。"姜愈揉了揉黑眼圈，顺势蹭干了眼角，"我爸很多老战友都葬在那里，包括他入伍时的老班长……他的生死之交姜邦平。"

他将屋门关正，端详着门上的黑墨。

"陵园的人很少，保养得还可以，姜邦平的墓稍微大点，附近也都是他们164师的烈士，那天还下着毛毛雨，我就在他墓前站了好久。"

"感受如何？"

"很复杂啊……"姜愈脸色有些发白，湿漉漉的声线中不和谐地多了几处破音，"心怀敬意是肯定的，也是最主要的；但也确实会有个想法不停往脑子里钻，就是'为什么'：为什么活下来的是我爸，死的是你，如果反过来，对谁都好啊……"

"我想那一刻你……和你爸是共鸣的吧。"

"不知道，可能我只是单纯希望自己不曾存在吧……"姜愈面无表情地咧了咧嘴角，"说来惭愧，听那么多来访者抱怨过'他们为什么要生我'，包括你刚说的希望岳平安不曾来过，我之前**以为**我能理解，**以为**我体验过的就是你们的体验，但不是……其实不是……"

"欢迎来到'不该存在的孩子俱乐部'。"岳寥若哑然笑道。

"没有人不该存在,至少,不因为出生而不该存在。"姜愈沉默了许久,重重叹了口气,"搁以前我肯定会这么说吧……对不起寥若,我还是太……"

"傲慢!太傲慢了!!丫头怎么了?丫头不是人吗?!"二楼忽然隐约传来岳无峰断续的咆哮声,"我告诉你岳明德,你不是把凤鸣和杨婶都赶出去了吗?好!她们走,我也走!从今往后我和这个家再没一点关系!你不再是我爸!我也不再是岳时中!!"

岳无峰少有的中气十足,全不像垂垂老者的梦呓。

"时中时中,中国差点就亡在你们这群明哲保身、怕这怕那、时刻中庸的'聪明人'手上了!睁开眼睛看看吧,解放军都打过黄河了!你们的时代结束了!

"从今天起,我改叫岳崇峰,我要在新时代做划破黑暗的利刃、刺出平地的山峰!你这个封建家长压了我十五年,到头了!我今天走出这个家门,就再不会回来!

"你不是瞧不起我吗?不是说我被奶奶宠得顽劣放荡吗?不是说我不如那些个留学的哥哥们吗?好,我今天把话放这儿,我就要留在中国,而且我一定会考上燕大,到时候也一定会把凤鸣光明正大地娶回来,然后我们会一起建设一个新时代!一个幸福的时代!可以畅所欲言的时代!人人平等的时代!一个属于我们的时代!而你,就抱着你那些老朽迂腐的陈规陋习封建糟粕,等着被新时代的车轮碾碎吧!……"

喊声渐弱,支离破碎,终不可闻。姜愈和岳寥若面面相觑,随后相视一笑。

"你看,哪个时代小俄狄浦斯①们都绕不开这条路啊……"

"相比之下,我算相当和平的了吧……"姜愈不好意思地抹了抹鼻尖的汗水,"不过确实,我得承认,我也一直不接纳他,不接纳他是那样一个存在……"

姜愈走到院内的白桦树前,摘下一只褐黄的蝉蜕,放在手上细细端详。

"回来后,我又跑了趟林场,就我爸扶贫那几年待的地方。"

"不容易,这阻抗多少年了啊……"

---

① 这里的"小俄狄浦斯"指的是立志击退老权威取而代之的小青年们。

"是啊……去愤怒，抱怨，攻击，都太简单，也太寻常了。可去理解？"姜愈看看蝉蜕背上的裂痕，又看了看天边遮住烈阳的层云，"打我记事起，我爸就是个可怕的存在，经常喝个大醉，然后就和我妈掐架，各种混账事儿，我上去拦着也没少挨揍，还有次被一碗酒泼眼睛里差点瞎了……那会我妈天天唉声叹气的，常背着我悄悄哭，我也就这么熬日子……"

"数着日子能长大，能够救妈妈？"岳寥若不深不浅地轻轻一戳。

"面对暴烈失控的父亲，哭泣不止的母亲，鸡飞狗跳的家，任何一个孩子都会慌，会怕，会想逃，也会想用小肩膀多少去扛一些啊……"姜愈仿若含了一嘴黄连，"等我长大了，学了这专业，又知道了些往事，多少能理解我爸一点儿，可我还是不能原谅他：如果说战争的创伤是你在为国贡献，主动去艰苦一线不要命地忙工作是你在 PTSD①中挣扎、在幸存者罪感中自救，那你为什么不能对你妻子好一点呢？她可是在你上战场头一晚和你结的婚啊！都不知道你能不能回来、回来会不会缺胳膊少腿，就义无反顾地嫁给你了啊！你就这样对她？让她……"

姜愈忽然卡住了。

"你在想刚才爷爷说的？"

"这事儿就怕连起来看啊……"姜愈有些哑了，"我爸去扶贫的时间点，正好是我妈怀我那一两个月的事儿。我还记得我妈抱怨过，他拿到批文后完全没理会我妈那一肚子气，二话不说收拾好行李就离京了……"

"委屈雪燃姨了……"

"是啊……"

"也委屈你了。"

姜愈沉默了一会儿，摇了摇头。

"坦率讲，我不知道。"

"哦？"

"扶贫最初那两年虽然艰苦，但据我妈说，那恐怕是打他们结婚起，一直到我16岁考上大学离家，他俩关系最好的两年了。

"我刚提到我爸的战友姜邦平，他父亲叫姜继先，最早也在55军②，我爸参军还

---

① Post-Traumatic Stress Disorder 的缩写，即创伤后应激障碍。
② 中国人民解放军第55军的简称。

是他帮了忙。我爸去扶贫那年，姜爷爷正好调到他附近，大概一个来小时车程，我爸知道后就会邀请姜爷爷去山里散步聊天、弄点儿野味。估计姜爷爷平常可以聊的人也少，所以只要没有特别的要务都会去，有时候还会带上他那个三代单传的小孙子，我爸偶尔也让我妈带着我一起去玩，我还有张他俩抱着我在山林里溜达的照片呢……"

"虽然没啥具体记忆，但哪怕此刻说起这些，我浮现的感觉还是开心的……"

姜愈露出一个纯真的笑容，好似年轻几岁，回到了少年。

随即他又怅然叹了句"好景不长"，将那几岁找补了回去。

岳寥若知趣地默默听着，并不多嘴。

"有时候知道的越多，不知道的也就越多，到现在我也有很多问题搞不明白。太多事情来得猝不及防，就好像一觉醒来，我就换了现在的名字，我们的生活中就不再有姜继先这个人，张念骅又开始酗酒打人，变本加厉，好几次他看我那眼神都透着股仇恨劲儿，真恨不得把我当阿斗摔了……"

姜愈的脚跟不停钻着地面，像要磨出个坟坑。

"再后来他喝劣质酒把肝喝坏了，在医院里躺了好几个月，不得不回了北京。之后就这么晃悠着，一晃十来年，头发都白了，总算从坑里爬出个七七八八。再之后就把全副精力拿来写回忆录，给战友写传记，自费出书，除了送人，连肯帮他卖的地方都没有，还非拉着我妈四处推销。我妈也是，早有感觉了，就是强撑着，发现就晚期了……"

姜愈抽了抽鼻子，咽下了涌起的哽咽。

"你……恨他吗？"

"还是那句话，我能理解他，但我不原谅他。"姜愈捏碎蝉蜕，随手一扬，将泛黄的碎片挥入微风，"再怎么说，你一大老爷们儿，应该是这家里挑大梁的人呐！你应该让你妻儿能觉着天塌下来有人扛着，而不是反过来一天到晚让你老婆来扛着家、扛着你啊！你可倒好，愣是把一家人都拖到黑黢黢的泥潭里一拖到底！而且你做那些有意义吗？一点儿都没有！……"

姜愈的脖子都涨红了。他弯腰捡起脚边的一块石头，狠狠向墙上扔去。

烟尘溅起，石头弹回，差点砸到他自己。

他不顾狼狈，像个倔强的小男孩般偏执地捡回那块石头，再狠狠扔远。

"还有，我知道背着罪疚感的滋味不好受，但你可以用别的法子去赎罪、报恩、弥补啊！非让你亲儿子用个死孩子的名字算怎么回事儿？还跟了人家的姓！我在外边被嘲笑就不说了，爷爷，奶奶，妈妈，全家都为这么点儿破事儿翻来覆去吵、吵、吵！值当吗？人都死了，你做这个没人在意的，犯不着啊……"

他的控诉声中渐渐带了几分哭腔。

"而且说到底，姓什么其实还次要，最关键的，你真当我是你儿子吗？当我是个有血有肉有感受的活人吗？还是就是个道具是个祭品是个用来报恩的物件儿？那是你们那辈儿人的事儿啊！和我没关系啊！我不想深究可不可以？能不能不要让我背！不要让我背啊……"

毒辣的太阳下，姜愈已虚弱地蹲了太久，衣衫都湿透了。

"还好吗？要不要回屋坐坐？"岳寥若有些心疼。

"不用了，谢谢，"姜愈起身擦了擦汗，吃力得仿若大病初愈，"挺好的，把这些心底的烂棉絮掏伤出来晒晒。之前就有些模模糊糊的感觉，刚才忽然就想通了，很确定，很清楚：他做的事儿是有意义的。说来惭愧，学了这么多年临床心理学，从没站在他的角度去看看……"

"人在局中，自己还痛苦着，也很难有多余的容器功能去理解他吧。"

姜愈眯起双眼，直视了几秒灼目的阳光，只觉无数从未见过的画面翻涌而来。

硝烟弥漫的谅山老城，被染作赤黑的穷奇河水，还有脑浆炸裂的战士，残破燃烧的旗帜，以及之后被时间淡忘的疮口，被刻意着墨的和平。

同样的牺牲奉献，有些人躺在历史课本的中央，有些人掩埋在久失修葺的墓园角落，有些人则已化作烟尘，难觅痕迹。

那些故事，于他本非体验，只是听说。可此刻想起却是感同身受，有若亲历。

还有那场改变了他人生轨迹的灾难，他翻遍了县志报纸，想找到哪怕一张照片，看看那曾在滚滚泥石流中挡在孩子身前的老人是何模样，可终却未能如愿。

一时间他只觉如鲠在喉，烦乱地松了松衣领，终于将万千感慨化作一声轻叹："他笔下，那是一条条鲜活的命啊……"

岳寥若也已沉默了许久。她虽不知姜愈方才所思所想，但阳光之下，并无新事，相似的遭遇、创伤，在不同的时空中又岂止轮回了百遍千回。

"历史是需要有人记住的，掩盖的真相，终归会以一个我们始料未及的方式表达出来。"她的语气肃穆得像冻土上矗立了几个世纪的黑色石碑。

姜愈捡回刚才那块石头，端详了片刻，轻轻放在树下。

"其实寥若，悄悄跟你说，我有段时间甚至会幻想岳老师是我爸呢，长大了想想，多少对张念骅有点儿小内疚呢……"他坐回门口的台阶，瞅着右下方的地面发起了呆，"有很多年我也挺怪我妈的，为什么要被我爸拽进那个泥潭啊？明明可以离开的，非要把自己整得一天到晚难受，身体也越来越差……"

"你不也没离开苏润吗？小俄狄浦斯①。"岳寥若说笑着坐到姜愈身旁，"你也好，雪燃姨也好，都不是那种会被社会舆论道德标准挡住的人。"

姜愈沉吟片刻，像只猫般伸了个舒展到极限的懒腰。

"苏润抑郁的头一年，我对自己说，没事儿，你扛得住，一定能陪她好起来。到了第二年，我告诉自己，妈走的那几年不都是她陪你过来的吗？怎么到你这儿还不如她了呢？现在，我什么都不对自己说了……其实仔细想想，那些都是理由，不是原因啊……"

"你只是不愿意承认，你妈其实很爱你爸，就像你对苏润一样，对吗？"

姜愈许久没有回答——他自然知道，情为何物问了千年也问不出答案，再精妙深刻的心理学也剖析不清那"爱"中生出的"心甘情愿"。可是……

"寥若你知道，关系里最苦的不是面对丧失，不是无能为力，而是你一边付出全部，一边发现自己离期待越来越远，但你仍然不愿意停下来啊……"姜愈歪着脑袋，轻轻磕着身旁的罗马柱，"所以以前我一直觉得我妈太苦了，可……"

"可你忽然发现，她其实也在这苦中满足着她的需求，像你一样，这时——"

"通"的一声闷响，打断了岳寥若。姜愈的头骨狠狠砸在了石柱上。

"——我那会儿哪儿知道啊！！这么多年！这么多年了啊！！我……"

沙哑地嘶喊声后，姜愈最后与自己对抗了几秒，之后便爆发出了一阵痛哭。

再开口时，姜愈的声音干巴巴的，好似脱了水的海苔。

"对了，我和苏润谈过了，出没出轨那事儿……"

"哦？什么结果？"

---

① 此处"小俄狄浦斯"指的是很多孩子想要从"坏"的爸爸手里挽救"好"的妈妈的底层动力。

第二十章

"问题不大,虽然按圈儿外人的看法,定义成出轨也不是不行,毕竟多少有些越界的互动,但……"姜愈无力地抚了抚自己的侧脸,像在安慰受伤的孩子,"咱们都学这个的,那种程度真早就不算个事儿了,甚至……"

"她把一些有毒的互动放在别的关系里,一定程度保护了你们的关系?"

"大概就是这样,所以我……"

"有些失望?"

姜愈没有接话。

"需要分析吗?"岳寥若淡淡问道。

"我内部一个部分想离开她,但我又不允许自己这么想,所以潜意识里希望她犯个大错,给我个理由……是这样吧?"

"你**可以**离开她。"岳寥若说得郑重。

没有选择权的守候只是徒增痛苦,甚至是双方的痛苦。这道理姜愈早就知道,可此刻提及,却只觉脖颈似被浇筑了水泥一般,想点点头都异常吃力。

"抱歉寥若,我……我现在不想谈这个话题了。"

"好,随你。"

"不是想回避,就是忽然觉得太累了,实在太累了……就好像之前压住的疲劳这会儿全攒一块儿涌上来了,涨潮似的。"姜愈吃力地撑膝站起,步履沉重地走向屋内,"让我歇会儿,就一会儿……"

看着他蹒跚的背影,岳寥若掏出兜里的巧克力,小心剥开,塞入口中,又独自在屋外坐了好一会儿,听着夏日的鸣蝉,偶尔看看刺眼的骄阳,聚散的白云。

姜愈一进屋,便直挺挺地倒在沙发上,一头扎进了柔软的靠垫间。

他浑身酸软,像刚经历了漫长以年计的拉练,身体重若千钧,却又轻若浮羽,四肢百骸,无一处想要动弹、能够动弹,就连眼皮也愈发沉重了。

梦境延绵展开,最初是一片温暖而黑暗的原始海洋,周围回响着双重的心跳声,说不出的让人安心。但刹那间混沌初开,天旋地转,貌似永恒的安宁碎成了锋利的残片,割开了漫天的鲜血。

婴儿睁开双眼,看到的只有一片朦胧的红。

他正从高高的悬崖上直坠而下,发出撕心裂肺的啼哭,控诉着自己毫无征兆、未被征求意见便被**抛**入了这个世界,并一秒秒地迫近死亡。

坠地不知还有多远，也许数十年，也许下一秒，这元初的恐惧被本能深深刻入了生命底层，构筑了心智的地基。

　　何况他还无法独立生存。

　　所幸随即便有同样坠落的女人向他游来，用乳汁将他哺育，用怀抱将他安抚，再用凝望倒映出他的样貌，让他去确认自己的一笑一颦。

　　那婴孩终于安定下来，在寒暑交叠中脱落了襁褓，于春去秋来间挺直了身姿。他眨着懵懂的双眼，伸出稚嫩的小手，去触碰未知，探索世界。有时他能收获新奇，有时他被报以温柔，但也有许多时候，那双小手伸向虚空，却只有猎猎罡风穿过他的指缝，吹得他双目含泪，脸庞生疼。

　　他开始意识到，自己和世界是"分离"的。

　　纵然身边有太多人一同下落，或是向他游来，与他相遇交互，再于风中游走，他还是觉得空荡荡的。

　　其实他曾路过温暖的团体，路过交心的知己，路过少女的眼泪，路过长者的叹息，也曾在茫茫大海上漂泊过其他的孤岛，于日月星辰下共赏过相似的风吟。但他路过越多，便愈发体会人与人间的区隔，相遇相知若流星般闪耀夜空，而在那偶遇的闪耀与闪耀间，则是漫长而空旷的黑暗。

　　渐渐地，他厌倦了敷衍的相遇，腻烦了倒退的景色。

　　他决定做点什么了。

　　可，用这有限的时间，做什么呢？

　　人不曾创造自己，却要为此生所为负责。

　　淡淡的焦虑弥散开来，他四下张望，想要找到一个傲岸背影，一卷蓝图答案。

　　他看到有人燃血成灯，照亮众生岁月；有人抽脊作柱，擎起人间山河。更多人则以普通平凡的样貌面对生活，用奔波的汗水折射着太阳的光芒，磨厚的老茧下依稀儿时的脉络。

　　他看了太多漂亮的答案，却依然茫然焦虑，不知所措。

　　其实这问题本就没有确定的图纸、外部的权威；但它又太过重大，无法暂停，不能重来。这双重负荷下，他一度烦乱地闭上双眼，捂住耳朵，可他的毛孔依然能呼吸到岁月的更替，皮肤依然能感受到逆风的打磨。在他心中一处隐秘的角落，那漫天朦胧的红、最初有力的啼哭始终提醒着他：你骗不过时间，更骗不过自己。

　　他猛地睁开眼睛，直视自己正层层跌穿时间缝制的薄垫，飞速下落。

一块凸起的巨石穿过层云，立在前方。

姜愈倏地从梦中惊醒坐起，一头冷汗。他气喘吁吁地打量四周，确定自己还在岳无峰的咨询室里，这才稍微安定下来。

"做噩梦了？"岳寥若递来一杯新泡好的红茶。

"我……睡了多久？"

"不到5分钟。"

"这么短啊……"姜愈嘘了嘘白腾腾的热气，"跟掉了一辈子似的……"

"掉？"

"对，就那种从高处坠落的梦，一掉几十年，一边掉一边遇到些人做些事儿那种，人生过电影啊……估计是刚才那话题闹的，"姜愈使劲掐了掐后颈，想将袭来的头疼赶走，"说着不想谈不想谈，还真是拦不住……"

"还真是个好老土的梦呢！"岳寥若的笑意中带了几分狡黠。

姜愈刚抿入口的热茶差点呛了出来。

"存在主义那套看太多了吧！"岳寥若哂笑着挤对道，"孤独、自由、无意义、死亡四个基本话题揉吧揉吧，都被人嚼了快一百年了，可不老土吗？"

"你觉得说得不对？我倒觉得很贴切呢！"姜愈将双手在胸前一叉。

坠崖几十年的比喻确实非他原创，但如此真切鲜活的体验被贬得一文不值，还是激起了他几分竞争之意。

"没有啦！哪那么多对错之分，只是……"岳寥若浅浅一笑，将摇来摇去的恶魔尾巴尖悄悄藏起，"入行这么多年了，你这学术上咋还没到俄期①呢？"

"啥意思？"姜愈不以为然地撇了撇嘴，"这个点上没啥可说的啊，都是人类集体潜意识里共同的东西，已经——"

"——但那也只是一个视角罢了，你就没想过别的可能性？"

"别的可能性？"

岳寥若轻盈起身，缓步横穿客厅。

"西方的生死观是单向的，人死之后，上天堂，下地狱，是条不会往回走的路程，所以哲学问题就围绕着我是谁，从哪儿来，到哪儿去。"

---

① 指超越前辈权威，给出新的理论、视角、解读等。俄期即俄狄浦斯期。

话说至此,她已走近墙壁,旋即折返而行。

"但东方不一样啊,我们文化里的生死观是场轮回,去的地方,就是来的地方,来的地方,亦是去的地方,而这个过程中,我既是我,又不再是我。"

"嘶——"姜愈抽了口凉气,却真真来了兴致,"有点儿意思!还有吗?"

"还有就是,孤独、自由、无意义、死亡,咱们的集体潜意识里,不只提出了同样的议题,还给出了一套整合的答案。"岳寥若又下了把饵。

"一套答案?!你确定?"姜愈的眼睛几乎瞪得滚圆,"我怎么没看过这种书?什么答案?"

"你肯定看过,只不过——"岳寥若将鱼线放得更长,"一来作者也会被集体潜意识驱动,未必都能意识到自己无意间写了些什么;二来东方哲学也和精神分析一样——喜欢隐喻。"

"隐喻?!"

"要不要试试?"岳寥若抬手在姜愈面前打了个响指,"我带你做个梦。"

催眠态下,人的脑电波与睡眠时一致,感觉如入梦境;但催眠态又不同于睡眠态,人并不丧失清醒神智,仍可交流,可反应,可决定是否跳出这个状态。

在岳寥若的引导下,姜愈飘入了催眠态下的梦境。

一片漆黑中,他看到岳寥若盘着双腿,与他相对而坐,耳畔隐然回响着熟稔却有些陌生的音乐,似在描绘着如晦风雨中的砥砺前行。

"不用回答我,跟着我思考。"

说罢,眼前的岳寥若也闭上了眼睛。

"何为孤独?"

岳寥若的声音似环绕在周围,还伴着海潮之音。

姜愈似乎来到了莫赫悬崖。他看到怒吼的海风卷来阵阵白雾,寥廓的天地间一片苍茫。悬崖上没有护栏,没有建筑,没有人群,甚至没有掠过的飞鸟,只有郝最一人坐在崖畔,在细密的水雾间望着天际线发呆。

她低头垂发,环抱双膝,赤裸的身体被周身散落的碎石掩住,往昔灵动的双眸中写满了懵懂迷惘,唯有那条红丝巾随风起舞,点缀着这画面中唯一的鲜艳。

"何为自由?"

岳寥若话音未落,便有闪电划裂黑色的天穹,映出王成龙的身影。

他正肆意狂奔,穿过城市,越过郊野,直至荒原。渴了便啃口野果,寒了便搓搓双手,几双绿莹莹的眼睛迫近,他拾起一支枯枝,慌乱挥舞,竭力驱逐。

最初恣意的笑容已被惧意代替,奔跑的脚步却再难停下。

他愤怒地嘶吼着,不屈地挣扎着,直至一不小心摔倒在地,那几双骇人的绿瞳,瞬间暴起向他跃来。

大雨滂沱,倾盆而下,一切归于黑暗。

"何为无意义?"

这次伴随那轻声叩问的,是寻常百叶窗拉起的声音。

景晓慧一身粗衫,面无表情,满头细汗,忙碌着家务。她刚晒好衣物,关上窗户,收起百叶窗,将明媚的阳光挡在窗外,又急匆匆地奔向了厨房。

日出日落,春暑秋冬,挂钟走了一圈又一圈,重复的劳作,相同的日子,百叶窗卷起又放下,放下又卷起,悄悄卷皱了景晓慧眼角额头的皮肤。

"何为死亡?"

梵钟鸣响之间,姜愈看到了自己。他独跪于大雄宝殿,望着殿上的三时佛[①],由晨至夜,直至青灯如豆,佛像的面容也渐渐暗了。

他穿越黑暗,进入了新的世界。

昏惑的天空中风谲云诡,四周景色亦是无常变幻,碧海黄沙,江南冻土,均是刹那。不变的则是无数高若山丘的机械时钟层峦叠嶂,巍峨四方,裸露的齿轮沐风袭沙,已略有锈蚀,利刃般的秒针却依然精确转动,切割着时间与生命。

就在他惊异之时,黄昏下的冰层忽而炸裂,地底涌起亿万流光,飞舞的流光纷纷闪现出片段影像,宏大至补天填海、燃灭狼烟,细微至一茶一饭、炊烟家常。那

[①] 大雄宝殿中央有两种供奉方式,一种供奉"横三世佛",从左至右为掌管西方极乐世界的阿弥陀佛、掌管中央娑婆世界的释迦牟尼佛和掌管东方净琉璃世界的药师佛(另一说是阿閦佛,又称"不动佛"),三佛按空间划分;另一种供奉"纵三世佛",也称"竖三世佛""三时佛",从左至右为前世佛燃灯、现世佛释迦牟尼和未来佛弥勒,三佛按时间划分。

道道璀璨承载了无数个体短暂的生命，看似微不足道，只是刹那的明灭光子，然而细细探查，便会于个体的轨迹中隐然看到一个个家庭的悲欢，再映照出一个个家族传承着创伤与力量的刻印与图腾，再由这万千家族的兴衰，勾勒出满天光影，幻化作这片土地于岁月洗礼中的炎凉景象。而若再将目光拉长放远，便会看到更全面的历史样貌、更完整的人类苍生，甚至再进一步，看到时间本身。

　　时间，将沧海化作桑田，繁华起于平陆；时间，又将生归于死，有归于无，红颜归于白发，华年归于枯骨，将世间万物一一打散，再重新组合。

　　这景象让姜愈冷汗涔涔，心下慌张，不禁闭上了双眼。

　　画面再次浮现时，他又看到了郝最。

　　新办公桌上，是领导送的骏马摆件，似是望她升职之后快马加鞭，更上一层。她看看窗外的繁华，如山的文件，泡了杯三倍浓度的咖啡。

　　披星戴月地鏖战数日，终于忙完后，她已失去了对休息的期待，便找了处夜店独自买醉，不知是想在灯红酒绿间找回自己，抑或在纸醉金迷中将自己掩藏得更为彻底。待她眼神迷离、双颊潮红时，几个流里流气的男人围了上来。

　　下一幕只是片段的闪回：她跪在地上，接过对面递来的漆皮项圈，耳畔不停涌入着诸多定义、命令、羞辱、控制、蛊惑……她的双手簌簌作抖，呼吸却愈发急促，还轻轻舔了舔嘴唇……

　　岳寥若的声音，再次响起。

　　"灵魂囚于肉身，肉身区隔于世，此孤独，人皆有之。

　　"有人幸于降生之日便有温暖怀抱，慈目镜映，那被看到、理解、关怀、链接的光明与热度便早早内化于心，呵护终身；另一些人则停在了那举目无人、绝望惶恐的婴孩岁月，所以他们无比渴望联系，渴望陪伴，渴望温暖，渴望那种你中有我、我中有你、你即是我、我即是你，若融合于子宫羊水、似缠绵于原始海洋的极致亲密。为此他们付出太多，受伤太多，只为求得片刻温存热度，刹那关切目光，可以让他们稍稍松一口气：这一刻还有人多少爱我，有人些微懂我，有人偶尔看我，我还不是孤单一人……

　　"但……"

　　方才的一切，化作真实而虚幻的戏剧。

　　落幕时分，空旷的舞台若空旷的悬崖。一束天光打下，郝最仍发着呆，抱着膝，独坐于舞台中央,回到那孑然孤立的荒芜之中。

没有观众,没有演员,褪色的红围巾软软耷在地上,灰扑扑的满是尘土。

悬崖上遮体的碎石,此时竟成了座没有出口的山洞,将她囚在这自己打造的舞台上。

岳寥若的评论声碰撞着洞壁,缭绕回响:

"凡所有相,皆为虚妄。人人独生独死,独来独往,身边过客来来去去,都只是短暂相遇,片刻欢宵。曲终人散后,留下的依然是茕茕孑立,无尽虚空。"

水下的黑暗,与洞中的黑暗并无二致。

王成龙猛地从水下窜出,溅起一片浪花。

姜愈顺着他的记忆,看到一条大河。河畔奔跑欢呼的少年正仰望天空,用心放着风筝。那风筝越飞越高,似已可与王耀宗的风筝一较高下。不远处 Vivian 庞正准备着野餐用具,看着那爷俩你追我赶,会心一笑。

"人,生而自由。婴孩呱呱落地,舒展身躯,牙牙学语,进而孜孜以求,自由地使用力量去尝试、探索、挑战、构建,这是每个个体确立自身、成长成熟的必由之路。但……"

姜愈眼前,已换了景象。

余晖夕照,放学时分,王成龙敞着校服,黑着眼圈,不知从哪儿找来了啤酒,正在浇愁。他捏着不及格的考卷,瞅了眼不远处海洋科考夏令营的录取榜,回想游戏中度过的韶华时光,只觉一阵失落懊恼。一个女生远远走来,面有怜意,王成龙微醺着和她聊了两句,却未发现不知何时古板严肃的教导主任已站在身后……

一巴掌被王耀宗扇倒在地后,他扭头仇恨地瞪了那暴君一眼,抹去嘴角的鲜血,不顾雷鸣电闪,暴雨将至,一脚踢开家门,头也不回地向远处跑去。

他奔过荒原丛林,驱赶狼犬猛兽,侥幸逃脱时已是身心俱疲。他踉跄着脚步继续前行,终于摔倒在泥泞之中。他仍倔强地不肯放弃,满是血污的脸庞涨得通红,双手抠进泥里,死撑着地面试图起身——可他已太过虚弱,几番挣扎后,还是一头栽入了污浊的泥浆,再无力爬起。

此处已是偏僻小村,在他倒地处不远,猪圈里的猪正优哉游哉地哼哼直叫,似在嘲讽跳出猪圈下场凄凉的同类。

王成龙恨得咬牙切齿,却又无可奈何。

躁乱的雨中，回响起岳寥若清冷空灵的声音。

"过犹不及，物极必反，极致的自由带来极致的风险、责任与孤独，最终虽在众生间却难以滴水入海，面对自己时也无法厚积薄发，若再被那体内的三毒三尸①所惑，则终或废于沉沦，或败于寡助，或诛于妄为。"

清脆的碎裂声，较雨声更引人注目。

一地的碎玻璃，如碎掉的雨水般晶莹。

厨房中，景晓慧正懊恼地呆立原地。

她太忙了：边做饭边给兰兰报兴趣班不说，还想着晚些要交水费，路上得买菜取快递，明天要转房租，周末要带兰兰试听幼儿园亲子班，还有妈妈的腰不好得设法哄着去看，在单位因为接孩子早退又挨批了还得设法找补，还有……

人忙了便易出错，而她出了错便会自责，自责会再添心乱，心乱会更易出错。

果然，她的慌乱又引发了连锁反应：本打算放下手机，收拾地面，却直接将手机扔进了沸腾的锅里；抄起长筷去捞手机，又不慎烫伤了手；长筷打翻油瓶；擦油的纸被炉火引燃；她本能一甩，火种直落油上；火未扑灭，一声闷响，锅被碰翻，煮熟的饺子连同沸水泼下灶台；兰兰闻声跑来，边喊着"妈妈妈妈"边向那一地玻璃碴和还在冒泡的饺子汤奔去……

好容易靠歇斯底里的喊声拦住了兰兰，又将她哄走，看着处处烟熏油腻、满地污水碎物，还有全家的晚饭和煮熟的手机，景晓慧似已忘了烫伤疼痛，面无表情地蹲了下来。

她说不清此时的感受如何，就是止不住地流泪。

明明已经那么努力，已经把自己榨干去做那些该做的事儿了啊！怎么变成了这样……

无名火起，她抡起擀面杖在暴怒中开始砸毁一切。

岳寥若悲悯的声音，穿插于那片嘈杂的砸毁声中。

"现代文明中，人类赋机械以智能，又不停将自身驯改为机械。

---

① 三毒，佛家语，又称三垢、三火，指贪、嗔、痴这三不善根；三尸，道家语，又称三虫、三彭，上尸彭踞好华饰，中尸彭踬好滋味，下尸彭蹻好淫欲。三毒三尸都指人类内心各种与生俱来的恶欲。

"'最优'的迷信，'唯一'的诅咒，'掉队'的恐吓，'应该'的桎梏，将个体不断改造、扭曲、物化，以致渐渐忘却了自己生而有灵，进而习惯于行尸走肉，终日若流马木牛，竭力而无力，庸碌而麻木。

　　"可人终归并非机械。在这异化的世界里，重复的生活中，总会从罅隙间涌出那心底的不甘与不满，或抑郁，或躁狂，或呐喊，或彷徨，而真正难以排解的，则是那不知为何而生、不知为何而存、不知何以为'人'的无意义感。"

　　所以，该何去何从呢？
　　姜愈仿佛听到了唤钟轻响，自己仍迷茫地跪在慈悲的佛像前，求个答案。
　　眼前再次闪过了那一幕幕景象——石台上独坐的郝最、泥泞中挣扎的王成龙、挥舞着擀面杖的景晓慧……岳寥若的每句叩问皆打在他的心头，可苦海无涯，若是四面八方都看不到岸，那该向何处方求个解脱？
　　姜愈虔诚一拜，又闭上了双眼。
　　远处的梵音，竟忽而恢宏开阔起来。

　　莫名强大的召唤感涌起，他坚定地走上舞台，直面着郝最，伸出了右手。
　　郝最却仍犹豫着没动，已然无望的眼中似在问：和你走，就能好了吗？
　　姜愈无言，只是温和而确定地微笑着，伸出的手亦不曾收回。
　　郝最的眼底终于擦出了希望的星火。双手交握时，伴着一阵轰鸣，山体崩塌，已褪色的红围巾也再次鲜艳起来，随风飘扬。
　　二人结伴而行，一路跋涉，伴着岳寥若的述说。
　　"要真正面对孤独，便要哀悼丧失，破灭幻想，碰触真实，再从行万里路，见万千人开始，做一个无疆行者，去感受人间冷暖，去参与离合悲欢，再在知行合一的证道践行中体验人与人间的拳拳真心，入世忘我，有为无执。"
　　这正是他们做的。
　　他们曾搀扶狭路偶遇的老者，曾在山区小学的户外讲课，曾与老猎手在雪地上生起篝火、干一碗烧酒，曾与摆渡工谈笑着生活与黄河谁更颠簸，他们曾路过众生无数，亦从无数路人身边路过。
　　傍晚的小巷中，他们从几个混混手下救了一个孩子，话别之时，姜愈分明看到，那一刻最开心的不是那被救的女孩，而是郝最。她露出了尘封的骄傲，久违的笑容，甚至兴奋地唱了起来。

之后，他们便一路踏歌前行。歌声中，岳寥若的解说亦飘然而至，似若应和。

"这一路上，每为众生抱薪，便也为心中添了火焰光明，长此以往，便自会从最初的恐惧中慢慢走出，无畏雪夜独行，从容离合聚散。此时再进一步内观自省，洗心炼性，则终会豁然开朗，至那澄明之境，放下'恒''我'之执，悟得'缘起无自性，一切法无我'中那份'空'的智慧。有此智慧，相遇便是刹那万年，分离不过众生一体。孤独烦恼，不过沧海一粟，自化清风。

"故，孤独之解，又名唤：'悟空'。"

其实在岳寥若说到"无疆行者"时，姜愈便已隐约猜到了这一走向，只是这答案乍听还有些牵强，所以便一直未下定论。此刻岳寥若娓娓道来，他只觉这隐喻说不出的自然妥帖，仿佛东西方的先贤们早就商量好了一般。

后面的情节虽已能推个七七八八，但他还是跟随岳寥若一路走了下去。

他和郝最遇到了泥泞中的王成龙。

那匍匐在地、爬不起身的少年甫一恢复体力，便不问青红皂白向姜愈挥起了拳头。这次姜愈还未接招，郝最已浅浅一笑，单手便轻松擒下了他，任他使出吃奶的力气，也全无办法挣脱。

爆发的蛮力可以强横一时，但永远敌不过由节制、坚持、专业磨炼出的强大。

几番反抗后，王成龙终于勉强服软，披上郝最递来的干净衣衫，应下了姜愈的邀请、规则与安排。他隐约预感到，这趟旅途也许能带他去他**真正想去的地方**——那是他从前束手束脚、抑或放任狂奔时都到不了的远方。

之后的修行路，于他确是从未有过的体验。虽然他依然会在看书或锻炼时偶尔偷懒溜号，但他到底还是咬牙坚持了下来，直至可以独自扬帆掌舵、首航出海。

他激动地拥抱了姜愈，拥抱了郝最，两行热泪夺眶而出。这是他第一次凭着自己的汗水与努力，到达从前只能幻想的领域，落地过往无法成真的愿望。

"真正的自由，源于'悟能'二字：有所为有所不为、有所不为方能有所为，明白什么是能做的，什么是不能做的，这就是'悟能'。

"悟能，需要的是坚定的目标和与之相称的自律，即，持戒。取经路上，悟能需持八戒，自由之道亦是如此：毫无戒律，则易骄奢放纵，戒律太多，常会拘手缚脚。

外部的戒律最终要内化于心，之后方可收放自如，做到从心所欲不逾规，最终因节制而自在，由慎独而逍遥。此中根基，便在于悟己所能，悟己所不能，悟人所能，悟人所不能，悟万物之所能，悟万物之所不能。

"故，能'悟能'者，方可获得真正成熟的自由。"

三人走向景晓慧时，她仍蹲在"废墟"中默默哭泣，手里还拿着那根擀面杖。

一把车钥匙，被递到了她的面前：要不要一起去走走不同的路呢？看看那未做规划的旅途，会是何样。

这决定于她，本不容易。但周遭的狼藉，无尽的琐碎，她真的受够了！

天人交战许久后，她一咬牙接过钥匙，坚定至悲壮的眼神仿佛在说：豁出去了！哪怕就这一次，我不考虑那么多了！不考虑了！！

因为我的感受确定地告诉我：去吧！

岳寥若的声音中，多了几分清澈的赞许。

"无意义感带来的焦灼躁动、抑郁虚空，只因太多思虑妄念蒙覆了本愿。若想修通此节，不妨暂搁烦恼事，先观自在心，从扫除尘埃纷乱开始，将心头的杂念思量一一放下，做到事来则应，事去则静，逐步见心明志，进而专心致志。"

景晓慧的加入，让旅途舒适惬意了许多。她也在一路上看到了许多不同的风景，哪怕在相似的地方。

印象最深的一次是在菜市场里，她看着熙熙攘攘的人群，忽然觉得生活从未有过的鲜活，每个人脸上都写满了俗世中的真切情感，无论欣喜或是遗憾、焦灼或是期待，都是她不曾留意过的景致。

她也决定要用自己的方式，记录这曾经的黑白世界中渐渐生出的色泽光彩。

山峦起伏，东方未晞，姜愈站在山巅，极目远眺，看到天地广袤，寥廓苍凉。郝最站在他身后，亦在观望山下，看着偶尔来往的人类犹若小小的蚂蚁。王成龙则半躺在不远处的树下，于打盹的间歇看书学习。而这一切，又皆被景晓慧画下。

她抚摸着多年未碰的画笔，仿若重逢了故友至交。

"不是所有人都有那通天的本领，或是闹出巨大的动静，如你我芸芸众生，仍生活在一餐一饭、登山牵马的平凡琐事中。长路漫漫，即便不是传奇中闪耀的主角，依然可有精彩的旅途。只要放过去过去，知未来未来，专注此刻当下，心无旁骛，为所当为，做好自己想做而又能做的每件小事，平凡的取经者，同样可以修得正果。

"这份从容耕耘而得的正果，便源自那洗尽纷扰的澄净初心。

"此谓，'悟净'。"

最核心的议题，终于来了。

姜愈看到了数个自己，或于藏经阁中阅卷，或在图书馆中取书，时而在佛像前内观冥想，时而在咨询室中与空椅子对谈。

"三藏，不只包含了经藏、律藏、论藏中的智慧，还贯彻了悟空、悟能、悟净的修为。三个徒弟不只在外，更在每个取经求道者的心中。"

恍惚间，姜愈看到郝最、王成龙、景晓慧，甚至他自己的角色、衣着、处境、神态、作为都在不停交织变幻。他们在彼此的故事中经历着相似的众生八苦，再于独特的选择中领略了别样的浮沉景象。

"人"的困境，从来都无法被简化为不同的单词名称。众生皆有的万千困扰，其实只是相似的原料、不同的配比罢了。真正特殊的从不是痛苦本身，而是每个人面对痛苦时的态度、抉择、行为，乃至升华凝练出的使命。

正因为此，相似的取经路，才会取到不同的正果。

思绪及此，姜愈的眼前再次浮现了世间种种，百态众生。

他看到行色匆匆的都市白领，披风沥雪的外卖小哥，看到麦浪中挥汗的农民，矿井下作业的矿工，看到苦寒处戍边的战士，学校外翘首的父母……

林林总总的每个人，都在自己的取经路上，也许亦是彼此的西天。

思绪及此，姜愈仿佛看到了落日熔金，漫天绯霞，余晖剪出四人背影，竟真有几分取经者的模样。他甚至隐约听到，远处正传来大气磅礴的音乐，曲调颇为熟悉，配器风格却又迥然不同。

岳寥若终末的言辞，也在这恢宏洒脱的音乐声中响起。

"八十一难同样不只在外，更在于心。妖魔皆是心魔，心魔不起，外魔不生。

"再进一步，能让人长生的也并非唐僧肉，而是闻慧、思慧到修慧的智慧，是众生皆苦的慈悲，还有那份脚踏实地地走过万里河山、看过轮回世相、之后取得真经、返回大唐，再身体力行地普度众生。有此智慧慈悲，一生践行，肉身生死，已无足轻重。

"故，死生之命题，终于'三藏'。"

虽已睁开双眼，姜愈却仍是张口结舌，半晌没说出话来。

"寥若啊……我得承认，最初见你的时候，我是带着些优越感的。"他的嗫嚅中颇带了几分羞惭，"我觉得我做了那么多年临床，实战经验也好，对人对己的理解也好，都该高你太多。但现在我是心悦诚服……比不过，真比不过！"

"好啦，逗你啦！你没觉得那些话根本不像我说的嘛！"岳寥若已忍俊不禁。

"什么意思？逗、逗我什么？"

"黄蓉戏弄朱子柳的套路啦[①]！都是爷爷以前跟我聊的天，类似的还好多呢，什么精神分析起于生指向死、起于阳指向阴，存在主义起于死指向生、起于阴指向阳啦，什么自我接纳对应阴性母性、自我实现对应阳性父性，孤阴不生、独阳不长啦，什么熵增的天之道对应死本能、熵减的人之道对应生本能啦，等等吧，好多有趣的说法，我找一条直接照搬了，是不是很唬人？"岳寥若嫣然一笑。

"这样啊……"姜愈哈哈一笑，"有意思！以前咋没听岳老师说过……其实光这些聊天时的闲言碎语，里边那些道道儿就很让人受益匪浅了。"

"是啊，不过爷爷这些年精力大不如前，很多类似的想法没记录过，估计也就没机会被记录了。还是蛮可惜的……"岳寥若也多有抱憾。

"那看来我得多来几趟了，整整这些碎片，没准就是本好书……"

姜愈说着说着，忽然想到了什么，嘴角微微一扬，又赶忙敛了回去。

岳寥若心细如丝，用眼神做了个问询。

"没、没什么……"姜愈有些尴尬地挠了挠头，"只是刚才想到，这一路取经，也多亏了你陪我走过来……"

"打住！"岳寥若俏脸一红，作势挥拳，佯装愠怒板起脸嗔道，"心猿意马！"

"我错了寥若！"姜愈赶忙讨饶，"其实刚才我想说的是——"

"——啊说起爷爷，"岳寥若忽然从沙发上一跃而起，闪过方才的话题，大步向饮水台走去，"爷爷一会儿该吃药了呢！"

"要不……我去送？"姜愈赶忙跟上，趁岳寥若备药时觍着脸试探道。

"没事儿我来吧。"岳寥若注意力全在药上。

"**我有事儿……**"

[①] 出自金庸《射雕英雄传》。

岳寥若停了手,看看姜愈那一脸的谦卑讨好,用目光问道:什么事儿?

"我想和岳老师说说去,我……"

"到底怎么了?"岳寥若愈发狐疑,"愿意说说吗?不愿意的话就——"

"——我说谎了。"姜愈答得极快,似生怕稍一犹豫便再难出口,"我太怯懦了……上次你们都那么真诚,可我纠结了那么久,最后也……也没……"

"为这个啊……"岳寥若轻描淡写地笑笑,"谁都有说不出口的时候,别介意。没准备好就不要勉强,准备好了这里随时欢迎。"

"谢谢……可哪儿有真准备好的时候啊!再完美的防线都可以被绕过去,不都得边走边准备嘛……"姜愈取了个新杯子,接了满满一杯,"其实我知道,总期待在最没经验的时候做好最完全的准备,说到底也是内在自恋的全能感和对无常的防御。这和来访者说的一套一套的,可……"

"都是凡人,都有心魔。"

姜愈沉默了许久,将整杯水一饮而尽,喂饱了心底驮着秘密的蜗牛。

"小白最后那段,岳老师一开始确实警告过我风险很大,但……但他后面其实一直在鼓励我更积极些,多帮帮她。包括苏润,岳老师说虽然她帮小白会有压力,但那也是她在慢慢恢复社会功能……这太出乎我意料了,我原以为岳老师会严守设置、保持绝对中立的,可……"姜愈捂着头,绞着眉,颤抖的睫毛下又盈满了泪水,"可当他鼓励我的时候,我……我却退了。"

场上一时安静,落针可闻,耳畔的高频音却前所未有地剧烈鸣响。

梦中的画面一闪而过,欣欣唤出的尸身中,本难分辨的一张面容刹那清晰。

"那段时间我太累了,苏润也太累了。从这儿出来我对自己说,怎么帮小白以后再看,今晚一定要好好休息下,不要再被她打扰了,我只想好好休息……所以一到家我就倒头上床了,还把俩人的手机都设了静音……"

"所以那天晚上,小白站上了天台,并且……并不像你之前说的,她给你们拨了电话但拨出立刻就挂了——那是你在愧疚下对现实的美化?"

姜愈黯然不语,算是默认。

"所以她确实给你们打过电话,但你们都没接到,然后她就——"

"——不是。"姜愈沮丧地摇摇头,蹒跚着走到一块很久前岳无峰上课用的玻璃白板前,声音破裂得像把粉碎的玻璃渣子,"我那天虽然早早上了床,但一直没睡着……所以我其实看到了小白的电话,但……我没接。"

他终于抬起头，双眼通红地死盯着白板，只觉那隐约映出的相貌格外丑陋。

"我他×就是个傻×！"玻璃板被磕得咚咚直响，姜愈既若认罪忏悔，又像要和镜中人拼命，"我承认！我心里就是有个部分觉得小白是个累赘，是个我拼命想甩开的累赘！但我真正想甩掉的，是我内部的抑郁啊！关她什么事儿！"

他不顾一切地磕了好久，才终于累了，倦了，够了。

破皮的额头软软倚在玻璃板上，泪水顺着脸颊流入嘴角，苦涩得好像海水。

"很久前我曾和小白说过，如果你实在不肯看精神科医生，到了那一刻打给我们，我们拉着你！小白当时特别感动，她是信任我们的，但……"

战栗的拳头死死压在玻璃板上，直压得指关节都褪了血色。

失声的痛哭若开闸的洪水，冲走了所有斧凿与虚伪，裸露出最初的真实样貌。

"我食言了……"

姜愈只觉自己仿若刚做了台大型手术，某块增生变异的组织消失了，体内原本的平衡消失了，泪腺中的水分消失了，每寸肌肉中储存的力气也消失了。

连带消失的，还有那困扰了他多年的高频音。

他长吁了口气，倦倦地走回洗手台，狠狠地洗起脸，像要搓下层皮。

"寥若，我还是想和岳老师再当面说两句，上次虽然说了对不起，但——"

"——不用解释，去吧，"岳寥若看他已在"洗心革面"，鼓励得更是体贴，"这样今天回去，就可以真正放下这压了三年的担子，好好歇歇了。"

姜愈接过岳寥若递来的水和药，向她感激地点点头，走到楼梯口，又做了个深呼吸，这才郑重地向二楼走去。

岳寥若悠闲地端起咖啡，看着姜愈的背影，露出了欣慰的微笑。

"寥若！岳老师不见了！"

姜愈挥舞着之前他送的防走丢手环，火急火燎地冲下楼来。岳寥若忙环顾四周，这才发现后门极为微小地开了条缝。

向来淡定的她，也一下失了沉稳。

"怎么会？！……难道是刚才咱俩都在——"

"——先别说了！走！一起去找！"

一切都是如此熟悉，一切又都那么新奇。

岳无峰兴冲冲地漫步街头，看着两侧绿树荫荫、芳草萋萋，听着蝉鸣雀歌、风吟柳和，不禁一阵欢欣感慨。

我是谁，我要去哪里，我要做什么……

这些问题通通没有困扰到他。

自然，他也不知道岳寥若和姜愈皆焦虑已极，正高呼着"爷爷""岳老师"奔过街头巷尾。

他脚下加快，拐了几个街区，便跟着感觉走到了附近的城中村旁。

小呆正呆坐在一棵参天的梧桐树下，在地上歪七扭八地画了个棋盘，嘴里默默念叨着什么。见岳无峰只身前来，他先是一愣，随即便格外开心地奔上前去。

岳无峰呵呵一乐，从兜里掏出个颇有年代的老旧纸盒，打开竟是一盒弹珠。

岳寥若已询问了无数路人，搜索了偌大街区，却依然没有寻得哪怕一丝爷爷的线索。天色渐晚，日薄西山，她在路口与姜愈汇合，看到他喘着粗气摇头的一刻，几乎要哭出来了。

姜愈扶着双膝，大口换着气，双眉紧锁，努力在记忆库里搜索着蛛丝马迹，

——不要急，不要急，不要急……

——全北京城你都能把郝最找到，一定有什么线索的……

他忽然灵光一闪，向小呆那方向指了指，比画了下小呆的身高，顾不上嘴里涌起的甜腥味，拔腿向那方向跑去。

岳无峰此刻，正玩得不亦乐乎。

他时而把弹珠打得出神入化，时而和小呆打闹追跑，时而从沙堆里挖出胶泥教小呆"拍锅儿"①。一老一小，都不顾夏日炎炎，俨然两个玩疯了的孩子。

夕阳西下，岳无峰终于气喘吁吁地停了下来。他扔下刚刚"战斗"用的"柳条剑"，挥手讨饶道："爸爸累了，让爸爸休息一下……休息一下……"

小呆被说迷糊了，他愣愣地走近岳无峰，一脸茫然。

---

① 拍锅儿：二十世纪七八十年代流行的孩子游戏，把一块胶泥捏成一个碗形使劲儿拍在地上，捏得好、拍得好的话可以打出鞭炮般的声响。

"爷爷说什么？不懂……小呆不懂……"

岳无峰却并不理会，依然自顾自地说道："平安啊……一会儿你先回家帮着做饭去，别让你妈一个人忙活，肉我都买好了，也不知道你凌云哥下没下车……"

他似是体力不支，靠着那棵梧桐树缓缓地坐下了。

"你哥这回可累坏了，从铁列克提到北京得几天几夜的火车呢，晚上啊，咱们给他接风洗尘，这一家子也好好聚聚……呼呼……现在让爸爸先休息一下……呼……晚上你爷爷奶奶也过来，想不想他们啊？唉……这都多久不见了，爸爸也想他们了……不过现在还是让爸爸先休息一下……休息一下……"

岳无峰边说边轻轻低下了头，渐渐变成了喃喃自语，越来越弱，越来越轻。

远远看见岳无峰和小呆时，姜愈和岳寥若总算长舒了口气。姜愈捂着岔气的肚子，岳寥若撑着膝盖，喘了好一会儿，才一前一后跟跄着走了过来。

"小呆！死小子又跑哪儿去了！给我回来！回来！……"

远处又传来了那凶悍的喊声。

小呆身子一颤，忙走到岳无峰面前，把一颗晶莹的弹珠塞回他手里，讷讷说道："爷爷休息，小呆得回去了，下次再和爷爷下棋，让小呆两下就够了……"

说完，他便匆匆向村里跑去。

姜愈和岳寥若已走到跟前，见小呆要走，便笑着向他挥手告别。

岳无峰却依然双眼轻阖，纹丝不动。

岳寥若隐隐觉得有些不对，她蹲到岳无峰面前，轻轻打开他的手，看到了那颗晶莹的红芯弹珠。

岳无峰仍沉稳地坐着，若大地山丘。

岳寥若只觉一阵四肢发冷，冻在了原地。

小呆跑出二十米远，突然转过身来，大声向岳无峰这边喊道："化作春泥更护花！落红不是无情物，化作春泥更护花！"

喊完，他又向村里跑去，嘴上却并不停歇，继续边跑边喊，喊声也越来越大。

"浩荡离愁白日斜！吟鞭东指即天涯！落红不是无情物！化作春泥更护花！落红不是无情物！化作春泥更护花！……"

岳寥若强压着汹涌袭来的情绪，将冰冷的手指搭在岳无峰的脉搏上，之后便再也克制不住自己，滚落了两行清泪。

姜愈也觉察到异样，忙蹲下去探岳无峰的鼻息，随后亦是泣不成声。

岳无峰却比以往任何时候都更加安详、平和，双眉完全地舒展开来，仿佛平静地说着：我准备好了……

阵风吹过，梧桐花叶随风飘落，几片宽大的叶片轻轻落在老人身上，仿佛在给他盖上这天地间的最后一床薄被。

残阳若血，落落余晖将三个静默不动的人影拉得老长。

远处，小呆痴痴的喊声还在继续。

更远处，传来了无净寺一百零八下暮钟之声。

第二十一章

碧海踏浪素羽舒

  树叶被烤得打卷儿，微风掠过，叶尖儿微微发着颤。光斑从枝叶间疏疏落下，阴凉处，一群白鸽刚结束觅食，成群地倏然跃起，拍着翅膀直冲上天空。

  小师妹走到窗前时，正巧看到这群白鸽掠过，给这钢筋水泥浇筑的城市添了不少生机。她心下欢喜，笑盈盈地敛上纱帘，转身轻快地走回人群。阳光穿过纱帘，在地板上蒙了一层水雾般的光晕，密密攒动的人影被淡淡拉长，团团围住了场中你来我往的两道身影。

  武馆中正在打一场出师赛，大师兄对战师傅。

  "别紧张，把你正常水平发挥出来，你的缺点就是对方强了你动作就乱了。"师傅避开一记意图太过明显的直拳，后撤两步，仍不忘教导点拨。

  大师兄甩甩光头上溢出的汗，也不作答，只是紧盯着师傅的双眼肩膀，脚下划个米字步，仗着体力占优，连续移位，接连从数个刁钻的角度发起强袭，引来同门一阵叫好。师傅则不急不躁，凭着多年的经验后发先至，连消带打，搭截沉黏间不仅游刃有余地化解了进攻，还数次反手封打，拳不虚出，让大师兄结结实实地正挨了几下。

  若不是有二十年的光阴挡着，大师兄怕早已倒地不起了。

  师兄弟们围观着场上的龙争虎斗喝彩不止，姜愈却独自倚在角落，仿佛所有喧嚣刚触及他的衣角，便会被轻轻弹开。他偶尔心不在焉地抬眼瞅瞅场上，更多时候则低头刷着手机。

  在这荷尔蒙饱和的场上，他安静得格格不入。

  ——早知如此，今天就不来了……

  岳老师走后，他一直憋得难受。来这儿本只想发泄一下，打个痛快，却未料遇上了这场比试。

  小师妹心细如发，眼观六路，很快便发现了姜愈的异样。几番欲言又止后，她终于还是按捺不住，凑上前来，手肘不轻不重地捅了捅姜愈的腰，压着嗓子没话找话："咋心事重重嘞，咋子了嘛？"

"哦没、没事。"姜愈的木块脸微微一沉,头也不抬,继续划拉着手机,"话说,大师兄这几年可真是进步神速啊……"

"榜样哇!你不晓得吗?他崇拜师傅得很哟!天天都希望师傅夸拉得很。"小师妹乌溜溜的眼珠一转,忽见姜愈未加设防,童心倏起,抓个机会便凑上前去,作势欲看姜愈的手机屏幕,"聊撒子哦这么专心?"

"好了不聊了,专心看比赛。"姜愈本能地一键退回桌面。

小师妹却脸色倏变,一把抓住他的手腕,不可置信地盯着屏幕,水汪汪的大眼睛中竟还泛起了泪光:"这手机桌面是你啥子人?你婆娘?不会这么巧吧!"

"是、是啊……"轮到姜愈愣住了,"是我太太。怎么了?"

"她是不是地震那年子去过雅安?"

"对……她是——"

"——我要见她!带我见她!三年了我一直想见她!我要当面谢谢她!"小师妹几乎要把姜愈的胳膊晃断了,"带我见她!救命之恩啊勒是!"

"好好好,我们待会说,你先别哭,先别哭……好事嘛这不是。"姜愈只迟疑了片刻,便答应下来。

但愿小师妹于苏润,也会像那群孩子于岳老师吧……

小师妹重重点了点头,抹掉眼泪,破涕为笑。

"先专心上课,下课了我——哎呀!师傅!"

众人的惊呼声中,师傅已被一记重击打实在太阳穴上,一头栽倒,昏了过去。

"师傅!师傅!!"大师兄焦急之下,除了摇着师傅大喊,一时竟不知所措。

姜愈快步上前,刚想伸手施救,师傅却已缓缓转醒,长吸了口气,眨眼看看四周,半撑着身子吃力地坐了起来。

拳怕少壮,大师兄这记直出横击又着实不轻,师傅缓了半天才从眩晕中渐渐找回现实感,拍拍大师兄的肩膀,爽快地笑道:"打得不错!就该这么打!"

大师兄的眼睛红成了兔子,他难以置信地看着双手,嘴唇都微微发颤了。

师傅接过小师妹递来的湿毛巾,粗粗抹了把脸,清了清嗓子,郑重对大师兄说道:"恭喜,你正式出师了!"

大师兄抬眼看了看师傅,紧咬着嘴唇,眼中笼起了层雾气。他努力挤出一丝笑容,但刚咧了咧嘴,汹涌的情绪便奔流而至,化作了无法抑制的哭泣。

"大小伙子哭啥?都说了没事的!"师傅哈哈一笑,和声宽慰道。

大师兄却连连摇头，捂着脸蹲在原地，像个小男孩般泣不成声。

师兄弟们纷纷上前，说着些"努力没白费啊""师傅没怪你"之类的片汤话。

姜愈看着那撕心裂肺的号啕，干涩的眼中掠过了一丝悲悯的共鸣。

——他们以为，你是因为出师了太过激动，或是因为打伤师傅而愧疚……

——不是，都不是……

他叹了口气，望向窗外。天边的白鸽早已不知所踪，热风吹过，卷着阵阵蒸腾的暑气，让那哭声、议论声更显嘈杂。姜愈有些烦躁，思绪飘得更远。

岳老师啊……

"姜老师？你在听吗？"

姜愈猛一激灵，眼前景物一花，意识瞬间被拉回了身体。他下意识摸摸身旁的沙发扶手，这才想起自己早已坐在咨询室中。

"嗯，我在听。"他换上专业的微笑。

对面坐着的，是那个高颧骨、大额头、凸眼睛、被"体制内傲慢、自私而狭隘的利益集团"排斥迫害的科学家、哲学家、思想家、发明家。

姜愈格外懊恼，之前一念之差，没在见第一面时拒掉这位奇葩，此时只得强打精神，继续洗耳恭听那滔滔不绝的演讲。

那男人未因姜愈的走神而露出哪怕一丝不悦，反而凑到极近处，用夸张而神秘的广东普通话喷起了唾沫："那我接着说，我上周突然——想明白一件事！"

姜愈看着那一撮撮太久不洗而被油脂浸得反光发亮的头皮屑，堪堪忍住了推开他的冲动，只是不动声色地拉远了点距离，艰难地压着呼吸，耐着油味。

"表面看，我们生活在这个世界，但其实根本不是！"那男人拈着兰花指凌空虚点，"比如说哦，看起来，我在这里和你聊天，但也很有可能，我们只是小说里的人物！假如这个时候，作者懒得编合理的情节了，那就得制造个意外，比如最俗套的就是——"

敲门声咚咚响起，轮到姜愈意外了。

那男人得意扬扬地连连挥手，示意他快去开门。

姜愈迟疑了一下，客气地说了声"抱歉稍等"，起身走向门口。

大门打开，王成龙抬脚就往里走，直到被姜愈堵住拦下，才终于觉出了不对。

"我们约的是下午5点，现在是4点。"

"王成龙,可以进来了。"

送走那神经质的男人,姜愈去叫王成龙时,却见他正挂着耳机,抱着一本厚厚的教材,目光黏在书上,不时念念有词,竟完全没听见姜愈喊他。

姜愈看着他样子,一时颇为感慨。

王成龙的头发剪短了,只穿了朴素的白T恤、牛仔裤,眼神却坚毅了许多,像两颗钉入甲板的铆钉,从前那纨绔倾颓的气质也已荡然无存。

姜愈又连唤了两声,王成龙这才回过神来,忙合上书,摘下耳机,停下隐约传来的《世界が终わるまでは》①,面无表情地低头走进房间。

姜愈随他落座,见他坐姿端正,手指有些紧张地搓着裤线,心中暗暗标记。

不远处那盆曾被他打碎多次的鹤望兰,不知何时竟偷偷吐出了一支新剑,正在空调的微风中颤巍巍地摇着。

"所以,刚才发生了什么?"

"没什么,就是看错表了而已。"

"你上一次看错表是什么时候?任何场合都算。"

"好啦好啦,我就是偶尔记错时间,你至于这么小题大做吗!"王成龙的五官聚在了一起,"谁叫你上周请假了嘛,搞得我都记错时间了!"

"好像谈这些让你有些焦躁?"

"我不焦躁!你是不是怪我刚才打扰到你了?那我道歉还不行吗?!"

"听起来你觉得被指责了,我在想哈,会不会——"

"——好啦!!"王成龙突然拔高嗓门儿。

短暂的沉默,若打起水漂的石头,荡开串串涟漪。

王成龙搓着裤边,布料发出窸窣的摩挲声,于这过于安静的氛围中格外突兀。

"抱歉……"他还是先绷不住了,"放过我吧,这两周发生了好多事儿,你上周又不在,可能我是真想和你说说吧。"

"我上周不在给你什么感受?"

"很正常咯,"王成龙双手一摊,故作不在意地耸了耸肩,"谁都有私事儿。"

---

① 即动画《灌篮高手》的片尾曲《直到世界尽头》。

"……OK。"姜愈向后靠靠，多留了些空间出来，"那我们先看你的生活。"

王成龙松了口气，抿了抿起皮的嘴唇："先说个战果吧。别紧张，不是打架。"

姜愈笑而不语，没戳穿他的投射。

"阿豸的事儿，我搞定了。"王成龙深吸口气，紧张得像个初次授勋的新兵，"上次回去后我就想到，为什么我之前只是抱怨，从来没把他当成个可以解决的'事情'呢？**我就是**遇到这么个熊孩子做同学了，那，**我**可以怎么应对。"

"你开始直面问题了。"

"对，然后我就开始想怎么办。"王成龙受了鼓舞，舌头捋顺了许多，"我想了不下十套方案，比如喊人打群架，买通贿赂那些他给面子的人，玩儿阴的设局，等等吧，之后我又把它们一个个儿都否了。最后，我的方法是和他好好谈谈。"

姜愈将惯用的"嗯哼"换成了"哇哦"，以示赞赏。

王成龙无声地咧了咧嘴，暗搓搓地有些雀跃："结果很不错，还多亏了这里学的招数呢！"

"这里的招数？"

"对！那次我们谈到我各种闹腾希望他们认错，实际上是想有个机会原谅他们，这点启发我了，我就琢磨啊，这阿豸的那些行为背后到底指向了什么？"

"看来你命中了。"

"没有，事后看，猜对的很少。"王成龙在裤子上蹭了蹭有点发潮的掌心，"但哪怕在这里，我怎么想的，发生了什么，感受怎样，等等吧，你也经常猜错。可即使你猜错了，甚至我生气了，攻击你，和你互殴，你也没走，我也没走，我们还是坐在这儿继续讨论，继续谈。这对我启发很大。"

王成龙深运了口气，鼓起勇气和姜愈对视了几秒，似在说：抱歉，谢谢。

姜愈看看王成龙手上又开始的小动作，还以微笑，一言不发。

"无论如何吧，我想好后就约了他。他开始还以为我要打群架，带了一大票人去，后来看就我一个，还挺意外的，真该把他那表情录下来给你看看！"王成龙得意地笑笑，"之后我们单独谈，我跟他说，其实我们可能是同类，都活在大人的阴影下，没法确认自己的力量到底有多大，界限又在哪儿。只不过我是力量没有出口施展，他是爸妈替他拿了太多胜利，但结果是一样，都是不知道自己几斤几两，然后内心躁动向外撕咬找那个确认……"王成龙边说边比画，越说越兴奋，"当时他都被我给说傻了！那眼睛瞪得贼圆，下巴都快掉下来了！"

王成龙长舒了口气，靠回沙发，双手则继续换着花样搓来搓去。

"他一开始还嘴硬，说我胡扯，但气氛已经明显不一样了。我们后来谈了快两小时，他也说了些心里话，比如他对他爸妈那股又认同又不满还没处说的劲儿，我其实特能理解。临了他来了句'不打不相识'，这事儿就彻底翻篇儿了。"

"真的是非常大的进展。"

"他其实本质没'那么'坏，但摊上那样一对儿父母，彻底毁了……还挺可惜的。"王成龙感慨惋惜之余，似还有些心有余悸，"我们聊完第二天，他算计别人想坐收渔利没成，事情败露，让人给捅了，丢了个肾，现在还躺医院呢。这要搁以前我一定敲锣打鼓放鞭炮。该！恶人自有恶人磨！但现在……"

"你有些后怕？"

王成龙重重出了口气，似是叹息，又不似叹息。

"其实我不太敢想，如果我没来这儿，我爸那么高压下去，我会不会……"

"是啊，更何况你内部可能还有个部分一直在——"姜愈故意停顿了好一会儿，见王成龙并无接话之意，这才补上了后半句"嫉妒阿豺？"未料王成龙也几乎同时开口，说出的则是"羡慕阿豺？"。

两人话音同落，相视一笑，又不约而同敛了笑意。

王成龙斜着脑袋看向左上方，目光似透过虚空，望向了平行宇宙中另一个自己的人生："阿豺最终把身边的小环境打造成了不讲规矩、强者为上的世界，那看起来很自由，但没有任何约束，也就没有任何信任、合作、保护了……"

"嗯哼，你之前追求的那个'不被管'的状态，走到极致，恰恰会走到你最抗拒的环境，就是你爸说的，丛林。"

"……所以不得不承认，'社会'这东西还是挺必要的，人类毕竟是群居动物啊……"王成龙苦笑着摸了摸鼻子，"我之前还是太把安全舒适便利这些当成理所当然了吧……"

姜愈没有戳穿他的遮掩，只是双眉微蹙，像个办案中的老刑警。

"这么想想，之前我要的自由其实和他们没啥两样，就是世界围着我转，这必然受挫啊！完了就受不了，上头了拼命，低落了退缩，愤世嫉俗玩世不恭，真是……"王成龙撇了撇嘴，出神地望向窗外的天空，"你说得对，我不如她。"

"不如谁？"姜愈一时没反应过来。

"瞅你这记性！吵架那次你说的，那个想学天文的同学。"

"阿斯翠亚，我想起来了。"

"当时在气头上没细想，但仔细想想……"王成龙越说越轻，耳朵红成了两只奥尔良烤翅，"这周又发生了些事，我还挺……惭愧的。"

"惭愧？"

"我不是说，她早晚得被现实教育吗……"王成龙一阵苦笑，"被打脸了啊！"

"嗯哼。"

"她之前参加了个天文有关的竞赛，有个环节要做篇论文，结果，牛大发了，北大天文系一个快退休的老教授看中了她的作品，特别欣赏她，说一个民族总得有些仰望星空的人……"王成龙越说越激动，还带了几分与有荣焉的自豪，"老教授一开始说要资助，那傻丫头还不接受。后来他们约定，如果她考上北大天文系，就让她早点儿进实验室干活儿，有津贴的，这回她接受了。老教授还提出，如果她愿意，在不影响高考的前提下，随时可以去他们组里提前学些基础知识，所以她这段时间才那么忙……"

"给你什么感受？"

王成龙使劲搓起了下巴脸颊，像在和面揉面，再捏出个新的样子。

看着都疼。

"可能没认清现实的是我吧……这个世界没那么绝望。"王成龙搓红的脸上掠过一丝羞赧，"像你说的，我生在哪儿，被什么人养大，等等这些确实定死了，改不了，对后面也影响挺大。但我还是能决定我扛着多多少少的代价去做什么不去做什么的，甚至有时候还能让身边的世界有那么一丢丢不同，对不对？"

姜愈用微笑回答了他。

"这么想还是多少有点压力的，好像有不少事儿都得自己来定了。"王成龙不安地搓了会儿手，"对了，我彻底A了。"

"A……A了？"姜愈一时未反应过来。

"唉你这记性……不会真把脑子累坏了吧？"王成龙的调笑中还真带了几分关心，"之前也说过的，AFK，就是网游里不再玩了的意思。"

"哦对，你是说过，"姜愈见他新发展出了些许体谅他人的能力，更感欣慰，"那，感受如何？"

"有些伤感吧，但我觉得我做好准备了。"王成龙几分悲壮，少许豪迈，像个毕业季多喝了两杯的孩子，"还是去现实世界中追求那些想要的吧，有压力就克服好了，而且……"

他看看右下方的过去，左上方的未来，屏息沉思，双手都暂停了搓弄。

"你说得对，人还是要去选择的，当它是选择的而不是不得不的时候，就没啥可抱怨的了。说到底，哪有那么多该不该，对不对，行不行，难不难，只有你愿意不愿意，愿意就去做，其他都是扯。"

"非常有标志性的一步，也是个重要的**告别**。"

"所以就带着这段经历上路吧，"王成龙僵硬地伸了个懒腰，起身走到饮水台畔，接了满满一大杯水，"游戏其实也教会我挺多东西的，咳咳……"

半杯还未喝完，他便成功呛到了自己。

姜愈并未看他，只是趁此机会低头沉思，推演着后面的进程。

王成龙回位坐好，一身细密溅上的水渍，好似半开卷考试时写满的小抄。

姜愈看看那份要点，口气更温和了："那，愿意说说你从进门到现在一直藏着没说的话题了吗？那个让你非常焦虑的话题。"

王成龙又是讶异，又是踏实，一时无言。

这次的沉默，较过往多了些许微妙的变化，若早春玉兰的抽芽，夏至前后的天光，秋日初泛的叶黄，立冬的第一朵雪花，悄然无息，难以察觉，却又实实在在地昭示着改变的存在，证明着已历的时光。

王成龙捏捏眉心，像块烤化了的起司般贴在沙发上，双手松弛地垂在两侧。

"本来我现在应该在瑞士的。"

"哦。"

"又和以前一样，他连问都不问我，就各种安排！"王成龙像嚼了个生柿子，满嘴的苦涩味道将怒气盖了过去，"我知道的时候机票都买好了，昨天的飞机，说是个什么很好的预备班，完全无视我的想法……"

"所以你——"

"——我们差点吵起来。"

"差点？"

"是啊,差点。你失望了吗?"

"你希望我失望吗?"

"不,当然不。"王成龙倦倦地努努嘴,疲惫若大战后脱力了一般,"我只是觉得这次真和以前不一样了,以前他这么做我们一准能吵到把家拆了,但这次说不上为什么,我甚至都没想着'别和他吵'之类的就……你说这是为什么?"

"也许因为你们的关系变了。"

"……可能是吧。"王成龙边回忆边琢磨,眼周的肌肉微微绷了起来,"而且这次他做的虽然还是让人不爽,但他的态度、口气好像也有了点儿变化,我说不上哪儿变了,但确实感觉不太一样了……至少他能跟我谈了。"

"你们有了可以交流彼此想法、情绪的**空间**。"

"是的,我直接跟他说,你这么安排我知道是想帮我,我很感谢,但这么不问我就安排我也很生气,他这回居然听进去了!然后我们就谈了这个事儿……"

王成龙又卡住了。

姜愈看着眼前抿嘴沉默的少年,也是一阵感慨唏嘘。

这是他经历过无数次的时刻,体验过无数次的惘然。而对这少年人而言,还太过生涩,太少经此历练,所以会慌、会疼、会害怕、会焦灼、会拖延、会逃避……

可成长,不本就是用分离打磨出来的吗?

从剪断脐带、脱离母体,到断奶、独立行走,再到分床、入学、离家、经济独立、人格独立……一次次脱胎换骨,和旧有的体系告别,从安全的茧中破出,一次次地摔打稚嫩易伤的羽翼,渐渐强大起来,最终一次次告别自己,浴火重生。

那就一起好好面对吧——让这分离不仓促,不拖沓,不要撕下淋漓的血肉、留下化脓的创面,感染成生命中填不满又回不去的空洞。

思绪至此,姜愈也更坚定了许多。

"谈了'这个事'?"

"对,这事最后的结果就是,我还是要走的……"王成龙的嘴唇上已印下了一排模糊的牙印,"他被我说动了,改签了机票,后天走,我打算这两天……总之这是我最后一次来这里了。"

"你有什么想对我说的吗?"王成龙坐直身子,却仍不敢看姜愈的眼睛。

"确实很突然,面对这么多的分离,这么多的改变,我看到你心里也挺焦虑的。"姜愈的双手，不经意间交握在一起。

"我其实很担心的……不怕你笑话，长这么大，吵吵了那么久嫌他们管我，还离家出走那么多次，可真要一个人去闯了，还挺没底的——是不是有点儿怂？"

"未知的领域总会让人焦虑。"

"到了那边就真该按自己的规划来了。老实说还是有……"王成龙十指交错，互相较着劲，"我倒不是怕适应不了，但就是……我也说不清楚，就是慌慌的。"

"你想象中，去那边将要面对什么？"

"自己生活，抓紧学习，过语言关，交新朋友，竞争那几个名额……"

"这里面最让你焦虑的是什么？"

"不知道，我觉得不是具体的某个点，而是整个儿，你能懂吗？"王成龙使劲撩了撩头发，像在拨拉柴火。

他心底的火确实烧得正旺，直燎到嗓子眼儿，再被喉头一坨半干不干的凝胶堵上，直憋得他百爪挠心，不停地狠捏喉结。

"我原来以为我是太希望整个儿过程都远超他们预期了。但我体验了下好像也不对，现在就彻底搞不懂了……"

"我问你几个问题，你答得越快越好，尽量别过脑子，给我那个你第一直觉的答案，嗯哼？"姜愈换上了手术刀般的目光。

"……好。"

"看着我。"姜愈向前挪了挪身子，还向王成龙倾了几度，"深呼吸，看着我的眼睛……"

王成龙有些恍惚地点了点头。

姜愈将呼吸与王成龙调至同频，再刻意慢下，待王成龙的呼吸越来越沉，才突然快速地问道："1加3等于几？"

"4。"

"月亮和地球哪个更大？"

"地球。"

"你害怕面对出国后的挑战吗？"

"害怕。"

"怕赢还是怕输？"

"怕赢。"

答案出口的瞬间，王成龙便宕机了。

姜愈收了磁石般的目光，靠回原来的位置，抬手示意王成龙自行解读。

"我靠！我……你、你……你诱导我，你先说的怕赢，如果你先说怕输——"

"——我先说的月亮。"

王成龙哑口无言，蔫蔫地瘫回沙发上，像只泄了气的河豚。

"好吧，你赢了……"

"你怎么看你的答案？"

"我觉得是……靠！"王成龙扯开一颗扣子，抓了抓裸露的胸膛，又一路上攀，在咽喉上留下了数道红印，"这话题让人好难受啊……"

"试着说说看。"姜愈和颜鼓励道。

"我不知道……"王成龙摸摸后颈，咬起了手指。

"我认为你知道。"姜愈笃定地微笑道。

"我真不知道！"王成龙像只被踩了尾巴的猫，几乎要炸起毛来，"我真不知道！你就不能痛痛快快地说出来吗？！"

"当我没有直接说出来的时候，你感受——"

"——我很愤怒！你明知道答案却这么袖手旁观！完全不帮我！"

"那，这就是答案啊。"

"你打什么机锋啊！直白点，到底什……么……呃……"

吼了一半的话在嘴边拐了个弯，磕磕绊绊地停住了。

"……你说得对，是这样的。"王成龙沮丧地叹了口气，胸膛的起伏变得明显了许多，"忽然觉得好闷啊！我去开会儿窗可以吗？"

姜愈并未回答。

王成龙读了读姜愈那意味深长的目光，转过弯来，会心一笑，起身踱到窗前，推开窗户，撑着窗台将头探了出去。

树荫下，下棋的老人还不肯回家，围观的人未散去，好像那盘棋已日复一日下了百年。日落还早，灼热的阳光透过密密匝匝的枝叶，洒在老人的蒲扇上，反射出米黄色的光泽，像竹简做的古书一般。微风偶尔吹过，让树上疏于社交的叶片们互相打起了招呼。飞鸟在枝头停得久了，便拍拍翅膀一跃而起，盘旋着穿过高矗楼宇，飞向远处鳞次栉比的地平线。

——我在这城市，已经生活了 16 年了啊……

——从出生，到现在，一直都在。

——可为什么，总感觉从没好好看过她呢……

王成龙的身子已倾出了窗外小半，似在尽力碰触那墙外的阳光，人间的喧嚣。待窗棂硌得小腹有些疼了，他才终于闭上眼睛，长长呼出一口浊气，转身轻倚着窗台，又环顾起这间咨询室来。

——在这里，我只是待过不到 5 小时而已啊……

——怎么就觉得……

身后的阳光斜斜洒下，他整个人都隐匿在阴影中，唯有轮廓溢出了一圈浅浅的光晕。颀长的影子悄无声息地拉出一条长长的沟壑，堪堪停在姜愈脚下。

"每个人……都希望自己前面有个背影的，对吗？"

"有那个背影的时候，就有人可以引导我们，保护我们，替我们做那些我们纠结着不愿意做的决定，挡掉那些我们没准备好面对的风险，也替我们负责、'扛锅'、挨骂——这是你希望的吗？"

"你就不能正面回答我一次吗？"王成龙苦笑着再次望向了窗外。

一群白鸽，忽而掠过。

他看着那自在的飞鸟，竟有些惆怅了。

"突然，好想抽根烟啊……"他慢悠悠地晃回座位旁，怔怔的目光却并未改变方向，"别误会，我没抽过。"

他缓缓坐下，像个上有老下有小，又逢伤腰病的中年人般。

姜愈只是似笑非笑地瞧着他。

"好啦弗洛伊德先生！"王成龙半分羞恼地抗议道。

"我还什么都没说。"

"可你其实什么都说了！……"

沉默若雨季涨起的湖面，平静地没过了平日裸露的地方。

湖水过肩时，王成龙已极不自在。他一会儿瞅瞅脚尖，一会看看姜愈，一会儿又盯上了计时的沙漏，索性上前抄起，摩挲摆弄起来。

新沙漏款式依旧，粒粒流沙在自然法则的支配下由小孔落下，堆叠积累。

"这个是新的？"

姜愈没吭声。

"其实我该赔你一个的……"王成龙尴尬地没话找话，"虽然也赔不过来了吧，不过……我赔的话你会收吗？"

"好像你希望可以在这里留下些什么。"

王成龙停了手上的把玩，默默体味了一会儿，起身放回沙漏，手上失准，沙漏与置物架碰出了清脆的撞击声。

"……姜愈，跟我讲讲你的事好不好？"

王成龙说得郑重，声音却极轻，像片羽毛远远荡来，随风扫过耳畔。

姜愈略有些意外："我的事？我的什么事？"

"任何事，比如……你和你爸，你们之间有些什么？"王成龙说得磕磕绊绊，却格外真诚，"我总觉得有什么东西你和我是类似的……"

"哪些地方？"姜愈饶有兴趣。

"很复杂的感觉，愤怒、无助、迷茫、焦躁都混在一起，想抓住些什么又抓不住，想把什么撕开又会……唉我说得太乱了，要不还是你说吧！"

姜愈不禁哑然失笑：好敏锐的孩子呵！……

"你会有罪恶感吗？"姜愈问得轻描淡写。

"罪恶感？没有！你为什么会这么问？！"

"那，也许你可以试着体验一下那团你'说不清'的东西。"

王成龙脸上一阵阴晴不定，呼吸都短促了。

"上次咨询当晚，我做了个梦，一样的开始，丧尸逃亡的世界，但这次，我逃出来了，头一回。"

"哦！"

"我像传说里那样，从石头里拔出了一把圣剑[①]……你笑什么？！"

"Sorry[②]，你继续。"姜愈抱歉地压了压笑意。

[①] 亚瑟王传说中，亚瑟拔出了石中剑而成了英格兰的王。

[②] 中文意思为"对不起"。

拔出圣剑象征着心理意义上的第一次勃起①，也是从男孩成长为男人的开端。

王成龙有些嗔怪地瞪了姜愈一眼，将这小小的失误翻了篇。

"接着说，我拔起了圣剑，那些僵尸被我轻易地砍杀，再也没法复活，我离救世主只有一步之遥，但……

"我越来越不安，越来越……惶恐，对，不是害怕，是惶恐，我甚至怀疑，是不是本该由某个主角来拔那把剑，我这么干会不会反倒闯祸了……

"醒来后我就反复看着我的手，突然觉得非常陌生，而且还有种……对，像你说的，罪恶感。"

王成龙看了看自己的手。

那是双介于孩子与成人之间的手。

普通，寻常。

可为什么，恍惚间又会觉得，这是双被魔物寄生的手呢？

强大，有力，但又随时可能反噬自己，夺取身体的控制权。

姜愈看着眼前的少年，仿佛看到了痛哭的大师兄。

"我理解那是种对拥有力量、超越强者的罪恶感，以及……心底某些压抑的期待**真**的实现了的罪恶感。"

"或许吧，那感觉就类似：怎么就该我坐上**这**个位置了呢？真的该我了吗？你才该继续在**那**个位置上待着啊！还有，我这手上的血，是怪物的，还是你的……"

"所以请你好好坐在那个位置上吧！保护我，引领我，也让我有个指责的对象：是你限制了我，让我无法自我实现的！"

"就是！'都怪你！'我才不想把你踹下来呢！"

佯装气愤地附和后，王成龙不好意思地笑了。

"说出来好多了……"王成龙蹭进两只靠枕间，舒舒服服地往后一倒，顺势将双手枕在脑后，直勾勾地盯着天花板，将胸中的憋闷呼了出来。

---

① 举起某个有阳具象征的物什（通常作为武器/旗帜等斗争用品），无论中外都有男性成年（包括弑父并取而代之）的象征，比如中国古代有"揭竿而起"的说法；西游记中，孙悟空也是得到可长可短可粗可细的金箍棒后不久便自称齐天大圣，再大闹天宫的；西方神话中，包括王成龙喜欢的二次元世界中，则有无数故事有"拔剑"这一符号，都通常标志着男孩开始成长为男人。

"那种罪恶感里,还有个莫名其妙的想法,觉着我爸还有什么大事瞒着我,让我还挺不安的……"

"你……问过他吗?"天人交战后,姜愈试探着走了条折中路线。

"问了,不说……但我明显感觉他回答的时候有什么不对劲。"

"**那一刻,你**的感受如何?"姜愈又暗搓搓地提示了一把。

"很焦虑吧,还有一种……悲伤?遗憾?我说不清楚,也不知道从哪儿来的。还有种……恐惧感,不安,无助,无力,这类吧……这说明什么?"

"也许有时候……谈话双方的感受是共鸣的。"

"你说他也在遗憾?那不会,他有啥好遗憾的啊?还有焦虑什么的……"王成龙并未听出姜愈的话里有话,"其实我早知道他这两年生意不顺,赔了不少钱,一直在打肿脸充胖子,但要说是为这个……还是说我去那边脱离他的掌控范围了他会惶恐?都不至于吧!他那种人!"

"我看到……你很在意他。"

"想多啦!就是好奇而已……"王成龙羞于承认,挥手扯下了这页日历,"还是说说你吧,你一直没回答我呢,我觉得……你可能经历过类似的时刻,有过类似的感觉,到底对不对?"

姜愈有些晃动。

遇到同类时,人类总会唤起强烈的倾诉欲。

孤独的人,更是如此。

姜愈只觉灵魂短暂地抽离了身体,面无表情地悬浮在空中,向下看看那具疲惫僵硬的躯壳,又无声地钻了回去,支使着双手紧紧握住沙发扶手。

"你好像很希望知道我们是否有更多共同的东西,也希望更多地了解我'这个人',我想——"

"——你还是不肯直接告诉我!是瞧不起我吗?还是怕我给你抖搂出去?!"王成龙被姜愈的疏离刺到了,"我把你当自己人,你却只把我当个马上要走的客户,你几十分之一的客户!对不对!你根本不把我当朋友!"

"王成龙。"姜愈的语气若白露结霜。

王成龙一愣。

"你**真的**希望我从**这个**位置上下来吗?"

王成龙被问住了。

同时打动他的，还有姜愈那虚弱失水的声音，和他从未见过的苍凉目光。

他低下头，不说话，停在了自己心中的关口前。

阳光洒落在他琥珀色的双眸上，像两汪金色的湖。

姜愈眼帘低垂，将漂流瓶扔进湖中：

"你希望我们的生活有更多交集，希望我们建立更多**人**与**人**的联系，希望你离开了这里，依然可以带着与姜愈，而不是与'那个咨询师'的关系上路——这些我都**看到了**，它们都是正当的需求、期待，都很美好。

"但也许你心里还有个部分，希望哪怕面对这样特殊的时刻，我也可以稳稳地坐在**这个**位置上，确保这里是一个稳定的港湾，让你可以安心出海，挑战风浪。

"所以，我不谈我的经历会让你失望，让你愤怒，但如果我谈了……你会面对更深的不安。"

微风吹过，湖面上荡起了细小的浪花。

"手机给我下。"王成龙忽然伸出右手，没头没尾冒了一句。

姜愈身子一紧，下意识的犹豫让他没做出任何动作。

"就给我一下吧，放心。"王成龙倒罕见的颇有耐心。

姜愈稍做权衡，递过手机，王成龙在屏幕上戳了几下，又还给了他。

"所以，你在——？"姜愈松了口气，没有急着点开查看。

"没什么，看把你紧张的，"王成龙耸耸肩哂笑道，"我自己弄了首歌。"

"你自己录的？"

"一半儿一半儿，"王成龙挠挠后脑勺，故作轻描淡写，"也不只是录，还有些Remix①啥的，我一时半会儿玩不转，就拜托二次元里那些大神手把手教的。"

"嗯哼，了解了。"

"怎么？你会、会觉得怎么样？"王成龙惴惴然瞅着姜愈。

"我很高兴你开始借力。"姜愈说得真诚。

王成龙松弛下来，口是心非地"切！"了一声。他本想扮得气势更足，可却因了那掩不住的雀跃，尾音微扬，反而显得颇为可爱。

---

① Remix指对已发行的歌曲进行改编、换配器等二次创作。

"那，怎样的歌？"

"你还记得我说过吗？我爸就是个除了赚钱啥也不关心的土包子。"

"你说过。"

"又被打脸了。"王成龙的尴尬下竟藏着几分开心。

姜愈用眼神稍加安抚，示意他继续。

"前两天收拾行李，我意外翻出个小磁带机，那会儿叫 Walkman[①] 对吧，现在都没人用了，里边儿居然是我爸十几年前听的歌，还有他自己录的！想不到，真想不到！"王成龙抿着嘴唇，皱着眉头，活像刚咬了舌头，"也就是说，那大老粗四十多了还是个文艺青年？！而且，他喜欢的歌居然还挺对我胃口！"

王成龙被"想要回避现实"与"极强的表达欲"挤在中间，拧巴了好久。

"然后……我从**他**那里选了首歌，和另一首**我**喜欢的混剪在一起，又重制了一版，旋律和词听起来都还蛮搭的……你听就知道了！"

姜愈点点头，算作"我一定会听"的答复："这给你什么感受？"

"可能我们……算了还是不说了。"王成龙搓了搓胳膊上的鸡皮疙瘩。

"你随意，不过——"

"——好吧你让我酝酿酝酿哈，太肉麻了……"王成龙手肘撑膝，双手合十顶住鼻尖，像个虔诚的教徒般"祷告"了许久，"可能……我和他没那么远吧。"

"嗯哼，继续。"

"我一直以为我们是两个时代的人，经历不同，体验不同，观念不同，看到的不同，追逐的也不同，完全不同。但听那些磁带的时候，我就是会有种特别强烈的感觉，我那些困惑他也面对过，我的痛苦他也体验过，我想要撕咬呐喊的东西他也有过，我的彷徨迷茫不甘心，他同样有过……可能我们骨子里那股劲儿，还真是一脉相承的吧……"

王成龙鼓着勇气，一步步跨过了那道艰涩的难关。

太过厌恶一个人时，最常见的损伤有两类：一是仇视憎恶恶龙，高喊讨伐恶龙，却最终成了恶龙——之前的大量工作，便是为了去除那些覆着躯体的鳞片、渗入经络的毒血；而另一条路上，则是太想绕开龙穴，反而矫枉过正，画地为牢。

"你爸爸是个非常追求'赢'的人，而你却走到了'怕赢'的那个反面。这里面

[①] 日本索尼公司生产的一种个人随身音乐播放器的通称。

当然有避免冲突的部分，但同样重要的是，好像你为了确认自己和他不一样，就得拼命把和他一样的部分排出体外似的——哪怕那个东西你也需要。"

"好像……是的，可为什么呢？"王成龙瞪大的眼中满是困惑。

"很多小孩子都是先学会说'不'的，无论中外，有理论认为，这是小孩子最初需要用'不同'来确认自我，因为——"

"——就这种感觉！"王成龙一拍大腿，"就比如这歌，搁以前，我绝对不会把他喜欢的东西拿给你听的，好像那样就混在一起，显不出我喜欢什么了！"

"而这首歌是个开始。"

"是的！如果他喜欢的我正好也喜欢，也需要，为什么不拿来用呢？"王成龙的腿颠了起来，显是颇为兴奋，"说到这儿还突然有点儿燃了呢！"

"燃？"

"嗯！一种很明确的力量感，"王成龙捏了捏拳头，又挥了几下，荡开了一阵生机勃勃的风，"好像谈完那个怕赢怕输的话题后，很多东西就一下子解封了。"

"具体说说？"

"之前你不是说他给我的那些在他那会儿可能是好东西吗？也巧了，上周 A 之前，正好有个大版本更新，我当时就有了个新想法，比你说的再往前一步。"

王成龙的眼中闪着细碎晶亮的光芒，他往前坐了几寸，身体微微向姜愈探去，周身洋溢出一种从未有过的炽热，像颗耀眼的小太阳。

"其实现实世界也一样啊！原始社会啥都没有，正义、安全、公平……都没有。现在虽然还不完美，但一些小环境已经比那会儿好太多了，这可是几千年来无数人一点点积累出来的版本迭代啊！我和他也一样，我面对的世界是他那个世界的延续，我们有类似的议题、痛苦、期待，他用他的人生交了份**他的**答卷，让我周围的小环境比他的进化了些，但也让他变成了个人见人烦的样子——可能他自己都不喜欢吧，但凭他的底子、资源，也就做到这一步，到此为止了。"

姜愈赞许地点了点头。

王成龙挺直腰板，下巴微抬，扬起的眉梢间满是少年人的嚣张："那下面该我登场拿出**我的**答卷，去开拓构建**我的**新版本了对不对！既然他瞧不起我我看不上他，他觉得比我牛我不服气，那，就轮到我真刀真枪做给他看看了啊！"

"你想要超越他。"

"是的！而且……"王成龙双手合十，放在唇前，说得仍有些不情不愿，"我多少有点感谢他了,至少……他给了我骂他的本钱。"

"本钱。"

"是,他粗暴,蛮横,专断,控制,剥夺了我太多的选择,但一码归一码,他也确实替我扛了不少。把他和我心中的好爹比,差太远了,但把他当个人,当个帮了我也伤了我、伤着我还在继续帮着我的普通人来说,够了!"

王成龙轻哼一声,像和那时光长河畔模糊的人影最后置了次气。

"你在试图理解他,在看到更完整的全貌,在整合内心不同的部分,在慢慢和他和解。"姜愈小心翼翼地悄悄加了点料。

"差不多吧,我以前总抱怨他管太宽,我没自由,但仔细想想,这局面我也有参与,甚至还乐得享受那个不用扛责任的部分……至少以前是。"王成龙小海鹰般的眉目舒展开来,"不过那是上半场的事儿了!下半场——该我了!"

"此刻感受如何?"

"轻松沉重都有点儿吧,有放下的,有捡起来的,不少东西也该自己好好去抓抓了,嗯。"王成龙不经意地摸了摸下巴①。

"好像又是一重告别:一种心态的告别。"

"也还好吧,前两天我和朋友们去喝酒——"

"——喝酒?"

"好啦好啦,放过我吧,仅此一次,"王成龙略为夸张地做了个讨饶的手势,"我想说的是当时我说了句特别装逼的话:我说我的年少结束了,青春才刚刚开始——我知道有点儿二啦,但挺酷的不是吗?"

姜愈微微一笑,重重地"嗯"了一声。

场上欢乐的气氛,持续了"足足"3秒。

随即到来的沉默,冷却了一切。

王成龙搜肠刮肚了一番,看看时间,又惴惴然看向姜愈,终于鼓起了勇气。

"我们是不是不能去喝杯酒。"

这不需要回答的陈述句后,渴望着不同的答案。

姜愈平静地看着他,一言不发。

---

① 摸下巴的肢体语言对男性而言有确认力量、智慧等含义(下巴象征成年雄性的胡须)。

王成龙不再追问，只是别过头去，悄悄擦了擦眼角。

离愁若猝不及防的爱情，再多准备，也是无用。

"对了，你爱上过你的女来访者吗？"

"如果我的回答是有，你有什么感受？如果没——"

"——那是你的事，我就随便问问。"王成龙强作事不关己的模样，"看来你也没那么自由，也要被困在这间笼子里。"

姜愈喉头翕动，手背上多了几道红印，终究没有辩解。

时间，已经不多了。

"我们今天卡住好几次了，"他清清嗓子，打破沉默，声若玉门关前挥别的春风，"也许这也是在告诉我，面对这么多的告别、分离，你正有着怎样的体验。"

王成龙又用手背蹭了蹭眼角，擦去了风中的黄沙。

可送行的春风，却又吹了起来。

"我看到有好多情感翻涌起来，又被悄悄压下去了。

"你会记错时间，提前过来，会抱怨我上周的请假——也许在幻想中那是我要离开你；你花了很多时间谈阿豸、谈阿斯翠亚，但一直回避着你自己要走的话题；你说要赔我个沙漏，你问我个人的事情，你用我的手机下载那首歌而不是直接放出来，你也希望我们能喝一杯，我会想起你……

"这一切好像都在告诉我，无论在你的生活里，还是在这里，无论地理位置，还是时光岁月，无论生活状态，还是心理状态，面对分离，除了希望、兴奋外，你也会难过，也会焦虑，会悲伤，不舍……"

有好几次，王成龙想要辩解，却还是忍住了。

眼睛迷了沙子，还挺疼的。

可他终究仍是那个倔强的少年，不肯轻易示人以泪，特别是刚信誓旦旦地耍酷之后。他四下张望，目光在每处都不曾停留超过五秒，终于将眼泪咽了回去。

再开口时，沙哑的嗓音替代泪水应和了风沙。

"其实这座城市每天都会给我一种陌生感，就好像我是个流浪到这里的过客一样……小时候捉蝈蝈的蒿草地现在已经变成了豪华写字楼，可以打水仗玩沙子的平房胡同现在是十二万一平米的住宅小区，所以哪怕我没走，也有太多东西走了，离我远去，这不也是分离吗？"

"是啊,而且也许一个地方对我们最重要的不只是童年的大树、放学的小路,还有相关的人、经历的事,点点滴滴的情感联系。"

"我一直觉得我是个淡漠的人,"王成龙若有所思,品了半天姜愈话里的味道,"我很少体会到那种……那种……我不知道怎么形容。"

"链接感。"

"对!链接感!"王成龙眼前一亮,"我妈活在她的完美理论里,我爸活在他的丛林世界里,俩人一个幻想我弱到受不起一点伤,一个幻想我强到不需要支持,所以我和他们一直淡得像纯净水,根本没啥可说的,就别提更深的了……"

"那个环境很窒息,很撕裂,也很孤独。"

"所以那时候我也没法儿体验什么'人与人之间的纽带',那种既独立又彼此羁绊的感觉。"王成龙双手相勾,语气中多了几分萧索,"现实里我的朋友很少,网游里也就那么回事,有些真情在,但也就是沙漠里的一瓶矿泉水,撑死了让你多活几小时。所以……"

他扭头重新望向窗外,沉默许久,轻轻说道:"这里对我来说,很珍贵。"

他说得真挚而平静,可转过脸时,面颊上已多了两道泪痕。

真情流露后,场上的离愁消散了许多。

王成龙又恢复了惯常的样子,坦率间透着些油滑,油滑里带着些放肆,放肆中又满是真诚。

"也不只和你啦!现在和别人,包括我爸妈,我也慢慢能碰到些之前碰不到的地方了,就好像……你给了我一种能力。"

"一种'看'的能力?"

"对,我爸凶狠强硬下面的惶恐,我妈自我中心背后的慌乱,阿斯翠亚坚强下的孤独,阿豺狡诈下的不安。还有你,你也是个凡人,也会乱,也会怒,也会怕……当我能看到这些的时候,整个世界就和以前不一样了。"

"这给你什么感受?"

"复杂!这个世界变复杂了,每个人、每件事都变复杂了,立体了,不那么绝对了,想起来更麻烦了,但相应的,可能性也更多了。"

"也更有活力了。"

"至少从容了些吧,可以选条自己的路认真去走了。很多关系也顺了——比如我爸，说到底，他最多只能增减我的选项，终究没法替我选择……"王成龙故作轻松地跷起二郎腿，双臂一展，摆出一副教父大佬的模样，"切！最开始还以为来这儿能轻松点儿呢，没想到啊……"

"感受如何？"

"沉甸甸的，踏实了，安稳了，再有就是……"

偶然的余光一瞥后，他忽然住了口，像被蚊香烫了似的。

"再有就是——？"姜愈也隐隐觉得一阵烧心。

"我们是不是时间超了？"

姜愈微微一怔，这才发现已经超时4分钟了。

分离焦虑下，常见的拖堂。

"是的，时间到了，"姜愈尽量换上寻常语气，"那，我们停在这里。"

"没说完的你回去听歌吧，"王成龙在裤子上搓了搓掌心，缓缓起身，"我们全家明天会出去野营，十几年没去了，真挺期待的，我今天晚上去找李……找阿斯翠亚，我打算和她做个约定，等我学成回来，她去探月，我去南海，还有……"

过快的语速、多余的话语出卖了他表面的镇定。

姜愈没有接话，只是微笑着一路将他送至门口，打开了大门。

"姜、姜愈，"王成龙停了脚步，眼中复有泪光闪动，"我们还会再见对吗？"

"我不知道。"姜愈说得坦率，"世事无常，未来不是定死的，我们无法预知。所以我只能说，也许会，也许不会——我明天被撞了也是有可能的，对吗？"

王成龙看看他认真迎来的目光，扁了扁嘴，不置可否。

"但我可以明确的是，只要客观条件允许，这里的大门一直为你打开。"

——我们洞悉不了世界的走向，对抗不了命运的无常，但，我们可以决定我们的态度，我们的行为。这是世上最扎实的自由，也是逃不掉的自由。

——就算是复习总结吧，希望，你能记住。

王成龙沉思良久，终于渐渐释然。他伸出右拳，真诚而郑重地说了声"谢谢"。

姜愈会心一笑，伸拳与他碰在一起。

阖好屋门后，姜愈好奇地点开刚存进手机的曲子。

晦暗的第一小节，紧随而至的鼓点前奏，透着20世纪90年代特有的洒脱。

伍佰，《白鸽》。

王成龙的嗓音虽远较伍佰稚嫩,但也被桎梏困顿打磨过多年,此番唱来,别有味道。姜愈听着那熟悉的旋律,想起十余年前的岁月,不禁苦涩一笑,踱到窗前。楼下,王成龙正踩着自己的影子,一步步坚定地走向远方。

　　一群白鸽正巧盘旋而过,又洒脱地掠过白云,迎着阳光,冲向了碧蓝的天空。

　　音乐到达高潮,随即变奏,电音响起,曲风直转,旋律更迭。

　　《青鸟》。

　　听着大学时的青春回忆,姜愈又惊喜,又赞叹。

　　这两首曲子他都颇为熟悉,可从未想过,它们诞生于不同的年代、不同的语言、不同的国度、不同的文化,却有着如此对仗的题目、重合的歌词、般配的旋律,以及共通共鸣的内核:展翅的飞鸟,会义无反顾地迎向那无情的罡风,任它割开细密的伤口,淌出鲜红的血液,仍一直挥着翅膀,飞越寒冰碎雪、蓝天流云,让阳光给伤口加冕,飞向想去的方向,永不停歇,永不回头。

　　在精巧的剪辑、配器、重录、混音下,两首歌竟贴合得浑然无缝,一体天成。

　　姜愈将音量调大了几分,他看着窗外的绿荫,想起这眼前的参天大树,也曾在春日探出过细嫩的幼芽,在炎夏历练过疾风骤雨,熬过秋日的萧瑟、冬季的肃杀,从当年的一株小苗,不断挣脱自限的桎梏,才有了今日的自在挺立,繁茂苍翠。

　　一曲终了,姜愈细细回味了好久,按下重放,推开窗户,任风肆意吹了进来。

　　伴着少年的歌声,他的目光越过树梢,望向了远处翱翔的飞鸟、雪白的云层和广袤无垠的天空。

第二十二章

青山研墨描翠竹

兰兰聚精会神地看着演出，眼中的好奇与憧憬，几乎要闪出光来。

这是家高档私立幼儿园组织的毕业大戏，台上的小演员都是五六岁的孩子，舞台背景则是幼儿园其他孩子们一起完成的。

稚嫩的笔触，描绘出海底宫殿、珊瑚水草，还有远方海面上的大船。宣传展板上，童稚的字迹歪歪扭扭地写着《新编海的女儿》几个大字，旁边还有小人鱼踏着泡泡飞向天空的图案，同样出自孩子的手笔。

舞台上，小人鱼正拉着老祖母的胳膊，央求着询问那些人类的故事。

"……一点也不错，他们也会死的，而且，他们的生命甚至比我们还短呢！"老祖母慈爱地摸了摸小人鱼的秀发，"我们可以活到三百岁，不过，当生命结束的时候，我们就会变成水上的泡沫，甚至连一座坟墓，也不留给我们心爱的人呢！我们没有不灭的灵魂，我们像那绿色的海草，只要一割断了，就再也绿不起来啦！"

"那，人类有灵魂吗？"小人鱼的眼中满是期待。

"哦我最疼爱的小孙女儿啊，这可真是个好问题！"老祖母摇摇头，和蔼地笑了，"与其说人类是有灵魂的，倒不如说，这上面的世界里，大部分上半身和我们一样的生物，只不过是长得像人类的两脚兽罢了。只有一小部分获得了灵魂的两脚兽，才能成为真正的人类。有了灵魂后啊，那些人就永远活着，即使身体化作尘土，仍然活着，他会升向晴朗的天空，升向那些闪耀的星星！正如我们升到水面看到人间的世界一样，他们会升向那些神秘的、华丽的、我们永远不会看见的地方，之后，就化身为一颗又一颗星星，永恒地发着光，照亮黑暗的夜空。"

"那什么样的两脚兽才能获得灵魂，成为人类呢？"小人鱼问得更急切了，"我不想死后变成海上的泡沫，在太阳光下什么都不留下！我想成为天上的星星，在夜空里也依然会闪光！我不想要三百年漫长的生命，我想要不灭的灵魂！我也**想**成为人类！我也**要**成为人类！"

"哦亲爱的孩子，你绝不能起这种念头！比起人类来，我们这儿的生活要好得多呢！更何况传说中，只有极少数的两脚兽才能得到灵魂，那个过程啊……"

老祖母后面的话，景晓慧没有听清。

在小人鱼执着地央求着"我也要成为人类"时，她便已情不自禁，热泪盈眶。

"我们园大概情况就是这样，您看还有什么想了解的？"话剧散场后，一对一的招生老师介绍完幼儿园先进的教学理念、原版的英式课程、专业的外教、1∶4的师生比、一流的场地、营养安全的伙食、全方位无死角的安保医疗新风监控等等信息后，笑盈盈地询问景晓慧。

"我觉得特别好，真是我们家长心中理想的幼儿园！"景晓慧由衷赞道。

"谢谢您的认可！我们也一直努力给孩子们创造一个快乐又有成长的童年。"

"嗯！真的好，我当年……我当年要也有这么好的幼儿园就好了。对、对了，那个……咱、咱们的收费是——？"

"学费是一万六千八一个月，杂费材料费两万一学期，伙食费另收一个月一千五，刚才给您介绍了，都是统一采购的优质放心食材，下午5点后延长班和兴趣班单独收费，学费最少半年一交，一年一交有九五折，请假不退款……"

回家路上，兰兰兴高采烈，跑前跑后，似比从前活络了许多。景晓慧却心事重重，一路无言——让兰兰愿意上幼儿园已费了几个月的心血铺垫，此刻她着实不想再节外生枝，更何况……

"兰兰，"小家伙又一次跳回面前时，她还是犹豫着问道，"刚刚的幼儿园好不好呀？"

"好！特别好！"兰兰兴奋得直跳，"我喜欢他们门口，那个大大的小猪佩奇一家，咱们家只有佩奇，没有乔治，也没有猪爸爸猪妈妈。"

"这样啊，"景晓慧宠溺地笑笑，"那回去咱们也把乔治还有猪爸爸、猪妈妈都带回家，好不好？"

"好啊好啊！太好了！"兰兰开心地拍起手。

"兰兰，妈妈还想和你商量个事儿。"

"什么事啊？"

"妈妈也觉得这家幼儿园好，但这家幼儿园非常贵，贵的意思就是要花很多很多钱，妈妈合计着，虽然爸爸妈妈咬咬牙也能让你来这里——"

"——为什么要咬牙啊？"

景晓慧被逗笑了:"这里咬咬牙的意思,就是要花很大很大的力气,很费劲。"

兰兰似懂非懂地"哦"了一声,皱起浅浅的小弯眉:"那让爸爸去费劲吧,妈妈你和我来这里!"

景晓慧不觉莞尔:"爸爸妈妈都会很费劲,因为要花很多钱,这样咱们家就没钱做别的了。所以妈妈想和你商量一下,咱们还是去昨天那家幼儿园怎么样?妈妈觉得那家也很好,虽然比这家的外国老师少些,但其他条件也都不错,离家还近,会便宜很多很多,这样,咱们每个月都会多出一些钱来,就可以一起去做别的好玩儿的事儿了。"

"不好!我不要!"兰兰晃着小脑袋抗议道。

"哦这样啊,那就还是——"

景晓慧话到嘴边,又顿住了。

给孩子最好的,是她一直以来奉行的信条。

她之前订过三百多个育儿公众号,听过无数育儿专家、心理大 V 的讲座,其中一位姓庞的心灵导师让她印象极其深刻。庞老师反复强调,爱就是尽力满足,要给孩子能给的最好的,否则就会让匮乏感烙进孩子的灵魂深处,一生都卡在不敢要好东西的绝望退缩之中。第一次读到这说法时,她简直被震住了:不愧是顶级专家!太有水平了!这就是我啊!我可绝不能让兰兰再重蹈覆辙!绝对!……

可那强撑的坚持,反而一度让她更焦虑、更抑郁了。

真的必须这样,孩子才能好吗?

这几周的咨询讨论,已悄悄改变了许多。

"兰兰,你能不能告诉妈妈,为什么你不喜欢昨天那家幼儿园啊?"

"那里的衣服不好看!"兰兰嘟起小嘴。

景晓慧一下子放松了:"那过会儿妈妈带你去买件儿比这个幼儿园的衣服还好看的衣服,好不好?"

"好!"

"这样的话,兰兰去昨天那家幼儿园可以吗?"

兰兰犹豫了一下,还是摇了摇头。

"哦……这回又是为啥呀?"

"昨天的幼儿园没有海,这里有。"

"如果兰兰去昨天的幼儿园,妈妈可以保证,每年都带兰兰去真正的海边玩儿,好不好?"景晓慧说得格外真诚。

"真的吗?"兰兰似还有些不敢相信——印象中,妈妈很不愿意出远门呢。

"当然是真的!"

景晓慧伸出手掌,兰兰使劲拍了上去。响亮的掌声后,兰兰像只欢快的小黄雀般绕着景晓慧飞来飞去。

"太好了太好了!兰兰去昨天那家幼儿园!那你一定一定要陪我去海边啊!"

"一定!"景晓慧也笑了。

说话间,二人已走到了一间老画室的门口。

被妈妈熟练地牵进门后,兰兰不禁瞪大了眼睛,都看呆了。

她从未近距离见过这么多真正的画作,画上的情感若无数起舞的精灵,纷纷震颤着透明的薄翅,飞向她的双眼,跃入那两泓清澈的湖面,直游向湖底的心间。

"妈妈,这里是做什么的啊?"

景晓慧的指尖抚过一块块画板,像和多年未见的老友们打着招呼:"兰兰,想不想和妈妈一起玩儿个妈妈以前特别爱玩儿的东西?"

门外一阵稀里哗啦的响动,敲碎了午后的宁静。

疑惑片刻后,姜愈起身走到门口,透过猫眼看去,只见景晓慧正狼狈地蹲在一地书间,匆匆收拾,身旁还躺着个扯坏的袋子。姜愈略一犹豫,回屋找来两个布袋,推门帮忙。

景晓慧连连道谢,没有推脱。姜愈帮她收好沉沉的一大摞书——大多是名家画集,还有《月亮与六便士》等几本小说——这才留意到,今天的景晓慧,和之前都不大一样。

她画了很淡的妆,涂了层几乎透明的指甲油,鹅黄色的裙子点着几星碎花,民族风的裁剪颇为别致,远观清秀,近看舒展。她那阴冷濡湿的抑郁气质也已退去许多,微不可查,取而代之的是一片暖阳。

只是那阳光,似乎也太炙热了些……

景晓慧挥着支画卷,一路喋喋致歉,解释她如何填错网购地址,将书错寄单位。姜愈则只还以微笑,暗暗记下她偏快的语速。

景晓慧选了个舒舒服服的姿势落座,坐好后却一直颇不安静,一会儿挪挪窝,一会儿挠挠头,小动作不断,见姜愈默不作声,便干脆起身去接了杯水,快步走回时,还洒出些许。

"我想明白个事儿。"还未坐下,她便迫不及待地开启了话题,"我记得您很早前就和我说过,'要做好'经常是'开始做'的敌人而不是盟友。"

"是,我说过,谈'要不就不做,要做就做好'那次,我们——"

"——我之前只是道理上明白了,但没往心里去。"景晓慧格外自然地坐在了比正常距离还近些的位置上,"这两周有一天我忽然就反应过来了,好像我就是这样儿的,总想着要做到理想的样子,或者一定得'坚持'下来,最后就啥都拖着不做了……所以这回我告诉自己,要不就开始吧,管它呢,然后我就开始了。"

景晓慧兴冲冲地指了指书,指了指画。

姜愈双手比了个点赞:"酷!你尝试把对未来结果的焦虑收回——"

"——嗯对!这感觉真挺好的!姜老师,我真的很感谢您,我已经十几年没画过一幅我自己想画的画儿了,然后这个是上周我画的……"

景晓慧边说边展开画卷:少女双臂舒展,背影若自在的垂杨。她刚刚站起,头发湿漉漉的,上身还挂着液滴,下身则仍浸在巨大而抽象的半球中。那半球既似湖面,又像蛋壳,还若一汪秋瞳。少女微微扬头,好奇地望向远方那苍翠的世界,勃勃的生机。更远处的天穹,左侧夜若深海,铺满碎钻般的星河,还有鸽血红的心宿二;右侧的朝阳则将那夜的墨蓝过渡为绛紫、为雪青、为绯红、为赫赤、为光明与温暖。整片天空似已脱离了画面的约束,在独立的空间中缓缓流动。

姜愈接过画来,仔细端详,心底又暗暗标注了方才那颇为躁动的打断。

"画得不好……"景晓慧红着脸支吾道,"好久不画了,那个……我觉着有点儿太直白了,而且笔触也很生,对,唉那个色彩其实用得——"

"——非常有感觉啊!"姜愈把画摊在一旁,由衷赞叹道,"我不专业,但这幅画的意象非常丰富,情感也很真挚,让我感觉非常……动人。"

"哦是吗?那、那就好……"景晓慧先是一愣,随即干笑着搓起了手,"我本来画完都想撕了呢,但……我问自己,为啥要撕呢?结果冒出来的答案是……我不想承认我好些年没画了,画得也没理想中那么好……刚想到这里还挺难过的,哭了一会儿,可想想这些本来也都是事实,就把它拿来了。"

"非常深刻的觉察!感受如何?"

"说不上来,还……挺复杂的吧。"景晓慧短促地体察内心,可弥散的浮躁若遍布的塑料垃圾，飘在心湖之上，遮住了湖底的一切。

"我想也许成长的过程就是这样一个不断破灭对自己、父母、孩子、社会、规则、权威等等的理想化，回到真实、接纳真实的过程，这个过程有时候是——"

"——我想起来了！当时是挺难受的。"景晓慧匆匆打断道，"不过也没啥，这老多年没动笔了，还想着一上来就画得比那些努力画了好多年的人还好，那也太看不起别人了。"

"嗯哼，所以……当一块璞玉的感觉如——"

"——挺拧巴的其实，至少以前是，当个石头不甘心，可又不是玉……"

"**现在**还不是玉。"

"但之前那种羞耻感真就会特别特别强。"景晓慧夸张地点了点头，"好像就不能容忍自己是个新手似的……"

"这让我想到，我们每个人来到这个世界上都是新手，都有好多做不好的地方，我们会尿床、摔跤，会不好意思打招呼，会有很多稚嫩的想法，这些都是我们'本该是'的状态，但如果一个一岁的孩子尿床的时候——"

"——不、不对啊！"景晓慧火急火燎地打断姜愈，"他们没那么过分的，也没管那么多，但我好像就是总怕自己做得不好……"

"兰兰会因为一件事情做不好而暴怒、羞耻、不做了吗？比如画不好画就撕了纸，搭不好积木就推翻或者——"

"——会的会的！她经常的！"景晓慧将头点得如同捣蒜，"那时候我就会照书上说的，去问你是不是不开心呀，是不是觉得有些挫败啊，然后拍拍她抱抱她之类的，效果有时候还好，有时候还是得哭半天……"

"抛开一切技巧，你那一刻是在试图**安抚**她，对吗？"

"——我明白了！"景晓慧的哽咽来得猝不及防，"我一直都没这个部分，一直没有……所以我才这么害怕，连说起'不确定'这仨字我都**只能**想到那些个不好、危险、灾难，完全想不到别的可能……"

"那确实只能缩着、躲着，不能去尝试了啊……"

"我挺矛盾的，又期待着能做好，那样才安全，但又总觉着我一定做不好，然后就各种比，越比越没信心……"景晓慧擦了擦眼角，抽了张纸巾，撂去一腔的哀怨，"有一次我考评拿了第一，但我一点儿都没高兴，反而慌得不得了，总觉得完了完了，我得保持住，要不下次掉下来所有人都得笑话我……回想起来，我从小到大都是这样，一直提心吊胆着，甭管结果咋样……可能就像您说的，一直没人能看到我，过来陪陪我，再安慰安慰我吧……"

景晓慧怔怔望向窗外，眼中腾起一片雾气，雾气之后，似有个满不起眼的小岛，岛上只有一个伤心的孩子。

短暂的沉默后，姜愈重新拿起了画。

"你说的让我想起这幅画，好像你也在用它告诉我，你正——"

"——其实我是想把它送给您的。"

"为什么？"姜愈一愣。

"感谢，还有……"景晓慧略一迟疑，将已到嘴边的话连同方才的哀伤一齐咽了下去，"就是感谢吧，我……我知道您这儿挺多设置的，之前给您送的礼您也从来不收……这次您要是不要也没啥关系，对，没关系的，我——"

"——我收下了。"姜愈稍加思索，便坦荡地确认道，"你的感谢我收到了，我很欣慰，同时我也很想真诚地和你说一声谢谢，也许这个过程中我曾经给过你些什么，但，我也同样在你这里得到了很多。"

这份礼物，雪水一样单纯。

"我、我很开心！老实说我之前还真没想到……"

"还有任何感——"

"——真挺意外的，对。"景晓慧的匆忙又回来了，"其实要这么想的话，这两周我生活里发生的意外还真挺多……"

"稍等"，姜愈小心将画收好，抬手示意，"我注意到，在咱们这次谈话的过程中有好多次——"

景晓慧忽然站了起来。

姜愈看看兜起圈子的景晓慧，心中的猜测逐渐确定，不免多了几分忧虑。

"其实我本来想一上来就说的，"景晓慧的步速越来越快，"两周吧，我变化特别大，就好像内部发生了特别剧烈的化学反应一样。"

"说说看。"姜愈决定再跟随稍许。

"上上个……周四，对，做咨询当天，我回家路上就觉得特别累。晚上兰兰找我陪她玩，我就和她说妈妈今天太累了要早点休息，然后家务也没做就上床睡了，搁以前我绝不带这样儿的……"

"感受如何?"

"当时还有点儿忐忑吧……还是那些想法,'如果我不理孩子她以后就不和我亲了''失去和母亲的链接她以后会出心理问题的''我这么不管家老公也会嫌弃我的'……等等吧,但当时我实在太难受了,也顾不上那么多,就直接睡了。

"周五我还是感觉特别不好,要死过去似的。我请了假,一整天都躺床上,从肚子到喉咙都翻江倒海的,可能发烧了,也没量,浑身都疼,就像把所有骨头都打碎了重接,把肉拧巴拧巴重新长一样,从小到大从没这么难受过……

"我跟床上躺了整整一天,啥也没吃,还……还闹肚子了,闹了个昏天黑地。**然后**,周六早上醒过来,我忽然就觉着,感觉不一样了。"

景晓慧羞赧地笑笑,坐回原位。

"久违的轻松啊!都不知道咋形容,就是忽然觉着特别轻松、特别美好。走路上我都到处看,啊这儿有棵树,那儿还开着朵花儿,有种特别真实的感觉!我和兰兰互动起来也更亲了,特别神奇,就是那种……扯下了什么封条,然后整个人儿都被激活了的感觉!包括在这儿,我都觉得……啊!这是一杯水……"

景晓慧紧盯着水杯,激动得再度哽咽起来,连五官都抽紧了。

"这是一杯水!我以前从没感觉到过,一杯水,是这样的一种**存在**……"

她的眼泪大颗大颗地落在地上,滴滴溅开,好像一串脚印。

"……以前,我离这种有血有肉有感觉的世界太远了啊!"景晓慧幽幽叹了口气,迅速从伤感中跳脱出来,眨眼间便已元气满满,"这种感觉,有了第一次就有第二次,我能明显感到它在一点儿点儿变多,上周我甚至还偶尔会觉着'其实我可以的',虽然特别短,但也是以前从没有过的……"

姜愈点头赞许,心中警戒更甚。

景晓慧腼腆一笑:"其实跟以前一样,我脑袋里还是会跳出各种想法,还是会怕,会慌,会数落自己:你看我这老多问题呢,心理的、实际的,都摆在那儿,那我咋能好呢?好了以后这些该咋整呢……不过现在这些想法闯进来就闯进来了,没以前那么糟心了,我可以跟自己说,是啊我就是有这些问题,有问题解决问题,要难受就难受一会儿,也可以的,然后就这样咯。"

对常年抑郁的人而言,能说出这话着实不易。可即便说的内容都是"好事",但那过快的语速、躁动的状态、缺乏感染力的"积极",却让姜愈的担忧更重了。

可还未等他从跟随转向引导,景晓慧便再次起身,开启了她的"演讲模式":"我还开始列 to do list① 了,包括'干啥都行'这项,我去画画儿,去徒步,我还主动组织了一次聚会。"

"……感受如何?"姜愈重新蛰伏下来。

"组织前我还挺担心的,还会冒各种念头:她们都那么好,就我不好,反反复复地给她们添过那么多麻烦,她们看到我现在这样儿会咋说,是会觉着我还是不好、没救了,还是觉着我好也好不了几天,或者我以前是在装,在卖惨……

"可笑吧?缓过来我也知道,当时就是克制不住地那么想,完全克制不住。

"还好这回有进步,我让那些念头乱窜了会儿,等它们消停点儿了,就跟自己说,这都没啥依据,是我瞎猜的,或是先焦虑了然后愣往上面靠的,还可能我也确实想卖个惨,让她们来看看我吧……总之,最后我告诉自己,不好就不好吧,又咋样呢,然后我就组织了聚会,结果大家看到我都可开心了!"

"嗯哼,你呢?"

"我也可开心了!而且我……我好像找回了点儿您很久前说的那种'欣赏的能力'了!"景晓慧眉飞色舞,如数家珍,"小朱又拿到了个大课题,蓬蓬也还是总在那儿撒狗粮,老甜蜜了,我看到她们的样子可开心了!我是真心觉得看着她们好我就感觉特好!"

"在你心里你和他人不再只能是竞争、对立的关系了,可以——"

"——对!我可以理解'你好我也好,但我们不一样'了,这让我特别开心!真的!而且以前偶尔的开心总像隔着层毛玻璃似的,这回的聚会就不一样!我是可以……可以碰触到很多东西了,真的是活过来了!"景晓慧兴致更高,全没给姜愈插话的机会,"聚会结束后,可能是累了,回家路上我又掉回那个坑了,就特别不开心。这要搁以前我又得开启自责模式了:你看你这刚好点儿结果一个晚上都坚持不下来,类似的。但这回它们刚一冒头我就喊停了:我就是又不开心了而已,那我陪陪这个不开心的我吧!然后一路上我就专心和她待了待,还唱了会儿歌,那些声音就弱了不少。到家了我就寻思,除了我自个儿开导自个儿,没准儿也可以试试借个力啊……这还是您给我的启发呢!"

"你迈出了很勇敢的一步。"

---

① 中文意思为"待办事项清单"。

"是吗？"景晓慧腼腆地笑了，"总之，那天回家后我就跟老公说我不开心了，他说别，不开心没事儿的你想太多了。我就特直接地说我真**感觉**不开心，不要否认我的不开心，我现在需要你帮我找点儿开心的事儿做，我平时哄自己开心的事儿现在都不想干。他挠了半天头，说他不开心就爱看书，要不你也看看。我说好啊但我买的书我现在都不想看，你有没有啥好书推荐一下，就那种你不开心的时候会看，看着看着就能平静下来的书，结果我老公他……他想了半天，给我拿了本《HTML5 与 CSS3》[①]……"

景晓慧克制不住地大笑起来，像被猫不停舔着脚心。

姜愈也有些忍俊不禁，但稍加克制后，还是将全副心神重新汇在之前的忧虑上，表情反而更严肃了些。他看了看表，调整策略，决定暂且按兵不动。

"感受如何？"

"哭笑不得啊当时！"景晓慧抹了抹笑出的眼泪，"要搁以前我肯定得伤心死！觉得完蛋了！一切都完蛋了！我摊上这么个老公我一定会掉下去，之后他一定会离开我，之后就要完了，全完了！可这回我还觉得他挺可爱的，也在尽他的努力为我好，可能这就是理工技术宅的爱吧！至于之前那些想法，走出'那个'状态，我都觉得'咦怎么当时我还会那么想啊'，那他理解不了也正常吧……"

"世界没变，他人没变，你看世界、看他人的眼睛变了。"

"是啊！"景晓慧颇为感慨地摸了摸肚子，"我这周还鼓足勇气，和老公商量了一下，我们暂时不打算要二胎了。"

"听起来也是个很大的决定。"姜愈仍不动声色。

"结果还让我挺惊讶的，我一直觉得我老公，啊，山东直男，对吧，还是独子，所以真没想到，他在这事儿上还能这么开明。我之前白焦虑了那么久！"

此时说起，她似还有些难以置信。

"确实，事情发生前我们会焦虑结果，然后——"

"——不止结果！还有结果带来的结果，还有每个'万一这样''万一那样'，我都得把方案找出来，这烦恼是没边儿的啊！"景晓慧夸张地挥臂比画着，像个热身中的体操运动员，"那天我跟老公说女人的价值不是子宫，生育是共同的选择不

[①] HTML 的英文全称是 Hyper Text Markup Language，即超文本标记语言。CSS 的英文全称是 Cascading Style Sheets，即层叠样式表，是一种计算机语言。

是我的义务，我现在没准备好，等我准备好再要吧。如果那时候我不能生了，也只说明我和老二无缘，我**就是**没办法在生理状态比较好的时候也做好心理准备，强扭的瓜不甜，要生了老二我再跳了，何必呢？我希望你接受，你要不接受我们再讨论怎么处理，后面可能的几个结果我也想到了，也都能接受。他听完想了几分钟，就点头了，出乎意料地顺利——而且特别奇妙的是，他这一同意，我就一下子松了口气，下一秒就忽然觉得，好像我也有点儿想要了……"

"在我看来这也是非常宝贵的经验，而且——"

"——还有件事儿！"景晓慧全未在意姜愈的忧心忡忡，加满油门一骑绝尘，"最近我们主任忙着抱孙子，把老多事儿都派给我了，我一直干得战战兢兢的，特没底气，特别是需要我来当领导给别人派活儿的时候，就老觉着他们会挑我毛病。可没想到，上周主任专门把我叫去夸了一通，说我做得不错。"

"我看到你很被触动——那，感受如何？"

"问题就在这儿！我以前都没发现……领导表扬我的时候，我根本就不觉着那是夸奖、肯定，我觉得'做得不错'就是说我做马马虎虎、还凑合吧……"

"所以哪怕主任**真**觉得你做得很好，也没法将这个认可传递给你，而且——"

"——就这感觉！"景晓慧死死把着对话的方向盘，"我甚至一直没发现，我其实根本不好意思给自己多点儿认可、肯定，任何事儿做好了应该，做坏了挨罚。一想起被奖励、表彰，我都觉得肉麻，浑身起鸡皮疙瘩！所以我也一直特烦那些做了点儿成绩就拿出来秀还求点赞的人，太嘚瑟了，但其实……"

"其实你嫉妒，那些不乖的、不省心的、会哭会闹会求表扬的孩子反而得到更多。包括也许你也嫉妒兰兰，毕竟她妈妈给她的比你妈妈给你的多太多了。"

景晓慧终于踩下刹车，难得地沉默了片刻。

"要搁以前，我遇到那类人混得好就该整宿睡不着了……"她的眼圈有些泛红，"'怎么会这样''怎么能这样''天啊到底咋回事'……但我从没想过，也许我该改改我内部的那套剧本了……"

"**用真实世界修正心里的世界**，走出这步很不容易。"

"是不是……很多人从小就有这个能力了？"

景晓慧怔怔看着前方，声音颤颤的，轻轻的，像根细细的弦。

姜愈没有回答，只是用眼神无声地说着：我看到了，你的哀伤。

"我没事儿了。"景晓慧未给那根弦更多表达时间，"也不晚，以后我就多问问自个儿，正烦恼的是正发生的事儿，还是想出来的以后，放不过的以前……"

"你开始把那些之前裹在真实上的幻想剥掉了。"姜愈换了个姿势，仔细酝酿着如何打断这欢乐的分享会，去直面**那个**议题。

"真轻松老多了！"景晓慧猛一挥手，换回浮夸的欢快，"而且太意外了，我一直觉着我的工作超级无聊一点儿不适合我呢，没想到剥掉那些个怕这怕那后，这周我居然发现，以前我糊弄对付过去的活儿，不少做深了其实很有门道，很有趣！而且那个认认真真的状态本身，真的可以让人觉得踏实、充实，沉甸甸的……以前我总念叨空虚没意思啥的，现在我觉得，把这些本职工作做好，不敷衍，不应付，对我就是生活，对社会就是贡献，这不挺有意义的嘛！"

"非常重要的体验！"姜愈清清嗓子，下了决心，"我们今天谈到了好多意外，每个都是了不起的成长，我听到也感到很欣慰，但另——"

"——嗯！我也觉得我这一礼拜有好多——"

"——抱歉，这次我能先说完吗？"

"抱歉抱歉，您先说。"景晓慧虽依姜愈的示意坐下，神经中躁动的因子却仍支配着她的双脚，不停磕向地面。

姜愈故意抻了几秒，继续说道："另一方面，有个话题一直呈现在这里，却一直没有机会讨论，我感觉它非常重要：今天从开始到现在，一直有种非常——"

"——哦对了，不好意思，还、还是有个事儿我得先说一下。这周我还听您的去了趟精神科。"

"……你先说完。"姜愈皱眉权衡了几秒，勉强应允。

"真得感谢您了！"景晓慧说得极是真诚，"亏了跟您这儿聊天儿，我的诊断已经很轻了，可能因为'想好起来'那块儿占了上风，'不想好'也能被觉察到了，'看到'它了它好像也就没那么闹腾了。不过我还是决定听您的，该吃药吃药，争取早点儿好，美好生活等着我呢！所以大夫让我一天半片儿百忧解，我一天吃三片儿，感觉真不错！就后悔没早按您说的去——"

"——等等等等！"姜愈脸色大变，冷汗直冒。

景晓慧的郁转躁[①]太过明显，他刚才已思考了诸多可能，但当下这局面却着实

[①] 即抑郁转为躁狂，临床上并不罕见的现象，成因复杂。

始料未及。

"怎么了？有什么问题吗姜老师……"景晓慧仍是一脸懵懂。

姜愈忍下骂娘的冲动，板起了脸："我非常郑重地说，景晓慧，你不能擅自加药、减药、换药、停药，这是非常严肃的事情，你的做法非常危险，明白吗？"

景晓慧有些委屈："我只是想——"

"——我知道，一会儿我们谈它。但我希望你能意识到，精神科药物，擅自加量减量改量换药都很危险，甚至可能危及你自己或身边人的生命[①]，明白吗？"

景晓慧被姜愈从未有过的严肃吓成了一只不敢动弹的小老鼠。

"从今天起，按医生的要求服药，OK？"姜愈心软之下，换了个温和的口吻。

景晓慧怯怯地看看姜愈，犹豫着点了点头。

"我需要你给我一个承诺。"

景晓慧躲闪了几秒，还是放弃了："我承诺，我遵医嘱用药，今天开始。"

"好的。"

"那、那我可以……"景晓慧惊心未平，依旧怯生生的。

"刚才会让你不舒服吗？"

"还、还好啦，"景晓慧的眼眶又有些发潮，"我知道您也是为我好……"

"我相信你理智上知道，但——感受上呢？"

"可能……有点儿委屈吧。对了，我刚才是不是又打断您了？"

"其实这正好也是我想谈的话题：今天这场咨询，虽然有好多欢乐的时刻，重要的成长，但我始终感觉有种隐隐的焦虑弥散在这里，甚至有点躁狂感。"

姜愈不自觉地整了整领口，似也在透一口气。景晓慧则像只泄气的皮球，软软靠在了沙发上。

"……其实吃药前就有，慌慌的，还特别地躁，也不知道咋了。"

"你很想把过去的时光补回来吗？"

景晓慧本能地向后缩了缩，咬着手指不说话。

"之前哪怕你很有必要吃药的时候，你也坚决不吃；但这次，你**已经**发生了巨

[①] 较著名的案例是英国一男子过量服用抗抑郁药后理所当然、毫无情感地杀死了儿子，药效过后懊悔不迭。

大的变化，医生开的药量很低，你反而加量服药。这让我有三个联想：其一，和上次说的有关，好像我们重新动身时，总会想起那些错过的时光……"

姜愈的话像一把银质小锤，叮的一声敲在脆弱的表壳上。最初仿佛没带来任何变化，只有内部细微的皲裂悄然蔓延。细小的裂隙不断延长、分岔，十几秒后，终化作满布的裂纹，整个结构再也无法支撑。随之而来的，是全面的清脆崩解，轰然成齑。

泪水滴落，若春风中冰凌的尸解。

"对的吧……这些年我啥也没干，啥都没干……"

"是啊，这确实很让人悲伤，我们只有一次18岁，一次20岁，一次30岁……"

"白活了，白活了！……都白活了啊！！"景晓慧短促地爆发了，"战战兢兢的，浑浑噩噩的，可回过头看看，全是空空的啊！……"

眼泪簌簌落下，染深了一片衣襟。

景晓慧牙关紧咬，想将洪水蓄起。

随后，是一泻千里的溃堤。

"全是啊！！！"她哭喊得撕心裂肺，"我之前不去看，糊弄自己不看就是没有，可、可骗不下去了啊！睁开眼睛就看见我这小半辈子就这么荒废过去了，好疼啊，好疼啊！……"

她捂着胸口，手指几乎要穿透衣服、抠入皮肤、洞穿肌体、探入骨骼，去捏住那剧痛的心脏。

"没意义？不！那根本不叫活着啊……"这一次，她没有回避，没有遮掩，没有将头埋入双膝，没有双手捧住脸庞，只是直直地正视着前方，毫不掩饰地任由眼泪奔涌而出，"那是我最好的30年……"

姜愈也觉眼角像被滴了几滴白醋。

"你想加倍找回来、补回来，最好快一点，再快一点，**仿佛**可以让那段空着的时光从未存在。"

"我觉得'啥时候开始都不晚'是骗人的……"景晓慧将肺部深处的空气连换了几轮，这才擦擦眼睛，平复下来，"上次回去后，我真是摩拳擦掌，想干的事儿一箩筐，可很快我就发现不行啊！熬不了夜了，也记不住事儿了，那一刻我真的好慌啊……"

"如果你穿越到5年前，面对那个时候的自己，你有什么要——"

"——我会跟她说，去做自己吧！你不像我，我已经有孩子了，有好多责任要担，好多事儿要操心，体力啥的也差了，你不一样，你还有好多机会可以——"

"——那如果五年后的你穿越到现在，她会说什么？"

"她会说……"景晓慧卡住了。

漫长的沉默中，她的神色阴晴变幻，如历三秋，终于缓缓平静下来。

"……好吧，她会说，现在开始就好了。"

景晓慧长长松了口气，像个终于等来无罪改判的囚徒。

"是啊，现在开始就好了。"姜愈在她那自己写就的判书上又加了重钢印。

景晓慧重重点了点头。

"事实上你也已经开始了，"姜愈抬手示意那两袋书、一幅画，"而我想邀请你看的那个部分，它想要回避已定格的经历、否认已过去的年华。"

"我知道，它太躁了……"景晓慧半躺着倚在靠垫上，返乏之下，分外疲倦，"以前我不许自己休息是因为那些个'应该''必须'，但最近我睡眠反而更差了，是另一个声音，总在催我，说你赶紧动起来吧，赶紧的，没时间耗了……"

"它确实能让你行动起来，但也会让你透支自己。"

景晓慧许久没有回答，只是双手相合，用力揉搓着鼻梁。

再开口时，她的嗓子像被洒了几层干粉。

"不知道为什么，好像我承认了过去已经改不了了，那个声音也没消失。它还是不肯放过我，还在催我再快一些，甚至……甚至最好能找条小路超上去……"

"它希望走捷径，希望一蹴而就，甚至有些功利地想要否认过去的功利。"

景晓慧的脸上涌起了一丝嫌恶："我也知道，我'没病'的时候就是自己最瞧不上的那种人，做啥都是利益导向，精致利己，严格遵循那么一套最优解支配的生活体系。有时候我也觉得说不出的憋屈，总想和那个体系吵一架，可我又觉得我吵不赢，而且据说从经济学角度看，那才是最理想的生活状态……"

"那套体系看似强大、完整、自洽，所以很多时候，虽然我们情感上排斥它，理智上却很难反驳它。但这套过度优化的体系里，唯独缺少了那些人之所以为人的部分：感受、体验、愿望、热爱、使命、意义、爱，等等。"

"人之所以为人……"景晓慧嘴唇翕动，将这话反刍了多次，僵硬的肩膀微微一松,"好吧,确实,以前我只盯着那些个'有用的正事儿',努力提高效率、利用时间,去接近幻想中'优秀的人生平均下来的样子',最后日子被'别人的期待'占满了,就更空虚,更焦虑,久了就抑郁了……"

"只能让自己麻木、封闭,或是更加功利,可这些也都是饮鸩止渴。"

"对啊!以前我甚至还想,人是不是能心甘情愿地活成个机器人就好了,那样才能更好地在社会里活下去……"

"也许在不同环境下,答案是不同的。"姜愈话里有话,点到即止。

"我……感觉好乱啊!"景晓慧使劲甩了甩头,却未能甩去眼中的迷茫,"我代入了一下,如果环境要我每天都得为生计发愁,那确实也没啥心思想什么人生价值、存在意义之类的,全副精力都得功利地钻营咋生存啊……但我又想到,好像有个心理学家写过本书,讲他在纳粹集中营里就是靠寻找生命的意义活下来的。所以……到底该咋想呢?"

"我们先把更普适的答案放在一边,至少对你而言,那些帮助你的父辈,还有幼年的你更好**生存**的心态,正在阻碍着你更好地**生活**,对吗?"

景晓慧没有哭,眼泪却忽而泪泪涌了出来。

"对、对不起……我也不知道怎么了,就是一阵子难过……"

"有时候,去面对世界已经不一样了,面对过去的岁月、环境已经渐渐离我们远去,确实挺让人伤感的……"

"您……有没有觉得我特别可笑?"景晓慧语气平静,却接连擦湿了好几张纸巾,"周围早就变了,就我还一直傻不拉几地待在原地,从没想过要改变。哪怕现在我**想**从那个功利的、机械的状态里走出来了,可还是在琢磨怎么能走得更快更'高效',还是很功利……"

"我不觉得可笑,相反,说到这里,我都会感到有些难过。"

景晓慧紧紧盯着姜愈的双眼,找了好久答案,默默端起了水杯。

"我感觉好点儿了,确实,这也急不得吧……"

"嗯哼,之前是怎样就是怎样,之后如何,现在开始一步步来就好。"

"刚才都没说话那会儿,我忽然想起上周我们去兰兰爷爷家的事儿……"

景晓慧抿了口水,将刘海捋至耳边,不再遮挡视线。

"兰兰她爷爷是个实诚人,老实巴交的,话也不多,教了一辈子物理,忙惯了,退休后闲不住，仗着手巧就去学做菜，完了每天做点熟食啥的出去卖。

"周末我们去看他，我跟老爷子一起下厨，我头一次发现他做菜的时候是**真投入**，每一刀下去都透着精气神儿，切根儿葱老爷子都能享受每一刀的乐趣，尝菜的时候，老爷子总是细细品慢慢尝，每一口都不放过……我当时就被感动了！"

"老人家享受那个过程，活在当下。"

"是的！'当下'这词儿都说烂了，但那回我才明白它到底是啥！我也做菜吃菜，老爷子也做菜吃菜，可他做菜就是做菜，吃菜就是吃菜，我呢？永远在做这个、想那个，随后啥都没味儿了……"一开始展示成长，景晓慧又有些躁动，"以前我觉着，凡事预则立不预则废，人无远虑必有近忧，这也没错，但做计划可以专门找空儿做啊，我却是人有远虑人有远虑人有远虑……而且说是计划，实际全在瞎琢磨没发生的小概率坏结果上，眼巴前儿正发生的，还能把握的事儿反而都草草对付过去了，最后心没少操，事儿没办成几件，还把自己整成这样……"

"我猜那顿饭你吃得很好。"姜愈赞许地笑笑，悄悄将话题拉出思维的螺旋。

"是的！您不知道，我们围在一起吃饭聊天，我第一次体验到那种、那种……"

"烟火气的幸福。"

"对你们来说这是不是特平常的事儿？"景晓慧的鼻音又重了，"可我这么些年……能在过日子里体验到那种点点滴滴的幸福感，对我来说太难了啊……"

回想她走过的这段长长的夜路，姜愈心下万千感慨，化作无言。

景晓慧蹭蹭眼角，望着不远处绿萝叶尖儿上的露珠出神了好久。

"那天老爷子喝了点儿小酒儿，和我们侃大山，说前阵子暴雨那宿，第二天他一大早推着包子出去卖，看着一姑娘在河边儿上哭，老爷子担心她要跳河，和她一聊吧，还真没准儿是，老爷子就跟她蹲那儿唠了老长时间，直唠到那姑娘说她不跳了才乐呵呵回了家。我听的时候真特别受触动……"

姜愈直听得心中万马奔腾，一度想要直言相告，另一主人公视角下又是怎样惊心动魄的故事。

但他终究还是忍住了。

除却保密限制，更重要的是，这巧合本身，于眼前人的成长并无太大意义。

因为那既是巧合，也是必然：没有郝最，那老人同样会在生活中遇到类似的事情，许是雨后的桥头，许是医院的拐角，许是路边的长椅……他会用一贯的热忱去帮不同的人，再将相似的感受带到家庭餐桌上，给景晓慧带来同样的感动。

于她而言，是否有此巧合，又有何区别呢？

"而且不只这一次，他一直都是那种特热心的人。"景晓慧并未察觉到姜愈的心思转圜，继续侃侃而谈，与有荣焉，"邻里间有啥事儿但凡他能搭把手的绝不含糊。我觉着，老人家这辈子可能就热爱俩事儿，一是教书，一是助人。所以外边儿啥动静都惊不到他老人家，从不放在心上，呵呵一笑就过去了，也不会焦虑那些个有的没的，就是一副平常心，开开心心地做那些他想做的事儿。真就把这辈子活出了他想要的样儿，活出了**那种**意义感……"

景晓慧长舒了口气，伸了个懒腰，将全身筋骨都展开了许多。

"你找到了一个身边的参照，一个可以触及、可以学习的榜样。"

景晓慧着力点了点头，在短暂的沉默中将方才谈过的块块方砖垒成了一座体系完整的大厦。

晴朗的天空上，飘过了两朵乌云。

"我是不是又把话题岔远了？您刚才说想到三个点，后两个是什么？"

姜愈看看时间，也便默许了景晓慧的抽离："第二个点是，多吃药，好像也是在讨好我或者那个精神科医生，而——"

"——我明白了，"这次景晓慧一点就透，随即便又有些黯然神伤，"那个一直在讨好的小孩儿还有点儿依依不舍，不大想离开……或者说，困在那段时光里的'我'，还在原地兜圈儿，不肯走呢……"

"好像她还没当够孩子，也还有些没表达的感受、未了的心愿。"

"啥心愿呢，说不清啊……"景晓慧索然自语着，"不过你这么一提，这两周我就是总躲着我爸妈，哪怕他们来关心我，我也……总之还挺内疚的。"

"你心底会不会有一个声音在说……你们早干吗去了？怎么才来……"

"我……是不是挺差劲的？"景晓慧的声音虚弱得像冬天的蜻蜓。

"人之常情。"姜愈一如在说早上的天气。

景晓慧睫毛上又挂了露，双眼眨个不停，像正放映过长长的一卷胶片。

"……仔细想想，很多时候，不只他们忽略我，我也会躲着他们……这几年尤其明显，我也说不清为什么，就觉得面对他们的时候特别焦虑，特别不安……"

"你会不会有这样一个幻想是……"

轮到姜愈卡住了。

模糊不清的画面快速闪过,他只觉喉头一哽,心中油然一阵莫名的酸楚。

说是莫名,其实也只是不愿细想罢了。

"姜老师,您说的是……?"景晓慧问得小心翼翼。

姜愈压压心中的扬尘,嗓音却难免沾染:"在幻想中,你会不会觉得,父母的衰老是因为你的长大?"

"您说这个我不……"

反驳还未出口,身体却先诚实地做出了反应。景晓慧赶忙抽了几张纸巾垫在眼前,纸上迅速染开了一片。

"没道理啊!真的没道理啊……可为什么您说的时候我就这么想哭呢……"

姜愈默默地陪着她,一言不发。

"可、可这感觉骗不了人的,好像我就一直在逃,一直想从他们身边儿逃开、躲开……可能我是真不愿意去面对他们的皱纹白发吧……"

"面对父母老了、我们大了,感受还挺复杂的,甚至还可能会有种非理性的负疚感,就好像是**你**从他们那里夺走了什么似的。"

一叠叠纸巾被抽出,浸润、柔软、透明,宛若叶叶心事。

"最近我忽然觉着,他们真的老了。那一刻还挺心疼的,然后就会本能地想和这种心疼的感觉保持距离……"

"也许会有个部分仍然在想,时光如果停下来,我永远是个孩子,爸爸妈妈永远年轻,永……永远不会离去,该多好啊!"姜愈轻抚臂膀,聊以自慰。

景晓慧将手中攥满的纸巾一齐丢进了垃圾桶。

"说出来感觉好多了……还挺感慨的,这么一下子就过去了。他们把我带大,给了我些好东西,也让我受了些伤,就这么一天天的,我长大了,他们老了,这都是翻过去的现实了。而且以后,我还会长大,他们还会更老,愧疚也好,生气也罢,就是无可奈何的现实,接受就完了。以后我们还得互动,还是会有爱、有伤害、有关心、有冲突,就这么继续走吧……"

"是啊,就这么继续走吧,我们终归无法留住时光。"姜愈半是劝慰,半是自勉,"就是会有世事无常,聚散离合。父母会老去,会退场。我们从他们那里拿到些什么,成为我们的一部分,然后继续上路。某一天我们也会老去、退场,也会把我们的某些部分交给后来人,而这……就是生命本来的样子,必然的过程。在告别中前进,分离中成长,而——"

"——还是会好难过、好不舍啊！心里就是偶尔会有个声音说，能不能就留在这一刻了，永远都不变了，再不要分开了……"

景晓慧的哀悼，持续了许久。

姜愈看着她潸然啜泣，亦有些鼻子发酸，待她逐渐平静，才收拾好心情，望向另一朵乌云："这里也就涉及我刚想说的第三点：和抑郁本身的分离。"

"和抑郁的……分离？我没太明白。"

"我在想，当你过于希望'抑郁'快点儿走的时候，会不会也是在——"

"——它跟我在一起太长时间了啊！"景晓慧一凛之下，随即恍然，"我们讨论过抑郁给了我什么，不抑郁怎么去得到它们，但……这么多年下来，抑郁它已经是我生活的一部分了！我知道这不理智，但、但好像真还有点儿舍不得告别那一整套生活状态，告别抑郁本身了吧……"

姜愈有些恍惚，一时只觉这话并非是从景晓慧口中说出的，而是父亲在说，母亲在说，苏润在说，好些人都在说……

还有，心底住着的那个小小的自己，也在说。

——别无视它，别排斥它，别嫌弃它，好吗？

感同身受，悲从中来。

"那……我该咋处理这块儿呢？"景晓慧的求援，将姜愈从感伤中拉回，她真的站在岔路口，想要个指引了。

那强烈的意愿，让姜愈决定直接一些。

"如果，那些抑郁的感觉是有颜色的，它会是什么颜色？"

"灰色的，就是那种特别灰特别暗的灰色。"

"很好，如果它们有形状，有质地，会是怎样的形状，怎样的质地？"

景晓慧眨了眨眼，一时想不出来。这次她未等姜愈发话，便自行闭上双眼，连做了几次深呼吸。

"是……球形的吧，带着很多刺，金属质感，对……"

"OK，一个金属质感的，带刺的球，灰暗色，特别灰暗的灰。"

"嗯！"

"那，如果，让你想象一幅画，里面包含这个灰色的刺球，但整个画面，又让你感觉是美好的，你会怎么画这幅画？"

"我会在那些刺上扎满水果！"景晓慧的思索只花了一秒，旋即便舒开了一直轻蹙的双眉，"那个灰色作背景色挺合适的，我可以在上边儿插各种颜色的水果，颜色鲜亮儿的，橙子、香蕉、苹果、火龙果，好多好多。"

"非常好！继续。"

"呃……这个球应该是放水果店里的。"

"你呢？你是店长？店员？还是顾客？还是别的什么角色？"

"我是店长！这是我开的水果店！有好多人来看，来看我用那种灰色的大球插满漂亮的水果！他们都很开心，我也很开心……"

释然的泪水，再度润泽了景晓慧的脸颊。

"这幅画，就是你以后和你的抑郁相处的方法，这是你自己找到的，嗯哼？"

景晓慧泪中含笑，重重点了点头。

姜愈又追了一剂强化："我邀请你记下这幅非常棒、非常重要的画，还有此时的感受、体验，以后，无论是你想那个带刺的灰球了，还是那个带刺的灰球又上门找你，闯进你的生活了，你就回忆一下这个画面，还有这一刻的感受。"

"好的！我记下了！"景晓慧扬着嘴角，流着眼泪，像个金榜题名，即将离家的学子一般，"天啊我之前从没想过还可以这样，从来没有……"

"我们是不是超时了？"畅快哭过后，景晓慧仿佛身体都轻盈了许多。

姜愈赶忙看了看表：真的过了。

他无暇感慨，刚想做个结语，景晓慧却又截下话头："本来今儿还有个事儿想说呢，我们决定不上那么高杠杆买学区房了，太影响生活了，下次谈吧。"

"好，我们下周——"

"——我能再说一句吗？您还记不记得，有次结尾我跟您提过一段回忆。"

"好像今天有什么力量让我们停不下来。"姜愈浅浅一笑，"没猜错的话，你指的是那个独自等待的下午，无人知道的小草。"

"对，就是那次，没有花香，没有树高，我是一棵无人知道的小草，"景晓慧眼中闪烁着从未有过的光芒，"这几句歌已经在我脑海里盘旋二十多年了，但上周，就一瞬间，我忽然觉得我可以不停在这里了。"

景晓慧忽而笑了，像个无忧无虑的孩子。

"从不寂寞，从不烦恼，你看我的朋友遍布天涯海角……"

她轻轻地唱着，静静地望着。

宛若莺鸣的歌声，凝于远方的目光，缥缈了岁月，穿越了时空。

冥冥之中，那孤独等待的孩子，动了动僵硬的身子，怯怯抬起了眼眸。

——我在。

我在……

午后的阳光，亲吻着追忆。

孤独的孩子，静悄悄地哭了。眼泪若溪水化冻，澄澈透明，清亮安静，轻轻地吟唱，慢慢地流淌。虽只是一句清唱，却似二十余年那么长……

景晓慧收了歌声，望着屋中那互相做伴的绿植，一时有些出神。

"春风吹绿，阳光照耀，河流山川哺育了我，大地母亲把我紧紧拥抱……其实我心里边儿，是有后半段儿的，是有的啊……"

摇曳的绿植，似也听到了她的呼唤，刚好将一颗晶莹的露珠静静地滴落。露水折射的阳光倏忽闪过，将她的视线引向窗外，看到绿树成荫，大片的绿浪与屋内的绿植遥相呼应。

她起身走到窗边，目光越过窗口的树冠，看向更远的地方。

她曾以为，这城市仅仅是钢筋水泥铸就的牢笼。可此时望去，鳞次栉比的高楼间，依旧有着葱郁的绿色，自由的飞鸟，更多的则是熙熙攘攘的人群。

那川流不息的人群，竟让她有些感动。

几分钟后，她抱着厚厚的书袋，扬着自信的微笑，透着久违的从容，也踏入人群当中。

第二十三章

心向蒼生共光影

姜愈其实不喜欢莫扎特。

莫扎特的曲子神性太重,每个音符都挑不出毛病,却一首比一首更飘逸率性,处处透着股不食人间烟火的天真烂漫,全不似贝多芬狠狠扼住命运的悲怆,肖邦咳血记叙革命的冬风,更不必说肖斯塔科维奇掩于铁幕下的暗涌奔腾,柴可夫斯基放眼人世间的漫天飞雪,即便严谨如巴赫、轻灵如李斯特、和煦如舒曼,音乐里也交织夹杂着成年人的苦味、尘世间的苍茫,哪怕有意克制,也难完全剔除。

而莫扎特那种舒展随心的音乐实在太过纯净,只适合三类听众:养尊处优的贵族,子宫里的胎儿,待产奶的奶牛——姜愈这评价刻薄,偏颇,又充满误解。

不过也难怪,像他这种天天泡在人间悲苦里的人,对莫扎特那孩子般的纯粹不感冒确是再自然不过。

只有一首例外:《E 小调钢琴和小提琴奏鸣曲 K.304∶2》。

这首奏鸣曲写于1778年。那年莫扎特还是个22岁的青年,怀着一腔热血来到巴黎,想闯出一片属于自己的天地。然而巴黎的艺界自有一套运行法则,并未因这年轻人的才华横溢而给予他认可——他连一个职位都没得到。

祸不单行,在他最为沮丧消沉的时候,一直关爱他、支持他的母亲去世了。

生活在他面前裂开了一道口子,华丽的绸缎下,是空荡荡的黑。

悲痛是艺术之母;子欲养而亲不待,则是世间最深的悲痛之一。

音乐评论家阿尔佛雷德·爱因斯坦曾这样形容这首曲子:"……是莫扎特作品的奇迹之一。它源自最深沉的感情,以一种超越了交替对话的方式,来敲击伟大的悲剧世界之门。这样的门,换了贝多芬是要长驱直入,狠狠撞个大开的。莫扎特并没有表现得悲怆欲绝,而是克制,掩藏起内心的火焰。"

近两周,姜愈一直在反复回放这首曲子,感受那将悲伤克制到极点的共鸣。

他只听内田光子版,这位莫扎特大师奏响第一个音符时,便催得人眼窝发烫,恍惚间她不是在触碰琴键,而是用指尖抚摩着母亲的灵柩,哀伤而节制,如泣如诉却又欲说还休。

第二十三章

奏鸣曲缓缓流淌,明亮与哀伤交错前行,将姜愈拖入另一个世界。他看到孤独的青年脸挂泪痕,坐在琴前,边试奏边用鹅毛笔修写乐谱,不经意间却笔误写下了母亲的名字。窗外的响动惊扰了伤心的作曲家,他推开窗棂,看到夜凉如水,白露成霜,月色缥缈中,熟悉而模糊不清的背影渐行渐远……

门外隐约传来嘈杂,姜愈看看表,见距咨询开始已然不远,便悻悻停了音乐。

洗手间镜中的面容,疲惫到有些陌生,像是靠数根意志凝成的隐形小棍撑着,才不至于让五官都耷拉到地上。

冷水泼在脸上,面部神经瞬间收缩,他终于被彻底唤回现实。

门外的争辩愈发激烈,清晰可辨,还隐约夹杂着声声抽泣。

姜愈听那声音有些耳熟,便轻轻开门,蹑手蹑脚地循声寻去,果然见郝最正躲在过道墙角,面壁而立,一口方言只能听个大概。

"妈你听我说个好啊?我不是……"郝最颤巍巍地冲着手机自证清白,还在努力压制着哭腔,"妈你是最重要的……我不会的,妈我真的不会的……"

手机那端传来听不清的责骂,像不停砸过来的棍棒斧锤。

郝最捂着头,身子不停下坠,终于摇晃着蹲了下来,肩上素色的丝巾垂落地面,覆了污渍尘土,像位高雅的妇人被毫无尊严地展开在手术台上似的。

"妈!我求你了妈……是我错了!我不该不听你的话,但……好,好的,我会再好好想想的,好,我确定了一定跟你叙……好,我晓得,再会……"

郝最挂了电话,呆呆望着手机屏幕,静静哭了起来。

姜愈本能地向她走去,可刚迈出一步,又忽然想起"不要认同她因焦虑而容忍破坏边界"这理论上的告诫,他停下脚步,犹豫片刻,悄悄退回了咨询室。

沙漏中的沙,已堆起小小一堆。

从洗手间出来时,郝最的眼睛还有些红。她刚彻底卸了妆,不着粉黛的样子倒和今天质朴的衣装颇为搭调。匆匆落座后,她摘下丝巾,连同手包一齐放在一边,动作放松自如,好像刚才什么都不曾发生似的,就连茶几上那熟悉的信封,也只让她的微笑僵硬了一秒。

"上周你怎么了?"她笑意盈盈地问道。

"你有什么猜测?"姜愈的食指横在了唇前。

"我想一定是重要的事,这么些年了,这是你第一次请假……"

"给你什么感受?"

"我……我其实很想帮你,你知道的。非要说感受的话,可能还是有点不满我们的关系只能限定在这里吧……"郝最并无埋怨之意,反而流露出真切的心疼,"你看起来很憔悴,我……很希望能分担一些的。"

"谢谢,我收到了。"姜愈严严掩起了感动。

"不过我也知道,你不会说的。"郝最轻轻叹了口气,"无论如何,谢谢你又给我改了时间——按照约定,我该和你讨论这个了,你说吧。"

她指指信封,语气轻松得有些过头。

姜愈仍未作答,只是看着她,等着她。

"你不去的话告诉我就好,我承受得住的。"郝最勉强挤出一丝笑意。

姜愈身体微倾,将信封推到郝最面前。

"好的我知道了……"

郝最有些低落,像被包进了个充满灰色污水的气球。她装作若无其事的样子,将信封塞回手包,连折压了一角都未注意。

姜愈则敏锐地留意到,方才她有过一瞬间的放松与庆幸。

郝最将手包扔到一旁,长舒了口气,将身体完全交给了沙发靠垫,仰头闭目,好像失恋的少女刚耗尽全身力气,将恋人的信笺照片通通封入铁盒、压进箱底。

可她仍不平静,胸口的起伏越来越大。

"郝最,我看到——"

"——你……"郝最声音沙哑,热泪已在眼角打转,"你还是否定了你给过我的一切。"

"否定,给过,你的一切?"

"你先告诉我,一切都可以好起来,我也可以得到那些。等我燃起了希望,你再告诉我,根本不是这样,根本不可能!我还是被你挡回了原来那个世界……"

大颗眼泪摔碎在她的衣上、腿上,甚至没有留下痕迹。

"哦……那这样确实让人感觉很受伤。"姜愈脸上毫无波澜,"我看到你**真的**很愤怒。"

"好了姜愈!……"郝最猛地睁开双眼,瞳中短暂地燃起一团火焰,又迅速熄了,"别再用那些共情的套路了!我已经听够了。"

"发生了什么?"

郝最讽刺地勾了勾唇,将扎马尾的发圈取下,紧紧套在腕上,不久又撑开取下,反复了多次。

细沙漏下,新落的沙一粒接一粒、一层覆一层地盖在之前的沙堆上。

"抱歉是我不好,我不该要求那么多的。"郝最萧索地摸了摸手指上的伤痕。

"我更关心到底发生了什么,你的生活里,和——"姜愈把右手轻轻放在胸口上,"你心里。"

"没发生什么,就是觉得……"郝最瞥了眼手包,眼神有些发直,"上次结束后,我还以为你是可以走到我生活里的,刚发现……一厢情愿罢了。"

"还……挺绝望的。"姜愈努力揣摩着郝最细腻的心思,"当你**感到**被拒绝的时候,仿佛也体验到被我抛弃了——抛弃在你的'那个世界'里。"

郝最有些意外,眼中又擦亮了几处火苗。她紧紧盯着姜愈,似乎在找某个确认。姜愈真诚而坦然地看着她,稳定地坐在那张沙发上,一动不动。对视半分钟后,郝最抽了抽鼻子,松了口气,大大方方地擦去了眼中挂着的泪水。

"谢谢你没戳穿我,你知道我并不是真在生你的气……"

"愿意详细说说吗?我看到,开始前你就已经焦躁不安了。"

"那倒还好,就是因为我在等你的答复,毕竟我已经遵照设置等了一个礼拜,之后又多等了一个礼拜,换谁都抻得难受啊,对吧?"郝最勉强地扬了扬嘴角。

"也许,我相信这给了你一些压力,可我也注意到,在我把信封推给你的那一刻,虽然时间很短,但……你有种如释重负的感觉,对吗?"

郝最张了张嘴,又干巴巴地闭上了。

"在我看来,也许你心里有个部分也希望我拒绝你。"

"我……我有点乱,如果是的话,为什么呢?"

"我有个猜测是,如果我拒绝你,或者说,由**我**来把你挡回'那个世界',你**内部**就不用这么挣扎了。"

"这两周,我做了好几件以前绝对不会做的事情。"再开口时,郝最的语气又冷又苦,像隔夜的黑咖啡般,"整个生活都被推翻了。"

姜愈紧跟着她的目光，没有接话。

"一开始还挺兴奋，也挺坚定的，但越往后做，越害怕，越紧张，越不确定，再加上……"她不得不做了个深呼吸，"算了，还是有点不好意思说。"

"独行的时候我们都会不安，都会想找同类确认，期待被支持，这并不可耻。"

"可……可我生活里真的没有这样的人……至少现在没有。"

"看起来……发生了很多事。"

郝最的眉宇之间，满是一言难尽的惆怅。沉默稍许后，她甩了甩头发，苦涩而释然地笑了："先说个小事儿吧，我和魏光确定分开了。"

"所以，你还是选择回到狄青的——？"姜愈有些沮丧。

"也分手了！我就不能活出单身的精彩嘛？"郝最佯装嗔怪道。

"当然！我只是觉得……大动作啊！"姜愈忙不迭点了个赞。

郝最苦涩地笑了——是啊，大动作，蜕层皮般的大动作啊……

"都是我提出来的，魏光那边……我想清楚了，没什么对错，不是一路人罢了。他喜欢的那个世界理性、完美、金光闪闪，并且他真的享受那里。我不一样，我用之前二十多年的努力走到那个世界，但……"

流沙缓缓，不经意间映入她伤感的眸中，若一去不复的年华。

"但你发现，根本不想待在那里……"姜愈待郝最伤怀渐消，才接上话头。

郝最回过神来，嫣然一笑："你看，这对你来说是再好理解不过的，可他就是怎么也理解不了，所以他也完全不理解我为什么要离开他——当然他也很痛苦，但我看得出，他的痛苦更多的是种挫败：我这么好你为什么不跟我在一起？可能对他而言，从小到大就没有过这种求而不得吧……"

"你会担忧自己伤害到他吗？"

"这回还好，不像以前了。老实说我不太担心他，而且他确实很快就找到理由，说服自己这不是因为他不好，这点我倒真该和他学学。至于感受……"郝最取下腕上的发圈，轻轻揉搓，"稍微有点焦虑怎么和我妈说，不过还好，毕竟想通了，对我来说，婚姻没有幸福重要——我不是说它们对立哈，我是说——"

"——我懂，你不急于追求那个表面的形式了。"

郝最坚定地点了点头，似终于合上了一道坚固的闸门。

姜愈却未就此停住：有些重要的议题太过惹人焦虑，来访者很少主动提及。

"我还是想追问一下，那，你和魏光毕竟是一段亲密关系，面对这个告别、这场分离,你的感受如何?"

郝最将发圈重新套回手腕,避开姜愈的目光,低头整了整衣角。

"还好吧,也没太多感受,"她的声音像被压缩过一般,"我刚才脑子已经飘到狄青那了。"

"你逃开了。"

"也……也还好吧,嗯。"

姜愈眯着眼睛看了看郝最,手指轻轻在原地敲了几下。

"真的没什么……"郝最窘得耳根都有些红了,"我、我还是说狄青吧……"

犹豫片刻后,姜愈默许了。

时机未到。

郝最的表情仿若刚刚吐完,语气中还带着几分胃液混着胆汁的味道:

"狄青、狄青……OK 我想起我刚想说什么了。我本来都不想见他了,但有些重要的私人物品还在他那,不得不见了一面……

"一如既往,上来就是威胁,什么我伤害了他啊,我不好啊,我辜负了他的爱啊,后来看我态度坚决,又转过来讨好我,说他如何真心痴情,说其实他最爱的还是我,以后会好好疼我宠我,他也是为我们的未来着想,等等吧……

"要换以前,没准我一心软真就从了……"

郝最的梨涡中,旋开了几分嘲讽。

"不说怪谁了吧,总之以前太害怕了,总怕自己做不好,怕被抛弃,怕独自一个人面对世界,怕孤独,怕活不下来,而且还真觉得我会活不下来,甚至会怕……会怕改变。回头看看,那时候我真是有病!"

"人之常情,"姜愈耸了耸肩,"已知的痛苦是确定的,连怎么面对、怎么忍受、什么后果都是确定的,但如果改变,就要面对未知了。如果这条路上,我们心底没放入过火种,又望不见天边的星光,那确实太让人瘆得慌……"

"这么想还真心疼过去的自己……"郝最的眼圈又微微泛红了,"这得谢谢你,姜愈……是你给了我勇气!"

她的眼中,闪着令人动容的光。

姜愈有些慌乱——对抗向往的慌乱——他赶忙戴上专业面具,隔开了那人与人之间真挚的链接:"我收到了你的感激,不过……我想也许这个过程中我的作用被夸大了，你自己的作用被压缩了，就像在生活中你也经常会——"

"——我明白你要说什么，但……"郝最敏锐地识别到了姜愈的躲闪回避，虽不戳破，语气中仍多了几分无奈、几分落寞，"不说了，你也懂的。"

姜愈有些歉疚，还未来得及致歉，郝最便意兴阑珊地中断了这处讨论："我还是先说完吧，狄青呵……这回也算开了新篇章。"

姜愈怏怏将本已到口的话咽了回去。

郝最眼中，燃起了一团火焰。

"他说了半天好话，但看我还是无动于衷，就开始诅咒我，说我一定是外面有人了，说要把我们做爱的视频发到网上，寄给我的朋友同事家人，让他们都知道我是破鞋。我当时怕死了，但还是咬紧牙关，坚持着没松口。"

"非常了不起！"

"还好啦！好歹跟这儿成长了这么多年，咨询费不能白花啊！"郝最话虽打趣，却毫无笑意，"我能调动的社会资源比他多得多，而且法制社会嘛，没什么好怕的……其实我不知道他到底会做到什么程度，但之前就一直被他的恐吓捏着，只会绥靖，只会委曲求全，只想息事宁人，那他当然会得寸进尺啊……所以这次我打算试试不一样的方法，结果他看我那么坚决，就动手了。"

"动手？"姜愈轻轻握了握拳。

"其实我还挺感谢他动手的。"郝最的轻蔑中多了几丝怜悯，"我啊，骨子里挺懦弱的，道理都懂，也知道狄青在利用我的弱点控制我、剥削我、虐待我，可我还是压力特别大！毕竟在之前的模式里待了那么多年，而且这多少也是段重要的感情，加上他之前可怜兮兮的态度，我心里其实挺过意不去的。"

"仍然会自责歉疚——是**我伤害了他**。"

"是的，所以他要继续说软话，我还真不确定能不能扛得住……虽然我知道那都是套路、伎俩，我只要在这关系里待下去一定还会被他利用玩弄，可那种刻进骨子里的羞耻感和恐慌，想去掉也不是十天半个月能做得到的……"

"确实，改变需要一个过程——一方面你确实变得更有力量了，但另一方面心底还是不那么确信，会怀疑自己是懦弱的。"

"但他动手的那个瞬间，我就彻底清醒了。"郝最伸出手来，握紧了拳头，"那个信号让我一下子明白了，如果我不离开这段关系，以后会发生什么……"

"你心底**其实**一直知道。"

"是啊……所以我身体的反应速度远远超过了大脑,说实话他拳头打过来的时候我大脑是一片空白的。"

"这不是第一次?我是说——"

"——当然不是!之前的我都没好意思和你说,每次都是我跪着认错求他结束的,但这次……"郝最看看自己坚硬的拳头,仍有些不可置信,"真没想到他那么怂,那么弱,才挨两下就求饶了,还求得那么丑陋……我就是被这样一个欺软怕硬的小人吓了这么多年啊……"

"感受如何?"

"打得一拳开,免得百拳来……"郝最舔了舔嘴唇,紧张之余,还露出了一丝从前未有过的欣快,像只初次捕获猎物的小花豹,"当时我真是有些怕,毕竟第一次在拳馆外边挥拳,心跳得特别快,嘴唇都是哆嗦的。但同时又很兴奋,好像某些与生俱来的东西回到我的体内了……"

"被剪掉的爪子重新长出来了,可以自卫,可以捕猎,而似乎你在说的,也不只是现实意义上的挥拳。"姜愈非常确信,郝最还压着重磅话题。

"其实……我还是不太确信。"郝最神采飞扬的眉间,又笼上了灰蒙蒙的霾,"我不确信的是,只凭我自己到底能做到什么程度。"

她再次取下发圈,一圈圈缠在手指上。

"你看,狄青的事儿是在你的帮助下我才做到的,还费了这么大劲儿,前后折腾了这么久,类似的事儿还好多,所以我……"

发圈被绷紧到了极限,终于无法再多绕一圈了。

沙粒流淌,秒针绕行,绿植上的水珠要落未落,姜愈悄悄将手伸进兜里,摩挲着剩下的巧克力。

他知道,这异常烫心的沉默过后,即将到来怎样的话题。

郝最环顾左右,像在找什么东西,又似怕真的找到。

"我有些慌,但又不知道为什么……"方才的小花豹,已添了几分怯意。

"我们今天不是第一次卡住了。"姜愈叹了口气,正色问道,"发生了什么?"

"没发生什么……"郝最的目光彻底飘向窗外,手指则仍备在唇边。

姜愈眯着眼看着她,什么也没说。

半分钟后,郝最拽过手包,掏出两份材料:"好吧,这是我要选的。"

姜愈粗粗翻看，不露声色。

"一份是辞呈，一份是合同，都签好字了，都拖着没交。"

"你希望我帮你决定？"姜愈将材料放在一边。

"我知道你不会的，我只是……"郝最撸了撸绕在手指上的发圈，让已被勒得有些发紫的手指稍稍解脱了些许，"我……真的很没用。"

"说说看，你之前的考虑。"

"合同背景先和你说下，妇联牵头的一个持续公益项目，建立扎根一线的组织为贫困地区妇女，特别是女童提供反性侵、反暴力这些方面的一揽子专业援助。我要去的话会负责法律援助，直接去山区一线，和当地基层组织一起搭班子、做试点，效果好的话可能还要负责推广全国，至少两年起了……"

郝最最初叙述时还有些羞赧，仿佛青涩少女要将刚起了草图的画作呈给意中人般，可她越说越兴奋，越说越自信，双瞳中跳跃起前所未有的动人光焰。

"这机会还挺难争取的，上上周见完你，我去找一个很久没联系的闺蜜聊天，知道了这个信息，当时已经过申请时间了，不过最后还是拿下了，就是这样。"

"所以……你的困难点在哪儿？"姜愈微微一笑，摊了摊手，"你神采飞扬地向我描绘这个项目，看起来你很感兴趣，然后你告诉我机会难得，你也争取到了，OK那你去做就好咯？你在纠结什么？"

"……这不是很显然吗？"

"说说看，哪里显然？"

"一边是安定的白领工作，年薪百万，未来可期；另一边要跑贫困地区待很久，领很低的津贴，几乎还一定会有人身危险。如果我以后还想回现在的行业，简历上也没那么好看了。而且这么折腾一趟这几年绝对忙死，没空谈恋爱的，回来也该大龄了，你知道爱情对我来说是非常重要的，我也不能——"

"——郝最，"姜愈打断了她焦躁的絮叨，压了压场上的节奏，"我知道这些客观原因都存在，但，你愿不愿意谈谈你内部真实的原因。"

郝最微微一震，沉默了好一会儿。

"我怕……"她的声音冷了下来，"你不知道我顶着多大的压力，这两天我只要一睁开眼就被——"

突然响起的手机铃声，打断了她的叙述。

手机屏幕好似美杜莎的双眼,郝最刚看一眼,便立时化作了僵硬的石头。

她紧紧攥着手机,似想要扔开,却又完全没有胆量。

"是、是……是我妈,我能……能接一下吗?"

"你**自己**评估这个电话紧急不紧急,**自己**选择要不要打破我们这里的边界。"

姜愈当然知道郝最期待的答案,但他也深知,这是她必须自己跨过的坎儿,他只能陪伴,只能支援,无法代劳,否则无异于让她从一个扭曲共生的关系,走向另一个同样扭曲共生的关系。

郝最悻悻收回视线。

美杜莎的头颅还在不停震动,往昔精心挑选的悦耳铃声,此刻听来却像无数蛇发吐信,嘶嘶不停。

她的呼吸越来越快,吸入的氧气却似在变少,几秒后,便再也支撑不住,颤着手指,伸向屏幕。

铃声戛然而止。

她整个人瞬间懈了下来,抚着胸口顺了半天气,才找回了正常的说话节奏。她自嘲地挤出一个僵硬的笑容,咧咧嘴解释道:"我妈这周要来北京看我,住我那,所以我——"

铃声又响了。

郝最的笑容重新石化,碎成渣土,之后颤巍巍地接通了电话。

"妈,我……我这边有点事啦,等会儿再打个好啊?那个事我还不曾想得好……"郝最瞬间便熟练地调整了状态,哭丧的表情瞬间消散,连语气都变得欢快而讨好,像只撒娇的泰迪。

"你是有事还不曾想好?还是故意不跟你妈讲!"郝最妈妈怨气满满,姜愈虽听不懂方言,都只觉浑身难受。

"妈我是真的还不曾——"

"我跟你叙嘎,你妈我年纪多了,讲的东西也跟不上潮流了。我晓得你嫌我老太老古董了,不要听你妈我哩话。日后啊,我老太是话都不敢跟你叙得!"

"妈你说的我都很——"

郝最话未说完,便又被对面自顾自的絮叨打断了。

"但是啊,这桩事,你听妈一句,妈是世界上头唯——一生不会害你的人,就算你现在不晓得,日后也是会晓得的。"

"妈我晓得,我晓得你为我好……"

"你现在年纪还轻,但我跟你爸都一把年纪了。你爸那个狗压的又天天往那个婊子那边跑。妈啥也不图,你一辈子平安,我有没有你服侍也没得关系。"

郝最急得直摆手:"妈我不会的,我会好好照顾你的。"

"但是啊,你就不帮自己想想日后吗?"郝最妈妈完全听不进解释,语气更加哀怨了,"丫头啊,妈辛辛苦苦这么多年,不是让你服侍那帮乡巴子的啊!"

郝最条件反射地动了动身,似要给手机跪下一般。

"妈我晓得你的意思了,你再给我点时间好好想想个好啊?"她已几乎掩不住翻滚在喉的哭腔。

电话那头的音量陡然拔高:"给你时间,给你时间,我看你就是想糊弄我!那么简单的事情,有什么好想呐?我要你现在就我叙定呢,你到底会不会辞职?"

郝最从沙发上出溜下来,单膝跪在了地上。

"妈!求你了……不要再逼我了个好……"

"是你在逼妈妈!我看你就是想瞒着我提辞职!"手机中好似伸出一只胳膊,直掐住郝最的咽喉,"我不管你怎么想,我今天话就放个这里:你要是辞职,你妈我马上就去寻死!"

"妈!你听我叙嘎,我——"

回应她的,是重复的忙音。

郝最呆呆看着手机,直到忙音自动挂断,才哇的一声大哭着跌坐在地上。她靠着沙发,把头埋入双膝之间,肩膀颤抖得像雨天的叶片。

"所以姜愈!你说我还能怎么办?我做不到!我真的做不到!!我在你这里花了两年多的时间,就是在慢慢确认,我可以过我自己想要的生活,我可以不用为了囤积安全感去泡在不喜欢的生活里,可没用啊!我花费无数心血筑起来的城堡,她只要动动手指,就全毁了……全毁了!"

姜愈看不见郝最的双眼,可随着她的哭泣,他却觉得那双眼眸此刻化作了两个黑窟窿,郝最内里那勃勃的生机都从中淌出去了。

郝最哭了一会儿,颓丧地安静下来,显得有些干枯。

"要喝点儿水吗?"姜愈轻声问她。

郝最仍曲着脖子,轻轻点了点头。

水被猛灌下去时，洒出了不少。

郝最用密布的血丝封上那两个窟窿，忽然向姜愈伸出一只手来。

她不说话，就这么从下往上抬眼看着姜愈。

姜愈看着她披散的长发，倔强的目光，迟疑了一秒后，将她拉了起来。

郝最萎靡地靠在沙发上，将手机扔在一边，呆呆盯着杯子。

"是不是完全无解？"她的声音脆得像晒久的塑料。

"'你还是否定了你给过我的一切。'我想也许这是你想对妈妈说的——当然，她同时也否定了你付出的一切。"

"我不想谈这些了……你说，她都这样了，我还怎么办？还能怎么办？"

姜愈吞了口口水，咽下此刻心底腾起的不安，尽量平静地问道："如果，我是说如果，如果她真的自杀了，你会感觉——？"

"我会非常非常难过，非常非常自责，也许我会跟着她去死……"

"嗯哼，很好，还有吗？"

"可能……也会解脱？二十年的大任务结束了，虽然是以失败告终吧……"

"非常好，还有吗？感受。"

"我会很心疼她，但……但这回我真没法说服自己。我以前放弃过无数次，如果这次再放弃了，我觉得这辈子我可能都没勇气和她说不了……"

"很好，那，除了这些感受，你还有什么期待吗？"

"我……不敢说。"

"试试看，你期待什么？"姜愈的目光温暖而坚定。

"我……我期待她可以放过我，去过好她的人生，我要去过我自己的人生，我不想一直为她的人生负责，不想为她去不去死负责。"

"OK，你爱她，心疼她，如果她真的去死你会非常难过，但同时你不想再背着她的人生、她的生死，你想有自己的坚持、自己的选择、自己的人生，对吗？"

郝最轻轻点点头。

"那，你直接告诉过她这些吗？"

"直接告诉她？！"郝最几乎不敢相信自己的耳朵。

"是的，直接告诉她你真实的想法。"

"不可能的！"郝最猛烈地摇起头来，"她承受不住，会很受伤！她眼里的世界非黑即白，如果我有一点不顺着她，就是大逆不道，就是我不爱她，我没办法……我不敢冒这个险姜愈，你说的我都知道，但我就是……"

"你害怕把真实赤裸裸地摊开，你觉得她无法面对，也许也是在说——"

"——是我承受不了后果！我知道。可……你能理解这种感觉吗？"

"就像在最开始，你的票，你仿佛给了我选择，可以去也可以不去，但如果我真的选了你不希望的那个选项，你会非常崩溃，会让我觉得我狠狠伤到了你。可能我体验到的只是你体验到的百分之一，但这也让我可以理解，如果你妈妈在你的成长中一直这样对你，你会需要怎样地战战兢兢，不敢越雷池半步。"

郝最微微舒了口气，又拾起了熟悉的配方："有时候我会想，为什么我就做不到呢？为什么我就不能做到让她满意，让所有人都满意呢？"

"因为我们会死。"

意料之外的直接回答，让郝最一下愣住了。

姜愈细细解释道："如果生命是无限的，我们通过漫长的努力，也许可以达到某个特定的状态，但很遗憾，我们的生命……就是有限的。"

郝最听得有些入神。

"别人一天工作8小时，你可以逼自己工作16小时，但你再怎么逼自己，也没法工作26小时，同样你的体力、精力、脑力等等都是有限的。也正因为此，我们才需要选择，才不得不选择。我们只能做一些事而不做另一些事，爱一些人而无法爱另一些人，满足一部分愿望而无法满足其他愿望……从这个角度讲，生命的本质，就是对时间的权利。"

郝最看看姜愈眼中的认真，看看窗外的绿叶，又看看不息的流沙，目光最终停在了眼前空空的水杯上。

再开口时，她的声音轻若随风的鸿毛："我眼前出现了一幅画面：宇宙变成了浩瀚的图书馆，我们每个人都在写一本巨大的书。但和平常写字不同，移动的不是我们的手，而是书。写或不写，写些什么，书都在按它的速度一行一行、一页一页地移，过了就没法改了。而每次落笔，我们都会把那一瞬间的自己化作一粒微粒，落在纸面。每写出一粒微粒，我们的身体就轻盈一点、消散一点，等最后一粒微粒飞出，我们就消失了，书也写完了……整座宇宙图书馆中布满了亿万这样的书册，有的被废弃、碎掉、收禁、焚烧，有的会流行一时，有的会落灰多年、静待阅览，还有的会发出光来……"

"非常美的意象！也很深刻！"姜愈由衷赞许道，"那，你前面的二十几页已经把很多的微粒填在'让妈妈满意'的主题上了，后面的岁月里，你打算怎么派发你生命的微粒，拿来写点什么呢？"

郝最用力揉了揉肩膀，双眉紧皱，似正经历着换骨之痛。

她其实早就知道，一路走来，自己一直背负着一团说不清道不明的负累，若块不断增生的肿瘤，无时无刻不在榨取着她的生命力。可每当她想去碰它动它，甚至只是想去看看它的样子时，便会有股更大的焦虑袭来，将她远远推开。时间流转，光阴如梭，那肿瘤越长越大，样貌却愈发扑朔。

这早已放弃的探究，却在此刻豁然开朗了。

回顾来时长路，辛酸之余，她忽而被一股澎湃的力量鼓荡了胸口，心神直飞出这小小的咨询室，来到那浩渺无垠的图书馆中。她放松身体，展开双臂，任流淌的时间摇曳她的臂弯，穿过她的指缝，散开她的长发，推动她的身体，带她游走在星河之上，徜徉于书作之间，看到陌生的故事，熟悉的心情，还有那点点微粒汇成的隽永星光。

她忽而想到：时间本身，其实也是活的啊！

它是不复西归的川，一去不返的箭，是鬓角悄染的飞霜，神仙难逃的离别。人类用来描绘时光的诗句道理早已汗牛充栋，可真正能感触到时间那单向的匆匆，不妄念过去、不回避当下、不执着未来的，又有几人呢？

生命，只有一次。

过了，就没了。

流沙落下，逝若芳华。

郝最忽然倏地站起，在咨询室里绕起了圈，边走边将握紧的拳头砸在掌上。她走得很慢，砸得也很慢，时而哀伤，时而愤慨，时而颓废，时而悲壮。

姜愈默默无言，只望着她脸上的阵阵阴晴变幻，陪她走过了心中的万水千山。

掌心已充血肿胀，郝最终于坐了下来。她擦干眼泪，取下指上的发圈，重新扎好马尾，看了姜愈一眼，深吸口气，拿起手机，开始发送语音留言：

"妈，我决定了，我还是要辞职，要去做那个公益项目。我晓得你会不开心，妈我真的……我真的不想让你伤心，但、但我……"

郝最有些哽咽，可这次她并未被涌起的情绪拖入那熟悉的深潭，略做调整后，便真诚而坚定地继续说道：

"妈，其实从小到大……你为我付出的点点滴滴我都记得！

"小时候家里穷，我的衣裳都是你做的，半夜起来，我迷迷糊糊看到的都是你的背影，还听得到缝纫机嘎吱嘎吱的声音，那画面到现在我还能想起每个细节！想起来就觉得特别温暖！

"还有，你骑车带我去学琴，路太滑摔倒了，红色的血洒在白雪地上，你却还下意识托住了我，爬起来就先看我受没受伤，那一幕我一直记得，一直记得……

"真的妈，从小到大你为我付出了好多，我从没忘记过，真的很感谢你……"

热泪无声，若烛火下滚落的蜡油。

"妈你一直照你心里最完美的妈妈在做，也希望我做个完美的小孩儿，可……可我在这个环境里一点儿也不开心！我也没法告诉你我不开心，没法告诉任何人我不开心，因为所有人都说你是个好妈妈，可我真的痛苦啊！真的啊！

"你可能还记得，小时候我最爱看的动画片就是《哪吒》，一遍遍反复看。那时候我不晓得为什么，就觉着里面有什么特别吸引我，后来我知道了，我是真的羡慕哪吒啊！他可以把肉割下来还给他爸妈，然后开始他自己的新生……

"妈，我很爱你，但为了让你满意，为了从你给我的羞耻感里找个避难所，我是真的好痛苦、好灰心、好无助啊！可我又总觉得你对我这么好，我再有什么痛苦肯定是自个儿的错，但……但我真的……

"如果可以，我多想像哪吒那样把肉一片一片一片一片全都割下来！全都割下来还给你啊！我真不想欠你的！太沉了！太沉了啊！！我真扛不起了啊妈……"

失声痛哭。

这次的情绪汹涌非常，直逼得郝最放下了手机。

大哭了好一会儿后，她选择了继续。

"可我知道我还不清啊妈妈！我真无数次地想怎么才能过自己的人生又不伤害你，可我……我找不到答案，找不到！

"你爱我，为了我付出了无数心血，所以我一直听你的话，你喊我考状元我就考状元，你喊我学法律我就学法律，你叫我进国企我就进国企，你不肯我谈恋爱我就不谈恋爱，不肯我出国我就不出国……我是真的好累啊妈妈！我特别怕！我特别怕你不满意不开心，怕你说是为了我不离婚，说我不争气你这辈子就白活了，说我要不顺着你就是不孝，就是翅膀硬了、放肆了、不要妈了、要气死你了……这些都让我压力好大啊妈！我已经尽全力了！可我还是做不到……"

眼泪汩汩涌出，泪珠间的界限已不再明显。

郝最索性任由泪水恣意流下，连擦拭都免了。

她也不再掩饰声音中的哭泣与哀恸，而那份坦然面对的决心，则愈发坚定了。

"妈，我真的做不到让你百分百满意，做不到事事听你的，做不到彻底放弃我自己的人生……妈你总说你是为我好，你说得对我就要听，你是爱我的又不会害我我就要听，你还说孝不如顺，顺着妈妈才是好丫头。可这样的人生，我觉得活得一点意思都没有，真的一点意思都没有！太绝望了，真的太绝望了！

"妈你每次都说，我不听你的你就去死，我真的怕，怕你离开我，怕是我伤害了你，所以每次我都听你的，因为我……我真的很爱你妈妈！但你从来不肯相信我……而且时候长了，我发现这样的日子我真受够了！真再也不想过了！……"

郝最停下休整，一次次的深呼吸后，神色渐由激越而平缓，再至冷静，至镇定。再开口时，方才激动的情绪皆已化作了不带敌意的坚定。

"妈，这么多年了，我一直不想也不敢走出这一步，但今天我决定不要再这么下去了。因为说到底，你没法代替我去痛苦、去快乐、去体验**我**的生命。

"我知道，之前我也在逃避，在用'都听你的'来逃避指责、逃避冲突，也逃避我本该迎着指责去做的决定、去为我自己负的责任。就像你总怕我冻着，我也不敢惹你不高兴，所以大夏天的还听你的穿好厚的衣服出门，可结果呢？中暑了难受的是我，不是你。当然你会说'你怎么这么娇气'，以前我就不吭声了，要不又是顶嘴。可现在，妈，我要认真地告诉你：无论我是不是娇气，之前我没有为自己选择过合适的衣裳、合适的工作、合适的关系、合适的生活——这是我的逃避，我的退缩，我也为它们买过单了，从今天起，从现在起，我要改变了。

"妈，说这些，请你相信，我真的不是想指责你、埋怨你，想说你不好，我只是想告诉你，这一次，我已经下决心了，我要贯彻我的意志，由我自己选择，去过我自己的人生，是好是坏，冷暖自知，我愿赌服输。

"妈妈，我真的很想很想得到你的祝福、你的支持，如果你祝福我、支持我，我会特别开心，特别受鼓舞，但你不支持，你反对，责骂，我仍然会选择坚持下去。也许……也许你会说，如果我不听你的你就去死……"

郝最深深吸了口气，定了定神，待再次颤抖的嘴唇平复下来，才仰着满是泪痕的脸庞，郑重地说出了最后的段落：

"妈妈，如果你真的去死了，我会非常非常难过，非常非常痛，比我自己死了还痛，因为我非常爱你。但妈妈，这次，以及今后的日子里，我不会再交出我的人生去拦着你了。我……我们都是成年人，我没法为你的生死负责，就像……你也没法为我的人生负责一样。"

郝最将手机随意一扔，瘫倒在沙发上，像只疲惫至极的章鱼。

可几秒后，她又想起了什么，懒懒地抄起手机，留下句"爸，我妈情绪不好，辛苦你照应一下。"便再次将手机甩到一边，与姜愈交换了一下眼神。

"爱咋咋吧！"

"嗯哼。"

"我以前怕得要死，生怕说这些她会怎样怎样，天都要塌下来了。可刚才真说出来那一刻我就特别确定，不会出事的，她一定能找个理由自己下这个台阶。"

"巨大的告别，感受如何？"

"感觉身体被掏空啊……"郝最仍有气无力地瘫着，"我能想到很多词汇，哀伤的，兴奋的，轻松的，焦虑的，兴奋的，等等，但它们都像纸片一样薄，根本没法形容出来。不过……我知道你能理解的，对吗？"

姜愈的瞳孔中映着郝最真挚的双眸，像两面相对而置的镜。

他确定地点了点头，笑了。

沙漏的底部已堆出了一座小山，姜愈见时间不多，本想做个总结，可心头却忽然一阵烦乱，百爪挠心。

身体明确无误地发出了警示，某个重要的话题还没谈完。

可，那话题是什么来着？她好像提到过……

"说起告别，我这周的告别真是多啊……"郝最先他一步打破了沉默。

"是啊，魏光的，狄青的，之前的亲密关系状态的，和妈妈的互动模式的，生活重心的，工作的，确实有好多的——"

"——其实还有一个告别，是我们……那个剧社。"

"哦……愿意多说些吗？"姜愈的疑虑稍减了几分。

"终于扛不住了，今晚是我们创始团队的谢幕演出，这也是能争取到的极限了……"郝最说得有些含混，像是脸上刚刚挨过生活的巴掌，"之后会有资本介入，管理层大换血，也不再搞那些个不赚钱的文艺范儿了，再加上版权问题要正规化，以后不会再翻排《叶甫盖尼·奥涅金》《巴黎圣母院》《悲惨世界》这类了,更小众的就更别提了……明年的三部大戏分别叫《疯狂的二锅头》《忽悠山庄》《王子复婚记》……也好,轻松娱乐赚票房,存在就有合理性,何必呢……"

郝最苦涩地笑笑,像含了一嘴海水。

"但我听到的是……伤感。"

"毕竟多年的心血啊……最初的元老大部分都各奔东西了。当初牵头的老大哥去做房地产了,那是他的老本行,他说先攒钱,攒够了以后自己投资来搞。负责音乐的程序员说他也累了,打算趁着没结婚辞职当几年流浪歌手,背着吉他全国各地走走路唱唱歌……"

"你也是这其中的一分子。"

"……这么想起来,还挺温暖的。"郝最的双眸中又闪起了跳跃的光,"这场告别反而成了我们这群人的一个仪式。我们每个人都有自己的本业、生活,但好像就是会不约而同地……怎么说呢……"

"同行?"

"对,同路而行,就是这种感觉!"

"你们内心中相似的东西远比你之前想象的多,这个世界上会与我们相遇、可以同行一段、让我们的人生不那么孤独的人,也比想象的要多。"

郝最细品姜愈话中所指,沉默稍许,缓缓点了点头:"这几天一起准备告别演出,我们聊了很多很深的话题,我对他们的了解真胜过之前好多年啊……"

"会遗憾没早点儿去碰触他们的内心世界吗?"

"多少有点儿,但也不晚,而且这回我真是太……"郝最忽而笑场了,"哎呀我有点儿不好意思说……"

"你自己决定。"

"……我还是说吧,"郝最羞赧一笑,又纠结忸怩了半天,"我做了三个大动作:一是成功拉到了笔追加投资,之前僵了几个月,上周总算谈成了,意外的顺利;二是我自己操刀大改了经典剧本,颠覆性的改编,这是我想过很多年的,之前顾忌太多,总觉得自己不配,这次很顺畅就做了;还有就是……我打算自己上台演一次主角,突破一下!"

"哇哦,确实是很大的一步。"

"是吧?我也觉得……"郝最妩媚一笑,将从前的羞怯褪去了大半,"这些之前我都以为自己做不来的，但这次我反复提醒自己，别被轻易的判断困住了，那都只是基于过去的、他人的经验、知识、感受等等综合出来的推测，甚至只是给焦虑、害怕、回避找出的借口，它们都还不是事实。"

姜愈赞许地点了点头。

"果然，决定后，我三天就完成了剧本的修改，其余像舞台、音响、灯光、海报、道具这些我们也全都两周内搞定了。我同时还跑完了妇联那边的申请，我都诧异自己居然有这么大的能量。"

"你看到了自己其实一直拥有的强大力量。"

"说起来真是……哎呀我是不是又脸红了？"郝最笑着拍了拍红扑扑的脸颊，又露出了几分惯有的羞惭，像个意外夺冠即将上台领奖的"差生"，"其实后两件事他们都劝了我不止一两年了，都觉得我有这个实力，但我就始终不相信我可以做到……"

"那，当你不再怀疑自己的价值、能力，不再怀疑自己够不够好，不再打压自己的热忱的时候，感受如何？"

"说不太清，没那么鸡血，但有一种……也许可以叫如释重负的感觉吧……"郝最的语调前所未有的安宁笃定，岁月静好，"有一天我忙到凌晨，工作、申请、剧本……停笔的时候已经夜深人静了。我关上台灯，看着窗外的星星，还有这座已经入睡的城市，就忽然意识到，其实我还挺享受这种孤独感的。"

"嗯哼，它没那么可怕。"

"可能我之前更怕的，是孤独背后的东西吧。不够好，没价值，被否认，和世界失联，和自己失联……可等我不怕了，安静下来了，真的去和自己相处、去和孤独本身相处的时候，我发现我不但很平静，还挺乐在其中的！"

"你找回了和自己心底的联结。"

郝最长长呼了口气，仿佛在高压氧舱中吐尽了肺中沾染的霉菌尘埃。

"过去我拼命赚钱，玩命往上爬，不停谈恋爱，找新鲜的男人上床，包括用爱发电玩剧社，各种极限运动，好像都只是为了刺激自己一下，确认我还活着，也能缓解一下那种孤独感……可那些刺激都只能维持一小会儿，还像染上了毒瘾一样，要的剂量越来越大，越来越不管用……"

"而不再躁动后，你才发现你其实可以待在那种孤独里，享受那个把人生过成艺术品的过程。"

郝最心领神会，释然、满足却又稍带凄凉地笑了。

为这个虽然迟到,却终于到来的领悟。

沙漏上层的沙已所剩无几;下层的沙则化作沉默,越积越高,几已没过脖颈。

"我们……今天时间快到了,"姜愈和自己的焦虑缠斗了片刻,再开口时,声音中近乎带了些许悲壮,"今天有好多次这样的沉默了,似乎有什么东西梗在我们之间,没法表达,不愿碰触,但又真实存在着,所以只能小心翼翼地绕行。"

"姜愈……"郝最忽然唤道,"我记得……你不做网络咨询对吗?"

"是的。"

"不会改吗?"

"至少相当一段时间内不会。"

雾气蒙上了郝最的眼睛。

"什么时候出发?"姜愈的嗓音绽开了皲裂的伤口,"我是说……妇联那边。"

"……具体去哪还没最后定,她们也在摸着石头过河,我会先去上海开几个会,和团队其他成员讨论一下,还要去找——"

"——什么时候走?离开这里?"

郝最体面的笑容瞬间僵死了。

她捂住口鼻,一句话也说不出来。

泪眼蒙眬间,姜愈的眼睛、脸庞、咨询室中的一草一木都仿佛伸出一根根丝线,穿过她的眼帘,探入她的体内,在心脏处紧紧打上结,轻轻拽动,一阵生疼。

她终于克制不住,起身冲进了洗手间。

水龙头已被拧到极限,可瀑布般的水声却依然掩不住那撕心裂肺的哭声。

听着那刺穿水流的哭声,姜愈忽然觉得身下舒适的沙发竟宛若棺木,温馨柔和的暖黄色灯光也变得格外刺眼。他抬手去揉,却越揉越酸,越抹越疼。恨恼之下,他倏地起身,在屋内漫无目的地绕起了圈。

他这才注意到,郝最起身时,将丝巾蹭到了地上。

他弯腰拾起丝巾,拂去并不存在的尘土,丝巾上雅致的花纹间还淡淡残留着郝最独有的香气。哭声、水声阵阵传来,提醒着他离别将至,一时间,他的手抖得像风中的柳条。

每个风雪中赶路的旅者,都会被沿途的温泉诱惑:温暖,舒适,放松,被环绕着,包裹着,交融着……

他已刻意叮咛自己太久：那里不属于你，不要下水……

而此刻，许是他最后一次路过那眼温泉了。

风雪更烈，冻得他瑟瑟发抖，只有手中薄薄的丝巾，似有一丝温度。

水声骤停，姜愈深吸口气，将丝巾放回原处，坐回咨询师的位置，又摸了摸无名指上的戒指。

郝最双眼通红，匆匆坐回。

"……下周去上海，之后就直奔一线了。本来就是被我妈压着纠结要不要反悔的，现在……"她满怀渴望地望向姜愈，像个过于乖巧懂事的小女孩，在被强送幼儿园前最后向慈爱的老祖母乞怜求援一般，"姜愈，我做了很多准备去面对新的生活，但我真的没准备好要离开你。我……我甚至从没准备过要离开你——"

"——郝最。"姜愈的声音枯若朽木，"上次你提到希望我们结束咨访关系，希望我走到你的生活中去，那一刻你已经在做准备了。"

"我……"

"我们今天时间到了，很遗憾这个话题在最后几分钟才被提起来，也许分离这个主题真的太让人焦虑了吧。"姜愈避开郝最灼热的目光，保持着最后的专业，"那，世事难料，也许我们会再见，也许不再见，但我这里的大门始终向你打开。"

郝最没有哭，没有答，也没有走。

她只是坐着，看着，体验着。

两人相顾无言，又过去许久。

咨询室中，落针可闻，只是真若有针，此刻也正根根扎在心头，无从落下。

姜愈在心底盘旋了一百句告别，一千个理由，一万次否决，终于还是闪开郝最的目光，支吾着问道："你……这周还有时间吗？我想，呃……今天确实太仓促了，如果需要我们可以再加一节，来做个正式的告别，处理一下这个分离带来的感受，毕竟你……在同时面对好多的分离，魏光、狄青、工作、生活状态、生活的城市、周围的人际、这里，还有……"

郝最听着姜愈鲜有的絮叨，虽仍低着头、抿着嘴、忍着泪，一抹稀薄的欣喜却已悄然爬上眉梢。

大段画蛇添足后，姜愈终于意识到自己的失态，重新皈依了沉默。

不知过了多久，郝最忽然抬起头，望着他含泪笑了。

那笑容平静而释然，却又带着她特有的热度，宛若梦中的怀抱。

"就不加了，我希望我在你这里永远不要结束。"

不等姜愈回答，她便匆匆起身，回归了平日的干练优雅。

"你不送送我吗？"

咨询室门口，郝最伸出了右手。

"谢谢你，姜愈，真的谢谢你。"

她直视着他的眼睛，像要将那双她一直眷恋、能读懂她的眼睛刻在心中一般。

姜愈看了看眼前的郝最，她已成长成熟，不再动辄求个抱抱，欣慰与怅然，化作了紧紧一握。

"我……真希望今晚你能在观众席上，看看我的改变。"

姜愈的欲言又止只闪现了半秒，郝最却敏锐地捕捉到了那短暂的不自然，灵光一现，直觉倏起，赶忙翻出信封，确认之前被忽略的细节。

手感果然不同，郝最匆匆拆开信封，赫然发现里面装的竟是等额的票钱。

姜愈有些不好意思——事后他也曾反思，自己为何回避着没有现场讨论这一话题——但他终究克制住了再说废话的冲动，只是笑笑说："我始终都在看着。"语气竟有几分像婚礼上为女儿送嫁的老父亲。

郝最将信封连同心绪万缕一齐收好，望着姜愈认真的表情，也欣然笑了。

"你可能永远不会知道我打心底有多喜欢你，不过我记得你说过，关系的本质不是拥有，而是相遇。有这段相遇，我很感恩了……"郝最追着姜愈的目光，不加任何掩饰地敞开了心中真挚的情感与留恋，"你……改变了我的人生。"

"你也是，"姜愈亦动情说道，"我们都在对方生命中留下了特别珍贵的东西。"

郝最与他最后对视了几秒，转身打开了屋门。

"我……也许会给你写信的……"她背对姜愈，将语气熨得格外平坦，"不过也许50年后再写才有意义，告诉你我已走遍了世界，终究没再遇到第二个你。"

说罢，她便头也不回地离开了。

姜愈关上屋门，倚在门上，几欲脱力。他闭上双眼，耳畔却还隐约能听到脚步声的远去，屋内还残留着淡淡的海洋香。

当晚，姜愈早早来到剧场。环顾四周，见舞台有些简陋，舞美却颇用心。观众不少不多，许多都互相认识，闲聊也大多和这剧社的往期剧目有关，想来其中应有不少"铁杆老粉"，一步步追着这剧社走到今日。

海报颇为专业，剧目则未出姜愈所料，果然是两个月前，郝最眉飞色舞地描绘英国见闻时谈起的《歌剧魅影》，这让他有点小小的失望。

作为一部音乐剧，《歌剧魅影》的音乐虽算不上史上巅峰，也跻身一流梯队，但剧情部分，在姜愈看来，放在现代，恐怕还不够专业本科生毕业大戏的水平：

傻白甜的女主克里斯汀一直和因毁容而自卑的魅影学歌，两人有着诸多灵魂的契合，走过了共同成长的岁月，可之后没有任何铺垫，克里斯汀便一见钟情爱上了经纪人拉乌尔。一系列三角关系的冲突后，魅影发现自己对克里斯汀的爱是超越了占有欲的爱，在克里斯汀的一吻之后深深忏悔，释放了已被他缚住、命悬一线的拉乌尔，挥泪告别克里斯汀，让她与拉乌尔双宿双飞，自己则将披风与面具留在了地下室的王座上，消失在黑暗之中。

这剧中除了魅影之外，所有人设几乎都是脸谱化的纸片，从头到尾还都没什么成长改变，他们——特别是她们——的人格，散发不出丁点"弧光"[1]。

好吧这不是孤例——姜愈自我安慰着——从珂赛特到艾丝美拉达到克里斯汀[2]，这些女主们的设定永远是单薄的、肤浅的、幼稚的，除了被神眷顾的天生貌美能歌善舞，还有那孩子般原始单纯的心地善良，她们几乎再无长处，更毋提扼住命运的咽喉，奏响生命的强音。

他随即给了自己个解释：艾丝美拉达生活在15世纪，珂赛特生于1817年左右，韦伯[3]给克里斯汀的登场定在1882年，而英美妇女选举权的平权，都要到19世纪20年代才陆续完成，更毋提心理与文化意义上的个体解放了。

从这个角度讲，这些女主们都被物化设定得如此无脑，倒也勉强可以理解。

只是这样弱的女主，再改能改出什么花来？！

想到郝最做了这么久咨询，却还是选了这样一个小女人的戏，姜愈无奈之下，只得不断告诫自己，别太自恋，保持中立。

---

[1] 人物弧光：指电影、戏剧中人物在结尾与登场时呈现的巨大不同，通常源于其成长改变、自我超越。

[2] 珂赛特：《悲惨世界》女主角。艾丝美拉达：《巴黎圣母院》女主角。

[3] 韦伯：《歌剧魅影》的创作者。

第二十三章

就这样,他心中暗暗苦笑,迎来了正戏开场。

与原版一样,剧情从废旧剧院物什的拍卖会开始。

许是没找到原版中印度猴子八音盒,剧组竟买了个孙悟空八音盒代替。想到之前岳寥若催眠中的隐喻,姜愈不禁为这巧合会心一笑,继而又是一阵哀伤。

——那时候,岳老师还在呵……

想起岳无峰,他的思绪飞跑了老远,回过神时,克里斯汀已一袭白衣登场了。

不是郝最。

姜愈一愣之下,反射性地把手伸进兜里摸了摸票——他当然知道,自己没走错片场——心下打鼓,往嘴里塞了块巧克力,环顾剧场,又伸着脖子望向后台,希望能捕捉到些许蛛丝马迹。可除了不远处一个面色古板严肃、长得和郝最有几分神似的中年妇女外,他什么也没发现。

没有郝最的出场,没有意外的痕迹,甚至没有改动什么剧情。

白衣飘飘的克里斯汀一如原剧般纯善无害、嗓音清澈、气质高洁,可姜愈反复揉疼了双眼,也没法在那清秀的眉宇间找到一丝郝最的影子。

他一头雾水,思绪更多,就这样心事重重地恍惚着,连台上克里斯汀最经典动人的《Think of Me》①也只有一搭没一搭地略过了。

剧情紧凑,行至四幕,克里斯汀将穿过镜子,与魅影相遇。

魅影的声音②在经典的主题曲中响起:

> Sing Once again with me
>
> our strange duet③.
>
> My power over you
>
> grows stronger yet④.

---

① 《想念我》,《歌剧魅影》中的一首插曲。

② 原剧中魅影的声音第一次响起是在镜前的《镜子(音乐天使)》[The Mirror (Angel of Music)]唱段。

③ Sing Once ... duet. 再与我引吭同歌吧,唱出那不可思议的二重唱。

④ My power ... yet. 此句翻译有多个方向,如:1.我的力量远胜于你,并日益强大;2.我的力量支配着你,并日益强大;3.我的力量引领着你,让你更加强大;等。此处不妨作一语三关,对不同人唱出不同意思。

仅这几句唱词，便引得全场一阵惊呼，掌上雷鸣。

姜愈亦是一阵惊喜——他第一眼便认出了郝最——此时她正一袭黑衣，戴着面具，披着斗篷，现身于高处的黑暗之中。她迈着沉稳的步伐向克里斯汀走去，双眸中纵情燃起的火焰却越过了背对观众的克里斯汀，俯视台下。

姜愈狠狠鼓起掌来，他笑着望向高台上的郝最，望向那才华横溢，却因自卑而只能生活在黑暗中的魅影。

他甚至一瞬间非常确定，郝最方才唱前两句时看向了台下的他，而后两句则唱向了那与她有几分神似的中年妇女。

他不愿在这分析上多费心思，专心欣赏演出。

他第一次知道，郝最的歌喉如此富有感染力，身姿可以如此舒展动人。

无数时空中的过往，亦在此时此地交汇了。

姜愈随着剧情起伏，看着魅影与克里斯汀更为丰满立体地演绎着虐心的成长、疼痛的蜕变，思绪不禁又飘向了那间小小的咨询室，过往的时光若帷幕般展开，铺满四壁，化作天空，点滴悲欢若繁星洒落，闪烁着无数珍贵的时刻。

他想起第一次给她开门，第一次看到那荡人心魄的笑意、扎入血肉的苦楚和燃烧着黑色火焰的双眸，那一刻他便确定，将与眼前人共同经历极不寻常的一段旅途。他曾125次开门，125次跟在她身后隐约的暗香之中，跟在那飘荡的丝巾后，去面对次次不同的她——有时欣喜，有时哀伤，时而魅惑，时而端庄。他曾126次目送她离开的背影，从她离去的步伐中，他愈发确信，她一直在缓缓地成长，虽有时看似柔弱，看似反复，但其实每一步都未曾失却过那骨子里的倔强与顽强——哪怕砾石扎入脚心，哪怕荆棘划伤皮肤，哪怕凄风厉雨酷暑严寒，哪怕浓雾漫漫黑夜无边，她一直在挣扎着成长，砥砺前行，从未停下过脚步。

那是她生命中最为动人的部分，是生命最为动人的部分。

音乐在强音处戛然而止，姜愈双目含泪，收回思绪，看着拉乌尔的脖子上套着绳索，克里斯汀和魅影正长长拥吻。

在这原版的最高潮处，剧情彻底换了走向。

魅影松开拉乌尔脖子上的绳索，将面具掷在地上，踩了个粉碎，引吭高唱道：

  Since I seized this palace

  Cursed in the cage

  Ascend the throne of night

> For fear of light
> You give your love to me
> Revive my life
> The phantom of the opera is there
> Singing outside①

姜愈英文不好，又不愿分心多看字幕，可郝最将她重写的唱段唱得直透人心，丰沛的情感替代了多余的解释，让他读懂了后面的剧情：

魅影打算离开那座他主宰的、安全的、却又将他死死困住的剧院，去周游世界，踏歌而行。他并未直接挥别克里斯汀，让她成为爱情中被争抢的物件，而是给她尊重，让她选择，是跟拉乌尔去过那稳妥、确定的幸福生活，还是跟着自己去浪迹天涯、追求艺术的极致与灵魂的相撞。克里斯汀亦决心重新选择自己的人生，不再做那个被安排的乖乖女，而是去拥抱未知，踏上那条冥冥之中吸引着她的道路。她告诉拉乌尔他是个好人，但自己已意识到对他的爱其实并不真切，拉乌尔最终绅士地离开了⋯⋯

一束顶光打下，魅影拥着克里斯汀最后一次走向他的王座，踏上王座的瞬间，全场灯光亮起，配乐亦冲上顶峰。

王座缓缓升起，魅影的斗篷悬浮于风，恣意扬起，魅影——抑或郝最，以王的姿态立于高处，睥睨众生，傲视台下，自信而强大。

掌声雷动，欢呼声经久不息。

就连那神似郝最、表情严肃的中年妇女，亦一脸若有所思，跟着鼓起掌来。

郝最欣喜地看着台下，目光所致，姜愈正微笑着向她鼓掌示意，笑容一如既往。她喜极而泣，滚滚热泪停不住地淌了下来。

人群蜂拥上台，献花的献花，欢呼的欢呼，拥抱的拥抱。

演职人员上台谢幕，跟在导演身边的，竟有老宋。

郝最自然不知姜愈与老宋的关系，她只知道老宋最后一分钟掏出的救命钱，于这场演出居功至伟，至于他为何会突然改变投资决定，她更是无从知晓。

---

① 中文翻译为：我占领了这座殿堂，却画地为牢房/我加冕为暗夜之王，只因害怕有光/你的爱让我重生，歌剧魅影一直在那里，引吭高唱。

不过此刻，这些都已与她无关了。

完成必要的礼仪后，她再次将目光投向了姜愈的方向。

她也清楚地知道，自己的身后，曾有过他126次目送。

所以她确信，这回亦会如此，他将目送她的退场，直到最后一刻。

所以她打算给他个眼色，让他一会儿再留一下。她还想和他再聊几句，聊聊这些年走过的时光，或是这部呕心沥血的演出，还有她仍颇为忐忑的明日征程，运气好的话，还能再喝杯咖啡，再坐坐，再握个手……

然而当她再次寻找姜愈的身影时，却没有寻到。

她先是一愣，忙向更远处寻去。

依然没有。

她有些慌了，忙踮起脚尖，睁大双眼，再次向台下的每个角落仔细寻去。

人海茫茫，四处都沸腾着对她的认可与赞扬，可那个再熟悉不过的身影、那个在她低于尘埃时仍与她结伴而行的身影、那个在她需要时一直会出现的身影，此刻，却再也寻不到了。

掌声与欢呼仍在继续，姜愈已如原版的老魅影般，消失在黑暗之中。

第二十四章

瞳映红尘自江湖

一曲《送别》，正回响在岳寥若的房间中。
　　姜愈一身素服，双眼轻阖，缓缓将这简单的曲子拉得如泣如诉。
　　他手中的小提琴古旧质朴，琴身上刻痕斑驳，若老兵身上的无数伤疤。
　　一周前的"葬礼"上，他也曾拉响这把岳无峰的爱琴，依老人家生前所托，用这首《送别》替代了惯用的哀乐。
　　当时他加了无数变奏，拉得华彩绚烂，因为确切说，那不是葬礼，而是聚会。
　　生命本就是场热辣辣的聚会，有人来时，举杯祝酒，有人走时，一曲送行，何必停下舞步，哭哭啼啼——按岳老师的嘱托，姜愈在"葬礼"那天，也调整心情，虽未强作笑颜，亦未让自己太过悲戚。
　　那本应是场小规模的"葬礼"，可来者却比预料多了十数倍，蜂拥而来的悼念者挤满了草坪，让岳寥若和姜愈手忙脚乱，应接不暇。多亏老宋临时拉来了十几个小弟，才算勉强接待周道。
　　这数百人皆从全国各地赶来，还有人仍在路上，据说正抱怨着岳寥若近于失礼的低调，导致他们口口相传得到消息时，已来不及赶赴现场。
　　来人有白发苍苍的老者，有一脸风霜的中年，也不乏稚气未脱的少年。有业界领袖的学者，有乐队合奏的哥们儿，有身价百亿的老板，有小区值守的保安……他们或是岳无峰生前的同僚知交，或是他曾经的学生、来访者、帮过的人。
　　人群中，姜愈还意外地遇到了Vivian庞，与她同来的是四十几个年纪相仿的中年人，明显来自不同阶层。稍加寒暄后，姜愈才知道，上次在岳无峰门口擦肩而过的竟也是她——四十年前，那懵懂的女孩，曾在岳无峰的教导下，刻意压低的读书声中，不经意间给人生埋下了种子，新添了方向。
　　所有来客虽遵岳无峰的心愿，未有痛哭流涕、号啕不止，却依然难掩神色间的沉痛哀戚——那是发自心底的真挚悲伤，不是葬礼上常见的做作敷衍——他们三三两两上前，做个告别，说说心事，还偶有上台演讲，惹来零星的笑声，Vivian庞和那群中年人眼含热泪，自编自谱合唱一曲，拳拳之心，真切动人。

可这场面，姜愈却不愿细看。

遇到来往同行，他便会想起岳老师耐心细致的专业指导；看到树木繁茂，他便会想起树荫下与岳老师的酣畅对弈；望向灼目骄阳，他便会想起岳老师酒后畅谈的人生哲理……

他的目光一次次移远，又一次次被莫名的力量拉了回来。

他看到现场满眼的黑色，想起那瓶黑墨，还有自己的不告而别。

那恨恨一泼，是他心底最不愿面对的黑暗，泼给了最信任、最安全的人啊……

他其实一直知道。

岳老师，想来也一直知道吧……

就这样，他面面俱到地接待着悼亡的宾客，魂魄心神则不时飞往那些与岳无峰朝夕相处、却已飞速远去的岁月。直到追悼会结束，老宋送走最后一拨客人上前话别时，他才蓦然醒神，牢牢握着老宋的手，紧紧不放。

追悼会场，终于一片空空荡荡。清风徐来，新植的法桐微微摇曳，树下只有湿润的泥土，未立任何碑牌。

一曲终了，泪痕已干。

岳寥若仍坐在一旁，呆呆看着窗外，像尊未完成的冰雕。

姜愈闷闷放下琴，松开弦，小心取下琴马，拧松琴弓，全套整齐收好入匣。

"听岳老师说，这琴跟了他三十年，也算个见证者了吧……"他抚抚布满磕痕的琴匣，半是自语，半是搭话，"咦？程望楼是谁？"

琴匣手把的内侧，竟刻着三个小字。

岳寥若纹丝不动，心不在焉地随口"嗯"了一声。

"寥若？你在听吗？"

岳寥若这才猛一回神："你说什么？"

"没什么，"姜愈微微一笑，也不生气，"你听过程望楼这个名字吗？"

"没印象了，应该是爷爷的小提琴老师，这琴本来是他的。"

"那是个什么样的人？这次来了吗？"想起这位"师爷"，姜愈有些神往。

"不知道，我也没见过，就知道是个乐队首席，年轻的时候傲得很，后来被整得很惨，回北京后在东单公园下棋认识了爷爷，也就这些……"岳寥若草草说完，便再度望向窗外，似不愿多说一字。

"能想个大概了，那么个性子的艺术家，能挺过来不容易……"姜愈往岳寥若跟前拉了把椅子，反坐其上，下巴将小臂钉在椅背上，继续没话找话地调节着气氛，像用力在一潭死水上打着水漂，"咱们是不是到督导时间了？不过也没啥好督的了，我挺好，来访者也挺好。抑郁那个进新阶段了，上次跟我说'我要在平凡生活中找寻生命意义'，多有进步啊！那个网瘾的臭小子出去读书啦！他不是想自由翱翔吗？现在有机会了，让他去摔打摔打，慢慢长起来吧！……"

岳寥若仍只是木木坐着，任阳光勾勒出脸庞轮廓，映起一层柔柔的光晕。若不是她身体轻微的起伏仍依稀可见，姜愈甚或觉得眼前已换上了幅大师的油画。

"寥若？寥若？……"

"我在听，你们正式结束了？"岳寥若淡淡问道。

"嗯，还挺怅然若失的，就跟子女成年离家似的，欣慰归欣慰，还是空了一块儿。"姜愈向前倾了倾身子，可怜的木椅斜斜翘起，只剩两腿着地，"忽然有点儿理解那些离不开孩子的爹妈了，先亲密再分离，说起来容易啊……寥若？"

"哦"岳寥若只多停滞了半秒，"你内部也在和某个部分分离吧？"

一声重响，翘起的椅子腿重重砸回地面。

姜愈起身走到窗前，望向窗外，只见天空湛蓝，白云以肉眼可见的速度移动着，时而重叠，时而分开。

"郝最也结束了，没来得及讨论分离，说实话，我还挺不舍的……"姜愈并未察觉到身后凝重的气场，只自顾自地喋喋不休道，"我知道你要说什么，道理我都懂，但……碰到个同类，对我来说还挺不容易的。"

岳寥若叹了口气，仍是欲言又止，并未多言。

姜愈用力甩了甩头，将郝最之事荡开，他抄起窗台上自己带来的半瓶矿泉水，抿了一口，转身问岳寥若："我和你说过吗？我不打算接新个案了。"

"没有。太累了想歇歇？还是想转行了？"

"不知道，先停个一年半载，剩下的以后再说吧……"姜愈掏出手机，点了几下，递给岳寥若，"空出的时间，我打算写点东西，给我看到的世间百态做个记录，要还能帮几条鱼搁浅了自个儿游回去，就更好啦……"

岳寥若接过手机，默默翻了几页，刚要开口，就又一次被打断了。

"上次谈完，我就在想，其实西方的高处坠落，东方的取经轮回，没那么大分歧，说到底，人生就是场路在脚下的旅途经历罢了——所以啊，我要写的故事，就会从一场坠落开始,到一场取经结束。"

"蛮好的,"岳寥若索性搁下了插话的念想,"怀碧海心踏红尘路,以无悔事遣有涯生,仔细填填血肉,给你这几年翻山涉水两肩霜华做个总结吧。"

"嗯!其实芸芸众生,每个人也都在一路取本'怎么过这一生'的经,我取这本没那么轰轰烈烈,最多让人把日子过好点儿、这辈子少后悔点儿吧……"

"并不好念的,"岳寥若满腹心事,像罩了颗巨大的松花蛋,"另外恭喜,看来包袱卸了。褪去狂热躁动,依然保有的热爱,才是最珍贵的。"

姜愈不好意思地挠挠头,沉默片刻,又与岳寥若几乎异口同声地开口了。

"至于苏润那……"

"我有……"

二人几乎同时停下。

"要不我先说完?"姜愈率先问道。

岳寥若抚抚胸前的十字架吊坠,默默点了点头。

"其实也差不多……她刚犯病那会儿,我信心满满的,不但要做个标准模范好丈夫,还想着要当个最专业的陪伴者,可是呢……"

他将水喝尽,反复揉捏起空矿泉水瓶,像在拧根铁丝。

"已经很不容易了,内忧外患,能不抛弃,不放弃,不切断联系,自己也没垮,也没跑到关系外去,还要怎样?"

姜愈半信半疑盯着岳寥若,直看了好半天。

"好吧,谢谢,我收下了。"他搓了搓灰烬色的双颊,"人过这辈子,不就是陪一个个人,走一段段路嘛,或早,或晚,死别,生离,都有分开的一天。"

"既不得免,何贪于须臾啊……"

"就知道你要说这句,"姜愈塞了块100%的黑巧克力入口,"所以我现在想着,去他娘的,什么好丈夫,好陪伴者,专业的样子,通通扔掉,就清清爽爽处下去吧!苏润她要能好起来,最好,要就这么一直抑郁下去,也没啥,陪她跟泥潭底下待着就是了,又能怎样呢?不过是种生活的样子罢了。"

"这说的……都不知道该祝贺还是安慰你了。"

"祝贺,当然是祝贺。"姜愈的声音松松软软的,好似雨后的土地,"我打算去了解下苏润在打什么游戏,去那里看看,她究竟在找些什么——这面对来访者都能想到的事儿,到自己老婆身上咋都忘光了啊!"

岳寥若直勾勾地看着姜愈，两汪苍色的潭水中卷起了旋涡。

"怎、怎么了？很奇怪吗？"姜愈被看得有些发毛。

"没有，我只是觉得……"岳寥若苦涩地笑笑，"没什么。"

"你是不是想说我是在应激态？"姜愈被那旋涡搅动了心事，忙不迭分辩道，"我承认，之前就快到极限了，这一个来月，要不是你和岳老师帮我撑着我早翻车了。现在岳老师走了，莎乐美走了，郝最走了，那个臭小子走了，还有我心里的好些东西都……短期内，我是真不想再有什么分离了！"

"姜愈哥，我想跟你说件——"

"——对对对，你刚才要说什么，被我打断了？"

"我——"

楼下的开门声、喧哗声，将岳寥若已到嘴边的诉说，再次生生截了下来。

"什么声音？"姜愈警觉地一皱眉头。

"老宋，"岳寥若避开了他的目光，"来搬东西。"

楼下已嘈杂起来。

"对，先都进来，听我的指挥，不许乱动啊！……"老宋的指挥井井有条，"你们四个，负责大件家具，你俩负责电器，你俩，上楼储物间去搬书，小心点儿，你俩，去搬其他杂物，都手脚麻利点……"

姜愈彻底懵在原地："搬、搬东西？搬什么东西？……"

"所有东西。"岳寥若撩撩凌厉的短发，抬头正视着姜愈沸腾的目光。

"你、你要搬家？……搬、搬哪去？"

"我要离开一段时间。"

"你、你折腾这干啥啊？"姜愈僵硬地笑了，脸颊上挤出了两团半干不干的腻子，"你是要出去旅游散散心？那我常过来看着就是了，干吗都搬走啊还——"

"——我会离开这城市一段时间，少则一年半载，多的话……也许就不回来了。"岳寥若看看彻底凝固的腻子，叹了口气，起身向外走去，"先下去看看吧。"

矿泉水瓶，发出了塑料坍塌时的兹兹声响。

岳寥若的脚步声早已远去，楼下的喧嚣则更甚了。

被捏瘪的矿泉水瓶狠狠砸在地上，弹了几弹，打了几个骨碌，穿过洒满阳光的窗下，直挺挺滚到了阴暗的角落。

满是褶皱的瓶身，将姜愈几近脱力的身影映成了扭曲的碎片。

他像个失了支撑的布偶一般,软软蹲下,捂住了脸。

老宋正一头汗水,指挥着手下。他带来的工人颇为利索,有的正合力搬出家具,有的正匆匆打包,还有的正从楼上搬下纸箱,几个硕大纸箱显是早已封好,上面还仔细打上了标号。

"03. 书,送图书馆""05. 书,送孤儿院""13. 生活杂物,送无净寺"……

见岳寥若从楼上飘然而下,老宋忙整整衣衫乱发,迎了上去。

"辛苦了老宋。"岳寥若说得极是诚恳。

"见外了哈。"老宋油油的脸上露出了几分忸怩。

"其实我想着你喊个小弟来搭把手就好,结果你还——"

"——唉!不一样不一样,有些事儿外包也就外包了,但今儿这事儿不自个儿做不踏实啊……"

老宋和岳寥若客套的当口,姜愈才拖着两条绑了铅球的腿,缓缓踱下楼来。

"嗨,兄弟。"老宋走过场般跟姜愈打了个招呼,目光便又回到岳寥若身上。

姜愈礼貌地向老宋点点头,激动之下,只说了声"你们聊",便躲去了角落。

屋内的家具一件件变少,岳寥若环顾了一圈空荡荡的客厅,真诚而郑重地对老宋说了声"谢谢"。

"唉看看看看你说的,咱谁跟谁啊!"老宋一下子涨红了脸——岳寥若的声音本就轻灵清脆,这声道谢在他听来简直宛若仙音一般,"而且这么些年岳爷爷对我都那么关照,这点儿事儿还不该着!太该了!……那、那啥,我去外边盯一下哈,这批差不多了。"

"好的,我送你。"

老宋假意推脱了几句,便乐呵着向姜愈挥挥手,屁颠屁颠地跟在岳寥若身后,向门口走去。姜愈又缓了好一会儿,脸色仍难看得像具木乃伊。

"你们忙,我先撤了,寥若你还有啥事儿尽管吩咐哈!"老宋刚走两步,又忽然停下了,"我多说一句哈寥若,这次我真的是……唉!忒受教育了!"

"什么?"岳寥若一时未反应过来。

老宋顺手掏出根烟,看了眼岳寥若,又赶忙收起:"葬礼那天,我听来的人讲岳爷爷干过的那些事儿,我这才相信真有这样的人啊!还是看我长大的……"

老宋说得激动,见姜愈正好走来,一把搭住他的肩膀:"啥也别说了兄弟,我得

"谢谢你们,谢谢岳爷爷,真点醒我了啊!对了,上次说那事儿你要还没开工就先放放。我回去好好儿想了想,未来打算花几年专心做个免费的通识教育平台去,带那些农村娃儿山区娃儿认识世界,开开眼儿,没准儿就能让他们这辈子有点儿小不一样呢!今儿没空儿了,你要感兴趣咱找机会慢儿慢儿聊!一起搞!"

不等姜愈回答,老宋便重重在他肩上拍了拍,又望了岳寥若一眼,这才转身走了,边走边掏出打火机,还轻轻抹了下眼角。

岳寥若背对姜愈,在老宋检查货物、详加交代的当口,贴心地填满了这段沉默:"这一屋子东西会在仓库里暂存一段,之后该扔扔,该捐捐,我就留了些照片之类的做个纪念,其余都拜托老宋处理了。包括爷爷那些绝版书,有啥你也知道,想要的找老宋拿走就好。爷爷连遗体都捐了,其余的要能物尽其用,比什么都强。人与人间最可贵的那种联系,生死都斩不断,就不用拿这些物件维系了。"

姜愈仍气鼓鼓的,徘徊在爆炸的边缘,似一句都没听进去。

"走啦!寥若,姜愈!"着车的工夫,老宋探出窗子挥了挥手。

岳寥若目送货车开远,依旧背对着姜愈:"也许很多年后,老宋会是那个可以想办法让鱼少搁浅的人呢。"

车已走远,留下浅浅车辙,淡淡扬尘。

"寥!若!!"姜愈再不克制,双眼瞪得像两颗微波炉里贴近的葡萄,噼里啪啦打着火花。

"进来说吧。"岳寥若轻声一叹,转身进屋。

阵风吹过,白云悠悠,厚厚的云朵遮住了阳光,姜愈的周遭立时灰暗了许多。

他看看身边这熟悉的小花园,只觉一草一木都犹若亲朋,就连门上那张牙舞爪的黑墨,也似幼时课本上的顽劣涂抹一般,偶翻得见,便是说不出的怀念妥帖,道不尽的光阴亲切。

他颤颤地伸出手,轻轻去触那道墨迹,一如几周前刚回来时一样,只是这次,他轻轻在墨上掠了几寸,便转手狠狠一抠,手上加力,指甲在木门上顿挫下划,发出涩涩声响,留下浅浅痕迹。

曾经的避风港空落落的,似乎什么都不剩了。

姜愈强压怒火,重重关上了门。岳寥若正从楼上下来,手里拿着个半掌大的绒布首饰袋,用料考究,做工精致。姜愈赌气不去看她,径直走到窗前,负手看向窗外,只见蔽日的白云已然飘过,阳光重新透窗打下,映出满屋飞舞的尘埃。

岳寥若倒也不以为忤——她自然知道,姜愈的怒气,只因他在她这里十足安全,以及他真的害怕焦虑罢了。

突然断奶的小孩,大都是这表现。

"到底怎么回事?!"姜愈转身吼道。

"我也是前几天才决定的。"岳寥若接满杯水,递给姜愈。

"几天?!这么仓促!你这是在防御什么啊!"

姜愈重重将水杯往窗台上一放,溅起了不少水花。他怒气冲冲地接过岳寥若歉然递来的小首饰袋,狐疑地打开袋子,将其中物什倒在手上。

一枚胸针。

姜愈虽在气头上,也被这胸针的别致独特暂时吸引了目光。

那胸针造型写意,是只眼睛。银色的眼眶似铁非铁,似银非银,布满纵横叶脉般的奇异纹路,稍换角度便可看出不同花纹;瞳孔部分则是深绿色的橄榄石,在阳光下隐隐生辉,深邃动人,既不过于闪耀夺目,亦不失火彩流光,让这胸针仿若活了一般;更让人称奇的,则是这金属眼眶与橄榄石瞳孔似本就浑然一体,整枚胸针纯靠雕琢切磨成型,全无半点镶嵌粘贴的痕迹。

"做个纪念……"岳寥若的声音凉凉的,像含着薄荷叶。

"我不要纪念!我要你别走!我要你解释!为什么啊!"姜愈怒气不减。

"这是块 Seymchan 橄榄陨石,1967年在苏联 Hekandue 河岸发现,发现地北纬62度54分,东经152度26分,构成是铁镍金属网里包裹着橄榄石,一般认为它是小行星撞击后四散溅射出来的碎片……"

"我不想知道这些!不想知道!"姜愈焦躁地挥舞着胸针,将阳光折射的斑斑光亮洒得满屋都是,"寥若你别想跑开!别想糊弄我!你给我说清楚!为什么就这么急匆匆地要走!"

他轻轻咬了咬指背,旋即抽开了手,几乎带着哭腔。

岳寥若的声音又稀薄了几分,好似散逸层的空气:"这颗陨石存在多久了,我不知道,至少这种维斯台登结构需要两千万年到两亿年时光;它流浪多远了我也不知道,也许千亿光年,也许很短,但那也超过了我们可及的最远距离……"

"寥若!"姜愈不停用脚跟跺着地面,像个即将崩溃的孩子,"你告诉我这些干什么?!你跑什么!回避什么!!刚还说我面对分离防御得厉害!你呢!你呢?!"

"听我说完啊……"岳寥若本就欠缺血色的脸上似覆了层白硝,"你想象一下,这颗石头曾穿过宇宙,独自旅行,绝大多数时间,它的四周漆黑一片,只有极偶尔的时候才能远远路过一颗星星。但即便如此,那些星的距离也太远了,不足以把它吸过去,而且那若明若暗的光点相对这旅程都只是刹那,之后就又是漫漫长夜,寂黯无光。最后,万亿分之一的机缘巧合下,它被地球吸引,落入大气层,燃烧磨蚀,消散成烟,只有最后一小部分坠向地面,然后又是千年的严寒,就静静躺在北极圈附近,看着自己来时的方向闪耀的极光。"

"所以你想说什么?"姜愈浑身都长满了荆棘,"你精神世界里的漫长黑暗?孤独?还是你终于意识到,不对,是肯承认,你对那种宏大的迷恋其实——"

"——是的,那是我曾经用来逃避的优越感。"岳寥若不愠不火,正面迎向姜愈带刺的鞭笞,"我承认,我曾经很迷恋那种宏大,想象在这么大的宇宙里,只有这么小的星球上有人类,人类的寿命尺度又这么短,再为一点点细琐之事忧心烦恼——职位的高下,股票的涨跌,家里的鸡毛蒜皮——真太渺小了……"

"是啊,我们是追名逐利俗不可耐浑浑噩噩过一生的凡夫俗子,你是——"

"——我承认,抽离超脱能省去不少烦恼,但看看你,看看爷爷,看看那些可怜可恨又可爱的来访者们,包括这次爷爷葬礼来的人,还有老宋,我也不得不承认,其实……我**其实**渴望,也需要,人与人之间的联系。所以——"

"——你这是在偷换概念!"姜愈这箱爆竹的引信终于燃到了头,毫无节制地炸开一片,"想交朋友你去交啊!想去建立联系去建立啊!和你这么急着走有什么关系!还一走这么久!你这不是在建立!是在切断!"

"这枚胸针是——"

"——够了!!"

一声脆响后,胸针在木地板上跳着滚了几圈,停落在不远处的阳光下,在地板上映出斑斓的绿色辉光。

姜愈被自己怒极之下的歇斯底里吓到了,当即清醒了过来。

"对、对不起,寥若,我……"

他刚要上前,岳寥若已快步上前,拾起检查,见胸针并未受损,这才松了口气,将灰抹去,又用衣服软面仔仔细细擦了又擦。

"这是我妈妈留给我的陨石碎片,我自己打磨的……"

她的声音薄得像片几乎看不见的冰。

歉疚若钻入体内、蠕动乱窜的千条毛虫，姜愈煎熬非常，直想下一秒就做些补救，可千头万绪中，却又一时不知该从何做起。

"算了。"岳寥若回到窗边，面色冷硬，若冰雪荒原上裸露的岩砾，"刚才也有我的共谋在。"

姜愈又是愧疚，又是感激，走到岳寥若面前，给她鞠了半躬。

岳寥若的口气也软了下来："你是不是觉得'为什么所有人都要离开我'？"

姜愈往窗边一靠，闭上眼睛，深深吸了口气，又长长地吐了出来，像个漏气的不倒翁般，没用几秒，就倚着墙出溜下去，倦倦地坐到了地板上。

"抱歉，最近压力太大，跟你这儿又太安全了，有点儿退行……真的抱歉。"

太把对方当自己人时，反而容易忘记对方也是个人，这是人类的通病。

岳寥若没有回答，只是席地坐在了他身旁。

"什么时候走？"姜愈冷不丁发问，击碎了场上古瓷般的沉默。

"后天，每周就一趟车。"岳寥若苍白若霜的嘴唇渐复血色。

电光石火间，姜愈忽而闪念："你这是要去——？"

"对，你猜得对。"

姜愈一拍大腿，恍然大悟："你要去找——"

"——只是目的之一。更多的，我是真想去重新看看，人类这个物种究竟是个怎样的存在，这可能要花很久……"

阵风吹过，撩起窗边的纱帘，空旷的咨询室里，一时间又是一片宁静安和。

岳寥若举起胸针，细细观看，那亿万年流浪至地球的陨铁，正于阳光下闪烁出盎然绿意。

"我懂了……"姜愈绕出了心底的迷宫，长长叹了口气，将蜷着的两腿放平，紧绷的躯干也舒展了不少，"人类就是这种需要群体的动物，再慌再怕再不屑再纠结也改变不了。说到底，活在人间，就是人之间啊……"

"我跟你说过，从小我就是个没根的孩子，到哪里都没有归属感，哪个群体都不属于我，我也不属于他们……"岳寥若真情流露，凄然一笑，"毕竟，像我这种多余的孩子，连自己的小家都不属于、都没位置的孩子，想在茫茫人海里找个归属，找个不排斥我，我也愿意停下来，甚至融进去的群体，难于登天了……"

姜愈一时语塞，不知该说些什么。

"不想再次确认自己是个不被接纳的异类，想躲起来的时候正好凭运气赚够了钱，这剧本大概很多人会羡慕吧？"岳寥若迅速跳脱开来，云淡风轻地自嘲道，"但也是有代价的啊！除了象牙塔外，我一直没在这红尘世界里好好走上一圈，看看世界的样子、他人的样子。不愿意承认自己在逃避，就一副世界很丑陋、他人很庸俗的样子谈出世，我有什么资格呢……"

她拽过姜愈的手，将胸针重新拍在他掌中："戴上我看看。"

姜愈看看那枚眼睛，郑重别在衣上。岳寥若斜着身子，和他拉开些许距离，细加端详，又凑近整理，离远再看，这才满意地说了声"挺好"。

两人青梅竹马，如此举动于往昔本是稀松平常，可时光荏苒，树茂花开，此时早已不复两小无猜的年纪。岳寥若上前整理时，淡淡的雪香飘过，姜愈只觉心神一荡，想来许已脸色微红，便忙趁岳寥若尚未察觉，起身走到了客厅中心。

地板上的浅痕隐约可见，那是曾经摆放沙发的位置，三人品茗笑谈，依稀昨日。

"我们的督导小组，今天也正式解散了。"岳寥若起身跟来，望着地板上的尘痕，刻意将气氛熨平了些许，"最后还是让爷爷如愿了呢……"

"我现在理解岳老师说的了，"姜愈苦笑着拍了拍裤子上的尘埃，"这不叫督导，这就叫相遇，叫生活……"

岳寥若似有所思，沿着沙发的尘痕，一步一步，缓缓绕起了圈。

姜愈重新走回窗边，推开窗，望着绿荫摇曳、碧空骄阳兀自发了会儿呆。

天边的白云，聚聚散散。

"我想岳老师了……"

岳寥若抬脚擦了擦地上的痕迹，眼圈又有些泛红，沉默片刻后，忽然轻声背诵道："我的记忆在一点点崩坏，我的人格在一点点消失，我将慢慢从世界上离开，直到我忘记我，忘记我是谁，我爱谁，我是怎样的存在，所以我试着把还能记住的写下来，让自己忘记自己时，还可以看看我的样子，看看我之所爱……"

姜愈一怔："这、这是……岳老师的——？"

"爷爷的日记。很多年前他就察觉到自己病了，比我们以为的都早得多，只是他一直没说。但从那时候起他就开始安排了，哪怕最后几年都在……"岳寥若轻颤的声线冷澈清亮，还漂着冰碴，"你看他做得漫不经心，甚至颠三倒四，但其实他一直在用最积极的方式，去做好离开这个世界的准备。包括……"

她有些说不下去了。

姜愈猛然醒悟:"难、难道……咱们这奇葩设置的督导……"

"对,爷爷更早的计划里就有……"岳寥若悲从心生,语带哽咽,"他知道你会回来,也知道你如果回来,一定是个好时机,可以让你掰掰我,也让我正正你。只是……只是病情发展得越来越快,超出他的预期,要不是你真来了,他可能也就忘了自己有过这么个计划了……"

"岳老师啊……"姜愈盈眶的泪水,将天边的悠悠白云映得更为真切。

岳寥若又蹭了几下地面,可尘痕已深入木材纹理,绝难除去。她俯下身,修长的手指轻触着依稀的痕迹,一时有些出神。

灼目的骄阳,再次躲入了莫测的云后。

姜愈走到水台边,将发烫的脑壳探到水龙头下,靠冰冷的水流降了半天温,这才勉强收好心情,刚想换个话题调节气氛,却忽然发现岳寥若不大对劲。

她仍黯然蹲在原地,一动不动,周身的空气好像都冻成了粉末。姜愈用心体察,只觉胸腔内的空气在压差下不断膨胀,胀得肌肉皮肤刺痒难耐,若不抓出几道裂口放气,整个人就要炸裂一般。

想来岳寥若此刻体验的苦楚,更甚他百倍。

他本能地想要上前安抚,可闪念觉察之后,脚下反而连退几步,直至墙边,给她留足了空间。

岳寥若的肩膀簌簌发抖,手背几乎要被咬出血来。

"我一直告诉自己,这个世界本来就是这样运转的,原子和原子,细胞和细胞,人和人,家和家,群体与群体,都是这样相遇,互相影响,再分离,所谓的聚、散、离、合。可是、可是……"

短促的爆发,若从天而降的冰山砸在岩浆喷涌的火山口上,白雾翻腾,地表龟裂,缝隙处不停喷射出蒸汽,凝结成止不住的热泪。

"可是啊,告诉自己一万次,也还是好舍不得,好难过啊……"

岳寥若的哭诉声,若冬风撕碎的黄草,残破干枯,疲敝已极。她呆呆蹲在原地,指尖若即若离地滑过地面,似在最后一次触摸这间存放了太多回忆的房间。

姜愈眼中含泪,一时无言,沉默片刻后,忽然哑着嗓子轻轻唱道:"人生难得是欢聚,唯有别离多……"

岳寥若初是一怔,随即也便潸然相和。

"唯有别离多……"

姜愈接了杯水,放在岳寥若面前,自己则走回窗前,举起方才那杯水,看着重新洒落屋中的阳光穿透透亮清澈的杯体,投下光影粼粼。

他心中的波纹,也一同荡了好远。

"其实太多痛苦、太多悲剧,都因为不肯接受、不肯面对生离死别,不是吗?帝王将相,你我众生,多少人焦虑着、惶恐着,期待一劳永逸,期待彻底解决所有问题,期待永远不变的感情、恒久稳定的客体和自我……要我说,这是人类执念,人类的阻抗……也是人类写进骨子里的哀伤啊!"

"'天地尚不能久,何况于人'。"岳寥若举杯润了润樱色的嘴唇,回到了往昔淡淡的状态,若冬日覆雪的湖面,虽偶有暗涌涟漪,却再不见波澜,"说来轻巧,可人类这物种为了对抗死亡焦虑、分离焦虑、对'世间无永恒'的焦虑、存在并且终将不存在的焦虑……已经心心念念几千年,付出过太多了啊……"

"浪漫与爱、意义与精神、宗教轮回、仙药崇拜、科学克隆与记忆移植、作品的不朽、对后世的影响,还有基因驱动的繁殖癌们……"姜愈不屑地笑笑,随即便又多了几分自嘲,"我这也是五十步笑百步吧,不过至少这一刻,我会觉得,所有存在也都是永恒,就好比我拉琴的时候,拨弦扩散出去的振动,会一直在宇宙中永存一样……"

"不只物理意义上的。"岳寥若认真说道,"刚才的音乐,只在这里响了一遍,只是一个瞬间,也只有我们听到了,可即便如此,它依然是有价值的,有意义的,它的存在本身依然是美的,不是吗?"

姜愈看着岳寥若眼中闪动的莹莹光泽,只觉正迎着早春的微风。

"你说得对!生命不是机械,不是空间上的展开,生命是展开在时间上的,所以——"

几声敲门声,打断了他。

两人均是一愣,交换了下眼神,皆不知来者何人。

岳寥若喊了声"稍等",自语了句"可能是房产中介",放下杯子,起身向门口走去。

姜愈看着杯壁上水珠沿着晶莹透亮的杯体缓缓滑下,融入同类,一齐将阳光折向不同方向，散射出点点光斑，忽而笑了。他向着曾经沙发的方向举杯相敬，一饮而尽，将杯子并排放在岳寥若的杯边，这才快步跟上前去。

"岳老师这房子你打算……"

"爷爷一生清贫，所有收入积蓄都捐了，哪来的房子？"岳寥若嫣然一笑，并不戳破姜愈再次翻起的隐隐焦灼。

"所以……这是你的仪式？可……"

"还没想好，可能会做个孤儿院吧，也是这一路上准备好好想想的……"

岳寥若边说边打开门，随后两人皆是一惊。

"澄观大师？！您怎么？……快请进快请进！"岳寥若赶忙招呼。

澄观毫无架子，合十行礼："阿弥陀佛，老衲受人之托，有几件事和寥若小施主当面交代，未先通报，直接上门叨扰，冒昧了。"

岳寥若赶忙还礼，招待澄观进屋。姜愈看看时间，也便行礼告辞。岳寥若同澄观打好招呼，送姜愈离开。二人行至院中，姜愈便停了脚步，与岳寥若话别。

"回去吧，别送了，话是说不完的，终有离别，我想……我们都可以处理自己的哀伤。"姜愈不经意间转转脚腕，将脚下一处泥石碾进土中。

岳寥若看着他的眼睛，郑重点了点头。

"后天——"

"——我去送你。"姜愈转身离去，背向岳寥若挥了挥手，"走了。"

岳寥若目送姜愈离去，紧攥着胸口的吊坠，咽下了最后几句已到嘴边的话。姜愈头也不回地走出小院，转了几道弯后，才悄悄擦去了脸颊上的泪痕。

阳光耀眼，门上的黑墨与新添的印记，都格外鲜明。

正是日出时分。朝阳只露了一弯，绯红中带着明黄，好似在巨大的冰面上浇了圈冒泡的铁水，烫得半侧天空都活络了许多。空气格外清新，满是露水与青草的味道。姜愈连做了几次深呼吸，只觉神清气爽，堪比刚用花露水洗了澡。

岳寥若踏着霞光，款款而来。

二人相约提前会面，临行再多聊两句，碰头地点选在了北京火车站不远处的明城墙遗址公园。

明城墙始建于永乐年间，在之后近六百年的烽火洗礼中，25公里的城墙仅存下1.5公里，又在各种天灾人祸中损毁坍塌，直到2002年才幸得修葺,200余棵古树、

12公顷草坪环绕着残缺古朴的城垣，幽静素雅，凝重沧桑。

岳寥若一身素装，未施脂粉，一手拉着个小拉杆箱，一手拎着岳无峰的小提琴匣，身轻步盈，踏过城墙上的百年青砖，径直走到姜愈面前，将琴匣向前一送。

"想了想，还是你保管吧。"

"这？！这怎么可以……"

"怎么不可以？"岳寥若说得坚决而轻松，"再宝贝的东西物件，生不带来死不带去，不过世间相伴几十年。能由你来保管演奏，爷爷若在天有灵，想必也很开心。"

"可……"

岳寥若真诚而确定的目光，将姜愈推辞的力气卸了个一干二净。

"那我收下了，谢谢。"他郑重地接过琴来。

"想爷爷了就拉拉吧，"岳寥若浅浅一笑，"你拨弦，他听得见。"

"那我可得再好好练练了……"姜愈也笑了。

"没事，不交学费爷爷没心思再指点你的。"

一阵光影变幻，打断了他们的闲聊。朝阳刚好冲破地平线的界限，大大方方地登上舞台，将整座城市都染了个通红。

岳寥若白皙的脸庞亦被朝霞添了层妆，煞是明媚娇艳。

时间还早，两人各怀心事，便沿着古老的城墙漫步开来。

行至东便门角楼[①]，见四下无人，岳寥若童心忽起，竟推开箭窗窗户，半身探出窗外，瞰向波光粼粼的通惠河去。

姜愈有些担忧，毕竟岳寥若身下就是百尺高楼，这一跌下去可是要命。可他也深知这小妹子的脾气，许是那追求毁灭的力量于她生命中写入太早、浸渗太深，所有珍爱生命的劝告，从未在她身上起到过任何正面效果。

"你有没有觉得，咨询室里的世界太小了？"岳寥若没看多久，便自行退回楼

[①] 即明城墙遗址的东南角楼，是全国现存规模最大的城垣转角角楼，始建于1436年，在故事发生时期其管理并不严格，现已不能如此随意出入了。

内,让姜愈松了口气,她拍拍一米见方①的箭窗,悠悠问道,"每天待在五六十平米的屋子里,坐在同样的位置上,看着同样的角度,反复听那些类似的诉苦抱怨,忍受一次次被突破边界、被移情然后攻击,还得给他们当好容器。而且来来回回就那么点事:来骂娘的,来找娘的,来骂爹的,来找爹的,来骂自己的,来找自己的……费尽心血好容易解决了一个,就得分开再换一个,周而复始,从一个泥坑到下一个泥坑,陪坑里的人待在坑里,或是偶尔托他们上去,最后自己一身泥,也没时间去山峰上看看风景,久了——你会厌倦吗?"

岳寥若又望了眼窗外的寥廓景象,意味深长地看向姜愈。

"好问题啊……"姜愈踏着木质楼梯上下徘徊,发出咯吱咯吱的声响,"几周前你要问我,我肯定拍着胸脯说不,但回头看看,防御得太厉害了!那是我不敢厌倦!我还得靠工作撑着、靠来访者们撑着呢,才不是我在撑着他们……"

"兼相爱,交相利吗?就像爷爷对那群孩子一样……"

"是啊!等觉察到这些的时候,那疲惫感就一下子把我淹没咯!"姜愈抻抻筋骨,向楼下走去,"那段时间简直是场大号中年危机,束缚感,无意义感,灰心丧气,想毁掉的,想逃离的,什么都有,而且更让我绝望的是……"

"无能为力。"岳寥若跟着姜愈走出角楼,漫步于城墙之上。

"对,无能为力……"姜愈随手掏出块巧克力,可看了看后,又将这安抚物塞回兜里,"你知道,学精神分析头几年,一下子看到好多东西,人会特别兴奋:天啊原来人心还有这样的运转规律!和一个人谈几十分钟甚至几分钟,哪怕他一字不提,你都能把他的早年成长、处事心态甚至后续的关系发展猜个七七八八,这可是传说中算命半仙儿才有的知天之技啊!可……"

姜愈轻抚着千疮百孔的城墙,一时遐思万千。这城墙上纵横的伤痕背后,又曾是多少家破人亡、流离失所,多少难以抚平的创伤、数代相传的血泪呢……

"知天易,逆天难。"岳寥若亦有同感,眼眸中荡开了寒凉的易水。

"有时候做得越多,你越恐慌,越害怕,越绝望——那些所谓的'心理问题',追根溯源,每个受害者都是加害者,每个加害者又都是受害者,经常找到最后,就是个'我受伤了,但找不到凶手'的结局,就像看着茫茫的大海想要呐喊,但一切

---

① 箭窗实际尺寸不一,呈八字放射形,内侧约110厘米×90厘米,外侧约140厘米×117厘米,进深随墙体升高递减,最高层进深为100厘米。

都已经淹没在波涛里了一样……"姜愈轻压石砖,细细体会,只觉冷硬干燥,若风化的遗骸,"经历多了,人就容易悲观,会觉得好些东西你明明看得到,甚至能推测出它的走向。但那些创伤都太过深重,混杂着历史的洪流、时代的伤口,你费劲心血、榨干自己,那些悲剧还是一幕幕上演,你只能眼睁睁地看着那些创伤一代代传下去,拦都拦不住……"

岳寥若心有戚戚,指尖亦轻轻划过了城墙上的道道刻痕。

"不过这几周下来,我想法又变了。"姜愈小心放下琴匣,长长伸了个懒腰,"仔细想想,又怎样呢?是,那些该经历的创伤还是会经历,该体验的痛苦还是会体验,该走的修罗场荆棘路也一点儿不会少,可是能有人陪着走一段,甚至还偶尔能帮个小忙,终归是不一样的。而这份不一样……就是我的山峰了!"

话音未落,他亦探身墙外,极目远眺,看向清晨中已然醒来的城市,天地之间熙熙攘攘,千万人带着不同的表情、揣着不同的期待、怀着不同的牵绊、背着不同的责任、奔向不同的地方,他们的所思所感、所历所为有着无数差异,可在做的又都只是同一件事,一件格外迷人、有力的事。

努力活着。

"所以……这就是你新的答案?"岳寥若微一蹙眉,"尽人事,听天命?"

"不可以吗?为而不争,顺其自然,我这可是向你学习啊!"姜愈语带调侃。

岳寥若据此确定了缺掉的拼图,抿嘴一笑:"这只是你心底答案的一半。"

"哦?另一半是什么?"姜愈来了兴致。

"你还记不记得,很久前我们那场争论,爷爷……爷爷是仁者之心,偏爱儒家,我喜欢清静,对道家着迷,而你当时——"

"——糗事不用提啦!"姜愈脸色一红,"不就是拿把木剑在那挥来挥去瞎吆喝吗?小屁孩儿一个……说重点说重点!"

"是哦,那个小屁孩儿一谈起墨家、侠道来就一脸憧憬,小小年纪,就一本正经地谈什么兼爱为心行侠为术呢……"想起童年趣事,岳寥若不觉莞尔,雪白的大尾巴又露了出来,"我还记得有一天你特开心地跑来跟我说,寥若寥若你看,'侠'字的繁体,是常用字里'人'最多的……"

她凌空比画了几个人字,直羞得姜愈耻感爆棚,忙作势求饶道:"好了好了!黑历史到此为止!但这能说明啥?哪个小男孩没喜欢过侠客故事啊?"

"但他们长大后,能真的不爱其躯、赴他人厄困的,少之又少。面对那些真会给自己惹麻烦添危险的选择，多数人还是会拿规矩当理由，先护得自己安全。但你一直坚持在做的，却并不一样。"

"你是说那几个来访者？"姜愈不以为然地扁了扁嘴，"是，我是多扛了点儿风险去帮他们，但真到那个场景下，你也会这么选的。"

"并不，"岳寥若否决得颇为坚定，"包括你喝高了侃侃而谈的悲剧精神，那种醉狂率性的理想践行、海因兹第六阶段的良知道德①，映射的不正是你——"

"——高看我了！"姜愈忽而有些烦躁，"这一半答案太牵强了！要说侠者，那是要乱世许国难、治世济苍生的，我这四方小屋里做的哪算……是……"

暗隐的淤塞被冲了个豁口，姜愈默默提起琴匣，向不远处的炮台走去。

碎片化的场景纷至沓来，若结誓的树下缤纷飞过的花瓣。

小时的，少年的，工作时的，独处时的……

还有上次自我催眠时，被他忽略的太多情节与线索。

梦中他曾仗剑江湖，除暴安良，路见不平拔刀相助；他曾悬壶济世，于采药路上偶遇被遗弃的战后沙场，将一息尚存的伤员拉回破庙救治，还被临死的伤员刺伤了肩膀；他还曾在无数个夜晚望着药王菩萨叩问，又在月色下翻阅医书剑谱、墨家典籍……

这些场景一闪即过，却令他忽而有些莫名的感动。

那是体内深处沉睡久远的热忱，亦是封印太久一度蒙尘的初心。

"这么一说……还真是啊。"姜愈神色凝重，喃喃自语，"可如果这就是我的另一半答案，那它这么浅显，为什么我一直没看到呢……"

"阻抗咯……"岳寥若快步跟上，黯然提点道。

"阻抗什么？"

"小男孩的木剑，象征什么？"

"象征——"

姜愈张开的嘴，半天没有合上。

---

① 发展心理学家柯尔伯格提出的著名两难故事"海因兹偷药"，柯尔伯格借此故事将道德的发展由低到高分为了六个阶段，依次为：惩罚和服从取向，功利取向，"好孩子"取向，"好公民"取向，社会契约取向和普遍道德原则取向。

大炮锈迹斑驳,像个浑身是伤,却永不倒下的老将。

姜愈抚着炮身,眉间一阵风起云涌,更甚天边苍狗变幻。

"谢谢。"

"客气。"

两人心照不宣,自有默契。

"那天我从易县的林场回来,路上就忽然想到,在我心里,他们姜家,特别是姜继先爷爷,究竟是我什么人呢?"姜愈轻拍着铁铸的炮身,目光穿越了数十年光阴,"对张念骅来说,他这辈子都和姜家绑在一起,从入伍参军,到战场上和姜邦平的生死羁绊,再到那场改变了我们所有人命运的泥石流,每个转折点,对他来说,姜家都是恩人至交。可对我呢?我不知道……"

"你完全没有和他们的联系感。"

"……我当然**知道**姜爷爷救了我,我也知道我活着姜邦平的遗腹子死了意味着什么,何况我还改了他的姓名,替他完成着不知道哪儿来的期望。可这些对我来说都太遥远、太模糊、太概念化了,还藏了盖了太多秘密……"姜愈语速极缓,像座被拖行的冰山,"结果就是,我从小就觉得我只是张念骅那个老封建赔给他们姜家传宗接代的贡品器物,所以我心里从没有过他们的位置,从没有过……"

"也许还有不少怨气吧?还不了的恩情有时候反让人因耻生怨。"

"我不是重耳啊①!"姜愈苦笑道,"而且我刚刚意识到,其实我一直在追那个背影,心里一直有他姜继先的位置——他可是那个小男孩儿心中的大侠啊!"

姜愈柔软的掌心,紧紧贴在了累累伤痕的炮身上。

"其实张念骅……其实我爸,也曾是这样的人。只是老张他伤太重,我记事起就是个一身伤残的活死人,挥不动那三尺剑了……但归根结底,我能在这太平日子里抱怨他,不也靠他当年流的血吗……"

他最后一次拍了拍铁炮上的瘢痕,满满心事化作一声叹息。

"所以那么执着地走了一大圈,往深了看,还是有原点的驱动,"岳寥若并不掩饰涌起的伤感,"你这对父辈的认同哟……"

---

① 重耳逃亡时,一度濒临饿死,家臣介子推割下自己的肉喂给重耳吃。后重耳称王,封赏群臣,却未封赏介子推,介子推携老母深山隐居,重耳以"烧山逼介子推出来封赏"为名烧山,介子推被烧死。

"也许是吧……说起来，老张这些年忙着钓鱼，再就是到处推他那本儿没人买的回忆录，表面看还挺硬朗的，但每次见，也都是肉眼可见的速度在衰老。照这架势，能相处的时间，满打满算也没多少小时，折成朝夕相处一年都不到……"

姜愈抹了抹眼睛，却越抹越红，好像手上还真蹭了炮身的锈般。

"树欲静而风不止啊……"他索性闭上眼睛，借泪水冲出了"锈渣"，"老话说，生前一滴水，胜过身后百重泉，我以前不认同，总觉得这话多少有点儿道德绑架，但刚才……等手头这些杂事落定，我也找机会去看看老张吧，趁人还在，还没糊涂，和他好好处处，聊聊，那些结能解的解解，少留点儿遗憾是点儿吧……"

"锈渣"冲尽，姜愈的眼泪缓缓止住了。

"从小我就和他各种别扭，我妈说他偶尔也会放下身段跟我示好，但每每都被我搞得特别挫败，自恋受挫下又是一顿暴怒、动手，闹得关系更僵，几次三番的，他也就渐渐放弃了。后来我妈走了，我一直迁怒他，春节都没怎么回去过，这些年他一直一个人过，想想也挺凄凉的……"

"那就去看看吧，挺好的。"岳寥若声若受伤的蝉翼。

姜愈发现了她的异样："寥若你怎么了？"

"没、没怎么……"

岳寥若话音未落，姜愈已快走两步，站在了她的对面。

"寥若，我对你很诚实了吧？都要走了，你也——"

"——你猜，前天澄观老和尚来做什么？"

"哦……这样啊。"

"怎么猜到的？"岳寥若辛酸一笑，又自嘲地摇了摇头，"好吧，我知道了。"

她松开拉杆箱，抻抻衣角，不经意间恰好揪下一根线头。

"没想到那个传闻居然是真的，而且居然是他……"棉线在手指上绕了起来。

"这么说，你爸……sorry，岳平安，并不真的——"

"——是真的，"岳寥若松开线头，将缠在一起的两根手指松脱出来，"他当年恶毒地诅咒爷爷、断绝关系是真的；他抛妻弃女又富甲一方，在香港纸醉金迷挥金如土是真的；他长期抑郁不停自毁是真的；他机缘巧合幡然悔悟，却再也没脸见爷爷，跑去无净寺捐了全部家产，出家做了个敲钟人，同样是真的……这都是他，都是岳平安的一部分，都是真的……"

"人类啊，真是太复杂了……"姜愈倒吸口气，"澄观大师之前就知道？"

"不清楚，而且能有什么区别呢？还能促成个父子相认？想多了！"岳寥若又绕住了两根食指，"客观说他也确实可怜，打记事起没见过亲妈，各种虐待下长大，心性自然偏激极端、充满戾气，等亲爹回到身边，心心念念了那么多年的妈却没了，又正青春期，那满肚子委屈愤怒当然全倒给爷爷了啊……"

她双手绷直棉线，划过了干涩的双唇之间。

"这一闹就是一辈子啊……"姜愈只觉背上起了薄薄一层冷汗，"等父子能坐下聊聊的时候，那亲缘的联系，已经再也接不上了……"

岳寥若手上轻轻用力，棉线无声地断成了两截。

"你看他孤独终老，到最后一段亲密关系都没剩下。结发妻子被打跑，亲生女儿不愿见他，老父亲上杆子修复关系修复了那么多年，抱持了他那么多怨恨，给了他那么多机会，可到头来……人心都是肉长的，他到底是把父子关系也磨到再没机会和解了。"岳寥若捻了捻线头，断线被风卷起，飘向远方，终不可见，"这么多年了，就希望他能安心面壁诵经，把心里那深深浅浅的罪疚、自责、自我折磨慢慢打磨掉吧……"

"生而不幸，他最初怨恨岳老师倒也可以理解，但……"姜愈替岳寥若拎上拉杆箱，走向公园门口，"天作孽自作孽赶一块儿是真没得救啊！最后也太……"

一声长叹，替代了不便说出的评判。

"瞅我干啥？不一个性质，"岳寥若敏锐察觉到了姜愈的目光，没好气地白了他一眼，"他是找过我，但爷爷怎么待他，和他怎么待我，能一样吗？"

"没有没有，你想多了！"姜愈一脸无辜，纯良得像只小兔子。

"行了别演啦！澄观大师为什么来，你昨天就猜了个七七八八吧？所以刚才才会说什么'树欲静而风不止'、说要找你爸唠唠，不都是想把我往这引吗？"岳寥若毫不掩饰发自心底的感激与抱憾，"实话实说，这点我挺羡慕你的，你家有和解的条件，有这个可能性，而我……"

"理解，这事儿勉强不来，两边都有和解的意愿，还得都有点儿和解的能力，要不然，奔着和解去，带着新伤回……"

"是啊……父母和子女间，就这么一层浅浅的缘分，子女因父母而来，却非为他们而来，能'你陪我长大我陪你变老'，那对双方都是莫大的幸运，可又有多少家庭，处着处着，那层淡淡的缘分就尽了啊……"岳寥若神色惘然，"想来还是挺哀伤的，不过也许有时候，这就已经是最好的了吧……"

姜愈闻之只觉胸腔鼓胀，像个被思绪装得太满又密封发酵太久的酿酒桶，莫名的愤懑积郁不吐不快，他索性深吸口气，向着远方长啸起来。

用力的呼喊，淹没在城市的喧嚣之中。

岳寥若亦随他停了脚步，极目远眺。晨曦之下，长安街上遍是匆匆行人车辆，不远处的火车站中，已有几列火车先后进出，站台上依稀可见人来人往。

一声火车鸣笛，似军号声般响起。

一路无言，二人从明城墙一直步行到北京火车站。姜愈看着往来的人群，想到身边这最懂自己的姑娘即将远行，不禁又有些怅然。

"要上路了，感受如何？"未能免俗，他也有些想把时间填满。

"我走过的地方不少了，但之前吸引我的，都是这个世界本身的美……"岳寥若见钟楼上的时间还早，便默契地放缓了脚步，"南极的冷酷仙境，非洲的狂野草原，贝加尔湖的静，乞力马扎罗的雪，吴哥窟的日出，帕农神庙的斜阳……以前我想看的是这些，但这次不一样了。"

"晓得，天地看够了，就去看看众生吧。"

"所以这回，我打算一路走，一路看，去不同的地方，看不同的'人'……去看看辛苦备课的教师，看看急诊科不眠的医生，看看凌晨起来备货供几个孩子上学的早点店老板娘，看看风雪奔波忍着膝盖疼攒钱寄回老家的快递小哥，看看起早贪黑辛苦劳作的农民与码农，看看经常从宿醉头疼里爬起来套上西装外套去讲 PPT 的白领与金领，看看……"

岳寥若一时惆怅，没再继续。

姜愈知她心思，不愿惹她难过，便插科打诨道："看看以自身为工具抚慰身心上钟接客的性工作者和心理咨询师？"

"也包括啦，"岳寥若心领神会，展颜一笑，"不过咱们不会在夜里工作，一干干一宿的那是通信业的运维售后……"

两人相视而笑，凝重的气氛表面上也轻松了许多。

"我还有个强烈的直觉，这趟旅行后，我会开始做点什么了……"岳寥若攥了攥拳，苍色的眼眸中满是坚定，"我要做些事情，把我的过去、现在和未来串起来。之前我一味向内看，沉到水底去看海底结构，已经看得够多了；现在我想换口气,浮到水面上冲冲浪了。毕竟,是我做出的一件件事情,构成了这个世界上的'我'啊……"

她张开五指,伸向太阳,阳光透过指隙,洒在她若雪的脸庞上,熠熠生辉。

"好好去浪吧!支持你。"姜愈由衷替她高兴,"这是**你**的'在世之在'。"

"谢谢!"岳寥若说得坦然而确信,"我会从看看海面上有些什么开始,从这一个个'人'的生活开始,去看看他们的喜怒哀乐,悲欢离合,看他们怎么爱,怎么恨,怎么挣扎,怎么不甘,怎么消沉,怎么成长,怎么存在在这个世界上,又是怎么共同构建了这个世界……"

她将目光投向眼前的人群,看到带着孩子的妇人,送别丈夫的军嫂,大包小包的带货商旅,相扶而行的大爷大娘,叼着面包的白领,打着电话的销售,满面风霜的工人,青春洋溢的学生……她看得格外用心,格外专注,精细入微,她观向往来人等各异的衣着,躯体的动作,胸腔的起伏,深浅急缓的呼吸,迥异鲜明的神色,还有他们的眼眸,有的黯淡,有的清澈,有的明亮,有的浑浊,那一汪汪瞳孔中映着不同的期待,不同的光彩,不同的人来人往,不同的世界大观……

这,就是众生呵……

等闲时分,擦肩而过,细观秋毫,青萍之末。

望着来来往往的"他们",岳寥若粲然笑了。

"各位旅客请注意:开往莫斯科的 K3 次列车就要开车了……"

车站的广播,催促着离别。

姜愈抽了抽鼻子,唠叨得像个操心的老父亲:"寥若,我知道你很聪明,看人的眼光也毒,但你毕竟之前……"

"'一个人如果能够拥抱世界,那拥抱的笨拙又有什么关系呢?'①"岳寥若盈盈一笑,已胜千言。

姜愈也意识到了自己的焦虑外溢,苦笑着收敛了几分:"总之路上小心,毕竟这个世界并不理想化,并不只有善意,就算谈不上江湖险恶,也记着做好自我保护,别翻小阴沟里。"

"放心吧。"

---

① 加缪语。

第二十四章

二人行至车门前,姜愈努力挤出一丝笑容,说了声"保重",未料岳寥若却踏前一步,将额头的重量交给了他的肩膀,双眸微阖,似有若无地叹了口气。

这一叹间的放松,她已许久未有过了。

甚至也许自出生起,就从未有过吧……

卸下一切责任重负,不必深谋远虑、洞悉人心,不必伪装坚强、强作无谓,只要靠在一个宽宽的肩膀上,就可以舒适自在、安全可靠——她早已习惯,这些从不属于她,只是那住在潜意识深处的孩子,仍会有她的渴望吧……

姜愈一手拎着琴匣,一手悬在空中,短暂犹豫的工夫,岳寥若已后撤一步,拉开距离,回到了平日里那淡淡的样子。

最后的对望后,她转身上车,没有回头。站台上,陌生的面孔来来往往,风流云散。姜愈只觉天大地大,人海茫茫,身畔却只余夏日的微风。

岳寥若看了看表,早上7时25分,再过2分钟,这行驶于世界上最长铁路的国际列车,就将启程送她去新的远方了。她倚在窗边,抹抹眼角,忽然听到一阵溢满萋萋别情的小提琴声,穿透车厢,缭绕而来。

她的手冲动地伸向窗户,却又抽了回来。

那琴声中满是暮云春树、落月屋梁之情,让她伤感之余,还添了少许遗憾。

——姜愈哥,你,还不懂吗?……

下一秒,那琴声便忽然变调了。

知交半零落的送别之曲,简短过渡后,便无缝转成了《喀秋莎》。

岳寥若会心一笑,刚框回眼眶的泪水又被弯起的眼角挤散润开,像片将将融化的雪花。

琴声亦引来旅客们的说笑,他们有的探头去寻,有的吹响了口哨,还有的和着节奏唱了起来。

岳寥若擦去眼前的模糊,飘过的画面却愈发鲜明了。

她仿佛看到了自己即将经历的旅程:她准备顺着妈妈的足迹,还有相关人等知晓的历史脉络,从莫大找起,再去趟西伯利亚的研究所,之后是圣彼得堡的音乐厅,那里每年都有《列宁格勒交响曲》的重演,七十多年前听过那场音乐会的人们还会在那里重聚,也许在那里,会碰上"他"吧……

一阵顿挫打断了她的遐思,列车缓缓开启,继而飞驰远行。

琴声减弱，终不可闻，车厢里被勾起的合唱，却仍未停歇。不同的人群，似粗细的琴弦，在同一把琴上，持续共振着明媚的春光。

离开车站很久后，姜愈的眼中仍薄薄蒙着一层泪水，嘴角则一直挂着淡淡的笑意。他慢悠悠地走在回家的路上，看着路边的高树、川流的人群，只觉世界的颜色都鲜亮了些许。

一声英气混着几分奶气的喵鸣声，像只精准飞来的套圈，一下子便捉住了他。

马路边，花坛上，阳光下，一只幼年的白色小野猫正傲娇地冲他喵喵唤着，仿佛在说：都叫好几声了，怎么还不过来？

姜愈心下欢喜，忙快步上前，见那小猫并不逃走，便半蹲下身，与它四目相对："要不要跟我走？我家有小鱼片哦！"

小野猫眨眨矢车菊蓝的双眼，嗷地叫了一声，便向姜愈的小腿蹭去。

"那，我就叫你喀秋莎啦……"姜愈撸撸小猫的后颈，抚抚它可爱的小脑袋，起身向家走去。

喀秋莎颠着优雅的猫步，跟在了他的身后。

还未进楼，他便隐约听到了钢琴声，诧异之下，脚步都慢了许多。

那是法国现代钢琴家乔治·戴维森的《Joie De Vivre》，直译为《生活乐趣》，而姜愈的译法则是《生之美好》。

初识苏润时，他便听她弹过。

这曲子清澈透明，灵动流淌，若将阳光凝成千万颗透明珠子，每落一个音符，便有一颗珠子落在水晶盘上，再跳上几跳，碎成一抹璀璨的光辉，大大小小的珠子粒粒坠落，直溅起一闪闪晶莹耀眼。

姜愈一直很喜欢这简单动听的曲子。只是它难度不高，于技艺精进并无益处，因此后来苏润工作渐忙，便很少弹了。不过那明亮与幽婉交织的动人旋律，姜愈却一直记得，一如他记得苏润的一颦一笑，一行一言，两人曾经的卿卿我我、浓情蜜意、你唱我和，还有那架往昔日日奏响的钢琴，已蒙尘三年有余。

也正因为此，那熟悉的旋律再次响起时，他竟恍如隔世，犹在梦中。

再三确认自己没有幻听后，他的心跳有些加速了。

他抱起喀秋莎，蹑手蹑脚地上楼，走到自家门口时，附耳靠在门上。

琴声确从自家发出。

他揉揉眼睛，颤颤将喀秋莎放到地上，摸出钥匙，连做了好几次深呼吸，这才稍稍平复心情，用最轻的方式打开了门。

演奏未被打扰，开门的一瞬，他几乎哭了出来。

这是他心心念念了三年的光景。

阳光洒落，明媚温暖，房间整洁干净了许多，厨房还依稀飘来了土豆炖牛肉的香气。苏润一袭白衣，正背对着他坐在琴前，葱白的手指在黑白键上优雅地跳跃，让那澄澈的音乐随着光影流淌开来。

姜愈噙着眼泪，捂着嘴痴痴站了好久，这才轻手轻脚地走上前去。

喀秋莎跟进屋来，悄然站定，蓝宝石般的瞳孔中，映着姜愈正从后面拥住苏润，耳鬓厮磨，无限亲昵。

附 录

岳无峰的歌

Перекаты	浅滩

Все перекаты, да перекаты -　　所有的浅滩，是的，浅滩
Послать бы их по адресу!　　我都想说出它们各在何方
На это место уж нету карты -　　但就连地图也无法给出答案
Плыву вперед по абрису.　　我只好随波漂荡
На это место уж нету карты -　　但就连地图也无法给出答案
Плыву вперед по абрису.　　只好随波漂荡

А где-то бабы живут на свете,　　那里有女人们在生活
Друзья сидят за водкою.　　有朋友们围坐畅饮伏特加
Владеют камни, владеет ветер　　风儿轻抚，浪儿荡漾
Моей дырявой лодкою.　　还有我破旧的小船
Владеют камни, владеет ветер　　风儿轻抚，浪儿荡漾
Моей дырявой лодкою.　　还有我那破旧的小船

К Большой реке я наутро выйду,　　清晨我来到开阔的大河
Наутро лето кончится.　　就在这清晨夏日即将结束
И подавать я не должен виду,　　我会假装自己从未来过
Что умирать не хочется.　　因为我不愿见证这消亡
И подавать я не должен виду,　　我会假装自己从未来过
Что умирать не хочется.　　因为我不愿见证这消亡

А если есть там с тобою кто-то -　　如果你身旁已有人陪伴
Не стоит долго мучиться.　　　　 请放心我不会难过太久
Люблю тебя я до поворота,　　　　但请记住河流转弯之前我都爱着你
А дальше - как получится!　　　　至于转弯之后——我们各自安好
Люблю тебя я до поворота,　　　　但请记住河流转弯之前我都爱着你
А дальше - как получится!　　　　至于转弯之后——我们各自安好

Все перекаты, да перекаты -　　　所有的浅滩，是的，浅滩
Послать бы их по адресу!　　　　 我都想说出它们各在何方
На это место уж нету карты -　　 但就连地图也无法给出答案
Плыву вперед по абрису.　　　　　我只好随波漂荡
На это место уж нету карты -　　 但就连地图也无法给出答案
Плыву вперед по абрису.　　　　　只好随波漂荡